Matthias Lohre
Der kühnste Plan seit Menschengedenken

Quartbuch

Matthias Lohre

Der kühnste Plan seit Menschengedenken

Roman

Verlag Klaus Wagenbach Berlin

Für Patricia,
mi amor

I

1

Die Welt ist groß, doch in uns wird sie tief
wie Meeresgrund. Es hat fast nichts zu sagen,
ob einer wachte oder schlief, –
er hat sein ganzes Leben *doch* getragen,
sein Leid wird dennoch *sein*, und es verlief
sein Glück sich nicht. Tief unter schwerer Ruh
geschieht Notwendiges in halbem Lichte,
und endlich kommt, mit strahlendem Gesichte,
sein Schicksal dennoch auf ihn zu.

Rainer Maria Rilke: *Die weiße Fürstin* (1904)

München, 4. Dezember 1952

In zehn Minuten wollte Herman wieder die Welt retten, und er war spät dran. Sein Vorkriegs-Rad holperte auf den Pflastersteinen, während er in die Pedale trat wie in Morast. Wenn er den Kopf hoch genug hob, sah er die Ruinen um sich herum beinahe nicht mehr, und das gab ihm Kraft. Er umklammerte den Lenker, so fest er konnte, und schaute kurz dorthin, wo Baumwipfel und Häusergiebel sich mit dem schwarzblauen Dezemberhimmel trafen. Diese gebrochene Linie aus Stein, Holz und Luft musste, als er jung gewesen war, nahezu identisch ausgesehen haben. Ihr Auf und Ab stürzte nur dort, wo Bomben eingeschlagen waren, ab zur Nulllinie. Und sosehr er immer gewollt hatte, dass sich alles änderte, so sehr beruhigte ihn der Gedanke, dass es etwas gab, das von den Zeiten ungerührt, unberührt geblieben war.

Unter ihm aber zitterte das Rad, als ärgerte es sich über den Straßenbelag, der einer Metropole nun wirklich unwürdig war. Herman spannte die Muskeln rings ums rechte Auge noch fester an, damit das Monokel nicht hinabfiel. Sein Kamelhaarmantel flatterte, zu groß geworden, um den schmalen Leib.

Hupend überholte ihn ein Wagen, schier aus dem Nichts kommend, bog direkt vor ihm scharf rechts ein und schnitt ihm den Weg ab. Der Fahrer fluchte kehlig in seine Richtung, aber Herman verstand kein Wort. Lästig genug, dass der Kerl ihn genötigt hatte, so abrupt zu bremsen. Er bemerkte, dass er schon auf die Von-der-Tann-Straße gestoßen war, und bog links ab. Noch konnte er es pünktlich schaffen.

Vorsichtig tastete er mit der Linken hinter sich nach der Aktenmappe. Seit Jahren mied er solche kraftzehrenden Abendtermine. Aber vielleicht waren heute Männer mit Einfluss im Saal. Wenn der Bau bald losging, könnte er die Fertigstellung des Kernstücks in zehn Jahren noch erleben, dann wäre er 77. Was für ein Segen für Europa es wäre, ja, für die Welt. Und was für eine Katastrophe, könnten Dummheit und Niedertracht sich noch einmal verschwören gegen Fortschritt und …

»Onkel Mutz!«

Eine helle Stimme holte ihn zurück. Neben ihm fuhr ein Junge in kurzen Hosen. Er stand auf den Pedalen seines Rades wie auf einem Zirkuspferd und lächelte Herman an.

»Emanuel, mein Guter!« Aber damit hatte er den Vorrat an ungezwungenen Formulierungen im Umgang mit Kindern erschöpft, und so keuchte er bloß:

»Musst du nicht langsam ins Bett?« Er klang wie sein eigener Vater, und er wusste es.

»Kommst du Weihnachten wieder zu uns?«

»Ist dein Großvater auch da?« John hatte vielleicht eine neue Idee.

Schulterzucken. »Aber du kommst, ja?«

Herman mochte den Jungen sehr. Früher hatte er den krabbelnden Engel bestaunt, der sorgsam Holzklötze aufschichtete, nur, um das eigene Werk lachend zu Fall zu bringen. Und später den begeisterungsfähigen Volksschüler, dem er farbige Höhenkarten und Zeichnungen neuer Städte zeigte. Der Junge hatte ihn sofort verstanden, nur die Erwachsenen taten sich schwer. Doch er war groß geworden, und von Jahr zu Jahr ertrug Herman die Feiertage weniger. Sie erinnerten ihn daran, was er verloren hatte.

»Ich weiß nicht, Emanuel. Ist viel zu tun.«

»Du musst!« Die Brauen des Jungen zogen sich trotzig zusammen. Die Unfähigkeit zur Heuchelei rührte Herman so sehr, dass es sich anfühlte wie Traurigkeit.

»Ich schau' mal, was ich tun kann.«

Emanuel schwieg und strampelte schneller. Aus dem Augenwinkel sah Herman, wie seine Wiedersehensfreude erlosch. Um mit ihm mitzuhalten, trat er noch fester in die alten Pedale, aber die mechanische Kraft ging irgendwo zwischen Kette, Rad und Boden verloren. Es war besser, den Jungen fahren zu lassen. Er wusste nicht, was er ihm noch sagen sollte, und er musste sich beeilen. Wer sollte ihn ernst nehmen, wenn er es nicht mal pünktlich zum eigenen Vortrag schaffte? Es wäre unvernünftig, dachte er, sich mit einem schmollenden Buben aufzuhalten, doch da hörte er sich schon rufen:

»Bleib' bitte kurz stehen!«

Der Junge bremste so schnell, als hätte er darauf gewartet, und wandte sich lächelnd um.

Herman schnaufte, hielt an, griff in die Manteltasche und streckte Emanuel etwas Rechteckiges entgegen:

»Hier. Aber nicht alles auf einmal!«

Der Junge sah von seiner Hand zu Hermans magerem Gesicht, als müsste er zwischen beidem wählen. Dann griff er nach dem Schokoladenriegel und bedankte sich vokallos:

»Dnkschn.«

»Grüß' deinen Großvater von mir, ja?« Emanuel nickte kurz und fuhr ohne ein weiteres Wort weiter, bis er nur noch ein hüpfender Strich auf verschneiter Straße war. Ratlos blickte Herman ihm hinterher und steckte das Monokel in die Jacke.

Zurück im Sattel nahm er sich vor, den Gesichtsausdruck des Jungen zu vergessen. Er durfte sich jetzt durch nichts mehr irritieren lassen. Mit jedem Atemzug feuchter Luft nahm er sich vor, dass er künftig noch zielstrebiger handeln, noch kompromissloser sein würde.

Wenn er noch geradliniger auftrat, würden die richtigen Stellen das bald merken, und wer weiß, vielleicht gelang ihm dann der entscheidende Durchbruch, vielleicht gleich heute Abend.

Hinter ihm hupte wieder und wieder ein Wagen, der langsam die Prinzregentenstraße entlangfuhr. Er konnte sich nicht zu ihm umdrehen, ohne zu riskieren, das Gleichgewicht zu verlieren.

Hier, vor dem Haus der Kunst, war jede Menge Platz zum Überholen. Der abnehmende Mond beschien die gerade, freie Strecke. Warum also drängeln? Während er den Fahrer mit der Linken an sich vorbei winkte, spürte er dumpf die alte Wunde in der Brust. Das Hupen hörte auf.

Keuchend fuhr er weiter, den Blick gesenkt, um wegen der Spurrillen im Schneematsch ständig gegenzusteuern. Das knirschende Grau unter dem Rad wurde plötzlich steinhart, und als er aufsah, war er auf der Luitpoldbrücke. Mit Irene hatte er sie Hunderte Male überquert. Und jedes Mal war sie zwischen den Brückenpfeilern stehen geblieben. Wenn sie ihn dann zu sich winkte, hatte er so getan, als sei er des Panoramablicks müde. Aber insgeheim hatte er sich immer über ihre Freude gefreut. Gemeinsam hatten sie dann über die Isar-Aue geschaut wie zum ersten Mal. Und so war es ja auch: Kein Grauton der Eisschollen im Winter, kein Lichteinfall aufs entblößte Kiesbett im Sommer glich dem anderen. Und irgendwann hatte er angefangen, darauf zu warten, dass Irene ihn zu sich winkte. Denn mit diesem Blick auf den Fluss hatten sie stumm ihr Versprechen erneuert, dass nichts und niemand sie je würde trennen können.

Hinter ihm brummte niedertourig ein Automotor. Der Wagen fuhr an, ließ sich zurückfallen, kam wieder näher: ein akustischer Vorwurf in Richtung des Radfahrers. Wieder winkte Herman den Wagen an sich vorüber. Dabei strampelte er gleichmäßig weiter, um auf der vereisten Brücke nicht auszurutschen. Manchmal war weiterfahren einfacher als absteigen.

Rund hundert Meter vor ihm ragte die Säule mit dem goldenen Friedensengel ins Dunkel. Dahinter lag der Europaplatz, und dann wäre er fast am Ziel. Obwohl auf der Brücke ein kalter Wind wehte, war ihm heiß. Vorsichtig lockerte er Krawatte und feuchten Kragen und schaute auf die Armbanduhr. Nur noch sechs Minuten Zeit.

Nach der Brücke fuhr er an dürren Bäumen vorbei einen Halbkreis bergauf. Keine Laterne brannte. Er war der kreisende, dunkle Mond und der Friedensengel die Erde.

Wieder schwoll hinter ihm das Motorengeräusch an und ab, an und ab. Wenigstens hupte dieser Kerl nicht. Fuhr er wirklich so langsam? Kaum langsamer als sonst. Außerdem war die Straße eben und breit, Überholen kein Problem. Es brauchte nicht viel, um Herman davon zu überzeugen, dass alle Menschen verrückt geworden waren. Ein drittes Mal winkte er mit der Linken, schon fast eine eingeübte Choreographie. Doch der Wagen hielt sich weiter hinter ihm, ließ sich zurückfallen, kam wieder näher. Als er die Hand zurück an den Lenker legte, schwenkte er unwillkürlich nach links. Im selben Moment zog das Auto fauchend an, und hätte er nicht rechtzeitig zurück nach rechts gelenkt, hätte es ihn vielleicht umgestoßen.

Nach zwei tiefen Atemzügen merkte Herman, dass der Wagen auch jetzt nicht überholte. Er fühlte ein Ziehen im Magen, und das kam nur teilweise vom Hunger. Die beiden anderen Autos hatten ihn doch überholt – oder nicht? Womöglich hatte er sie im Halbdunkel nicht beachtet. Hatte sich ganz aufs Treten und Balancieren konzentriert. Oder sie waren schon vor der Brücke abgebogen. Vielleicht aber folgte ihm seit Minuten schon derselbe Wagen.

Oben in der schnurgeraden Hauptstraße angekommen, hätte er einfach geradeaus fahren können, zurück in die Sicherheit der Laternen und Passanten. Dann wäre er eventuell pünktlich ans Ziel gekommen. Aber obwohl ihm dafür nur noch drei Minuten blieben, schwenkte er keuchend nach links, zurück in die dunkle Umlaufbahn des Friedensengels.

Es ging steil bergab. Der Kragenschweiß kühlte Hermans Nacken. Er horchte nach dem Auto. Als er nichts hörte, war er fast ein wenig enttäuscht. Wer sollte ihn auch jagen wollen – einen alten Mann, der sich mit Süßigkeiten von Gewissensbissen freikaufte? Und warum machte er es den erfundenen Verfolgern auch noch leicht, indem er ausgerechnet hier, abseits von Passantenblicken und Laternenlicht, anderthalb Extrarunden drehte? Durch seine Dummheit würde er zu spät kommen. Noch zwei Minuten.

Hinter ihm heulte der Motor auf. Lauter, knurrender als vorhin, aber eindeutig derselbe. Er griff den Lenker, so fest er konnte. Was jetzt? Abrupt anhalten, um das Rad auf den Gehweg zu hieven, konnte er auf der abschüssigen Strecke nicht, es war zu glatt. Also fuhr er schneller. Wenn er sich rechts hielt, war er vermutlich sicher. Der Fahrer wollte ja wohl kaum gegen den Gehweg prallen. Hermans Atem formte Schleier, die hinter ihm verwehten. Im Mondlicht sah er, dort wo der Springbrunnen vor dem Friedensengel sein musste, ein paar Silhouetten beieinanderstehen. Und kurz hinter ihnen begann die Brücke. Dort konnte er vielleicht bremsen und rasch absteigen. Zumindest gab es Licht und Zeugen. Beschützt von seinem neuen Plan, fuhr er noch schneller. Keuchte voran ins Dunkel, flankiert von kriegsversehrten Bäumen.

Das Knurren ging über in unterdrücktes Brüllen. Der Fahrer musste in den ersten Gang geschaltet haben, war bereit zum Sprung.

Waren sie es also doch! Sie fürchteten Frieden, Wohlstand und Verständigung mehr als Krieg, und deshalb fürchteten sie ihn! Die Erkenntnis verlieh ihm neue Kraft, ließ ihn Schweiß und kalten Fahrtwind vergessen. Ihm war, als könnte er im Dunkeln sehen. Wie lächerlich sie doch waren in ihrem Hass, wie kurzsichtig in ihrer Gier. Sie mussten etwas wissen, was er noch nicht wusste. Vielleicht hatte er endlich die richtigen Männer überzeugt. Natürlich, das musste es sein! Er war ein alter Mann, aber einer mit einem ewig jungen Plan!

Triumphierend drehte er sich nach den Verfolgern um. Doch dabei streifte sein Vorderrad den Rinnstein. Herman verlor kurz das Gleichgewicht und stürzte beinahe. Er griff den Lenker fester. Abwärts, immer schneller. Vor ihm lag die Brücke. Eisige Luft biss ihn in Wangen und Hände, erinnerte ihn daran, dass er diesen Moment tatsächlich erlebte. Und daran, wie vollkommen allein er war.

Von der Brücke trennten ihn fünfzig Meter Dunkelheit. Das Grollen hinter ihm schwoll an und klang gleichzeitig weiter entfernt, als nähme der Wagen Anlauf. Aber er würde sich nicht totfahren lassen wie ein Reh.

Der Motor schrie auf.

Herman zog das Rad trotzig nach links. Zum Friedensengel. Dann spürte er einen mächtigen Stoß gegen sein Hinterrad, die Brutalität von Stahl in Bewegung, die ihm die Luft aus der Lunge presste und die Hände vom Lenker riss. Sein gelber Kamelhaarmantel flatterte auf, und Herman flog durch schwarze, wirbelnde Luft, hundert Jahre oder zwei Sekunden lang, bis es kein Oben und kein Unten mehr gab, nur Linien im Rausch. Bis er fiel und fiel und dumpf aufschlug auf Schneematsch und Eis und Stein und Schmerz und Nichts.

2

> Wir sind, zur Ankunft gerüstet, an Deck gegangen, der Einfahrt beizuwohnen. Schon hebt im Dunst der Ferne eine vertraute Figur, die Freiheitsstatue, ihren Kranz empor (...) Es ist mir träumerisch zu Sinn, vom frühen Aufstehen, vom sonderbaren Lebensgehalt dieser Stunde. (...) Mir träumte von Don Quijote, er war es selbst, und ich sprach mit ihm.
>
> Thomas Mann: *Meerfahrt mit Don Quijote* (1934)

1. Oktober 1925

Es war ein Fehler, an dieser Reise teilzunehmen. Jeder Griff ihrer Mutter ans dreireihige Perlencollier, jeder ausdruckslose Blick ins Nichts und jedes auf den Mund beschränkte Lächeln erinnerte Irene daran. Wie hatte sie vergessen können, wie sie einen Raum wortlos lenkte? Wie sie mit ihrer Art zu atmen Botschaften sandte (stoßweises, heftiges Ausatmen bedeutete Wut, ein langes Seufzen Langeweile)? Und wie ihr Vater die Botschaften stets als Befehle verstand und sofort befolgte? Zur Strafe für ihre Vergesslichkeit saß Irene jetzt im gepolsterten Lehnstuhl einer Luxuskabine der *Berlin* und hörte, wie ihre Mutter auf der anderen Seite des Tischchens in eine Illustrierte seufzte.

»Möchtest du aufs Promenadendeck, mein Herz?«, rief ihr Vater aus dem Nachbarraum. »Seeluft tut dir immer gut.«

Die Angesprochene blickte nicht auf. Armer Vater. Er hatte den langen Seufzer der Langeweile verwechselt mit dem noch längeren der Empörung. Mutter blätterte um und antwortete nicht.

»Oder wir gehen in den Laubengang, wenn dir das lieber ...«

»Wie *konntest* du das bloß tun?«, fragte Mutter über den Tisch hinweg, ohne aufzublicken. Irene schien es, als hätte sie diesen Satz hinausgezögert, bis sie damit zugleich ihren Mann, der gerade das Zimmer betrat, unterbrechen konnte.

»Wir verbringen doch die meiste Zeit zusammen, Mutter. Und

nach drei Tagen treffen wir uns in New York wieder. Dann fahren wir gemeinsam zurück.«

»Wusstest du davon, August?« Mutters Augen wanderten zu ihrem Mann, der gerade die obersten Knöpfe seines Oberhemdes verschloss. Am Kragen ging seine helle Haut über in dichten grauen Bart.

»Iri ist doch erwachsen«, sagte August Villanyi dem Spiegel.

Zur Antwort atmete Mutter kurz und heftig aus.

Irene hatte es zwar nicht gewagt, Nein zu sagen zu einer Reise, die sie selbst nie hätte bezahlen können. Aber immerhin war ihr früh genug eingefallen, dass sie drei Wochen allein mit ihren Eltern nicht durchstehen würde. Drei Wochen, in denen sie vorausahnen musste, wann ihre Mutter hungrig, zittrig oder schläfrig würde, damit nichts Schlimmeres geschah. Drei Wochen, in denen jedes unbedachte Wort, jeder verdächtige Blick Mutter für Tage niederstrecken konnte. Obwohl sie ihre Kindheit damit verbracht hatte, alle Signale zu lesen, um ihr – und damit auch ihrem Vater – zu helfen, wusste selbst Irene nicht immer, welche Worte und Blicke wann die falschen waren. So hatte sie gelernt, auf Zehenspitzen zu leben. Ihre Mutter war ein Schneebrett, das sich jederzeit lösen und Irene unter sich begraben konnte.

»Papa hab' ich nichts davon erzählt. Und die Termine sind seit Wochen vereinbart. Wenn ich sie jetzt absage, schadet das meinem Ruf.« Sie wickelte sich eine Locke um den Zeigefinger.

Mutter schlug mit der flachen Hand auf die Fotos kurzhaariger junger Frauen in ihrem Schoß. Irene fühlte etwas Schweres, Weißes, Kaltes nahen. Sie griff im Aufstehen ihre Handtasche und ging zur Tür.

»Ich muss noch packen«, rief ihre Mutter. »Willst du mich schon wieder im Stich lassen?«

»Lass sie doch, mein Herz.«

Stoßseufzer.

»Schon dich, ja? Ich muss nur kurz was Wichtiges erledigen«, sagte Irene, so ruhig sie konnte. Als sie die Kabinentür hinter sich schloss, hörte sie Mutter eine Zeitungsseite ohrfeigen.

Auf dem Promenadendeck – umgeben von Fremden, die sich unterhielten, spazierten oder auf Liegestühlen unter Decken dösten – empfing sie eine warme Herbstbrise. Die niedrig stehende

Sonne spiegelte sich in hunderttausend kleinen Wellen, und gemeinsam ließen sie die Panoramafenster leuchten. Wie beruhigend es war, Passagieren zuzusehen, die auf den glänzenden Holzplanken gemächlich ihre Runden drehten. Ihre Mitreisenden drängten sich ihr nicht auf, und Irene nicht ihnen. Man grüßte, plauderte und wünschte zum Abschied Gutes. Sie akzeptierten ihre Rolle als Fremde, umgeben von anderen Fremden.

Deshalb hatte sie zweiundsiebzig Stunden für sich abgezweigt. Drei Tage Zeit, um in den Seitenstraßen des Broadway die Menschen hinter den Namen und Adressen kennenzulernen, mit denen sie seit Jahren Handel trieb. Sie wusste, dass ihre Mutter damit nicht einverstanden wäre. Schlimm genug, dass Irene studiert hatte und deshalb – irgendetwas musste ja der Grund sein – mit dreißig noch immer unverheiratet war (»Da hast du das Glück, gesund zu sein wie dein Vater. Und was machst du daraus?«). Aber dass sie nun auch noch vorhatte, den ersten gemeinsamen Urlaub seit dem Krieg durch Geschäfte zu unterbrechen, empfand ihre Mutter als besondere Kränkung. Damen von Stand verdienten Geld, indem sie es heirateten.

Weil niemand sonst aufs Meer schaute, öffnete Irene ein Fenster und blickte hinaus, dorthin, wo bald ihr Ziel in Sicht kommen musste. Aber selbst mit zusammengekniffenen Augen sah sie allein weißgoldenes Wasser und hellblauen Horizont. Aus ihrer Handtasche zog sie ein Notizheft. Darin standen, in geschwungener Handschrift verfasst, Zeilen, die endeten mit »schweigen«, »Ruh«, »neigen« und »dazu«. Zeilen, die sie jetzt mit Bleistiftstrichen traktierte, bis sie hinter einer Graphitwolke verschwanden. Noch grässlicher als den Gedanken, jemand könne das Gedicht lesen, fand Irene den, dass sie es geschrieben hatte. Eine »hoffnungslose Künstlerseele« hatte ihre Mutter sie als junges Mädchen genannt und gemahnt, sie müsse »pragmatisch und nüchtern« werden. Inzwischen hatte Irene diesen Auftrag wohl weitgehend erfüllt. Nur manchmal schrieb sie noch, und jetzt auf dem Promenadendeck spürte sie, dass sie ohne die Sorge um ihre Mutter zugleich erleichtert und leer war. Sie senkte den Blick und schloss die Augen. *Graphitwolke?* Nein. *Fremde?*

»… und deshalb hat Europa seine letzte Chance vertan. Die Asiaten werden sich verbünden, die Amerikaner sind schon dabei.

Und dann …«

Eine gepresste Männerstimme kam näher. Sie erinnerte Irene an die schöne Trompete, die sie neulich einem verarmten Orchestermusiker für zu viel Geld abgekauft hatte – und an die rauen, heiseren Laute, die sie ihr abgenötigt hatte.

»Einerseits«, sagte eine zweite Stimme, »haben wir Automobile, Schiffe und Flugzeuge, mit denen wir ganze Kontinente überwinden. Andererseits verbarrikadieren wir uns hinter Grenzen. Die sind aber nicht sicher.«

Fremde, ja, damit ließ sich arbeiten. Und mit *Einsamkeit. Schwankender Grund*. Sie hielt die Augen geschlossen, als ständen die Wörter innen an ihren Lidern. »Der Krieg hat Europa geschwächt«, sagte die zweite Stimme ruhig, als ginge es ums Wetter. »Seine Nationen haben ihre Probleme aber behalten. Sie haben nicht genügend Platz.«

»Richtig, richtig«, machte die Trompete.

Die Stimmen wurden nicht leiser. Aber Irene war nicht bereit, die Augen zu öffnen, die eigenen Worte gehen und fremde herein zu lassen.

»Die Luft wird immer schlimmer«, sagte Stimme Nummer zwei, »schon Kinder haben kranke Lungen. Wenn es so weitergeht, lenken die Mächtigen die Wut der Armen wieder nach außen, gegen angebliche Feinde. Und dann kommt ein neuer Krieg.«

Irene wollte nicht lauschen, hörte aber das leicht gerollte R, die klaren Vokale, die bedächtige Sprechweise. Eine Stimme wie das tiefe Gurgeln eines Bachs über Kieselsteinen; sie erinnerte Irene an ihren alten Vermieter, an Winterabende mit seiner Frau am Kamin – an ihr eigentliches Zuhause. Sie öffnete die Augen. Zwei Meter entfernt standen zwei Männer in schwarzen hochgeschlossenen Anzügen. Einer war klein und glatzköpfig, der andere auffallend groß und schlank.

»Tja«, presste der Trompetenmann hervor, »wir sind zum Untergang verdammt.« Dabei schüttelte er den kahlen Schädel und schnipste eine Zigarette aus dem Fenster, das Irene geöffnet hatte. Aus großen, runden Augen – das rechte noch etwas größer als das linke – blickte sein hochgewachsenes Gegenüber beruhigend auf ihn hinunter. Er war fünfunddreißig, höchstens vierzig Jahre alt. Seine Lippen waren voll, ebenso das pomadisierte Haar.

»Das habe ich nicht gesagt«, konterte er ruhig. »Sondern *Wenn es so weitergeht*.«

»Aber mein Herr: Professor Spengler hat doch alles dazu gesagt. Rein wissenschaftlich …«

»Ich bin mit Herrn Spengler zufälligerweise persönlich bekannt.« Der Große streckte sich leicht. »Und wer sein Buch genau liest, findet darin auch Hoffnung.«

Dreißig Meter hinter den beiden Männern sah Irene ihre Eltern auf das Promenadendeck treten. Sie tat einen Schritt zur Seite, noch näher zu den beiden Männern. Fredy und August Villanyi verschwanden hinter dem Rücken des Großen.

»Natürlich droht dem Abendland der Untergang«, sagte Irenes Sichtschutz. »Herr Spengler schreibt ja von dem Moment, *in welchem das Geld seine letzten Siege feiert und sein Erbe, der Cäsarismus, leise und unaufhaltsam naht* …«

Jetzt zitierte er auch noch, und der Glatzkopf lächelte wissend. Die männliche Begeisterung für Katastrophen, dachte Irene, würde sie nie verstehen.

»… Aber er preist auch den *wissenden Priester der Maschine*. Der kann die Gefahren des Niedergangs abwenden. Die Erschöpfung der Kohlevorräte zum Beispiel.«

»Der *wissende* … was?«, presste die Trompete hervor.

»Der Ingenieur.«

»Auch Ingenieure können Kohle nicht künstlich herstellen!«

Der Große drehte sich zu den Wellen.

»Aber sie finden schonendere Wege, Energie zu erzeugen. Zum Beispiel Wasserkraft.«

»Sie haben das Buch des Professors aber genau gelesen!« Der Kleine wollte sein Gegenüber offenbar besänftigen.

»Ich bin gelernter Ingenieur.«

»Ahahaaa!« Das gepresste Lachen klang wie Husten.

Die Vierteldrehung des Großen hatte Irenes Deckung zerstört. Ihre Mutter schaute in ihre Richtung und ging schnell, ohne eilig zu wirken, mit erhobenem Kinn auf ihre Tochter zu. Irene war ratlos. Wenn sie allein am Fenster stehen blieb, würde ihre Mutter erkennen, dass das »Wichtige«, das sie ihr vorzog, der Anblick silbrig glänzenden Salzwassers war. Was tun? Schaute sie konzentriert ins Notizbuch, riskierte sie, dass Mutter einen Blick hineinwarf. Sollte sie hinter den Männern auf sie warten und die freudig Überraschte geben? Unmöglich. Ihre Blicke hatten sich schon getroffen. Irene atmete schwerfällig ein.

Das Husten des Kleinen verebbte, und er sah sein Gegenüber an, als wäre es das erste Mal:

»Entschuldigen Sie: Wie, sagten Sie, lautete Ihr Name?«

»Sörgel. Regierungsbaumeister.«

»Natürlich: Ingenieur! Wasserkraft! Warum haben Sie das nicht gleich gesagt? Wie der Vater, so der Sohn, was?«

Er hustete wieder. Hinter dem Großen kam Fredy Villanyi auf Irene zu. Und mit ihr die unangenehme Einsicht, dass sie sich gerade vor ihrer Mutter versteckte.

Irene kannte ihre eigenen, mitunter rätselhaften Macken, betrachtete sie interessiert wie eine vertraute Landschaft bei Gewitter. Aber ihre Mutter musste von ihnen doch nichts wissen!

Irene schloss das Notizbuch, trat einen großen Schritt auf die Männer zu wie auf ein Sprungbrett und sagte:

»Herr Sorbelt, ich muss Ihnen da leider widersprechen.« Der Kleine wandte überrascht den Kopf, während der Große Irene lächelnd ansah, als habe er sie erwartet. »Europa steht nicht am Abgrund. Es ist ihm gerade erst entronnen. Wer vom Untergang redet, der trauert bloß der alten Welt nach.«

Hinter ihnen bremste Mutter abrupt ab. Ein Gespräch zu unterbrechen schickte sich nicht. Zumindest so lange, bis man wusste, wie.

»Über den Abgang der Fürsten sollten wir froh sein! Dafür gewinnen wir die Freiheit der Kunst, das Wahlrecht für Frauen und den Völkerbund. Vielleicht fängt Europas größte Zeit gerade erst an.«

Vorlaut hatte ihre Mutter sie früher genannt. Nie hatte Irene ganz verstanden, was das bedeutete: War sie zu früh laut? Gab es also eine passende Zeit, um laut zu sein? Sicher nicht in der Villa mit den auch tagsüber zugezogenen Vorhängen. Nur im Atelier ihres Vaters hatte sie nie Vorwürfe gehört. Bis heute entspannte sie der Geruch von Zigarrenrauch und Ölfarben.

»Tut mir leid«, murmelte sie, »ich hätte nicht …«

»Sprechen Sie weiter.« Der Große lächelte.

Hinter ihnen wartete Mutter ungeduldig auf eine Lücke im Gespräch.

»Vielleicht«, sagte Irene, »vielleicht ist es ja wie in der Kunst: Wirklich Neues kündigt sich nicht laut an wie Reklame für Waschmittel. Es beginnt mit einem Gedanken, im Hirn eines einzelnen Menschen. Ein Maler, der sich sagt: ›Die Welt, wie ich sie erlebe, sieht anders aus, als alle anderen behaupten. Aber ich versuche sie zu malen!‹ Und dieser Gedanke pflanzt sich fort. Ich meine …«

Mit jedem weiteren Satz wusste Irene weniger, was sie meinte, aber es fühlte sich gut an zu sprechen. Irgendwo in ihr hatten sich fast unbemerkt diese Ideen eingenistet, und jetzt sprangen sie ihr aus dem Mund und ins Gesicht eines fremden Mannes, der sie dabei auch noch anlächelte.

»… oder als die ersten Frauen und Männer forderten, dass Frauen wählen dürfen. Da wurden sie nicht bejubelt, weil sie uns etwas Neues brachten. Sie wurden beschimpft, für verrückt erklärt. Neues macht den Leuten Angst.«

Der Kleine schnaufte, doch der Große lächelte unbeirrt weiter, und so war alles, was die Trompete hervorbrachte, ein gepresstes:

»Sörgel.«

»Wie bitte?« Irene war wieder nüchtern.

»Sörgel, nicht Sorbelt. Der Sohn von Hans von Sörgel.«

Erst jetzt sah Irene dem Großen direkt ins Gesicht. Seine Augen waren gar nicht unterschiedlich groß, sondern unter der rechten Braue klemmte ein dünnes Einglas. Wer trug denn noch so was? Adlige natürlich.

»Herman Sörgel«, sagte der Monokelträger mit leichter Verbeugung. In der folgenden Stille lag die Aufforderung an Irene, sich vorzustellen.

»Villanyi. Irene Villanyi.«

»Angenehm. Was führt Sie nach Amerika?«

In seinem oberbayerischen Singsang erkannte sie weder Sarkasmus noch versteckte Ablehnung.

Hinter den Männern atmete ihre Mutter tief ein und aus. Ihr Vater forschte im Gesicht seiner Frau nach einem Grund für ihre Erregung und fand ihn nicht. Vorwurfsvolles Schweigen war ein Schwert, und ihre Mutter war klug genug, es scharf zu halten. Plötzlich taten ihr beide leid, ihr Vater vielleicht ein bisschen mehr.

»Ich reise geschäftlich«, antwortete Irene und tat einen Schritt zur Seite. »Meine Spezialität sind brüske Gesprächsunterbrechungen. Ich habe Sie genug gestört. Wenn Sie mich bitte entschuldigen, ich muss …«

»Liebste«, rief eine Altstimme, »find' ich dich endlich!« Ihre Mutter versperrte ihr mit einem breitkrempigen Hut den Ausgang aus dem Gespräch. »Möchtest du uns nicht vorstellen?«

Während die anderen ihre Namen nannten und Verbeugungen andeuteten, blickte Irene Herman Sörgel an: eine wortlose Bitte um Entschuldigung. Sie war nicht sicher, ob er verstand.

»Sie kommen im perfekten Moment«, sagte er ruhig. »Wir waren gerade dabei, Ihre Tochter mit Katastrophenszenarien zu langweilen. Sie hat uns davor bewahrt, uns vollends unmöglich zu machen.«

»Und woher kennen Sie unsere Tochter?«, fragte Mutter, als schlösse das an Sörgels Worte an.

Irenes Gesicht wurde rosa.

»Wir haben uns hier an Bord kennengelernt. Ihre Tochter ist eine exzellente Zuhörerin. Manchmal lässt sie einen glauben, sie höre gar nicht zu. Dabei ist sie sehr aufmerksam.«

»Ja, so ist sie!«, rief ihr Vater freudig.

Aus Rosa wurde Rot.

»Und damit verdienen Sie Ihr Geld?«

»Mutter …« Wie konnte jemand, der so viel Wert auf Umgangsformen legte, nur so taktlos sein?

»Ich leite eine Architekturzeitschrift. *Baukunst* – vielleicht sagt Ihnen der Name etwas?«

»Hans von Sörgel«, prustete der Kleine, froh, wieder Teil des Gesprächs zu sein. »Das war sein Vater!«

»Ach«, rief ihr Vater und wandte sich zu seiner Frau: »Den kennst du! Er hat die Luitpoldbrücke wiederaufgebaut, nach dem Hochwasser damals!«

»Und vergessen Sie nicht das Kraftwerk am Walchensee«, trompetete der Kleine. Das Gesicht ihrer Mutter imitierte formvollendet Interesse: fest aufs Gegenüber gerichtete dunkle Augen unter welligem und fest frisiertem Haar, das noch immer nahezu schwarz war. Sie hatte schon immer anders ausgesehen als die Damen der Gesellschaft, mit denen sie seit mehr als einem halben Leben Umgang pflegte. *Östlich* nannten es jene, die glaubten, einen Makel kaschieren zu müssen, und meinten *jüdisch*. Nie würde

Mutter Irene verzeihen, wie sehr sie ihr ähnelte.

Herman drehte das Einglas um neunzig Grad und sah aufs Meer.

»Keine falsche Bescheidenheit, mein Lieber! Seinen Eltern kann man nicht entfliehen. Auch nicht in Amerika!« Der Kleine hustete, stolz auf seine Bemerkung.

»Großer Mann, Ihr seliger Herr Vater! Geadelt, nicht wahr?«, fragte Irenes Vater.

»Persönlicher Adel«, antwortete der Monokelmann wie zum hundertsten Mal. »Nicht vererbbar.«

»Großer Mann! Donnerwetter auch!«

Sörgels Lächeln versiegte, und Irene hielt sich verantwortlich dafür. Eilig sagte sie:

»Eine Architekturzeitschrift, interessant. Und was führt Sie in die USA?« Sie wusste, sie zerstörte gerade jede Restchance, dass ihre Mutter ihr das Alibi von vorhin abnahm.

»Eine Studienreise von Architekten. Ich bereite die Route vor, suche neue, interessante Gebäude. Hotels beispielsweise. Amerika soll uns da weit voraus sein. Wissen Sie, die Amerikaner haben zwar keine Kultur. Aber sie haben Zivilisation! Alle Arbeit, die auf Zweckerfüllung und maximalen Profit ausgeht, liegt ihnen im Blut.«

Jetzt suchte Sörgels Blick nach Irenes Augen.

»Wir müssen *leider* aufbrechen«, unterbrach ihre Mutter so kühl, wie es die Etikette gerade noch zuließ. »Du hast versprochen, mir beim Packen zu helfen. Und jetzt bleibt uns kaum noch Zeit.« Mit der flachen Hand griff sie sich ans Brustbein. Irene ignorierte es, nur noch dieses eine Mal. Das hier war ihr Gespräch. Zu Sörgel sagte sie:

»Vom Geschäftemachen verstehen bekanntlich auch die Europäer was. Und Amerika hat sehr wohl Kultur, Herr …«

»Sörgel«, hustete der Kleine.

»Bitte verstehen Sie mich recht«, sagte der Monokelmann, immer noch lächelnd, aber hastiger. »Wir haben eine reiche Kultur, aber uns fehlt moderne Zivilisation. Wir füllen unsere Städte mit Museen, und in den Armenquartieren gibt es kein fließendes Wasser. In Amerika – so hoffe ich zumindest –, in Amerika dient die Technik dem Menschen. Seine Hotels, Brücken und Bahnstationen sind – wie soll ich sagen? – demokratischer Luxus. Das Versprechen einer besseren Zukunft, geboren aus Vernunft. *Das* meine ich.«

Seine Augen fanden die von Irene. Sie zögerte, ihm zuzustimmen, etwas abzunicken, das womöglich klug war, vielleicht aber auch nur wirres Zeug. Je später sie sich verabschiedete, desto weniger Zeit blieb für die Schelte ihrer Mutter in der Kabine, und so sagte sie sehr langsam:

»Eine *Zukunft, geboren aus* …«

Mutter atmete zweimal heftig aus.

»Wie soll ich das erklären?«, sagte er mit gesenktem Blick. »Ende Achtzehn besuchte ich ein Krankenhaus. Kinderstation. Stechender Karbolgeruch, in den Bettchen vielleicht fünfzig kleine, halbnackte Leiber. Beine dürr wie Stöcke, aber die Bäuche alter Männer.« Er sah Irene an. »Das Seltsamste war: Keins der Kinder schrie. Vielleicht hier und da ein Wimmern. Sie hatten keine Kraft mehr zum Schreien.«

»Wir haben alle Opfer gebracht damals«, sagte die Trompete.

Sörgel schloss kurz die Augen.

»Was ich sagen will: Technik im Dienste der Menschen hätte das verhindern können. Wir brauchten chemischen Dünger für unsere Felder – und machten stattdessen Munition draus. Wir erschufen eine gewaltige Bürokratie, um Nahrung an die Front zu bringen – und vergaßen die Kleinsten. Aber haben Sie je einen amerikanischen Soldaten gesehen, der hungrig aussah?« Niemand antwortete. Er blickte wieder zu Boden, sah dann zu Irene:

»Jetzt habe ich mich doch noch unmöglich gemacht. Bitte entschuldigen Sie.«

»Wir müssen jetzt *wirklich* los«, sagte ihre Mutter tonlos. »Die Stewards sammeln schon die Koffer ein. Du weißt doch, wie sehr mir Hektik zusetzt.« Als Irene schließlich mit ihren Eltern das Deck verließ, blickte sie sich noch einmal nach dem Monokelmann um. Sie glaubte, er beobachte sie aus den Augenwinkeln, aber vielleicht lag das bloß am Einglas. Am glühenden Horizont stand eine Frau im Meer, reckte ihren kupfernen Arm in die Höhe und hieß sie willkommen.

3

Ich weiß noch, wie ich in der Wiege lag
in schicksallosem Schlummer traumbefangen
– an einem unerwachten, fahlen Tag,
so klein, allein, von Schleiern dicht umfangen.

Die Wände ringsum kalkig, bläulich müde,
sie schauten lauernd mir ins Schaukeldach;
doch schützend schlich die Dämmerung, die trübe,
sich in das schmale, stille Schlafgemach.

Da drang von außen her ein lichter Schimmer,
sprang durch das Fenster, und – ihm kaum entronnen –
stand schon im hellen Glanz das ganze Zimmer:
Ich sah zum erstmal ins Licht der Sonnen!

Herman Sörgel: *Das erste Licht*

15. Oktober 1925

Herman war neun Jahre alt gewesen, als die Schönheit ihm das Leben rettete. Unermesslich lange hatte er auf der Holzbank gesessen, bis endlich die Glocken läuteten. Er drehte sich um und sah den Mann im knöchellangen Gewand und seine kindlichen Begleiter langsam durch den breiten, von Säulen gesäumten Mittelgang schreiten, vorbei an gesenkten Blicken und unterdrücktem Räuspern. Kniend hörte Herman dann zum hundertsten Mal, warum der Heiland für die Sünden der Menschen gestorben war. Der Tod des Messias war ein Opfer, aber auch ein Grund zur Freude, und eigentlich war er gar nicht tot. Alle Sünden hatte der Tod am Kreuz, der irgendwie keiner war, aber doch nicht ausgelöscht, denn bis heute begingen Kinder – ganz besonders Kinder – täglich neue. Sogar dann, wenn sie gar nichts taten. Ja, *gerade* dann. All das verwirrte Herman sehr. Bestimmt, dachte er, war es auch eine Sünde, dass er heimlich das Gewicht von einem Knie aufs andere verlagerte.

Mehr als seine Beine aber plagte ihn an jenem Frühlingssonntag das Wissen, wie viele Kreuzzeichen und Gesänge, wie viel Aufstehen, Hinsetzen und Niederknien noch zwischen ihm und der Freiheit lagen. Das rhythmische Pochen und Ziehen in den Kniescheiben wurde zum zweiten Herzschlag, der ihn betäubte und einhüllte. Um ihn herum verloren Steinboden und Buntglasfenster, Säulen und Rundbögen ihre Tiefe und Farbe. Bald wusste er nicht mehr, wo sein Gesicht aufhörte und die kühle Weihrauchluft begann. Noch immer sendeten Nerven pochende Schmerzsignale aus, aber sie verloren sich im Grau, das in ihm und um ihn herum war.

Hinter und über dem Priester, der in einer toten Sprache redete, sah er einen jungen, kraftvollen Mann ganz in Weiß schweben. Ihn umringten ein zweiter Mann, eine Frau und sechs Kinder mit Flügeln. Darunter standen im Halbkreis zehn weitere Männer, die über die Figur im Zentrum wachten oder ihr lauschten. Alle schienen zu schweben, schwerelos und gelassen.

Der Priester sprach weiter hohle Worte, und in der Kirche war es immer noch kalt, aber Herman scherte das nicht mehr. Er musste die Szene schon Hunderte Male angeschaut haben, aber jetzt sah er sie zum ersten Mal. Er wusste die Männer flogen nicht, sondern waren für alle Zeit erstarrt. Wusste, dass er auf Farbe und Blattgold auf weißem Putz schaute. Aber wie konnten tote Dinge so viel präsenter sein als der Mann am Altar? Warum sprachen ihre Gesten, Blicke und Kleider so unmittelbar zu ihm? Musste etwas, das einen Menschen so berühren konnte, nicht selbst auf irgendeine Art lebendig sein?

Von da an brauchte Herman jedes Mal, wenn er sich während der Gottesdienste aufzulösen drohte, bloß den Kopf zu heben und sich umzuschauen. Da vorn ragte die bärtige Statue des heiligen Bonifatius aus den Wellen, dort die der Jungfrau Maria. Die geheimnisvollen Begriffe, die er in Büchern aus der väterlichen Bibliothek nachschlug – *Apsis*, *Relief* oder *Kapitell* –, waren Zaubersprüche, die ihm Einlass gewährten in eine neue, weite Welt. Am liebsten erforschte er sie allein. Wenn er mit hallenden Schritten durchs Mittelschiff ging, vorbei an leeren Bänken, kam er sich seltsam belohnt und beschützt vor.

Wieder daheim aber spürte Herman, kaum dass die schwere Eingangstür hinter ihm zufiel, den Blick des Vaters auf sich lasten. Der Senior war zwar meist nur an Sonntagnachmittagen zu Hause, und selbst dann zog er sich, wortlos Stille einfordernd, ins Arbeitszimmer zurück. Aber sein Schweigen erfüllte das Haus gründlicher, als Worte es vermocht hätten. Herman verstand die väterliche Stille als Missbilligung. Seine Neigung zum Weichen, Stillen und Einzelgängerischen machte ihn dem Vater suspekt, und er fühlte sich schuldig. Dass er nicht verstand, welche Sünde er beging, überzeugte ihn nur noch mehr davon, dass sie besonders schwer wog. Und so lief Herman noch häufiger zu den korinthischen Säulen, Rundbögen und Mosaiken. Allein auf einer Bank sitzend, ein schweres Buch über Architekturgeschichte vor sich, stieg etwas in ihm auf wie warmes Wasser, bis es ihn ausfüllte. Er konnte sich das wohlige Gefühl nicht erklären, aber das schmälerte es nicht, im Gegenteil. Nichts war realer, als etwas, das ohne Worte auskam. Erst wenn er Stunden später nach Hause kam, sagte ihm der besorgte Blick des Hausmädchens, dass er schon wieder vor Hunger und Kälte zitterte. Er lernte, seinen Schatz mit niemandem zu teilen, denn niemand hätte ihn verstanden.

Wer hätte gedacht, dass er ausgerechnet hier – mehr als drei Jahrzehnte später und sechstausendfünfhundert Kilometer von München entfernt, umgeben vom beißenden Geruch von Schuhwichse und gehetzten Blicken müder Großstädter auf dem Heimweg – wieder so empfinden würde wie damals?

Um ihn herum klackerten, schlurften und trippelten Schuhe auf dem Granitboden wie beim *tap dance*. Von den Wänden prallten die Echos hundertfach ab, mischten sich, füllten den Fußgängertunnel mit unsichtbarer Watte, hüllten Herman in einen Kokon aus Schall. Er schaute den Menschen zu, wie sie im gelblichen Kunstlicht einander auswichen und ignorierten – und bekam nicht genug davon. Er bestaunte rasierte Anzugträger beim Überholen müder schwarzer Frauen mit weißen Schürzen. Bewunderte die selbstvergessene Eleganz halber Kinder und magerer Greise, die gesenkten Blickes Schuhe aus Italien, Frankreich und New Jersey wienerten. Sah in Dutzende Gesichter – und war doch klar von ihnen getrennt. Was Herman einhüllte in der unterirdischen Passage zwischen Pennsylvania Hotel und Penn Station, war mehr als Lärm und Gedränge. Es war das Leben selbst. Die gleiche Wärme wie damals in der Kirche stieg in ihm auf. Manchmal hatte er versucht, dieses Gefühl anderen verständlich zu machen, und es *Glückseligkeit* genannt. Aber immer wenn das Wort seinen Mund verlassen hatte, war es abgestorben wie ein Blatt, das vom Baum fällt. Vor ihm, wo sich das gelbliche Licht mit weißerem, kälterem mischte, begann die riesige Bahnhofshalle.

Wenn er am nächsten Morgen den Dampfer bestieg, würde jede weitere Seemeile zwischen New York und ihm ein Stückchen Erinnerung an diese Reise rauben: an die rostbraunen Stahlskelette der Hoteltürme in Chicago, an den handschmeichelnden Marmor in Washington und an das demokratische Ballett der Passanten, die ihm gerade entgegenkamen. An den Schwarzen im abgewetzten grauen Wollanzug. An den dicken Metzgergehilfen mit der blutverschmierten Tasche. Oder an die Frau im braunen Mantel, deren schwarzes Haar überging in den dunklen Heiligenschein eines Pelzkragens und die, als Herman ihre Silhouette bemerkte, langsamer ging, bis sie vor ihm stehen blieb und sagte:

»Und, haben Sie sie gefunden?«

Aus dem Heiligenschein hervor traten markante Wangenknochen und ein tief liegendes Augenpaar. Einen Moment lang fragte sich Herman, welches Renaissancegemälde da zu ihm sprach, bis er begriff, wer sie war:

»Was für ein Zufall.«

»Hätte nicht gedacht, dass sich die Zivilisation hier unten versteckt.« Sie tat, als sei ihre Begegnung nicht zwei Wochen her, sondern wenige Minuten.

»Ich komm' grad aus dem *Pennsylvania*. Das größte Hotel der Welt. Wie eine Kleinstadt, nur effizienter, klarer, schöner …« Mit jedem weiteren Adjektiv fühlte er sich matter. Wer nichts sagte, musste sich nicht unverstanden fühlen. »Sie sind sicher auf dem Weg zu Ihren Eltern?«

»Auch Eltern müssen mal selbständig werden. Ich will mir die Lobby anschauen. Ist vielleicht ein guter Ort für Verabredungen mit möglichen Kunden. Wird jemand aufdringlich, ist man schnell weg. Aber jetzt«, sie atmete tief aus, »sind ja Sie da. Was ist Ihr Eindruck – so als Experte fürs große Ganze?«

»Ich möchte nicht aufdringlich sein.«

»Noch sind Sie's nicht.«

»Bestimmt werden Sie sich auch zur Lobby schnell eine ganz eigene Meinung bilden.«

Sie lächelten. Hermans Lächeln aber war eine Verteidigung. *Dass sich die Zivilisation hier unten versteckt*: Wollte sie sich etwa über ihn lustig machen? Er hätte ihr auf dem Schiff nicht so viel erzählen sollen. Bestimmt gehörte sie zu dieser Art Frau, die ihn immer angezogen und die zu meiden er gelernt hatte: schön – aber sich ihrer Schönheit zu deutlich bewusst. Aus gutem Hause – aber den Zufall ihrer Herkunft vor sich her tragend wie ein Verdienst. Solche Frauen glaubten, Anspruch zu haben auf einen Conférencier, damit sie sich nicht langweilten. Interessante Menschen aber langweilten sich nie, und er war kein Conférencier. Er knipste die Vierzig-Watt-Lampe seines Berufslächelns an und sagte:

»Ich möchte Sie nicht aufhalten.«

»*Das größte Hotel der Welt*? Klingt sehr interessant. Geben Sie mir eine Führung?«

»Das ist alles sehr technisch.«

»Alles andere würde mich auch wundern bei so einem modernen Gebäude.«

»Ich …« Er war ein Torwächter, der einen Goldschatz zu bewachen hatte, und er erfüllte seine Aufgabe miserabel. Sein Blick fand ein in grünes Leinen gefasstes Rechteck: »Was lesen Sie denn da?«

Sie schaute auf das Buch in ihrer Hand: »Ich? Nichts.«

»Nichts?«

Sie seufzte, als wäre es ihr unangenehm: »*Outline of history* von H.G. Wells. Gerade erst erschienen. Eine Geschichte der Erde vom Anfang bis heute.«

»Das ist doch mehr als nichts. Interessant?«

»Die Geschichte der Welt verdient es, im Sitzen erzählt zu werden.« Sie nickte lächelnd in die Richtung, aus der Herman gekommen war.

»Was fanden Sie besonders interessant?«

Irenes Lächeln hielt seine Position, aber ihre Augen kappten alle Verbindungen zum Mund.

»Wussten Sie«, sagte sie nach einer kurzen Pause, »dass Europa und Afrika einmal miteinander verbunden waren?«

»Verbunden?«

»Weil Eis fast ganz Europa bedeckte, sanken die Meeresspiegel. Vor fünfzig-, sechzigtausend Jahren war das Mittelmeer ein riesiges Tal, und an seinem Grund lag eine Seenkette. Menschen gingen vom grünen Afrika ins karge Europa.«

Herman stellte sich vor, wie Wassermassen sich zurückzogen, als folgten sie einem Plan. Wie sie sich auftürmten, neu anordneten als gewaltige Eisblöcke, und wie fruchtbares, nass glänzendes Land aufatmete, befreit von uralter Last.

»Und so was interessiert Sie?«, fragte er. »Geographie? Geschichte?«

»Mich interessiert so gut wie alles. Stoße ich auf etwas Neues, merke ich, mit wie vielen Dingen es verbunden ist. Zufälle gibt es nicht, nur Zusammenhänge, die man nicht erkennt.«

»Schönes Zitat. Von wem stammt das?«

»Irene Villanyi. In ihrem Freundeskreis ist sie weltberühmt.« Zwei dicke Männer zwängten sich an ihnen vorbei. Nach einer Weile sagte sie leiser als zuvor: »Es war interessant, Sie wiederzusehen. Ihnen noch eine schöne Zeit in New York.«

Als sie sich zum Gehen wandte, sah er hinter ihr die marmorne Haupthalle der Pennsylvania Station: ein riesiges Kraftfeld, in dem Menschen herumwirbelten wie Elektronen, rasend schnell, dicht beieinander und doch jeder für sich. Gleich würde es auch sie beide auseinanderreißen, sie auf ihre je eigene, einsame Bahn zwängen. Er fingerte am Monokel, bis eine Vierteldrehung erreicht war, und fragte:

»Wollen Sie keine Führung mehr?«

*

Irene war erstaunt, wie perfekt ihr Plan aufging. Seltsamerweise war sie sich zugleich fast sicher, dass das, was gerade geschah, gar nicht ihrem Plan folgte. Während sie neben Herman Sörgel durch den überfüllten Tunnel ging und er ihr zurief, wie viele Menschen täglich im *Pennsylvania* ein und aus gingen (»Dreitausend Gäste, über zweitausend Angestellte und fünftausend Besucher, erstaunlich, nicht wahr?«), dachte sie daran, wie sie am ersten Morgen in Amerika aufgewacht war und plötzlich gewusst hatte, woher sie seinen Namen kannte. Das wollte sie ihm gern erzählen, wie um etwas wiedergutzumachen. Dabei wusste sie gar nicht, was es wiedergutzumachen gab. Anstatt ihrer Mutter beim Frühstück beizustehen, während diese erst ihren fehlenden Appetit beklagte und dann ihren empfindlichen Magen, hatte Irene sich zurückgezogen, um ein teures Ferngespräch nach *Munich, Germany* anzumelden. Nach mehreren Minuten war endlich eine Verbindung hergestellt mit der Redaktion einer kleinen, der Vermittlung zunächst unbekannten Zeitschrift. Schließlich aber konnte sie den überraschten jungen Mann, der in der Redaktion allein die Stellung hielt, davon überzeugen, dass sie in den kommenden zwei Wochen in New York mit seinem Chef verabredet sei. Bloß habe sie vergessen, wann genau. Als der Büromensch – ein Kerl namens Heizer – antwortete, er habe den Terminkalender des Herrn Chefredakteurs vor sich, aber von einem Gespräch mit einer *Frau Vanilla* stehe da leider nichts, griff sie zu einem drastischen Mittel: Sie imitierte ihre Mutter. Derart eingeschüchtert, zögerte Heizer nur kurz, bis er ihr Datum und Uhrzeit von Herrn Sörgels einzigem verzeichnetem Termin in Manhattan nannte: eine Hotel-Besichtigung.

Seither hätte sie reichlich Zeit gehabt, sich davon zu überzeugen, dass es besser war, nicht herzukommen. Ablenkung gab es genug. Die Menschen hinter ihrer Geschäftskorrespondenz erwiesen sich als redselige Gentlemen und Ladies. Die weißhaarigen Mandelbaums hätten *lovely Irene* am liebsten adoptiert. Eingehüllt in plaudrige Herzlichkeit und Selbstironie, hatte sie sich in der überheizten Wohnung dieser Fremden heimischer gefühlt als je bei ihren Eltern. Danach war sie stundenlang durch übelriechende Straßen der Lower East Side spaziert, bis sie fror.

Und doch war sie jetzt hier. Hatte sich unterwegs ausgemalt, wie sie in der Lobby in einem gut einsehbaren Sessel sitzen und darauf warten würde, nur ein klein wenig überrascht von ihrem Buch aufzuschauen. Dann, so ihr Plan, hätte sie endlich Gewissheit. Müsste sie sich nicht länger fragen, ob sie in seinen Augen etwas gesehen hatte. Zwar hatte sie sich ermahnt, nicht so dumm zu sein. Sie war dreißig, nicht dreizehn, Himmelherrgott! Aber dennoch hatte sie zwei Nächte lang auf dünne Hoteltapeten gestarrt. Auch deshalb war sie hergekommen: um endlich wieder durchzuschlafen.

Ihr Plan hatte nicht vorgesehen, dass sie ihn zuerst sah. Dass sein Gesicht im grausamen Kunstlicht so müde wirkte. Und erst recht nicht, dass er sie so fremd und von ferne anschaute.

»Ich möchte Sie nicht aufhalten«, sagte sie, als am Ende der Passage eine Treppe in Sicht kam.

»Ich habe heute keine Termine mehr.«

Anstatt die Stufen ins Foyer zu steigen, bog er rechts ab. Sie durchschritten die feuchtwarme Dunstwolke eines *Barber Shops*. Der Wachmann an einem schmucklosen Treppenaufgang schien Herman wiederzuerkennen und ließ sie passieren. Hinter einer dunklen Eisentür öffnete sich ein großer, hell beleuchteter Saal, in dem weiß gekleidete Frauen Dutzende Tische rasch, aber nicht gehetzt mit Tellern und Geschirr bestückten. Obwohl keine von ihnen auch nur aufsah, glaubte Irene, eine geheime Zeremonie zu stören.

»Ich versteh' nicht ganz.«

Er lächelte, als machte er ihr ein teures Geschenk:

»Ein Foyer ist dazu da, Gäste zu beeindrucken. Es ist das freundliche Gesicht des Hauses. Aber man kennt ein Gebäude erst, wenn man durch seinen Bauch gekrochen ist. Am besten, man beginnt in der Kellersohle und arbeitet sich nach oben. Das Ganze dürfen nur wenige sehen.«

Irene war nicht sicher, ob sie das Geschenk annehmen wollte. Sie hatte das Foyer auch deshalb als Treffpunkt gewählt, weil sie dort einigermaßen sicher war vor ihrer Klaustrophobie. Die Angst war eine Kindheitsfreundin, die ihr schon lange peinlich geworden war, aber sehr an ihr hing. Andererseits fand Irene ihr Hotelzimmer, das sie vom eigenen Geld bezahlte, auch deshalb so gemütlich wie einen zu engen Schuh. Sie erwiderte Sörgels Lächeln und nickte.

(Später dachte sie manchmal daran, was er ihr an diesem Abend alles gezeigt hatte. Oder besser: Sie fragte sich, wie er sie dazu gebracht hatte, etwas zu empfinden für Dinge, die ihr zuvor als tot, kalt und nebensächlich erschienen waren. Nie enträtselte sie ganz, wie er das geschafft hatte. Und, ob es überhaupt seine Absicht gewesen war.)

Er führte sie durch ein Labyrinth aus Gängen und Räumen, das er offenbar bestens kannte. Er stemmte sich gegen eine Eisentür, hinter der Köche mit verschwitzten Gesichtern unter weißen Mützen schweigend beieinandersaßen und rauchten. Zeigte ihr den *Silver Polishing Room* und den benachbarten *Knife Cleaning Room*. Breitete die Arme aus wie ein Zirkusdirektor, als sie eine lärmerfüllte Sauna voller komplett bekleideter Menschen betraten, die er *Main Kitchen* nannte. Rief in einer Halle, die Irene an den Kohlenbunker eines Ozeandampfers erinnerte, hier würden täglich fünfundzwanzigtausend Pfund Wäsche gewaschen (»Der normale Verbrauch einer Fünfundzwanzigtausendeinwohnerstadt!«). Als er von den dreitausenddreihundertvierzig Telefonapparaten im Haus sprach, klang er stolz wie ein General bei der Inspektion seiner Truppen. Und sie nickte, während er die einhundertsechsundfünfzig Techniker erwähnte, die sicherstellten, dass Heizungen, Lichtanlagen, Waschtrommeln, Eiswasserspender, Ventilatoren, Aufzüge und vieles andere über Elektrizität verfügten. Dabei spülte das Rauschen der mannshohen Geschirrwaschmaschinen auch seine Worte fort.

Sie fröstelten nebeneinander in dunklen Hallen, in denen Tonnen voller Papier, Metall, zerbrochenem Glas und Porzellan auf den Abtransport warteten. Ihre Gesichter röteten sich, als sie Männern zusahen, die Abfälle in prasselnde Ofenfeuer warfen. Flüsternd betraten sie Werkstätten für Schneider, Bügler, Schreiner, Polierer, Maler, Tapezierer und Glaser (»Alle Räume sind mit Maschinen ausgestattet«). Und sie bedauerte es, dass nur Hotelgäste die dreierlei Schwimmbecken zu sehen bekamen. All das interessierte sie mit einem Mal wirklich. Nach einer Ewigkeit, die vielleicht eine Dreiviertelstunde gedauert hatte, sah sie ein Fenster – und dahinter Straßenlaternen, Autos und Passanten mit Hüten. Herman und Irene entstiegen der Unterwelt. Ihre Ohren rauschten.

»Stellen Sie sich vor: Sie kommen heim und finden ein Maschinenschreiben auf dem Tisch«, sagte Herman. »Der Apparat hat verpasste Anrufe aufgenommen und abgetippt! Toll, oder?« Sie standen jetzt im Türrahmen eines leeren Gästezimmers. Eine Putzfrau gab sich im Vorbeigehen keine Mühe, ihre Verwunderung zu verbergen. »In jedem Stockwerk gibt es eine Leitungsfiliale, die mit der Telefonzentrale verbunden ist. Damit das funktioniert, müssen Architekt und Maschineningenieur eng zusammenarbeiten. Und wenn sie alles perfekt machen, ist das Ergebnis« – er suchte unter der Zimmerdecke nach Worten – »eine technische Großleistung im Dienste der Menschen. Zivilisation!«

Irene schaute ihm ins Gesicht. Daraus verschwunden war der Fremde aus der Passage – und zurück der heiter-selbstsichere Herr vom Schiff. Sie wollte, dass er blieb. Seltsamerweise wusste sie kaum noch, was sie in den vergangenen zwei Wochen in ihm gesehen hatte. Mit jedem Abbiegen im Labyrinth der Flure, jeder Bewegung seines großen schlanken Körpers und jedem genau akzentuierten Wort veränderte er sich. Das Beste wäre, wenn er sich als aufgeblasener Kerl erwies. Dann konnte sie zurück nach München reisen und die Erinnerung an zwei seltsame Begegnungen stoßfest verpacken und das Bündel tief im Lagerraum verstauen. Aber so weit war es noch nicht.

»Was«, fragte sie, »hat Ihnen in Amerika am meisten gefallen?«

Das, dachte sie kurz darauf, war ein Fehler.

*

Je länger der *elevator* sie leise quietschend in die Höhe zog, desto weiter entfernte Herman sich von dem Mann, der Irene Villanyi geantwortet hatte:

»Das zeig' ich Ihnen. Kommen Sie!« Der Mann dort unten war überzeugt gewesen, ihr gefalle der Rundgang. Sie hatte sogar nachgefragt, was mit dem zerkleinerten Porzellan passierte. (Es kam, soweit er wusste, auf die praktisch menschenleere Insel Staten Island.) Der andere Mann war sicher gewesen, dass sie nicht bloß eine gelangweilte höhere Tochter war, die Ablenkung suchte. Warum las jemand von ausgetrockneten Meeren, lange überschwemmten Landbrücken und Eiszeiten, wenn nicht aus großäugigem Interesse an der Welt? Deshalb hatte er kurzentschlossen entschieden, ihr zu zeigen, was ihn ähnlich berührt hatte wie jene Nachmittage in Sankt Bonifaz. Ein großzügiges Trinkgeld für den Liftboy, der Herman wiedererkannte, machte es möglich, dass sie beide allein den Aufzug benutzten. Aber je näher sie dem 26. Stockwerk kamen, desto stärker wurde ein Ziehen im Bauch, das wahrscheinlich nicht von der Fahrt kam. Sie lächelte ihn an, als wollte sie ihn ermutigen, aber dann blickte sie immer wieder geradeaus, dabei war da nur dunkelbraune Wand.

»Also«, sagte er auf Höhe der sechsten Etage, »das dort oben ist natürlich nicht das Einzige, was mir an Amerika besonders gefällt.

Ich war in großen Hotels in Buffalo und Washington. Sehr interessant alles, sehr funktional.«

Sie lächelte mit geschlossenem Mund und inspizierte dann den glänzenden Boden.

»Und das Panamerika-Haus in Washington erst. Kennen Sie das?«

Lächeln, Kopfschütteln, Starren. Die Stille war ein unsichtbarer Dritter, der ihnen die Luft wegatmete.

»Das ist die Zentrale der Panamerikanischen Union. Die Einheit von Nord- und Südamerika, in Stein gefasst. Kein einzelner Staat hat hier das Sagen, sondern die Gemeinschaft aller Staaten, große und kleine.«

Sie passierten erst die neunte Etage? Vorhin musste der Lift deutlich schneller gewesen sein. »Drinnen gibt's eine Ausstellung. Große Bilder zeigen dem Südländer, was im Norden alles erzeugt wird, und umgekehrt bekommt der Nordamerikaner Lust auf die Pflanzen, Früchte, Palmen und Schönheiten des Südens. Die Vereinigung der beiden Kontinente ist bloß eine Frage der Zeit, wissen Sie?«

Er gab ihr Zeit, ihn zu unterbrechen. Aber sie sah nur starr geradeaus, als sei er der Liftboy.

»Worauf ich hinauswill«, sagte er, weil das Schweigen wirklich unangenehm wurde: »Das Haus nimmt die Einheit von Norden und Süden vorweg. Mit verändertem Bewusstsein gehen die Besucher zurück in die Welt. Das wird die Welt früher oder später verändern. Architektur *erschafft* also Wirklichkeit.«

Auf Höhe des elften Stocks nickte sie, ohne aufzublicken. Im zwölften hielt die Kabine mit einem leichten Ruck. Als sich die Tür öffnete, sah er fassungslos, dass niemand einstieg. Sie waren zwei verirrte Nervensignale, die das Rückgrat eines Riesen hinaufkrochen.

Beim Leuchten der 13 erzählte er vom Friedenspalast in Den Haag. Bei der 15 bedauerte er, dass der Weltkrieg die Zusammenarbeit der europäischen Staaten empfindlich verzögert habe. Als sie die 16 passierten, tröstete ihn der Gedanke an den Völkerbund, der trotz aller Konstruktionsfehler Großes leisten könne. Bei der 19 sehnte er sich nach einer Völkerbund-Zentrale in Genf, »etwas architektonisch ganz Neues, wie der Bund selbst«. Und zwischen

20. und 21. Stock war er fast sicher, dass ihm nicht nur die Kabinenwand zuhörte. Doch als der *elevator* verlangsamte, wurde das Ziehen in seinem Bauch stärker. Daheim in der Weinstube in der Werneckstraße hatte einer seiner Künstlerfreunde gesagt, der Sörgel doziere wie ein Doktor. Außer wenn er nervös sei, dann doziere er wie ein Professor.

Auf Höhe der 24 bekam das Ziehen im Bauch Verstärkung von einem Drücken, und er verfluchte die elegante Konstruktion von *McKim, Mead and White*, die sie so verlässlich ans Ziel brachte. Wenn er sich wirklich in der Frau getäuscht hatte, dann erkannte er es immerhin früh genug. Das letzte Mal hatte er seinen Fehler erst bemerkt, als er schon geheiratet hatte.

Dann glitten die Türen mit einem verhaltenen Quietschen zur Seite, und kühle Luft an den Beinen erinnerte ihn daran, dass es da draußen Jahreszeiten gab.

*

Irene drängte sich, um dem stählernen Sarg zu entkommen, eilig an Herman Sörgel vorbei. Vor sich sah sie Glasfenster und dahinter Menschen, die ihnen den Rücken zuwandten. Sie zwang ihre Füße vorwärts, links, rechts, links, und schaffte es, weder zu stolpern noch zu rennen. Riss eine schwere Schwingtür auf und stand im Freien. Ging ein paar Schritte, bis sie endlich an der steinernen Brüstung stand, und schloss die Augen. Zwei Wochen lang hatte sie es geschafft, in dieser Stadt der Aufzüge keinen einzigen zu betreten. Aber ihre Klaustrophobie schlief nicht, sie lauerte nur. Eine Brise strich ihr über Pelzkragen und Haar wie ein zartes Tuch. Sie atmete tief ein und wollte nie wieder ausatmen. Tat es dann doch. Atmete wieder ein. Bis sie sicher war, Luft holen zu können, wann immer sie wollte. Als Irene schließlich die Augen öffnete, sah sie in ein Sternenmeer.

Elektrische Sonnen erhellten die Siebte Avenue. Quadratische und rechteckige Sterne leuchteten aus Backsteinbauten herüber. Kometen schossen vorbei, aber nicht weit oben, sondern tief unten, und hupten. Auf dem Hudson River stieß ein Frachtschiff weißen Nebel aus. Darüber ging ein künstlicher Mond auf und unter und wieder auf, bis sein Pilot genug hatte und ein zweiter seine Kunststücke vorführte. Und irgendwo vor der Stadt, wo die Finsternis alles Licht verschlang, wachte *Lady Liberty*. Hier oben waren alle Geräusche der Stadt gedämpft. Irenes Körper aber erinnerte sich deutlich an Dampfschwaden aus mannsgroßen Waschkesseln in ihrem Gesicht. An den Geruch von gebratenem Fett, an die trockene Hitze eiserner Heizkörper, an die unwirkliche Kälte der Eiskammer, an das Rauschen Tausender Glasscherben, die in eine Tonne stürzten. Und an die Fahrstuhlwände, die sich an sie herangeschlichen hatten, bis sie geglaubt hatte, ohnmächtig zu werden. Sie legte ihre Hände auf die kühle steinerne Brüstung. Menschen hatten aus Stahl und Beton einen Riesen geformt, auf dessen Schultern sie nun stand. In dessen Innern schufteten ohne Unterlass unbekannte Menschen, wärmten, nährten, kühlten, pflegten und leerten den Riesen in einer Welt jenseits von Tag und Nacht. Sie mochten sich auf der Straße nicht erkennen, aber sie waren unsichtbar miteinander verbunden.

»Alles ›nur‹ Menschenwerk«, flüsterte sie und wusste selbst nicht genau, was sie meinte. Im Augenwinkel erkannte sie Herman Sörgel, der neben ihr stehen blieb. »Warum haben Sie mich hierhergeführt?«

»Gefällt es Ihnen?«

»Sagen Sie schon.«

»Ich will Sie nicht langweilen.«

»Wieso langweilen?«

»Ich neige dazu, Monologe zu halten.«

»Dann unterbreche ich Sie ab und zu.« Der Lichtstrahl eines Scheinwerfers tanzte über eine dunkle Backsteinfassade.

»Also«, er räusperte sich, machte eine Pause, »schauen Sie sich bitte die Avenue an«. Sie sah in die künstliche Schlucht, an deren Flanken Gebäude emporragten wie Klippen, manche wenige Stockwerke hoch, andere höher als das Hotel. Von innen wie außen beleuchtet, glichen sie dunklen Eiskristallen. »Stellen Sie sich vor, die Avenue wäre bebaut wie eine Straße in Berlin oder Paris. Überall ›einheitliche Blockfront‹, die gleiche vorgeschriebene Gebäudehöhe, alles schön ordentlich und gleichmäßig. Harmonie ist schließlich Schönheit, richtig? Aber *diese* Stadt wäre tot. Ihr architektonischer Nerv würde absterben, ihr Rhythmus und Pulsschlag aufhören.« Er trat einen Schritt vor, stand jetzt direkt neben ihr. »Warum übt gerade diese Stadt auf Verstand und Seele so eine Macht aus? Weil sie vollkommen absichtslos erbaut wurde. Sie strotzt vor Kraft. Will sich bewegen, wachsen, sich immerzu verändern. Sie ist wie …« Er schüttelte leicht den Kopf und legte die Hände auf die Brüstung, als wollte er sich abstützen.

»… wie das Leben selbst«, sagte sie der Abendluft.

Sie spürte, wie er ihr das Gesicht zuwandte, erst sie anschaute, dann das glänzende Halbdunkel vor ihnen. So standen sie eine Weile nebeneinander, bis er schließlich leise fragte:

»Wollen wir gehen?«

»Ich würde gern noch bleiben. Falls es Ihnen nicht unangenehm ist, hier zu sein. Allein mit einer Frau, die nicht Ihre Frau ist.«

Sie konnte nicht glauben, wie direkt sie war. Und wie wenig es sie kümmerte.

»Sie könnten mich einfach fragen, ob ich verheiratet bin. Geschieden. Seit vier Jahren.«

»Das tut mir leid.«

»Mir nicht.«

Sie lächelte. »Kinder?«

Er schüttelte sehr langsam den Kopf.

»Ich«, hörte sie sich sagen, »werde nie heiraten.«

Deshalb hatte sie ständig an ihn gedacht. Nicht, um einen seltsamen, wenn auch seltsam attraktiven Mann wiederzusehen. Zumindest nicht *nur* deshalb. Sondern auch, um diese andere Frau in sich hervorzulocken, die so etwas auszusprechen wagte.

»Im Krieg«, sagte sie nach einer Pause, »hörten die Soldaten in den Schützengräben, wie ihre Feinde ein paar Meter weiter Kaffee kochten, lachten, schnarchten. Dann rannten sie hinaus, um einander zu töten. Wer überlebte, zog sich erschöpft zurück, und am nächsten Tag ging's weiter.« Sie stellte sich vor, wie das Spalier der Laternen dort unten verblasste, ein Licht nach dem anderen vor der Schwärze kapitulierte. »Meine Eltern führen seit vierunddreißig Jahren Krieg gegeneinander. Eigentlich vor allem meine Mutter gegen meinen Vater. Jeden Tag überrennt sie seine Stellung. Am nächsten Morgen steht er auf, als sei nichts geschehen. Ich glaube, das macht sie nur noch wütender.«

Es war schrecklich, so was zu sagen. Und es war gut, denn es war die Wahrheit.

»Ihre Mutter und meine Exfrau sollten einander kennenlernen«, sagte er ruhig. »Würden sich gut verstehen.«

Sie lachte auf; lachte, bis ihre Zähne kalt wurden. Dann sah sie ihrem Atem hinterher und fragte:

»Sie waren nicht einfach so auf der Kinderstation, oder? Damals, kurz nach dem Krieg?« Keine Ahnung, warum sie sich ausgerechnet jetzt an diese Szene erinnerte. Aber nicht zu fragen wäre ihr falsch vorgekommen, geradezu unehrlich. Ihre linke Hand streifte wie zufällig seine rechte, die auf der Brüstung ruhte. »Junge oder Mädchen?«

Er zog seine Hand zurück und trat einen halben Schritt zur Seite.

»Entschuldigung«, flüsterte sie. Ihr Herz raste wie vorhin im Käfig. Sie war zu weit gegangen, außer Kontrolle geraten, und zur Strafe würde sie 26 enge Stockwerke zu Fuß hinabsteigen müssen. Sie war zu viel für andere Menschen, zu laut, vorlaut.

»Das wollte ich nicht«, sagte sie noch leiser. »Ich meine …«

Langsam legte er seine warme Hand auf ihre.

4

Nur in der Bewegung liegt endloser Reiz.

Erich Mendelsohn: *Brief an Luise Maas* (1910)

Zürich, 8. Mai 1926

Irene hielt die Augen geschlossen, damit die Nacht noch ein bisschen dauerte. Die Sonne tränkte schon das Hotelzimmer, hinter dem Fenster lärmte die Stadt, und ihr ganzer Körper erinnerte die vergangene Nacht. Alles, was sie wollte, lag in diesem Bett. Langsam legte sie sich auf die Seite und ihren Kopf auf seine schlafende Brust. Genau so, wie es in den Groschenromanen stand, die sie so lächerlich fand. Es fühlte sich herrlich an. Alles fühlte sich herrlich an mit ihrem seltsamen Heiligen.

Nachts war Herman ihr auf eine andere Weise nah als tagsüber. Am Tag konnten sie stundenlang ihre Reisen planen. War Rom im Juni schöner als Nizza im August, und was sprach für Monaco im September? Manchmal aber entfernte Herman sich von ihr, gerade indem er mit ihr redete. Wenn er von Denkmälern der römischen Antike oder der norditalienischen Gotik erzählte, veränderte sich sein Blick. Er war dann weit weg, von der Welt getrennt durch sein Einglas. Der Herman der Nacht aber war immer ganz bei ihr, auch wenn sie nicht miteinander schliefen. Er war dann ganz Körper, ganz Wärme, ganz nah.

»Liebste.«

Mit seinem ersten Wort öffnete sie die Augen. Beim Aufwachen sah Herman immer aus wie ein Junge, zerzaust und ungeschützt. Dass nur sie ihn so sehen durfte, war eines seiner vielen kleinen Geschenke an sie, und bald würde er es ihr jeden Morgen machen. Wenn sie erst in einer gemeinsamen Wohnung lebten.

»Schön schaust du aus«, flüsterte er.

»Hast mich doch noch gar nicht angesehen heute Morgen«, sagte sie lächelnd zu seinem Kinn.

»Aber ich weiß ja, dass es stimmt.«
Sie gab den Stoppeln einen Kuss und flüsterte:
»Lass uns den ganzen Tag im Bett bleiben.«
»Und dein Vater?«
Sie machte ein Geräusch zwischen Grummeln und Seufzen.
»Du magst ihn doch. Und er dich, oder?«
Sie nickte.
»Hast du Angst, dass er mich nicht mag?«
Schweigen.
»Warum sollte er mich nicht mögen? Auf dem Schiff wirkte er doch sehr offen und interessiert.«
»Ist er auch. Er hat mehr über Kunstgeschichte vergessen, als ich je wissen werde. Ihr zwei seid euch sehr ähnlich.«
»Ich frag' mich, was Sigmund Freud dazu sagen würde.«
»Das mein' ich nicht. Wenn er sieht, was für ein Mann du bist, wird er begreifen, dass du und ich zusammengehören.«
Herman wandte ihr das Gesicht zu, damit sie sein fragendes Stirnrunzeln sah.
»Dann wird er verstehen, dass ich ihn und Mutter bald seltener besuchen werde. Er ist dann ganz allein mit ihr.«
»Sie scheint doch ziemlich eigenständig zu sein.«
Irene liebte es, wie positiv Herman die Dinge sah. Ihm konnte sie von ihren Sorgen erzählen, ohne zu fürchten, ihn damit zu belasten. Trotzdem war es unfreundlich von Mutter gewesen, zuerst einzufordern, dass Irene und Herman am Ende ihrer Reise in Zürich vorbeikamen, damit sie »diesen Herren« besser kennenlernen konnte – und sich dann wenige Tage vor dem Treffen ins Sanatorium zurückzuziehen. Nur Irene allein solle sie für ein paar Stunden in den Bergen besuchen, alles andere überfordere ihre Nerven.

Noch vor Kurzem hätte Irene sich gesorgt, ob Mutters Gesundheit diesmal endgültig einbrach. Dabei wusste sie, wie rücksichtsvoll die Krankheit sich gegenüber Fredy Villanyis Terminkalender erweisen konnte. Vor Vaters Soiréen stieg Mutters Temperatur spontan an, und sie sank vor Treffen mit ihrer einzigen Freundin. Inzwischen fiel es ihr leichter, Mutter etwas übel zu nehmen. Denn in gewisser Weise tat sie das nicht selbst, sondern sie ärgerte sich stellvertretend für Herman. Oder war es etwa nicht unhöflich, den Partner ihrer Tochter zu meiden? So wie damals, als eine Unpässlichkeit Mutter von Irenes Schulabschlussfeier fernhielt, aber nicht von einem Theaterbesuch? Ja, sagte sie sich, sie konnte froh sein, dass Mutter nicht dabei sein würde, und das war nicht ihre Schuld.

»Wir müssen los«, sagte Herman und griff nach dem Monokel auf dem Nachttisch.

»Noch was«, sagte sie. »Lass meinen Vater nicht die ganze Zeit reden. Erzähl' auch von dir. Von der *Baukunst*.«

Er richtete sich im Bett auf und zwang Irene so, den Kopf von seiner Brust zu nehmen. Sie ließ sich aufs Kissen fallen.

»Das möchte ich nicht.« Er klemmte das Einglas vors Auge.

»Deine Arbeit ist doch interessant.«

»Darum geht's nicht.«

»Dann erzähl' vom Bauprojekt vom Borst. Mein Vater mag große Ideen.«

»Ach, *große Idee* ...«

Seine Stimme klang fremd. Sie richtete sich auf:

»Was ist los?«

»Ich erzähl's dir nach Kochel.«

»Warum willst du unbedingt in dieses Kaff?«

»Ich erklär' dir nachher alles. Versprochen. Bitte vertrau mir.« Er wirkte plötzlich nervös.

»Muss ich mir Sorgen machen?«

Er sah sie zärtlich an und seufzte:

»Entschuldige. Du solltest dir überhaupt nie Sorgen machen müssen.« Er küsste sie auf die Stirn, und sie erinnerte sich an seinen Mund. Vorsichtig griff sie nach dem Monokel, legte es zurück auf den Nachttisch, und er verstand.

*

Neun Tage zuvor:

München, 29. April 1926

Obwohl Herman nicht zum ersten Mal hinausradelte zur erstaunlichsten Baustelle der Stadt, fiel ihm diesmal auf, wie anmutig München gerade dort war, wo es niemanden beeindrucken wollte. Nordwestlich vom Zentrum führte die Dachauer Straße an schlichten Reihenhäusern vorbei, bis hinaus zu Schafweiden und blühenden Eschen, wo sie zur unbefestigten Allee wurde. Es roch nach Erde, Rosmarin und Zukunftsfreude. Herman war, als sei zum ersten Mal seit Jahren Frühling.

Wie richtig sich alles anfühlte. Die Zeitschrift war wie für ihn gemacht. All die Gedanken und Ideen, die so lange in ihm gewesen waren, durften endlich auf großformatiges Papier. Jetzt lasen ihn Architekten in Hamburg, Berlin und Dessau. Sie wollten sogar für die *Baukunst* arbeiten. Für ihn! Früher hatten verstockte Professoren seine beiden Doktorarbeiten abgelehnt. Heute war seine *Architektur-Ästhetik*, zwischen zwei Buchdeckel gepresst, ein Verkaufserfolg.

Noch war der alte Kontinent nicht erstickt durch den Ruß der Schornsteine, erdrückt von seinen Volksmassen, zermürbt von Hass und Krieg. Noch gab es Hoffnung. Auch wegen Menschen wie Bernhard Borst. Gleich wollte er ihn nach einer Gehaltserhöhung fragen, und zum ersten Mal in seinem Leben war er sicher, sie vollauf zu verdienen. In der Frühlingsluft tanzten weiße Blütenpollen.

Irene und ihn hatte es bis auf den Nordatlantik hinausgeweht, bevor sie einander begegneten. Eine Verkettung statistischer Unwahrscheinlichkeiten hatte sie in einem Tunnel in New York aufeinandertreffen lassen. Weniger nüchtern denkende Menschen mochten von Schicksal sprechen. Irene hatte Wort gehalten: Verirrte er sich in einem Monolog, überraschte sie ihn mit einer klugen Frage. Einmal hatte er offenbar recht ausführlich erzählt, wie sich das isoliert stehende Siegestor mit der Umgebung in Kontakt bringen ließe (vorgeschobene, kleinere Arkadenbauten links und rechts würden genügen). »Bau dir doch bitte auch so was, ja?«, hatte sie da gesagt. »Du verlierst nämlich grad auch den Kontakt zu deiner Umgebung.« Das brachte ihn zum Lachen, denn er wusste um seine Empfindlichkeit. Jedes kritische Wort drang in ihn ein wie ein Virus, setzte sich tief in ihm fest und vermehrte sich, bis ihm übel wurde. Das lag nur zur Hälfte an den Bemerkungen selbst, zur anderen aber an seiner Unfähigkeit, sie zu vergessen. So wollte er nicht sein. Wollte anderen keine Macht über sich geben. Wollte sich nicht vergiften. Er wollte so gefasst sein, wie er meist wirkte. Undurchdringlich. In der Weinstube gab er den klassisch gebildeten, jovialen Künstlerfreund, in der Redaktion den gütig-strengen Chef. (Dort fand er nicht immer den rechten Ton. Er hätte Heizer nicht schelten sollen, weil der einer unbekannten Anruferin aus Hermans Terminkalender vorgelesen hatte. Früher oder später musste er ja herausfinden, was es mit *Frau Vanilla aus New York* auf sich hatte. Kein Wunder, dass er jetzt schmollte.)

Künstler, Architekt, Redaktionsleiter – das alles waren Teile von ihm. Aber so zu tun, als sei er mit ihnen identisch, kostete viel Kraft. Kraft, die ihm fehlte, um die nächste spitze Bemerkung an sich abperlen zu lassen. Irenes Worte aber verletzten ihn nie. Nie überlegte er, welchen Vorwurf sie darin wohl verbarg. Sie meinte, was sie sagte, und sagte, was sie meinte. Dabei war sie ihm auf so selbstverständliche Weise ebenbürtig, dass er sich endlich, endlich entspannen konnte. Ihretwegen würde er Borst nach einer Gehaltserhöhung fragen. Dann hätte er genug Geld, um sie zu einer Reise einzuladen. Und im obersten Stock eines Wolkenkratzers in Manhattan oder Chicago würde er etwas eigentlich Unsinniges tun, das mit Irene aber Sinn ergab. Den Ring hatte er schon ausgesucht.

*

August Villanyi öffnete lächelnd die Tür.

»Seid aber spät dran!«

Ohne auf Erklärung zu warten, winkte er Herman und Irene hinein und führte sie in den Salon. Ihr Vater war das Gegenteil dieses Hauses. Er trug Westen, die so stark mit Ölfarbe besprenkelt waren, dass es aussah, als trüge er auf der Brust einen großen Schmetterling spazieren. Selbst Irene wusste nicht, ob ihm das einfach passierte oder ob er zeigen wollte, wie unkonventionell der Spross einer ungarischstämmigen Adelsfamilie sein konnte. Das bunte Rieseninsekt flatterte umher zwischen dunklen Stühlen, Tischen und Schränken, die vor der Jahrhundertwende in Mode gewesen waren, wuchtige Zeugnisse von Stil und Kaufkraft. Solange Irene denken konnte, hatte sich hier, abgesehen von den Gesichtern der Bediensteten, wenig verändert. Das Haus war wie ihre Mutter: auf geschmackvolle Weise erstarrt. Ihr Vater aber war unbefangen und direkt. Beiläufig fragte er, welche Ausstellungen sie in Zürich bereits gesehen hätten, und war überrascht, als er hörte, sie hätten einen ganzen Tag ohne Museumsbesuch verbracht. Er erzählte von seiner Malerei (»eine Liebhaberei, mehr nicht«) und fragte, als sei Herman bereits Teil der Familie, wann die beiden sich Berlin anschauen würden, den Geburtsort seiner Tochter. Dafür liebte Irene ihn noch ein bisschen mehr.

»Aber jetzt erzählt.« Er lehnte sich im Stuhl zurück. »Was ist so wichtig, dass Ihr es persönlich sagen wollt?«

»Es ist nicht, was du vielleicht denkst, Papa.«

»Woher weißt du, was ich denke? Manchmal weiß ich das nicht mal selbst.«

Sein Lächeln machte es ihr leichter zu sagen, was sie zu sagen hatte.

»Wir …« In diesem Moment näherten sich Geräusche von der Eingangstür: ein kurzer Wortwechsel zwischen einem Bediensteten und einer Frau, Schuhklappern auf Eichendielen, schließlich ein geseufzter Halbsatz in der Zimmertür:

»Dieser schwere Mantel.«

August Villanyi sprang auf, um seiner Frau aus dem Mantel zu helfen, doch sie ließ ihn nachlässig auf einen Stuhl fallen und sich von ihrem Mann auf die Wange küssen.

Mutter war gekommen! Irene war so dankbar, dass sie ihr etwas abnehmen wollte: Hut, Sonnenschirm, Kummer. Irgendwas. Fredy Villanyis Teint war geradezu rosig, als sie Irene flüchtig küsste und Herman die Hand reichte. Vorsichtig setzte sie sich in einen Sessel, weit weg von den anderen, und griff sich an den schlanken, von einem zarten Schal umhüllten Hals. »Unsere Tochter besucht uns, das kommt ja nicht so häufig vor.« Während das Hausmädchen ihr Tee servierte, sagte sie, ohne aufzusehen: »Und sie hat jemanden mitgebracht.«

»Mutter, du hast Herman ja schon kurz kennengelernt«, sagte Irene freundlich. »In Zukunft wirst du ihn häufiger sehen.«

»Aha. Und Sie sind also Journalist?«

»Gelernter Architekt und Baumeister, gnädige Frau. Derzeit schreibe ich vor allem.«

»Für diese Zeitschrift? Wie hieß sie doch gleich?«

»*Baukunst.*«
»Von der habe ich so einiges gehört.«
»Das freut mich.«
»Ja? Erzählen Sie mir davon.«
»Ich möchte Sie nicht mit Details langweilen.«
»Ich will einfach mehr über Sie erfahren.« Mutter lächelte. Herman nicht.

*

Aus der Ferne ähnelte Hermans Ziel einer Burg. Auf flachem Feld erhob sich eine mehrere hundert Meter lange, rund zwanzig Meter hohe Mauer. Die einzigen Eingänge waren zwei Torbögen in der Mitte, und oben in den Zinnen schienen Soldaten zu wachen. Beim Näherkommen erwies sich die Burg als Baustelle, die Soldaten als Maurer und die Zinnen als Lehmziegel, die sie zwischen Fensteröffnungen aufeinanderschichteten. Wie viel sein Chef in anderthalb Jahren geschafft hatte!

Herman ging durch den Torbogen. Alles hier war erfüllt von Borsts Energie. In dem riesigen Innenhof gingen die Arbeiter schneller als auf anderen Baustellen, und Seilgewinde zogen Lasten rascher in die Höhe. Vor einem nahezu fertigen Hauseingang stand, von Arbeitern umringt, ein etwa vierzigjähriger Mann im grauen Dreiteiler, die Hände in die breiten Hüften gestemmt, ein fast ebenso breites Lächeln unter dem brünetten Schnauzbart. Als er Herman näher kommen sah, rief er:

»Ah, der Herr Regierungsbaumeister! Sind Sie auch endlich da!«

Herman lachte im Gehen auf, als hätte Borst einen gelungenen Scherz gemacht. Was war nicht zu mögen an einem Unternehmer, der so viel Geld in den Bau Hunderter dringend benötigter Wohnungen steckte? Der mutig darauf vertraute, solvente Mieter in eine Gegend locken zu können, in die nicht mal eine Tram fuhr? Und der obendrein kühne Pläne verfolgte: ein zwölfstöckiges Hochhaus, umgeben von mehr als einem Dutzend parallel angeordneter Häuserriegel, die sich zur Straße hin öffneten? Eine riesige Hand, deren Finger sich ausstreckten. So etwas Modernes gab es nicht im gemütlichen München.

»Sind aber weit gekommen, Herr Borst! Die ersten Wohnungen sind wohl bald bezugsfertig?«

Zur Antwort zerquetschte der Bauherr ihm beinahe die Hand und flüsterte:

»Als ob Sie das interessieren würde.«

Herman suchte im kantigen Gesicht nach Spuren eines Scherzes und fand keine.

»Ach, was«, rief Borst so laut, dass die Arbeiter ihn gut hören konnten, »mehr als hundert sind schon bezogen!«

»Donnerwetter!« Er rieb seine schmerzende Rechte, so unauffällig er konnte. »Und der Büroturm? Entsteht gleich da hinten, richtig? Von der Straße aus sieht man den noch gar nicht.«

»Was? Ach, das … Nein, nein.« Borst sah Herman kurz fragend an, dann schob er ihn fort von den Arbeitern: »Kommen Sie mit, ich zeig' Ihnen was.«

Wortlos stapften sie vorbei an Pfützen, Ziegelhaufen und langen Eichendielen und auf ein Reihenhaus zu. Die Fenster hatten weiße Holzläden, über der Eingangstür war ein schmiedeeisernes Gitter angebracht, und als sie durch die braune Holztür traten, roch Herman frischen Lack. Im Flur bemerkte er, dass es nirgends Briefkästen gab. Doch anstatt in eine Wohnung führte der Hausherr seinen Besucher durch den Hintereingang wieder hinaus. Wieder standen sie vor einem Reihenhaus, und wieder gingen sie schweigend hindurch. Schließlich auf der anderen Seite angekommen, fragte Borst:

»Und?«

Herman blickte sich um. Wo er den Rohbau des Hochhauses erwartet hatte, war bloß Matsch, lang und breit wie ein Fußballplatz. Entlang der Außenlinien steckten Arbeiter junge Bäume in frisch ausgehobene Löcher. Und dahinter, dort, wo in einem Stadion die Tribüne war, standen vierstöckige Reihenhäuser mit noch mehr weißen Fensterläden, Ziergittern und schweren Eingangstüren. Herman hätte nicht mehr sagen können, wo Norden und Westen waren. Er stand tatsächlich in einer Art Burg und neben ihm der zufrieden schnaufende Burgherr.

»Na, wie finden Sie's?«

Herman nickte, um Zeit zu gewinnen. Zuerst hatte Borst einen Preis ausgelobt, damit Architekten ihm Vorschläge für die Bebauung seines Riesenareals schickten. Dann aber hatte er alle Einsendungen verworfen und selbst einen Plan gezeichnet, den Herman großartig fand. In der *Baukunst* hatte er ihn sogar abgedruckt. Nur hatte der Entwurf einer Siedlung, die sich auf allen Seiten zur wachsenden Stadt hin öffnete, nicht viel gemein mit diesem stillen Burghof.

»Ich versteh' nicht recht.«

»Dacht' ich mir! Sie sind zu verkopft! Hatten halt immer alles.« Herman versuchte, die Bemerkung zu überhören. »Aber ich musste kämpfen, von Anfang an. Mit vier konnte ich noch nicht richtig laufen, so schwach war ich. Da träumte meine selige Mutter davon, in einem eigenen Haus zu leben. Und warum? Weil's das Schönste auf der Welt ist, deshalb! Weil's Sicherheit gibt, Sauberkeit, Geborgenheit. Und deshalb geb' ich Leuten, die zur Miete wohnen müssen, was einem Eigenheim am nächsten kommt: vier Wände, fließend warmes Wasser und einen Garten. Ich bau' sogar eine Großwäscherei. Die holt die Kleidung an der Wohnungstür ab und liefert sie 24 Stunden später aufgefaltet zurück – ersetzt ein Dienstmädchen und entlastet die Hausfrau. Der Komfort eines Hauses zum Preis einer Mietwohnung!«

»Und das Hochhaus für die Verwaltung?«

»Modische Schnapsidee. Ist vom Tisch. Warum sollte ich mitten in die schönste Landschaft so einen Klotz hinpflanzen? Den braucht niemand, und er nimmt den anderen Häusern das Licht.«

Irgendetwas störte Herman. Aber er war wohl zu empfindlich, *zu verkopft*. Er dachte an Irenes Lachen und schwieg.

»Wenn ich mit den Häusern fertig bin, lass' ich Kunstwerke in die Gärten stellen. Keiler aus Bronze, prächtige Hirsche, griechische Skulpturen, so was. *Erhebende* Sachen! Balkone baue ich keine mehr an. Die Leute stellen nur ihren Krempel drauf, oder sie glotzen von oben herab auf die Passanten. Die sollen aber *reden* mit den anderen! Ich denk' da an Nachbarschaftsfeste, Kasperletheater, Singabende. Da fällt's auf, wenn einer fehlt. Sonst machen die Leute doch, was sie wollen!« Borst blickte ihn an auf eine Art, die Herman unwillkürlich einen Schritt zurücktreten ließ. »Geschäfte ziehen auch noch ein. Lebensmittel, Friseur. Wissen schon. Wer nicht will, muss gar nicht mehr raus. Eine eigene kleine Welt! Das Ganze braucht natürlich noch einen passenden Namen. Meine

Arbeiter machen schon Vorschläge: *Paradies, Himmelreich, Frohburg, Borsts Idealviertel*. Aber mich«, sagte er mit einem Kopfschütteln, »will ich da gar nicht aufdrängen. Was denken Sie?«

Herman war dankbar für die Wendung ins Unverfängliche. Denn er wusste jetzt, warum ihm so unwohl war. Der schmiedeeiserne Zierrat und die hölzernen Fensterläden, der nach innen gezwungene Blick und die verordnete Geselligkeit – das alles fühlte sich abgestanden an, noch bevor die Siedlung fertig war. Alles hier wirkte wie aus einer Zeit ohne Dampfmaschinen, Elektrizität oder städtegroße Fabriken. Dieses *Paradies* schottete sich nicht nur von Verkehrslärm ab, sondern von einem ganzen Jahrhundert. Es war keine ausgestreckte Hand, sondern eine Faust.

Herman nickte. »*Idealviertel* klingt gut!«

Sein Chef stapfte die Erde rings um eine Hecke fest und fragte, ohne aufzublicken:

»Was haben Sie eigentlich gegen mich?«

*

Wann hatte ihre Mutter je so viel Interesse gezeigt? Fast machte sie sogar Irene glauben, sie sei bester Gesundheit. Von anderen Menschen wenig zu erwarten, dachte sie, hatte Vorteile. Man konnte positiv überrascht werden.

Herman erzählte, so knapp er konnte, von überraschenden Auflagensteigerungen, ästhetischen Vorgaben für Anzeigen (um das Blatt nicht durch hässliche Werbung zu verunstalten) und Plänen für eine englischsprachige Ausgabe (ein ganz neuer Markt!).

»Interessant«, unterbrach Mutter. Sie zog ein beigefarbenes Magazin aus ihrer großen Handtasche. »Steht was davon hier drin?«

Der Anblick der brandneuen Mai-Ausgabe verscheuchte Irenes letzte Zweifel: Herman öffnete in diesem Haus mühelos Fenster, die sie für verriegelt gehalten hatte.

»Die hab' ja noch nicht mal *ich* gelesen!«, rief Irene.

»Warum denn nicht?«

»Es gab Verzögerungen beim Druck, richtig?« Sie sah Herman an, und der nickte. Der Arme wirkte nervös. Wenn er bloß wüsste, dass er gerade die freundlichste Version Fredy Villanyis zum Vorschein brachte.

»Und privat?«

»Bitte?« Die Frage schien ihn aus Gedanken zu reißen.

»Welche Pläne haben Sie mit unserer Tochter?«

»Mutter …«

»Schon gut.« Er legte ihr kurz die Hand aufs Knie. »Wir wollen zusammenziehen. Schon bald.«

»Vor der Hochzeit?« Mutters Lächeln hatte Mühe, sich im Gesicht zu halten.

»Na, ja …« Herman blickte unsicher zu Irene.

»Wir werden gar nicht heiraten.« Da, sie hatte es ausgesprochen! Irene war stolz und erleichtert zugleich.

»Uneheliche Kinder haben es schwer, immer noch.« Ihr Vater war rührend in seinem Unverständnis.

»Wir wollen auch keine Kinder.«

In drei Sekunden würde ihre Mutter eine Antwort geben, die weh tat und worauf Irene sich nicht vorbereiten konnte. In zwei, eins …

»Das ist vielleicht das Beste«, sagte Fredy Villanyi ruhig.

Irene schaute überrascht zu ihr hinüber. Kein Aufprall? Kein Widerspruch einer Frau, die ihr Dasein auf die Kraft zweier Wörter gründete, *Gattin* und *Mutter*?

»Kinder«, fügte sie seufzend an, »können ein Leben auch ruinieren«.

Ein Schlag in Irenes Bauch, ein ausgesetzter Atemzug. Aber diesen Schmerz kannte sie schon. Er würde bald vergehen.

»Ich bin überrascht, Mutter. Du denkst so … progressiv.«

»Ich bin nicht so verstaubt, wie du vielleicht glaubst. Natürlich hat man ohne Familie Zeit für andere Dinge. Man kann träumen.« Mutter wandte sich an Herman: »Warum wollen Sie keine Kinder?«

Irene wusste, warum *sie* keine wollte. Kindheit, das war das Warten auf einen Gutenachtkuss und die Frage, ob ihre Mutter diesmal kam; das war das erschöpfte Einschlafen, während man sein kleines Hirn durchsuchte nach Dingen, die man wieder falsch gemacht hatte; und schließlich, wenn man mitten in der Nacht allein im Dunkel erwachte, war es die Angst, man könne Mutters Besuch verpasst und sie dadurch noch mehr verärgert haben.

»Zum einen«, begann Herman tastend, »bin ich schon über vierzig.«

»Ist doch kein Alter für einen Mann!«, rief ihr Vater.

»Zum anderen möchten wir nicht noch mehr Kinder in diese übervölkerte, unsichere Welt setzen.«

An jedem anderen Tag hätte Fredy Villanyi – wie jede kultivierte Vertreterin ihres Milieus – das Gespräch an dieser Stelle in eine andere Richtung gelenkt, um den politischen Sumpf großzügig zu umgehen. Jetzt aber sagte sie:

»Das müssen Sie mir genauer erklären.«

»Wie Sie sicher wissen«, begann Herman, »leben in den Großstädten Tausende Familien in fauligen Löchern. Für die müssen sie auch noch hohe Mieten zahlen. Die Fabrikarbeit macht die Männer stumpf und brutal. Ihre Kinder wachsen im Elend auf und lernen nur, dass jeder gegen jeden kämpfen muss, um zu überleben. Europa wird zu eng, und Amerika nimmt kaum noch Einwanderer auf.«

Gerade wollte Herman über die Belastung durch Kohlestaub sprechen, als Mutter sagte:

»Faszinierend. Das große Ganze, die Politik – davon verstehe ich natürlich nichts. Aber sagen Sie: Haben Sie denn gar keine Hoffnung?«

»Natürlich kann man etwas tun. Sich engagieren für internationale Zusammenarbeit. Die Staaten Europas …«

»Was Herman meint«, unterbrach Irene: »Wir wollen uns einsetzen für etwas, das größer ist als wir. Eine Idee, ein Ideal.«

»Was für ein *Ideal* denn?« Ihre Mutter sah aus, als hätte Irene vor ihr ausgespuckt.

Irene hatte bloß etwas sagen wollen, um das Thema zu beenden. Aber die Worte fühlten sich überraschend richtig an, wie lange in ihr gereift. Doch jetzt schnitt die Stimme ihrer Mutter – härter, ungeduldiger als zuvor – ihr das Wort ab, und sie schwieg.

»Den Frieden«, sagte Herman.

»Aha.« Ihre Mutter lächelte wieder.

Aber Irene hatte in ihren Augen etwas gesehen, wenn auch nur eine halbe Sekunde lang: den Blick einer Jägerin auf ihre Beute.

*

»Ich«, sagte er stockend, »habe überhaupt nichts gegen Sie.«

Die Stimmung seines Chefs war umgeschlagen wie das Wetter. Herman fröstelte.

»Das hier wird mein Lebenswerk, das spür' ich! Alles, was ich kann und will, fließt *hier* rein! Haben Sie was Ähnliches vorzuweisen? Irgendwas?« Borst reckte das Kinn und flüsterte: »Arbeiten Sie überhaupt gerne für die *Baukunst*?«

»Aber natürlich!«

Langsam zog Borst aus der Innentasche seines Anzugs ein paar Zettel, entfaltete sie und las laut vor:

»Wenn man zum ersten Mal die Michigan Avenue entlangfährt – die geräumigste Amerikas – und sieht die Wolkenkratzer hier und dort als Blickziel auftauchen, fühlt man unmittelbar: Auch diese scheinbare architektonische Willkür hat eine starke Seele, gerade in dem nur aus Zweck entstandenen Bild liegt der Charakter. Zum ersten Mal wurde mir der Vorsprung amerikanischen Bauens bewusst: Sie bauen nicht mit künstlerischen Absichten, durch das große Kaliber ihres Werkes wird es ganz von selbst künstlerisch. Kunst kann nur unbeabsichtigt entstehen – alles andere ist Museum, aber nicht lebendige, zeugende Kunst.«

Sein Chef ließ die Hand mit den Zetteln sinken. Herman erkannte zwischen den maschinengeschriebenen Zeilen die eigene geschwungene Handschrift.

»Was soll das?« Borst blickte auf ein Reihenhaus gegenüber, als ertrüge er den Anblick seines Angestellten nicht.

»Das ist der Bericht über meine Amerika-Reise, für die kommende Ausgabe. Diesen Monat geht es um Chicago …«

»Weiß ich«, sagte Borst barsch.

»… Und darin beschreibe ich, wie … wie *urwüchsig* die amerikanische Architektur ist. Ganz anders als bei uns. Sie ist von Gewinnsucht getrieben. Aber auch frisch, mutig, unverstellt vom Ballast der Geschichte.«

»*Ballast* … Ein halbes Jahr geht das nun schon so!« Borst sah ihm direkt ins Gesicht. »Jeden Monat schütten Sie das halbe Heft voll mit Ihren großartigen Einsichten über das großartige Amerika! Und ich finanzier' das Verlustgeschäft auch noch!« Seine Schnauzbarthaare zitterten.

»Aber Sie haben die Reise doch selbst genehmigt. Was …«

»Und das hier«, Borst schwenkte den Arm über den Innenhof,

»ist das auch alles *Ballast*? Zu viel *künstlerische Absicht*? Zu viel *Geschichte*? Alles nur *Museum*?« Er blickte ihn wirr, fast böse an.

In Hermans Ratlosigkeit und Sorge mischte sich Wut. Was fiel diesem Kerl ein, so mit ihm zu sprechen? Der mochte sich diese Szene schon bald schönreden als Leidenschaftlichkeit, als Gefühlsausbruch eines Mannes, der mit Leib und Seele baute. Für ihn, Herman, aber ging es um alles. Monate hatte er damit verbracht, Redaktionsräume und Mitarbeiter zu finden und eine Druckerei, die nicht das billigste Papier verwendete. Er schrieb sogar selbst. Und immer mehr angesehene Architekten willigten ein, wenn er fragte, ob sie für ihn schreiben wollten. Er suchte nach passenden Widerworten und fühlte in seinen Ohren das Blut rauschen. Dann aber dachte er an Irene. Daran, wie sie eine Augenbraue hob, wenn er sich mal wieder verrannt hatte. Und an eine Frage, die er ihr bald stellen wollte. Er verschluckte allen Groll und sagte:

»Tut mir leid, Herr Borst. Die Serie endet mit dem übernächsten Heft. Dann schreibe ich nichts mehr über das *großartige Amerika*, in Ordnung?« Überrascht stellte er fest, dass er seinen Chef anlächelte. Das hatte er noch nie getan.

»Ich werd' aus Ihnen nicht schlau, Sörgel. Was ist neuerdings los mit Ihnen?« Borst seufzte. »Die Ausgabe über bayerische Wasserkraftwerke, das war was! Und Ihr Text übers Walchenseewerk, der war exzellent. Da versteht der Leser, wie kompliziert so ein Riesenbau ist, die gewaltige Leistung dahinter!«

»Ein guter Text des Kollegen Heizer«, sagte Herman dem festgestampften Erdboden.

»Ach was, den haben nicht Sie …? Aber Sie sind doch …«

»Das wär' nicht richtig gewesen. Da brauchte es jemanden mit mehr Distanz zum Thema.«

Wieder forschte Borst in Hermans Gesicht, als sei er nicht sicher, wen er vor sich hatte:

»Warten Sie hier. Die Natur ruft.«

Herman sah seinem Chef nach, als der mit großen Schritten zurück ins Haus ging. Je kleiner er wurde, desto größer wurde sein Verständnis für ihn. Borst war Frontsoldat gewesen, und das hier war seine Zuflucht. In ihrer Gemütlichkeit zitterte die Furcht vorm nächsten Sturmangriff, in der Stille lag das Pfeifen der Granaten und das Geschrei in den Schützengräben.

Herman blickte umher zwischen den Hausreihen und Beeten, auf denen Krähen Samen aufpickten, kurz aufflatterten und wieder landeten. Zum Glück hatte er sich zusammengerissen. Nach einer Lohnerhöhung würde er heute zwar nicht mehr fragen können, aber immerhin würde er seine Stelle behalten. Wieder flogen Krähen auf. Sie wichen Borst aus, der auf Herman zustapfte, noch eiliger als zuvor. Sein Kopf war lila vor Zorn.

*

Solange sie lebte, dachte Irene, hatte ihre Mutter sich nie bemüht, etwas anderes zu erreichen als das, was ungeschriebene Standesregeln ihr vorgaben. Woher kam also ihr plötzliches Interesse an Idealen? Was, wenn sie gar nicht freundlich sein wollte? Wenn sie vielmehr Herman vorführen wollte als weltfremden Sonderling?

»Uns wird gesagt, wir könnten uns den Frieden nicht leisten«, sagte Herman und zeigte aus dem Fenster. »Was wir uns aber nicht leisten können, ist ein weiterer Weltkrieg. Wenn wir überleben wollen, müssen wir zusammenarbeiten – im ganz großen Stil.«

»Lass gut sein«, flüsterte sie.

»Also, ich möchte gern mehr hören«, sagte ihr Vater. Mutter seufzte.

Nie würde Irene die nächsten Minuten vergessen. Wie Herman anfangs leise und zögerlich sprach, bald aber flüssig und selbstsicher. Und wie er zu Beginn, als hätte er die Rede in Gedanken schon ungezählte Male gehalten, fragte:

»Zürich ist eine schöne Stadt, nicht wahr?«

Ihre Mutter nickte, schließlich verbrachte sie das halbe Jahr hier. Ihr Vater tat es ihr nach – sichtlich froh, seiner Frau und seinem Gast zustimmen zu können.

Zürich biete alles, sagte Herman, was Menschen brauchten. Frische Luft, sauberes Wasser, gesundes Essen, genügend Arbeit und kulturelles Leben. Das eine liege an den Gegebenheiten der Natur, das andere am Erfindungsreichtum und Fleiß der Menschen. Ihre deutschen oder österreichischen Nachbarn seien nicht weniger erfindungsreich und fleißig, trotzdem fehlten ihnen Gesundheit und Wohlstand. Woran liege das? Am Krieg natürlich.

Der habe jenseits der Grenze die Grundlagen der Wirtschaft zerstört, die Natur geschändet und die Seelen der Menschen vergiftet. Der Weltenbrand habe gezeigt, zu welchen Höchstleistungen die Menschen es gebracht hätten im industrialisierten Zerfetzen, Erschießen, Ersticken, Ertränken oder Vergiften anderer Menschen. Ein weiterer Krieg, sagte Herman, werde mehr Körper und Seelen vernichten, als sie sich heute vorstellen könnten. Gerade in diesem Moment erforschten Techniker in England, Frankreich und Deutschland noch effektivere Mordmethoden. »Manche Politiker finden immer Vorwände für den nächsten Krieg. Hauptsache, die verzweifelten Menschen wenden sich nicht gegen sie, sondern gegen äußere Feinde.«

Mutter zog den Kopf zurück. Irene aber wusste, warum Herman so redete. Sein Pathos war in Wahrheit radikale Ehrlichkeit. Auch der kühle Monologisierer vom Tage und der warme Körper der Nacht bildeten keine Gegensätze. Beide liebten die Welt, sie drückten es nur unterschiedlich aus.

»Und was hat das mit Zürich zu tun?« Ihr Vater klang ehrlich interessiert.

»Frieden ist keine Utopie. Sondern ein Leben wie in der Schweiz. Hier regeln selbstbewusste Bürger ihre öffentlichen Dinge eigenständig und zivil. Über geographische und sprachliche Grenzen hinweg. Seit Jahrhunderten klappt das. Fast ohne Krieg, ohne Fremdherrschaft, ohne Diktatur. Wäre es nicht großartig, wenn alle Europäer in dauerhaftem Frieden lebten – so wie in Zürich?« Irenes Vater nickte. Ihre Mutter hielt ihr Gesicht von jedem Ausdruck rein.

»Aber ein großes Hindernis steht dem Frieden im Weg. Der Hass.« Nach vier Jahren des Mordens, erklärte Herman, hielten Franzosen und Deutsche es für naturgegeben, einander zu verabscheuen, ebenso Deutsche und Briten, Italiener und Jugoslawen, Ungarn und Rumänen, Polen und Russen. Auch untereinander seien die Bewohner der Länder zerstritten. Die einen sehnten die Fürsten zurück, die anderen spuckten den Gestürzten hinterher und schrien die Weltrevolution herbei. Mutter gab sich unbeeindruckt. Als Herman aber auch noch die fünf Machtblöcke aufzählte, die den Globus untereinander aufteilten, sanken ihre Mundwinkel.

Herman bemerkte es nicht.

»Die USA sind im Kern ein Staatenbund. Der Commonwealth der Briten ebenso. Und bauen nicht sogar die Bolschewisten ihr neues Reich als Föderation selbständiger Republiken? Sie alle sind dadurch stabiler und zugleich flexibler als wir. Geht das so weiter, überrennen uns eines Tages russische Soldaten, oder wir werden aufgekauft mit amerikanischem Geld. Aufhalten kann das nur die friedliche Einigung des Kontinents. Eine *Europäische Föderation*!« Ihr Vater nickte und nickte. In Mutters Stirnfalten aber keimte ein Urteil, das Irene nicht gefiel. Ihr wurde unwohl. Unterbrechen wollte sie Herman nicht, das wäre illoyal gewesen. Und es hätte gezeigt, dass das Weltgebäude, das er da auftürmte, ihren Eltern bloß den Blick versperren sollte auf Hochzeit und Kinder. Denn das war es doch: ein improvisiertes Ablenkungsmanöver. Oder? »Niemand«, sagte Herman, »lebt den Geist dieses Bündnisses, das auf Vernunft und Maß beruht statt auf Blut und Gewalt, ausdauernder als die Schweizer. Kein Kanton kann einen anderen dominieren. Niemand darf die Muttersprache eines anderen unterdrücken. Der Zwang zum Kompromiss mildert alle Konflikte. Welches andere Land kann von sich sagen, es wahre seit fast einem halben Jahrtausend den Frieden?«

»Tolle Idee!« August Villanyi sah Herman an wie ein gelungenes Gemälde. »Donnerwetter! Was?«

Mutter seufzte.

»Und wie soll so was zustande kommen? Diese … Europa-Föderation?«

»Progressive Kräfte vereinen sich gerade überall auf dem Kontinent. Nennen sich Paneuropäer. Vielleicht haben Sie davon gehört?«

»Und wie wollen Sie das schaffen?«

»Soweit ich weiß, wollen sie Zollschranken zwischen den Staaten abbauen. Sie suchen die Verständigung mit Russland, damit …«

»Nein, nein«, unterbrach Mutter und zeigte auf Herman: »*Sie*! Wie wollen *Sie* das schaffen?«

»Ich?« Herman setzte sein Monokel wieder ein, aber das konnte seine Überraschung nicht verbergen.

»Sie reden davon, wie Sie beide die Welt verbessern wollen. Also: Wie genau wollen Sie das tun?«

»Wir sind nur zwei Menschen.«

»Aha.«

»Mir … uns erscheint die Bewegung zu naiv.«

»Aber große Worte zu machen und nichts zu tun, das finden Sie realistisch?«

Das war die Stimme von Mutters Krankheit. Irene kannte sie besser als den eigenen Herzschlag.

»Papa hat Recht. Leg' dich doch ein wenig hin.«

»Na ja«, überlegte Herman, »es müsste ein gemeinsames Ziel geben. Etwas, das die Europäer zu einer gemeinsamen Anstrengung anspornt. Das ihre Wirtschaftskraft bündelt, am besten für Jahrzehnte. Je größer, desto besser. Dann *müssen* sie den Frieden wahren. Sie ziehen ja alle am selben Strang. Und ihnen bleibt kein Geld für neue Panzer und Flugzeuge.«

Ihre Mutter atmete tief und heftig aus. Sie gingen jetzt besser.

»Sehr interessant«, sagte ihr Vater. »Woran haben Sie denn genau gedacht?«

»Ich weiß auch nicht. Aber … In den Niederlanden, da planen sie einen Staudamm. Gewaltige Dimensionen, sage ich Ihnen. Dahinter wollen sie einen Binnensee aufschütten. Für mehr Land. Ich …« Er sah Irenes Blick und tauchte endlich wieder auf. »Entschuldigen Sie bitte. Ich wollte Ihre Geduld nicht strapazieren. Wir müssen eh aufbrechen.«

»Zurück an die Arbeit, was?«, fragte Mutter laut. Und dann, leiser:

»Wieder gesund?«

*

Es schien fast, als wolle Borst ihn umrennen, doch kurz vor ihm kam er zum Stehen und rief: »Das können Sie nicht machen: schlecht über Professoren schreiben, nur weil die Sie früher mal haben durchfallen lassen! Das ist mein Blatt, nicht Ihres!« Herman stieg der Geruch von Kölnisch Wasser und kaltem Rauch in die Nase. Er versuchte zu verstehen, was geschah. Dann schob ein Puzzleteil in seinem Kopf sich an die richtige Stelle, und er erschrak:

»Heizer? Hat Heizer Ihnen das erzählt? Haben Sie das Manuskript da von ihm? Ich versichere Ihnen, es ist in Wahrheit ganz anders.«

In der Art, wie Borst das eckige Kinn hob und ihm in die Augen blickte, lag etwas Triumphierendes, ein *Ich wusste ja schon immer, dass du nichts taugst*. Herman hätte ihn am liebsten geschüttelt oder wäre weggerannt.

»Ich hatte anfangs große Hoffnungen«, sagte Borst langsam, als wolle er sich selbst zuhören, um später alles genau wiedergeben zu können. »Dachte, Sie würden Werbeanzeigen und Abonnements ranschaffen. Ihr Name hat immer noch einen Klang in gewissen Kreisen. Da müsste man doch alte Kollegen und Leute, die er gefördert hat, zur Unterstützung überreden können.«

Als auch das letzte Stück des Puzzles seinen Platz fand, schloss er die Augen, aber das hässliche fertige Bild war immer noch da. Er öffnete sie wieder und sagte, so ruhig er konnte:

»Ich bin nicht nur der Sohn meines Vaters.«

Borst beugte sich vor und flüsterte:

»Sind Sie da sicher?«

Herman verschluckte sich beinahe an der Wut, die in ihm aufstieg. »Herr Borst, Sie haben hinter meinem Rücken gegen mich intrigiert, unterstellen mir eine Privatfehde und geben mir nicht mal die Möglichkeit, mich zu erklären. Das ist …«

Sein Gegenüber zog den Kopf zurück, um die Verheerungen seiner Worte genauer betrachten zu können.

»Wenn Sie sich nicht entschuldigen, …« Hermans Stocken gab Borst eine letzte Chance, aber der lächelte nur. »… dann werde ich kündigen. Dann bin ich in drei Monaten weg. In der Zwischenzeit können Sie sich einen neuen Schriftleiter …«

»Heizer übernimmt ab sofort«, unterbrach Borst. »Hab' gerade mit ihm telefoniert. Er hat auch schon was fürs nächste Heft formuliert. Klingt ganz diplomatisch. Hier.«

Mit aller Kraft presste Herman seine Hand durch eine Wand, die nur er sehen konnte, ergriff einen Zettel, überschrieben mit *Mitteilung des Herausgebers*, und las.

Als er aufsah, zitterten die Reihenhäuser vor seinen Augen.

*

Wieder gesund? Was meinte ihre Mutter damit?

»Kommst du, Irene?« Herman streckte den Arm nach ihr aus.

»Warum so eilig? Sie müssen doch nicht etwa in die Redaktion?« Dann wandte Fredy Villanyi sich, weicher und zugleich dringlicher, an ihre Tochter:

»Weißt du, mit wem du dein Leben verbringen willst?«

»Ja.«

»Sicher?«

»Wir müssen los.«

»Er war schon mal verheiratet.«

Wie böse die Krankheit sie machte.

»Das weiß ich.«

»Und diese … *Ideen*. Findest du die etwa realistisch?«

»Papa, du passt mir auf Mutter auf, ja?«

»Natürlich.«

»Wovon wollt ihr denn leben? Von den Idealen von Frieden und Zusammenarbeit?«

An jedem anderen Tag hätte sie jetzt die Hand ihrer Mutter massiert und nichtssagende Worte gemurmelt, bis sie wieder ruhig atmete. Aber sie beleidigte Herman. Das ging zu weit.

»Was spricht dagegen, an etwas Größeres zu denken als immer nur an sich?«

»Sei nicht so gemein zu mir, das vertrag' ich nicht.«

»Hoffnungslos zu sein ist leicht. Da wird einem keiner widersprechen. Aber Menschen, die den Frieden wollen, werden ermordet. Ist das nicht krank? Und darüber nachzudenken, wie man den Frieden wahren kann, das ist nicht weltfremd. Es ist sogar das Wichtigste überhaupt!«

»Ich hatte auch mal Träume, glaub' mir.« Sie wandte sich an Herman: »Hat sie Ihnen erzählt, wie ich beinahe gestorben wäre bei ihrer Geburt?«

»Fredy, bitte …«, seufzte Irenes Vater.

»Was kann ich dafür, dass ich Schmerzen habe?«

Bloß weg aus diesem Haus. In den Wänden wohnten fünfunddreißig Jahre Schwermut. So ruhig sie konnte, sagte Irene:

»Du fährst besser zurück ins Sanatorium.«

»Ich will dich doch nur beschützen.« Ermattet sank ihre Mutter zurück in den Sessel. So konnte Irene sie nicht zurücklassen. Sie setzte sich auf die Sessellehne und streichelte eine zarte, schwache Hand.

»Das brauchst du nicht.«

»Aber du siehst nicht klar, Irene.«

»Ach, ach … Es ist doch alles gut. Du verlierst mich nicht. Wir können euch besuchen kommen.«

»Wie, du denkst …?« Ihre Mutter sah sie fragend an. »Du weißt es also wirklich nicht.«

Sie nahm die Zeitschrift erneut vom Beistelltisch, schlug sie auf, fand, was sie suchte, und reichte es ihrer Tochter:

»Und dein Vater hat das Blatt auch noch abonniert!«

Irene las die

Mitteilung des Herausgebers!

Zu meinem lebhaftesten Bedauern ist Herr Herman Sörgel auf Grund ärztlicher Beratung zur Zeit außer Stande, die Schriftleitung der ›Baukunst‹ weiterzuführen.

Bis zu seiner hoffentlich baldigen Wiederherstellung wird die Redaktion von dem schon bisher als Mitarbeiter an der Zeitschrift tätig gewesenen Herrn Dipl. Ing Wilhelm Heizer übernommen.

Die ›Baukunst‹ und ihre Abonnenten wünschen ihrem verdienstvollen Schriftleiter recht gute Besserung.

München, im Mai 1926. BERNHARD BORST.

Die Stille wäre schlimmer gewesen, hätte ihr Vater seiner Frau nicht aufgeholfen und sie aus dem Zimmer geleitet. Herman starrte noch immer auf den Teppich, als Irenes Vater ihn bat, schon mal zum Auto vorauszugehen. Herman war zu höflich, um dem Wunsch nicht sofort nachzukommen – und womöglich sogar froh, gehen zu können. Irene sah ihm nicht ins Gesicht, aber hinterher, bis die Haustür sich hinter ihm schloss.

»Habe ich dir je erzählt«, fragte ihr Vater, »wie deine Mutter und ich ein Paar geworden sind?«

5

»Wir haben nicht die Freiheit, dies oder jenes zu erreichen, aber die, das Notwendige zu tun oder nichts. Und eine Aufgabe, welche die Notwendigkeit der Geschichte gestellt hat, wird gelöst, mit dem einzelnen oder gegen ihn.«

Oswald Spengler: *Der Untergang des Abendlandes. Zweiter Band: Welthistorische Perspektiven* (1922)

Sie kamen über holprige Straßen gut voran. Aber obwohl das Silber der Berggipfel zum Hinausschauen verleitete, und obwohl das auf- und abschwellende Röhren des Motors die Kabine füllte – es gab einfach nicht genug Schweigen für so viel Strecke.

»Seit wann weißt du's?«

»Ich wollte es dir sagen, sobald ich was Neues habe. Deshalb muss ich nach Kochel. Da hab' ich eine Stelle als Ingenieur in Aussicht. Dann könnte ich dich fragen, ob wir …, ob du mich …«

Irene schloss die Augen:

»Herman, seit wann?«

»Ich wollte nicht, dass du es so herausfindest. Ich wollte erst eine gut bezahlte Stelle vorweisen und dich dann fragen, ob …«

Irene schüttelte den Kopf.

Er atmete tief aus:

»Seit dem Tag vor unserer Abfahrt.«

»Warum hast du nichts gesagt?«

»Es tut mir leid. Ich wollte den Urlaub nicht ruinieren. Und ich hab' mich geschämt. Hätte nie damit gerechnet, dass ich so eine Stelle verlieren könnte. Ich war wie für sie gemacht. Alles war so perfekt: Ich verdiene Geld für uns beide, und du kannst tun, was du liebst. Deine Gedichte veröffentlichen zum Beispiel!«

»Und meine Antiquitäten? Mein Beruf?«

»Wenn du arbeiten *möchtest*, natürlich.« Herman nickte, so viel er konnte.

»Ich versteh' gar nicht, warum sie überhaupt fragte, ob wir heiraten. Normalerweise ist sie nicht so direkt.«

»Vielleicht«, sagte er leiser, »habe ich deinem Vater gegenüber etwas angedeutet, neulich am Telefon.«

»Du hast *was?*«

»Ich hab' nur gesagt, da gebe es was, worüber ich mit ihm und deiner Mutter persönlich reden wollte.«

Plötzlich wirkte alles ganz logisch: die große Freude ihres Vaters, die schroffe Ablehnung ihrer Mutter. Nur die Braut in spe hatte niemand eingeweiht.

»Ich hab' dir gesagt, ich werde nie heiraten.«

»Ich dachte, vielleicht ja doch.«

»Wie kommst du darauf?«

»Weil«, er griff das Lenkrad noch fester, »weil du und ich füreinander gemacht sind. Ich war so allein, dass ich gar nicht mehr wusste, dass ich einsam bin. Wie wenn du in der Kälte stehst. Irgendwann glaubst du sogar, dir sei heiß, dabei bist du kurz vorm Erfrieren. Ich hab' nichts mehr gespürt. Und dann kamst ...«

»Herman ...« Ausgerechnet jetzt sagte er so was.

»Als wir einander in New York in die Arme gelaufen sind, da wusste ich, das ist Schicksal! Du und ich zusammen, wir ...«

»Wir können nur zusammenbleiben, wenn wir ab sofort vollkommen ehrlich miteinander sind.« Sie unterbrach ihn barsch, aber es musste sein. »Keine Überraschungen mehr, in Ordnung?«

Herman nickte und nickte.

»Was sollte das«, fragte Irene nach einer Weile, »die Sache mit dem Frieden?«

»Ich hab' nur deine Worte aufgegriffen: *eine Idee, ein Ideal?*«

»Das war doch so dahingesagt.«

»Das glaub' ich nicht.«

»Und *du* meintest das alles ernst?«

»Im Großen und Ganzen ...«

»*Europäische Föderation? Staudamm?* Was noch? *Landaufschüttung?* Du hast mir nichts davon erzählt.«

»Ich wollte dich nicht langweilen.«

»Aber meine Eltern schon?«

»Es sind ja nur ein paar lose Ideen. Aber interessant ist es doch, oder?

Alles Neue macht Leuten Angst. Eben darum, weil es neu ist. Es fängt an mit dem Gedanken eines einzelnen Menschen.«

»Das ist Quatsch.«

»Hat mir eine sehr kluge Frau gesagt.«

»Solltest nicht alles glauben, was Leute erzählen.«

»Schön ist sie übrigens auch.«

»Herman ...«

»Nein, nein, sie hieß irgendwie anders.«

Sie schaute aus dem Fenster, damit er sie nicht lächeln sah. Am Straßenrand kämpften sich Blüten durch den letzten Schnee. Nach einer Weile sagte sie:

»Wir haben ja nicht mal einen konkreten Plan.«

»Wir könnten einen machen.«

»Wenn du die Stelle im Kraftwerk kriegst, ändert sich alles. Du müsstest umziehen, in ein Dorf.«

»Und du? Würdest du mitkommen?«

»Erwartest du wirklich *jetzt* eine Antwort?«

»Tut mir leid, vergiss es. Es ist nur: Wenn sie mir den Posten anbieten, kann ich nicht ablehnen. Er ist nicht gerade mein Traum, aber gut bezahlt. Und es gibt jede Menge Qualifiziertere als mich.«

»Das war kein Schicksal, das weißt du.« Irene zwang sich, ihn direkt anzuschauen. »Ich hab' damals bei der Redaktion angerufen, und die haben mir gesagt, wo ich dich finden konnte. Ich wollte einfach wissen, wer du bist. Es gibt kein Schicksal. Es gibt nur dich und mich und das, was wir tun.«

Sie hasste es, das zu sagen, aber so war es. Und sie hasste es, den Schmerz in seinen Augenwinkeln zu sehen, denn sie wusste, sie war verantwortlich dafür. Sie waren angeschlagene Boxer. Entweder fielen sie einander in die Arme, oder sie wankten allein zurück in ihre Ecken.

»Ist das genug für dich, Herman?«

Motorenlärm schluckte die Minuten. In der Ferne türmte sich das nächste Bergmassiv auf.

*

Herman bemühte sich redlich, seinen Besuch nicht als Bittgang zu sehen, sondern als Ausflug. Immerhin lag sein Ziel zwischen zwei klaren Seen, die sich anmutig an die Füße der Berge schmiegten. Als Herman am tiefer gelegenen Gewässer entlangging, kam es ihm vor wie ein stummes Schlaflied: Die spiegelglatte Oberfläche, das Dunkelblau der Tiefe und die dem Flachland zugewandte grüne Uferseite – einfach alles am Kochelsee lud Wanderer ein, doch hier unten zu bleiben, anstatt aufzubrechen ins karge Gebirge.

Zwischen See und Hang standen wuchtige Steinbauten, die aus der Ferne einer Kaserne ähnelten Leider änderte sich daran auch nichts, als Herman näher kam. Ein Hauptgebäude, umgeben von kleineren Häusern, alle quadratisch streng und schlicht. Allein die sechs gewaltigen Rohre, die dahinter vierhundert Meter lang schnurgerade den Hang hinaufkrochen, passten nicht recht dazu. Die metallenen Riesenschlangen zog es zu einer zweiten, noch abweisender wirkenden Festung oben am Berg. Dahinter verborgen lag der Walchensee.

Hinter dem metallenen Eingangstor blickte ein Pförtner in einem Häuschen ihn misstrauisch-gelangweilt von unten an, bis er ihm seinen Namen nannte und erklärte, er sei mit Herrn Helminger verabredet. Wie von Starkstrom erfasst, sprang der Mann von seinem Stuhl auf und winkte ihn in Richtung Maschinenhaus. Als er ihm den Weg erklären wollte, sagte Herman:

»Danke, ich kenn' mich aus.«

Das stimmte, dabei war er noch nie hier gewesen. Er wusste, wie er am schnellsten zum größten Gebäude kam und wo darin die Turbinen standen, denn er hatte sie vor Augen, gezeichnet auf Millimeterpapier und maßstabsgerecht im Verhältnis 1 zu 250. Er konnte berechnen, wie viele Hektoliter des Walchensees sich abzweigen ließen, um sie im »Wasserschloss« oben am Berg in ein riesiges Becken zu zwingen. Kannte die Legierung der sechs Stahlrohre, in denen das Wasser danach in die Tiefe stürzte. Wusste um die maximale Leistung der Turbinen hier unten, in denen die Fluten ihrer Fallenergie beraubt wurden. Erinnerte sich sogar an die genauen Maße des Kanals, in dem das erschöpfte Wasser schließlich gemächlich zum Kochelsee floss. Es war, als beträte er hellwach die Kulisse eines Traums. Seit seiner Jugend hatte er die Konstruktionszeichnungen des Kraftwerks im Kopf, und nun wurden sie ergänzt durch Farben, Gerüche und Töne.

An seinem dreizehnten Geburtstag hatte Vater Herman für alt genug befunden, um mit den Erwachsenen am Abendbrottisch zu sitzen, und das machte ihn stolz. Er wagte nicht nachzufragen, warum der Vater sich über einen Mitarbeiter ärgerte oder für welches technische Problem er eine überraschende Lösung gefunden hatte. Aber anders als Mutter, die sich mehr dafür interessierte, wann ihr Mann zur nächsten Baustelle aufbrach, spürte Herman die Kraft, die von ihm ausging. Wenn etwas dort draußen ihn so verärgern, aber auch so sehr begeistern konnte, dann musste es mächtig sein.

Deshalb hatte er, als er die Tür zum Arbeitszimmer eines Abends angelehnt vorgefunden hatte, hineinschleichen müssen. Nie hätte er es gewagt, Vater dort zu stören, und selbst jetzt ging er leise hinüber zum schweren dunklen Schreibtisch. Vater hatte eilig nach München fahren müssen, wo das große Hochwasser sogar die junge Prinzregentenbrücke hatte einstürzen lassen. Auf der Eichenholzplatte lagen, rechtwinklig zur Kante angeordnet, Zeichnungen. Herman erkannte Brückenpfeiler, Straßen und ganze Flüsse, die offenbar begradigt werden mussten. Vater konnte es also mit der Natur selbst aufnehmen.

Er war gerade sechzehn, als der Vater eine weitere Auszeichnung bekam. Fortan war er nicht nur *königlicher Oberbaurat bei der Obersten Baubehörde*, er war auch *Johannes Nikolaus Ritter von Sörgel*. Ein paar Wochen nach der Adelserhebung sah Herman in einem Geschäft ein Monokel. Nur zum Spaß klemmte er es sich für einen Moment vors rechte Auge, und dort blieb es.

Von nun an ging er immer häufiger heimlich ins väterliche Arbeitszimmer. Dort wuchsen zwischen den bekannten Plänen neue: Querschnittzeichnungen von Seen, Skizzen von Fallrohren und Kanälen, Berechnungen von Durchlaufmengen in Kubikmetern pro Stunde. Vater plante etwas Gewaltiges. Aber warum trugen die Papiere keinen Behördenstempel? Hatte er sich von der Welt abgewandt, oder die Welt von ihm?

Er war schon Anfang zwanzig und zu Besuch bei seinen Eltern, als Vater ihn am Abendbrottisch in seinen Plan einweihte und von den Steinen sprach, die ihm tumbe Bürokraten und feige Journalisten in den Weg legten, die allesamt nichts verstünden vom Segen der neuen Energiequelle. Angeblich sei so ein Kraftwerk anfällig für Sabotage; bei einem Störfall käme der Bahnverkehr im ganzen Königreich Bayern zum Erliegen. Wie kleinlich und ängstlich sie alle waren! Als könne man nichts falsch machen, wenn man nichts tat! Herman kannte die Details, sagte aber nichts. Er freute sich über Vaters Vertrauen. Erst später begriff er, dass immer nur einer redete und dass der große Mann über seinen Klagen ganz welk und grau wurde.

Damals öffnete sich in Hermans Kopf ein winziger, unsichtbarer Spalt. Da hinein tropften die Zweifel. Immer seltener kam er nach Hause. Seine Mutter missverstand das als Respektlosigkeit. In Wahrheit aber schützte er seinen Vater vor den Zweifeln.

Das große Projekt lebte noch immer nur auf dem Papier, als der Herr Oberbaurat am einem Wintermorgen des Jahres 1909, schon Stunden vor Sonnenaufgang am heimischen Schreibtisch arbeitend, seine rechte Hand nicht mehr spürte. Gegenüber seiner Frau klagte er über einen pochenden Schmerz hinter den Augen, bevor er ohnmächtig zu Boden sank. Als der Arzt kam, umklammerte er noch immer einen Füllfederhalter mit grünen und schwarzen Streifen. Der Schlaganfall zwang ihn, Zeuge der eigenen Machtlosigkeit zu werden. Erst an einem Sonntag im Juni 1910 wurde er erlöst. Vierzehn Jahre später – und fünfeinhalb Jahre nach Baubeginn – ging das Walchenseekraftwerk ans Netz.

*

Wie ruhig es hier war. Zu hören war nicht einmal das übliche Sirren der Strommasten, die wie verdorrte Tannen am Hang standen. Offenbar brauchte Bayern gerade wenig Strom. Hier zu arbeiten wäre gar nicht so schlecht, immerhin könnte er Irene und sich ernähren, das war schon viel in diesen Zeiten. Dass sie beide hierher ziehen müssten, ließe sich bestimmt verkraften, vielleicht tat man der Provinz ja Unrecht. Bestimmt waren auch die Gerüchte über die hiesigen Ingenieure übertrieben. Angeblich sehnten sie allesamt den Kaiser zurück, zumindest aber die Wittelsbacher. Doch das freigeistige München war nur achtzig Kilometer entfernt, und vielleicht konnte er durch seine Arbeit sogar dafür sorgen, dass der Name Sörgel verbunden blieb mit einem der größten Wasserkraftwerke der Erde. Warum sollte Oskar von Miller, dessen unbestreitbar großes technisches Können nur übertroffen wurde von der Fähigkeit zur Selbstdarstellung, der ganze Ruhm zufallen?

Außerdem, dachte Herman, als er das Maschinenhaus durch eine schwere Eisentür betrat, hatte er keine Wahl.

Ihm entgegen kam, als hätte er ihn erwartet, ein kleiner, hagerer Mann im grauen Wollanzug. Beim Gehen zog er das linke Bein nach. Er lächelte den Besucher so herzlich an und schüttelte seine Hand mit beiden Händen so stark, dass Herman nicht dazu kam, ihn zu fragen, wo er Herrn Helminger fand. Das war gut so, denn der unscheinbare Mann, der ihm vor Freude lachend auf die Schulter klopfte, rief:

»Haben sich verändert seit der Beerdigung!« Bewundernd zog er seinen Kopf zurück, um ihn von schräg unten genauer anzuschauen. »Kommen aber unverkennbar nach ihm!«

Herman hatte den Kraftwerksleiter Ferdinand Maria Helminger, der seine Karriere ein Vierteljahrhundert zuvor als Assistent des königlichen Oberbaurats begonnen hatte, also bereits gefunden.

»Kommen Sie! Ich zeig' Ihnen alles!« Helminger geleitete ihn, die Hand auf seiner Schulter, an den Turbinen vorbei. Die sechs stählernen Schneckenhäuser nahmen fast die ganze Halle ein, ihre Verkleidungen schimmerten grünlich-blau. In Hermans Vorstellung waren sie farblos gewesen, leere Umrisse auf Zeichenpapier. Er blickte auf, stutzte, blieb stehen und drehte sich einmal im Kreis.

Kaum zu fassen. Schlichte Steinsäulen und riesige Fenster säumten die hohen Wände. Über ihnen erhoben sich Rundbögen mit weiteren Fenstern, und über allem wölbte sich die Decke wie eine Kuppel.

»Wohl zum ersten Mal da?«, fragte Helminger lächelnd.

Herman nickte mit halb offenem Mund.

»Seh' schon, Sie sind richtig hier.«

Da hatte er damals in der Kirche gehockt und Vaters Zorn gefürchtet für seinen unnützen Zeitvertreib, und zur selben Zeit hatte der eine Kathedrale der Technik entworfen! Mit einem Mal fühlte er sich dem Mann, den er zeitlebens gesiezt hatte, schmerzhaft nah. Er wusste nicht, ob er ihn bedauern sollte, weil er sein Werk nicht hatte vollenden dürfen, oder bewundern, weil es trotz allem doch noch vollbracht worden war, und so tat er beides.

In diesem Moment begann der Fliesenboden leicht zu zittern. Ein Grollen drang aus den Schneckenhäusern, anfangs zögerlich wie unterdrücktes Husten, bald aber durchdringend wie ein Schrei. In den Lärm reckte Helminger den Daumen seiner geballten Hand, zum Zeichen, die anlaufenden Turbinen hinter sich zu lassen und auf den Berg zu fahren.

*

Kochel war kein geschlossener Ort, eher eine lose Ansammlung von Gebäuden, von denen jedes lieber für sich blieb. Die weiß gestrichenen Häuser standen in Ufernähe herum wie Badegäste, die sich nicht ins Wasser trauten. Zwischen ihnen musste Irene irgendwie die folgenden Stunden verbringen, und sie hatte schon eine Idee. Als ihr Ziel in Sicht kam – ein weißer Kirchturm mit schwarzer Zwiebelhaube –, dachte sie noch immer über die Geschichte ihres Vaters nach.

Sie handelte von einem jungen Mann, dessen Erbe vor allem aus einem alten Namen bestand. In Ungarn hatte Villanyi einen guten Klang, und in London kannte man die männlichen Vertreter der Familie als geschäftstüchtige Kaufleute. August Villanyi aber lebte in Berlin, besaß nicht viel Geld und verstand davon noch weniger. Er wollte Maler werden. Als seine Eltern ihm eine Frau aus wohlhabendem jüdischem Elternhaus vorstellten, fiel ihm ihr blasser Teint auf. Fredy Idel war hübsch, auf ihre ganz eigene Art, aber von Verliebtheit war nie die Rede. Nach wenigen Monaten heirateten die beiden. Die Eltern der Braut waren froh, dass sie einen Mann gleichen Glaubens heiratete. Die Braut selbst hingegen mochte ihre Religion nicht sonderlich. Ihr zuliebe ließ August Villanyi sich vor der Hochzeit im ungarischen Teil der Donaumonarchie taufen. Die Eltern erfuhren davon nichts. Sie waren schon einige Zeit verheiratet, als Fredy über Schmerzen klagte. Kein Arzt konnte etwas finden, aber sie bestand darauf, dass sie leide. Anfangs glaubte August, es habe mit der schwierigen Schwangerschaft zu tun. Aber danach ging es seiner Frau nicht besser. Er hatte sie für eine kühle Seele gehalten, die ihre Ehe so pragmatisch anging wie er. Aber pragmatisch, das lernte er erst jetzt, war sie nie gewesen. Er bedauerte sie, wenn sie wieder eine Kur antrat, die nun endlich ihren Leiden abhelfen sollte, weil er wusste, dass deren Ursache zu Hause auf sie wartete. Was sie krank machte, war diese Ehe. Sie begann, ihn zu hassen. Und er lernte, sie zu lieben.

Anstatt ungestört seiner Kunst und Berufung nachgehen zu können, hatte ihr Vater sich um Irene kümmern müssen. Hatte sie notgedrungen mitgenommen zu Atelierrundgängen, Auktionen und Besuchen bei befreundeten Künstlern. Was für sie als Kind nervenzehrend eintönig gewesen war, entwickelte mit den Jahren einen immer größeren Reiz, bis es sich anfühlte wie eine Art Heimat. Hier kannte sie sich aus, hier störte sie niemanden. Hatte er ihr also sagen wollen, eine Frau dürfe ihrem Mann nicht so zur Last fallen wie Mutter ihm? Aber warum erzählte er dann von seiner wachsenden Liebe? War es vielleicht umgekehrt? Dachte er, die Liebe wachse mit dem Leid, das Partner einander zufügten? Was für eine traurige Vorstellung. Oder war es ganz anders, und er glaubte, Mutters Verachtung zu *verdienen*? War es nur möglich, eine dauerhafte Beziehung zu führen, indem einer den anderen unterdrückte und der andere sich das gefallen ließ? Nichts davon taugte als Ratschlag, ob Herman und sie eine gemeinsame Zukunft hatten. Andererseits: Vielleicht hatte er ihr gar keinen Rat erteilen wollen. Irene war noch immer verwirrt und niedergeschlagen, als sie den Wagen an der Kirche abstellte.

Sie wollte auf den Friedhof.

*

Während in den Rohren neben ihnen das Wasser des Walchensees in die Tiefe stürzte, trug die Seilbahn den Kraftwerksleiter und seinen Besucher leise den Hang hinauf. Unter ihnen schrumpfte das Maschinenhaus und gab den Blick frei auf die blaue Spiegelfläche des Kochelsees. Dahinter begann das Flachland, und irgendwo in der Ferne lagen München und Hermans Existenzsorgen, aber von hier aus waren beide unsichtbar.

»Entschuldigen Sie«, keuchte Helminger, während er im Sitzen nach seinem linken Schuh griff und ihn mit einem Ruck abzog. Dort, wo Herman einen Strumpf erwartet hatte, war eine Art Holzscheit in Fußform. Er wollte wegschauen, um dem Kraftwerksleiter etwas Privatsphäre zu geben, aber das hätte der auch als Ekel werten können, und so sagte er einfach:

»Kein Problem.«

»Erstaunlich, was heute alles machbar ist«, sagte Helminger gelassen und klaubte Kies aus den Sohlenrillen. »Bewegliche Prothese, bis zur Hüfte. Segen der Technik.« Steinchen fielen auf den Kabinenboden. »Bin drei Jahre lang überall heil durchgekommen. Und dann erwischt mich so'n dämliches Schrapnell. 15. Oktober 18. Kurz vor knapp!« Mit einem energischen Ruck beförderte er den Schuh wieder an seinen Platz, lehnte sich seufzend zurück und lächelte: »Verdammter Krieg, was?«

»Allerdings.«

Er mochte Helminger.

»Lassen Sie mich direkt sein, Herr Sörgel, von Ingenieur zu Ingenieur. Hab' mich über Sie erkundigt. Sind 'n guter Mann. Gebildet, mit Geschmack, eigenwillig. Vielleicht etwas zu eigenwillig für manche hier.« Er nickte hinauf zum Wasserschloss. »Aber das schert mich nicht. Außerdem gibt mir das Gelegenheit, eine Rechnung zu begleichen. Ihr Vater hat mir damals auch eine große Chance gegeben.«

Herman schluckte und nickte.

»Wann können Sie anfangen?«

Erst jetzt begriff Herman, dass es dort oben gar kein Bewerbungsgespräch geben würde.

»Möglichst bald natürlich! Also, sobald meine ... Verlobte und ich umgezogen sind. Können Sie jemanden empfehlen, der bei der Wohnungssuche behilflich sein könnte?«

»Sicher.« Damit schien für Helminger der offizielle Teil beendet, und er sah hinaus ins Tal. »Wissen Sie, Kochel ist gar nicht so verschlafen. Hier hat sogar ein großer Mann logiert. War auch an der Westfront damals. Sein Ruf muss sich erst noch verbreiten. Die meisten Leute erkennen Größe ja nicht mal, wenn sie vor ihnen steht.«

»Da haben Sie Recht.«

»Sie wissen, wen ich meine?«

Natürlich wusste er es. Vor dem Krieg hatte er sogar eine seiner Ausstellungen besucht.

Herman nickte: »Ein Visionär.«

Die Seilbahn kam mit einem Ruck zum Stehen.

Helminger stand umständlich auf und wandte sich zur Kabinentür: »Freut mich außerordentlich, dass Sie das auch so sehen.«

»Wo genau finde ich eigentlich«, fragte Herman interessiert, »sein Grab?«

Der Kraftwerksleiter blickte ihn erschrocken an: »Sagen Sie mal, soll das witzig sein?«

»Auf keinen Fall. Wieso?«

»Ja, aber wen *meinen* Sie denn?«

»Na, Franz Marc.«

Helminger lachte auf, während er mit dem Prothesenbein zuerst aus der Kabine trat. »Der sagt mir leider nichts! Nein, nein, mein Lieber, da haben wir uns missverstanden.« Zufrieden sog er die Höhenluft ein und sagte:

»Ich rede natürlich von Herrn Hitler.«

*

In seiner Schlichtheit erschien ihr der Grabstein geradezu obszön. Wie konnte jemand, der ein in allen Farben leuchtendes Werk geschaffen hatte, beerdigt sein unter solch einem grauen Brocken? Davor wuchsen nur ein paar karge Pflanzen. Hatte seine Witwe es so arrangiert? Das Ganze wirkte entwürdigend. Aber vielleicht kam es ihr jetzt auch nur so vor, weil ihr Vater womöglich eine andere Geschichte hatte erzählen wollen. Eine der Demütigung.

Er würde bis zu seinem Tod versuchen, eine unglückliche Frau glücklich zu machen. War das etwa Liebe?

Nein, hier gab es keine Antworten. Weder Väter noch Tote sagten einem, ob man einem Mann, der einem die Wahrheit vorenthalten hatte, verzeihen und in ein fremdes Dorf folgen sollte. Die Geschichte hatte ihr gar nichts sagen sollen. Und Franz Marc? Für ihn war Kochel der richtige Ort gewesen. Aber sie war nicht er. Sie war nur eine ratlose Frau vor einem Stein.

Irene wandte sich gerade zum Gehen, als eine Dame mit vollem grauem Haar an ihr vorüberschritt und beiläufig aufs Grab spuckte.

*

Von der Seilbahn zum Wasserschloss waren es nur wenige Schritte, aber der Weg schien Herman endlos.

»Wer ist denn dieser Marx?« Helminger lotste Herman durch einen hallenden Flur.

»Marc. Ein Künstler. Maler. Aus München übrigens.«

»Herr Hitler wäre ja um ein Haar auch Künstler geworden. Heißt es zumindest. Wenn ihn die Herrschaften von der Akademie in Wien damals genommen hätten. Wollte sich sogar auf Architektur spezialisieren. Zweimal abgelehnt! Zum Glück, muss man sagen, was?« Helminger drehte sich um und lachte. Herman zog die Mundwinkel so unverfänglich auseinander, wie er konnte. Lachte sein Begleiter nun *über* oder *mit* Hitler? Also darüber, wie bizarr es wäre, ihn als Kollegen ansprechen zu müssen? Helminger hatte eigentlich nichts gemein mit den ungewaschenen Rüpeln, die in schlecht gefärbten Hemden durch Münchens Innenstadt marschierten, um Bürger zu erschrecken. Oder war Helminger etwa froh, dass deren Anführer den Weg in die Politik gefunden hatte?

Das Echo ihrer Schritte wurde noch lauter, als sie eine gewaltige Halle erreichten. Herman kannte zwar die Skizzen für ein rechteckiges Betonbecken, das einströmendes Wasser aus dem Walchensee auffangen sollte. Aber unwillkürlich hielt er den Atem an, als er zur Brüstung ging und alte Zeichnungen sich ausdehnten zu dreidimensionaler Wirklichkeit, die nach Seewasser roch. Dieser Bau glich einer römischen Therme, schlicht und funktional und klassisch schön.

»Na, sind Sie so beeindruckt, wie Sie aussehen?«

»Hat mein Vater das alles *wirklich* geplant?«

Helminger wiegte seinen schmalen Kopf. »Beim Bau hat sich natürlich manches verändert. Kennen Sie ja. Da hat man den schönsten Plan, und dann kommt einem die Realität in die Quere. Zum Beispiel haben wir gemerkt, dass die Außenwände zu dünn berechnet waren. Damit das Becken dem Druck standhält, mussten wir sie nach unten hin verstärken. Unten sind die Wände bis zu fünfzehn Meter dick. Heidenarbeit, das zusätzliche Material bewilligt zu kriegen. Und dann das Ganze hier hoch zu schleppen und zu verbauen. Ihr Vater wäre stolz auf uns gewesen!«

»Das glaub' ich auch.«

Herman nickte in die immense Leere vor ihm und hörte sein eigenes Echo.

»Aber das war nichts«, sagte Helminger, »im Vergleich zu den Umleitungen. Mussten der Isar ja ein künstliches Bett bauen, damit wir ihr Wasser für den Walchensee abzweigen können. Die Wehranlagen müssen Sie sich unbedingt anschauen. Wollen ja nicht, dass unser schöner See austrocknet wie das Mittelmeer.«

»Bitte?«

»Ach, so eine neue Theorie.« Helminger verscheuchte sie mit einem Wink. »So'n junger Professor in Tübingen behauptet, das Mittelmeer sei ein Zuflussmeer. Nur überlebensfähig wegen Gibraltar. Bin gespannt, wie er das beweisen will!«

»Interessant«, sagte Herman. *Ssant*, sagte sein Echo.

»Gehen Sie doch schon mal runter auf die Terrasse. Ich hol' nur kurz was.«

Herman trat durch eine unscheinbare Tür ins Freie und staunte. Von hier oben aus fügten sich der grüne Hang, Maschinenhaus, See und Flachland, so unterschiedlich sie waren, zu einem harmonischen Ensemble. Formten hier auch die Einzelteile seines Lebens ein sinnvolles Ganzes? Vielleicht war die Kündigung nötig gewesen, um das zu erkennen. Vielleicht hatte er versucht, jemand zu sein, der er nicht war.

Hinter ihm drückte das riesige Wasserbecken gegen eine haushohe, mit rohem Stein verkleidete Außenmauer. Allein angewandte Ingenieurskunst hielt die Fluten davor zurück, über ihn hinweg ins Tal zu stürzen. Bot sich hier seine Chance, gerade indem er hinnahm, dass Vater ihn immer überragen würde wie dieser Bau? Vater hatte eine Kathedrale errichtet, und er konnte sie ausschmücken.

»Schön, was?« Helminger ließ sich auf die niedrige Brüstung fallen und legte einen Stapel Papiere ab. Auf dem obersten las Herman *Arbeitsvertrag*.

»Wunderschön.«

»Ich glaube, wir werden uns sehr gut verstehen, Herr Sörgel.« Er fächerte die Zettel auf und beschwerte sie mit zwei Steinen. »Brauchen Sie einen Stift?«

»Das kommt etwas schnell, Herr Helminger.«

»Ich entscheide auch schnell.«

»Kann ich das mit meiner Verlobten besprechen?«

»Es gibt viele gute Bewerber. Gerade in so schwierigen Zeiten. Da fällt mir ein: Sie haben ja was gemein mit Herrn Hitler.«

»Wie bitte?«

»Sind ja auch zweimal durchgefallen bei den Herren Professoren.«

Herman lächelte unsicher. Warum scherzte Helminger auf seine Kosten? Der musste die SA-Trupps doch kennen. Sie fühlten sich allein in der Masse stark, grölten im Wirtshaus und auf den Straßen. Wussten nichts von der Welt, aber wollten sie beherrschen. Beschworen die Höhe deutscher Kultur – und waren selbst Barbaren. Riefen nach soldatischer Gleichheit und Manneszucht – und stürzten sich im Rudel auf kriegsversehrte jüdische Offiziere. Wollten Deutschland *reinigen, aufräumen* und *Schädlinge hinwegfegen*, dabei lenkten sie mit ihren Klotürparolen höchstens sich selbst von der Wahrheit ab: Sie und ihr Bierkeller-Mussolini waren die Krankheit, für deren Heilung sie sich ausgaben. Ein kultivierter Mann wie Helminger wusste das natürlich. Aber warum sagte er dann sowas? Etwa um zu zeigen, dass er um die Not seines Bewerbers wusste? Ein zweimal durchgefallener Doktorand durfte nicht wählerisch sein. In der Innentasche seines Jacketts fand Herman schneller, als ihm lieb war, einen Füllfederhalter mit grünen und schwarzen Streifen. Um Zeit zu gewinnen, blätterte er in den Papieren. Ganz unten lag ein Zettel, der anders aussah als die anderen. Darauf stand

Antrag auf Aufnahme in die Nationalsozialistische Deutsche Arbeiterpartei.

*

»Was tun Sie da?«

Die Grauhaarige blieb stehen, als hätte sie auf die Frage gewartet.

»Jud' bleibt Jud'.«

»Sie können doch nicht einfach … Da liegt ein *Mensch*.«

Der Speichel der Alten troff von einem grünen Blatt langsam zu Boden.

»Warum machen Sie so was?« Sie hätte gern etwas Klügeres gesagt, aber das fiel ihr immer erst hinterher ein.

»Scheren's sich weg.«

»Wer sind Sie?«
»Geht Sie gar nix an.«
»Er *war* nicht mal Jude, glaub' ich.«
Sie ärgerte sich sofort, das gesagt zu haben.
»Die Getauften sind die Schlimmsten.«
Diese Gewissheit in den Augen der Grauhaarigen. Warum waren andere Menschen ihrer Sache immer so sicher?
»Was hat er Ihnen denn getan?«
»Jud' bleibt Jud'.«
Wut stieg in Irene auf. Wut über so viel zweifelsfreie Selbstgerechtigkeit. Vor allem aber Wut auf sich, weil sie versuchte, eine Verrückte zu verstehen:
»Wissen Sie was? Sie machen das jetzt weg.«
»Haben mir gar nix zu sagen.«
»Oder geben Sie mir ein Tuch, dann mach' ich's.«
Sie hatte doch bloß ein Grab besuchen wollen. Und jetzt musste sie den Schleim einer fremden Frau wegmachen. Sie wusste, wie unsinnig es war. Der Tote würde nie davon erfahren, und die Grauhaarige würde es bald vergessen. Irene wurde noch wütender.
»Sind Sie etwa auch eine?« Die Frau suchte Irenes Gesicht ab. »Man erkennt sie ja nicht immer sofort. Sind Meister der Tarnung. Macht sie so erfolgreich.«
»Haben Sie jetzt ein Tuch, oder was?« Irene sah nicht auf.
»Natürlich sind Sie's. Warum sollten S' sonst herkommen?«
»Kennen Sie seine Bilder?«
»So an Dreck schau' ich mir doch nicht auch noch an!«
Die kirschrote Glut ihrer Wut wurde gelbweiß. Irene richtete sich auf und fragte mit ruhiger Stimme:
»Wo liegt Ihr Mann?«
Die Grauhaarige musterte sie von oben bis unten.
»Ist doch Ihr Mann, oder? Oder Ihr Vater? Mutter? Da hinten?« Irene nickte in die Richtung, aus der die Grauhaarige gekommen war. »Sind ja nicht allzu viele Gräber. Sagen Sie's einfach.«
Die Frau presste ihre Lippen zu Strichen.
»Wissen Sie was? Am besten spuck' ich auf jedes einzelne.« Sie beugte sich vor und flüsterte: »Meine miese, eklige Judenspucke.«

Dann spie die Grauhaarige mit einer Schnelligkeit, die Irene beinahe Respekt abgenötigt hätte, ihr einen Mund voll Spucke ins Gesicht.

*

Herman blickte vom Aufnahmeantrag auf:

»Ich versteh' nicht ganz.«

Helminger lächelte, als machte er ihm ein Geschenk:

»Wir Ingenieure können doch eines sehr gut.« Der Kraftwerksleiter lehnte sich zurück wie in einen Gartenstuhl. »Wir durchdringen ein Problem und finden heraus, was wirklich wichtig ist: Was trägt? Was ist morsch? Was kann man stemmen, und wovon lässt man besser die Finger? Bei Menschen ist das genauso: Taugt der was, oder taugt der nichts?« Er sah Herman prüfend an. »Und der Herr Hitler, das sag' ich Ihnen: Der taugt was. Versteht nicht nur was vom Reden. Der weiß, was wichtig ist: unser schönes Bayern und unser deutsches Vaterland! Gut, seine Mittel mögen etwas ... ungewöhnlich sein. Die schrecken Menschen wie uns anfangs eher ab. Aber ich hab' ihn abseits der Auftritte kennengelernt, bei einem Empfang. Das ist ein feiner, kultivierter Mann, sag' ich Ihnen! Da draußen gibt er den Trommler, aber nur, weil man heutzutage so die Massen gewinnt. Er muss so laut schreien, damit die Arbeitslosen nicht den Bolschewisten hinterherlaufen. Der Herr Hitler sieht das ganz nüchtern, wie ein Ingenieur halt.«

»Meine künftige Schwiegermutter«, sagte Herman tastend, »ist Jüdin. Nur auf dem Papier, nicht praktizierend. Sie und ihr Mann leben das halbe Jahr in Berlin. Und als sie das letzte Mal dort ankamen, hatte jemand *Juda verrecke* auf die Fassade geschmiert. Keine Ahnung, woher der das wusste. Und jetzt haben sie Angst, vor die Tür zu treten.«

»Ich verstehe.« Helminger nickte beruhigend wie ein guter Arzt. »Einfach grässlich so was.«

»Allerdings.«

»Solche Dummheiten rücken ein wichtiges Anliegen ins falsche Licht. Die Entfernung der Juden aus dem Reich muss natürlich geordnet vonstattengehen.«

»Was ich meinte, ist: Wie könnte ich einer Partei beitreten, die die Mutter meiner Verlobten vertreiben will?«

Helminger blickte ins Tal:

»Als ich jung war, da dachte ich so wie Sie: ›Die Menschen müssen doch miteinander auskommen können, und die Technik wird alle Probleme lösen. Das 20. Jahrhundert, das Jahrhundert des Friedens und des Fortschritts!‹« Wieder lachte Helminger, aber es klang wie ein stotternder Motor. »Damals warnte mich jemand: ›Wenn wir nicht aufpassen, springen die Völker Europas einander an die Kehle! Ein Weltkrieg droht!‹ Ich dachte nur: ›Lass den guten Mann reden.‹ Aber er hörte nicht auf: ›Wenn die Juden in Amerika, in London und Berlin zu viel Macht kriegen, dann Gnade uns allen Gott! Dann hetzen sie uns aufeinander, damit sie noch mehr Geld verdienen mit ihren Waffenfabriken, Banken und Zeitungen! Wir müssen die Juden loswerden! Raus mit ihnen, so schnell wie möglich. Notfalls mit Gewalt!‹ Ich hab' damals nicht viel drüber nachgedacht. Aber dann haben die Juden die Nationen tatsächlich gegeneinander gehetzt. Hätten die nicht überall im Hintergrund die Fäden gezogen, dann hätten die Europäer den Krieg verhindern können. Oder wir hätten ihn schnell gewonnen, und Weihnachten 14 wären wir alle wieder heil zu Hause gewesen. Aber sie haben ihn in die Länge gezogen, um noch mehr Bomben und Gewehre zu verkaufen, den Regierungen neue Kredite aufzuzwingen, dem Volk noch mehr Hass auf seine Nachbarn einzuträufeln. Sie haben uns ausgequetscht, bis wir kaum noch stehen konnten, und uns immer wieder ins Feuer geschickt. Wären die Juden nicht gewesen, dann …« Helminger zeigte sein linkes Bein. »Im Lazarett hab' ich häufig an den Mann gedacht. Er hatte alles vorausgesehen, hatte die Zusammenhänge erkannt, aber ich hatte ihm nicht zugehört. Und jetzt«, er richtete sich auf, »jetzt versuch' ich zu retten, was zu retten ist. Damit Deutschland nicht nochmal unter die Räder kommt.«

»Aber ich versichere Ihnen, die Eltern meiner Verlobten haben nun wirklich nichts zu tun mit …«

»Viele Männer haben ihr Leben geopfert damals. Verglichen damit fällt es leicht, eine Verlobung zu lösen.«

»Wie bitte?«

»Wissen Sie, wer der Mann war?«

»Ich finde es – gelinde gesagt – erstaunlich, dass Sie mir vorschreiben wollen, wen ich heiraten darf und wen nicht.«

»Sie wissen es *wirklich* nicht?« Helminger sah ihn ungläubig an.

»Wovon reden Sie?«

»Von Ihrem Vater.«

*

Als der Pförtner hörte, wen sie suchte, winkte er sie sofort durch, wies ihr gar den Weg zum Wasserschloss. Irene wusste jetzt, was sie wollte. Oder besser: was sie nicht mehr wollte.

Beinahe furchtlos ertrug sie die Enge der Seilbahnkabine, in der sie nach oben schwebte.

Wie die fremde Frau auf dem Friedhof sie angesehen hatte: voller Abscheu. So war sie noch nie angeschaut worden. Hatte in gewisser Weise ihr ganzes Tun darauf ausgerichtet, einen solchen Blick zu vermeiden. Irene hatte überhaupt nicht gesehen werden wollen, wäre stets am liebsten mit dem Hintergrund verschmolzen. Aber wer hassen wollte, fand immer einen Anlass. Und wer traurig sein wollte, stieß immer fort, was ihn glücklich machen konnte.

Sie war nicht schuld am Kummer ihrer Mutter. Sie konnte sie nicht retten, hatte es nie gekonnt. Ihr rätselhafter Vater hatte ihr die Geschichte einer Freisprechung erzählt.

Leise quietschend kam die Seilbahn zum Stehen. Weiter oben, auf einer Art Terrasse, sah sie die Silhouetten zweier Männer.

*

Herman stellte sich vor, wie hinter ihm das Staubecken des Wasserschlosses einen Riss bekam. Wie Fontänen hinausschossen. Im nächsten Augenblick würde das Gemäuer dem Druck nachgeben, und eine flüssige Wand würde ihn zerschmettern.

»Haben Sie sich mit Ihrem Vater nie über solche Dinge unterhalten?«

Herman schüttelte den Kopf.

»Ja, er war da wohl ein wenig altmodisch: Politik bringt man nicht nach Hause. Ich kann Ihnen beizeiten ja alles erklären.« Helminger tippte auf Vertrag und Aufnahmeantrag.

Herman bemerkte, dass er noch immer den Füllfederhalter hielt. Die Aussicht von hier war wirklich wunderschön. Kostbar. Sein Blick suchte nach der Stelle zum Unterschreiben.

Das *H* von Herman erschien auf dem Papier, als führte jemand anderes seine Hand. Das *e* und *r* schlichen sich daneben; *m*, *a* und *n* beeilten sich geradezu.

Herman sah hinter sich. Da stürzte nichts auf ihn ein, natürlich nicht. Die Kraft des Wassers war gezähmt durch Stein und Beton, beherrscht von den Zauberformeln der Physik.

Er dachte an Irene. Erinnerte sich an den leuchtenden Kranz ihres Pelzkragens im New Yorker Neonlicht. Daran, wie sie fror und er sie wärmen wollte. An das Buch in ihrer kaum merklich zitternden Hand.

Das *S* war bloß eine geschwungene Linie, die sich auf halber Höhe aufschwang, dort oben ein Oval formte und schließlich steil hinabstürzte, aber der Stift stockte.

Er blickte sich noch einmal um. Sah in Helmingers fragendes Gesicht. Spürte die Kraft des Wassers, das unter ihnen hindurch in die Fallrohre schoss, folgte mit den Augen deren Lauf bis ins Tal.

Jetzt war ihm alles klar.

*

Auf der Terrasse kam Herman ihr lächelnd entgegen.

»Liebste! Wie bist du denn aufs Gelände gekommen?«

»Wir müssen eine Entscheidung treffen.« Sie zwang sich, ihn nicht zu umarmen.

»Ich weiß, ich weiß.« Er nickte sein Lächeln weg.

»Ich habe darüber nachgedacht, ob ich es mir vorstellen kann, hierher zu ziehen. Für dich. Für uns.«

»Ja?«

»Ich ...« Sie atmete tief aus. »Wenn ich in ein Kaff voller Verrückter ziehen muss, um mit dir zusammen sein zu können, dann tu' ich das.«

»Wirklich?«

Irene schaute auf:

»Das willst du doch, oder?«

»Irene ...« Der Ausdruck seiner Augen war wieder so zärtlich wie am Morgen im Bett. »Du möchtest, dass ich dir immer die Wahrheit sage. Aber dann sei bitte auch ehrlich zu mir.«

»Aber du *möchtest* doch, dass ich herziehe.«

»Und was willst *du*?«

Von hier oben sahen Dorf und See wirklich wunderschön aus, wie ein nachmittäglicher Traum. Sie wischte sich mit der Hand über die Wange.

»Es … tut mir leid. Ich will hier nicht leben. Ich kann einfach nicht. Ich …«

»Gut«, sagte Herman leise, »danke. Und ich will hier nicht arbeiten.«

Sie sah ihm ins Gesicht: »Du hast ihn nicht bekommen?«

»Ich hab' ihn abgelehnt.«

»Du hast *was*?«

»Erklär' ich dir später.« Er blickte sich um. »Ich hab' was Besseres gefunden. Etwas viel Besseres. Ich hab' eine Idee. Einen Plan. Für *uns*.«

Sie wollte seinen Worten folgen, aber sie waren schneller.

»Ich versteh' nicht.«

»Was wäre, wenn das Mittelmeer seinen Spiegel nur deshalb hält, weil aus dem Atlantik so viel kaltes Wasser nachströmt?

»Herman …«

»Im Mittelmeer verdunsten ja gewaltige Mengen, jeden Tag, jede Stunde.«

»Er hat dir die Stelle angeboten, und du hast Nein gesagt?«

»Und jetzt stell' dir einen Staudamm vor. Höher und breiter als alle, die je gebaut wurden. In der Meerenge von Gibraltar.« Er sah sie erwartungsvoll an.

»Wovon willst du leben?«

»Komm schon: Was würde passieren?«

»Keine Ahnung.«

»Denk nach.«

»Was soll das?«

»Bitte.«

»Es … es kann kein Wasser mehr aus dem Atlantik einströmen.«

»Genau! Und dann?«

»Ist das wirklich wichtig?«

»Denk an dein Buch, das aus New York!«

Irene sah den grünen Einband vor sich. Dachte daran, wie sie in einem Diner darin gelesen hatte, ungeduldig darauf wartend, diesem seltsamen Kerl zu begegnen, der jetzt vor ihr stand.

»Das ist verrückt.«

»Das ist Technik.«

»Ist es machbar?«

»Willst du's mit mir versuchen?«

»Was?«

»Mit mir zu leben. An diesem Plan zu arbeiten. Für ihn zu werben. Alles!«

Das war größenwahnsinnig, vollkommen unvernünftig: sie und ihr seltsamer Baumeister, gemeinsam für eine bessere Welt. Und es war die schönste Liebeserklärung, die sie sich vorstellen konnte.

»Meinst du das ernst?«

Er sah ihr in die Augen und nickte.

»Und die Sache mit dem Heiraten?«

Er blinzelte kurz. »Ich wollte sicher sein, dass du bei mir bleibst. Aber ich weiß ja, dass das unsinnig ist. Man kann sich nur füreinander entscheiden und das Beste hoffen. Das ist genug für mich.« Er nahm ihre kühlen Wangen in seine warmen Hände. »*Du* bist genug für mich.«

Vorhin auf dem Friedhof war etwas Seltsames mit ihr geschehen. Sie hatte den hasserfüllten Blick der alten Frau erwidert – mit ihrem Speichel in den Wimpern, in den Haaren, auf der Wange. An tausend anderen Tagen hätte Irene sich geschämt für das, was ihr Gegenüber getan hatte. Aber heute war Tag tausendundeins. Vielleicht, weil der Morgen sie so sehr mitgenommen hatte, oder wegen der strapaziösen Fahrt. Sie hatte sich mit einem benutzten Stofftaschentuch Altfrauenspeichel weggewischt. Und doch hatte sie dadurch nichts von sich verloren. Im Gegenteil hatte es sich angefühlt, als ob sie dabei ein Stück von sich freilegte.

Sie ergriff Hermans Hand, spürte seinen Puls oder ihren eigenen:

»Lass es uns versuchen.«

»Wirklich?« Er lächelte.

»Unter einer Bedingung.«

»Ja?«

»Würdest du mich heiraten?«

II

6

Herman Sörgel: auf den ersten Blick eine ruhige, in sich gefestigte Natur, kein Phantast, ein Wissenschaftler, zu dessen asketischem Gesicht das Einglas in sonderbarer Weise bestimmt zu sein scheint – der Eindruck seines Wesens während des Gesprächs: eine überraschende Mischung von sachlichem Ernst, fast Düsterkeit, eiserner Entschlossenheit, sich gegen eine Welt durchzusetzen, und einer sorglich behüteten, fast scheuen Innigkeit, die verrät, daß, wie dem Ingenieur Sörgel ein nüchterner, zäher und weit vorausschauender Fernblick eignet, der Mensch Sörgel von hohen geistigen und ethischen Idealen beherrscht ist.

Münchner Staatszeitung, 28. April 1929

Oh, der arglose Herr Sörgel, hat er nicht andere Felder, auf denen er seine wirre Phantasie betätigen kann?

Corriere della Sera, 12. September 1928

München, 9. September 1929

Herman und Irene lernten, in zwei Welten zu leben. In der einen Welt gab Herman der *New York Times* Interviews, und Albert Einstein schrieb ihnen Telegramme: Er wollte mehr über den Plan erfahren, von gleich zu gleich. Diese Welt war groß, wuchs ständig weiter und schien nur auf sie gewartet zu haben. In ihr fragten sie sich: *Sind wir wirklich als Erste dem Gedanken bis zum logischen Ende gefolgt? Die Einzigen, die so konsequent sind, wie die Probleme der Menschheit es erfordern?* Es gab aber noch eine andere Welt, verwinkelt und fremdartig. In ihr fühlten Herman und Irene sich wie Kinder, die sich im Wald verlaufen hatten und fragten: *Worauf haben wir uns bloß eingelassen? Wohin sollen wir uns wenden?* Die Folge war eine Art Schwindelgefühl, denn die Grenze zwischen beiden Welten war unsichtbar und verschob sich immerzu. An diesem Spätsommernachmittag verlief sie mitten durch einen schmucklosen kleinen Saal in der Münchner Innenstadt. Auf der einen Seite standen vier Stuhlreihen ordentlich hintereinander, auf der anderen war ein Schreibtisch. Und dazwischen stand Irene und drückte mehr Reißzwecken als nötig in das Banner mit dem Schriftzug an der Zimmerwand.

»Hier?«

»Sieht so aus.«

Irene drehte sich um. Fünf Männer in nicht ganz neuen Straßenanzügen blickten mürrisch in den Raum. Sie hatten sich offenbar Imposanteres erhofft als ein paar Stühle vor einem Tisch.

»Schön, dass Sie zu uns gefunden haben.« Sie begrüßte sie mit einem Gesichtsausdruck, als verteile sie Geschenke. Die Presseleute nuschelten ihre Namen und Auftraggeber und setzten sich.

Sie ging zu Herman, der hinter dem Schreibtisch stand und in seinen Unterlagen blätterte. Ohne aufzublicken, fragte er:

»War er dabei?«

»Lass gut sein.«

»Vielleicht ist er ja schon da.« Herman nickte in Richtung der elf Journalisten. Manche von ihnen plauderten miteinander, andere saßen und lasen in Notizen, und einige studierten die Pläne an den Wänden wie Gemälde.

Irene schüttelte den Kopf: »Ich hab' mir von jedem die Visitenkarte geben lassen.«

»Er *könnte* aber noch kommen.«

»Jetzt freu' dich doch über die, die hier sind. Alles solide Blätter.«

»Er hat also nicht abgesagt.«

»Er hat auch nie fest zugesagt.«

Herman blickte ziellos im Raum umher: »Wir könnten das Ganze verschieben, bis …«

»Mutz!« Erschrocken über die Kraft ihrer Stimme, zog sie Herman zur Tür, möglichst weit weg von den anderen. »Wir haben so lange dafür gearbeitet. Wie sieht das denn aus, wenn wir in letzter Minute absagen?«

»Es ist nur …«

»…, dass noch nicht jedes Detail durchdacht ist. Ich weiß.«

»…, dass er mit einem Artikel alles zunichtemachen kann. Die hier«, und sein Blick schwenkte wieder zu den Journalisten, »sind keine Experten. Wenn die in der *Frankfurter Zeitung* lesen, das sei technisch unmöglich, werden sie es ihm nachplappern. Und dann war alles umsonst.«

»Warum sollte er das glauben?«

Herman seufzte, weil sie ihn zwang, schlecht über das Projekt zu reden:

»Weil es so was noch nie gegeben hat. Weil es gewaltig ist. Weil es viele Phantasten gibt, die Unsinn erzählen.«

»Du bist kein Phantast.«

»Das weiß *er* aber nicht. Weil er nicht *gekommen* ist!« Tief einatmen, bei ihr fürs Lautwerden entschuldigen, ausatmen.

Sie strich leicht über seinen Ärmel: »Schon gut, Mutzelchen.«

Kosenamen waren lächerlich. Aber wenn sie ihn so nannte, beruhigte er sich, und sie genoss es. Überhaupt bestand ihr gemeinsames Leben aus Widersprüchen, die den schönsten Sinn ergaben. Sie waren damals nach England gefahren, um etwas zu tun, das sie für überflüssig hielten – und worauf sie sich freuten wie Kinder. Sie fanden es lächerlich, vorgestrig, einengend, einem Bürokraten ins Gesicht zu versprechen, sie würden den anderen lieben und ehren – und hatten es doch kaum erwarten können, *I do* zu sagen. Danach hatte die Braut dem überraschten Bräutigam ein silbernes Zigarettenetui überreicht, auf das sein Name graviert war. Sie rieben sich an Konventionen – und wärmten sich an der entstehenden Energie. Diese Wärme hatte sie eingehüllt, als sie im Sommerregen durch Backsteinstraßen irrten, auf der Suche nach dem Standesamt von Saint Martin. Deshalb hatten auch die Blicke der Londoner ihnen nichts anhaben können, als sie nach der schlichten Zeremonie – noch immer durchnässt, fröstelnd und lachend – ins Freie traten. Sie schützten sich gegenseitig. Die Welt da draußen mochte dieselbe sein wie früher, laut und aufdringlich und gemein – sie beide aber umgab ein unsichtbarer Kokon, in dem es immer reichlich Energie, Platz und Austausch gab.

Im Schutz dieses Kokons hatte Herman im Halbdunkel unter der Dachschräge an seinem Schreibtisch Pläne gezeichnet. Hatte begriffen, dass auch arrivierte Architekten ihm nicht nur zuhörten, sondern Hochhäuser und ganze Stadtviertel skizzierten, solange er ihnen die Hoffnung gab, dass ihre Pläne einmal Wirklichkeit würden. Deshalb widersprach Irene jedem, der das Projekt eine Utopie nannte, denn Herman war nicht Jules Verne und seine Idee nicht 20 000 *Meilen unter dem Meer*. Panropa war keine Phantasie, sondern ein Plan. Dafür hatten sie drei Jahre lang auf teure Reisen verzichtet, und Irene hatte mit Antiquitäten genug Geld für beide verdient. Weil der Druck der Broschüre teurer geworden war als erwartet, hatte Herman sogar das kleine, selbst entworfene Landhäuschen verkauft. Aber die Mühen hatten sich gelohnt. Auf ihrem geheimen Doppelkontinent, den nur sie beide bewohnten, hatte die Zukunft schon begonnen.

Herman strich ihr mit der Hand über die Wange, wandte sich um und rief:

»Vielen Dank, meine Herren, dass Sie unserer Einladung gefolgt sind!« Mit ruhigen Schritten ging er zum Schreibtisch und setzte sich. An der Wand hinter ihm prangte ein knallroter Schriftzug:

Wer den Frieden will, muss die Kriegsursachen beseitigen.

»Wir erleben eine interessante Situation: Im Ausland berichten Zeitungen bereits über ein Projekt, das im Lande seiner Entstehung bislang kaum bekannt ist. Das hat seine Gründe. Bevor ich mich Ihren kritischen Fragen stelle, sollte mein Plan sozusagen wasserdicht sein. Solange es noch offene Punkte gab, musste ich leider viele, viele Ersuchen zurückweisen. Sogar das Angebot, das Projekt in Barcelona auf der Weltausstellung zu präsentieren! Aber ich bin nun mal Ingenieur und Architekt: Erst muss das Fundament stimmen.«

In diesem Moment trat ein Mann in den Raum: groß, hager und sehr aufrecht. Sein graues Haar war schon weit zurückgewichen, und er trug einen weißen Spitzbart. Aus kühlen graublauen Augen sah er sich um, als gehöre ihm alles hier: die Plakate an den Wänden ebenso wie die Menschen auf den Stühlen. Die Journalisten schienen seine Autorität zu spüren, alle wandten sich nach ihm um. Hinter ihm schlich ein deutlich jüngerer Mann mit quadratischem Kopf, nervös blickenden Augen und Aktenmappe durch die Tür. Geschwungene Nasenflügel ließen das ansonsten ausdruckslose Gesicht leicht angewidert blicken. Der Idealtypus des Assistenten.

»Schön, dass Sie es einrichten konnten«, sagte Herman. »Hier vorn ist noch was frei. Wenn die anderen Herren ein wenig Platz machen …«

Doch der Mann setzte sich in die leere letzte Reihe und reckte den Kopf: ein strenger Oberlehrer, der überraschend in der Klasse des neuen Kollegen auftauchte.

Also das, dachte Irene, war der große Ernst May.

Herman bemerkte, dass er aufgestanden war, und setzte sich zerstreut wieder. Irene begriff, sie musste etwas tun, das ihn beruhigte. So schnell sie konnte, ohne hektisch zu wirken, ging sie von der Tür zu den Stuhlreihen und ließ sich auf den Platz rechts vom Oberlehrer fallen. Sein Assistent wirkte irritiert, begnügte sich aber, demonstrativ hüstelnd, mit dem Platz rechts neben ihr.

»Wir kennen uns doch.« Sie lächelte ihn an.

Er musterte sie wie aus weiter Ferne und sagte mit tiefer Stimme: »Tun wir das?«

Ernst May war älter, als sie erwartet hatte. Seine Wangen waren eingefallen, und aus großen Ohren sprossen weiße Härchen. Die Mammutaufgabe, der er sich verschrieben hatte, ließ ihm offenbar kaum Zeit zur Erholung und Körperpflege. May zeigte, was möglich war, wenn Politiker Experten machen ließen. Seit vier Jahren setzte er um, wovon Architektenkollegen anderswo nur redeten. Baute Großsiedlungen für einfache Leute, zehntausend Wohnungen insgesamt, und enteignete dafür sogar Grundstücksbesitzer. Das Neue Frankfurt, hell und funktional statt düster und mittelalterlich, nahm rasend schnell Formen an. Von einem Macher, den Kritiker wie Bewunderer *Mussolini der Architektur* und *Baudiktator* nannten, durfte Irene wohl keine geschliffenen Umgangsformen erwarten.

»Nicht persönlich natürlich«, flüsterte sie. »Ich habe die Veranstaltung organisiert.«

»Sind Sie auch Ingenieurin?«

»Nein.«

»Architektin?«

»Ich bin Herman Sörgels Frau.«

»Sehr erfreut.« Er wirkte nicht sehr erfreut.

»Eine spannende Idee, nicht wahr?«

»Hm?«

Sie zeigte auf die dicke Broschüre in ihrer Hand. Das weiße Deckblatt trug ein großes rotes X. Auf einem der beiden Balken prangte das Wort *Mittelmeer-Senkung*, auf dem anderen *Sahara-Bewässerung*. Darunter stand *Panropa-Projekt*.

»Ich bilde mir lieber meine eigene Meinung«, sagte May leise, ohne zu flüstern. »Eine Idee ist immer nur so gut wie der Mann, der sie praktisch umsetzt.« Dann drehte er sich wieder nach vorn.

Dort wandelte Hermans Blick sich im selben Moment von aufgeregt zu erschrocken.

Ein Mann von etwa dreißig Jahren war grußlos in den Raum getreten. Er blickte sich um, schien das Gesuchte zu finden und ging rasch zu den Journalisten. Dann griff er einen Stuhl, stellte ihn links von May ab, setzte sich und flüsterte ihm zu:

»Gestatten: Heizer, Wilhelm. Ich bewundere Ihr Werk seit Langem.«

May brummte zur Antwort leise und unbestimmt.

Wie konnte dieser Kerl es wagen, fragte Hermans Blick. Vier Jahre lang hatten sie kein Wort miteinander geredet. Das war eine logistische Herausforderung in einer Stadt, in der Intellektuelle, Revolutionäre und mitunter sogar Leute, die etwas Vernünftiges gelernt hatten, einander ständig im Wirtshaus trafen. Trotzdem hatte er es geschafft, dem Mann, der ihn um seine Karriere gebracht hatte, aus dem Weg zu gehen. Und jetzt saß er uneingeladen hier!

»Ich war Sörgels Nachfolger bei der *Baukunst*«, flüsterte Heizer. »Toller Mann, hatte schon damals jede Menge Ideen. Leider musste ich dann erst mal gründlich aufräumen. Sie kennen das sicher: Die mühsame Arbeit am Detail ist nichts für jeden.« May schwieg, und so stimmte Heizer seinen eigenen Worten nickend zu.

Wenn du so ein toller Kerl bist, dachte Irene, warum hat Borst dann auch dich entlassen? Bestimmt quält es dich zu sehen, wie viel besser als du Herman sich seit dem Rauswurf macht. Schon jetzt ist er bekannter, als du es je sein wirst. Ja, das muss es sein: Was dich herlockt, ist verletzter Stolz.

Am Pult hatte Herman sich wieder im Griff. Er richtete sein Monokel und sagte:

»Wie Sie sehen, wird das Interesse am Projekt ständig größer. Aber was ist das eigentlich: Panropa? Nun, es ist ein umfassender

Plan zur Rettung unseres Kontinents.« Er sah ins Publikum und schien zufrieden mit der Wirkung seiner Worte.

»Europa hat im jüngsten Krieg seine Fähigkeit bewiesen, sich selbst zu zerstören. Seine Nationen setzten ihre ganze Kraft ein, um ihren eigenen, Jahrtausende alten Kulturraum auszulöschen. Erst die Erschöpfung ihrer Ressourcen und das Eingreifen der Amerikaner machten dem Morden ein Ende. Aber zu welchem Preis! Heute liegt das verwüstete Russland in den Händen einer Geheimbande, die von Moskau aus die Welt unterwerfen will. Der Völkerbund hat die Hoffnungen der Nationen auf eine gerechtere Welt enttäuscht. Der brave Stresemann soll schwer krank sein. Der Wirtschaftsaufschwung hängt am dünnen Faden amerikanischer Kredite. Auf dem Balkan gärt es wieder. Engländer und Amerikaner halten die Franzosen nur mit Mühe davon ab, wieder ins Ruhrgebiet zu marschieren. Wer unter Ihnen will darauf wetten, dass ein Sommer vierzehn sich nicht wiederholt – und damit ein November achtzehn? Kurzum: Der Kontinent braucht dringend Stabilität, Frieden und Wohlstand. Aber wie?« Er zeigte auf das rote Banner, das hinter ihm die halbe Wand einnahm, und rief:

»*Wer den Frieden will, muss die Kriegsursachen beseitigen*! Das ist es. Doch dafür brauchen wir einen Plan, der die Energien, die Europa so lange im mörderischen Kampf untereinander vergeudet hat, über Generationen hinweg zum Guten bündelt. Einen Plan, der aus Feinden Partner macht. Und der dabei für alle verständlich ist. Meine Herren, diesen Plan gibt es. Er trägt den Namen Panropa.«

Herman stand auf, strich sein Jackett glatt und ergriff einen Zeigestock.

»Vor etwa fünfzigtausend Jahren herrschte eine Eiszeit. Gewaltige Mengen an Wasser waren in Gletschern erstarrt, kilometerdicke Eisschichten bedeckten unseren Kontinent. Das Ergebnis sehen Sie hier.« Er zeigte mit dem Stock auf eine Karte an der Wand: zwei himmelblaue, unregelmäßige Flecken, umrahmt von Braun und Grün. Die Luftansicht zweier großer Teiche.

»Damals lag der Spiegel des Mittelmeers tausend Meter niedriger. Gibraltar war kein Flaschenhals, durch den von Westen her Atlantikwasser eindrang. Sondern ein Gebirge, das den Ozean fernhielt. Im Osten wiederum versperrte eine Landbrücke bei den Dardanellen die Verbindung zum Schwarzen Meer. Kurzum: Das

Mittelmeer war von Zuflüssen abgeschlossen wie eine Pfütze. Wo heute Frankreich, Spanien, Italien, der Balkan, der Nahe Osten und Nordafrika liegen, hatten die Fluten sich weit zurückgezogen. Übrig blieben zwei Binnenseen. Der östliche erstreckte sich hier, zwischen Sizilien und Palästina.« Mit dem Stock zeichnete Herman langsam die Küstenlinien nach, als rührte er in einem Kessel. »Die flache Adria war ausgetrocknet. Sie verband den italienischen Stiefel mit dem heutigen Jugoslawien. Auch die Inseln der Ägäis, Kreta und Zypern waren Teil des Festlands. Und der westliche Binnensee« – Herman trat einen Schritt zur Seite – »lag zwischen Gibraltar und Sizilien. Denn Sizilien war damals keine Insel, sondern das Zentrum einer Festlandbrücke zwischen Europa und Afrika. Stellen Sie sich vor: Dort wanderten Menschen und Tiere zu Fuß von Europa nach Afrika! Das Mittelmeerbecken trennte die Erdteile nicht, sondern verband sie.« Herman ging zurück zum Schreibtisch, setzte sich auf dessen Kante und lehnte sich auf den Stock. »Dieser Zustand lässt sich mit Hilfe modernster Technik wiederherstellen. Wir können Europa und Afrika wieder zu einem Superkontinent vereinen: zu Panropa!« Er wartete ein paar Sekunden, um die Worte wirken zu lassen. »Sie mögen sich fragen: ›Wie soll das möglich sein, und zu welchem Zweck? Ist das nicht eine größenwahnsinnige Utopie?‹ Ganz im Gegenteil, meine Herren! Es lässt sich hier und heute in die Tat umsetzen. Wir *müssen* es sogar. Panropa ist die kühnste und zugleich rationalste Antwort auf die tiefe Krise, die uns zu erdrücken droht. Verstehen Sie auch schon, warum?«

Als hinge dort die Antwort, zeigte er auf eine zweite, noch größere Karte. Im Raum wurde es still. Herman ging, den Stock erhoben wie ein Schwert, die wenigen Schritte hinüber. Auch diese Karte zeigte zwei Binnenseen. Um sie herum waren Zeichnungen von Baukränen, Schiffen und Mauern zu sehen: das Mittelmeer als Baustelle.

»Senken wir den Wasserspiegel des Mittelmeers um zweihundert Meter, so steigen circa 660 200 Quadratkilometer Land aus den Fluten. Also ungefähr so viel wie die Fläche von Frankreich und Belgien zusammengenommen. Während aber heute die Mittelmeergestade zum großen Teil unfruchtbares Gebirgsland sind, wäre das neue Land bestes und wertvollstes Fruchtland: die künftige Kornkammer Europas. Darauf deuten Meerestiefenmessungen hin. Stellen Sie sich das vor: Eine äußerst fruchtbare Ebene mit mildem Klima breitet sich aus zwischen Italien und dem Balkan. Sizilien verwächst fast – bis auf eine enge Meeresstraße – mit Tunesien. Auch Nordafrika gewinnt Küstengestade hinzu, die ertragreicher sind als die irgendeines Landes in Europa. Griechenland, Kleinasien, Frankreich und Ostspanien wachsen. All die Gebiete, die sich aus dem Mittelmeer erheben, waren in grauer Vorzeit von Menschen bewohnt. Hier dehnten sich reiche Pflanzungen aus, hier stand die Wiege der westlichen Kultur. Und hier versanken wertvolle Kunstwerke in den Tiefen. Durch unsere Technik aber holen wir die verborgenen Schätze wieder aus dem Wasser.«

Irene hörte um sich herum das Kritzeln von Stiften auf Papier. Vor ihr flüsterte jemand seinem Nachbarn zu:

»Macht's ihr die Geschichte bei euch groß?«

»Wohl Aufmacher auf der fünf. So was lesen die Leute.«

»Aber des is' doch alles a Schmarren.«

»Bin mir da nicht so sicher. Er klingt ganz vernünftig.«

»Naaaa ...«

»Warum bist du dann hier?«

»Na, weil's die Leute lesen.«

Sie kicherten leise.

»Haben Sie eine Frage?«, rief Herman.

Die beiden Journalisten wanden sich wie Schüler. Dann aber sagte der eine:

»Jo, hob i. Was haltn denn die Italiener davon? Wenn S' denen die Adria trocken legn, dann wird die ganze Ostküstn a Binnenland. Venedig wär dann im Trocknen. Stelln S' sich das vor: Venedig ohne Wasser. Des können S' doch ned machn! Und erst in der Ägäis ...«

»Ja«, unterbrach Herman, »viele Hafenstädte im Mittelmeer werden zu Binnenstädten. Das ist aber keine Katastrophe, im Gegenteil. Panropa bietet ihnen endlich die Chance, neue Viertel, ja ganze Vorstädte zu bauen. Millionen Stadtbewohner können befreit aufatmen! Führende Architekten haben sich bereit erklärt, entsprechende Pläne anzufertigen: Peter Behrens, Hans Döllgast sind nur zwei von vielen. Auch für Venedig findet sich bestimmt eine Lösung.«

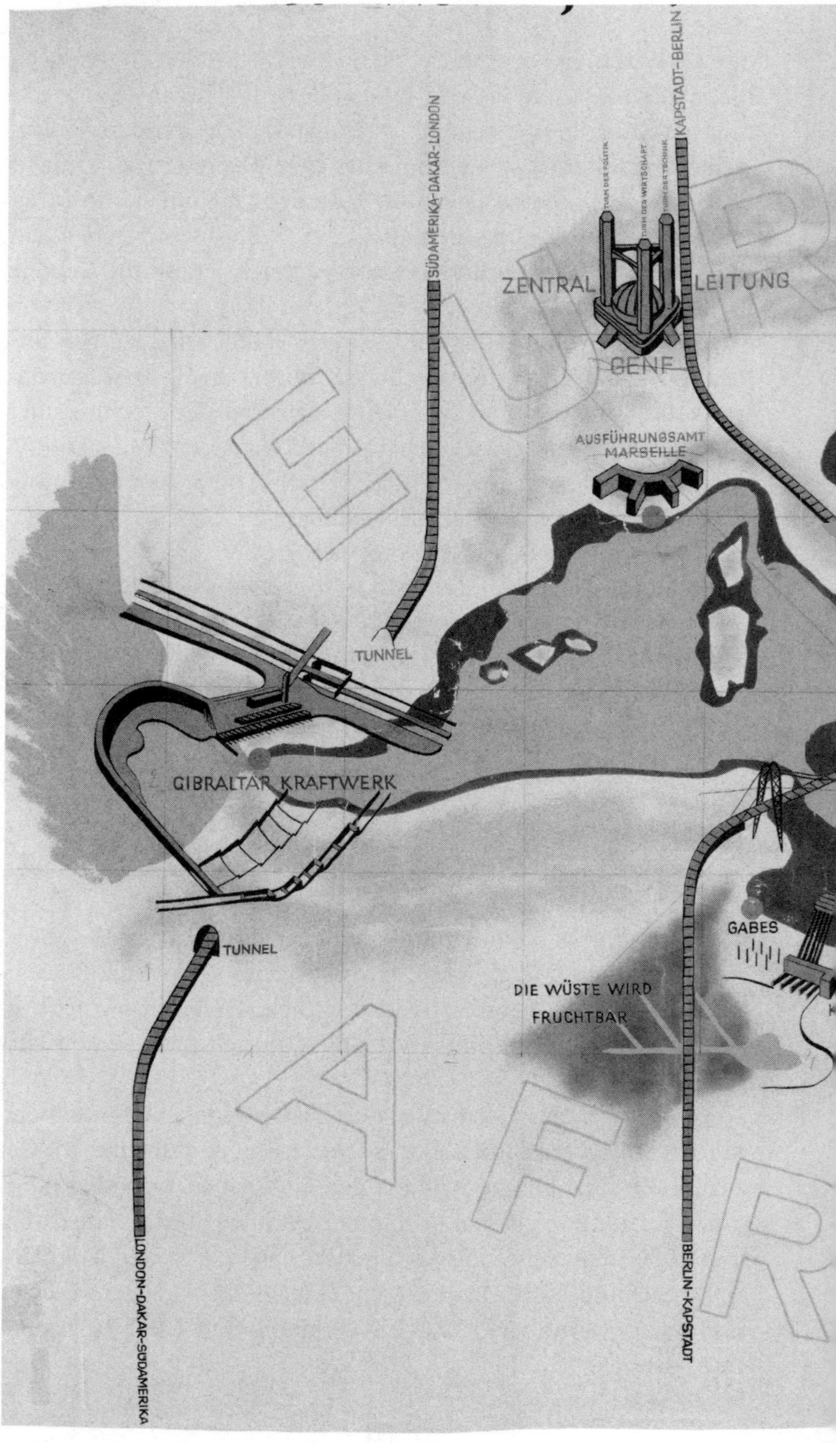
KAPSTADT-BERLIN
SÜDAMERIKA-DAKAR-LONDON
TURM DER POLITIK
TURM DER WIRTSCHAFT
TURM DER TECHNIK
ZENTRAL LEITUNG
GENF
AUSFÜHRUNGSAMT MARSEILLE
TUNNEL
GIBRALTAR KRAFTWERK
TUNNEL
GABES
DIE WÜSTE WIRD FRUCHTBAR
LONDON-DAKAR-SÜDAMERIKA
BERLIN-KAPSTADT

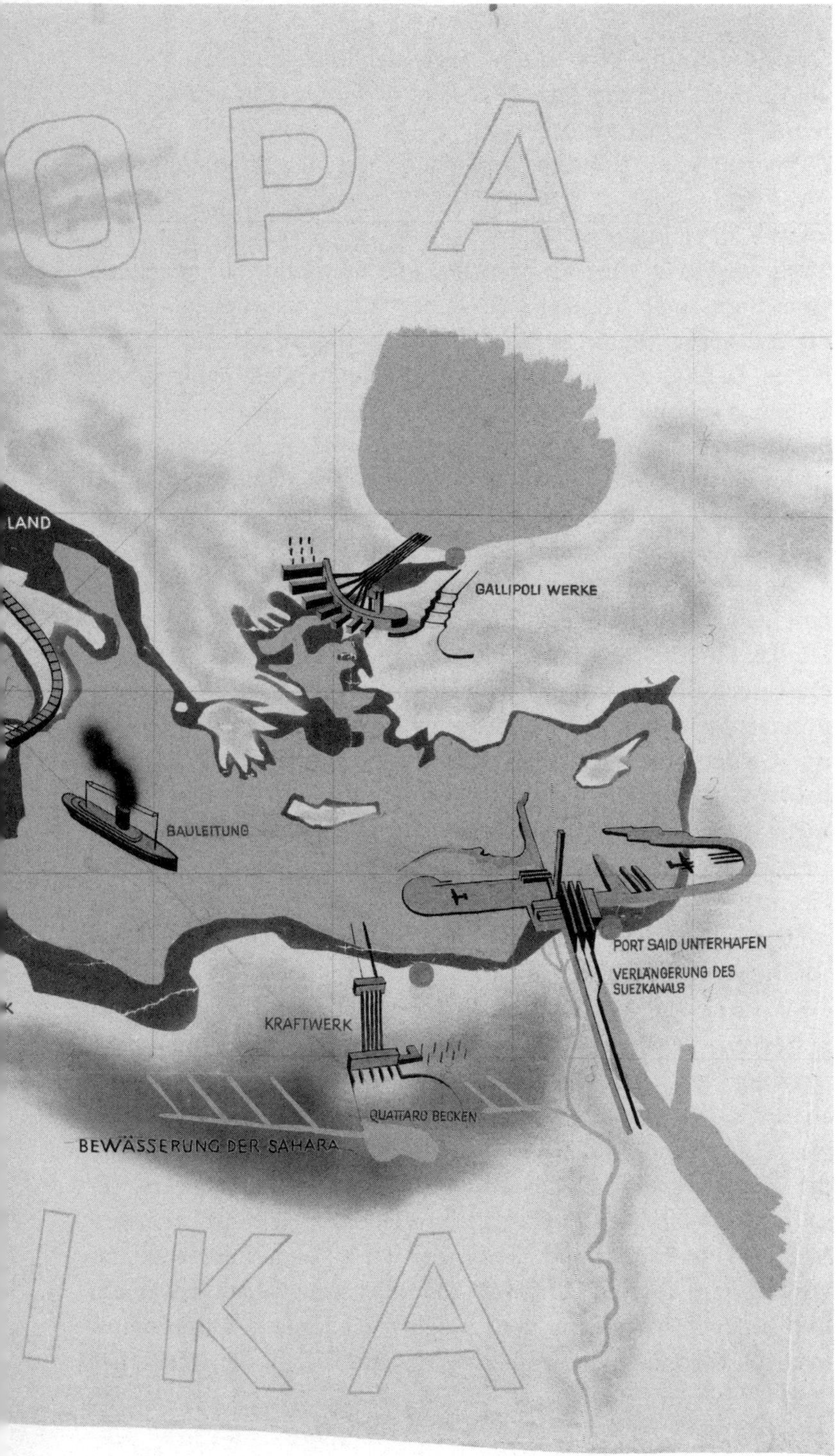

OPA
LAND
GALLIPOLI WERKE
BAULEITUNG
PORT SAID UNTERHAFEN
VERLÄNGERUNG DES
SUEZKANALS
KRAFTWERK
QUATTARO BECKEN
BEWÄSSERUNG DER SAHARA
IKA

»Und dann die Versalzung«, sagte der Journalist. »Des Wasser geht z'rück, aber des Salz, des bleibt doch. Da ham wir kei' Mittelmeer, des is' a totes Meer.«

Herman schüttelte den Kopf. »Ich sage nur: Entsalzungsanlagen.«

»Ach, die gibt's scho'?«

»Es wird sie geben. Wir brauchen uns auch keine Sorgen zu machen über einen Klimawechsel, über Vulkanausbrüche oder gar die Verlagerung der Erdachse. Die Erdkugel wird keinen Schaden leiden. Denn der Zustand, den wir schaffen wollen, hat in grauer Vorzeit ja schon einmal bestanden. Außerdem haben wir es in der Hand, bei jedem beliebigen Niveau die weitere Senkung einzustellen. Nun, meine Herren, wie Sie sehen, ist an alles gedacht!«

An alles gedacht? Irene schaute Herman mit geweiteten Augen an. Als er das sah, räusperte er sich und richtete das Monokel.

»Andererseits«, sagte er, »andererseits ist das Projekt geradezu bescheiden. Bescheidener jedenfalls als die Natur. Denn wir wollen das Mittelmeer ja nicht um tausend Meter absenken, wie es einst der Fall war. Wir gehen jetzt von einer Senkung um zweihundert Meter aus. Mehr brauchen wir ohnehin nicht, um gewaltige Gebiete trockenzulegen. Nun fragen Sie sich vielleicht: Was haben wir Deutsche davon, wenn die Anrainer des Mittelmeers mehr Land zur Verfügung haben?«

Ein paar Journalisten lachten leise. Für den Höhepunkt setzte Herman sich wieder – wie früher, wenn er die Aufmerksamkeit müder Bauschüler zurückgewinnen wollte – für alle gut sichtbar auf die Schreibtischkante.

»Wussten Sie, dass Nordafrika vor zweitausend Jahren ein Paradies war? Grün und waldreich, die Kornkammer der mediterranen Welt? Dann kamen die Römer und holzten die Wälder ab, um sie zu verfeuern und Schiffe zu bauen. Ohne die Baumwurzeln fand der Boden keinen Halt mehr, er trocknete aus, und die Wüste breitete sich aus bis an die Küste des Mittelmeers.« Er schüttelte leicht den Kopf, als hörte er davon selbst zum ersten Mal, hob ihn wieder und rief: »Aber wir können diese fatale Entwicklung umkehren! Und zwar, indem wir die Sahara bewässern und in fruchtbares Land verwandeln! Seit fünfzig Jahren bemühen sich besonders die Franzosen, das in die Tat umzusetzen. Die

Kultivierung Nordafrikas in großem Ausmaß ist jedoch ohne ganz enorme Wasserkräfte unmöglich. Wir reden hier von etwa sechs Millionen Quadratkilometern – also einem Gebiet, zwölfmal so groß wie Deutschland. Wie soll das gehen? Wenn wir die Zuläufe zum Mittelmeer kontrollieren, stehen uns gewaltige Mengen an Wasser zur Verfügung. Die ›weiße Kohle‹ verlangt geradezu danach, gewinnbringend genutzt zu werden! Panropa, das bedeutet Kraft, Raum – und Brot. Deshalb ist klar: Wir müssen das Mittelmeerprojekt verquicken mit der Saharabewässerung. Ja, beides ist letztlich identisch.«

Irene hörte links von ihr ein Flüstern:

»Die Sahara? Das Ganze ist ja noch gewagter, als ich dachte. Ob er sich da nicht übernimmt?«

Es war Heizer. Er sprach laut genug, dass alle um ihn herum seine Worte verstanden.

Irenes Handknöchel wurden weiß. Dann löste sie die Finger, atmete tief aus und raunte May so gelassen sie konnte zu:

»Da ist technisch schon heute möglich. Steht alles in der Broschüre.«

Ihr Sitznachbar reagierte nicht.

»Damit kommen wir zur Frage des *Wie*«, sagte Herman. »Wie lässt sich dieses große Friedenswerk bewerkstelligen? Nun, ich sprach gerade von Kraft, Raum und Brot. Raum und Brot habe ich erläutert. Aber Kraft?«

Er ging wieder zur Wand. Diesmal richtete er den Stock auf eine Schwarz-Weiß-Zeichnung: Feine Linien deuteten links und rechts hügelige Küstenlinien an. Links stand in Großbuchstaben AFRIKA, rechts SPANIEN. Die beiden Ufer waren verbunden durch zwei wie mit dem Lineal gezogene Balken.

»Hier, bei Gibraltar, erwartet uns der schwierigste Teil der Arbeiten. An der schmalsten Stelle der Meerenge schütten wir einen Wall auf, vierzehn Kilometer lang. Gewaltige Mengen an Gestein müssen wir hierher transportieren und in die Tiefen hinablassen, damit ein solides Fundament entsteht. Es wächst in die Höhe wie ein unterseeischer Vulkan. Schließlich liegt der Inhalt von dreitausendsechshundert Cheops-Pyramiden auf dem Meeresgrund. Darauf bauen Arbeiter dann vier Dämme. Jeder Damm staut die Fluten des Atlantiks um je hundert Meter zurück. – Ein einziger

Damm allein hielte einer vierhundert Meter hohen Wasserwand nie und nimmer stand. – Dann kommt der entscheidende Part: Durch die Staudämme lassen wir kontrolliert Wassermassen aus dem Atlantik einströmen. Sie rauschen durch neuartige Turbinen in den Dämmen und erzeugen dabei elektrischen Strom. Hundertsechzig Millionen Pferdekräfte pro Jahr – so viel wie alle Kohlekraftwerke Europas zusammengenommen. Ganz ohne Kohlenstaub, ohne Nachschubprobleme, ohne saisonale Schwankungen. Wir verwandeln Gibraltar ins größte und sauberste Kraftwerk der Erde! Und Europa kann endlich aufatmen!«

Irene suchte um sich herum nach dem Echo von Hermans Begeisterung. Manche Journalisten schrieben gesenkten Kopfes eifrig mit, andere kritzelten Anmerkungen an den Rand der Broschüre, und sie alle schauten alle paar Sekunden auf.

Bevor Herman zum Schluss kam, drehte er den Zeigestock einige Male um die eigene Achse: eine Turbine auf dem Trockenen.

»Gibraltar ist nur der Anfang. Wir schließen natürlich auch alle anderen Zuflüsse zum Mittelmeer. Nur so sinkt der Meeresspiegel rasch genug. Deshalb bauen wir bei den Dardanellen einen zweiten Staudamm, der die Fluten des Schwarzen Meeres zurückdrängt. Dafür braucht es Stichkanäle, Auffangbecken. Alles sehr aufwändig, aber leicht zu bewältigen, wenn erst einmal das achte Weltwunder bei Gibraltar steht. Griechen und Türken werden einander nicht länger bekriegen, sondern sich beeilen, zusammenzuarbeiten. Wer will schon hintanstehen, wenn er sieht, was die Westeuropäer erschaffen? Die alte Feindschaft wird dahinschmelzen in der südlichen Sonne. Die Dämme bei Sizilien und Gibraltar sind zugleich Eisenbahntrassen, sie verbinden Europa und Afrika. Den Strom verteilen wir über Hochleistungsnetze in allen Staaten, die sich am Bau beteiligt haben. Ein drittes Wasserkraftwerk zwischen Ägäis und Marmarameer kann den zerrissenen Balkan, vielleicht gar den Westen Russlands, mit Strom versorgen. Das wird auch die dortigen Länder reizen, sich an dem Projekt zu beteiligen. Wir bündeln die Kräfte der Nationen, die so häufig dem Krieg gedient haben, in einem Werk des Friedens. Und das über Generationen. Eine neue Blütezeit beginnt!«

Wie schön es war, Herman glücklich zu sehen. An der dicken Broschüre hatten sie über Monate gearbeitet. An den Feierabenden hatte Irene mit geröteten Augen Hermans Erklärtexte ins Englische, Französische und Italienische übersetzt. All das war nichts gewesen im Vergleich dazu, in der stickigen Druckerei mürrische Bajuwaren davon zu überzeugen, dass eine Frau etwas davon verstand, wie man Grafiken und Zeichnungen in passable Druckplatten übertrug. Die menschliche Trägheit war allgegenwärtig wie die Schwerkraft, nur erschöpfender. Aber all das war es wert gewesen. Der heutige Tag bewies es.

»*Eine neue Blütezeit*«, flüsterte eine Stimme links von ihr. »Wenn es nur so einfach wäre, nicht wahr?«

Dieser Heizer. Hätte zwischen ihm und ihr nicht der Baudiktator gesessen, hätte sie ihn vielleicht geohrfeigt. Es gab für alles ein erstes Mal.

»Des is' ja alles sehr interessant«, rief der Journalist von vorhin. »Aber von welchen Zeiträumen reden wir denn bei Ihrer Utopie?«

»Es ist keine Utopie, sondern ein Plan. Theoretisch könnten die Bauarbeiten schon morgen beginnen.«

»Und praktisch?«

Ein paar Journalisten lachten leise. Irene presste die Lippen zusammen.

»Die Weiterarbeit ist nur möglich«, antwortete Herman ruhig, »wenn das Projekt eine Angelegenheit der Völker wird. Wenn sich hinter die Idee eines Einzelnen allmählich ein Volkswille stellt. Deshalb fordere ich Sie, fordere ich die gesamte Presse auf, zur Popularisierung des Projekts nach Kräften beizutragen.«

Die Journalisten schrieben. Gut gemacht, Mutz. Immer souverän bleiben.

Heizer flüsterte May etwas zu. Sie verstand kein Wort, sah aber, wie Mays Gesichtsausdruck sich verdüsterte und er den Kopf schüttelte. Dieser Kerl. Dieser Kerl! Sie konnte ihn doch nicht alles zunichtemachen lassen! Ihre Hände ballten sich im Schoß zu Fäusten.

»Haben Sie weitere Informationen?«, fragte eine gepresste Stimme. Sie gehörte zu Mays Assistent. Er sprach mit ihr, sah sie aber nicht an. Wie ein Restaurantgast, der sich beim Kellner angewidert über eine Fliege in der Suppe beschwerte, zeigte er aufs Deckblatt von *Mittelmeer-Senkung Sahara-Bewässerung*. Sie spürte das Blut in ihrer Kehle pulsieren und fragte scharf:

»Sind Ihnen einunddreißig Seiten etwa nicht genug?«

Mit einem Ruck drehte Mays Kopf sich zu ihr und schaute sie von oben bis unten irritiert an.

Ohne aufzuzeigen, fragte der Assistent laut:

»Können Sie die vorige Frage beantworten?«

Herman reckte das Kinn: »Ich glaube, das habe ich.«

»Ich glaube nicht.«

»Mit dem Bau können wir sofort beginnen, wenn die Politik …«

»Und wann wäre Panropa *vollendet*? Davon steht hier nichts.« Der Assistent hielt die Broschüre hoch.

»Den Staudamm zu bauen wird etwa zehn Jahre dauern. Ich finde, das ist …«

»Nein, nein.« Mit einer Handbewegung verscheuchte Mays Assistent Hermans Worte. »Die blühenden Landschaften im Mittelmeer, die schönen neuen Küstenstädte, die Kornkammer Nordafrika: Wann werden wir all das bewundern können?«

»Das Projekt nutzt den Europäern ja nicht erst, wenn das letzte Teilstück vollendet ist. Die Wasserkraftwerke beispielsweise können schnell Elektrizität liefern. Und die gewaltige Kraftanstrengung wird die Einigung des Kontinents …«

»Wann, Herr Sörgel? Wann wird Panropa fertig sein?«

Herman sah unruhig zu May und den Journalisten. Blicke wandten sich dem Assistenten zu, der unter der Aufmerksamkeit zu wachsen schien.

»So, wie Sie die Frage stellen«, sagte Herman, »könnte eine Antwort einen falschen Eindruck erwecken.«

»Eine korrekte Antwort könnte einen falschen Eindruck erwecken? Wie kann das sein?«

»Weil Ihre Frage suggeriert …« Herman stocherte mit der Spitze des Zeigestocks auf dem Fußboden, auf der Suche nach einem Satzende.

Heizer flüsterte wieder. May brummte. Sein Assistent tippte ungeduldig mit dem Stift auf Papier. Herman rang noch immer nach Worten. Genug jetzt.

»2029!«, rief Irene. »Bis die Sahara wieder blüht, wird es hundert Jahre dauern! Ist das klar genug für Sie?« Blicke wandten sich von Herman ab und der letzten Reihe zu. »Was glauben Sie denn, wie lange es dauert, zwei Erdteile umzuformen? Ein paar Wochen?«

May schnaubte. Ein Journalist strich geräuschvoll Notizen durch. Ein anderer sagte seinem Sitznachbarn:

»Na, macht's immer noch an Aufmacher auf der fünf?«

Irene wurde rot. Was hatte sie bloß getan. Sie machte alles zunichte.

»Panropa nutzt aber nicht erst unseren Nachfahren«, rief Herman eilig. »Es ist auch der Weg, um unseren Kontinent zu einigen. Wir können das Riesenwerk nur gemeinsam erschaffen, und wir können es nur gemeinsam betreiben. Panropa, das ist Frieden durch Zusammenarbeit.« Seine Augen suchten nach einem möglichst harmlos aussehenden Journalisten:

»Ja, Sie?«

»Dieser Damm bei Gibraltar. Wie lang muss der sein?«

»Da sprechen Sie einen wichtigen Punkt an.« Herman wirkte zufrieden mit der Frage. »Also: An der schmalsten Stelle ist die Meerenge vierzehn Kilometer breit. Es ist nur logisch, den Staudamm dort verlaufen zu lassen. Dafür brauchen wir natürlich ein solides Fundament. Das wird schätzungsweise eineinhalb Kilometer breit sein. Dafür transportieren Schiffe große Mengen Gestein in die Meerenge und versenken sie dort. Nach und nach wächst so ein dichtes Fundament in die Höhe.«

»*Schätzungsweise?*«, brummte eine Bassstimme neben Irene.

»Wie bitte?«, fragte Herman, ohne zu wissen, mit wem er sprach.

»Das Fundament soll *schätzungsweise* eineinhalb Kilometer breit sein. Und Sie sprachen von *Meerestiefenmessungen*. Haben Sie vor Ort nachgemessen?«

Die Bassstimme, tief und durchdringend, unerbittlich und klar, gehörte dem Baudiktator.

»Es gibt ja einschlägige Fachliteratur«, hörte sie Herman antworten. »Jessens *Die Straße von Gibraltar. Das Handbuch der Ozeanographie* von Krümmel. Oder den Artikel im *Journal du Conseil* aus dem vorigen Jahr, in dem Schott …«

»Also keine eigenen Messungen?«, unterbrach der Bass.

Herman schüttelte widerwillig den Kopf. Etwas, dachte Irene, lief schrecklich schief. Und mit ihrer aufbrausenden Art machte sie alles bloß noch schlimmer. Im Dunkel hörte sie, wie Heizer May zuflüsterte:

»Das müssen Sie Herrn Sörgel nachsehen. Ihm wird schon auf dem Starnberger See übel.«

May entfuhr ein leiser Grunzlaut, der zu sagen schien: *So ist das also. Keine weiteren Fragen.*

Der Assistent schob geräuschvoll seinen Stuhl zurück und ging zur Tür. Als May ebenfalls aufstehen wollte, berührte Irene ihn am Ärmel.

»Es tut mir leid«, flüsterte sie. »Wir hofften, Sie heute beeindrucken zu können. Der Plan ist gut, aber nicht jedes Detail ist geklärt. Dafür brauchen wir mehr Geld und Expertise. Um ganz ehrlich zu sein: Mein Mann wollte die Veranstaltung im letzten Moment absagen, weil er nichts Halbfertiges präsentieren wollte. Ich hab' ihn dazu gedrängt. Bitte verdammen Sie Panropa nicht in Ihrem Artikel.«

Zwei graublaue Augen blickten sie zum ersten Mal direkt an:

»In welchem Artikel?«

»Für die *Frankfurter Zeitung*. Sind Sie nicht deshalb hier?«

»Sie wissen also gar nicht, wer ich bin …«

Vorsichtig neigte sie sich ihm zu: »*Natürlich* weiß ich das, Herr May.«

Er sah sie an. Strenge Mundwinkel formten, was in einem anderen Gesicht ein Lächeln gewesen wäre. »Wie schnell verblasst aller Ruhm auf Erden«, sagte er, mehr zu sich als zu ihr. »Nein, nein, den May haben Sie verpasst. Der saß bis eben hier.«

Und er zeigte auf den leeren Stuhl rechts von Irene.

Als Irene klein gewesen war, hatte ihr Vater ein Spiel mit ihr gespielt. Er zeigte ihr Bilder von zwei Gemälden und dazu zwei Titel. Ihre Aufgabe war es, Bild und Titel richtig zuzuordnen. Manchmal war das schwer, meist aber viel zu leicht. Dann nannte Irene das Porträt eines schmallippigen alten Manns »Stillleben« und einen Totenkopf, der neben einer Schreibfeder auf einem Tisch ruhte, »Freiherr vom und zum Stein«. Ihren Vater hatte sie damit zum Lachen gebracht. Von da an hatte sie, wann immer sie konnte, die falschen Titel genannt. Daran dachte Irene, während sie zusah, wie May, der doch nicht May hieß, seinem Assistenten folgte, der nicht sein Assistent war, sondern May.

Herman schaute sie fragend an. Er hatte geglaubt, die Welt nähme Panropa an wie ein Geschenk. Hatte erwartet, er brauche den Plan nur zu erklären, damit die Menschen ihn verstünden und die Botschaft weitertrügen. Doch in Wahrheit wollte die Welt keine Visionäre, sondern Politiker, sie wusste es bloß nicht. Irene erwiderte seinen Blick und schüttelte den Kopf. Es war vorbei. Herman steckte mitten in den Ausführungen über die nötige Größe der Wasserturbinen. Jetzt aber brach er mitten im Satz ab, legte den Zeigestock auf den Schreibtisch und sah zu den Journalisten. Manche blätterten, andere schrieben, zwei packten ihre Sachen zusammen.

»In diesem Moment«, sagte er fest, »geschieht nicht weit von hier ein Wunder. Ganz normale Menschen sperren die Nordsee aus. Mit einem System von Deichen schaffen die Holländer Neuland, wo über Jahrtausende ein Binnenmeer war. Sie vertrauen auf ihr Können. Das dürfen wir auch. Ja, der Plan ist noch nicht fertig. Das kann er auch gar nicht sein. Denn Panropa ist das größte technische Vorhaben, das die Welt je gesehen hat. Wir müssen Myriaden von Kleinigkeiten berücksichtigen. Dafür brauchen wir Hunderte, ja Tausende Mitarbeiter. Aber die Grundidee ist solide und richtig: Das Mittelmeer ist ein Zuflussmeer. Staudämme *können* seinen Wasserspiegel senken. Und wir *haben* die Mittel, um bei Gibraltar einen vierzehn Kilometer breiten Damm zu bauen. Dass es ihn noch nicht gibt, bedeutet nicht, dass er unmöglich ist. Es bedeutet nur, dass wir ihn noch nicht in Angriff genommen haben. Nennen Sie es ein Wunder, wenn es Ihnen hilft, damit Aufmerksamkeit für Panropa zu wecken. Ich nenne es Technik.« Mit der flachen Hand faltete er sorgsam eine Landkarte zusammen, als schlösse er ein kostbares Buch. »Und nein, ich war noch nie bei Gibraltar, um Messungen vorzunehmen. Und ja, Seegang bereitet mir leider Übelkeit. Aber ist das ein Grund, tatenlos zu bleiben? Wir können unsere Zeit damit verschwenden, einander klein zu halten. Oder wir gehen die großen Probleme unserer Zeit gemeinsam an und versuchen, sie zu lösen.« Heizer schwang ein Bein über das andere und versuchte, unbeteiligt zu gucken. »Noch etwas: Bitte verwechseln Sie die Größe des Vorhabens nicht mit Naivität. Ja, seine Ziele sind Frieden, Wohlstand und Lebensraum. Aber um es zu erreichen, appellieren wir auch an den Eigennutz jedes einzelnen Europäers. Panropa *bereichert* uns. Uns alle.« Herman atmete tief aus. Er hatte getan, was er konnte. »Sollten Sie noch Fragen haben, meine Herren, steht meine Frau Ihnen gern zur Verfügung. Bitte entschuldigen Sie mich.« Er eilte zur offenen Tür, doch dort stand ihm jemand im Weg und dröhnte:

»May ist schon weg. Hatte draußen einen Fahrer warten.«

Es war der Mann, der doch nicht May war. »Komischer Kauz. Wollte auf dem Weg hierher alles über Wasserturbinen wissen. Ich habe früher in Russland welche gebaut, müssen Sie wissen.« Er blickte Herman erwartungsvoll an. Doch der schaute bloß ratlos in den Hausflur.

»Wie unhöflich von mir«, sagte Nicht-May und reichte Herman die Hand: »Siegwart. Bruno Siegwart.«

Herman sah sein Gegenüber mit großen Augen an, als wäre es plötzlich vor ihm aufgetaucht. »Oh, natürlich ...«

»Ich habe ihm das Versprechen abgenommen, dass er nichts über Ihren Plan schreibt. Zumindest so lange, bis ich etwas geklärt habe.«

Stuhlbeine knarzten auf hölzernen Dielen. Ein paar Journalisten blieben kurz vor einer Zeichnung stehen, andere eilten stumm an den beiden Männern an der Tür vorbei. Heizer zog im Vorübergehen den Hut vor Siegwart, wodurch er Herman nicht ansehen musste.

»Geklärt?«, fragte Herman.

»Eine interessante Idee haben Sie da«, sagte Siegwart, ohne Heizers Gruß zu erwidern. »Nicht ganz ausgereift, aber interessant.«

Neben Herman, dachte Irene, sah der Mann weniger einschüchternd aus. Tränensäcke, die ihr zuvor nicht aufgefallen waren, gaben seinem Blick etwas Mildes, und in die dunkle Stimme mischten sich die ersten kratzigen Kehllaute des Alters.

»Was ich Sie fragen wollte, Herr Sörgel ...« Siegwarts Mundwinkel hoben sich, und er wirkte um Jahre verjüngt: »Was halten Sie von einem Ausflug nach Gibraltar?«

7

Die Morgenpresse begrüßt mit tiefer Genugtuung in großen Lettern und ausführlichen Kommentaren die Kapitulation Abd el Krims. Allgemein wird erklärt, daß mit der Unterwerfung desjenigen Mannes, der sich vor kurzem noch den Titel ›Sultan von Algier‹ beigelegt habe, der Krieg im Rif zu Ende sei.(...) Eine umfangreiche offizielle Note gab gestern als geplante Fortsetzung der jetzt erreichten Siege in Spanisch-Marokko bekannt, daß durch ganz Spanisch-Marokko mit starken Kolonnen marschiert werden solle, um sämtliche Stämme völlig zu entwaffnen und die Verwaltung zu organisieren (...) Es sollen keine Grausamkeiten vorgenommen, aber mit starker Hand vorgegangen werden.

Vossische Zeitung, 27.5.1926

Ceuta, Spanisch-Marokko, 20. September 1929

Ein Mensch ohne Bildung, sagte er manchmal, *gleicht einem Jagdhund ohne Dressur*. Und wenn ihn, wie an diesem feuchtheißen Tag, die alten Wunden schmerzten: *Die Hast stammt vom Satan und die Geduld von Allah*. Für alles im Leben hatte Gott die passenden Sprichwörter geschaffen. Vielleicht gab es sogar mehr Sprichwörter als Menschen, auf jeden Fall aber waren sie weiser. Wo hatte er das zum ersten Mal gehört: *Sprichwörter sind weiser als Menschen?* Bei seiner Frau, die nun schon seit vier Jahren – im Namen des barmherzigen und gnädigen Gottes – im Himmel war? Bei einem der Händler, die wie sie vergeblich nach Luft gerungen hatten? Oder hatte sich das Sprichwort ihm selbst offenbart? Er wusste es nicht mehr. Überhaupt fiel ihm das Erinnern an manchen Tagen schwer, und das lag, da war er sicher, an damals.

Die Sonne stand jetzt direkt über ihnen. Staubige Hunde krochen in die letzten Schatten der Kaimauern, und dahinter glitzerte das Meer. Es war gut, an der Wand der Teestube zu lehnen. Wenn er dasaß und in die Ferne schaute, tat ihm fast nichts weh.

Der Junge brachte den Tee. Er stellte Tasse und Tablett sorgfältig auf den Schemel. Alles an diesem Jungen war zart: die langen Hände und Arme, der tastende Gang. Aber besonders dieser Blick. Der Blick war zu weich für diese Welt. Deshalb rief der Alte:

»Warum hast du so lange gebraucht?«

Und er schlug ihm mit der flachen Hand auf die Wange. Als er sah, was das in den blauen Augen anrichtete, zwang er sich, aufs Meer zu schauen. Hätte der Junge doch bloß braune Augen, dann könnte er bei einem Verwandten leben. So aber verrieten sie seine ganze Geschichte. Deshalb gab es nur einen Menschen, der bereit war, sich um ihn zu kümmern; der sich nicht scherte, was die Leute sagten. Einen alten Mann mit nur einem guten Auge und einer Lunge, die wie Feuer brannte, wenn das Wetter umschlug. Zum Unterrichten war er immerhin noch gut genug. Wie das Sprichwort sagte: *Ein Lehrer wird kommen, wenn der Schüler bereit ist.*

Neben ihm stand der Junge und sah ihn an. Was sollte er ihm noch erzählen? Er hatte ihm doch alles gesagt, was er wusste: Frauen war nicht zu trauen. Der Wüste auch nicht. Dem Meer erst recht nicht. (Besonders hier. Manchmal fuhren die Fischer bei ruhiger See und leichter West-Ost-Strömung hinaus, und zwei Stunden später konnten sie dem Allmächtigen danken, wenn sie bei Dauerregen, wechselnden Winden und starker Ost-West-Strömung zurück in den Hafen fanden.) Am allerwenigsten zu trauen aber war den Männern in Uniform. Sie kamen von drüben, und sie brachten den Tod.

Der Alte hustete. Als der Junge ihm eilig ein Tuch reichte, winkte er ihn fort, als sei er verantwortlich für sein Leid. Wie sonst erzog man einen Jungen, ohne ihn zu verhätscheln? Geld würde dem Jungen das Leben erleichtern, wenn er selbst einmal nicht mehr für ihn sorgen konnte. Aber davon hatte er gerade genug, dass sie beide überlebten. Reich aber war er an Sprichwörtern, und sie waren weiser als er. Als er wieder Luft bekam, sagte er:

»Der Kameltreiber hat seine Pläne, und das Kamel hat seine.«

Der Junge nickte, als hätte er verstanden. Gut. Wenigstens das.

Wolken hatten sich vor die Sonne geschoben. So blendete sie das gute Auge nicht, und er blickte vom Kai aufs Meer. Dort, wo sich kleine Wellen emporhoben, wurde das Wasser kurz dunkelgrau, dann tauchte es ab im Graublau der Umgebung, nur um anderswo wieder aufzutauchen. Je mehr er das Auge zukniff, desto mehr dunkelgraue und graublaue Flecken sah er gleichzeitig. Ein glitzerndes Mosaik, das jede Sekunde mehrmals seine Form veränderte. Er mochte das Meer nicht, aber das war kein Grund, seine Schönheit zu leugnen. Ins Mosaik mischte sich ein einzelner Sonnenstrahl, hob und senkte sich leicht. Der Strahl war weder silbern noch golden, sondern weiß. Der Alte nahm einen Schluck Tee und nickte dem Jungen zu, damit er sich auch eine Tasse eingoss. Er krächzte:

»Jeder Schluck Alkohol ist eine Einladung an den Teufel, dich zu holen, und wer raucht, weist ihm den Weg.«

Als er wieder aufs Meer sah, stand der Sonnenstrahl an derselben Stelle wie zuvor. Sonderbar. Strahlen standen nicht. Außerdem war es bewölkt. Der Alte erhob sich ächzend aus dem Korbstuhl und klopfte sich Flugsand vom Umhang. Sein schmächtiger Schüler tat es ihm nach und stellte sich ganz nah neben ihn, um ihn notfalls aufzufangen. Der Strahl wippte auf und ab. Langsam wurde er größer, wuchs heran zu einem weißen Fleck auf dem Wasser. Der Alte kniff das gute Auge noch fester zusammen. Der weiße Fleck musste der glänzend weiße Bug eines Bootes sein. Das Boot hatte keine Segel und war eigentlich zu klein, um damit weit hinauszufahren. So eins hatte er hier noch nie gesehen. Kam es etwa allein den ganzen Weg von drüben? So dumm waren doch nicht mal die Männer in Uniform. Über dem Bug sah er jetzt zwei Punkte. Das mussten die Köpfe der Lebensmüden sein. Ein Punkt verlängerte sich zu einem senkrechten Strich, dann auch der zweite. Die Striche tanzten. Das Boot wackelte. Jetzt wackelten auch die beiden Striche. Und dann fiel ein Strich ins Wasser und war weg.

*

Hafen von Gibraltar, sechs Stunden zuvor

Herman betrachtete die am Kai vertäuten Boote, die einander müde anrempelten. Die Bordwände machten dumpfe Geräusche. War dumpf besser als hell? War dumpf gleich elastisch, laut gleich mürbe – oder umgekehrt? Wie klang Holz, das zwei Männer sieben Kilometer weit aufs offene Meer tragen konnte – und sicher wieder zurück? Ein paar Meter weiter redete Siegwart in einem Spanisch, das wie Schweizerdeutsch klang, mit einem Fischer. Machte der eine abwehrende Geste, breitete Siegwart die Arme aus, als wollte er sein Gegenüber umarmen. Kam der andere ihm entgegen, wiegte er seinen großen weißhaarigen Kopf skeptisch hin und her. Siegwart zeigte auf eines der sieben Boote. Doch der Fischer schüttelte energisch den Kopf und deutete auf ein anderes. Dabei sah keines von ihnen vertrauenerweckend aus. Bei allen blätterte Farbe von der Bordwand, und eines mit weißem Rumpf war kaum größer als ein Billardtisch.

Trotzdem roch die schwere, salzige Morgenluft nach Aufbruch. Nach einer Chance zu beweisen, wie ernst es ihm war. Heute würde er alle Zweifel an seinem Projekt zerstreuen. Er sah möglichst unauffällig auf die Uhr: Siegwart diskutierte schon eine Viertelstunde. Es würde die beiden mindestens drei Stunden kosten, hinauszufahren bis in die Mitte der Fahrrinne, dabei das Messgerät abzulesen und zurückzufahren. Dann würde er wissen, ob die Mühen der vergangenen Jahre sich gelohnt hatten.

Das Hin und Her der Stimmen und Gesten ebbte ab. Der Fischer schüttelte zwar immer noch leicht den Kopf. Siegwart aber zählte schon die Geldscheine und reichte sie ihm. Dann kam er zurück und sagte:

»Sturer Kerl. Wollte mir einreden, eins der Segelboote zu nehmen. Die sind zwar groß, aber viel zu langsam. Selbst mit zusätzlichem Motor. Zum Glück habe ich gesehen, dass eines einen Außenbordmotor von Siemens & Halske hat. Muss ihm ein Engländer verkauft haben. Das weiße da. Der Fischer meinte, damit könne man nur die Küste entlangschippern, für alles andere sei das zu gefährlich!« Er lachte trocken.

»Gefährlich?«

»Er erzählte irgendwas von Nebel an Nachmittagen. Aber selbst wenn: Bis dahin sind wir längst wieder zurück. Andererseits können wir uns natürlich auch noch etwas umhören, wenn Ihnen das lieber ist, und morgen …«

Herman ergriff zwei vollbepackte Taschen, sagte »Wollen wir?« und stapfte zu dem kleinen Boot.

Bruno Siegwart war die rätselhafteste Verbindung aus Nüchtern- und Kühnheit, der Herman je begegnet war. Als sie sich am Zürcher Hauptbahnhof wiedertrafen, hatte er daran gezweifelt, ob es richtig war, mit einem 66-Jährigen, den er kaum kannte, die strapaziöse Reise zu unternehmen. Im Zug waren seine Zweifel gewachsen. Über Stunden hatte Siegwart von seiner Zeit als Generaldirektor bei Royal Dutch Shell und Siemens & Halske berichtet. Wenn er erzählte, wie brutal russische Vorarbeiter ihre Untergebenen schunden oder wie korrupt argentinische Planungsbehörden waren, vergaß er über Minuten, an seiner Zigarre zu ziehen. Ein vergoldetes Feuerzeug in der Hand, fiel ihm immer noch ein Detail, noch eine Pointe ein, die er seinem Gegenüber nicht vorenthalten wollte. Alles, wovon Herman nur gelesen hatte, schien der Ältere aus eigener Anschauung zu kennen. »Strömungsgeschwindigkeiten, Wassertiefen, Uferbeschaffenheit: alles Herrschaftswissen«, hatte Siegwart gedröhnt. Dichter Rauch füllte das Abteil. »Erst recht bei Gibraltar. Wer das Nadelöhr kontrolliert, kontrolliert den halben Welthandel. Wenn Sie englischer Militär wären, würden Sie dann exakte geologische Daten an Ihre Gegner rausrücken? Ha!« Je länger er sprach, desto stiller wurde Herman. Neben dem Oberleutnant der schweizerischen Armee kam er sich seltsam weich, ja weichlich vor. Doch dann geschah etwas Seltsames.

Während der Duft der letzten blühenden Lavendelfelder ins Abteil drang, lehnte sich Siegwart, wie von einem Zwang befreit, zurück, paffte seine vierte Zigarre und begann, Herman aufmerksam zuzuhören. Wenn er ihn nun ab und an unterbrach, dann stets mit klugen Hinweisen: »Turbinen von der Größe, die in den Staudämmen verbaut werden müssten, gibt es noch nicht. Aber sie lassen sich binnen weniger Jahre entwickeln, keine Frage.« Siegwart kannte keine Probleme, nur Lösungen. Und es zeigte sich, dass er auch als Pensionär weitreichende Kontakte pflegte. Wem er werbende oder mahnende Briefe schickte, der las die große, geschwungene Handschrift sehr genau. Für Herman hieß das: Konnte er ihn überzeugen, dass der Gibraltar-Staudamm machbar war, dann standen kurz darauf Dutzende Aufsichtsräte, Vorstände und Ingenieure hinter ihm. Der große, hagere Herr war ein Torwächter, der zwischen ihm und seinem Ziel stand.

Als der Zug zwischen Pyrenäen und Mittelmeer schließlich Spanien erreichte, kam ihm dieser Mann, der über Druckverhältnisse in Spannbeton so eloquent sprach wie über französische Bildhauer des 19. Jahrhunderts, bereits seltsam vertraut vor. Und als sie kurz vor der britischen Enklave vom Zug auf ein Automobil umstiegen, fror Herman zwar und war müde, aber auch gelassener als zu Beginn der Reise. Denn Siegwart schien den Weg, der vor ihnen lag, bereits zu kennen. Von ihm konnte er, sofern er sich seine Unerfahrenheit nur eingestand, viel lernen. Deshalb folgte er ihm jetzt ohne Zögern zu einem Boot, das stärker schwankte als alle anderen, und tastete dabei nur einmal nach den Tabletten gegen Seekrankheit.

Unter den beiden Holzbänken verstauten sie ihre Taschen, dann hoben sie vorsichtig Siegwarts ganzen Stolz an Bord, ein kupferfarbenes Nivelliergerät aus Schweizer Produktion. Herman setzte sich nach vorn und hielt den Apparat auf dem Schoß. Als Siegwart mit einem Ruck den lärmenden Außenbordmotor anwarf, stieg eine Rußwolke auf, und sie fuhren los. Der Fischer schaute ihnen nach. Herman glaubte, im windgegerbten Gesicht Besorgnis zu erkennen, dann schrumpfte es zu einem Punkt. Jenseits der Bucht beschleunigte das Boot. Herman atmete tief ein – und bereute es sofort. Der Wind wechselte so häufig die Richtung, dass er nirgends vor dem süßlichen Dieselgestank sicher war. Und der Motor war entsetzlich laut. Anstatt den Kiel sanft über die Wellenkämme zu heben, prallte der hölzerne Bug jedes Mal wie in ein Schlagloch. Herman wippte auf und ab, auf und ab, auf und auf und auf und ab und ab. Sein Speichel schmeckte, wie der Diesel roch. Er schloss die Augen und stellte sich vor, wie er vom Weltraum aus auf das Boot hinunterblickte. Die Meerenge verkleinerte sich zu einer Laune der Geographie: einer Art Nabelschnur, die schon viel zu lange den wilden, kalten Ozean mit einem warmen, ruhigen Binnenmeer verband. Lag es da nicht nahe, diese Verbindung zu kappen? Ordnung zu schaffen, wo Chaos war? Für einen Moment glaubte er, Panropa schon vor sich zu sehen. Jeden Kiesel, jedes Eisen- und jedes Wassermolekül, das sie zu dessen Bau brauchten, gab es schon seit Millionen Jahren. All diese Dinge warteten nur darauf, an ihren vorbestimmten Platz gezwungen zu werden. Aus toter, verstreuter Materie entstünden Form und Sinn. Ihn durchfuhr ein Energiestoß – wie so häufig, wenn er an den Plan dachte –, und es ging ihm besser.

Nach einer Ewigkeit, die der Taschenuhr zufolge dreiundneunzig Minuten gedauert hatte, drehte Herman sich um:

»Wie lange, schätzen Sie, werden wir noch brauchen?«

Drei Meter hinter ihm, an der Quelle des Lärms, nickte Siegwart und atmete tief ein. Herman drehte sich wieder um, nahm ein Metallröhrchen aus der Jackentasche, öffnete es, schluckte etwas Bitteres und hoffte das Beste. Dann kletterte er, eine Spinne auf vier Beinen, zum Heck:

»Und?« Wer wenig redete, konnte häufiger flach ein- und ausatmen.

»Geht's Ihnen nicht gut?«

Er schüttelte den Kopf. »Alles!« Pause. »Bestens!«

Siegwart sah ihn wissend an.

»Da vorn können wir's ja mal versuchen!«

Der Motor wurde leiser. Als sie kurz darauf anhielten, hörte Herman allein das Klatschen des Wassers gegen die dünne Bordwand und das Rauschen in seinen betäubten Ohren.

»Wenn Sie notieren«, sagte Siegwart ohne aufzusehen, »kann ich messen«.

Aus seinem Jackett zog Herman ein kleines schwarzes Notizbuch und einen Füllfederhalter mit grünen und schwarzen Streifen. Die goldene Feder glänzte in der Sonne.

Stück für Stück, als betete er einen Rosenkranz, ließ Siegwart zwei mit Kugeln beschwerte Fäden ins Wasser sinken. An einem hing ein kleiner Metallkasten.

»34 bei 20!« – »34 bei 20.«

»56 bei 30!« – »56 bei 30.«

»79 bei 40!«

Herman war zu klug, um zu erwähnen, dass er nicht recht verstand, was Siegwart tat. Er maß die Wassertiefe, schon klar, und irgendwie auch die Strömungsgeschwindigkeit. Aber er tat es offenbar nicht mit Hilfe des Maßes, das Hermans Denken prägte, dem Meter. Und so betete Priester Siegwart rätselhafte Formeln vor sich hin, und Novize Herman notierte sie, leise wiederholend, auf gelblichem Papier.

Lange schwang der Singsang der beiden hin und her. Herman schloss kurz die schmerzenden Augen. Ein Zucken im Bauch ließ ihn sie wieder öffnen, und er starrte, flach atmend, Richtung Meerenge.

»Haben Sie das?«
»Hm?«
»115 bei 140! Haben Sie das?«
»105 bei 140.«
»115! 115 bei 140!«
»Sicher: 115 bei 140.«

Siegwart sah zu Herman hinüber, dann folgte er dessen Blick gen Westen. Dort hinten türmte sich eine statistische Wahrscheinlichkeit auf. Es gab sie hier häufig zu sehen, insbesondere zwischen Juni und September. Sie entstand nun mal, wenn feuchtwarme Luftmassen über kälteres Atlantikwasser strömten. Häufig nahm sie das ganze Nord- wie Südufer ein, während in der Mitte der Fahrrinne klare Sicht herrschte. Kurzum: Es war wenig überraschend, dass zwischen den Felsen zu beiden Seiten der Meerenge etwas Weißliches langsam auf sie zuglitt und dabei aufquoll wie ein riesiges Sahnebaiser.

»Nebel ist an sich kein Problem«, sagte Siegwart. »Jetzt darf bloß nicht auch noch die Strömung wechseln.«

»Und es.« Pause. »Darf nicht regnen.«

»Klappt schon.« Dann klopfte der Ältere auf den Motor, als wäre der ein treues Pferd, und wandte sich wieder den Fäden im Wasser zu.

»120 bei 140.« – »120 bei 140.«

»125 bei …«

Auf dem graublauen Nichts schmolz Hermans Zeitgefühl dahin. Ordnung und Maß gab ihm allein das Hin und Her der Zahlen. Einerseits schien es, als wären sie schon ewig hier. Andererseits wusste er genau, dass er sich noch an diesem Morgen nicht annähernd so unwohl gefühlt hatte. Er versuchte, sich aufs Hören, Notieren und Atmen zu konzentrieren. Doch nach fünf oder sechs Zahlenkommandos konnte er es nicht länger ignorieren: Das Boot schwankte, und zwar stärker als zuvor. Er sah vom Notizblock auf, Richtung Westen. Das Sahnebaiser verwuchs mit grauen Wolken, bald füllte es den Horizont. Eine Welle schlug schmatzend gegen den Rumpf, und ein Tropfen schaffte es bis auf Hermans Monokel.

»183 bei 170. Nicht gut …«

»183 bei 170.«

Siegwart ließ den Motor an, fuhr wieder ein Stück. Als hätten die Wellen etwas dagegen, schlugen sie stärker, härter gegen den Rumpf. Der Schweißfilm auf seiner Haut ließ Herman frösteln.

»213 bei 190. Mist. Mist!«

Herman verstand nicht. Es kostete ihn alle Kraft, die Zahlen zu notieren, sie auszusprechen und auf irgendwas zu blicken, das stillstand: einen Hügelkamm, den östlichen Horizont.

»Verdammter Mist …« Siegwart schüttelte den Kopf.

»Was? Ist?«

Einatmen, sich den Schweiß von der Stirn wischen, ausatmen. Ihm war warm und kalt zugleich. Hatte Seekrankheit sich schon immer so angefühlt?

»Sagte ja, die offiziellen Angaben sind nicht zu gebrauchen …« Siegwart zog ungeduldig an der Leine.

Wenn das Boot bloß aufhörte zu schaukeln. Wenn das Wetter sich endlich entschied, ob es Sommer oder Herbst sein wollte. Konnte nicht einfach alles innehalten, nur ein paar Minuten?

»Vergessen Sie's«, sagte Siegwart, ohne aufzublicken. »Zu tief. Zu starke Strömung.«

»Das. Heißt …«

»Hier bauen Sie keinen Staudamm.«

Herman hielt die linke Hand ins Wasser. Überraschend kalt. Das machte ihn wach. Das war gut. Zwang ihn aber auch, reflexhaft tief einzuatmen. Das war weniger gut. Sein Magen verkrampfte sich. Das Wasser kam seinem Gesicht näher. Er musste sich vornübergebeugt haben vor Schmerz. Dann zog sich etwas tief in ihm zusammen, eine Implosion in den Eingeweiden, mechanisch, mitleidlos, und eine Fontäne schoss aus seinem Mund, grässlich und befreiend und grässlich. Er beugte sich tiefer, jetzt war eh alles egal, hielt sich mit beiden Händen am Bootsrand fest, schüttete – wütend fast – krächzend und ächzend auch den letzten Rest aus sich heraus. Hauptsache, es war weg, und er war wieder leer und ruhig. Als er sich schon zurücklehnte, entglitt seinen Fingern etwas Schwarzgrünes, fiel auf die Bootskante und von dort ins Wasser. Er glaubte zu sehen, wie es auf das Erbrochene traf und darin eine Sekunde vorwurfsvoll verharrte, bevor es verschwand. Als Herman endlich verstand und in die Brühe griff, war der Füllfederhalter verschwunden. Er sank zurück. Ihm war, als entfernte er sich von seinem Füllfederhalter, nicht umgekehrt. Als lasse er ihn im Stich.

»Alles gut, Herr Sörgel?«

Wie erschütternd gleichgültig war die Erdanziehung. Alles ergriff sie mit derselben tiefen Ruhe, zog es hinab, unermüdlich und unsterblich wie der Tod.

»Es ist nur ein Stift«, sagte Herman.

»Ich meinte eigentlich Sie.«

Siegwart zog den Tiefenmesser an Bord und legte ihn Herman, der nicht reagierte, auf den Schoß. Dann setzte er sich ans Heck, startete den Motor und fuhr los. Herman war so benommen, dass es etwas dauerte, bis er sich fragte, wann das Boot kehrtgemacht hatte. Noch länger brauchte er, um zu begreifen, dass sie auf eine Küstenlinie zusteuerten, die er nicht kannte. Er drehte sich um und sah Siegwart fragend an. Der zeigte mit der freien Hand hinter sich – auf eine schwarze Wand aus Wasser. Wo der Regen fiel, wurden Himmel und Meer eins. Das Gewitter musste im Schutz des Nebels aufgekommen sein. Ihnen war der Rückweg versperrt.

Herman presste die kalten Arme gegen seinen Rumpf und schloss die Augen. Die Vibrationen des Motors und die Stöße der Wellen quälten seinen Magen.

Vor ihnen lag Afrika.

8

Schon aus der Verwendung der gleichen typischen Symbole läßt sich mit Sicherheit schließen, daß die Aussetzung des neugeborenen Helden im Kästchen und Wasser nichts anderes als einen symbolischen Ausdruck der Geburt darstellt.

Otto Rank: *Der Mythus von der Geburt des Helden* (zweite, wesentlich erweiterte Auflage 1922)

Irgendwann – vielleicht eine Stunde später, vielleicht zwei – verlor der Lärm sein monotones Gleichmaß. Der Motor stotterte, lief wieder, stotterte erneut – und gab schließlich auf. Die Stille pulsierte in Hermans Ohren, und er merkte, dass er stärker fror und schwitzte als zuvor. Ohne die Hände vom Bauch zu lösen, drehte er sich langsam zu Siegwart. Der schraubte, ein verdrecktes Taschentuch in der Hand, an einer Verschlussklappe, hob den Deckel ab und schüttelte den Kopf. Herman wandte sich wieder um. Vor ihnen, etwa dreihundert Meter entfernt, lag eine sandsteinfarbene Küste. Herman kniff die Augen zusammen und erkannte eine Festungsmauer, einen Grünstreifen mit Bäumen. Einen Hafen, in fünf Minuten zu erreichen. Hätte man doch bloß noch Benzin.

Siegwart reichte ihm wortlos ein Paddel. Herman, zu erschöpft, um sich zu weigern, ließ es über die Bordwand hinab und drückte es langsam durchs Wasser. Hinter sich hörte er Schnaufen. Natürlich, dachte er: Auch dem robustesten 66-Jährigen musste einmal die Kraft ausgehen. Er paddelte stärker. Quälend langsam näherten sie sich einem steinernen Kai zu Füßen der Festung, an dem ein paar Segelboote festgemacht waren. Der Westwind, der durch die Palmwipfel am Strand strich, drückte ihr Boot kaum merklich fort von Ceuta. Zwei gesunde, junge Männer konnten der Brise leicht trotzen und den Hafen in wenigen Minuten erreichen. Ein alter und ein geschwächter mittelalter Mann aber drohten abzutreiben. Ohne Trinkwasser, ohne Treibstoff.

Herman stieß das Paddel tiefer ins Wasser und drückte es nach hinten, immer wieder, bis seine Bauchmuskeln brannten und auf der grauen Festungsmauer weiße und schwarze Flecken tanzten.

»Vergessen Sie's«, keuchte Siegwart hinter ihm.

Er stach weiter ins Wasser, zog und stach, zog und stach und zog. Es musste doch gehen. Es musste!

»Stop!«

Herman brach ab und sackte so tief in sich zusammen, dass er sich wieder aufrichten musste, um einatmen zu können.

»Sparen Sie sich Ihre Kräfte«, raunte Siegwart. »Die werden Sie noch brauchen.« Er hatte sein Jackett abgelegt und die Ärmel aufgekrempelt. Als er seine Schuhe ausziehen wollte, sah Herman ihn fragend an.

»Wir müssen das Boot an Land schleppen. Hier kann man bis auf den Grund sehen. Das müssen wir ausnutzen. Gleich könnten wir schon wieder in tieferem Gewässer sein, und dann gute Nacht.«

»Sie wollen schwimmen?«

»Wir haben keine Wahl.«

»Sie sind … geschwächt.«

»Sie auch.«

»Aber Sie sind …«, Herman suchte nach einer freundlichen Umschreibung, aber sein Höflichkeitsvokabular hatte es nicht übers Meer geschafft.

»Alt?«

Herman schwieg.

»Mag sein. Aber ich bin gesund.« Siegwart zog seine Socken aus und stand auf. Das Boot begann zu schwanken. Er auch.

»Das kann ich nicht zulassen.« Herman steckte das Monokel in seine Jacke, zog diese aus und legte sie, sorgsam gefaltet, neben sich auf die Bank.

»Sie werden untergehen«, rief Siegwart.

»Wollen wir ja mal sehen.«

»Können Sie überhaupt schwimmen?«

»Ich kann ja im Wasser stehen.«

»Das wissen Sie doch gar nicht.«

»Ich werd's herausfinden.« Herman stand auf, merkte aber schnell, dass das keine gute Idee war, und stützte sich auf der

Bank ab. Vornüber gebeugt, versuchte er, entschlossen zu wirken, während er Siegwart von schräg unten ansah. Der schaute zurück. So standen sie voreinander, zwei schwankende Duellanten.

»Das ist ja lächerlich«, sagte der Ältere.

»Besser lächerlich als tot«, keuchte Herman.

Siegwart öffnete kopfschüttelnd den Hemdkragen, drehte sich zum Bootsrand und atmete tief ein. Doch bevor er springen konnte, richtete Herman sich rasch auf, geriet ins Schwanken und hielt sich instinktiv an Siegwart fest. Um ihn nicht mit sich zu reißen, öffnete er seinen Griff und ließ sich wie eine Säule seitwärts über Bord fallen.

Der Schmerz durchzuckte ihn schon, als er noch unter Wasser war. Sein Bein. Mit geschlossenen Augen stieß er die gestreckten Füße in die Richtung, die er für unten hielt, aber da war nichts. Für einen Moment durchschoss ihn Panik, seine Arme und Beine zuckten. Dann stieß sein Fuß gegen irgendwas. Er wollte an dem Fleckchen bleiben, aber etwas drückte ihn weiter. Da vorne kam eine Welle. Von unten sah sie groß aus. Dann, gerade noch rechtzeitig, war da wieder was, etwas Festes. Er zwang sich, nach den Signalen aus seinen Füßen zu horchen, streckte sie wie eine Ballerina – und tatsächlich: Nach zwei, drei Schritten war er sicher, dass unter ihm etwas Hartes war, Kiesel vielleicht. Wenn er darauf trat, rutschten sie nur ein wenig weg. Die Welle kam, und er stieß sich vom Boden ab. Sein Kopf hielt sich über Wasser. Als die Welle fort war, schnäuzte Herman salzigen Schleim aus. Dann erst wagte er zu atmen, den Kopf über Wasser gereckt, und sah sich um. Das Boot wippte zwei Meter hinter ihm. Zwei Meter waren viel, wenn man nicht schwimmen konnte. Siegwart warf ihm eine Leine entgegen; sie lag auf dem Wasser wie eine tote Schlange. Herman griff nach ihr, wollte aber seinen Halt nicht riskieren. Noch einmal. Beim dritten Mal sprang er ihr entgegen – und erwischte sie. Als er an ihr zog, spürte er den Widerstand des Bootes. So konnte er halbwegs sicher stehen. Das Wasser war angenehm warm, fühlte sich aber irgendwie unecht an. Er erinnerte sich, dass er noch Hosen und Schuhe trug. Und was da schmerzte, musste sein linkes Wadenbein sein, es war im Fallen die Bordwand entlanggeschrammt. Doch wichtiger war, dass die Welt wieder feste Formen hatte: Hinter ihm war das Boot, vor ihm der Strand, unter ihm der Boden und über ihm zumindest kein Gewitter. Er atmete ruhiger. Als er nur noch bis zur Brust im Wasser stand, war er fast sicher, dass sie es ans Ufer schaffen würden.

Aber nur für einen Moment.

Die Strömung schob ihn weg von seinem Ziel, und die vollgesogenen Wollhosen zogen schwer an ihm. Fast kam es ihm vor, als *wollten* die Wassermassen ihn hinaus ins Weite schieben, unter die Oberfläche drücken, fort ins Dunkle, Kalte. Das Meer, dachte er wütend, war niemandes Freund. Es war Chaos. An die Stumpfsinnigkeit seines Gegners zu denken machte ihn wütend. Und diese Wut gab ihm die Kraft, sich gegen die Strömung zu stemmen. Langsam, sehr langsam ging es voran, bis endlich jeder Schritt den folgenden ein wenig leichter machte.

Als das Wasser ihm nur noch bis zur Hüfte reichte, ließ Siegwart sich vorsichtig, die Füße voraus, über Bord gleiten. Gemeinsam zogen sie das Boot ans Ziel: einen kleinen Strand etwas abseits der steinernen Kais. Dort angekommen, sackte Herman auf die Knie, ließ sich in den Sand fallen und schloss die Augen.

Nach einer Weile spürte er, wie Siegwart ihm sein trockenes Jackett über die Brust legte:

»Ruhen Sie sich ein bisschen aus. Ich schau' mich mal um. Vielleicht kann ich irgendwo Benzin auftreiben.«

Aus halb geöffneten Augen sah er noch, wie Siegwart Richtung Festungsmauer ging. Unter dem Arm trug der Alte etwas Kupferfarbenes, das in der Sonne glänzte. Dann schlief er wie ohnmächtig ein.

*

Herman hörte ein Krächzen. Vielleicht eine Möwe, die über den Strand flog. Nicht drauf achten. Besser ruhig liegen bleiben, die Augen geschlossen halten und Kräfte für die Rückfahrt sammeln. Er versuchte, im Liegen seine Schuhe auszuziehen. Erst den rechten mit dem schmerzenden linken Fuß, dann … Die Möwe flog in seine Nähe, ihr Krächzen wurde tiefer, ihr Schrei länger. Der linke Schuh war widerspenstiger, bestimmt war der tropfnasse Schnürsenkel aufgequollen. Mit dem rechten Fuß drückte Herman gegen die linke Ferse. Sein Herz raste, und er ließ sich zurück in den Sand sinken. Gott, war ihm kalt.

ماذا تريد هنا؟

Herman öffnete die Augen. Über ihm schwebte keine Möwe, sondern das hagere Gesicht eines alten Mannes.

قل لي. ماذا تريد هنا؟

Herman stützte sich mühsam auf einen Ellenbogen. Der Mann trug einen schlichten weißen Umhang und eine Art Turban, der am Hals in einen Schal überging. Ein Auge war schwarz und stumpf, das andere fest auf ihn gerichtet.

ارجع! نحن لا نريدك هنا!

Das Krächzen des Alten war heiser und durchdringend zugleich. Herman versuchte sich aufzurichten, aber die nassen Kleider hingen schwer an ihm. Er hockte sich mit angezogenen Beinen in den Sand und schlang die Arme um die Knie. Das feucht gewordene Jackett klebte ihm auf der Brust. Als Herman zwinkernd aufsah, bemerkte er hinter dem Mann einen dünnen Jungen in zerlumpten Kleidern, höchstens zehn Jahre alt. Er hatte viel hellere Haut und irritierende Augen.

Das wütende Krächzen ging über in Husten. Der Junge reichte dem Alten seinen dünnen nackten Arm, um ihn zu stützen. Dass dieser ihm das mit einem Schlag aufs Ohr dankte, machte ihm offenbar nichts aus. Der Junge ging bloß einen halben Schritt zurück und blickte mit ausdruckslosem Gesicht auf den Eindringling. Herman sah ihn genauer an. Die Augen des Jungen waren blau wie Gletschereis – und sie passten genauso wenig hierher.

أين الآخر؟

Mit einem Ruck, der ihn mehr Kraft als erwartet kostete, zog Herman den linken Schuh aus. Er rollte den durchnässten Strumpf hinunter und sah an seinem sandigen Bein etwas Rotes hinabrinnen. Zu schwach, um erstaunt zu sein, krempelte er das Hosenbein hoch bis zum Knie. Die Wade war an ihrer Außenseite auf einer Handbreit aufgerissen.

Der Alte trat einen Schritt zurück.

إذا كنت مريضاً ، اذهب إلى المنزل

Langsam stand Herman auf und zog das Jackett über. Das half, sich mehr wie ein richtiger Mensch zu fühlen, aber nicht gegen die Kälte.

»Entschuldigen Sie«, sagte er, bevor ihm einfiel, wo er war. »Do you speak English? English. No? Parlez-vous français? Français?«

Der Alte blickte ihn finster an, und der Junge mühte sich, es ihm gleichzutun.

Herman sah sich um. In hundert Metern Umkreis gab es nur Sand, Boote und Wasser. Wo steckte bloß Siegwart?

»Help? Doctor?« Er zeigte aufs blutende Bein.

Der Alte machte eine wegwerfende Handbewegung, als wollte er Herman ins Wasser scheuchen.

إذا كنت مريضاً ، اذهب إلى المنزل

Herman hatte keine Kraft, um sich zu ängstigen. Die beiden mochten keine Hilfe sein, aber wohl auch keine Gefahr. Am besten wartete er einfach und ließ sich von der nordafrikanischen Sonne aufwärmen, bis Siegwart zurückkam. Aus dem Jackett holte er ein silbernes Döschen hervor, auf dem in geschwungenen Buchstaben *Herman Sörgel* stand. Wenigstens die letzte Zigarette und das Streichholzbriefchen waren trocken geblieben. Zwanzig Sekunden später kam ihm seine Lage schon weniger aussichtslos vor. Noch ein Zug, und er hustete. Das Ding schmeckte scheußlich.

Der Alte zeigte auf Hermans Hand. Herman reichte ihm die Zigarette und signalisierte, er könne sie behalten. Hauptsache, er ließ ihn in Ruhe. Als der Alte zögerlich einen Zug nahm, riss der Junge die hellen Augen auf:

من فضلك لا تفعل ذلك يا سيدي. هذا ليس جيدا بالنسبة لك

Der Alte hustete kläglich und krächzte:

قلت: سائق الهجن لديه خططه ، وهجن له خططه الخاصة

Herman setzte das Monokel ein und sah sich, eine schützende Hand an der Stirn, im Licht der Mittagssonne noch einmal um. Er stand am Rande einer sichelförmigen Bucht. Der eigentliche Hafen, in dem höchstens zwanzig Fischerboote ankerten, lag rund hundert Meter weiter. Auf der anderen Seite der Meerenge ragte, eingehüllt von dunkelgrauen, fast violetten Regenschleiern, der Felsen von Gibraltar auf. Am besten war es wohl, sie blieben für eine Nacht hier.

Hinter dem Strand verlief, so weit der Blick reichte, eine Sandsteinmauer. Von unten wirkte die alte spanische Festung schier uneinnehmbar. Und doch würden hier einst Züge und Automobile erstmals afrikanischen Boden berühren. Den Europäern würde ihre grenzenlose Bewegungsfreiheit rasch so unentbehrlich wie Eisenbahnen und fließendes Wasser. Sie würden sich das Leben in nationaler Enge gar nicht mehr vorstellen können. Oder etwa nicht? *Vergessen Sie's*, hatte Siegwart gesagt. Herman zwang seine Gedanken zurück in geordnete Bahnen. Nach einer Mahlzeit, einem Bad und einer erholsamen Nacht sah ihre Lage bestimmt besser aus.

Der Alte sagte etwas, zeigte auf das silberne Etui und dann auf sich. Herman hielt sie ihm hin:

»Tut mir leid, es ist leer. Empty. Vide.«

Doch der Alte griff nach dem Zigarettenetui und zeigte es dem Jungen.

Herman streckte die Hand nach dem Etui aus. Doch da steckte der Alte es, wortlos und ohne vom Jungen aufzusehen, in sein Gewand.

»He! Was?«, rief Herman. »Nein. So war das nicht … Die ist von … Nein, nein, nein!«

Der Alte blickte Herman an, als fühlte er sich von ihm belästigt.

»Sie können doch nicht … So geht das nicht!«

In diesem Moment hörte er eine kehlige Stimme hinter sich rufen:

»¿Qué está pasando aquí?«

Ein Uniformierter mit brauner Mütze kam auf sie zu. Er hielt einen Schlagstock, und an seinem Gürtel hing eine Pistole. Neben ihm ging Siegwart, in jeder Hand einen schwarzen Kasten.

»Gracias«, sagte Herman erleichtert. Und weil er sich sofort etwas weniger hilflos fühlte, gleich nochmal: »Gracias! Gerade rechtzeitig! Herr Siegwart, übersetzen Sie bitte: mein Zigarettenetui, ein Geschenk meiner Frau. Dieser Mann hat es …«

»Wir müssen los«, unterbrach Siegwart.

»Los?«

»Sofort.« Siegwart eilte an ihm vorbei zum Boot.

»Aber …«

»Erklär' ich später.«

Der Alte begann, heiser auf den Soldaten einzureden, rieb sich die Brust, zeigte auf sein schlechtes Auge, dann vorwurfsvoll auf Herman. Der Uniformierte schaute herüber, musterte ihn, senkte die Mundwinkel. Warum bloß? Herman sah an sich herab: auf die durchnässte Hose, das blutige Bein, die nackten Füße. Seinen Jackettkragen sprenkelten beige- bis orangefarbene Spritzer.

Hinter ihm startete ein Motor. Kurz darauf wehte schwerer, süßlicher Dieselgeruch herüber.

Der Uniformierte hob die flache Hand, damit der Alte zu reden aufhörte. Der zeigte zur Sicherheit noch einmal auf Brust und Auge, stapfte dann aber, auf den Jungen gestützt, langsam durch den Sand zurück zur Straße.

»Perdón, Señor«, sagte Herman. »Aber der Mann da hat mein …«

»Aléjate, vagabundo!«

Herman brauchte eine Sekunde, bis er begriff, wem die Wut des Uniformierten galt. Er wollte sich nach Schuhen und Socken bücken, doch da hob der Soldat schon den Schlagstock. Herman hielt instinktiv die Arme vors Gesicht, wandte sich um und humpelte, so schnell er konnte, Richtung Motorenlärm. Er watete ins hüfthohe Wasser, griff die Reling mit beiden Händen, schwang das gesunde rechte Bein über Bord und versuchte sich hochzuziehen. Doch da war kein Halt, nur schwankendes Holz. Mit der rechten Hand und dem rechten Bein klammerte er sich ans Boot, seine linke Körperhälfte aber trieb im Wasser. Es kostete ihn alle Kraft, nicht zurückzusinken. Dann spürte er, wie Siegwart ihn am Gürtel und der Schulter fasste. Er zog einmal, zweimal, dreimal, doch erst ein vierter Ruck hob ihn über die Reling. Herman sackte auf den Holzboden wie ein Karpfen. Zwischen zwei Dieselkanistern blieb er keuchend liegen. Das Einzige, was er sah, während sie nach Norden fuhren, war der Himmel, der sich von blau zu tiefgrau färbte.

*

Herman saß wieder am Bug und presste die Hände an den Körper. Was ihn zittern ließ – das spürte er jetzt, da er nicht länger versuchte, jeden Gedanken daran zu verdrängen, genau –, war keine Seekrankheit. Er musste sich kurz vor Gibraltar, beim Umstieg vom warmen Zug in das zugige Automobil, erkältet haben. Die Überfahrt und das Wasser hatten seine Abwehrkräfte weiter geschwächt. Jetzt wollte er bloß noch zurück nach Gibraltar. Was für ein Desaster.

»Wir hatten großes Glück!«

Er drehte den Kopf, um zu schauen, ob der Mann am Ruder einen Witz machte.

»Hätte ich dran denken müssen«, rief Siegwart. »Wer lässt sich schon gern vorführen?«

Neugier schob Hermans Scham und Schwäche beiseite: »Vorführen?«

»Ich hatte gerade im Hafen Sprit besorgt, da dachte ich, ich mach' zur Sicherheit noch ein paar Höhenmessungen! Weiß ja nie, wofür es gut ist! Gar nicht so einfach ohne zweiten Mann! Erst musste ich die Nivellierlatte irgendwo befestigen, dann rüberlaufen zum Gerät. Egal! Da kam der Soldat auf mich zu! Er konnte kaum glauben, was ich ihm erzählte! Wurde ganz blass, als ich aufs Boot zeigte!« Siegwart lachte. »Wir haben die Meerenge überquert! In einem Holzboot, ohne Ausrüstung! Und keiner hat was gemerkt, bis wir auf dem Strand standen! Was glauben Sie, wie peinlich das für die Spanier wäre, wenn das rauskäme? Die wollen nicht, dass ihre Araber auf dumme Ideen kommen!«

Herman erinnerte sich vage an vor Jahren gelesene Zeitungsberichte. An Fotos spanischer und französischer Soldaten im marokkanischen Wüstensand, an Fässer und Flugzeuge. Sah blaue Augen und eine alte Hand, die auf etwas zeigte, aber er war schwach, und die Bilder verblassten rasch.

»Warum hat der Soldat uns dann nicht festgenommen?«

»Um sich und uns einen Gefallen zu tun! Seine Vorgesetzten müssen ja nicht wissen, dass die Kollegen von der Küstenwache geschlafen haben! Je schneller wir weg waren, desto besser für alle!«

Siegwart lachte wieder. Die Ereignisse dieses langen Tages schienen ihn aufzuladen wie einen Akkumulator. Herman wusste jetzt, was ihn an diesem seltsamen Mann gereizt hatte. Siegwart war robust; bei Widerstand wurde er aktiv. Für Herman hingegen fühlte jeder Rückschlag sich zunächst an wie das Ende.

Er hatte geglaubt, die Zauberformel zur Lösung aller Probleme gefunden zu haben. Ihre Eleganz lag in ihrer Schlichtheit, und sie lautete: mehr! Mehr von allem! Nie zuvor hatten Menschen einen vierzehn Kilometer langen Staudamm gebaut? Gut, nutzen wir eben mehr Beton, mehr Schiffe, mehr Turbinen, mehr Arbeitskraft! Es war wie beim Staubecken am Walchensee: Die geplanten Wände waren zu dünn, um dem Wasserdruck zu trotzen? Dann gießen wir noch massivere, was immer es koste! Wo Vater – bei aller Beherztheit – zu klein und konservativ gedacht hatte, hatte er selbst Größtes und Kühnstes gewagt. Nichts hatte sich befreiender angefühlt.

Siegwart hielt das Boot an, um den Inhalt des zweiten Benzinkanisters in den Tank zu schütten. Kleine Wellen klatschten matt gegen den Rumpf, als seien sie ihres uralten Spiels müde. Herman rief, ohne sich umzudrehen:

»War also alles umsonst?«

Eine Weile blieb es still, bevor Siegwart antwortete:

»Die Hauptsache ist doch, wir kommen gesund heim.«

Er verstand. Das Meer war zu tief, die Strömung zu stark. Das Felsgestein würde abgetrieben, übrig bliebe ein Geröllfeld am Meeresboden. Selbst wenn Lastschiffe ihre Fracht immer und immer wieder ins Meer kippten, wäre das Fundament viele Kilometer breit, und niemand wüsste, wie stabil es war. Das Ergebnis wäre ein poröser Koloss, eine zynische Wette auf das Leben vieler Millionen Menschen.

»Ich hätte Ihr Angebot nie annehmen dürfen!«, rief Herman, ohne sich zu rühren. »Wir hätten uns das sparen können, wenn ich vorher genau gerechnet hätte! Verdammt, ich hab' mich nicht mal um ein seetaugliches Boot gekümmert! Um einen Dolmetscher, genügend Proviant, einen Bootsführer. Ich hätte nicht akzeptieren dürfen, dass Sie das alles erledigen! Ich habe Sie und mich in große Gefahr gebracht!«

Hoch oben krähte ein Vogel, ein Adler vielleicht. Scheinbar mühelos flog er ins warme Afrika, wie Tausende seiner Vorfahren zuvor.

»Wissen Sie, warum ich neulich in München war?«, fragte Siegwart. »Wegen eines alten Kollegen. Nur ein paar Monate jünger als ich. Haben uns gemeinsam hochgearbeitet. Zwölf Jahre lang waren wir immer wieder zusammen unterwegs. Paraguay, Argentinien, Brasilien. Wenn ein Gerüst neben uns zusammenbrach, das Arbeiter erst am Vortag errichtet hatten, oder wenn wir im Dschungel nicht weiterkamen und Whiskey auf Mückenbisse tupften, statt ihn zu trinken, dann sagten wir: ›Das können wir mal unseren Enkeln erzählen.‹ Seit ein paar Jahren ist er in Rente. Oder besser: war.« Er keuchte leicht, als er etwas anhob. »In München war die Beerdigung. Die vierte Trauerfeier in drei Monaten. Eine Kusine, mein Schwager, zwei Kollegen.«

Herman wandte sich um: »Das tut mir leid.«

Siegwart sah aufs Meer und dann zu ihm: »Ihnen braucht überhaupt nichts leidzutun.«

Dann startete er den Motor.

Das Gewitter vor Gibraltar war abgezogen. Geblieben war kalter, dichter Regen. Als sie in ihn hineinfuhren wie in einen Wasserfall, zerfloss alles um sie herum zu flüssigem Lärm. Schließlich zogen die Wolken weiter nach Osten, es klarte auf, und Herman erkannte in der Ferne feste Umrisse. Er hielt Ausschau nach einem gewaltigen Felsen, der aus dem Meer ragte wie der Bug eines sinkenden Schiffs. Doch er fand ihn nicht. So etwas konnte man doch nicht übersehen. Dann fiel sein Blick auf etwas, das es hier nicht geben konnte, nicht geben durfte: eine alte steinerne Festung. Davor ein kleiner Hafen. Daneben bloß jede Menge Sand. Schon wieder?

Er wandte sich fragend zu Siegwart. Der zog die Schultern hoch und steuerte auf den menschenleeren Strand zu.

*

Eine halbe Stunde später hatten sie drei Dinge in Erfahrung gebracht. Erstens hieß der Ort, an dem sie tropfnass an Land gegangen waren, Tarifa. Zweitens ähnelte Tarifa zwar Ceuta, lag aber glücklicherweise in Spanien. Denn sie waren – drittens – beim Versuch, die etwa zwanzig Kilometer zwischen Ceuta und Gibraltar geradewegs nach Norden zu fahren, mindestens ebenso viele Kilometer nach Westen abgedriftet. Im Dauerregen mussten sie übersehen haben, wie die Strömung sich umkehrte und ihr Boot gen Atlantik drückte. Hätten sie vor Tarifa nicht zufällig freie Sicht gewonnen, wären sie, ohne es zu merken, auf den Ozean hinausgetrieben worden.

Selbst Siegwart war zu müde, durchnässt und hungrig, um sich darüber zu freuen. Im einzigen Gasthaus aßen sie, die Blicke der Männer an den Nachbartischen ignorierend, trockenes Brot, Oliven und eine Art Tomatenmus. Alles war kalt, schlicht –

und köstlich. Als Herman sich seufzend zurücklehnte, fühlte er sich noch fiebrig, aber nicht mehr so schwach. Er zog die alte Decke, die der Wirt ihm gegeben hatte, noch fester um den Hals und sagte:

»Meine Frau wird sehr enttäuscht sein.«

»Sie wird froh sein, dass Sie lebendig nach Hause kommen.«

Eine Kellnerin brachte zwei Teller Suppe.

»Es war unser gemeinsamer Plan. Vier Jahre Arbeit. Und jetzt ...«

»Haben Sie Kinder?«

Herman sah Siegwart, der nicht von seinem Essen aufblickte, erschrocken an.

Der stechende Geruch von Karbolsäure. Schritte in einem langen, kalkweißen Flur. Ein Wimmern. Herman schloss die Augen, bis alles zurücksank ins Dunkle.

»Nein.«

Dann schaute er aus dem Fenster. Das Meer, über dem in einer halben Stunde die Sonne untergehen würde, sah beinahe friedlich aus.

»Ihre Messungen drüben«, fragte Herman, »haben die eigentlich irgendwas ergeben?«

»Kann ich nicht sagen. Dafür hätt's noch Messungen bei Gibraltar gebraucht. Um zu schauen, ob der Staudamm an beiden Seiten auf etwa der gleichen Meereshöhe auf Land träfe. Aber das hat sich ja erledigt.«

Herman nickte.

»Aber«, Siegwart schlürfte vorsichtig an der heißen Suppe und schluckte, »auf dem Rückweg hab' ich nochmal die Tiefe der Fahrrinne gemessen. Wollte sichergehen. Als wir kurz Pause gemacht haben? Zweihundertsiebenundneunzig Meter. Mehr als hundert Meter weniger, als ich auf dem Hinweg gemessen habe. Dachte erst, ich hätt' mich in der Eile vermessen. Aber jetzt ergibt's ja Sinn: Wir waren ganz woanders, als wir dachten.«

»Ganz woanders, als wir dachten«, echote Herman. Langsam wischte er mit der Hand über den dunklen, groben Tisch, fühlte die Maserung und die schmalen Lücken zwischen den alten Holzplatten. Er hielt inne, blickte Siegwart an, zeigte auf einen kupferfarbenen Kasten und fragte:

»Kann ich kurz ...?«

Ohne auf Antwort zu warten, nahm er das Nivelliergerät und ging, so schnell er konnte, nach draußen, stieg eine steile Treppe hinab zum Strand und pflanzte das dreibeinige Gestell in den Sand.

Vielleicht, dachte Herman. Vielleicht.

Als er zurückkam, waren die Teller weggeräumt. Siegwart rauchte eine Zigarre, die er Gott weiß wie vorm Wasser geschützt hatte.

»Was wäre« – Herman konnte hinter seinen Augen den Pulsschlag spüren und setzte sich – »was wäre, wenn wir den Damm nicht an der schmalsten Stelle bauen, sondern an der flachsten? Nämlich hier?«

Siegwart lehnte sich zurück und atmete süßlichen Rauch aus: »Und weiter?«

»Dann braucht das Fundament höchstens anderthalb Kilometer breit zu sein. Das ist doch machbar, oder? Und das nötige Gestein«, Herman rang nach Luft, »das Gestein brauchen wir nicht mal von weit her heranzuschaffen. Hinter dem Ort steht ein Berg. Den können wir abtragen. Müssten wir sogar, um Platz zu schaffen für Eisenbahntrassen und Straßen!«

Siegwart öffnete eine Tasche, zog eine feuchte Karte hervor und breitete sie auf dem Tisch aus. »Sie meinen also …«

»…, dass wir einen einzigen Damm errichten, und zwar von hier bis Ceuta.« Hermans Hand beschrieb einen Bogen von Tarifa im Norden bis zur spanischen Exklave im Süden. »Wir könnten noch viel mehr Turbinen einbauen, als wir dachten. Wir hätten sogar genug Platz, um neben dem Damm einen Kanal zu bauen, mit Staustufen für große Schiffe! Wir hätten jede Menge Platz! Platz für alles!« Er räusperte sich und zog sein fast trockenes Jackett glatt. »Also natürlich nur, wenn das technisch machbar ist.«

Er sah Siegwart erwartungsvoll an. Der kraulte seinen weißen Bart. Mit der anderen Hand ergriff er den Stift.

»Lassen Sie mich mal rechnen.«

Herman ging vor dem Tisch auf und ab. Konnte es wahr sein? Hatte er, vom Fieber geschwächt, den falschen Schluss gezogen? War sein Plan womöglich nicht zu groß gewesen, sondern immer noch nicht groß genug?

»Der Damm«, sagte Siegwart langsam, »wäre dann aber nicht vierzehn Kilometer lang.«

»Sondern?«

»Dreißig.«

Herman sackte auf seinen Stuhl. Dreißig Kilometer. In den Niederlanden bauten sie einen ähnlich langen Damm, das stimmte. Aber der würde in einem flachen Gewässer stehen, nur vier bis fünf Meter tief. Letztlich legten die Holländer bloß einen Teil eines flachen Binnensees trocken. Sein Damm aber musste dreihundert Meter in die Tiefe reichen und hundert Meter in den Himmel. Ein Bollwerk, stark genug, einen Ozean zu zähmen. Völlig unmöglich. Viel zu groß. Zu viel. Zu naiv. Oder? Er sah auf.

Siegwart notierte etwas und betrachtete es. Schrieb Zahlen untereinander. Zog einen Strich darunter und rechnete. Notierte wieder etwas. Rechnete nochmal. Strich sich durch den weißen Bart. Wiederholte das Ganze. Und nickte.

9

> Auf irgendeine Weise fehlte es der Atmosphäre an Unschuld, an Zwanglosigkeit. (…) Man verstand bald, daß Politisches umging, die Idee der Nation im Spiele war.
>
> Thomas Mann: *Mario und der Zauberer* (1930)

Berlin-Charlottenburg, 19. September 1930

Noch bevor sie das Anwesen sahen, konnten sie es hören. Von dort, wo die Auffahrt sein musste, drang das Knirschen trockenen Kieses zu ihnen herüber. Stimmen und Gelächter waren zu hören, Automobile setzten geräuschvoll zurück auf die schmale Straße. Irene und Herman gingen langsamer. Der Spätsommertag war eigentlich zu schön, um ihn auf einem lauten Empfang zu beschließen. Bald würde die Sonne hinter den dichten Hecken untergehen. Doch noch immer war die Luft so warm, dass man glauben konnte, es sei August.

Die beiden hielten sich an den Händen, wie immer, wenn niemand sie sah. Kurz vor der Adresse Am Rupenhorn 6 blieben sie stehen und blickten einander prüfend an. Sein Smoking saß fast so gut wie ihr modisches ärmelloses Kleid. Dann küssten sie sich kurz und folgten den anderen.

Als sie die Auffahrt hinaufgingen, war Irene fast ein wenig enttäuscht. Die weiß gestrichene Fassade war schlicht und elegant, wie die Welt es von Erich kannte – aber im Erdgeschoss fensterlos. Nur im ersten Stock reihten sich schmale Fenster aneinander. Die gesamte Hausfront wirkte so radikal aufs Nötigste reduziert, so kalt und abweisend, dass sie sich einen Moment lang fragte, ob der Erbauer sich einen Scherz erlaubte. Hatte er sich im teuersten Villenviertel der Hauptstadt trotzig eine Lagerhalle bauen lassen? Zuzutrauen war es ihm.

Durch eine unscheinbare Tür traten sie zu ihrer Überraschung in einen hellen Saal. Bevor sie sich umsehen konnten, brachte ein

Kellner ihnen wortlos Champagner in hohen Kelchen, und von irgendwoher drangen die Klänge eines Cello-Quartetts, das ungerührt vom Gemurmel der Gäste etwas von Bach spielte.

»Lass uns feiern, Mutz. Das haben wir uns verdient.« Sie stieß mit ihm an.

»Ich muss morgen arbeiten. Behrens hat vorhin abgesagt. Er hat doch keine Zeit für die Entwürfe. Sein Büro ist völlig ausgelastet.«

»*Sagt* er.« Sie nahm einen großen Schluck.

»Sein Name allein hätte Hunderte in die Ausstellung gelockt. Und dann seine Idee! Ein Wolkenkratzer, vierhundert Meter hoch, auf der Nordschleuse des Gibraltardamms. Panropas Antwort auf New York und die Freiheitsstatue. Das würde Eindruck machen!«

»Du hast doch noch Zeit.« Sie leerte ihr Glas und winkte einem Kellner.

»Wie soll ich in zwei Monaten einen Großkopferten finden, der gratis was entwirft? Nein, das muss ich selbst machen. Für die Panropa-Zentrale, da habe ich schon eine Idee: drei gläserne Hochhäuser, die ...«

»Weißt du«, unterbrach Irene, »ich kannte da eine schöne, kluge – und dabei sehr bescheidene – Frau, die sagte mal: *Lass uns feiern, Mutz. Das haben wir uns verdient.*«

Herman lächelte und nippte am Champagner.

Bald standen sie zwischen Frauen mit modischen Kurzhaarschnitten und Männern im Smoking. Als ihnen Zigarettenspitzen und Zigarren gefährlich nahe kamen, gingen sie weiter. Der nächste Raum war noch größer, und durch drei riesige, bodentiefe Fenster fiel rotgoldener Sonnenschein. Im selben Moment schwoll die Musik an, und Irene spürte die Vibrationen der Celli im glänzenden Dielenboden. Sie war beeindruckt. Erich hatte etwas Außergewöhnliches geschaffen.

»Wollen wir ihn begrüßen?«, schlug sie vor.

»Du könntest auch endlich mal Esther kennenlernen.« Herman nickte in Richtung einer Halbwüchsigen im weißen Hosenanzug.

Esther Mendelsohn würde, das sah man schon heute, einmal sehr schön werden. Das volle Haar fiel in dunklen Wellen auf die sonnengebräunten Wangen, sie war schlank, aber weiblich, und wenn sie, wie jetzt, gestikulierte, bebte ihr ganzer Körper. Sie redete auf ihre Mutter ein. Mit jedem Wort der Tochter wurde deren Gesicht stiller, unbewegter. Irene wollte ihnen nicht zusehen, konnte aber auch nicht wegschauen. Auch Luise Mendelsohn, geborene Maas, war schön, aber auf ganz andere Art als ihre Tochter. Das glatte Haar trug sie in der Mitte gescheitelt und am Hinterkopf zu einem strengen Knoten gebunden, was ihr ebenmäßiges Gesicht betonte. Ihre hochgeschlossene Bluse schmückte eine große weiße Schleife. Sie stand aufrecht wie eine Ballerina und doch völlig ungezwungen. Alles an ihr wirkte so … – so *gefasst*. So schlafwandlerisch sicher. Die Dame des Hauses, Ehefrau eines der erfolgreichsten Architekten Deutschlands, vielgerühmte Cellistin und weltgewandte Salondame aus großbürgerlichem Hause war nur ein Jahr älter als sie, und doch wirkte sie auf Irene fremd und unerreichbar.

»Schön, dass ihr da seid!«

Ein Mann im blütenweißen Anzug kam mit ausgebreiteten Armen auf sie zu. Er ignorierte Hermans ausgestreckte Hand und umarmte ihn. Dann wandte er sich Irene zu und gab ihr die Hand.

Erich Mendelsohn war ein Mann im mittleren Alter, der an der Hüfte zulegte und deshalb den Hosenbund über dem Nabel trug. Das dünner werdende Haar zwang er mit Pomade nach hinten. Sein selbstbewusstes Auftreten und seine Energie aber hatten etwas Einladendes. Man wollte ihn mögen und von ihm gemocht werden.

»Kommt, ich zeig' euch was!«

Sie gingen durch Wolken von Zigarettenrauch und Eau de Cologne zu den Panoramafenstern. Sie reichten von einer Seite der Villa zur anderen.

»Wirklich imposant«, sagte Herman. »Und elegant zugleich.«

»Wartet.« Erich drückte auf einen Knopf. Mit mechanischem Quietschen versank das Fenster vor ihnen im Boden, und der würzige Geruch von Fichten und Gras wehte herein. Die anderen Gäste schauten erstaunt herüber, manche tuschelten, jemand klatschte.

»Lasst uns rausgehen, es ist so schön heute«, sagte Erich wie nebenbei. Dabei wusste Irene von Herman, wie stolz er auf seinen Zaubertrick war. Von der großen Terrasse aus sahen sie in den Garten, der von Bäumen begrenzt war. Dahinter spiegelte sich im Wasser der Havel der Sonnenuntergang.

»Ein Glück, dass ich dich so mag«, sagte Herman, ohne den Blick von dem stillen Spektakel abzuwenden. »Sonst wäre ich jetzt neidisch.«

»Brauchst du nicht zu sein. Der Bau war eine Plage, und die meiste Zeit bin ich eh unterwegs. Aber endlich haben wir ein richtiges Heim. Und MooMoo braucht Freunde. Sie verbringt zu viel Zeit mit Erwachsenen.«

»Ich wünschte, ich würde auch so viel bauen.«

Erich sah auf die zahmen Wellen. Vermutlich hatte er keine Ahnung, was es für Herman bedeutete, so etwas zuzugeben. Dass er es wagte, sich verletzlich zu zeigen, lag zwar auch am heiteren Selbstvertrauen seines Freundes: Erich würde ihn schon deshalb nicht verletzen, weil er sich seines Könnens so sicher war. Aber ebenso wichtig waren ihre vielen Gemeinsamkeiten. Wie oft hatte Irene die Geschichte gehört, wie sie einander durch die *Baukunst* kennenlernten; wie sie verblüfft erkannten, dass sie im Abstand von wenigen Monaten Amerika bereist, ja sogar eine ähnliche Route genommen hatten. Und wie sehr beide das Mittelmeer liebten, in ihm kein Hindernis sahen, sondern eine Brücke. Sie mochten unterschiedliche Temperamente haben, hatten aber ähnliche Überzeugungen und Ziele. Allein der Umstand, dass sie in verschiedenen Städten lebten, hielt sie davon ab, einander häufiger zu sehen. Sie waren wie Brüder, nur dass sie einander aufrichtig gern hatten.

»Bei mir läuft auch nicht alles rund, Herman. Gerade erst ist ein Auftrag geplatzt.« Erich nahm die runde Drahtgestellbrille ab und wischte sich mit einem Stofftuch über die Stirn. »Egal«, sagte er. »Wie geht's euch?«

»Können nicht klagen. Wir …«

»Wenn du Leerlauf hast«, unterbrach Irene, »könntest du ja was für uns zeichnen. Eine schöne Idee würde vorerst reichen. Es darf natürlich auch genial sein! Nicht wahr, Herman?«

»Wir wollten heute eigentlich nicht von der Arbeit reden.«

»Ihr hättet beide was davon«, sagte sie eilig. »Im Dezember öffnet die Ausstellung in München, danach geht's durch halb Deutschland. Deinen Entwurf würden Zigtausende sehen.«

Erich wirkte interessiert: »Was braucht ihr denn?«

»Was brauchen wir *nicht*?« Sie lachte und sah auffordernd zu Herman.

»Na ja«, sagte der zögerlich, »ich möchte dich heute nicht mit Wünschen behelligen.«

In diesem Moment trat ein auffallend großer Mann zu ihnen, ergriff die Hand des Hausherrn und sagte: »Darf ich Sie kurz unterbrechen?« Der Mann war höchstens Ende zwanzig. Unter dem akkurat gezogenen Seitenscheitel trug er die Schläfen ausrasiert. »Ach so, entschuldigen Sie: Carl Schwarz. Sie waren so freundlich, meiner Behörde eine Einladung zukommen zu lassen. In Hamburg?«

»Natürlich!«, sagte Erich beinahe überzeugend.

»Ihr Haus ist wirklich ganz wundervoll geraten.«

Carl Schwarz' graue Augen strahlten vor Aufregung. Seine Haut war so blass, dass sich die Wurzeln seiner Barthaare deutlich abzeichneten, dabei war er frisch rasiert. Erst jetzt schien er zu bemerken, dass er sein Gegenüber um einen Kopf überragte, und beugte sich linkisch vor. Schwarz war ein Junge im Körper eines Mannes.

»Danke«, antwortete Erich. »Holen Sie sich doch was zu trinken. Vielleicht können wir später plaudern.«

»Um ehrlich zu sein, würde ich gern sofort mit Ihnen reden. Ich nehme den Nachtzug. Wir ...«, Schwarz sah prüfend zu Herman und Irene. »Wir würden Sie gern beauftragen. Vier große Bürogebäude, vielleicht fünf. Für unsere Verwaltung. Das Ganze ist noch nicht ganz spruchreif. Aber wenn ein Mann wie *Sie* sich bereit erklärte ...«

Erich sah seinen Gast an wie zum ersten Mal: »Schwarz, sagten Sie?« Nach einer kurzen Pause wandte er sich um: »Ihr entschuldigt mich, ja?«

Die beiden gingen ans andere Ende der Terrasse. Herman schaute ihnen nach, drehte langsam am Monokel und flüsterte:

»Bitte sag' jetzt nichts.«

»Was soll ich nicht sagen?«

Er seufzte: »Dass ich mir eine große Chance hab' entgehen lassen.«

»Wäre das so falsch?«

Noch ein Seufzer. »Ich will Leute nicht überrumpeln. Ich möchte niemanden nötigen, gratis zu arbeiten. Sie müssen es schon selbst wollen.«

»Aber du kannst sie dazu bringen, es zu wollen.«

»Du hast doch selbst gesagt, wir haben etwas Erholung verdient.«

»Das war, bevor ich wusste, dass der große Mendelsohn Zeit hat.«

»Ich hab' kein Geld zu bieten.«

»Aber Ruhm.«

»Keinen *Ruhm* …«

»Wenn sein Entwurf umgesetzt wird, schon.«

»Das kann ich ihm nicht versprechen.«

»Du kannst es ja etwas vager formulieren.«

Herman seufzte ein drittes Mal, als letzte Warnung an Irene, und sagte: »Ich werde *nicht* lügen.«

»Wer behauptet denn, dass du lügen sollst?«

Eine Pause entstand. Ein Kellner in weißer Livree balancierte ein Tablett mit leeren Gläsern vorbei, und eine Frau mit Pomade im Haar kreischte vor Freude. Schließlich sagte Herman:

»So bin ich einfach nicht. Leute wie der« – er winkte in die Richtung, in die Schwarz und Mendelsohn gegangen waren – »machen großmäulige Versprechungen. Aber sie können sie nicht halten. Die Mächtigen kommen nicht zu dir, die *lassen* kommen. Der da ist bloß ein Laufbursche, der sich wichtigmacht, mehr nicht.

»Aber einer mit einer frohen Botschaft.«

»Wären Dutzende Angestellte von mir abhängig, würde ich auch jedes Angebot prüfen. Aber Erich wird schon sehen, dass der Kerl sich bloß aufspielt.«

»Und dann könntest du es nochmal versuchen.«

»Irene …« Er klang nicht länger verärgert, sondern der Sache überdrüssig.

»Was?«

»Er ist ein Freund.«

Wie sollte sie Hermans Weigerung nennen? Übermäßige Höflichkeit vielleicht? Schüchternheit? Oder – und den Gedanken erlaubte sie sich nur für den Bruchteil einer Sekunde – war es Starrsinn?

»Dürfen wohlhabende, berühmte Freunde denn keine Entwürfe machen? Ist es besser, wenn sie arm und unbekannt sind?«

Herman antwortete nicht, sondern sah über ihre Schulter zurück zum Haus und sagte:

»Komm mit.«

Sie brauchte sich nicht umzusehen, um zu verstehen, was er meinte.

»Muss das sein, Mutz?«

»Du kannst ihr nicht den ganzen Abend ausweichen.«

»Ich kann's versuchen.«

Er überredete sie, indem er mit dem Daumen über ihren Handrücken strich. Widerwillig folgte sie ihm zur Terrasse.

*

Aus der Nähe sah Luise noch schöner aus – und noch rätselhafter. Irene hätte nicht zu sagen gewusst, was ihr Gegenüber empfand, während sie einander die Hände schüttelten.

»Wir haben uns ja lange nicht gesehen.«

»Wir hatten alle Hände voll zu tun.«

»Ah, natürlich. *Panropa*. Die Zeitungen berichten ja eifrig.« Luise sprach leise, akzentuierte aber präzise jede Silbe. »Wie geht es denn weiter?«

»Im Dezember stellen wir in München aus, dann in Essen, Hamburg, Berlin. Es gibt neue Pläne für Dämme, Hochhäuser, ganze Städte. Behrens' Studenten bauen uns ein Reliefmodell des Mittelmeerbeckens. Mit Wasser, Steilküsten und allem Drum und Dran. Das soll auch Kinder ansprechen.«

»Ja«, sagte Luise sehr leise, »in diesen Zeiten brauchen wir alle was zum Träumen.«

»Es ist kein Traum. Es ist ein Plan.« Irene erschrak über die eigene Stimme, wieder einmal. Neben Luise kam sie sich besonders laut vor.

»Natürlich«, erwiderte Luise. Ihr Gesichtsausdruck verriet nicht, ob sie Irenes Worte als Angriff verstand. »Aber man könnte den Eindruck bekommen. Zeitungen bringen sogar eine Fortsetzungsgeschichte unter dem Titel, richtig? Eine Art Zukunftsroman?«

Herman nickte zufrieden. »Gute, kostenfreie Werbung. Kommt bald als Buch in den Handel. Mit einem Geleitwort von mir.«

»Schön, aber wer soll diese … diesen Plan denn letztlich umsetzen?«

»Na, wir.«

»Ich meine: Deine Idee erfordert, dass jedes Land nach und nach etwas Macht an Panropa abgibt, richtig?«

Er nickte.

»Aber welcher König, welcher Präsident willigt schon in die eigene Entmachtung ein?«

Herman sah in den Champagnerkelch und räusperte sich. Dann setzte er zum Sprechen an, schloss den Mund aber wieder und suchte erneut Rat am Boden des Glases.

Irene hatte Luise wohl falsch eingeschätzt. Wer hätte gedacht, dass dieses feenhafte Geschöpf alle Höflichkeit außer Acht lassen würde, um seine zarten Finger zielgenau auf den wundesten Punkt des Plans zu legen? Die Frau war klug, das musste sie ihr lassen. Aber sympathisch war sie ihr nicht.

»Jede Nation hat von der Mitarbeit konkrete Vorteile«, sagte Herman endlich. »Mehr und saubere Energie, mehr fruchtbares Land. Und durch die Kooperation wächst Europa immer enger zusammen. Jeder wird von jedem abhängig, und dadurch werden alle stärker. Das ist ja das Geniale: Die Nationen müssen die Einigung Europas nicht einmal wünschen. Durch ihr Tun wird sie trotzdem geradezu zwangsläufig Wirklichkeit.«

»Heißt das, Regierungen zeigen schon Interesse an dem Plan?«

»Nun ja, nicht direkt.« Er schwenkte das leere Glas.

Hermans schutzlose Ehrlichkeit, seine Unfähigkeit, auf direkte Fragen anders als direkt zu antworten, machte sie wütend – auf Luise. Diese Frau wollte keine Antworten, sondern Herman bloßstellen.

»Was würdest *du* denn tun?«, sagte Irene mit gepresster Stimme.

Luise wirkte von der Frage kein bisschen überrascht: »Hätte ich so einen großen Plan, würde ich nicht mit den Machthabern reden, zumindest nicht zuerst. Wer beispielsweise einen jüdischen Staat will, warum sollte der mit den Besatzungsoffizieren verhandeln? Die Briten werden ihm eh nur sagen, was alles *nicht* geht. Nein, es müssen sich überall die Leute verbünden, die dringend Veränderung *wollen*.«

»Wen meinst du?«, fragte Herman.

»Na, Intellektuelle beispielsweise. Oppositionsparteien. Oder Vereine. Einfach alle, die etwas davon haben, den Status quo zu kritisieren und den Menschen Hoffnung auf eine bessere Zukunft zu machen. In Palästina organisieren sie sich gerade im Untergrund. Sie bereiten sich auf den Tag vor, an dem die Briten abziehen.«

»Bis es so weit ist«, sagte Irene, »kann es noch lange dauern.«

»Also genau wie bei Panropa.«

Nichts, nicht einmal Irenes spitze Bemerkung schien Luise aus der Ruhe zu bringen. Neben ihr kam Irene sich zugleich zu groß und zu klein vor.

»Tust du denn auch selbst etwas für einen jüdischen Staat?« *Oder redest du bloß klug daher?*

Irene fiel es schwer, die zweite Hälfte nur zu denken. Sie ärgerte sich, und es ärgerte sie, wie sehr sie sich ärgerte. So wollte sie nicht sein. Außerdem war ja nicht die Frau vor ihr das Problem, sondern sie selbst. Sie wusste doch: Ihren Plan umzusetzen würde, selbst wenn alles gut lief, viele Jahrzehnte dauern. Warum also regte sie sich auf, wenn jemand sie an die Schwierigkeiten auf diesem Weg erinnerte? Nein, sie wollte Kritik nicht als Tadel verstehen, sondern als Rat und Ansporn, es besser zu machen. Wäre es doch bloß nicht so schwer! Sie atmete tief aus und ein und sagte lächelnd:

»Ich frage aus Interesse, weil ich ja Halbjüdin bin.«

»Halbjüdin?«

»Mütterlicherseits.«

»Und du, bist du auch Jüdin?«

»Wie gesagt: Meine Mutter …«

»Nein, ich meine: *du*. Bist *du* Jüdin?«

Irene suchte in Luises Gesicht nach einer Erklärung, fand aber nur den Ausdruck einer Sphinx.

»Tut mir leid, ich verstehe nicht ganz.«

»Halbjuden gibt es genauso wenig wie Halbdeutsche oder Halbmenschen. Entweder man ist Jude oder nicht.«

»So einfach ist das nicht.«

»*Fühlst* du dich denn als Jüdin?«

»Ich weiß nicht. Was soll ich …?«

»Dann bist du auch keine, meine Liebe«, sagte Luise ruhig. »Nicht der Name macht uns zu Juden. Oder der Name unserer

Vorfahren. Kein König und kein Papst kann uns zwingen, etwas zu empfinden, was nicht in uns ist. Wir entscheiden, ob wir Teil der jüdischen Tradition sein *wollen*. So einfach ist das.«

So einfach ist das? Irenes Ärger flammte auf, heller und heißer als zuvor, und sie fasste ihr Glas fester. Schon wieder provozierte diese Frau sie und nutzte es dabei aus, dass ihre Gäste ihr nicht ebenso deutlich antworten konnten. Luise führte sie vor, stellte sie als naiv hin, und das zum zweiten Mal binnen Minuten. Am liebsten würde sie ihr ins Gesicht sagen, dass …, dass …

»Ist eure Tochter auch da?«, fragte Herman. »Wir würden sie gern kennenlernen, nicht wahr?« Er sah Irene eindringlich an.

»Natürlich! Du kennst sie ja noch gar nicht, richtig? MooMoo ist groß geworden – und schwierig.« Luise deutete ein Lächeln an. »Wartet hier, ich komm' gleich wieder.«

Während die Gastgeberin ins Haus ging, wandte Herman sich um zum Sonnenuntergang. Das Monokel glühte Orange, Rot und Blau.

»Du magst sie nicht«, flüsterte er.

»Wen?«

»Bitte …«

»Ich kenn' sie ja kaum.«

»Du hast geschnauft.«

»Ich *schnaufe* nicht.«

»Ganz leise, zum Schluss. Sie hat's wahrscheinlich gar nicht mitbekommen.«

Sie sah aufs Wasser. Zwei Segelboote kreuzten. Strenggenommen war das nicht die Havel, sondern eine ihrer Buchten. Ihr Vater war bei so was genau. Früher waren sie gemeinsam am Ufer spazieren gegangen, hatten Herbstlaub aufgewirbelt. Irene wurde ruhiger.

»Sie ist so …«

»… direkt?«, fragte Herman.

»… besserwisserisch.«

»Ganz anders als du …«

»Ich bin nicht *besserwisserisch*.«

»Stimmt, du bist direkt.«

Ein Kellner rettete Hermans Leben, indem er ihnen zwei volle Gläser brachte.

»Was fällt der Frau ein, den Plan kleinzureden?« Sie nahm einen Schluck. »Und was sollte ihr Vortrag?«

»Das ist ihr wichtig. In Ostpreußen ist ihre Familie praktisch jüdischer Adel. Und Erich ist eine Art Zionist. Er hat sogar mal ein Wasserkraftwerk für Palästina geplant, wäre beinahe dorthin gezogen. Die Briten wollten ihm aber keinen Leitungsposten geben. Hat ihn furchtbar geärgert.«

»Vielleicht war's besser so. Sonst könnten sie sich nicht so ein Haus leisten.«

»Erich geht's nicht ums Geld. Und Luise stammt aus einer wohlhabenden Familie. Sie hat ihm seine lukrativsten Aufträge verschafft, redet bei allem mit. Deshalb: Selbst wenn ich Erich überreden *könnte*, wäre noch nichts entschieden. Wir müssten auch Luise überzeugen.«

»Na und? Du magst sie doch.«

»*Ich* schon.«

Sie sah ihm ins Gesicht. »Willst du etwa sagen, wenn du es nicht schaffst, Erich an Bord zu holen, dann bin ich schuld?«

»Ich meine nur: Das Ganze ist nicht so leicht, wie du vielleicht denkst.«

»Soll *ich* mich etwa bei ihr dafür entschuldigen, was *sie* gesagt hat?«

Herman hatte eine Hand abwehrend erhoben und schloss die Augen. Als er sie wieder öffnete, lächelte er so, wie er es immer tat, wenn er sich besonders schlau vorkam:

»Machen wir es doch so: Wenn du dich um Luise bemühst, bohre ich bei Erich nach. Dann kann keiner sagen, der andere habe nicht alles getan.«

»Mutz«, sagte sie mit leidendem Tonfall, »du hast doch gesehen, was passiert, wenn ich jemanden nicht mag. Ich bin eine miserable Schauspielerin. Sie ist so anders als ich. Und überhaupt kann ich doch nicht einfach beschließen, jemanden zu mögen.«

»Musst du ja auch nicht.«

»Was dann?«

»Sei einfach freundlich.«

»Ich werde *nicht* lügen.«

Er lächelte wieder:

»Wer sagt, dass du lügen sollst?«

Sie legte den Kopf in den Nacken. Wenn sie wollte, seufzte sie mittlerweile fast so beeindruckend wie Mutter.

Bald darauf standen sie zu fünft beisammen auf der Terrasse. Herman hatte gesehen, wie Esther Mendelsohn und ihre Eltern beieinanderstanden, und die Chance genutzt. Durch das Geplauder der Umstehenden drangen Celloklänge zu ihnen herüber.

Irene sah Erich aus den Augenwinkeln an. Vielleicht hatte er es paradoxerweise leichter gehabt als Herman. Vater Mendelsohn hatte noch in einem Lädchen in Königsberg Lederwaren und Herrenartikel verkauft. Der Junge hatte den Alten schon in dem Moment überflügelt, als er das Studium abschloss. Seither war er sein eigener Herr, sein eigenes Maß.

»Wir sprachen vorhin über Palästina«, sagte Herman. »Da hatte ich eine Idee. Wir brauchen noch jemanden, der Pläne fürs Neuland zeichnet.«

»Neuland?« Erich sah ihn aufmerksam an.

»Das Meer wird dort zwanzig, vielleicht dreißig Kilometer zurückweichen. Platz für Hunderttausende.«

»Platz für alle …«, sagte Erich. Er schien über etwas nachzudenken.

»Platz für alle«. Herman nickte. »Stell' dir vor: Niemand hat dort je zuvor gebaut. Du könntest eine neue Stadt entwerfen, und das im Heiligen Land! Oder mehrere. Oder ein Wasserkraftwerk. Oder …«

»Und wann wird das alles umgesetzt?«, unterbrach Luise.

»Je früher die Planungen vorliegen, desto besser.« Herman tat, als hätte er mit der Frage gerechnet. »Nur mit konkreten Plänen lassen sich Leute überzeugen. Aber danach kann alles sehr schnell gehen.«

»Bitte entschuldige«, sagte Luise, »dass ich da nochmal nachfrage. Aber es ist ja sehr wichtig zu wissen, womit wir es zu tun haben. Hat das Projekt schon irgendwelche großen Förderer, sagen wir: in einer Regierung? In einer internationalen Organisation?«

Wie konnte Luise es wagen, sich so dumm zu stellen? Sie kannte doch die Antwort, hatte ihnen sogar gerade erst zum Gegenteil geraten! Sollte sie ruhig Panropa kritisieren, nichts und niemand war perfekt. Aber ihren Mann davon abzuhalten, seinem Freund zu helfen – das war etwas anderes. Empörung stieg in Irene auf, und sie ließ es zu, denn anders als Wut war Empörung frei von schlechtem Gewissen.

»Klingt wirklich interessant«, entgegnete Erich. »Und im Moment sieht es so aus, als hätte ich ein paar Wochen Zeit.«

»Großartig!«, rief Herman.

»Ich will nichts versprechen. Aber ich hätte da ein paar Ideen. Palästina könnte das erste Land werden, das ohne Kohle auskommt.«

»Noch ist es kein eigenständiges Land«, sagte Luise leise.

»Aber Erichs Pläne könnten helfen, dass es das wird«, erwiderte Irene. »Und sind große Ziele es nicht wert, dass man so lange für sie kämpft, bis man sie erreicht?«

Luise lächelte und schwieg.

In diesem Moment stapfte Schwarz auf sie zu. Sein Gesicht glänzte vor Stolz:

»Ich hab' ihn telefonisch erreicht. War nicht ganz leicht. Aber er sagt, ich darf mit Ihnen über einen Vertrag verhandeln. Auch über die finanziellen Konditionen.«

»Wirklich?« Erich zog die Brauen hoch.

Schwarz nickte, als könne er selbst es kaum glauben, und nahm einen großen Schluck aus einem Cocktailglas.

»Wir müssen eine kleine Ansprache halten«, sagte Erich. »Aber Sie bleiben doch noch, ja? Dann reden wir.«

Schwarz nickte wieder und schien dabei zu wachsen. Die Gastgeber gingen.

Die Havel verschluckte die letzten Sonnenstrahlen, und es wurde rasch kühler. Nun war es an Herman und Irene, das Gespräch am Laufen zu halten, denn Schwarz schien niemanden hier zu kennen, und Mendelsohns Tochter war noch ein Backfisch. Ein auffallend hübscher zwar, aber auch still. Seit sie beieinander standen, hatte sie nichts gesagt.

»Gefällt dir euer neues Haus?« Irene sah sie aufmunternd an.

Das Mädchen nickte.

»Du hast einen interessanten Vornamen. Woher stammt der?«

»Eigentlich heiße ich Esther. Aber meine Eltern und Freunde nennen mich MooMoo.«

»Magst du nicht, dass sie dich so nennen?«

Achselzucken.

»Eltern können ziemlich anstrengend sein, was? Glauben immer, alles besser zu wissen.« Sie versuchte sich an einem wissenden Lächeln.

»Im Grunde sind sie ziemlich toll.«

»Natürlich«, beeilte sich Irene zu sagen. »Ich meine, wer denkt das nicht als junger Mensch? Wie alt bist du eigentlich?«

»Vierzehn. Fünfzehn im Mai.«

Neben sich hörte sie ein seltsames Geräusch. Es kam von Herman. Er hatte ruckartig eingeatmet und hielt, die Augen aufgerissen, die Luft an, als wäre ihm jemand auf den Fuß getreten. Dann atmete er aus, und es war vorüber.

»Als ich vierzehn war, fand ich meine Mutter großartig. Mit fünfzehn hielt ich es keine Minute mit ihr aus. So ist es wohl oft.«

»Ich weiß nicht. Meine Mutter ist meine beste Freundin.«

»Aber …« Sollte sie es sagen? Ach, was soll's. »Aber vorhin hast du dich mit ihr gestritten. Im Haus?« Sie machte eine Pause. »Tut mir leid. Das geht mich nichts an.«

»Natürlich streiten wir uns«, antwortete das Mädchen ruhig. Sie schien kein bisschen beleidigt. »Wir streiten fast jeden Tag. Aber dann vertragen wir uns wieder. Das ist doch normal, oder?«

»Ich glaube, ich kann noch viel von dir lernen, Esther.«

Das Mädchen lachte auf, halb unsicher, halb geschmeichelt. »Nennen Sie mich ruhig MooMoo.«

Irene lächelte sie dankbar an. »MooMoo«, wiederholte sie sehr langsam, als lutschte sie an jeder Silbe. »Ich bin Irene. Sehr erfreut.«

Als sie dem Mädchen die Hand reichte, schaute sie ihr lange in die Augen.

Ein Kellner brachte erneut Getränke, Schwarz griff mit gestärktem Selbstvertrauen zu und stieß mit Esther an. Irene nahm einen vielleicht wirklich letzten Champagner.

»Ich glaube«, sagte Herman leise, »ich biete ihm noch etwas an.« Er wandte sich zu ihr, bis er Schwarz fast den Rücken zukehrte. »Die Zentrale bei Basel? Wenn in absehbarer Zeit irgendwas gebaut wird, dann sie.«

Sie brauchte einen Moment, um zu verstehen, wovon er redete. »Du hattest doch schon eine Idee dafür. Diese drei Türme?«

»Jaaa …« Er sah zerknirscht aus. »Aber ich *brauche* Erich. Ein Entwurf von ihm bringt mehr Aufmerksamkeit als zehn von mir.«

Jemand klopfte an ein Glas, die Gäste drehten sich um. Auf der Terrasse standen Erich und Luise. Erich tippte mit dem Ringfinger erneut gegen sein Glas, bis ringsum die Gespräche erstarben:

»Wir freuen uns«, rief er, »dass Sie gekommen sind. Mein Dank gilt so vielen, darunter Herrn Doktor Sternefeld, der heute Abend bei uns sein kann.«

Als der Gastgeber die Vertreter der Firma Steinberg, Hermann und Co. begrüßte, wurde Irene klar, dass die Rede länger dauern würde, und sie wünschte sich einen wirklich allerletzten Champagner herbei. Hinter ihrem Rücken hörte sie Schwarz flüstern. Sie verstand nur einzelne Wörter, *schön* etwa und *anmutig*. Vermutlich pries er das Haus.

Schon als junger Mann, sagte Erich, habe er das Glück gehabt, eine ganz besondere Frau an seiner Seite zu wissen. Dann, in einer Stube nahe der Front, habe er den Wert eines Stücks Papier, eines Bleistifts kennengelernt. Sie waren seine Fluchthelfer in eine andere Welt.

»*So* habe ich das damals gemeint«, wisperte Schwarz. »Das weißt du doch. Habe ich dir ja geschrieben. Hast du den Brief irgendwo?«

»… denke ich dankbar zurück an die große Chance, die sich mir hier ganz in der Nähe eröffnete. Auch wenn ich, rückblickend, den *Bau* des Turms lieber jemand anderem überlassen hätte …«

Die Umstehenden lachten.

Schwarz sprach lauter. »Bestimmt waren unter deinen Vorfahren auch Arier. Versteh' mich nicht falsch. Dein Vater ist ein großer Mann. Gar nicht zu vergleichen mit diesen Leuten im Osten.«

Auch wenn der Wind neuerdings rauer wehe, rief Erich, kämen für Architekten schon bald bessere Zeiten.

»Weil ich nicht alle in einen Topf werfe«, sagte Schwarz. »Dein Vater hat sich gereinigt von seinen Ursprüngen. Deine Mutter natürlich auch. Hast du den Brief jetzt hier oder nicht?«

Erich dankte einer langen Reihe von Geschäftspartnern, vor allem aber »Luise, meiner Frau und besten Freundin«.

Schwarz klang immer dringlicher, verzweifelter: »Wieso nicht? Wo ist dein Zimmer? Doch, sofort. Jetzt komm!«

MooMoo unterdrückte einen Schrei.

Mit einem Ruck wandte Irene sich um. Schwarz, zwei Köpfe größer als Irene, schaute mit wässrigen Augen auf sie herab. Eine Verneigung andeutend, sagte er:

»Entschuldigen Sie, ich habe mich Ihnen vorhin nicht vorgestellt. Schwarz.«

Hätte sie in seinem jungen Gesicht wenigstens ein bisschen Scham gelesen, hätte sie vielleicht nichts gesagt. Doch in Schwarz' Blick lagen weder Verstellung noch Argwohn, bloß Trunkenheit, Gefallsucht und der Stolz darauf, endlich bei den Großen mitspielen zu dürfen. Einer wie er, das ahnte er vermutlich selbst, würde immer gebraucht werden. Sie winkte ihn zu sich herab und flüsterte ihm ins Ohr:

»Verpissen Sie sich. Oder ich häng' Sie an Ihren kleinen Eiern auf.«

*

Es ist gar nicht so leicht, einen Menschen, der nicht weiß, wie ihm geschieht, durch eine Menschenmenge zu bugsieren. Erst recht nicht, wenn dieser Mensch einen halben Kopf größer ist als man selbst. Noch schwerer wird die Sache, will man den Eindruck vermeiden, hier werde jemand handgreiflich. Und so schob und schubste Herman den jungen Mann, eine Hand an dessen Hüfte und angestrengt lächelnd, ins Haus. Erst drinnen kam Schwarz dazu, sich umzudrehen und keuchte:

»Was soll das?«

»Kommen Sie«, sagte Herman bestimmt. »Hier.«

Schwarz, zu verwirrt, um wütend zu sein, folgte ihm hinter eine Wand.

»Sie sind ja verrückt!« In Schwarz' Atem mischten sich der Geruch von Cognac und Zitrone. Vielleicht, dachte Herman, hatte er die Szene in der Eile falsch gedeutet. Womöglich hatte Irene bloß einen Scherz gemacht. Und ja, Schwarz war prompt rot angelaufen – aber vielleicht nicht vor Wut, sondern Alkohol. Aber jetzt standen sie beide nun mal hier, und wenn der baumlange Kerl aufgebracht war, dann doch besser weit weg von der Terrasse. Wenn er bloß wüsste, was vorgefallen war! Ihm kam eine Idee. So selbstsicher wie möglich sagte er:

»Sie wissen genau, was Sie getan haben.«

»Ich hab' nichts gemacht.«

»Ach, wirklich?«

»Ja! Aber Sie. Sie und diese Frau. Erst droht sie mir – auf ganz unflätige Weise übrigens –, und dann ...«

»Dafür hatte sie einen guten Grund.«

»Ach, ja? Welchen denn?«

»Ihr Verhalten.«

»Ich hab' mich mit der Kleinen nur unterhalten.«

»Nur unterhalten, was?«

»Was denn? Was werfen Sie mir vor, hä?«

Die Hände in die Hüften gestemmt, nickte Herman wissend – und schwieg. So kam er nicht weiter.

»Na, also.« Schwarz richtete sein Jackett, betastete seine Fliege und drängte an Herman vorbei zur Terrasse.

Herman hielt ihn am Oberarm fest.

»Was wird das Mädchen wohl seinen Eltern erzählen?«

Schwarz blieb stehen. »Wie meinen Sie das?«

»Ich bin mir nicht so sicher, dass es sagen wird, Sie beide hätten sich nur unterhalten.«

»Wenn sie was anderes erzählt, lügt sie!«

»*Das* wollen Sie den Mendelsohns sagen? Dass ihre Tochter eine Lügnerin ist?«

»Was rede ich überhaupt mit Ihnen?« Schwarz versuchte sich loszureißen, doch vergeblich. Dann schien ihm etwas einzufallen, das ihm neuen Mut gab: »Auch ein Mendelsohn muss heute froh sein, wenn ihm jemand Arbeit gibt!«

»Und *Sie* können froh sein, wenn Sie Ihre Arbeit *behalten*. Denken Sie doch mal nach: Wie werden das Ihre Vorgesetzten finden, wenn herauskommt, dass Sie ... Ihre Behörde blamiert haben?«

»Hab' ich nicht!«, rief Schwarz. Aber er klang nicht länger trotzig, sondern verunsichert.

»Ich will Sie doch bloß vor einem großen Fehler bewahren. Sie haben Ihre Karriere noch vor sich. Wollen Sie die wirklich aufs Spiel setzen, indem Sie mitten in die Rede platzen? Wollen Sie einen Eklat, und das vor all den einflussreichen Leuten?« Der junge Mann blickte zur Terrasse, wo Erich noch immer sprach, und rührte sich nicht. Das machte Herman mutiger. Er ließ ihn los und sagte:

»Es ist natürlich allein Ihre Entscheidung.«

Schwarz blickte unschlüssig zwischen seinem Ärmel und Herman hin und her.

»Kennen Sie die Mendelsohns gut?«

Herman nickte.

»Können Sie ihnen ausrichten, dass es mir … Also, ich hab' nichts gegen Juden *wie sie.*« Er hörte auf zu nicken. »Oder nein, sagen Sie ihnen nichts.« Schwarz strich sich über den Seitenscheitel. »Sagen Sie Esther, sie hat alles missverstanden. Ich …« Sein Blick glitt prüfend an Herman hinab. »Sie redet sich ein, ich hätte was gegen Juden. Aber nur weil ich jetzt in der Partei bin, heißt das nicht …«

»Sie *kennen* Sie?«

Schwarz nickte. »Ein Segeltörn im Sommer. Als sie das mit der Partei hörte, wollte sie nicht länger mit mir reden. Ich habe versucht, ihr zu erklären, dass ich Juden gar nicht hassen *kann*. Aber da hörte sie schon nicht mehr hin. Deshalb habe ich ihr ja den Brief geschickt.«

Was der Kerl da redete, dachte Herman, ergab keinen Sinn. Aber er würde mit einem Betrunkenen nicht diskutieren.

»In Ordnung«, sagte er. »Ich rede mit Esther. Sie schlafen sich erst mal aus.«

»Oder soll ich besser selbst mit ihr reden?«

»Auf keinen Fall.« Herman schüttelte den Kopf.

»Doch, das mach' ich.« Er marschierte los.

Der überraschte Herman legte Schwarz die Hand auf die Schulter.

Als der sich umwandte, um sie fortzuschieben, verlor er das Gleichgewicht. Schwarz suchte Halt an der Wand, bekam aber nur einen Bilderrahmen zu fassen. Mit der anderen Hand griff er Hermans Arm. Er fiel – und riss Rahmen und Arm mit sich.

Glas splitterte. Herman schrie auf. Für einen Moment war die Welt rot und weiß und atemlos. Als er wieder Luft bekam, keuchte er:

»Gehen Sie.«

»Vielleicht habe ich etwas zu viel getrunken.«

»Los. Noch hat Sie niemand gesehen.«
»Meine Hand ...«
Herman zog sein Einstecktuch und reichte es ihm.
»Danke, Herr ...?«
»Sörgel. Und jetzt *los*.«
Als sie sich keuchend aufrappelten, schneite es Splitter.
Herman lenkte Schwarz zum Eingang. Endlich draußen, sah er an der Einfahrt ein Taxi wenden.
»Beeilen Sie sich, dann kriegen Sie es noch.«
»Sie klären das? Versprochen?«
»Ich ... rede mit Mendelsohn.«
Schwarz hielt sich die blutende Hand. Er wandte sich zum Gehen, zögerte, drehte sich noch einmal um und sagte:
»Ich schulde Ihnen was.«

*

Seit Jahren hatte Irene nicht mehr so viele Sterne gesehen. Je länger sie nach oben blickte, desto mehr traten aus dem Dunkel. Ihr Licht drang zu ihr wie durch winzige Löcher in einer gewaltigen Decke. Eigentlich war es zu kühl geworden, um im Kleid auf der Terrasse zu stehen, aber Herman verabschiedete sich drinnen von Erichs Mitarbeiter, der ihm in einem ruhigen Zimmer die Schulter eingekugelt hatte, und sie wartete lieber hier draußen. Luise kam aus dem Salon und stellte sich zu ihr. Um sie herum räumten Kellner die Stehtische ab.
»Ihr werdet sicher müde sein«, sagte Irene. »Es war ein sehr schönes Fest. Und das Haus ist wirklich wundervoll.«
Als Luise nichts erwiderte, war sie kurz irritiert. Dann, als ihr Gegenüber weiter schwieg, nickte sie und drehte sich um, um ins Haus zu gehen.
»Irene?«
Sie blieb stehen.
»Was genau hat er eigentlich gesagt? Dieser junge Referent aus Hamburg?«
»Nichts Wichtiges.«
»MooMoo erzählte, du hättest ihr geraten, sich nichts gefallen zu lassen. ›Weder von fremden Männern noch von deiner

Mutter.‹« Ihre Mundwinkel deuteten ein Lächeln an.

»Das ist eine etwas verkürzte Zusammenfassung.«

Luise blickte sich um, dann beugte sie sich vor und flüsterte: Hast du das wirklich gesagt: »*Verpissen Sie sich. Sonst hänge ich Sie an Ihren Eiern auf?*«

»Nein, nein.« Irene schüttelte ernst den Kopf. »Ich sagte: an Ihren *kleinen* Eiern.«

Luise lachte auf, viel lauter und tiefer, als sie es ihr zugetraut hätte. Dann blickte sie so gefasst wie zuvor und sagte:

»Ich wäre gern mehr wie du.«

Irene war zu überrascht, um zu antworten.

»Du bist so …«

»Direkt?«

»Auch das.«

»Das bist du doch auch! Allein, wie du über Panropa geredet hast. Und die Sache mit dem Jüdischsein?«

»Gegenüber Menschen, die ich respektiere, kann ich direkt sein; ich will es sogar. Alles andere finde ich heuchlerisch. Ehrlichkeit ist schließlich ein Geschenk, findest du nicht? Und ich dachte mir: Eine Frau, die es mit Herman aufnehmen kann und die ihn so glücklich macht, die wird sich nicht lange mit höflichem Geplauder abgeben. Einem wie Schwarz könnte ich nie ins Gesicht sagen, was ich denke, gerade weil ich ihn nicht respektiere. Ergibt das Sinn?«

»Ich glaube schon.«

»Was ich eigentlich sagen will, ist: Ich wäre gern so furchtlos wie du.«

»Da kennst du mich aber schlecht.«

»MooMoo hat mich gefragt, ob ihr Kinder habt.«

Irene räusperte sich und rückte den Riemen ihrer Handtasche zurecht.

»Als ich ihr gesagt habe, dass ihr gar keine wollt, meinte sie nur: ›Schade. Ich wäre gern mit jemandem befreundet, der so eine Mutter hat.‹«

Sie sah, wie schwer es Luise fiel, das zu erzählen. Ohne Zweifel empfand sie die Worte ihrer Tochter als Kritik – auch wenn Irene glaubte, dass sie anders gemeint waren. Luise straffte sich noch etwas mehr, als müsste sie sich für das Folgende wappnen:

»Jedenfalls brachte mich das auf eine Idee. Ich fragte sie, ob ich dich zu ihrem Geburtstag einladen soll. Sie würde sich sehr freuen, wenn du kämst.«

»Natürlich, sehr gern«, sagte Irene und lächelte. Obwohl vom Fluss eine Brise aufzog, war ihr nicht länger kühl. Nach einer Pause fragte sie: »Hat sie dir etwas von einem Brief erzählt?«

*

Wenn er sich nicht bewegte, schmerzte der Arm kaum. Deshalb freute Herman sich nicht sonderlich darauf, auf holprigen Straßen nach Kreuzberg zu fahren. Aber es wurde spät, und er sehnte sich nach einem Bett.

»Überleg' dir das, ja?«, sagte er und gab Erich zum Abschied die linke Hand.

Erich blickte ihn zerstreut an.

»Die Pläne. Für Palästina?«

»Ah, ja. Ich muss mal schauen.«

»Du könntest auch eine Zentrale für Panropa entwerfen. Die wird als Erstes gebaut.«

»Rechne nicht mit mir.«

»Stell' dir vor: ein Hochhaus vor alpiner Kulisse. In den Glasfronten spiegelt sich der Rhein, und …«

»Dafür habe ich keine Zeit.«

Erichs Worte klangen so barsch und zugleich traurig, dass Herman innehielt.

»Ich verstehe«, sagte er eilig. »Du musst an deine Firma denken.«

Erich sah zu Boden.

Herman reichte ihm noch einmal die Hand, um das Vorangegangene ungeschehen zu machen, doch diesmal versehentlich die Rechte. Im Schultergelenk entbrannte ein kaltes Feuer.

»Du musst das kühlen, Herman.«

Er biss die Zähne zusammen, bis es wieder ging. »Du findest bestimmt bald einen großen Auftrag.«

Erich sah auf. »Aber den habe ich doch schon.«

»Du hast …? Warum hast du das nicht erzählt?«

»Du warst doch dabei.«

»Meinst du etwa …?« Er nickte in Richtung Terrasse.

»Natürlich!«

Herman starrte ihn an, erschöpft und ratlos.

»Ich wollte es dir nicht erzählen, Erich, aber dieser Kerl hat sich gegenüber Esther …«

»Ich weiß.«

»Wirklich?«

»Das Wichtigste, ja.«

Erich, der sonst so souveräne Erich, wirkte plötzlich gequält. Was war hier los?

»Ich verstehe«, sagte Herman wieder. »Schwarz ist nur eine kleine Nummer, und ab jetzt sprichst du nur noch mit den wichtigen Leuten. Vielleicht entlassen sie ihn ja, wenn du ihnen erzählst, …«

»Herman, bitte! Begreifst du denn immer noch nicht?« Erich seufzte tief. »Glaubst du, die wichtigen Leute ticken anders als ihre rechte Hand? Die haben ihn angestellt, *weil* er so denkt, wie er denkt. Die Wahnsinnigen sitzen doch überall – in den Konzernen, in den Behörden, in den Gerichten – und sie werden mutiger!« Er griff nach einer Champagnerflasche auf der Kommode, füllte sein Glas zur Hälfte und nahm einen Schluck. »Ich habe versucht, denen aus dem Weg zu gehen. Aber es gibt einfach nicht genug jüdische Kaufleute, die noch wagen, viel Geld zu investieren. Wer weiß schon, ob sein Geschäft das nächste Jahr übersteht?«

»Das wusste ich nicht«, sagte Herman leise. »Also, unter welchem Druck du stehst.« Natürlich wusste er, wie ernst die Lage war. Aber zu sehen, wie sein Freund mit ihr rang, machte es wirklicher, unausweichlicher. Er war eigentlich kein Mensch, der leicht aufgab. Nachdem sein krebskrankes Auge entfernt worden war, hatte er drei Tage später wieder am Zeichentisch gesessen.

»Keine Sorge, Herman, ich sehe die Gefahr – auch wenn Luise was anderes behauptet. Und solange diese Leute glauben, mir schmeicheln zu müssen, weiß ich, dass ich vor ihnen sicher bin. Verstehst du das?«

Herman schwieg. Erich legte ihm die Hand auf die Schulter:

»Du weißt, ich liebe deinen Plan. Die Pragmatiker hatten ihre Chance. Jetzt müssen Leute wie du ran, das ist die einzig logische Antwort auf den Irrsinn. Aber lass mich dir einen Rat geben: Greif nach jeder Unterstützung, die du kriegen kannst. Idioten wird es immer geben. Du musst sie nicht mögen, aber du kannst versuchen, sie für deine Zwecke einzuspannen.« Erich beugte sich vor. Sein gesundes Auge glänzte. »Dein Plan ist wichtig. Gerade deshalb darfst du dich nicht allein mit Leuten zusammentun, die du respektierst. Du musst auch mit Dreckskerlen arbeiten.«

10

Schwerlos im sphärischen Meere des Traumes
segelt erhaben des Schlafenden Schiff.
Alles Geschehen wird Gleichnis des Raumes,
Gutes und Böses ein neuer Begriff.

Herman Sörgel: *An den Schlaf* (Auszug)

Berlin-Kreuzberg, 19./20. September 1930

Nur noch ein paar Schritte, dann würde dieser Tag endlich enden. Herman tastete sich durch den Wohnungsflur. Schwere Vorhänge sperrten das Licht der Straßenlaternen aus, und an der Wand kämpfte eine kleine Lampe einen vergeblichen Kampf. Das Halbdunkel machte es immerhin leichter, das Jugendporträt von Irenes Mutter zu ignorieren. Vor der Schlafzimmertür blieb er stehen und horchte. Er schwankte leicht. Dann öffnete er langsam die Tür, tastete im Dunkeln nach der Bettkante, setzte sich und zog sich aus. Als er nur noch Unterhose und Unterhemd trug, legte er sich, so leise er konnte, unter die Decke und schloss die Augen. Doch im Dunkeln lenkte nichts mehr ab vom Pochen in der Schulter. Leise seufzend setzte er sich auf.

»Alles in Ordnung?«

Irene klang hellwach.

»Ich brauche bloß eine Tablette. Schlaf weiter.«

Er stand auf. Das Badezimmer musste ganz in der Nähe sein.

»Esther hat Luise gefragt, ob ich Kinder hätte.«

Er tastete die Wand entlang, spürte aber nirgends die Kühle einer Holztür.

»Sie denkt, ich wäre eine gute Mutter.«

Sie hätten sich ein Hotelzimmer nehmen sollen. Hier fühlte er sich selbst dann unwohl, wenn Irenes Eltern nicht da waren.

»Herman?«

»Hm?«

»Bist du in Ordnung?«

»Es war ein langer Tag.«

»Ich denke schon die ganze Zeit darüber nach, und ich weiß nicht, wieso. Ist ja nicht so, dass ich plötzlich Kinder will. Es ist nur …«

»Mach' dir nicht so viele Gedanken. Luise sagt manchmal Dinge, ohne darüber nachzudenken, was sie damit anrichtet. Versuch' zu schlafen.«

»Aber stell' dir doch bloß mal vor, Esther wäre deine Tochter.«

Herman schloss die Augen. Als er sie wieder öffnete, war die Dunkelheit so absolut wie zuvor. Ins Zimmer drang das dumpfe Dröhnen eines Automobils, das bremste, abbog und wieder beschleunigte.

»Warum«, sagte sie mit veränderter Stimme, »kommst du erst jetzt ins Bett?«

»Irene …«

»Ich bin eh wach. Und du doch auch. Oder willst du im Stehen schlafen?«

Obwohl er entsetzlich müde war, wusste er, er würde so bald keinen Schlaf finden. Langsam wandte er sich um und setzte sich wieder auf die Bettkante.

»Was«, flüsterte er, »wenn die Verantwortung zu groß für uns wird?«

Das Bett quietschte leise, als Irene sich aufsetzte: »Was meinst du?«

»Sogar Erich scheint alles über den Kopf zu wachsen: die Firma, die Kosten, die Familie. Er sah vorhin gar nicht gut aus.«

»Aber du bist nicht Erich.«

»Eben.«

»Ich meine: Vergleich' dich nicht mit ihm. Ihr habt unterschiedliche Talente.«

»Was, wenn niemand die Ausstellung sehen will? Vielleicht sollten wir all unsere Kraft darauf verwenden, die Krise zu überstehen. Das ist anstrengend genug.«

»Noch ist etwas Geld da. Und es läuft doch gut. Warum sollten wir da übers Aufgeben nachdenken? Wir brauchen ja auch nicht immer alles selbst zu machen. Wir suchen uns Helfer, Verbündete.

Dann können wir einen Teil der Last abgeben, und dann hätten wir mehr Zeit für … Für uns.« Ihre Hand glitt langsam seinen Rücken hinab und wieder hinauf.

»Meinst du wirklich?«

Sie streichelte seinen Nacken: »Morgen sieht alles wieder besser aus.«

»Ich liebe dich.«

»Ich dich auch, Mutz.«

Er schlüpfte zu ihr unter die Decke. Es dauerte eine Weile, bis er eine Haltung fand, in der die Schmerzen erträglich waren. Dann aber überschwemmte ihn Müdigkeit. Gerade wollte er sich ihr ergeben, als Irene flüsterte:

»Also, wollen wir darüber nachdenken?«

Er spürte, dass sie angespannt auf Antwort wartete. Aber eine Antwort worauf? Als es ihm klar wurde, legte er sich eine Hand auf die Augen:

»Ein Kind?«

Sie schwieg lange. Aus dem Salon drang der dumpfe Schlag der Standuhr, einmal, zweimal, dreimal. Schließlich setzte sie sich wieder auf und sagte:

»Was dachtest du, worüber wir reden?«

Mit den Zeigefingern massierte er seine geschlossenen Lider. Aus Dunkelheit wurde tiefes Rot.

»Willst du wirklich *jetzt* darüber sprechen?«

»Wann ist denn der richtige Zeitpunkt, Herman?«

»Wir waren uns doch einig.«

Sie seufzte leise. »Ich sage ja nicht, dass ich plötzlich ein Kind will. Ich möchte nur wissen, wie du darüber denkst. Ich bin verwirrt, Mutz, sehr verwirrt.«

Unter Mühen setzte er sich auf. Es fühlte sich gut an, ihre Hand in seine zu legen, schweigend Nähe zu schaffen.

»Ich auch, Liebste.«

»Worauf haben wir uns da bloß eingelassen, was?« Sie versuchte zu lachen.

»Auf etwas Großes«, flüsterte er. »Auf *uns*.«

Er spürte ihren Kopf an seiner Schulter, ihr dichtes Haar.

»Denkst du nie darüber nach?«, fragte sie.

»Jeden Tag.«

»Vorhin, neben Esther, als du plötzlich nach Luft geschnappt hast. War das wegen …?«

Er nickte. »Lotti wäre im April fünfzehn geworden. Kannst du dir das vorstellen? Fünfzehn Jahre.«

Er wandte sich zu Irene. Wie vertraut sie roch.

»Lass uns schlafen«, sagte er leise. »Wir reden bald darüber. In Ordnung?«

Sie legte sich wieder hin, antwortete aber nicht und wandte ihm den Rücken zu. Bald hörte er, wie sie regelmäßig und tief atmete. Obwohl er müde war wie seit Gibraltar nicht, fürchtete er den Schlaf. Lange betrachtete er den schmalen Streifen Laternenlicht, der sich durch eine Ritze im Vorhang geschlichen hatte und jetzt an der Zimmerdecke klebte. Vorbeifahrende Automobile ließen das Licht flackern und glühen. Für einen Moment konnte man beinahe glauben, darin einen Schopf brünetten Haares zu erkennen und eine Hand, die vorsichtig und wie zum Abschied darüberstrich. Herman lag da mit offenen Augen, bis das Licht an der Decke nicht mehr bleich war, sondern strahlte wie der anbrechende Tag. Schließlich zwang er sich, nach dem vertrauten, regelmäßigen Ein und Aus neben ihm zu horchen, Ein und Aus, Ein und Aus. Er drehte sich zu ihr, schloss die Augen und fand endlich heim.

11

Bochumer Anzeiger, 17.3.1931

Der kühnste Plan seit Menschengedenken

Zum interessantesten, was man bisher jemals auf einer Ausstellung sah, gehört der gegenwärtig in Essen im Folkwangmuseum gezeigte Panropaplan des Regierungsbaumeisters Hermann Soergel. (Wir haben über diesen Plan vor einiger Zeit bereits berichtet. Die Schriftl.) Mit den viel erörterten politischen Paneuropa-Ideen hat dieses Projekt nichts zu tun.

Soergels Plan ist vielmehr ein weit vorausschauendes Vorhaben zur umfangreichen Landgewinnung im Mittelmeerbecken und zur Kultivierung des Küstengebietes der Sahara. Rein technisch-wirtschaftliche Ziele, die große städtebauliche Aufgaben einschließen und die für die Zukunft Europas von erheblicher bevölkerungspolitischer Bedeutung werden sollen, stehen also im Vordergrund.

Soergel geht in seinem kühnen Projekt von folgenden Voraussetzungen aus: Das Mittelmeer ist kein natürliches, das heißt, von der Natur gespeistes Wasserbekken. Die Zuflüsse der wenigen Ströme reichen nicht im entferntesten aus, die zweieinhalb Millionen Quadratmeter große Fläche zu speisen. Wenn vom Atlantik nicht in jeder Sekunde 88 000 Kubikmeter Wasser ins Mittelmeer flössen, würde dieses Katastrophenmeer, das seinen Ufern viel fruchtbares Land überflutet, wegen seiner geringen Wasserzufuhr durch Flüsse usw. allmählich verdunsten; es würde sich nach Soergels Berechnungen jährlich um 1,65 Meter senken. Das Panropaprojekt will nun durch **Sperren bei Gibraltar und Gallipoli** die Senkung des Mittelmeerspiegels auf eine bestimmte Tiefe künstlich herbeiführen, dadurch enorme Wasserkräfte erzeugen und Neuland im Mittelmeerbecken gewinnen. Mit Hilfe von Elektrizitätskraft sollen außerdem Teile der Sahara bewässert und so neues Kultur-Siedlungsland geschaffen werden. Dadurch würde ein starker, lebensfähiger Weltteil – Panropa – zwischen Amerika und Asien entstehen, in dem der immer verzweifelter werdende europäische ›Kampf ums Dasein‹, der nach Ansicht von Friedrich Ratzel ja zunächst und hauptsächlich ein ›Kampf um den Raum‹ ist, seine natürliche, friedliche Lösung finden können. Neuer, weiter Raum müßte nämlich unabsehbare, lebenserhaltende Möglichkeiten für Millionen Menschen geben.

Die technische Ausführung hängt nach Soergels Darlegungen vor allem von der Möglichkeit ab, die Straße von Gibraltar durch einen Damm zu sperren. Ein dem Hauptdamm aus Verteidigungsgründen vorgelagerter Schutzdamm würde gleichzeitig zu Hafenanlagen und zur teilweisen Bildung eines nördlichen Schiffahrtskanals dienen. Das erforderliche Kraftwerk wäre auf der europäischen Uferseite zentralisiert und würde – gegen Fliegerbomben geschützt – unter der Erde liegen, so daß der Schiffahrtskanal darüber hinweggeführt werden könnte. Den Zulauf des Kraftwassers bildete dabei durch Umbiegen des Dammes das Meer selbst. Die Überlauf-Kaskaden will Soergel auf das afrikanische Ufer verlegen. Sie sollen ebenfalls zum Teil unterirdisch sein, um den südlichen Schiffahrtskanal darüber hinwegführen zu können. Die Gesamtberechnung ist für eine Senkung des Mittelmeeres auf 200 Meter abgestimmt.

Durch eine solche Wiederherstellung des natürlichen Zustandes des Mittelmeeres würde zunächst Europa sich selbst ernähren können, ferner zu ungeahnter kultureller Neuentwicklung befähigt werden. Außerdem würde Europas ganze Einfuhr abgeglichen werden. Das Projekt hätte also abgesehen von dem Neuland- und Nahrungsgewinn ein noch höheres und weiteres – **ein weltpolitisches Ziel.**

Die Bevölkerungszunahme Asiens beträgt jährlich 8,5 Millionen. Dagegen kommt Europa mit nur 0,9 Millionen zum allmählichen Stillstand. Asien hat also bald das zehnfache der Bevölkerungszunahme gegenüber Europa erreicht. Die schwarze Rasse in Afrika wird sich, wenn sie von den schweren Tropenkrankheiten, der Wurm- und Schlafkrankheit, der ägyptischen Augenkrankheit u. a. m., durch die moderne Aerztekunst befreit sein wird, nachweislich drei- bis sechsmal so stark wie die weiße vermehren. Alles Symptome, die wie Soergel sagt, darauf hindeuten, ›daß die kleine Halbinsel Asiens, nämlich Europa, zwischen einem Panamerika, Panasien und einem erwachenden Afrika zermalmt wird, wenn es sich nicht rechtzeitig einigt und auf seine Kraft besinnt.‹ Für Europa und seine Industrie ist es demnach eine Lebensfrage, die Hand auf das für sie so günstig gelegene Afrika zu legen, um seine Produkte von Anfang an dem erwachenden dunklen Erdteil zu liefern bzw. Rohprodukte dagegen einzutauschen. Umso mehr, als zum Beispiel Japan während des Weltkrieges sich große Absatzgebiete in Afrika gesichert hat. Ein Kapitalkreislauf Europa-Afrika in dem angegebenen Sinne würde die Kräfte wieder in sich zum eigenen Aufbau sammeln.

Für die europäische Auswertung Afrikas sind **die Bewässerung Nordafrikas** und Vergrößerung der Oasengebiete, die sehr fruchtbar sind, die Anlagen von großen Seengebieten, von Plantagen, die Hebung unterirdischer Flüsse usw. wichtigste Notwendigkeiten. Eine großzügige agrar-kulturelle Auswertung der Wüsten ist aber nur möglich, wenn ungeheure Kräfte zur Verfügung stehen. Diese Kräfte sollen die Elektrizitätswerke des Panropa-Projektes liefern, die zum Beispiel bei Gibraltar und Gallipoli mit ihrer Leistung geradezu eine entsprechende Auswertung verlangen, um rentabel zu werden. Deshalb ist das Panropa-Projekt mit der Sahara-Bewässerung identisch. Eine ökonomische Erschließung Nordafrikas ermöglicht sich nur durch Verwendung von Naturkräften in größtem Ausmaß. Bei 200 Meter Senkung könnten bei Gibraltar ungefähr 175 Millionen PS., bei Gallipoli 200 Millionen PS. gewonnen werden, das sind unerhörte Mengen, wenn man bedenkt, dass die Erde 1928 insgesamt 313 Millionen ausgebaute PS. besaß.

Soergels Projekt tauchte erstmals vor zwei Jahren auf und hat in dieser kurzen Zeit viele und namhafte Mitarbeiter und Förderer gefunden. Das zeigte die mit Karten, Modellen, Statistiken reich ausgestattete Ausstellung in Essen, die noch bis 29. März im Folkwang-Museum zu sehen ist, sehr deutlich.

Wie allerdings Kultur und Politik sich zu diesem riesenhaften Projekt stellen werden, ist eine andere Frage. Immerhin, die ausgestellten Pläne Soergels sind so unerhört kühn und weitgreifend, daß man der Diskussion der internationalen Welt mit Interesse entgegensehen darf.

12

> Das deutsche Volk steht gegenwärtig vor folgender Wahl: Soll die jetzige Regierung ihm für einige Jahre harte Opfer auferlegen, dafür aber die Grundlagen des demokratischen Staates über die größte deutsche Krise hinüberretten, oder aber soll der Staat einer Rechtsdiktatur überantwortet werden (...)? Man kann gegenwärtig den am meisten sozial denkenden Menschen der Welt zum Reichsarbeitsminister machen, und er kann auf dem Schutthaufen von 1931 ebensowenig eine geordnete und befriedigende Sozialpolitik machen, wie man auf einem Misthaufen ein künstlerisches Ballett aufführen kann.
>
> Adam Stegerwald, 18.6.1931

Berlin-Charlottenburg, 9. Mai 1931

Zumindest die Küsten Südfrankreichs kamen dem, was Herman sich vorgestellt hatte, einigermaßen nahe. In kräftigem Grün und Braun schwangen sie sich von Ost nach West, und das neu gewonnene Land glänzte, als hätten sich die Wassermassen erst vor Kurzem zurückgezogen. Auch die Ägäis war vorzeigbar. Dort waren die zusammengewachsenen Inseln nicht, wie befürchtet, zu einem Streuselkuchen geraten, sondern es war deutlich zu sehen, wie der Peloponnes einst ausgesehen hatte und wo dessen Grenzen nun dank Panropas verliefen. Sogar einige Berggipfel waren zu erkennen, und nur mit Mühe hatte er sich davon abhalten können, die höchsten Kuppen weiß anzumalen. Aber er hatte einfach zu viel Zeit auf Details verwandt, anstatt sich aufs große Ganze zu konzentrieren. Während er sich für die Nordküste des Mittelmeeres wahrlich nicht zu schämen brauchte, ließ sich das Schwarze Meer vom Kaukasus praktisch nicht unterscheiden, die Levante-Küste war ein einziger kalkiger Klecks, und dort, wo die neuen Wälder Nordafrikas wachsen sollten, knautschte sich grasgrün und sandgelb bemaltes Pappmaché. Das musste er unbedingt beheben, bevor die Ausstellung in zwei Stunden öffnete.

Keuchend richtete er sich auf und betrachtete sein Werk. Obwohl das Modell neun mal fünf Meter groß war, wirkte es nahezu klein in der Ausstellungshalle. Er ging vom libyschen Wasserkraftwerk nach Ägypten, und seine Schritte hallten auf dem nackten Betonboden wider. Welcher Besucher würde verstehen, dass das braune Quadrat im Nildelta der unersetzliche Nilstaudamm war? Er seufzte. Mit ein wenig Glück drängelten sich bald so viele Besucher um das Mittelmeerbecken, dass niemand darauf achten würde. Andererseits war es stets die Genauigkeit im Detail, die Menschen überzeugte. Nur wer verstand, dass im größten Plan noch das Kleinste zählte, war Realist. Seine Genauigkeit aber war auch verantwortlich dafür, dass er spät dran war – sie und die Unzuverlässigkeit von Behrens' Studenten. Vor einer Woche hatten sie überraschend erklärt, sie könnten ihm die Skizzen nicht rechtzeitig zur Eröffnung schicken. In Wahrheit, da war er sicher, wollten die jungen Leute nicht unentgeltlich für ein Projekt arbeiten, das vielleicht nie Wirklichkeit wurde. Alle Architekten wollten bauen, für wen, war zweitrangig. Aber ihre Absage hatte seinen Ehrgeiz geweckt. Er hatte sich geschworen, nicht bloß »Ersatz« zu schaffen, sondern etwas Beeindruckendes, das jedem Kind anschaulich machte, warum Panropa seinen Platz auf der größten Architekturausstellung seit dem Krieg verdient hatte.

So gesehen war es seinem Verantwortungsbewusstsein und seiner Detailliebe geschuldet, dass er sich zum hundertsten Mal hinkniete und unter das Modell robbte. Zum Glück hatte er das Becken auf einen Wald stabiler Holzbeine gestellt. Nur deshalb hatte er die kleine Pfütze bemerkt. Er tippte mit dem Finger gegen die Lackschicht. Wie er gefürchtet hatte, war sie nass. Durch sie hindurch sickerte das bisschen Wasser, das er zum Test ins Becken gelassen hatte. War der Lack bloß an dieser Stelle zu dünn aufgetragen – oder überall? Schwer zu sagen. Um sicherzugehen, musste er die kompletten fünfundvierzig Quadratmeter noch einmal lackieren und über Nacht trocknen lassen. Aber wann? Um ihn herum standen ein Dutzend Holzkisten voller Landkarten und Baupläne, die er bis zur Eröffnung an die Wände heften musste. Jetzt rächte es sich, dass Irene ihre kranke Mutter besuchte. Wäre sie bei ihm, hätte sie ihn ruhig darauf hingewiesen, was zuerst zu tun war, und das Mittelmeerbecken läge nicht auf dem Trockenen.

Er rutschte, auf dem Rücken liegend, unter dem Becken hervor und verzerrte das Gesicht. Das Schultergelenk hatte sich ausgerechnet heute ausgesucht, um wieder zu schmerzen. Er lag noch unter dem Modell, als er eine vertraute Bassstimme hörte:

»… nur für ein paar Minuten, Herr Minister. Sie werden staunen. So was haben Sie noch nie gesehen.«

Eine unbekannte Stimme antwortete. Herman verstand nicht, was sie sagte, aber ihr rollendes R klang hart und missgelaunt.

»Ach. Ihr Referent sagte mir, Sie hätten eine halbe Stunde bis zum nächsten Termin.«

Das R rollte wieder.

»Zehn Minuten reichen auch. Und ich sage Ihnen: Danach brauchen Sie nicht weiter zu suchen. Was halten Sie davon?«

Die Antwort ähnelte einem Seufzen.

Herman kroch unter dem Becken hervor und fand sich zu Füßen von Bruno Siegwart wieder, der sich bemühte, seine Überraschung zu kaschieren. Neben ihm stand ein kleiner glatzköpfiger Mann mit kreisrunder Brille. Herman stand auf und klopfte sich Betonstaub vom Anzug.

»Herr Minister, darf ich vorstellen: Regierungsbaumeister Sörgel. Herr Sörgel, Sie kennen natürlich den Herrn Minister.«

Sie schüttelten einander die Hand. Adam Stegerwald mochte Ende fünfzig sein. Seine Lippen wirkten noch wulstiger als auf den Fotografien, die Schnauzbarthaare buschiger, die Mundwinkel stärker hinabgezogen. Er strahlte Widerwillen und Überdruss aus.

»Ich habe ihm von dem Plan erzählt, und er ist sehr beeindruckt.«

Der Minister grunzte.

»Na, Sie werden es bald sein! Nicht wahr, Herr Sörgel?«

»Schön, dass Sie gekommen sind, Herr Minister.« Herman deutete eine Verbeugung an. Hoffentlich war das die rechte Art, den mächtigsten Mann im Kabinett zu begrüßen. Hätte Siegwart den Besuch bloß vorher angekündigt, dann sähe es hier jetzt vorzeigbarer aus. »Leider bin ich, wie Sie ja sehen, mitten in den Vorbereitungen. Die Studenten haben sich ausgerechnet heute frei genommen. Aber wie wäre es mit einem ausführlichen Rundgang morgen Nachmittag? Dann ist alles fertig, und ich zeige Ihnen …«

»Der Herr Minister hat noch andere Termine«, sagte Siegwart eilig und sah Herman eindringlich in die Augen. »Wir wollen ihm doch nicht die Chance nehmen, so bald wie möglich den klaren Favoriten in Augenschein zu nehmen? Sonst entscheidet er sich noch für jemand anderen, was?«

Siegwart lachte, der Minister nicht.

»Wo ist der nächste Termin?«, fragte Stegerwald und wandte sich um. Sein Referent eilte herbei, und die beiden besprachen sich leise.

»Herr Sörgel«, zischte Siegwart. Nichts erinnerte daran, dass er gerade noch gelacht hatte. »Können Sie sich vorstellen, wie mühsam es war, ihn hierher zu lotsen? Denken Sie an den Preis.«

Der Ehrenpreis der Reichsregierung. Herman hatte davon gehört, aber nicht länger daran gedacht. Warum sollte ein Kabinett biederer Konservativer sein angeblich utopisches Projekt für *besondere Leistungen auf der Großen Bauausstellung* auszeichnen?

»Ich habe mit ein paar alten Freunden gesprochen«, flüsterte Siegwart. »Geschäftsfreunde. Die warten nur darauf, ihr Geld wieder in etwas Vertrauenswürdiges zu investieren. In Stein und Beton und internationalen Handel.«

»*Ich* gelte als besonders vertrauenswürdig?«

»Nein«, sagte Siegwart leise und blickte zum Minister: »Er.«

Natürlich, das war's: Adam Stegerwald, Sinnbild der Stabilität. Der Mann hatte Preußen als Ministerpräsident solide geführt, ebenso die Zentrums-Fraktion, christliche Gewerkschaften und drei Ministerien. Manche, die den steifen Brüning nicht mochten – und davon gab es viele –, sprachen gar vom *Kabinett Stegerwald*. Aber warum sollte der Strippenzieher ihm, dem einzigen Einzelarchitekten neben Dutzenden Ständen von Firmen und Konzernen, sein Plazet geben?

»Aha, so, so.« Der Minister nickte und wandte sich Siegwart und Herman zu. »Dann darf ich mich verabschieden.« Er reichte beiden die Hand, ohne sie anzublicken.

»Wann kommen Sie wieder?«, fragte Siegwart überrascht.

»Mehr Zeit habe ich nicht. Meine Mitarbeiter werden schon jemanden finden, dem man den Preis geben kann.«

Herman wurde hellwach: »Entschuldigen Sie bitte, aber heißt das, Sie haben noch gar keine Aussteller besuchen können?«

»Doch. Aber gesehen habe ich nur Mumpitz. Unglaublich, was für Pläne die Leute heute ausstellen: eine vierstöckige Garage für Automobile, mitten in Charlottenburg. Und Kaufhäuser, jede Menge Kaufhäuser! Das macht das Leben des kleinen Mannes doch nicht besser.« Stegerwald schüttelte den schweren Kopf und ging zur Tür.

Mit einem Mal ahnte Herman, was zu tun war. Vor ihm stand – in Gestalt eines breitschultrigen, untersetzten Unterfranken – seine bislang größte Chance. Wenn die Reichsregierung sich für das Projekt aussprach, war das mehr wert als jede Ausstellung. Galt Panropa ganz offiziell als realisierbar, würden sich die Architekten schon bald um die Mitarbeit reißen, Politiker es ihren Wählern als willkommenes Gegenbild zur allgegenwärtigen Misere anpreisen, Wirtschaftsbosse endlich ihre Gewinnchancen erkennen. All die Schleusen, Dämme und Städte mussten ja mit Krediten finanziert und aus Stahl, Stein und Beton erbaut werden. Womöglich half Panropa sogar, die Krise früher zu überwinden. Dann könnten Irene und er die Arbeitslast auf viele Schultern verteilen, und sie hätten mehr Zeit füreinander.

»*Unser* Projekt«, sagte Herman eilig, »verbessert das Leben der einfachen Leute. Allein dazu ist es da.«

Stegerwald blieb stehen, wandte sich aber nicht um. Den Blick in die halbleere Halle gerichtet, knurrte er: »Dieses Paneuropa, das ist doch hanebüchenes Zeug. Die Menschen scheren sich nicht um Völkerfreundschaft, offene Grenzen, wenn sie nichts zu beißen haben.«

»Sie haben völlig Recht.« Herman ging zwei Schritte auf den Minister zu. »Coudenhove-Kalergis Pläne sind illusorisch. Politische Gruppen, die kraft der bloßen Vernunft in jedem Land Europas die Mehrheit davon überzeugen, dass der Kontinent sich vereinen muss: So was wird nie funktionieren. *Unser* Projekt ist ganz anders. – Vielleicht sollte ich ihm beizeiten einen neuen Namen geben, die Verwechslungsgefahr ist einfach zu groß. – Panropa jedenfalls stellt Paneuropa vom Kopf auf die Füße. Unser oberstes Ziel ist, den ganz normalen Menschen zu helfen. Durch günstigen, sauberen Strom in jedem Haus, durch Brot und Raum für alle.«

»Und der Bau«, sagte Siegwart, »würde Hunderttausenden Arbeitern eine sichere, ehrliche Arbeit geben. Über viele Jahre.«

Der Minister drehte sich um. Herman spürte, wie ein misstrauischer Blick sein Gesicht abtastete und am Monokel hängenblieb:

»Ach, ja? Und wie wollen *Sie* das machen?«

Herman verstand den Unterton. Kannte die Skepsis von Menschen aus einfachen Verhältnissen gegenüber einem wie ihm. Mit dem schmerzenden Arm wies er auf das Modell:

»Wenn ich Ihnen das mal zeigen darf …«

»Eigentlich habe ich keine Zeit …«

»Zehn Minuten genügen vollauf.«

Stegerwald stand still, als brauche er einen Moment, um sich zu wappnen. Dann folgte er Herman zum Becken.

Dort hörte er sich zwar an, wie Hochleistungsnetze Strom von Gibraltar bis in den hintersten Winkel Europas leiten würden. Doch blickte er dabei Richtung Tür. Herman beeilte sich, von seiner jüngsten Idee zu reden, einer schwimmenden Bauleitung: War der Bau rings ums Mittelmeer erstmal voll im Gange, würde ein Schiff die wichtigsten Planer binnen Kurzem von Hafen zu Hafen, von Baustelle zu Baustelle tragen. »So fällen wir wichtige Entscheidungen vor Ort, rasch und gemeinsam. Ohne Reibungsverluste. Als Heimathafen bietet sich Marseille an. Das käme gut an bei den Franzosen.« Doch bei diesen Worten tippte der Minister bloß ungeduldig auf den Beckenrand, und Siegwart verabschiedete sich unvermittelt wegen eines dringenden Termins. Herman sah ihm hinterher. Mit Siegwart verließ ihn auch die Gewissheit, den Minister überzeugen zu können. Er war auf sich gestellt.

»Waren Sie schon mal an der Adria?«, fragte er. Das stumme Gesicht des Ministers war eine Festung. »Nun, also«, Herman drehte am Monokel, »die Adria wird Italien und den Balkan nicht länger trennen, sondern fruchtbares Ackerland bilden. Venedig würden wir natürlich bewahren. Mit einem eigenen Staudamm, rund dreißig Kilometer von der Stadt entfernt. Wenn Sie auf dem Markusplatz stehen und Richtung Meer blicken, werden Sie also weiterhin nichts als Wasser sehen.«

Venedig? Wie hatte er glauben können, das interessiere den Minister? Er wurde nervös. Gerade wollte er aufgeben, da bemerkte er, dass Stegerwald nicht länger nervös auf den Beckenrand klopfte, sondern langsam, beinahe zärtlich über den verstärkten Holzrahmen strich. Und so redete Herman weiter: über gestoppte Zuflüsse, kleinere Staudämme und neue Küstenstädte. Während er sprach, betastete der Minister das dreimal lackierte Atlasgebirge, drückte mit dem Handballen auf das Drahtgestell der Pyrenäen und rüttelte sogar leicht am Beckenrand. Dann fragte der Minister:

»Haben die Studenten das verzapft?«

Herman sah Stegerwald erschrocken an, doch der wirkte nicht ärgerlicher als vorhin. Im Gegenteil hockte er sich ächzend hin und betrachtete interessiert die Stelzen, die das Becken trugen. Vielleicht also hatte der Minister die Frage anders gemeint.

»Alle Eckstücke sind verzapft und verleimt«, antwortete Herman zögerlich. »Ist immer noch das Beste bei Leichtholz.«

Stegerwald nickte zufrieden: »Hätte ich auch so gemacht.«

Ein Glück, dachte Herman, er hatte die Frage also richtig verstanden. Egal, ob der Minister wirklich was vom Handwerk verstand oder nur so tat: Hauptsache, er hörte zu. Gerade erklärte er ihm, warum das westliche Mittelmeerbecken nur um hundert Meter gesenkt werden müsse, das östliche hingegen um zweihundert, als der Minister aufsah:

»Warum ist es dann so gut wie leer?«

»Wie bitte?«

Stegerwald zeigte ungeduldig auf das Modell.

»Ach, das. Ich … Die Studenten sind noch nicht ganz fertig.«

»Was ist nicht fertig?«

»Wie sich gerade erst gezeigt hat, hat das Becken ein kleines Leck. Keine große Sache. Morgen ist das behoben.« Herman drehte am Einglas. »Also, Sie kommen aus dem schönen Franken, wie man hört. Ich habe mal in Bamberg gearbeitet, als Lehrer, vor dem Krieg. Vielleicht …«

»Ein Leck?«, unterbrach Stegerwald. »Wo?«

Überrascht ging Herman ein paar Schritte und zeigte auf das Meer südlich von Italien.

»Bohnkamp, halten Sie mal.« Der Minister zog das schwarze Jackett aus und reichte es seinem Referenten. Dann krempelte er die Hemdsärmel auf, öffnete den obersten Westenknopf, legte sich ächzend auf den Boden und robbte von der Sahara Richtung Mittelmeer.

»Ah, ich merk' schon«, rief eine gedämpfte Stimme. »Hier, was?« Stegerwald tippte an die Unterseite des Beckens, und Süditalien erlitt ein schweres Beben. »Die Lackschicht ist zu dünn.«

»Richtig, Herr Minister.« Herman war überrascht. »Die Studenten beheben das gleich heute Abend, wenn die Besucher gegangen sind.«

Aus dem Untergrund des Meeres drang dumpfes Grollen, dann eine Stimme: »Bohnkamp, geben Sie mir mal Lack und Pinsel!«

»Aber das müssen Sie doch wirklich nicht tun, Herr Minister! Sie haben doch sicher Wichtigeres …!«

»Und eine Lampe, Bohnkamp!«

Der Referent rollte routiniert die Augen. Herman war geistesgegenwärtig genug, um selbst eine Lampe zu greifen und unter das Becken zu rutschen.

Auf dem Rücken liegend, trug Stegerwald Lack auf. Herman leuchtete ihm und fragte sich, ob dem Minister die Sache genauso peinlich war wie ihm.

»Verstrebungen aus Fichtenholz«, ächzte Stegerwald. »Du liebe Güte. Hatte mich schon gefragt, wie das Ganze hält. Aber *Fichte* …«

»Leider gab's in der Eile nichts Besseres.«

»Schon gut.«

Der Minister schien besänftigt und strich weiter. Ein paarmal streifte Herman ein Fuß oder Ellenbogen, und der Geruch warmen Kölnisch Wassers stieg ihm in die Nase. Nach einer Weile aber war die Lackdose leer. Die beiden Männer lagen da und atmeten schwer.

»Hier«, sagte Herman und zeigte auf einen glänzenden Fleck über ihnen, »hier ungefähr liegt Sizilien. Das verwächst mit Italiens Festland. Und zwischen Sizilien und Tunesien bauen wir, wenn wir das Meer einmal gesenkt haben, einen zweiten Damm, sechsundsechzig Kilometer lang. Darauf verlaufen natürlich Straßen und Eisenbahnschienen. Stellen Sie sich das vor: Sie setzen sich in Berlin in den Zug, und ohne Umsteigen fahren Sie bis in die begrünte Sahara.«

»Das will ich sehen!«

Der Minister klang gut gelaunt – zumindest soweit er das beurteilen konnte, denn er wagte es nicht, ihm ins Gesicht zu sehen. Hatte er es also doch mal wieder geschafft. Wie so oft auf ihrer Städtetournee machte Herman die gleiche beglückende Erfahrung: Er konnte Menschen begeistern. Und dafür musste er sich nicht verbiegen. Was die Leute früher oder später überzeugte, war der großartige Plan selbst.

»Ich schicke Ihnen gern Skizzen des Tunis-Damms zu«, sagte Herman zufrieden, »in Farbe natürlich. Und ich lasse Ihnen so bald wie möglich Fotografien zukommen vom gefüllten Becken.«

»Fotografien?« Stegerwalds Stimme ähnelte wieder der von vorhin. »Nein, nein. Ich will das selbst sehen. Füllen Sie Wasser ein!«

»Der Lack«, sagte Herman zögerlich, »muss bis morgen härten.«

»Ach was. Heute gibt es viel bessere Lacke als früher.«

Mag sein, dachte Herman. Aber die konnte er sich nicht leisten.

»Wir müssen mindestens drei Stunden warten.«

Einige Zeit sagte der Minister nichts, aber der Kölnisch-Wasser-Geruch wurde stärker. Schließlich fragte er ungeduldig:

»Haben Sie was zum Abdichten?«

»Zum Abdichten?«

»Irgendwas. Muss nicht lange halten.«

Wie stellte der Minister sich das vor? Wenn man das Modell füllte, drückte der gesamte Inhalt des Beckens auf die leckende Stelle. Die Last Hunderter Liter ruhte auf durchnässter Pappe und billiger Folie. Früher oder später würde beides nachgeben – und weil der Lack noch feucht war, wohl eher früher als später. Warum war Stegerwald das überhaupt so wichtig? Herman erschrak: die Holzkisten! Ergoss der Beckeninhalt sich über den Boden, sogen die schweren Kisten sich schneller mit Wasser voll, als er sie wegschleppen oder ausräumen konnte. Binnen Minuten wären seine Pläne, fast alles Einzelstücke, zerstört und die Ausstellung vorbei, bevor sie begonnen hatte. Schlimmer noch: Würde die Katastrophe bekannt – und das würde sie bestimmt –, wäre sein Ruf ruiniert. Von keinem Architekten, der etwas taugte, bekäme er je wieder Unterstützung, von Politikern und Öffentlichkeit gar nicht zu reden.

»Das ist leider nicht so einfach, Herr Minister.« Er legte die Handflächen übereinander. »Stellen Sie sich vor, die eine Hand ist das Wasser und die andere …«

»Haben *Sie* Schreiner gelernt?« Herman schwieg überrascht. »Na also. Ich schon. Das Ding ist solide gebaut. Das hält. Das muss halten. Irgendwas *muss* doch halten, verdammt.«

Herman verstand nicht recht, was der Minister sagen wollte, aber es war unüberhörbar, wie wichtig ihm die Sache war.

»Ich möchte nicht Ihr Können bezweifeln, Herr Minister. Aber leider habe ich nichts zum Abdichten da, sonst hätte ich ja selbst …«

»Hier liegt Wachspapier«, rief der Referent. »Jede Menge.«

Wachspapier? Das war für so was nicht gemacht. Damit ließen sich bestenfalls ein paar Tropfen auffangen. Und selbst das nur, wenn man es wasserdicht anbrachte. Nein, was der eilfertige Referent da vorschlug, war offensichtlich Unfug.

»Her damit, Bohnkamp!«

Kurz darauf wehte ihnen ein Stapel bräunlicher Blätter entgegen.

»Wir kleben es einfach drauf«, schnaufte Stegerwald. »Schnell, bevor der Lack härtet.«

Stück für Stück, wie eine Tapete, klebte der Minister das Wachspapier ans Becken. Anfangs sah Herman ihm ratlos zu. Beinahe wirkte es, als läge Stegerwald noch mehr am Gelingen als Herman selbst. Und so drückte auch er Blatt um Blatt auf den feuchten Untergrund und strich sie glatt. Sie hafteten erstaunlich gut.

»So«, keuchte der Minister zufrieden, »und jetzt lassen wir Wasser ein. Bohnkamp!«

Herman atmete tief und langsam wieder aus. Weigerte er sich, verspielte er jede Chance auf den Preis. Spielte er aber mit und das Becken hielt, machte er Stegerwald hochzufrieden. War das möglich? Lange musste das Flickwerk ja nicht halten. Der Minister war schon jetzt spät dran. Bald würde der Referent ihn zum nächsten Termin lotsen. Bis dahin flossen, wenn er den Hahn nur schwach aufdrehte, höchstens ein paar Liter ins Becken. Gerade genug, dass der Minister stolz das Gelingen seiner Arbeit sah, bevor er ging. Herman drückte aufs Wachspapier. Schon jetzt haftete es fest am Becken. Andererseits, sagte er sich, blieb es ein großes Wagnis, Wasser ins Becken zu lassen. Es sei denn … Seine Augen weiteten sich.

»In Ordnung«, sagte Herman laut. Dann kletterte er rasch unter dem Becken hervor.

Als Stegerwald auftauchte, ignorierte der den ausgestreckten Arm seines Referenten und richtete sich ächzend auf.

Herman griff den Wasserschlauch und legte die Öffnung auf Höhe Gibraltars ins Becken. Ja, dachte er, so ging's.

»Herr Bohnkamp, bitte halten Sie den Schlauch fest. Kann ein wenig dauern, bis es losgeht.« Herman wandte sich zur Tür.

»Was soll das?«, fragte Stegerwald.

»Der Wasserhahn ist ziemlich weit weg. Die Messehallen sind auf so was nicht ausgerichtet.«

»Nein, nein. Das kann Bohnkamp machen. Sie bleiben hier und erklären mir Ihr schönes Projekt.«

Die beiden letzten Wörter waren ein Zauberspruch, der Herman zwang, stehen zu bleiben. Er sah, wie der Referent nickte und zur Tür ging. »Höchstens fünf Minuten laufen lassen, Herr Bohnkamp!« Doch der verließ ohne ein Zeichen, dass er Herman verstanden hätte, den Saal. Nicht so schlimm, sagte er sich. Es gab ja noch Sizilien. Die Insel bildete die Spitze eines unterseeischen Gebirges, und das wiederum war eine natürliche Barriere zwischen westlichem und östlichem Mittelmeer. Zum Glück war ihm gerade noch rechtzeitig eingefallen, dass der Schlauch zu kurz war, um ihn ins östliche Becken zu legen. Das Wasser würde also allein ins westliche Becken fließen – und das hielt dicht.

Bald kam es. In einem kleinen Bogen ergossen die Fluten sich über Gibraltar ins Mittelmeer. Wie damals, vor etwa 50 000 Jahren, als die Eiszeitgletscher schmolzen und das Salzwasser des Atlantiks die natürliche Barriere überwand, die das geschrumpfte Mittelmeer vor dem Ozean geschützt hatte. Nach und nach deuteten sich die neuen Küstenlinien an. Die Provence würde mehr Land erhalten, ebenso Spanien und Algerien. Was einmal die balearischen Inseln waren, verwuchs zu einem großen Eiland. Der Minister beugte sich aufmerksam über das Modell, auch wenn sein Gesichtsausdruck dabei noch immer mürrisch wirkte. Aber Herman schreckte das nicht mehr.

Dann, im perfekten Moment, brach der Wasserstrahl ab. Die Wellen glätteten sich, die Umrisse Panropas im westlichen Mittelmeer lagen offen zutage, und das Becken hielt.

»Schade.« Herman legte den Schlauch ins Becken. »Hätten wir mehr Zeit, könnten wir das Wasser steigen lassen, bis es ins östliche Becken schwappt. Aber auch so sehen wir sehr gut, wie Panropa einmal aussehen wird.«

Stegerwald sah mürrischer aus als zuvor, betrogen um die Früchte seiner Arbeit.

Gerade wollte Herman erzählen, wie einstige Küstenstädte wie Marseille sich neu erfinden könnten, als er nördlich von Algerien Luftblasen aufsteigen sah. Im ersten Moment fürchtete er, ein Leck sei schuld. Doch bei einem Loch im Boden stiege genauso wenig Luft auf wie beim Leeren einer Badewanne. Er zog den Schlauch aus dem Becken – und sofort schoss eine Fontäne heraus. Rasch drückte er ihn wieder unter den Meeresspiegel. Der diensteifrige Referent musste einen Weg gefunden haben, eine andere Leitung anzuzapfen. Eine mit höherem Wasserdruck.

Die Fluten stiegen wieder.

Mit etwas Glück hielt das westliche Becken die zusätzliche Belastung aus. Außerdem musste das Wasser bald abgedreht werden, das war dem Referenten hoffentlich klar.

In diesem Moment stellte der Minister sich neben Herman, und ohne ein Wort nahm er seine Hand und hob sie und den Schlauch vorsichtig aus dem Becken. Im hohen Bogen, wie ein Springbrunnen, ergoss das Wasser sich plätschernd ins östliche Mittelmeer, so groß war der Druck. Kreta versank kurz in einer Sintflut, und ein Sprühregen tränkte die sandigen Küsten Libyens. Das östliche Mittelmeer füllte sich rasch. In höchstens einer Minute wäre Panropa fertig.

Ruhig bleiben. Vielleicht hatte er sich geirrt, und das Provisorium hielt. Das Wachspapier hatte doch erstaunlich gut gehaftet. Und vielleicht verstand der gelernte Schreiner ja wirklich mehr von Lack als er. Ja, dachte Herman, alles würde gut. Das wurde es fast immer, wenn man seiner Intuition und der Zukunft vertraute. Und tatsächlich: Gerade als Ägypten die Überflutung drohte, ließ das Wasser schlagartig nach, dann erschlaffte der Schlauch ganz. Herman schloss kurz die Augen. Als er sie wieder öffnete, sagte er:

»Das Nildelta wird größer werden. Darum verlängern wir den Suezkanal um zwanzig bis dreißig Kilometer. Wussten Sie, dass schon Napoleon so etwas bauen wollte? Seine Zeitgenossen erklärten ihn für verrückt. Heute können wir uns die Schifffahrt ohne den Kanal gar nicht mehr vorstellen.«

Stegerwald betrachtete das östliche Becken und nickte zufrieden.

Bohnkamp kam zurück. Schon am Eingang rief er:

»Herr Minister …«

»Ich weiß, komme schon«, sagte Stegerwald gelassen und wandte sich zu Herman. »Kolossalen Plan haben Sie da, muss ich schon sagen.« Noch einmal streichelte er den Beckenrand. Dann schüttelte er seinem Gegenüber lange und kräftig die Hand, bis Herman der Arm weh tat. Das Lackieren im Liegen hatte dem Schultergelenk für heute den Rest gegeben.

»Danke, Herr Minister.«

Stegerwald ging langsam, mit der Hand über den Holzrahmen gleitend, bis zur anderen Seite des Meeres. »Haben wir ganz ordentlich gemacht, was?« Schließlich klopfte er zweimal auf den Holzrahmen und ging zum Ausgang. Hinter ihm schloss die Tür sich mit einem dumpfen Knall, der durch die Halle echote.

Er hatte es geschafft. Zumindest war er dem Staatspreis verdammt nah. Vielleicht sollte er Bohnkamp ein paar Broschüren schicken, damit er und sein Chef ihn nicht vergaßen. Aber zuerst müsste er schauen, wo ein Fenster offen stand, denn kalte Luft strich ihm unangenehm um die Füße. Als Herman einen Fuß anhob, hörte er ein schmatzendes Geräusch. Luft schmatzte nicht. Er stand in einer Pfütze.

Das durfte nicht wahr sein.

Herman hockte sich hin. Er sah sofort das lose Stück Wachspapier, an dem das Wasser herunterrann, in seine Richtung floss – und an ihm vorbei. Dorthin, wo zehn Holzkisten standen.

Er kroch unter das Becken. Als er das Wachspapier wieder ankleben wollte, fiel es ganz ab, der Wasserstrahl wurde stärker. Mühsam robbte er wieder heraus und lief zu den Holzkisten. Er versuchte, eine von ihnen anzuheben, und ein Schmerz explodierte in seinem Arm. Das Gesicht zur Grimasse verzogen, stemmte er die gesunde Schulter gegen die Kiste, doch die rührte sich nicht. Er drückte gegen eine andere – vergeblich. Der Beton war einfach zu rau. Verzweifelt zertrat Herman eine Pfütze, die nur noch einen Meter von einer Kiste entfernt war, als brächte das etwas. Das Wasser kam näher.

Was tun? Arbeiter hatten die Exponate angeliefert, zwei Mann pro Kiste. Er rannte aus dem Saal. In den beiden Nachbarsälen war niemand. Die Aussteller hatten ihre Arbeit in den Tagen zuvor erledigt und waren jetzt, kurz vor der Eröffnung, wohl auf irgendeinem Empfang. Es war aussichtslos. Warum hatte er sich bloß auf den Unsinn mit dem Wachspapier eingelassen? Was brachte es, Mächtige für sich zu gewinnen, wenn man dadurch alles gefährdete, was man in Jahren aufgebaut hatte? Warum schweigen, wenn man es besser wusste? Herman spürte Trotz in sich aufsteigen, der von Wut nur schwer zu unterscheiden war.

Er rannte los.

Die beiden Männer erreichte er auf dem Vorplatz der Messe. Außer Atem – wann war er das letzte Mal gerannt? – erklärte er ihnen, was geschehen war. Und ja, er brauchte ihre Hilfe. Jetzt.

Der Minister sah ihn finster an. Der Referent senkte den Blick. Hoch oben flogen, von einer Böe angehoben, ein paar Messe-Flaggen auf und knallten gegen ihre Masten.

Stegerwalds Gesicht färbte sich purpur:

»Verdammt noch mal. Verdammt! Ihre Herren Studenten haben schlecht gearbeitet.«

»Um ganz ehrlich zu sein«, sagte Herman eilig, »ich habe das Becken allein gebaut. Die Studenten waren abgesprungen. Ich hatte zu wenig Geld. Und nur zwei Wochen Zeit.«

Für einen Moment hielt er es für möglich, dass der Minister ihn schlug. Dann aber atmete Stegerwald tief ein und aus, nickte matt in Richtung Eingang und sagte:

»Na, dann also …«

Als sie kurz darauf im Saal ankamen, standen bereits zwei Kisten im Wasser. Das Leichtholz sog Wasser auf wie ein Schwamm. Ohne viele Worte, nur begleitet von kurzen Anweisungen, schoben Stegerwald und Bohnkamp Kiste für Kiste von den Pfützen fort. Herman tat, was er konnte, um ihnen zu helfen. Und noch immer lief das Wasser. Stegerwald kroch unter das Becken, fluchte und kam wieder hervor. Die Hände in die Hüften gestemmt, betrachtete er es eine Zeitlang. Dann beorderte er den Referenten zu sich, und zu zweit hoben sie das Meer an seiner Ostseite kaum merklich an. Ein Seebeben zuckte von den Dardanellen bis Gibraltar. Herman eilte dazu, stemmte die gesunde Schulter unter den

Holzrahmen, und zu dritt hoben sie das Becken noch einmal an, ein wenig höher diesmal. Endlich floss Wasser über die Landmasse von Sizilien ins westliche Becken. Bevor der Gibraltardamm überschwemmt wurde, setzten sie das Modell ächzend ab. Klatschend fiel hier und da Wasser zu Boden, dann kehrte im Mittelmeer langsam Ruhe ein.

Seine Schulter schmerzte jetzt ohne Pause. Stegerwald lockerte den Hemdkragen und sagte:

»Was schulde ich Ihnen?«

Er verstand nicht.

»Für das Wachspapier. Und Ihre Unterlagen.«

»Herr Minister …« Es war ihm unangenehm, den mächtigen Mann so vor sich stehen zu sehen: gusseisern ehrlich selbst im Kleinsten.

»Nein, nein. Was bekommen Sie dafür?«

Die Frage entzündete etwas in Herman. In all dem, was ihm gerade noch peinlich gewesen war, erkannte er plötzlich die Chance. So ruhig er konnte, antwortete er:

»Lieber als Geld wäre mir«, er schluckte, »Ihre Unterstützung.«

Stegerwald musterte ihn. Dann knöpfte er den obersten Hemdkragen wieder zu und rief:

»Bohnkamp!«

Minister und Referent berieten sich leise. Nach einer Weile reichte Stegerwald Herman die Hand, und ohne ein weiteres Wort ging er zur Tür. Der Referent schrieb etwas auf einen Zettel und reichte ihn herüber:

»Überzeugen Sie den.« Bohnkamp sah sich um. »Falls Sie können.«

13

J. Schlegel
Architekt
Zürich 7
Hegibachstrasse 104

Herrn Reg.-Baumeister
Herman Sörgel
München
Glückstrasse 7

Sehr geehrter Herr Sörgel,

Ihnen danke ich sehr herzlich für Ihre Antwort auf meinen Brief. Auf Ihre so überaus freundlichen Zeilen hatte ich kaum zu hoffen gewagt. Immerhin sind Sie ein viel beschäftigter Mann, und ich hatte bislang nicht das Vergnügen, persönlich bei Ihnen vorstellig werden zu dürfen. Umso mehr freut mich, dass ich Ihnen mit meinen Ideen offenbar nicht zu nahe getreten bin. Hoffentlich überstrapaziere ich Ihre Freundlichkeit nicht, wenn ich Ihnen, durch Ihre Reaktion bestärkt, folgenden Vorschlag unterbreite: Was halten Sie davon, eine Organisation zu gründen, die sich ganz der Umsetzung Ihres wunderbaren Planes widmet?

Als rechtliches Konstrukt besonders geeignet erscheint mir ein Verein mit Sitz hier in Zürich. Die kleine, aber feine Spitzenorganisation bestünde aus wenigen Mitgliedern, die einen erweiterten Ausschuss wählen. Dieser Ausschuss wiederum würde das Programm für die Weiterverbreitung des Panropa-Gedankens ausarbeiten. Es würden Unterausschüsse gebildet: Finanz, Technik, Propaganda, Politik, Organisation. Diesen einzelnen Ausschüssen müssten prominente Persönlichkeiten, in erster Linie Autoritäten der betreffenden Gebiete, angehören. Die große Propaganda könnte erst einsetzen, wenn eine juristische Person besteht. Um deren Schaffung würde ich mich natürlich persönlich kümmern.

Zur Gründung würde ich nur etwa 20 Personen einladen und mit ihnen vorrangig persönliche Fühlung aufnehmen. (Dabei denke ich beispielsweise an Professor Bernoulli. Seine Lehren passen exzellent zu Ihrer Vorstellung, das neugewonnene Land zu kommunalisieren. Panropa darf keine neue Kolonie der Mächtigen werden, sondern muss allen Europäern gehören.) Sollte ich mit meiner Werbung Erfolg haben, bemühe ich mich um die Gewinnung hoch gestellter Persönlichkeiten wie Bundespräsident Motta. Dafür halte ich es für unabdingbar, dass Panropa schon bald einen großen Propaganda-Erfolg vorweisen kann, der sogar den Erfolg der Ausstellungen deutlich übertrifft. Nur so hätte das Vorhaben die Chance, angesehene Namen anzulocken. Haben Sie da vielleicht schon etwas in der Hinterhand?

So weit in aller Kürze. Über Ihre Gedanken zu meinem Vorschlag würde ich mich sehr freuen.

Herzliche Grüße

Ihr
Julius Schlegel

14

Er schloß das Fenster und setzte sich aufs Sofa. ›Stellungslos?‹, fragte sie. Er nickte (…). Die Wirtin wurde gesprächig. ›In der Zeitung schlug gestern ein Ingenieur vor, man solle den Spiegel des Mittelmeeres um zweihundert Meter senken, dann kämen große Ländereien ans Licht, wie vor der Eiszeit, und man könne sie besiedeln und Millionen von Menschen darauf ernähren. Außerdem sei, mit Hilfe kurzer Dämme, eine durchgehende Eisenbahnverbindung von Berlin bis Kapstadt möglich!‹ Frau Hohlfeld war noch jetzt von dem Vorschlag des Ingenieurs eingenommen und sprach voller Feuer. Fabian pochte auf die Armlehne des Sofas, daß der Staub tanzte. ›Na also!‹, rief er. ›Auf, ans Mittelmeer! Laßt uns seinen Spiegel senken! Kommen Sie mit, Frau Hohlfeld?‹

Erich Kästner: *Fabian* (1931)

Berlin-Wedding, 17. Februar 1932

Noch beißender als die Kälte war der Geruch. Als er die Treppen hinaufstieg, verebbte hinter ihm rasch das metallische Quietschen der Untergrundbahn, aber bis zum Ausgang begleitete ihn das Aroma von Schweiß, Harn und Ärgerem. Im Freien angekommen, schlug er den Mantelkragen hoch und holte tief Luft. Ein Fehler. Neben dem Eingang entleerte sich ein Bettler nur wenige Meter neben seinem Lagerplatz. Herman ging rasch weiter. Wenn die Wegbeschreibung stimmte, lag sein Ziel ganz in der Nähe.

Die Gegend war auf andere Weise hässlich, als er erwartet hatte. Zwar versuchten die Klinkerfassaden auch hier, traditionsreicher und prächtiger zu wirken, als sie waren. (Natürlich gelang ihnen das am Gesundbrunnen weniger gut als im Westen und Süden der Stadt.) Und doch beobachtete er selbst hier, zwischen Unrat und grauen Gesichtern, den seltsamen Drang, eine Metropole mit Vergangenheit darzustellen. Ihm erschien Berlin weniger gewachsen als gewollt. Als eine gewaltige Kraftanstrengung, die seine Bewohner in permanenter Anspannung hielt. Überhaupt: die Gesichter. Die Menschen daheim in München, so kam es ihm vor, schauten noch immer weg, wenn man sie beim Auflesen verfaulter Kartoffelschalen sah oder beim stundenlangen Anstehen für Brot. Hier aber blickten alte Männer, ausgezehrte Frauen und Kinder in zerschlissenen Kleidern ihm direkt in die Augen, und er fragte sich, ob das ein Zeichen von Stolz war oder von Verrohung.

Wenige hundert Meter entfernt, wo die Häuser bunt wurden, musste es sein. Aus Fenstern beiderseits der Straße hingen Dutzende rote und schwarz-rot-goldene Fahnen. Die Jahre hatten sie verblassen lassen, und der harte Winter war dabei, ihnen den Rest zu geben. Nur die Fähnchen mit dem Hakenkreuz, die sich zwischen die alten zwängten, wirkten neu und frisch.

Herman blieb stehen und griff in die Aktenmappe. Auf einem Zettel stand in eckiger Handschrift: »Kurt Brackwede SPD Berlin«. Es hatte lange gedauert, bis er darunter endlich eine Adresse, das heutige Datum und die Uhrzeit hatte schreiben können. Allein mehrere Wochen hatte er gebraucht, bis er telefonisch einen Genossen erreichte, dem der Name etwas sagte, und einen weiteren Monat, bis er Brackwede selbst an den knisternden Fernsprecher bekam. Doch für mehr als ein paar unverfängliche Worte hatte der Mann nie Zeit gehabt; angeblich war er immer mit Dringenderem beschäftigt. Aber mit jedem verstreichenden Tag hielt Herman es für wahrscheinlicher, dass Brackwede ihn mied. Morgens rechnete er beim Aufschlagen der Zeitung immer damit, die Schlagzeile *Ehrenpreis der Reichsregierung verliehen* zu lesen – gefolgt vom Namen eines Konkurrenten. Doch die Nachricht blieb aus, selbst dann, als die Bauausstellung Ende August schloss. Er hatte die Hoffnung beinahe aufgegeben, da sagte Siegwart ihm, er wisse aus sicherer Quelle, der Preis werde noch vergeben. Schließlich sei das nicht die Aufgabe der Bauausstellung, sondern der Regierung, und die könne noch immer tun, was sie für richtig halte. Da hatte Herman gelächelt: Das klang ganz nach Stegerwald.

Deshalb hatte er weitere Briefe geschickt und kurze Telefonate geführt, bei denen nur eines klar wurde: Die SPD hatte Brackwede ausgewählt, um für sie bei der Preisvergabe mitzureden. Die Sache ging sie zwar offiziell nichts an. Aber der vorsichtige Arbeitsminister wollte alles vermeiden, was die Genossen verärgern konnte, denn ohne sie brachte Brünings Minderheitsregierung kein Gesetz durch den Reichstag. Vielleicht aber, dachte Herman, stand er auch deshalb frierend im schneidenden Februarwind, weil der Minister übervorsichtig gewesen war. Womöglich hatten die Sozialdemokraten Herman schlicht deshalb so lange hingehalten, weil sie anderes zu tun hatten, als über Architektur zu urteilen. Lehnten sie das Angebot mitzureden aber ab, riskierten sie, bei der nächsten Entscheidung nicht mehr gefragt zu werden. Bestimmt hatte Brackwede nur deshalb einem Treffen zugestimmt. Wie hässlich, ja abstoßend Politik häufig war. In der Gosse vor der Parteizentrale sah Herman graubraunen, gefrorenen Unrat.

Am großen Eingangstor ließ er sich vom Pförtner den Weg erklären. Auf der Treppe steckte er das Monokel ein und versuchte, nicht daran zu denken, wie viel an diesem Treffen hing; oder daran, wie er Siegwart, sofern alles glattging, die gute Nachricht überbringen würde; geschweige denn daran, wie es wäre, würde die Panropa-Zentrale tatsächlich bald gebaut; wenn also drei Hochhäuser, die Politik, Wirtschaft und Technik augenfällig vereinten, zugleich in den Himmel über Basel wuchsen, und wie … Da vorn war Zimmer 425. Er wollte das Monokel richten und war, als er ins Leere griff, kurz verwirrt. Dann drückte er die Aktenmappe an sich und klopfte an. Niemand antwortete. Er klopfte erneut. Nichts. Als er vorsichtig die Tür öffnete, sah er bloß zwei schlichte Schreibtische. Der eine war leer. Am anderen saß ein alter Mann, der sehr langsam, aber dafür hart auf die Tasten einer Schreibmaschine einhieb.

»Bitte entschuldigen Sie. Sind Sie Herr Brackwede?«

Der alte Mann ließ von der Tastatur ab: »Der ist schon weg.«

»Aber … ich bin mit ihm verabredet.«

»Versuchen Sie's im Hof. Vielleicht erwischen Sie ihn noch.« Als der Alte rief »Er hat eigentlich keine Zeit«, war Herman schon auf dem Weg zur Treppe. Er nahm zwei Stufen auf einmal und fragte sich im Laufen, was er da tat. Glaubte er wirklich, Brackwede werde ihm helfen? Klarer konnte der Genosse ihm nicht zeigen, wie gleichgültig er und das Projekt ihm waren. Trotzdem rannte Herman weiter, jetzt angetrieben von Wut. So leicht würde er es ihm nicht machen. Der Kerl sollte ihm ins Gesicht sagen, dass er vergeblich ein halbes Jahr lang gehofft hatte. Er sollte zu seiner Feigheit stehen.

Der Innenhof war groß. Sogar groß genug, dass zwei Kaltblüter und ein vierrädriges Gespann darin einen Halbkreis vollführten. Die Tiere dampften in der Kälte. Auf dem flachen stählernen Gefährt, das sie zogen, thronte eine Art Schornstein. Aber was daraus abzog, roch nicht nach Rauch, eher nach Treppenhaus. Zwei Männer kletterten auf die Sitzbank zwischen den Pferden und ihrer Fracht: einer Gulaschkanone. Der eine Mann war schmal, der andere sehr dick. Sonst war niemand zu sehen.

»Kurt Brackwede? Ist das einer von Ihnen?« Seine Worte hallten von den Mauern wider und vergrößerten seine Entschlossenheit. »Brackwede!«

»Was denn?«

Es war der Schmale. Er war blass und zu dünn angezogen, und mit der randlosen, runden Brille ähnelte er einem armen Volksschullehrer.

»Sind Sie Kurt Brackwede?«

Der Schmale blickte an ihm vorbei: »Sie sind der Erfinder, was?«

»Sörgel. Wir waren verabredet.« Herman keuchte, und Wölkchen stiegen von seinem Mund auf. Er war kurz davor, ihn zu beschimpfen, er wusste bloß nicht, wie man so was machte.

»Es ...«, Brackwedes linke Wange zuckte kurz, »tut mir leid.«

Herman öffnete den Mund – und schloss ihn wieder.

»Ich bin dran mit Essen verteilen. Hatte ich nicht dran gedacht. Ist gerade ziemlich viel los, können Sie sich ja vorstellen.«

Er war überrascht von der Entschuldigung, aber sein Ärger noch frisch, und weil er nicht wusste, was er tun sollte, schwieg er. Nach einer Weile fragte Brackwede zögerlich:

»Haben Sie nächste Woche Zeit?«

»Nein«, antwortete er streng, »ich wohne in München. Das hab' ich Ihnen mehrmals gesagt. Wir sind seit einem Monat verabredet. Da können Sie doch nicht einfach so abhauen!« So hatte er noch nie mit jemandem geredet. Es fühlte sich beängstigend an und sehr gut.

»Tja, dann weiß ich auch nicht«, sagte Brackwede. Der Dicke beugte sich zu ihm und flüsterte etwas. »Nein«, entgegnete er matt, »ach nein.« Der Dicke boxte ihn leicht in die Seite. Brackwede seufzte und sah zu Herman: »Also, wir könnten zwei gesunde Hände brauchen. Mein Genosse ist … nicht so beweglich. Aber ich glaube kaum, dass Sie mitfahren wollen, oder? Ist nichts für jemanden wie Sie.«

»Und ob ich das will!«, hörte Herman sich rufen.

Brackwede war ein paar Sekunden lang sprachlos. Dann rückten er und sein Genosse zur Seite, und Herman kletterte, die Aktenmappe an sich gedrückt, neben sie auf die kalte Sitzbank. Was dachte er sich bloß dabei? Den Preis konnte er schließlich abschreiben. Das Einzige, was ihm die Sache einbringen würde, war eine Lungenentzündung. Aber sein verletzter Stolz folgte einer anderen Logik: Genugtuung errang man nur, wenn man sich etwas nahm, das der andere einem nicht geben will.

Das Elend mussten sie nicht lange suchen. Nur ein paar Minuten lang trotteten die Pferde die Badstraße entlang, als schon Kittelfrauen mit erloschenen Gesichtern auf sie zukamen, Männer mit nur einem Arm oder Bein, und Kinder, so viele Kinder. Der Dicke zog an den Zügeln, legte die Peitsche zur Seite und zündete sich eine Zigarette an.

Ihre Arbeit war simpel. Herman reichte Brackwede die Teller, Schüsseln und Tassen, die magere Hände ihm entgegenhielten. Brackwede füllte sie mit etwas, das die Menschen bereit waren, für eine Suppe zu halten. Der Dicke nahm dafür je 15 Pfennig entgegen und gab jedem einen weißen Zettel mit. Darauf stand:

Der letzte Hort der Einigkeit ist Hindenburg!
Deutscher, tue am 13. März deine Pflicht!
Wähle Hindenburg!

Mal schwoll die Menschentraube um ihn herum an, dann schrumpfte sie und wurde wieder größer. Herman hatte so etwas noch nie getan. Anfangs war ihm unwohl, wegen der Gerüche, der Not und der Blicke der Menschen, die so anders waren als er. Aber je länger er ihr Geschirr entgegennahm und es ihnen gefüllt zurückgab, desto deutlicher sah er, dass die Leute ihn überhaupt nicht bemerkten – nicht als Person. Ihnen war egal, wer ihnen zu essen gab. Solange er seine Arbeit tat, war er für sie quasi unsichtbar, und das beruhigte ihn.

»Schaut mal her, Genossen!«, brüllte ein junger Mann. Dann zog er seine Hose herunter, beugte sich vor und wischte sich den Hintern mit dem weißen Zettel. Neben ihm standen drei Kumpane in Braunhemden und lachten.

»Als würd' mich das scheren«, sagte Brackwede leise und füllte eine Blechtasse. Dampf stieg auf, legte sich auf seine Brille.

Noch eine ganze Weile amüsierten die SAler sich über den Scherz, doch als sie niemand mehr beachtete, gingen sie weiter. Etwas zerrte an Hermans Hosenbein:

»Ich hab' Hunger.«

Es war ein Junge mit schwarzem, verfilztem Haar, vielleicht erst sechs, womöglich aber auch schon zehn Jahre alt. Die Not machte die Menschen klein.

»Hast du einen Teller oder so was?«, fragte Herman.

»Nein.«

»Kannst du einen von zu Hause holen?«

Die Frage schien dem Kleinen Angst zu machen, aber er antwortete nicht.

Herman sah sich um und rief: »Kann mir jemand einen Becher leihen?«

Die Wartenden taten, als hätten sie ihn nicht gehört.

»Lassen Sie das«, sagte Brackwede. »Gibt nur Ärger.«

»Aber warum?«

»Ich zeig's Ihnen.« Brackwede beugte sich von der Gulaschkanone hinab und rief dem Jungen zu:

»Hey, du, das kostet 15 Pfennig!«

»Ich hab' aber kein Geld.«

»Dann gibt's auch nichts!«

Der Junge presste die Lippen aufeinander.

»Wir könnten es ihm doch so geben«, flüsterte Herman. »Ausnahmsweise.«

Brackwede schüttelte den Kopf.

»Oder ich zahl' für ihn.«

»Auf keinen Fall. Wenn sich das rumspricht, fällt plötzlich dem halben Kiez ein, dass er kein Geld hat.«

Herman versuchte, den Jungen aufmunternd anzulächeln. Doch der blickte an ihm vorbei und schrie:

»Scheiß auf dich, du Scheißer!«

Brackwedes Mundwinkel zuckte wieder.

Der Junge zwängte sich zwischen den Erwachsenen hindurch, schubste und wurde geschubst. Herman sah, wie er durch ein Tor lief und in einem Hinterhof verschwand. Was würde aus dem Kleinen werden? Wenn die Lage sich nicht grundlegend besserte, würde er zu einem wütenden jungen Mann, der nicht länger fortrannte, sondern zuschlug. Er würde seinen prügelnden Vater, Onkel oder Brüder nicht hinter sich lassen, sondern zum Vorbild nehmen. Die Älteren steckten die Jüngeren an mit Elend und Hass wie mit der Cholera. Das Grässlichste war zu wissen, dass solche Kinder letztlich völlig logisch handelten. Wer sich vor die Wahl gestellt sah, Opfer zu bleiben oder Täter zu werden, der zögerte nicht lange.

War diese Welt, war diese Zeit also nichts für ein Kind? Einfach hatten sie beide sich die Antwort nicht gemacht, wirklich nicht. Irene war bedrückter als sonst von einem Besuch bei ihren Eltern zurückgekehrt und hatte gesagt: »Ich bin schon Mitte dreißig, und jeder Frauenkörper altert anders. Von einem Monat zum nächsten können alle Hoffnungen enden. Schau dir meine Mutter an, sie hat sich von den Strapazen nie ganz erholt.« Sprach also, nüchtern betrachtet, nicht einfach alles dagegen? Vergrößerten sie, indem sie sich dafür entschieden, nicht bloß das Elend, das sie beseitigen wollten? Die Antworten waren ihnen nicht plötzlich klar geworden, sondern ganz allmählich in ihnen herangewachsen. Und so hofften sie beide seit nunmehr schon einem Jahr auf ein Kind.

Eine blecherne Stimme riss ihn aus seinen Gedanken. Sie wurde rasch lauter, klang bald wie Hundebellen. An ihnen vorüber fuhr langsam ein Lastwagen mit offener Ladefläche. Männer in dicken Mänteln standen darauf, und während die Stimme, die jetzt besser zu verstehen war, eine *braune Mordpest* beschrie, warfen sie Flugblätter auf die Straße. Ein paar Wartende sammelten die Zettel schweigend auf und steckten sie in ihre Hosen und Jacken. Papier dämmte ein wenig. Dann ebbte das Bellen ab.

Je kleiner die Menge wurde, desto stärker schien der Wind. Hermans Ohren schmerzten, dann spürte er sie nicht mehr. Das machte ihm Sorgen, aber er wagte nicht, etwas zu sagen, schließlich hatte er darauf bestanden mitzufahren. Als alle drei ihre Finger kaum mehr bewegen konnten, klappte der Dicke den schweren Deckel zu und lenkte den Wagen zu einer Trinkhalle in der Nähe. Darin war es laut, es roch nach Zigaretten, Schnaps und Talg, aber der Ofen funktionierte. Durchs Fenster konnten sie die Gulaschkanone sehen und die Pferde, die sich an eine Hauswand drängten. Brackwede orderte Bier. Eine Zeitlang standen die drei schweigend nebeneinander und starrten in ihre Gläser.

»Schöne Scheiße, was?«

Herman sah Brackwede überrascht an.

»Na, das hier«, sagte der und nickte in Richtung Straße. »Hätte mir einer vor drei Jahren gesagt, wie es heute zugeht, ich hätte ihm nie und nimmer geglaubt. Und jetzt sind wir hier und machen Reklame für den Ollen.«

Der Dicke prustete in sein Glas und nahm einen Schluck.

»Heute ist es so schlimm wie damals, sagen mir die Leute. Eigentlich schlimmer. Damals hatten sie wenigstens noch Hoffnung.« Brackwede nahm einen Schluck und blickte aus dem Fenster. »Manchmal denk' ich, wir hatten es draußen besser, trotz allem. Wir konnten wenigstens was *machen*.«

Herman verstand, was er meinte. Kurz überlegte er, ihm zu sagen, dass er nie im Feld gewesen war. Aber er hatte die Hoffnung, den SPDler zu überzeugen, doch nicht völlig aufgegeben, und so nickte er nur unbestimmt. Wieder verging eine Weile. Jedes Mal, wenn jemand die Tür öffnete, wehte kalte Luft herein, und die Umstehenden maulten. Herman spürte Brackwedes Blick:

»Wegen Ihrer Idee, also«, begann der zögerlich, »die hat was, wirklich. Völlig irrwitzig, aber interessant.«

»Danke.« Herman sah nicht auf. »Ich würde es anders ausdrücken, aber danke.«

»Ich kann Ihnen wegen Stegerwalds Preis nicht viel Hoffnung machen. So gut ich Ihre Idee finde: Sie ist einfach nicht handfest genug. Wie können wir den Genossen erklären, dass sie sich die Mitgliedsbeiträge vom Munde absparen sollen – und zur selben Zeit stimmen wir für Ihren Weltrettungsplan? Wir haben Ihnen bloß noch nicht abgesagt, weil es an allen Ecken brennt.«

Herman hatte zum Trinken angesetzt, doch jetzt fand er das Bier schal. Er stellte das Glas ab.

»Was?«, fragte Brackwede.

Er schüttelte den Kopf: »Sie würden es nicht verstehen.«

»Sind Sie da so sicher?«

»Ich könnte Ihnen tagelang erzählen, warum mein Plan funktioniert, warum er uns allen nützt, und warum er billiger ist als jeder Krieg. Aber das alles spielt keine Rolle, ich weiß. Es geht immer nur um Politik.« Herman schob das Glas von sich fort.

»Das versteh' ich gut. Ich bin Ingenieur. Deshalb soll ich mir Ihre Sache anschauen. Hab' sogar mal eine Zeitlang als Ingenieur gearbeitet, in Bamberg.«

»Ach ja? Ich auch.«

Brackwede sah ihn prüfend an: »Grässliches Nest, find' ich.«

»Zum Davonlaufen.«

Brackwede lächelte. Der Dicke bemerkte offenbar, dass die Stimmung sich aufhellte, denn er holte noch drei Bier. Brackwede sah ihm nach und rückte ein Stück näher:

»Glauben Sie mir, ich würde auch gern was Großes auf die Beine stellen. Etwas, was den Leuten wirklich hilft. Gott, wie phantastisch wäre es, selbst etwas zu bauen: ein Haus! Einen Damm! Eine ganze Stadt! Irgendwas, das bleibt! Und jetzt muss ich froh sein, bei den Genossen unterzukommen, damit ich was zu beißen habe. Was für'n Scheiß …«

Der Dicke brachte das Bier, und Brackwede rückte wieder etwas ab. Als er weitersprach, klang seine Stimme anders als zuvor:

»Haben Glück heute, oder, Genosse? Die Leute benehmen sich einigermaßen. Ist ihnen wohl zu kalt, was?«

Der Dicke nickte und schüttelte zugleich den Kopf: *Kann sein, kann auch nicht sein.*

Brackwede wollte sein Glas leeren, aber seine Hand begann so sehr zu zittern, dass das Bier überschwappte. Er stellte sein Glas ab, gerade noch rechtzeitig, bevor der ganze Arm in Bewegung geriet. Der Arm zuckte hin und her, hin und her, als wollte er den Passanten draußen winken. Brackwede fasste mit der linken Hand seine rechte und presste sie auf die Theke. Sein Arm aber zuckte weiter wie ein gefangener Aal.

»Geht schon«, presste er hervor. »Passiert manchmal, wenn ich mich aufrege, oder wenn ich müde bin. Ein Andenken an früher.« Brackwede lächelte schief. »Kommt man aber drüber weg. Muss sich halt zusammenreißen. Alles Kopfsache.«

Er klopfte mit der Linken auf seine rechte Hand, als wollte er sie beruhigen. Als das nichts brachte, schlug er mit der Faust auf sie ein, zweimal, dreimal. Herman schaute zum Dicken, aber der leerte bloß sein Glas. Die Umstehenden sahen weg. Nach einer Weile ebbte das Zucken ab, Brackwede war noch blasser als zuvor. Keuchend sagte er:

»Wollen wir? Die Pferde brauchen Bewegung.«

*

Bei der zweiten Tour hatte Herman schon Routine. Während er Geschirr hin und her reichte, wurde ihm klar, dass er bald handeln musste, denn Brackwede griff immer tiefer in den Kessel. Aber wie weit war er bereit zu gehen? Schließlich drang aus dem Innern der Gulaschkanone das Kratzen von Metall auf Metall.

Jetzt war seine letzte Chance.

»Liegt meine Mappe noch da oben?«, fragte Herman den Dicken, der auf der Gulaschkanone saß.

»Warum denn?«

»Ach«, sagte er und winkte ab. »Ist nur ein Entwurf für eine Zentrale. Für Panropa. Die ... wird bei Basel gebaut.«

»Sie bauen schon?« Brackwede blickte auf.

»Wenn's wieder wärmer wird, kann's losgehen.«

»Darf ich mal?« Brackwede zeigte auf die Aktenmappe.

»Aber bitte seien Sie vorsichtig.«

Behutsam zog er eine Zeichnung hervor. Aus der Mappe lugten drei gläserne, sich nach oben verjüngende Hochhäuser. Brackwede schaute zwischen Blatt und Herman hin und her: »Stammt der von Ihnen?«

»Nein, nein«, log Herman, »dafür haben wir natürlich unsere Leute. Der hier ist von Höger.«

»Ach was«, sagte Brackwede und dehnte dabei jedes Wort, »Fritz Höger ...« Er zog das dicke Papier ganz heraus und betrachtete es. Zwischen den drei Türmen kam eine gläserne Kuppel zum Vorschein. Er nickte: »Ja, das passt zu ihm. Und wer arbeitet noch für Sie?«

»Viele! Peter Behrens kennen Sie ja sicher. Und Erich Mendelsohn natürlich. Seine Entwürfe sollten Sie mal sehen!«

Wieder nickte Brackwede. Nach einer Weile steckte er den Entwurf zurück und fragte:

»Wer bezahlt eigentlich das Ganze?«

»Bitte haben Sie Verständnis: Ich darf Ihnen dazu strenggenommen nichts sagen.«

»Natürlich.« Brackwede kam aus dem Nicken gar nicht mehr heraus.

»Aber sagen wir es so: Letztlich entscheide ich, was wann wie wo gebaut wird. Es ist *mein* Projekt. Das respektieren auch die Geldgeber. Die wissen, alles andere würde im Chaos enden.« Herman sah zu ihm hinauf. »Sie könnten natürlich auch was einreichen. Es gibt jede Menge zu tun.«

»Ich? Nein, nein …« Er lächelte. Dann zog er den Entwurf noch einmal hervor und betrachtete ihn lange. »Wozu«, fragte Brackwede schließlich, »brauchen Sie da noch den Preis?«

Herman atmete tief durch, um Zeit zu gewinnen, und sagte dann:

»Gerade weil das Projekt schon sehr weit gediehen ist. Da wollen wir jetzt auch die Regierungen einbeziehen, allein wegen der schieren Größe der Aufträge. In der Hochphase werden wir Hunderttausende Arbeiter brauchen und alle Architekten und Bauingenieure, die wir kriegen können. Dem Reich wollen wir natürlich einen kleinen Vorsprung geben – gerade jetzt.« Er ließ den Blick schweifen. »Das konnte ich Ihnen am Telefon natürlich nicht so offen sagen. Deshalb habe ich so auf ein Treffen gedrängt. Wir dürfen schließlich nicht alles den Spaniern und Engländern überlassen.«

»Die sind schon dabei?«

Zur Antwort zog Herman Schultern und Brauen hoch.

»Verstehe«, sagte Brackwede ernst, »verstehe.« Sorgsam schob er den Entwurf zurück in die Mappe. »Wenn das so ist, ich meine, wenn es dermaßen drängt, und wenn Deutschland bei alledem … Ach, hätten Sie mir das bloß früher gesagt! Aber ich verstehe Sie natürlich.« Er füllte einen Teller bis zum Rand, bemerkte es und schüttete etwas Suppe zurück in den Kessel. »Machen wir es so: Ich sehe, was ich tun kann, und melde mich so bald wie möglich bei Ihnen. Das kann ein wenig dauern, bis nach der Wahl. Wenn es einen zweiten Wahlgang gibt, verzögert sich alles bis Anfang April. Und dann ist da noch irgendwann die Preußen-Wahl …«

»24. April«, sagte der Dicke, der offenbar gut zugehört hatte.

»Noch zwei Monate?«, fragte Herman lauter als beabsichtigt.

»Ich weiß, ich weiß. Aber ich tue wirklich, was ich kann. Bitte entscheiden Sie nichts, bevor ich nicht alles versucht habe. Und sollte es gutgehen, dann würde ich mich natürlich sehr freuen, wenn …«

Zur Antwort nickte Herman wissend. Brackwede hatte den Hinweis auf die Bauingenieure also genau so verstanden, wie er ihn gemeint hatte. Trotzdem war ihm übel. Das flaue Gefühl in der Magengegend kam höchstens teilweise von Kälte und Hunger (die Suppe hatte er nicht angerührt, denn niemand hatte sie ihm angeboten). Sein Körper gab Herman klar zu verstehen, was hier passierte: Obwohl er sich nicht von der Stelle gerührt hatte, hatte er eine Grenze überschritten, und jetzt stand er auf fremdem, unsicherem Grund.

»Högers Idee ist ganz in Ordnung«, sagte Brackwede mit neuer Zuversicht, »aber ich bin sicher, Sie können noch bessere Entwürfe kriegen.«

»Eigentlich finden wir den Entwurf sehr gut so.«

»Sicher, sicher. Aber da geht noch mehr. Höger ist zu arriviert. Es bräuchte jemanden von außen, der ganz neue Impulse reinbringt, radikaler denkt. Zum Beispiel«, Brackwede überlegte, »zum Beispiel ein Hochhaus, das zugleich eine Statue ist. Europa auf dem Stier oder so was! Oder ein Gebäude in Form des Mittelmeers. Im Süden sitzen die Afrikaner in ihren Büros, im Norden die Europäer. Oder …«

»Wir sind wirklich *sehr* zufrieden mit dem Entwurf, so wie er ist.«

»Ach so«, sagte Brackwede und lehnte sich zurück. »So ist das.«

»Ich würde mich sehr freuen, wenn Sie sich an geeigneter Stelle im Projekt engagieren. Aber Sie verstehen bestimmt, dass …«

»Ich verstehe *sehr gut*.«

Über Minuten sprachen sie kein Wort. Herman vermied es, Brackwede anzuschauen. Solange sie den Unmut im Gesicht des anderen nicht sahen, konnten sie tun, als gäbe es ihn nicht. Vielleicht würde er ja verfliegen wie der Suppendampf. Obwohl der Kessel bald leer sein musste, wuchs die Menschentraube wieder. Erst vermutete Herman, ein Obdachlosenheim habe seine

Bewohner bis zum Abend vor die Tür gesetzt. Oder war in einer der Fabriken, die noch in Betrieb waren, gerade Schichtwechsel? Dann aber bemerkte er die vielen braunen Hemden. Im selben Moment hielt auf der anderen Straßenseite der Propagandawagen von vorhin, und ein Dutzend Rotfrontkämpfer sprang von der Ladefläche. Stiefelsohlen knallten aufs Kopfsteinpflaster, die Männer kamen näher. Die SAler sahen ihnen zu.

Etwas zerrte wieder an seinem Hosenbein. Es war der Junge von vorhin. Er hatte den Zeigefinger auf den Mund gelegt und hielt eine schäbige Emailleschüssel hoch. Eine rotblaue Linie verlief von seiner linken Wange bis zum nackten Hals. Die Wunde war noch ohne Schorf. Herman erschrak, aber der Schreck wich sofort schier grenzenloser Zuneigung für dieses Kind. Nein, es war nicht seines, und doch fühlte er sich von einem Moment zum nächsten verantwortlich. Das hier war nicht Lotti. Lotti war tot. Aber Herman schien es, als hinge das Schicksal des Kindes, das Irene und er hoffentlich einmal haben würden, davon ab, wie er in diesem Moment handelte.

Ohne ein Wort reichte er Brackwede die Schüssel. Der füllte sie und war im Begriff, sie Herman zurückzugeben, als er schrie:

»Verschwinde!«

Sein wütender Blick richtete sich auf den Jungen.

Der schüttelte den Kopf.

»Ich sag's dir nicht nochmal!«

Der Junge rührte sich nicht. Ein SA-Mann rief:

»Beeilung da vorne!«

»Schnauze da hinten!«, brüllte Brackwede. »Sonst kriegst du auch nichts!«

Der SAler schaute überrascht seine Kameraden an.

»Er hat mir 15 Pfennig gegeben«, sagte Herman und suchte in der Hosentasche nach Kleingeld. Mit der anderen Hand langte er nach der vollen Schüssel.

»Du hast mich beschimpft«, rief Brackwede an Herman vorbei. »Weißt du, was wir früher mit so einem gemacht haben, hä?«

Herman schob den Jungen mit der freien Hand von sich und Brackwede fort. Doch der Kleine presste verzweifelt dagegen.

»Komm mal her, du!«, schrie Brackwede, und Speicheltropfen sprangen von seinem Mund. »Also komm!« Als der Junge sich noch immer nicht rührte, ergriff er, das Gesicht kalkweiß und am ganzen Körper bebend, die Pferdepeitsche und sprang vom Wagen:

»Du gehorchst jetzt, verdammt noch mal!«

Die Umstehenden wichen zurück. Herman stellte sich zwischen den Jungen und Brackwede. Der sah ihn an mit einem Blick, der nicht zu seinem schmalen, bebrillten Gesicht zu gehören schien. Etwas Unaussprechliches hatte die Kontrolle über den Mann übernommen, bereit, alles um sich herum zu zerstören, auch und gerade sich selbst. Er wollte Herman zur Seite schieben, doch der stemmte sich dagegen.

»Lassen Sie's gut sein«, sagte Herman, als wollte er mit guten Worten ein wildes Tier zähmen.

Vor ihm schwang Brackwede die Peitsche, ließ sie auf den gefrorenen Boden knallen, zweimal, dreimal. Herman erstarrte. Hinter sich spürte er den Jungen, der sich an seinen Rücken drückte. Wieder sauste die Peitsche durch die Luft. Herman war sicher, das nächste Mal würde sie nicht auf Kopfsteinpflaster niedergehen, und schloss die Augen.

»Finger weg, ihr Schweine!«

Herman riss die Augen auf. Zwei Rotfront-Männer rangen mit Brackwede. Ein dritter kam ihnen zu Hilfe. Gemeinsam drückten sie ihn zu Boden. Doch noch immer hielt er die Peitsche, und in panischer Wut schwang er sie gegen die Männer über ihm, verfehlte den einen, erwischte aber einen anderen an der Schulter. Der Getroffene ächzte und schlug Brackwede ins Gesicht. Der schrie auf. Jetzt schlug der Dicke den Deckel des Kessels zu, kletterte vom Bock, riss einen Rotfrontler mit erstaunlicher Leichtigkeit herum und schlug ihm in den Bauch, dass der in die Knie sank. In diesem Moment hätte alles vorbei sein können, hätte ein Roter dem Dicken nicht ins Gesicht geschlagen. Der taumelte benommen nach hinten und fiel gegen einen SAler. Von beiden Seiten brandete Gebrüll auf, ein Kriegsgeschrei aus vormenschlicher Zeit. Ehe Herman begriff, was geschah, schlugen fünf, dann zehn, dann mindestens fünfzehn Männer aufeinander ein. Er wurde hin und her gestoßen, hielt sich aber auf den Beinen, packte den Jungen und schob ihn vor sich her, bis sie ein paar Meter abseits standen:

»Lauf nach Hause! Schnell!«

Der Junge rührte sich nicht. Etwas, das bedrohlicher sein musste als Lärm und Gefahr ringsum, hielt ihn davon ab, und er rief:

»Suppe!«

Herman sah zur Gulaschkanone. Auf dem Bordstein daneben lag die Emailleschüssel. Sie war umgekippt.

»Das geht nicht«, sagte Herman.

Der Junge presste die Lippen aufeinander. Seine Wange leuchtete blau und rot.

»Bleib hier«, sagte Herman. Dann lief er, den Prügelnden ausweichend, im Zickzack zum Wagen und hob die Schüssel auf. Doch als er den Deckel vom Kessel nehmen wollte, sah er, dass der dicke Genosse ein Vorhängeschloss angebracht hatte. Er lief zurück zum Jungen, der erschrocken auf Hermans leere Hände sah.

»Hier, Junge, kauf dir was zu essen.«

Er kramte in seinen Manteltaschen, fand aber statt Münzen nur das Monokel. Das bisschen Bargeld, mit dem er am Morgen aus der Wohnung gegangen war, hatte er für Fahrkarten und Bier verbraucht. Mittags hatte er wieder zurück sein wollen. Trotzdem kam er sich jetzt dumm vor, unvorbereitet, blauäugig.

»Suppe!«

Die Stimme des Kleinen klang schrill in Hermans Ohren.

»Ich hab' leider kein Geld dabei. Aber wenn du mir deine Adresse aufschreibst, dann ...«

»Suppe!«

Herman presste die Lider aufeinander:

»Es gibt aber keine Suppe mehr ...«

»Suppe!« Der Junge steckte die Hände in die Hosentaschen. »Suppe!«

»Jetzt sei doch mal ruhig, Herrgott!«

Er wollte so nicht sein. Wollte niemanden anschreien, erst recht kein Kind. Aber die prügelnden Männer neben ihm, das Ächzen und Gebrüll, der eisige Wind, und dann dieses unverständige Kind, dem er doch nur helfen wollte – all das machte Herman wütend. Wütend auf die eigene Dummheit, wütend auf die Dummheit der Schlägertypen, wütend auf das dumme Geschrei des Jungen. Das hier war brutaler Irrsinn, eine Vergeudung von Energie.

»Suppe! Suppe! Suppe!« Die Stimme überschlug sich.

Herman bleckte die Zähne und hob die Hand. Der Junge zuckte zusammen. Erschrocken über sich selbst ließ Herman die Hand sinken. »Ruhig«, sagte er hastig, mehr zu sich selbst, »ganz ruhig.« Er kniete sich hin. »Komm, wir gehen zu dir nach Hause, und ich erkläre, dass du wirklich alles versucht hast, und dann finden wir einen Weg, wie …«

Er spürte einen Schmerz an der Schläfe und sank stöhnend zurück. Etwas tropfte von der Braue hinab in sein linkes Auge, er kniff es zu. Jemand musste ihn getreten haben, doch er sah niemanden, und die Prügelei war fast vorüber. Nur noch drei oder vier Männer schlugen müde aufeinander ein. Andere halfen Kumpanen, die am Boden lagen, auf und humpelten gemeinsam davon. Herman wandte sich wieder dem Jungen zu – und sah in dessen Hand einen gezackten Stein.

Der Kleine steckte ihn in die Hosentasche, ergriff die Schüssel und rannte zurück zum Haus.

Herman fasste sich an die Stirn und besah seine blutverschmierten Finger. Er ging ein paar Schritte und lehnte sich an ein Wagenrad. Hatte er gerade wirklich beinahe ein Kind geschlagen? *Er*? Ihm kam es vor, als sei ein Schleier weggezogen worden. Nicht zwischen ihm und der Welt, sondern zwischen dem Menschen, der er zu sein glaubte, und – ja, wem eigentlich? Jenem Menschen, der er *in Wirklichkeit* war? Vorsichtig betastete er noch einmal die schmerzende Stelle. Es tat nicht übermäßig weh, und seine Finger waren nicht blutiger als zuvor. Er hatte den Jungen vielleicht nicht satt machen und vor Schlägen schützen können. Aber er konnte so vieles dafür tun, damit Kinder wie er nicht in ähnlicher Not aufwachsen mussten. Herman rieb sich die Hände, um das Blut loszuwerden. Machte er es sich womöglich zu einfach? Legte er sich alles so zurecht, bis es ihm passte? Nein, dachte er und schüttelte den Kopf, nein. Es stimmte zwar, er hatte seinen Arm erhoben. Aber Tatsache war auch, dass er *nicht* zugeschlagen hatte. Jetzt nahm er sich das Versprechen ab, so etwas nie wieder zu tun.

Der Herman, der voller Abscheu der Untergrundbahn entstiegen war, hätte jetzt ohne Abschied den Heimweg angetreten. Er hätte Brackwede im Stillen verdammt und wäre sich dabei überlegen vorgekommen. Aber wem wäre damit gedient gewesen? Nur ihm selbst. Und so zwang er sich, zu Brackwede zu gehen, der am Rinnstein saß und sich das blutende Kinn hielt, sich neben ihn zu hocken und zu warten. So saßen sie eine Weile frierend nebeneinander und sahen zu, wie der Dicke davonfuhr. Schließlich fragte Herman:

»Geht's?«

Brackwede machte, ohne ihn anzusehen, eine wegwerfende Handbewegung.

»Ich wollte«, sagte Herman langsam, »mich entschuldigen.« Er schluckte und machte eine Pause. »Ich hätte Ihnen klarer machen sollen, wie gut ich Ihre Ideen finde. Es ist nur so: Wegen der Zentrale stehe ich bei Höger im Wort.«

»Lassen Sie mal«, nuschelte Brackwede in seine Hand. »Ich weiß schon, wie Sie das gemeint haben.«

»Ich glaube nicht.« Wieder schwieg er und prüfte, wie sein Nachbar reagierte. »Wir brauchen wirklich fähige, zähe Leute. Dass Sie was können, wusste ich schon. Und wie zäh Sie sind, habe ich ja jetzt gesehen.«

Brackwede lachte kurz auf, dann sagte er, als wollte er sich korrigieren:

»Was Sie vorhin gemacht haben, das war nicht in Ordnung.«

»Ich sagte doch schon, dass Höger …«

»Nein, das mit dem Jungen.«

»Das?« Herman überlegte. »Na, die Schläger warteten doch nur auf einen Vorwand. Und als Sie mit der Peitsche auf den Jungen … Da ahnte ich, was passieren würde. Aber Sie waren so in Rage, so …«

»Ich weiß«, sagte Brackwede matt. So etwas hörte er wohl nicht zum ersten Mal. Vorsichtig nahm er die Hand vom Kinn und legte die andere an ihre Stelle.

»Ich hätte Sie gern in unserer Truppe, sobald die Dinge ins Rollen gekommen sind. Sie könnten dann auch selber entwerfen. Mehr als nur ein Haus.« Er forschte im Augenwinkel nach der Wirkung seiner Worte und war nicht zufrieden. »Eigentlich dürfte ich Ihnen das gar nicht anbieten, aber was soll's. Also, wie wäre es, wenn Sie für uns eine ganze Stadt planen? Ein neues Marseille zum Beispiel. Kann aber auch was in Spanien oder Italien sein. Sie haben freie Wahl. Ich würde all meine Autorität in die Waagschale werfen, damit Sie das Sagen haben, vom ersten Entwurf bis zum letzten Ziegelstein. Es wäre *Ihre* Stadt.«

»Klingt alles noch ziemlich weit weg.«

»Dann machen wir es so: Der allernächste Bau nach der Zentrale ist Ihrer, von A bis Z.«

Brackwede straffte den Rücken: »Wirklich?«

»Wirklich.«

Er konnte sich vorstellen, was in Brackwede vorging. Wer einmal begriffen hatte, dass Panropa die Zukunft – die *eigene* Zukunft – war, dem wurde leicht und stark zumute. Warum bloß schwieg Brackwede dann? Irgendwas hielt ihn offenbar noch davon ab, auf das Angebot einzugehen. Herman schaute ihn von der Seite an. Übel mitgenommen sah er aus, zugleich aber seltsam gelassen, als hätte er die Schläge ersehnt.

»Also …?«, fragte Herman leise.

Brackwede blickte auf, den Mund von Schmerz verzerrt. Doch als er Hermans Schläfe sah, entspannte sich sein Ausdruck. Lächelnd reichte er Herman die Hand und sagte:

»Nichts für ungut.«

Herman brauchte einen Moment, bis er verstand, dass der andere das nicht als Bitte meinte, sondern als Angebot. Brackwede *vergab ihm*.

Noch Stunden später, da war er längst satt, verarztet und gewaschen, betrachtete er immer wieder seine Hand.

15

Bahn frei für den Frieden!
Brünings Genfer Ansprache an die internationale Presse
Eigene Meldung der Vossischen Zeitung
Genf, 28. April 1932

Bei dem angekündigten Empfang der internationalen Presse im Hotel Métropole hielt heute Abend Reichskanzler Dr. Brüning eine Ansprache, in der er zunächst an sein im Februar gegebenes Versprechen, wiederzukommen, erinnerte und erklärte, daß er diesmal weniger wegen der Abrüstungsverhandlungen hergekommen wäre, als um die Gelegenheit zu Gesprächen mit den hier versammelten Staatsmännern über andere Fragen zu benutzen, die Deutschland und die ganze Welt bewegen. (...)
Dann kam Dr. Brüning auf die Forderung Deutschlands nach Gleichberechtigung und tatsächlicher Abrüstung zu sprechen und erklärte, daß an dieser Forderung das ganze deutsche Volk trotz aller Parteiunterschiede einmütig festhalte. Schließlich aber gehörten Abrüstung und Reparationen und wirtschaftliche Krise untrennbar zusammen und bei allen diesen Fragen handle es sich nicht nur um finanzielle oder technische Fragen, sondern um das psychologische Problem, wie man es macht, daß die Völker wieder Vertrauen zueinander fassen. Davon – sagte er – ist die Gesundung der Welt zu einem erheblichen Teil abhängig. Er warnte vor jeder Entmutigung, weil die Dinge nicht schnell genug gingen, und verwies auf die großen Schwierigkeiten, aber er fügte auch hinzu: »Die Entwicklung der Tatsachen hat aber jetzt ein sehr schnelles Tempo angenommen und unsre Beratungen müssen sich dem Tempo der Wirklichkeit anpassen, wenn die Lösungen nicht zu spät kommen sollen.«

Zürich, zur selben Zeit
Am Morgen war es Herman noch vorgekommen, als gäbe der

Frühling zur Feier des Tages sein Bestes. Die Luft, die nahe des Sees so lange frisch und kühl gewesen war, ließ zum ersten Mal die Wärme des Sommers erahnen. Auch das Blau über den fernen Bergen schien zu beglaubigen, dass die Mühen sich gelohnt hatten und bald alles leichter würde. Voller Vorfreude hatte er Irene mit einem Kuss auf die Wange geweckt. Wie immer hatte sie so getan, als kratzten sie seine Bartstoppeln, und ihn verschlafen einen *Poccolucci* genannt. (Er hatte es aufgegeben, in ihren Kosenamen einen Sinn zu suchen.) Danach war er die Treppe hinabgestiegen und hatte in die Stille gehorcht. Irenes Mutter war tatsächlich noch vor Morgengrauen abgereist, und Bedienstete hatte er hier schon lange nicht mehr gesehen: Sie beide hatten das große Haus für sich. Im Flur hatte er den Telefonhörer abgehoben und befriedigt das neuartige Summzeichen gehört. Nach einem Bad hatte er im Salon die schweren Vorhänge beiseitegeschoben und nach draußen geschaut. An diesem Morgen konnte selbst der träge, dunkle Fluss nicht anders, als hier und da das Blau des Himmels zu spiegeln. Beim Frühstück im Morgenmantel von Irenes Vater hatte nicht einmal die Lektüre der Morgenzeitung Hermans Stimmung trüben können. Anschließend war er das Redemanuskript durchgegangen und hatte mit stillem Vergnügen die Teilnehmerliste gelesen, bis er jeden der märchenhaft klingenden Namen mit einer ähnlich traumartigen Adresse verband (Gustav Süssli wohnte in Oerlikon, Robert Welti in der Tiefenhöfe). Als all das erledigt war, hatte er wieder nach dem Hörer gegriffen und zufrieden registriert, dass die Leitung noch immer frei war und der Apparat betriebsbereit. Alles schien bestens geordnet für einen perfekten Tag. Aber das war jetzt neun Stunden her, und seither hatte das Telefon nicht geklingelt.

Herman ging zu einem Fenster an der Straßenseite. Zwei Stockwerke unter ihm huschten Hüte vorbei, unterwegs zu ihren heimischen Garderoben. Von dem Automobil aber, mit dem der junge Mann ihn abholen wollte, war nichts zu sehen. Als wäre die Lage nicht heikel genug, würde er seinetwegen auch noch zu spät kommen! *Junger Mann*. Wann hatte er angefangen, andere so zu nennen? Ohne Julius Schlegel stünde er heute bestimmt nicht voller Vorfreude am Fenster und wartete. Und doch, dachte Herman, und doch war Schlegel, rein sachlich gesehen, durchaus ein *junger Mann*, nämlich zehn, vielleicht gar fünfzehn Jahre jünger als er. Das also war es nicht, was ihn an dem Wort irritierte. Sondern vielmehr, was er damit über sich selbst aussagte: Er machte sich alt. Dabei war er jetzt, mit 47 Jahren, voller Schaffenskraft. (Schon bald, spätestens im nächsten Jahr, würde er einen Tonfilm drehen. Keine Jules-Verniade, kein *Metropolis* oder *Frau im Mond*, sondern ein sauber gearbeiteter Spielfilm mit prominenten Darstellern, ein Propagandamittel im besten Sinne. Als Erstes musste eine Jury in einem Wettbewerb das beste Drehbuch auswählen. Vielleicht konnte er Thomas Mann als Juror gewinnen, der wollte doch überall dabei sein.) Er, Herman Sörgel, mochte älter geworden sein, vor allem aber klüger und verständiger. Wenn man es genau betrachtete, mochten junge Männer durchaus voller Energie stecken, aber sie waren auch unerfahren und verloren leicht ihr Ziel aus den Augen. Je länger er vergeblich Ausschau nach Schlegel hielt, desto überzeugender fand er den Gedanken.

Endlich Motorenlärm. Ein Automobil fuhr vor, groß und dunkelrot, und hielt vorm Hauseingang. Heraus kletterte ein Blondschopf im grauen Wollanzug. Er war schlank und gutaussehend, wenn auch ein wenig blass. Erst jetzt bemerkte Herman, dass er sich in den vergangenen Monaten kein Bild von Schlegels Äußerem gemacht hatte. Er zog sein bestes Jackett über, griff die Aktentasche und ging ins Erdgeschoss. Nahe der Haustür kam ihm Irene entgegen.

»Viel Erfolg.« Sie küsste ihn.

»Komm nach, sobald du kannst.«

»Natürlich. Die Telefonnummer?«

»Liegt neben dem Apparat. Ich sage dem Wirt, er soll mich aus der Sitzung holen, egal, was ist.«

Sie strich ihm übers Jackett, als wollte sie ein Haar entfernen.

»Glaubst du, er meldet sich heute noch?«

»Er hat es versprochen.«

»Er ist Politiker.«

»Irene …«

»Was?«

»Lass uns nicht wieder davon anfangen.«

Ihr Gesichtsausdruck wurde weicher, und sie sagte:

»Ach, Poccolucci, ich wäre so gern von Anfang an dabei.«

»Und ich wünschte, du könntest da sein. Aber es geht nicht anders.«

»Ich habe eh noch was zu erledigen.« Sie sah seinen besorgten Blick. »Keine Sorge, ich mach's kurz.«

»Du verlässt das Haus? Und das Telefon?«

Sie gab ihm noch einen Kuss und öffnete die Tür.

»Herr Sörgel, Frau Sörgel. Welche Ehre, Sie endlich persönlich kennenzulernen.« Schlegel lächelte. Zumindest sollte es so aussehen. Doch während er seine Mundwinkel nach oben zwang, presste er die Lippen aufeinander, und seine hellblauen Augen schienen durch das Paar hindurchzusehen. Er schüttelte Hermans Hand und deutete gegenüber Irene ungelenk Verbeugung und Handkuss an. Dann erstarb das Lächeln ganz. »Bitte entschuldigen Sie. Unsere Straßen sind vielleicht für einspännige Kutschen gemacht, aber nun wirklich nicht für Automobile. Ich wollte deshalb besonders früh losfahren. Dann rief mich meine Frau. Wir dachten schon, es wäre so weit. Sie ist schwanger.«

»Ihr erstes Kind?«, fragte Irene.

Julius Schlegel nickte.

»Wie aufregend. Und wann, sagt der Arzt, soll es kommen?«

»Vorgestern.«

Irene lachte, Schlegels Mund blieb ein Schlitz. Herman schwieg. Vom Aussehen des Architekten mochte er sich kein Bild gemacht haben, sehr wohl aber von dessen Charakter: zupackender, energetischer und pünktlicher, als dieser junge Mann es war.

»Das sind bestimmt ganz aufregende Zeiten für Sie.« Irene fasste Schlegel am Arm. »Aber ich bin sicher, Sie werden das wunderbar bewältigen, Ihre Frau und Sie.«

»Danke, Frau Sörgel, das ist sehr freundlich von Ihnen. Sie haben da sicher mehr Erfahrung als wir.«

Herman durchfuhr ein Stich, aber Irene ließ sich nichts anmerken. Ihr gelang sogar ein mitfühlendes Lächeln, das Schlegel als Antwort genügte. Sie gingen zum Wagen.

»Grüßen Sie bitte Ihre Frau von mir«, rief sie den Männern zu, bevor die Autotüren sich schlossen. »Und sagen Sie ihr, alles wird gut!«

Sie fuhren los. Hätte er nicht gewusst, wie sehr Schlegels Worte Irene schmerzen mussten; hätte er nicht gewusst, wie sie beide seit Jahren hofften, enttäuscht wurden und wieder hofften, Monat für Monat ein wenig müder, ein wenig verzweifelter – dann hätte sogar er Irene geglaubt. Wie stark diese Frau war. Auf eine Art, die ihn nicht einschüchterte, sondern stolz machte, war sie stärker als er.

Der Wagen rumpelte über das Pflaster, dass ihre Köpfe wippten, und der vibrierende Motorenlärm drückte auf ihre Ohren. Die alten, eng beieinanderstehenden Häuser sahen aus wie geschrumpft. Zu ihnen passte nichts Überschießendes, keine spontane Regung. Darin zu leben, dachte Herman, war Planerfüllung. Um ihn herum schaukelten die Gassen im Lärm.

»Hat er angerufen?«, rief Schlegel.

Herman schüttelte den Kopf.

Schlegel schwieg.

»Also: *noch* nicht«, rief Herman. »Aber er weiß, wir brauchen endlich die Zusage! Er hat mir versprochen, er meldet sich heute!«

Schlegel schwieg weiter.

»Warum fragen Sie? Ist das ein Problem?«

»Nein, nein!« Schlegel machte eine wegwerfende Geste. »Nein! Also … Es ist nur: Heute Morgen hat ein Teilnehmer abgesagt! Ein angesehener Geschäftsmann! Nebenbei ein alter Schulkamerad von mir! Tüchtiger Bursche! Er sagte, er muss sich um seine alten Eltern kümmern! Aber ich weiß, er macht sich schon länger Sorgen um seine Firma! Baustoffe! Der Absatz geht gegen null! Kaum Einnahmen, aber konstant hohe Ausgaben! Da muss er jetzt alle Kraft reinstecken, um wieder rauszukommen!«

»Das ist natürlich bedauerlich«, rief Herman. Offenbar klangen seine Worte so ratlos, wie er sich fühlte. Denn Schlegel antwortete:

»Die Absage von Antonius – also von Herrn Groß; er heißt Antonius Groß –, die Absage könnte die Vereinsgründer entmutigen! Er hat vor ein paar Jahren in ein Geldhaus eingeheiratet, mehr als zweihundert Jahre im Familienbesitz. Wir sind seit dem Gymnasium befreundet! Seit einer Ewigkeit!« Schlegel machte eine Pause, als wunderte er sich, warum er das erwähnte. »Und er hat unermüdlich für das Projekt geworben! Mancher, der heute kommt, ist mit ihm befreundet! Die Leute brauchen jetzt eine gute Nachricht! Sie brauchen die Bestätigung, dass sie aufs richtige Pferd setzen!«

Aufs richtige Pferd? Etwas an der Art, wie Schlegel über die Honoratioren sprach, irritierte Herman. Oder daran, wie er sich über das Lenkrad beugte, als hielte er sich fest. Aber vielleicht musste er sich erst an den physischen Schlegel gewöhnen. Bislang kannte er allein den geschliffenen Briefeschreiber, den Mann aus Papier. Wie oft hatte er seine Sätze gelesen. Sie waren der Blick in ein großes, sonnenbeschienenes Zimmer voller weit geöffneter Fenster. Erstes Ziel der »großen Propaganda« musste sein, Panropa-Parteien auf dem ganzen Kontinent zu gründen. Nur dann verstanden Franzosen, Briten oder Polen Panropa nicht als Projekt technokratischer, ausländischer Eliten, sondern als ihren ureigensten Wunsch. Ja, demokratische Mehrheiten zu erringen, und das auf dem ganzen Kontinent, war ein enorm wichtiger Schritt. Aber warum eigentlich sollte ihnen das nicht gelingen? Waren Deutschland und Spanien erst gewonnen, hätten sie es leichter, auch die anderen Länder zu überzeugen. Das Ergebnis wäre das Gegenteil des Abwärtsstrudels, in dem die Welt seit Jahren gefangen war: ein Aufwärtssog hinauf zu Wohlstand, Kooperation und Frieden! Und dabei schritten nicht die Regierungen voran, sondern die Wähler. Das wäre echte Demokratie, über Grenzen hinweg. Alles schien möglich, brachte die Organisation nur fähige, engagierte Leute zusammen. Aus den Augenwinkeln sah er zu Schlegel, der ächzte, wenn er den Wagen durch eine Kurve lenkte. *Aufs richtige Pferd?*

Ein Knall schreckte ihn auf. Schlegel griff das Lenkrad fester, bremste und fuhr langsam auf den Bordstein.

»Ich fürchte …«

»Hoffentlich nicht«, entfuhr es Herman.

Schlegel stieg aus und trat gegen den Vorderreifen. »Leider doch. Tut mir sehr leid. Mein Schwager hat mir den Wagen geliehen«, sagte er rasch. »Er hat mir versprochen, dass alles …«

»Können Sie es reparieren?«

»Wir haben einen Ersatzreifen. Ich tu' mein Bestes.«

Herman blickte aus dem Seitenfenster. Noch am Morgen hatte er sich gefreut über die Vorstellung, sich von Schlegel abholen zu lassen: erst die gute Nachricht per Telefon, dann die gemeinsame Fahrt durch eine frühlingshafte Stadt, schließlich die feierliche Gründung. Ein perfekter Tag. Doch Schlegels Zuspätkommen, sein kraftloses Auftreten und seine Zweifel an der Entschlossenheit der anderen – all das verwirrte und betrübte Herman. Was sagte es aus über eine Organisation, die ganze Völker begeistern sollte, wenn die Absage eines Einzelnen genügte, ihre Gründer an deren Sinn zweifeln zu lassen? Es dämmerte schon, die Häuser und Bäume sanken in Schatten, und Herman konnte nicht anders, als auch darin etwas Symbolisches zu sehen.

Oder hatte Schlegel Recht? Vielleicht, dachte Herman, hatten die Honoratioren ja ein feineres Gespür fürs Machbare als er. Vielleicht erkannten sie einen Fehler im Plan, den er übersah. Glaubte er nur daran, dass der errettende Anruf noch käme, weil er es gegen alle Vernunft glauben wollte? Immerhin traute er den Versprechungen eines Ministers und eines Genossen, die er kaum kannte. Und was man für Menschenkenntnis hielt, war manchmal bloß Selbsttäuschung. Hatte er sich also verrannt? Seufzend zog er die Taschenuhr aus der Weste. Schon jetzt waren sie eine halbe Stunde zu spät. Jede weitere Minute, die er hier absaß, nährte die Zweifel der Wartenden. Herman stellte sich vor, wie es klänge, wenn er in der engen Gasse laut aufschrie. Hatte das seit den Tagen Calvins je ein Zürcher gewagt? Andererseits: Hatte Erich, der geschäftstüchtige und zugleich visionäre Erich, nicht Recht gehabt, als er sagte, die Pragmatiker hätten ihre Chance gehabt – und sie vertan?

Herman riss die Augen auf, und das Monokel fiel ihm in den Schoß. Er setzte es wieder auf, griff die Aktenmappe, stieg aus dem Wagen und sah sich um. Er rief Schlegel zu: »Ich komme gleich wieder!«, sah dessen überraschtes Gesicht vom Radkasten aufblicken und lief über die Straße.

Hoffentlich war er da. Er *musste* da sein.

Kurz darauf hörte er es am anderen Ende der Telefonleitung läuten. Sei da. Bitte, bitte, sei da. Jemand nahm den Hörer ab. Als Herman die vertraute Stimme hörte, wusste er, er war gerettet.

*

Als sie schließlich ankamen, waren sie mehr als eine Stunde zu spät. Herman war zu froh, dass es endlich losging, um sich weiter darüber zu ärgern. Oder darüber, wie wenig feierlich alles war. Er ignorierte den Rauch und die Ausdünstungen, die ihm in dem Wirtshaus entgegenschlugen, und schritt hoch erhobenen Kopfes vorbei an voll besetzten Tischen. Er achtete kaum auf das klappernde Geschirr oder das rot angelaufene Gesicht des Kellners, der ein Dutzend Bierkrüge trug. Am Ende des Schankraums angekommen, öffnete Herman eine Tür mit Butzenscheiben. Der Veranstaltungssaal war, genau besehen, kaum mehr als ein großes, holzgetäfeltes Zimmer. Unter einem Kronleuchter saßen an einer langen Tafel etwa zwanzig Männer in dunklen Anzügen vor ihren Bier- und Weingläsern. Nur wenige blickten auf. Am Kopfende thronte ein Mann mit weißem Bart und Haupthaar. Herman war so froh, ihn zu sehen, dass er ihm mit offenen Armen entgegenging.

»Mein lieber Herr Siegwart!«

Siegwart stand auf und kam ihm entgegen. Aber anstatt ihm auf die Schulter zu klopfen, schüttelte er ihm mit unbewegter Miene die Hand.

»Herr Sörgel, na endlich. Darf ich Ihnen die Teilnehmer vorstellen?«

Herman ließ sich von ihm um den Tisch führen. Anfangs erkannte er die Namen, die ihm die ernst blickenden Herren nannten, während er lächelnd ihre Hände schüttelte. Es waren die Namen von Architekten aus Zürich und Umgebung, die auf der Liste standen. Die meisten aber, vorgetragen in einer Mischung aus Singsang und Kehllauten, sagten ihm nichts. Als sie die Runde gemacht hatten, fragte er lieber nicht nach Professor Bernoulli; womöglich hatte er ihn gerade begrüßt.

Siegwart zog Herman vom Tisch fort und fragte:

»Wo haben Sie gesteckt?«

»Es ist meine Schuld«, sagte Schlegel rasch. »Wie ist die Stimmung?«

»Ich versuche, die Leute bei Laune zu halten, aber langsam gehen mir die Anekdoten aus. Sie hören wohl eher aus Höflichkeit zu. Lieber würden sie über Herrn Groß reden.«

»Ich hab' davon gehört«, sagte Herman. »Die Sache ist natürlich ärgerlich. Aber das muss uns doch nicht den Abend verderben.«

Siegwart schaute ihn überrascht an.

»*Ärgerlich?*«

»Na, wegen *eines* Mannes müssen doch nicht gleich alle in Panik verfallen. Wollen wir anfangen?« Herman rieb sich die Hände.

»Sicher wollen Sie zu Beginn ein paar Worte über Herrn Groß sagen.«

»Ich kenne ihn doch gar nicht.«

Siegwart sah ihm prüfend in die Augen. »In einer solchen Situation fände ich es angemessen, Sie sagten trotzdem etwas.«

»Sie tun ja gerade so, als sei jemand gestorben.«

»Aber …« Siegwart sah irritiert von Herman zu Schlegel. »Hat er … Haben Sie es ihm denn nicht erzählt?«

»Was denn?«

»Groß ist tot.« Siegwart drehte den Männern an der Tafel den Rücken zu. »Hat sich heute Nachmittag aus dem Fenster gestürzt. Er ist nicht sofort gestorben. Der dritte Stock war nicht hoch genug. Aber ins Krankenhaus hat er es nicht mehr geschafft. Vor dem Haus sind Sägespäne gestreut, aber den Blutfleck kann man noch erahnen. Daneben liegen Blumen. Angeblich hat er vorher Passanten zugerufen, sie sollten aus dem Weg gehen und ihre Kinder wegschaffen.«

Herman blickte fragend zu Schlegel. Der senkte den Kopf.

»Es tut mir leid, Herr Sörgel. Ich wollte es Ihnen ja sagen. Aber erst mussten Sie auf mich warten, dann war da die Panne … Ich fand nicht den rechten Moment. Außerdem … ich habe selbst erst vorhin davon erfahren, kurz bevor ich losfuhr. Es ist alles …« Schlegel seufzte das Satzende aus.

Herman biss sich auf die Unterlippe. Seinetwegen war er zu spät. Seinetwegen hatte er vorhin keinem der achtzehn Männer sein Beileid ausgesprochen. Seinetwegen setzte sich, während er hier stand, in ihren Köpfen der Eindruck fest, Herman Sörgel schere es nicht, ob ein Unterstützer lebte oder starb.

»Schon gut«, sagte er, »schon gut.«

»Wir müssen die Stimmung heben, und zwar sofort.« Siegwart versuchte zu flüstern, aber sein Bass ließ das nicht zu. »Hat das Ministerium sich endlich gemeldet?«

»Irene ruft an, sobald sie mehr weiß.«

»Immer noch nichts? Das kann Stegerwald doch nicht machen, verdammt!« Drei Männer blickten zu ihnen herüber. Siegwart rückte noch ein Stück an Herman heran. »Er weiß doch, wir wollen heute gründen. Aber so, ganz ohne Preis? Und mit einem Toten?«

Es ist eine Sache, sich allein Sorgen zu machen. Eine ganz andere aber, sie im Gesicht eines Menschen, dem man vertraut, gespiegelt zu sehen.

»Ich bin sicher«, zwang Herman sich zu sagen, »er meldet sich.«

»So spät noch?«

»Er hat es versprochen.«

Siegwart riss verwundert die alten Augen auf. Dann fing er sich und sagte:

»Wir können es so machen: Wir erklären das Treffen um zu einer informellen Runde. Tun so, als sei das von Anfang an so geplant gewesen. Trinken was, essen was – und vertagen uns. Und alle wahren ihr Gesicht.«

»Auf wann?«, fragte Herman, ohne aufzublicken.

»Bitte?«

»Auf wann«, sagte er mit gepresster Stimme, »wollen Sie die Gründung vertagen?«

»Auf in einem Jahr. Oder anderthalb. Bis sich die Wirtschaft wieder erholt hat.«

Herman musterte die Männer am Tisch, ihre glänzenden Halbglatzen und fleischigen Nacken; einer trug einen altmodischen Backenbart. Was wäre gewonnen, wenn sie warteten? Zwar wusste jeder, der ein wenig von Ökonomie verstand, dass spätestens Anfang vierunddreißig der Aufschwung anstand, gerade noch rechtzeitig zur Wahl im Herbst. So lange mussten Brüning und Stegerwald aushalten. Aber niemand wusste, ob es bei sechs Millionen Arbeitslosen bleiben würde. Und weiter würden Millionen hungern. Hunderte, vielleicht Tausende Rote und Rechte würden sich auf den Straßen totschlagen, als sehnten sie sich zurück in die Schützengräben. Sollten sie also auf bessere Zeiten warten? Andererseits waren Krisenzeiten gute Zeiten für Panropa. Nie zeigten die Menschen sich offener für Neues, als wenn das Alte offensichtlich versagt hatte. Allerdings konnten andere die Krise vielleicht geschickter nutzten als er. Die Männer um Hindenburg konnten dem Greis jederzeit einflüstern, er sei besser dran, wenn er ganz ohne den lästigen Reichstag regierte. Die Kamarilla sah in Hitler bloß ein willkommenes Schreckgespenst, das ihnen half, ihren Traum von einer Militärdiktatur wahr werden zu lassen, vielleicht gar die Rückkehr zur Monarchie. Und dann wäre weit mehr verloren als Panropa.

»Nein«, sagte er ruhig, aber fest. »Wir müssen uns beeilen. Wir gründen heute.«

Siegwart nickte. Er schien die Antwort gern zu hören. »Aber dann, mein lieber Herr Sörgel, brauchen wir schleunigst einen Plan B.«

»Einen was, bitte?«

»Wenn Sie erlauben«, sagte Schlegel, »dann spreche ich einige Worte über Antonius. Ich meine: Herrn Groß. Panropa war ihm ein Herzensanliegen. Wir haben häufig darüber geredet. Noch vor ein paar Tagen wollten wir …« Er blinzelte einen Gedanken fort. »Jedenfalls … Vielleicht kann ich helfen, die Teilnehmer zu überzeugen, nicht den Mut zu verlieren.«

»Danke, das ist sehr freundlich von Ihnen.« Herman streckte die Hand aus, hielt aber auf halbem Weg inne. »Aber das möchte ich Ihnen nicht zumuten. Es geht Ihnen ja offenbar sehr nah.«

Fast gelang es ihm, sich davon zu überzeugen, dass er meinte, was er sagte. Und dass der Widerwille, der sich in ihm gegen den jungen Mann immer deutlicher regte, bald abflauen würde.

In diesem Moment öffnete sich die Tür, und ein Mann im blütenweißen Anzug trat ein. Als er die in kleinen Gruppen beieinandersitzenden und -stehenden Männer sah, die ihn offenbar nicht erwarteten, guckte er irritiert. Dann schritt er auf Herman zu und fragte leise:

»*Das* ist eure große Versammlung?«

Herman war zu froh, um darauf einzugehen, und ergriff seine Hand.

»Danke, dass du gekommen bist.«

Sein Plan B war da.

*

Bald darauf waren die Stühle an der langen Tafel wieder besetzt. Am Kopfende standen Herman und der Mann in Weiß. Daneben saßen Siegwart und Schlegel und schauten zu ihnen auf. Die Gespräche erstarben.

»Meine Herren, ein berühmter Gast beehrt uns an diesem besonderen Tag mit seiner Anwesenheit – und mit einer Rede. Eigentlich wollte er sie erst in ein paar Wochen halten, hier in Zürich auf dem Kongress des Internationalen Verbandes für kulturelle Zusammenarbeit. Für uns macht er eine Ausnahme. Denn, meine Herren, dieser Tag wird in die Geschichte eingehen als Tag, an dem aus unserem Plan zur Rettung Europas endlich Wirklichkeit wurde! Aber ich möchte der Tagesordnung nicht vorgreifen. Um das Organisatorische wird sich ja Herr Schlegel kümmern. Hören Sie nun also den Vortrag *Der schöpferische Sinn der Krise* von Herrn Erich Mendelsohn!«

Der Applaus ebbte rasch ab. Mancher am Tisch räusperte sich, als Erich Mendelsohn sein Manuskript ordnete, andere sahen einander fragend an. Herman setzte sich zufrieden hin. Siegwart aber lehnte sich zu ihm herüber und raunte ihm ins Ohr:

»Halten Sie das wirklich für eine gute Idee?«

Herman schaute ihn verwundert an.

»Ich kenne Leute wie die hier«, sagte Siegwart. »Hab' mein halbes Leben damit verbracht, Geschäftsmänner von etwas zu überzeugen, von dem sie nichts verstanden oder nichts wissen wollten. Die glauben, sie kalkulierten kühl. Aber in Wahrheit«, Siegwart war ihm jetzt so nah, dass Herman den Zigarrenrauch schmecken konnte, »in Wahrheit entscheiden die mit dem Bauch. Entweder vertrauen sie einem, oder sie tun es nicht. Und sie trauen nur dem, der von seiner Sache völlig überzeugt ist. Ein guter Verkäufer vermittelt keine Botschaft, er ist die Botschaft. Verstehen Sie?« Er blickte Herman forschend ins Gesicht. »Sind Sie *sicher*, dass Sie den richtigen Verkäufer engagiert haben?«

Herman wich zurück. Er wollte ihm sagen, dass er Erich eigentlich nur angerufen hatte, damit der die Zeit bis zum Eintreffen der guten Nachricht füllte. Dass ihm die Idee mit der Rede aber, je länger Stegerwald schwieg, immer klüger erschienen war. Denn er kannte die Rede, sie war blendend: voller überraschender Bezüge zu Europas überreicher Geistesgeschichte, voller tiefer Einsichten in die Ursachen der allgemeinen Verwirrung. Die Rede allein, wollte Herman sagen, konnte die Zuhörer wieder hoffnungsvoll stimmen! Wer brauchte, wenn er Wahrheit und geschichtliche Notwendigkeit auf seiner Seite wusste, schon eine Urkunde der Reichsregierung? Dann aber fiel sein Blick auf die Anwesenheitsliste.

Schlegel hatte sie herumgereicht. Auf ihr stand, neben *Name* und *Adresse*, auch die Spalte *Beruf*. Den Anfang machten fünf Architekten, unter ihnen Herman und Schlegel. Dann aber folgten ihm fremde Namen. Namen von Bauunternehmern, Bankiers, Privatiers, Anwälten, Notaren und noch mehr Bauunternehmern. Deshalb also hatten die Namen ihm bei der Begrüßung nichts gesagt. Vor ihm saßen keine *prominenten Persönlichkeiten, in erster Linie Autoritäten der betreffenden Gebiete*. Kein Professor Bernoulli und keine Schriftsteller, keine Amtsträger oder Wirtschaftsbosse mit philanthropischen Neigungen. Stattdessen hatte Schlegel am Tisch Männer versammelt, die sich von Panropa Bauaufträge, Vertragsverhandlungen und Zinsgewinne erhofften. Die Zukunft Panropas, dachte Herman, lag in den Händen von Krämerseelen.

Er sah zu Siegwart. Sah in eisblaue Augen, die in einem Luzerner Arbeitszimmer seit drei Jahren seitenlange Berechnungen für Staudämme prüften; Augen, die Hunderte Bittbriefe an Industrielle, Mäzene und ehemalige Kollegen gegengelesen hatten, tags wie nachts ganz ohne einen Pfennig Lohn. Diese Augen, die so häufig Stolz und freudige Erwartung ausgestrahlt hatten, blickten ihn jetzt voller Zweifel und etwas müde an. Herman öffnete den Mund – und schloss ihn wieder.

Erich räusperte sich zweimal und begann. Er sei zwar Architekt, wolle aber ganz allgemein über den ›schöpferischen Sinn der Krise‹ sprechen. Sie alle, auch die Künstler, müssten wieder lernen, »das Ganze zu sehen«. Im Lärm der alltäglichen Katastrophen verliere man schnell den Überblick und werde leichte Beute von Angst und Wut. Wer aber hinter die Phänomene blicke, erkenne verborgene Gesetzmäßigkeiten. »Denn das ist der kritische Sinn jeder Schöpfung: im Chaos schon das neue Element zu sehen.«

Mit der freien Hand stach Erich Löcher in die Luft, dass Rauchkringel verwirbelten, sprach voller Inbrunst und achtete nicht auf die Männer vor ihm. Herman aber sah sie ihre Lippen schürzen und mit der Zunge in der Wange bohren; einer betrachtete seine Zigarre, als wollte er sie lesen. In Hermans Bauch machte sich ein flaues Gefühl breit, und ihm fiel ein, dass er vor Aufregung seit dem Morgen nichts mehr gegessen hatte.

Der Redner spannte einen weiten Bogen. Architektur, bildende Kunst, Musik, Literatur und Physikalische Wissenschaft stellten alte Weltbilder radikal in Frage. Frank Lloyd Wright, Schönberg und Rilke griffen feinste Schwingungen ihrer Zeit auf und schüfen daraus Neues. Max Plancks Quantentheorie gebe uns Einsichten in die nicht stetigen Strukturverhältnisse der Energie. Einstein ordne die physikalischen Vorgänge in der Raumzeit-Struktur der Welt neu. Doch Altes und Neues verschmölzen nicht, sondern stünden seltsam unverbunden neben-, ja sogar gegeneinander. Erst die Erschütterungen des Krieges hätten die Menschen zur Veränderung bereit gemacht. Und jetzt endlich, rief Erich, werde eine neue Welt geboren!

Herman applaudierte. Am Tisch aber blieb es ruhig. Die Männer sahen einander an, als wollten sie sagen: *Warum müssen wir uns das anhören? Für wen hält der Kerl sich?* Herman klatschte noch ein paarmal trotzig in die Hände, dann faltete er sie vor sich. Unter den Achseln wurde ihm unangenehm warm.

»Amerika«, las Erich, »gewinnt durch den Krieg im Großen, konsolidiert seine eigenen Probleme und studiert die Zukunft seiner Meere und Nachbarreiche. Russland benutzt die Not des Westens, um auf dem Rücken des geschwächten Europa, des europäischen Handicaps, um so sicherer nach Osten vorstoßen zu können. Und während die Diadochenkämpfe der betagten Staatsmänner das alte Europa immer feiner zermahlen, in immer neuen Kombinationen Vorkriegsrezepte kochen und mit juristischen Formeln die Einigung, die Befriedung des europäischen Kontinents aufhalten – erwachen die Objekte der Vorkriegspolitik, die Kolonien und die Völker des Ostens, zu eigenem Leben und Machtanspruch.« Das lange unterdrückte Asien werde aufsteigen zu neuer, alter Größe. Spannungen nähmen zu. Und wieder einmal drohe »der Krieg als alte Raubmethode, wächst der Antisemitismus als Ablenkung«.

Herman glaubte für einen Moment, Applaus zu hören. Doch es waren nur zwei Männer, die laut husteten.

Doch die nächste Katastrophe, prophezeite Erich, lasse sich verhindern. »Wir müssen zu planvollem Austausch kommen: von Nahrung und Können, von Produkten und Ingenium. Dafür sind große übernationale Aufgaben nötig, die neuen Raum schaffen, neuen Lebensraum, neuen Arbeitsraum.«

Bei den letzten Worten klopften endlich ein paar Fäuste auf den

Holztisch. Immerhin. Zufrieden sah Herman seinen Freund an. Wie hatte es ihn geschmerzt, Erich dabei zuzusehen, wie er sich mit Leuten arrangierte, die ihn im Stillen verachteten. Das war vorbei. Deutsche Behörden erteilten Erichs Büro seit Monaten keine Aufträge mehr. Der junge Bursche, dem Herman die an Regentagen schmerzende Schulter verdankte, hatte Recht behalten: Einer mit Namen Mendelsohn musste jetzt froh sein, wenn ihm jemand Arbeit gab. Aber Erich hatte das nur noch kämpferischer gemacht. Die Rede war sein erster Sturmlauf gegen jene, die Grenzen schließen und Völker wieder aufeinanderhetzen wollten.

Der Redner kam zum Ende. Technische Großprojekte, an denen viele Länder sich beteiligten, las Erich, könnten die gewaltigen Industriekapazitäten bündeln, Arbeitslosen Arbeit geben und so Wohlstand und Frieden auf Dauer sichern. Dann ließ er das Manuskript sinken, legte eine Hand auf Hermans Schulter und rief:

»Meine Herren, Sie alle wissen natürlich, welches Großprojekt ich meine: Panropa!«

Er machte eine kurze Pause, dann neigte er den Kopf wie ein Schauspieler auf der Bühne, um den Applaus entgegenzunehmen.

Herman sprang auf, klatschte laut und schnell. Schlegel tat es ihm nach. Siegwart applaudierte sitzend und ließ den Blick über die Männer am Tisch schweifen. Sonst rührte kaum jemand eine Hand.

Herman klatschte weiter, noch lauter als zuvor, dann richtete er das Monokel, dankte dem Redner und fragte mit gepresster Stimme:

»Haben Sie Fragen an Herrn Mendelsohn?«

Räuspern. Das Klirren von Gläsern, die auf dem Holztisch abgestellt wurden. Jemand entzündete eine Zigarre.

»Ich weiß«, sagte Herman, »der Vortrag kam für Sie recht kurzfristig. Sie hatten keine Zeit, sich darauf vorzubereiten. Aber sicher können Sie auch nachvollziehen, dass ich Ihnen die Möglichkeit, einen so hochkarätigen Experten …«

»Haben Sie Nachricht vom Ministerium?«

Herman brauchte einen Moment, bis er begriff. Einen weiteren, um den Frager ausfindig zu machen. Es war ein Mittfünfziger mit Halbglatze im grauen Dreiteiler. Der Mann saß bequem zurückgelehnt, eine Hand unter die Weste geschoben, und hielt eine glimmende Zigarette.

Um Zeit zu gewinnen, fragte Herman:

»Wie bitte?«

»Nun, Herr Sörgel, um ganz ehrlich zu sein: Wir hatten gehofft, Sie würden uns mitteilen, das Reich werde das Projekt fördern. Sie können sich ja vorstellen: Nur dann bekommt der Verein Kredite. Und damit Geld für Büros, Mitarbeiter, den Druck von Propagandamaterialien und …«

»Das Reich? Woher haben Sie diese … dieses Gerücht?«

»Na, von Ihnen!«

Der Mann schien auf ihn zu zeigen. Für einen Moment war Herman verwirrt, dann begriff er: Neben ihm stand Schlegel.

Er ballte die Hände. Was hatte dieser Kerl jetzt angerichtet? Die Nachricht vom Preis hatte eine Überraschung sein sollen. Etwas, das die Vereinsgründer in ihrem Vertrauen in Panropa bestärken sollte. Und was hatte Schlegel daraus gemacht? Eine Selbstverständlichkeit! Etwas, das diese Krämer einfordern zu dürfen glaubten wie einen Rabatt im Kaufhaus! Was für Leute hatte Schlegel da überhaupt rekrutiert? Die meisten hatten offensichtlich nur hergefunden, weil sie auf lukrative Regierungsaufträge aus waren. Und er selbst war zu vertrauensselig gewesen, hatte sich verloren in einem Märchen in Maschinenschrift. Hätte er die Veranstaltung doch bloß abgesagt. Panropa wäre zwar in weite Ferne gerückt, aber er hätte sich diese Demütigung erspart. Und an all dem war Schlegel schuld. Nie hätte er ihm glauben dürfen. Die Fingernägel stachen ihn in die Handflächen, und er zwang sich, die Fäuste zu lockern. So ruhig er konnte, sagte er:

»Mir ist natürlich jede Hilfe durch Regierungen willkommen. Aber sie ist bei Weitem nicht entscheidend. Wir dürfen uns nicht von staatlichen Stellen abhängig machen. Dafür ist unser Verein schließlich da: um in ganz Europa Bewegungen von unten zu schaffen, wahrhaft demokratische Bewegungen. Das sehen Sie doch sicher ähnlich, Herr …«

»Brodschneider. Ich mache in Immobilien. Die meisten hier sind langjährige Geschäftspartner von mir.« Er wandte sich um. »Oder besser gesagt: Geschäftsfreunde.«

Der Tisch nickte.

»Herr Brodschneider. Wir müssen die Krise als Chance begreifen, um unseren Kontinent grundlegend umzubauen, denn … Aber entschuldigen Sie, ich greife vor. Sicher haben die Anwesenden Fragen an Herrn Mendelsohn. Bitte, ja?«

Doch niemand rührte sich. Als Herman bemerkte, dass er die Hände rang, verschränkte er sie hinter dem Rücken. Schließlich schob ein Mann geräuschvoll seinen Stuhl zurück, aber anstatt etwas zu fragen, ging er wortlos zur Toilette.

»Dann darf ich mich verabschieden.« Erich sortierte seinen Manuskriptstapel und steckte ihn ein. »Auf mich wartet ein Termin. Ihnen wünsche ich gutes Gelingen.« Ohne auf eine Reaktion zu warten, ging er zur Tür. Dort drehte er sich um und sah Herman an mit einem Blick, der zu sagen schien: *Wo bist du bloß hineingeraten?* Dann war er weg.

Herman betrachtete die Tür. Mit Erich war seine letzte Hoffnung gegangen. Ein Jahr lang hatte er darauf vertraut, dass Stegerwalds Unterstützung ihm lange verschlossene Tore öffnete, hinter denen alles leichter würde. Er hatte auf Erlösung gewartet. Als er einsah, dass die Tür sich nicht noch einmal öffnen würde, senkte sich etwas in ihm. Er atmete tief aus und ein, und ihm war, als spürte er zum ersten Mal mit allen Sinnen, wo er sich befand. Er roch erkaltenden Rauch, abgestandenes Bier und säuerlichen Wein. Las in den Gesichtern Verwunderung und Abneigung, Interesse und Müdigkeit. Gerade noch hatte er gehofft, schon bald Tausende, Hunderttausende, Millionen Panropäer zählen zu können – und nun fand er sich wieder in einer Kneipe vor einem guten Dutzend Geschäftsleuten, die das Projekt als bloße Geldanlage verstanden. Warum war es so leicht, sich der ganzen Menschheit verbunden zu fühlen, und zugleich so schwer, auch nur einem Menschen wirklich nahe zu kommen?

Er atmete nochmal tief ein und aus. Nein, hier endete nicht der mühsame Anfang. Alles weitere würde noch viel beschwerlicher und länger werden, als er erwartet hatte. Die Hitze unter seinen Achseln breitete sich aus, erreichte Kopf und Rumpf und machte ihn müde. Aber der Plan war zu wichtig, um sich von einem Rückschlag entmutigen zu lassen, wichtiger auch als gekränkter Stolz. Er durfte sich jetzt nicht vor der Welt zurückziehen, im Gegenteil. Er musste ihr noch viel mehr von sich geben.

»Meine Herren«, hob er an, »bitte entschuldigen Sie. Ich hätte

Herrn Schlegel klarer machen müssen, dass diese Information vertraulich war. Die meisten von Ihnen kennen das ja sicher: Bei einem Geschäft redet man am besten erst darüber, wenn es in trockenen Tüchern ist.« Drei Köpfe nickten. »Der Abend ist weit fortgeschritten. Deshalb fasse ich mich kurz: Ich habe mich dazu entschlossen, dem Projekt einen neuen Namen zu geben. Immer wieder wird es mit Paneuropa verwechselt – zu unserem Schaden. Denn Coudenhove-Kalergis Leute haben es versäumt, ihre Thesen bei den Volksmassen populär zu machen. Sie mögen sich *Bewegung* nennen, bilden aber keine. Sie sprechen nur ein paar verkopfte Intellektuelle an. Doch ihr idealistischer Ansatz – das zeigt die Krise ja ganz deutlich – ist zum Scheitern verurteilt. Er wird verkümmern. Ganz anders unser Projekt! Denn das appelliert an den Eigennutz der Staaten. Es wird sie geradezu zwangsläufig, wie von unsichtbarer Hand, aneinanderbinden. Es wird die europäischen Wirtschaftskörper mit neuem Leben erfüllen. Die Ziele unseres Projekts kennen Sie alle: saubere Energie, Neuland und Arbeitsplätze. Mit anderen Worten: Kraft, Raum und Brot. Seien Sie aber auch versichert«, und hier suchte er nach den richtigen Worten, »dass es schon bald handfeste Gewinne abwerfen wird. Gewinne für all jene, die früh und mutig darin investieren!«

Fäuste klopften auf Holz. Jemand rief: »Hört, hört!«

»Kurzum: Was wir wollen, ist konkret. Handfest. Wir haben keinen Traum, wir haben einen Plan! Unser Plan verdient einen neuen, unverbrauchten Namen, der frei ist von hochfliegenden, aber unrealistischem Firlefanz. Diesen Namen gibt es. Er lautet: Atlantropa! Und er bedeutet: Festland am Atlantik!«

Drei Männer richteten sich auf und klatschten, dann sechs, neun, alle. Na endlich. Herman neigte den müden Kopf wie in eine Schüssel klaren Wassers. Ja, es schmerzte, so schmeichlerisch von Geld und Profit zu sprechen, von *uns* und *denen*. So … politisch. Aber bewies nicht gerade der Schmerz, dass er auf dem rechten Weg war, dass er über sich hinauswuchs? Er hatte getan, was nötig war, um das Projekt am Leben zu erhalten.

Doch als er wieder aufsah, war die Hälfte der Stühle leer. Die Männer unterhielten sich, streckten die steifen Glieder, zogen ihre Jacketts über. Zwei schabten geräuschvoll ihre Pfeifen aus und klopften Tabakreste in die Aschenbecher. Einer widmete sich seinem aufgestauten Husten.

»Aber«, hörte Herman sich sagen, »die Vereinsgründung …«

»Natürlich, Herr Sörgel, natürlich.« Brodschneider, der in Immobilien machte, drückte sorgsam eine Zigarette aus. »Sagen Sie uns unbedingt Bescheid, wenn Sie staatliche Unterstützung vorweisen können. Dann kann unsererseits alles ganz schnell gehen. Ich glaube, ich spreche im Namen aller, wenn ich bis dahin Ihnen und Panropa – ich meine: Atlant …, ich meine: Sie wissen schon – von Herzen alles Gute wünsche.« Brodschneider griff seine Aktentasche.

»Wir sind aber noch nicht fertig.« Herman stand da, hoch aufgerichtet, stolz.

Brodschneider sah ihn forschend an. »Ich verstehe nicht recht. Haben Sie jetzt Stegerwalds Hilfe – oder nicht?«

Herman zog seine Taschenuhr hervor. Es war schon nach zehn. In Zürich erloschen nach und nach die Lichter hinter den Fenstern, und bestimmt auch im Berliner Regierungsviertel. Er steckte die Uhr wieder ein und sagte:

»Nein, die haben wir nicht. Der Minister hatte mir sein Wort gegeben, er werde heute eine verbindliche Entscheidung fällen. Er hat es nicht getan. Warum, weiß ich nicht. Ich bin sehr enttäuscht, und ich wünschte … Also: Nein, es gibt keine Hilfe von oben. Es gibt nur uns.«

»Na dann …« Brodschneider nickte einem Mann zu, der an der Tür stand und sie daraufhin öffnete. Wenn sich diese Tür wieder schloss, das machte die Geste Herman endgültig klar, wäre das Projekt Geschichte. In den Augen dieser Leute war er nicht mehr als eine schlechte Investition. Die Pleite dieses Abends würde sich herumsprechen, und dann gälte Atlantropa für immer als beschädigte Ware, zweite bis dritte Wahl. Gern hätte er sich reingewaschen von der Gier, die solche Männer Geschäftstüchtigkeit nannten; und von ihrer Kurzsichtigkeit, die sie für Realismus hielten. Andererseits, was hatte es Coudenhove-Kalergi gebracht, dass Heinrich und Thomas Mann, Albert Einstein und all die anderen Paneuropa in den Himmel lobten? Worte waren billiger zu haben als jeder Kredit, und sie erbauten nichts. Ihm aber bot sich noch die – sekündlich kleiner werdende – letzte Chance, es besser zu machen. Wenn Atlantropa nur hier und jetzt geboren werden konnte, mit Krämern als Hebammen, dann stand er in der Pflicht, alles dafür zu tun, dass es gelang. Er rief:

»Meine Herren, wir sind trotzdem noch nicht fertig!« Dann legte er seinem Sitznachbarn eine Hand auf die Schulter und sagte: »Herr Schlegel, darf ich Sie bitten aufzustehen?«

Der junge Architekt erhob sich vorsichtig, als befürchtete er einen Schlag.

»Seien Sie versichert«, sagte Herman, »mich lässt die Nachricht vom Tode von Herrn Groß nicht unberührt. Ich kannte ihn nicht. Aber auch ich habe Menschen verloren, die mir wichtig waren. Diese Wunde, das kennen sicher die meisten von uns, diese Wunde schmerzt ewig.« Es wurde still. »Meine Herren, sollten Sie den Eindruck gewonnen haben, ich hätte Ihnen große Versprechungen gemacht und diese nicht eingehalten, dann bedaure ich das sehr. Das war nicht meine Absicht. Aber um eines möchte ich Sie bitten: Schenken Sie Ihr Vertrauen weiterhin Herrn Schlegel.« Der sah überrascht zu Herman auf. »Ohne sein Organisationstalent, ohne seine Überzeugungskunst, ohne seinen Glauben an Atlantropa wären wir heute nicht hier. Sie, mein lieber Herr Schlegel, haben unermüdlich für das Projekt geworben, und das neben Ihrer Arbeitslast. Sicher können Sie, meine Herren, eines bestätigen: Herr Schlegel ist ein tüchtiger junger … ein tüchtiger Mann. Wenn er daran glauben kann, dass Atlantropa Wirklichkeit werden kann, dann können Sie es auch. Deshalb möchte ich Sie um etwas bitten: Sollten Sie auch dem Schöpfer des Plans misstrauen, so vertrauen Sie doch weiterhin Ihrem Freund – und damit Atlantropa. Ihnen, Herr Schlegel, wünsche ich von Herzen alles Gute und Gesundheit für … Ihre kleine Familie.« Kurz versagte Herman die Stimme, aber das ging unter im Applaus. »Bevor wir auseinandergehen – für wer weiß wie lange? –, würde ich mich freuen, wenn Sie uns allen noch ein paar Worte über Herrn Groß sagen könnten. Und darüber, welche Pläne er für das Projekt hatte. Bitte?«

Er setzte sich, und die Männer klatschten wieder. Kein höfliches Klopfen, keine kalkulierte Zustimmung. Sondern ehrlicher, gerührter Applaus. Herman wusste, der galt nicht ihm, aber das war in Ordnung so. Es gab Wichtigeres.

Schlegel sprach blendend. Manche lachten bei seinen Worten

auf, andere schluchzten, und alle hörten zu. Nur Herman fühlte sich matt wie nach einer langen Wanderung im Gebirge. Sein Mund war trocken, sein Hemd durchgeschwitzt, und das Hungergefühl hatte sich in ihm festgenagt wie ein kleines Tier. Er wollte nur noch heim, um diesen langen Tag abzustreifen.

»Ihr seid schon fertig?«, flüsterte eine Frauenstimme.

Er sah auf:

»Was machst du denn hier?«

»Freut mich auch, dich zu sehen, Poccolucci.« Irene setzte sich leise und nickte Schlegel zu. Wie frisch sie aussah. Neben ihr kam er sich noch ausgelaugter vor. »Ich wollte dir doch Bescheid geben.«

Er riss die Augen auf.

Sie nickte.

»Wirklich?«

Sie nickte wieder.

»Das ist ja …«

Sie lächelten einander an.

Bald darauf kam Schlegel, tief bewegt und die Wangen gerötet, zum Ende. Herman stand auf, schüttelte ihm die Hand und dankte ihm.

»Darf ich Sie noch einmal um Gehör bitten«, rief er in den abschwellenden Applaus. Ich habe …« Er stockte. »*Meine Frau* hat Ihnen etwas Wichtiges zu sagen.«

Sie dankte ihm mit einem Blick und stand auf.

»Meine Herren«, sagte Irene, »ich habe vor etwa einer Stunde mit Herrn Reichsarbeitsminister Stegerwald persönlich telefoniert. Er hat bedauert, dass sich die Entscheidung so lange hingezogen hat. Er sagt, er sei aufgehalten worden durch unvorhergesehene Probleme. Was ich sagen will: Der Minister beglückwünscht uns sehr zur Verleihung des Ehrenpreises der Reichsregierung an Atlantropa!«

Schlegel sprang auf. Siegwart packte Herman an der Schulter. Brodschneider aber ging wortlos hinaus. Als er kurz darauf zurückkam, brachte eine Kellnerin Rheinwein für alle. Es würde ein langer Abend werden.

*

»Wie war's?«, flüsterte Irene, während Schlegel die Gründungssitzung der Vereinigung Atlantropa, Zentralstelle Zürich, für eröffnet erklärte.

»Aufreibender als ein Gespräch mit deiner Mutter.«

»Du übertreibst.«

»Aber jetzt ist alles gut. Mehr als gut.« Er strich über ihren Handrücken. »Du wolltest doch anrufen. Die frohe Botschaft wäre beinahe zu spät gekommen.«

»Stegerwald meldete sich nicht. Da habe ich sein Büro angerufen, immer wieder. Du weißt ja, ich kann sehr bestimmt auftreten, wenn es sein muss. Vor einer Stunde haben sie mich endlich durchgestellt. Ich hatte schon befürchtet, er hätte angerufen, während ich beim Arzt war. Hatte er aber nicht.«

»Beim Arzt? Warum hast du …? Ist alles in Ordnung?«

Sie lächelte ihn an und nahm seine Hand.

*

Vossische Zeitung
Berlin, Montag, 30. Mai 1932.
Abend-Ausgabe

Kabinett Brüning zurückgetreten

Hindenburg nimmt die Demission an – Heute nachmittag Empfang der Parteiführer durch den Reichspräsidenten

Brünings Rede vor der Auslandspresse, in der er die Not der deutschen Arbeitslosen der Welt plastisch vor Augen führte, war sein letztes Wort als Reichskanzler. (…) Während der Reichskanzler aussichtsreiche Verhandlungen mit den fremden Staatsmännern in Genf führte, wurden alle gegen ihn wirkenden Kräfte in Berlin mobil gemacht. (…) Während dieser Zeit aber wurde von rechtsstehenden Politikern angekündigt, daß Hindenburg das Kabinett Brüning fallen lassen wolle; es zirkulierte bereits die Liste eines neuen, völlig rechts eingestellten Kabinetts, das die Regierung Brüning ablösen soll.

III

16

Im heutigen Reichsgesetzblatt erscheint das Gesetz über die Beschränkung der Ausreisemöglichkeiten nach Oesterreich und dazu Durchführungsbestimmungen des Reichsinnenministeriums. Das am 1. Juni in Kraft tretende Gesetz sieht bekanntlich die Erhebung einer Gebühr von 1 000 Mark für die Einreise nach Oesterreich vor.
(…) In den nächsten Tagen wird Baden ein weiteres Konzentrationslager auf dem Heuberg, wo auch Württemberg bereits ein Lager unterhält, errichten.

Vossische Zeitung, 30. Mai 1933

Zürich, 30.5.1933
Als Irene die Augen schloss und Frühlingssonnenstrahlen auf ihren Lidern flackerten, vergaß sie für einen Moment beinahe, was wenige Kilometer weiter nördlich geschah. Sie spürte eine leichte Brise an Hals und Fußgelenken, und zum ersten Mal dieses Jahr war es angenehm warm. Hatte sie schon einmal hier gestanden und Ähnliches empfunden? Sie wusste es nicht. An die Sommer als Kind erinnerte sie sich nur lückenhaft. Daran, wie ihre Hände über die dunkel lackierten Treppengeländer glitten. Oder wie sie einem Rehkitz Gras reichen wollte, das Büschel aber vor Schreck fallen ließ, als das Tier sich ihr näherte. Eilig hatte sie »Entschuldigung!« gerufen und war weggelaufen. Später konnte sie nicht einschlafen, denn sie wusste, das Kitz hatte sie nicht verstanden und würde deshalb noch immer auf sie warten. Irene öffnete die Augen. Vor ihr lag der See.

»Was habt ihr euch bloß dabei gedacht? Ich hole mir noch den Tod!«

Langsam und tastend, aber hoch aufgerichtet, ging ihre Mutter über den hölzernen Steg. Ihr Mann hielt ihre Hand, und nach wenigen Schritten hatte sie das Deck des Ausflugsdampfers erreicht.

»Es wird dir gefallen. Die Ärzte sagen, Abwechslung tut dir gut.« Ihr Vater lächelte Irene an. In seinem Blick lagen Freude über den Besuch seiner Tochter und die Bitte um Unterstützung.

Irene folgte ihren Eltern und versuchte, das Lächeln zu erwidern. Ihre Mundwinkel taten ihr Bestes, aber die Augen spielten nicht mit.

»Papa hat Recht. Außerdem wollte ich so einen Ausflug immer schon mal machen.«

»Unsinn, du hattest immer Angst vor Wasser.« Ihre Mutter setzte sich als Erste an einen Tisch an der Reling und richtete ihren Hut. Der Vater nahm gegenüber Platz. Nur Irene blieb stehen.

»Falls es dir zu viel wird, Mutter: In einer guten Stunde sind wir ja wieder zurück.«

Vom Schornstein her drang ein Pfeifen, Schaufelräder pflügten durchs Wasser, und das Schiff legte ab. Jungen in kurzen Hosen und Mädchen in weißen Kleidchen winkten schrumpfenden Spaziergängern zu, bis ihre Eltern sie zu sich riefen. Die Stadt galt als heiter und elegant. Doch Irene hatte sich hier, zwischen See und schneebedeckten Gipfeln, immer eingezwängt gefühlt. Sogar die Kastanien am Ufer schienen nur widerwillig zu blühen. Zürich im Frühling, das war eine strenge Schönheit, die Schminken für Schwäche hielt. Diesmal aber empfand sie alles anders. Entscheidend war, was es hier nicht gab. Hier wurden Anwälte und Richter nicht aus den Gerichten gezerrt und auf der Straße ins Gesicht geschlagen. Hier wurden keine Arztpraxen demoliert und ausgeraubt, und nirgends marschierten Braunhemden vor Geschäften auf, um den Hals Schilder, die brüllten *Deutsche! Wehrt Euch! Kauft nicht bei Juden!* Gern hätte sie sich sicher gefühlt, aber ihr fehlte wohl das Talent dazu.

Die neue Zeit war in ihren Alltag gekrochen und höhlte ihn aus. Kaum eine Zeitung beauftragte Herman noch mit einem Artikel. Zwar war Atlantropa nicht verboten. Aber welcher Schriftleiter wollte seinem Chef schon erklären, die Leser müssten mehr über ein *Völkervermischungsprojekt* erfahren? *Internationale Zusammenarbeit*, *Pazifismus* und *Frieden* – diese Worte hatten über Nacht die Farbe gewechselt. Nur wenige Stammkunden wagten es noch, Irene zu besuchen. Und die es taten, wollten nicht kaufen, sondern verkaufen. Ihr brach es das Herz, zu sehen, zu welchen Schleuderpreisen sie ganze Sammlungen expressionistischer Gemälde, französische Möbel und Tapferkeitsmedaillen aus dem Weltkrieg anboten. Auf der Flucht brauchte man Bargeld.

»Es ist nicht gerade höflich von ihm, nicht mitzukommen«, sagte ihre Mutter seufzend. »Wo er doch eh in der Stadt ist.«

Irene setzte sich. »Ich wusste gar nicht, dass du Herman so vermisst.«

»Werde nicht frech.«

»Die Sitzung heute Abend wird etwas … stürmisch werden. Er muss sich vorbereiten.«

»Dass es diesen Verein überhaupt noch gibt!« Mutter zog ihren Spitzenkragen ein unsichtbares Stück nach oben. »Eins muss man ihm lassen: Er findet immer wieder Leute, die ihm glauben. Die Dummen sterben einfach nicht aus.«

Irene fixierte die Berge: Sie schienen aus dem kalten See hinauszuwachsen, kühl, fest und ruhig.

»Ihr erinnert euch doch an die Abelsohns? Sie haben nach euch gefragt.«

»Der Wind tut mir gar nicht gut.« Mutter zog ihren Hut tiefer ins Gesicht.

»Seltsam«, sagte ihr Vater, »ich spür' gar nichts.«

Mutter atmete kurz und heftig aus.

»Andererseits«, beeilte er sich, »können wir uns auch umsetzen.«

»Neulich haben sie ihnen die Schaufenster eingeschlagen.«

»Schlimm«, flüsterte August Villanyi.

»Aber was geht uns das an?« Mutter sah über die Reling.

Irene folgte ihrem Blick, als läge in den glitzernden Schaumkrönchen die Antwort. Doch da war nichts. Nichts erklärte ihr, warum Fredy Villanyi anders war als andere Mütter. Wann hatte sie es zum ersten Mal gespürt? Damals, als sie sah, wie ihre beste Freundin einen Gutenachtkuss bekam, und sie dachte: *Das gibt es also auch*? Oder als der Rabbi klingelte und ihre Mutter sich verleugnen ließ? *Lass dir von niemandem einreden, wir seien wie sie*, hatte sie geflüstert. *Mit diesen Leuten haben wir nichts gemein*. Dabei hatte sie in Irenes dunkle Augen geschaut, die ihren eigenen so ähnelten. Ihr Vater stand ohne ein Wort auf, ging zur entgegengesetzten Reling und begrüßte freudig einen Mann. Der erwiderte zögerlich den

Handschlag und blickte unsicher zu ihnen herüber. Sein schwarzer Anzug und die Aktentasche passten ebenso wenig zu den Ausflüglern ringsum wie sein blasses Gesicht. Er sah aus, als käme er von einer Beerdigung, dachte Irene, und ginge am liebsten dorthin zurück. Ihr Vater schob ihn, abwechselnd lachend und hustend, zu ihrem Tisch.

»Ihr Lieben, das ist Hermann Rauschner. Nehmen Sie doch bitte Platz. Hier?«

Der Mann setzte sich, zögerlich nickend, neben Mutter. Die war nun eingekeilt zwischen ihm und der Reling und sah ihren Mann empört an.

»Herr Rauschner, sagen Sie uns kurz etwas über sich, ja?«

»Das ist … eher ungewöhnlich.« Er räusperte sich. »Nun, also: Gebürtig bin ich im Kanton Appenzell Ausserrhoden, aber ab dem achten Lebensjahr wuchs ich auf bei meinem Onkel, dem mittlerweile verstorbenen Robert Crameri, in Kloten. Kloten, das wissen Sie sicher, liegt in der Ebene des Glatttals, und …«

»Herr Rauschner«, unterbrach ihr Vater, »ist Rechtsanwalt und Notar. Ich habe ihn hergebeten, damit er uns hilft.«

Rauschner nickte und senkte den Blick. Ihre Mutter seufzte, als ahnte sie Schlimmes. Irene verstand kein Wort.

»Am besten, wir fangen gleich an. Wir haben nicht viel Zeit.«

Auf einen Wink zog Rauschner einen Ordner aus der Tasche, öffnete ihn und begann zu lesen:

»Anwesend sind: August Villanyi, geboren in Karlstadt am 25. April 1864. Sowie seine Frau Fredy Villanyi, gebürtige Idel, geboren am 13. Oktober 1863 in London. Sowie ihre gemeinsame Tochter Irene Hertha Sörgel, gebürtige Villanyi, geboren am 17. September 1895 in Berlin. Anlass der Zusammenkunft zu Zürich an diesem 30. Mai 1933 ist ein Umstand, der laut Ehevertrag die Zustimmung beider vorgenannter Ehepartner erfordert. Es handelt sich dabei um den avisierten Verkauf des Hauses des Ehepaares Villanyi in Zürich, Adresse …«

»August, dass du das wagst!« Wütend stand ihre Mutter auf, drückte den überraschten Rauschner zur Seite und schritt, den Hut mit einer Hand festhaltend, zum Bug. Ihr Vater sah ihr traurig hinterher. Dann drehte er sich wieder um und zwang sich zu lächeln.

»Na, mein lieber Herr Rauschner, hab' ich's Ihnen nicht gesagt?«

»Papa«, fragte Irene schließlich leise, »habt ihr Geldsorgen?«

»Ein Dutzend Male, ach was, hundertmal habe ich sie gefragt! Und immer findet sie irgendwas, worüber sie sich echauffieren kann. Dann rennt sie schreiend davon, und ich hinterher. Aber sie findet jedes Mal ein Zimmer, in dem sie sich einschließen kann. Das Haus hat einfach zu viele Zimmer!« Er lachte freudlos, bis er husten musste.

Irene nahm seine Hand. »Warum hast du nichts davon erzählt?«

Er schnappte nach Luft, dann legte er seine Hand auf ihre. »Du hast doch schon genug Kummer.«

Eine Zeitlang war es still am Tisch. Der Wind drehte, und von den Schaufelrädern wehten kleine Wassertropfen herüber. Auf der Promenade reichte ein Verkäufer einem Jungen einen Stab Zuckerwatte, und zwei lachende Mädchen in weißen Kleidern spielten Fangen. Irene atmete aus.

»Du hast es ihr doch nicht etwa gesagt?«

Er schüttelte den Kopf.

»Und was bedeutet das hier?« Sie ließ den Blick über das Deck schweifen. Ihr Vater lächelte. »Hier kann sie sich nicht so leicht verstecken. Und dass ein Notar anwesend ist, soll ihr zeigen, wie ernst ich es meine.«

Rauschner, dem die Sache sichtlich unangenehm war, tat, als läse er.

»Wie schlimm ist es denn?«, fragte Irene.

»Wir brauchen das Geld noch dieses Jahr. Sonst …«. Er sah zu Rauschner. »Ich kann doch auf Ihre Diskretion vertrauen?« Der Notar nickte so würdevoll er konnte. »Danke. Sonst können wir die Rechnungen des Sanatoriums nicht mehr zahlen. Die Kuren, die Untersuchungen, die Fahrten hin und zurück – das kostet Geld. Viel Geld. Damals an der Börse haben wir viel verloren. Was übrig blieb, ist fast vollständig verbraucht. Nur das Haus ist uns geblieben.«

Nie hätte sie damit gerechnet, dass ihr Vater so etwas sagen würde. Der familiäre Wohlstand verdankte sich seinem Erbe, das war kein Geheimnis. Nur deshalb hatte er sich dem Malen und Mutter dem Leiden widmen können. Sie hatten eine Ehe jenseits materieller Sorgen geführt – und dafür adäquaten Ersatz gefunden.

Ihre Zwei-Personen-Hölle war durch Geld erst möglich geworden. Wie sollte es ohne weitergehen? Schließlich waren beide nicht für ein normales Leben gemacht. Sie waren alte Kinder.

»Was sagt Mutter dazu?«

»Sie weiß es. Und weiß es auch wieder nicht.«

Er sah liebevoll-besorgt zu seiner Frau. Sie stand noch immer am Bug, das Kinn stolz gereckt, eine Galionsfigur ihrer selbst.

»Ihr könntet am Sanatorium sparen. Mutter will doch sicher nicht das Haus verlieren.«

»Das verstehst du nicht.«

Die Sanftheit, mit der er das sagte, rührte sie – und ärgerte sie zugleich. Natürlich verstand sie, was hier los war: Ihre Mutter weigerte sich, die Realität anzuerkennen, und ließ ihn und alle, die sich um sie sorgten, dafür büßen. Irene hatte lange gebraucht, bis sie die dunklen Seiten Fredy Villanyis sehen konnte. Selbst ihrem Vater zuliebe würde sie sich nicht länger blind stellen.

»Vielleicht musst du ihr noch deutlicher machen, wie ernst es ist. Bevor sie zur Miete wohnt, geht sie ins Wasser.«

»Sprich nicht so über deine Mutter!« Er zog seine Hand zurück.

Nach all den Jahren konnte er nicht anders, als seine Frau zu verteidigen. Sogar dann, wenn er wusste, dass sie im Unrecht war. Und sogar seiner Tochter gegenüber. Irene lehnte sich zurück.

»Ich hab's mir nicht ausgesucht, Teil deiner kleinen Überraschung zu sein.« Sie sah Rauschner an: »Entschuldigen Sie bitte. Nichts gegen Sie.« Der Notar nickte und las dasselbe Blatt Papier noch einmal. »Und jetzt ist die Sache schiefgelaufen. Mutter wird da drüben stehen bleiben, bis der Dampfer anlegt. Also bis in etwa … fünfundvierzig Minuten. Danach fahren wir schweigend nach Hause, und sie sperrt sich ein. Und dann?«

Sie wusste, wie hart sie klang. Aber so war es nun mal. Außerdem hatte sie nichts zu verlieren. Wenn es hart auf hart kam, stand ihr Vater zu seiner Frau, nicht zu ihr.

Er sah sie an, noch immer grimmig. Dann entspannte sich sein Ausdruck, wurde weich, und er sagte:

»Iri, komm bitte mal mit. Entschuldigen Sie uns kurz, Herr Rauschner?«

Sie standen auf und gingen ein paar Meter. Allein am Tisch blieb der Notar zurück. Bestimmt überdachte er seine Berufswahl.

»Deine Mutter …«, begann ihr Vater zögerlich. »Ist dir an ihr in letzter Zeit etwas aufgefallen? Etwas Ungewöhnliches?«

»An ihr ist alles ungewöhnlich.«

»Im Ernst, Iri.«

»Jetzt machst du mir Angst. Was ist los?«

»Sie … Diese Sanatoriumsaufenthalte, die dienen schon lange nicht mehr der Kur. Ihre Ärzte – es sind wirklich gute Ärzte, Experten auf ihrem Gebiet – sie sagen, Mutter leide an einer Krankheit im fortgeschrittenen Stadium. Einer Krankheit, die sie bislang nicht heilen können, nur lindern. Schizophrenie.«

Das Schiff stand still. Die Schaufelräder. Das schäumende Wasser. Ihr Herz. Dann ging alles weiter.

»Seit wann …«, stammelte sie. »Ich meine, was …«

»Ich hätte es früher erkennen müssen. Viel früher. Aber irgendwann verliert man den Blick dafür. Was man täglich sieht, hält man irgendwann für normal.« Er sah zu seiner Frau. »Hättest du sie bloß erlebt, wie sie früher war. Vor der Hochzeit.«

»Du meinst: vor mir.«

Er seufzte.

Irenes Gedanken rasten zurück durch die Zeit. Vorbei an der Amerika-Reise und dem Eklat mit Herman, vorbei auch an ihrem Auszug aus dem Elternhaus, bis sie ihre Kindertage erreichten. Hatte da schon die Krankheit aus Mutter gesprochen? Oder war, was die Ärzte Schizophrenie nannten, bloß eine Art, ihr Wesen zu beschreiben? Ein Leiden kann einen Charakter zersetzen. Kann es auch seinen Kern bilden?

Irene straffte sich und fand zurück ins Jetzt. »Wie kann ich helfen?« Ihr Vater wirkte erleichtert. »Du könntest sie überzeugen, das Haus zu verkaufen. Mir wird sie nicht glauben. Du kannst das besser. Seit du mit Herman lebst, bist du ihr gegenüber so …«

»… hart?«

»… offen.«

»Mir wird sie auch nicht glauben. Ich bin doch das naive Kind, das auf den Hochstapler hereingefallen ist, weißt du nicht mehr? Sie wird sagen, ich verstünde nicht, was gespielt wird. Selbst wenn sie gesund wäre, würde sie dem Verkauf niemals zustimmen.«

»Aber ich *muss* verkaufen. Allein der Unterhalt kostet mehr, als wir uns leisten können. Die Bediensteten sind schon fort. Besser, ich werde es jetzt los, als in ein paar Jahren, wenn es reinregnet.«

»Aus ihrer Sicht verliert sie nicht nur ein Haus, sondern ihren Status. Was sollen denn die Nachbarinnen, eure Freunde und Bekannten dazu sagen?«

»Ich weiß«, seufzte er, »ich weiß.«

»Gibt es keine andere Möglichkeit?«

»Wir könnten es vermieten.«

»Keiner, der sich die Miete für so ein großes Haus leisten kann, würde zur Miete wohnen.«

»Oder wir ziehen zurück nach Berlin. Die Bernsteins würden uns vielleicht mietfrei wohnen lassen.«

»Mit Mutter nach Deutschland? Jetzt?«

»Die Hysterie wird sich in sechs Monaten bestimmt wieder legen. Die Deutschen sind vernünftige Leute.«

»Man merkt, du warst schon lange nicht mehr drüben.«

»Ich mein' doch nur, wir sollten nicht gleich das Schlimmste annehmen.«

»Wenn es so weitergeht, dürfen Juden bald nirgendwo mehr hin, auch nicht in Sanatorien. Und hier stünde das Haus leer, und …«

»Denkst du«, unterbrach er mit gequälter Stimme, »ich hätte über all das nicht Hunderte Male nachgedacht?« Seine Worte gingen über in einen Hustenanfall.

»Entschuldige«, sagte sie leise.

Sie hatten die Mitte des Sees erreicht, und die Geräusche der Stadt waren verstummt. Das Wasser war flüssiges Silber und Gold. Wie schön es hier war. Warum bloß kam es ihr so vor, als könne sie das nicht spüren, nur erahnen? Als läge selbst im strahlenden Sonnenschein etwas von ihr im Dunkeln?

Ihr Vater schöpfte wieder Atem. »Es gibt noch eine andere Möglichkeit. Ihr zieht zu uns.«

Irene starrte ihn an.

»Überleg' doch mal: Ihr würdet euch die Miete sparen. Herman könnte seinen Verein selbst leiten. Du fändest bestimmt jede Menge Leute, die noch Antiquitäten kaufen. Und falls die Lage wirklich schlimmer wird, seid Ihr in Sicherheit.«

Irene wollte etwas erwidern, aber was? Es sprach zwar alles gegen ein Leben mit Mutter, aber eben auch vieles für die Schweiz.

»Na also! Wir hätten alle was davon. Und«, er sah sie prüfend an, »und wenn du mir mit Mutter hilfst, muss sie bestimmt nicht mehr so häufig in Behandlung.«

»Ich soll sie pflegen?«

»Nicht so direkt. Eher auf sie aufpassen. Ihr Gesellschaft leisten.«

»Alles, was ich sage, macht sie wütend.«

»Sieh es als Chance, dass es zwischen euch beiden«, er hustete wieder, »besser werden kann.«

Etwas in seinem Blick sagte ihr, er hatte auch darüber Hunderte Male nachgedacht. Er glaubte allen Ernstes, alles könne gut werden. Dass es die heile Familie, die er sich erträumte, nie gegeben hatte, hielt ihn nicht davon ab, sie sich herbeizuwünschen.

»Tut mir leid, Papa, aber das kann ich nicht tun. Wir unter einem Dach – darunter würden alle leiden: Mutter, Herman, ich ...«

»Und was ist mit mir? Mutters Gesundheit, das Geld, die Streitigkeiten – das macht mir zu schaffen. Und ich werde nicht jünger.«

Erst jetzt, in der Mittagssonne, wurde ihr klar, dass die dunklen Stellen unter seinen Augen nicht bloß Schatten waren.

»Bist du krank, Papa?«

Er schüttelte den Kopf. »Nur sehr müde. So müde wie noch nie.« Er schaute wieder zum Bug, wo seine Frau, entgegen ihrer Angewohnheit, noch immer in der Sonne stand. »Wenn du ihr nicht helfen möchtest, dann muss ich das hinnehmen. Aber bitte, Iri, bitte hilf mir.«

*

»Ihr gönnt mir nicht *einen* Rückzugsort, wo ich mich halbwegs sicher fühle?«

Es war nicht ganz klar, was ihre Mutter meinte: die Heilanstalt in den Bergen oder das Stück Reling, an dem sie jetzt lehnte.

»Im Gegenteil«, sagte Irene ruhig. »Wir wollen ja gerade dafür sorgen, dass du dir deine Kuren leisten kannst. Sooft und so lange du sie brauchst.«

Das Schiff malte, als es sich auf den Rückweg machte, einen weißen Bogen auf den See. Ihr blieben weniger als dreißig Minuten, um Mutter vom Verkauf zu überzeugen.

»Was kann ich dafür, dass ich Ruhe brauche?« Obwohl ihre Mutter noch immer hoch aufgerichtet stand, sah sie plötzlich sehr müde und zerbrechlich aus.

»Natürlich nichts, mein Schatz.« Ihr Vater seufzte und hustete.

»Mutter, bitte setz' dich doch wieder hin. Lies dir durch, was der Notar geschrieben hat, und dann kannst du immer noch entscheiden, ob du unterschreiben willst.«

So viel Entgegenkommen von Mann und Tochter schien sie zu irritieren, und so suchte sie offenbar nach etwas anderem, das sie ablehnen konnte:

»Ich verstehe gar nicht, wie kein Geld da sein kann. Es war doch immer Geld da. Was ist bloß …?« Sie klang kläglich, jammernd. Dann hielt sie inne, und mit neuer Kraft fragte sie: »Hat etwa …? Hat dieser … diese *Person* alles verjubelt?«

»Herman?«

Ihre Mutter schwieg.

»Er hat nie einen Pfennig von euch genommen. Ihr habt euch damals ja sogar das Hochzeitsgeschenk gespart.«

»Sei nicht so vorlaut. Ich bin immer doch deine Mutter!«

Irene atmete tief durch. »Wenn das deine Sorge ist: Ich will kein Geld von euch. Ich will, dass es dir gut geht.«

Mutters Blick, gerade noch ratlos, fixierte ihre Tochter. Vor Erregung zitternd, zischte sie:

»Das. Stimmt. Nicht.«

»Schatz, du sollst dich doch nicht so aufregen.«

Vor Irene war ein Paar, das seit Jahrzehnten dasselbe traurige Schauspiel gab. Ihre Eltern würden sich nicht mehr ändern. Aber sie musste der tristen Aufführung nicht länger schweigend zuschauen.

»Du hast Recht«, sagte sie ruhig. »Mir geht es nicht um dich. Mir geht es um Papa. Ich will nicht, dass er deinetwegen krank wird.« Ihr Vater erschrak. In Mutters Augen aber erkannte sie etwas völlig Unerwartetes: Respekt. Den Respekt für eine Gegnerin, die sich endlich dem Kampf stellte.

Mutter hob triumphierend das Kinn.

»Stimmt das, August? Mache ich dich krank?«

Er schüttelte den Kopf, griff nach ihren Händen. Doch sie entzog sich ihm, und er schien zu schrumpfen. Nie würde er sich schützend vor seine Tochter stellen, dachte Irene. Sie wusste, das müsste sie eigentlich traurig machen; sie müsste betrauern, was er ihr vorenthalten hatte und immer vorenthalten würde. Aber nun wurde ihr klar, dass sie das, von ihr selbst kaum bemerkt, schon vor Langem getan hatte.

Mutter legte eine Hand an ihren noch immer schönen, weißen Hals.

»Du kannst froh sein«, sagte sie, ohne ihre Tochter anzublicken, »dass du keine Kinder hast, die so mit dir reden.«

Irene schloss die Augen. Sie sah ihre Hand auf ihrem Bauch und darauf eine zweite, größere. Sie sah sich lächelnd vor dem Spiegel posieren. Sah sich im dünnen Kittel und eine kalkweiße Zimmerdecke.

»Fredy, bitte«, flehte ihr Vater. »Du weißt nicht, was du da sagst.«

»Ach, *sie* verteidigst du also«, rief Mutter. »Und mich? Wann nimmst du endlich Rücksicht auf deine Frau? Manchmal«, sie holte Luft für den entscheidenden Schlag, »manchmal wünschte ich, ich hätte dich nie geboren.«

Irene hielt die Augen noch immer geschlossen. Es half ihr zu sagen, was schon vor Langem hätte ausgesprochen werden müssen:

»Es ist falsch für eine Mutter, so zu reden. Es ist niederträchtig, und das weißt du.«

Mutter hörte es nicht. »So machst du es immer. Spielst die beleidigte Unschuld, das Opfer der bösen Frau Mama. Und dann läufst du dem ach so gütigen Herrn Vater in die Arme.«

Irene fürchtete, wenn sie die Augen öffnete, würde sie ihr nicht länger standhalten können, und so ließ sie sie geschlossen, als sie sagte:

»Lenk' nicht wieder ab. Du willst ihn und dich ruinieren, indem du dich weigerst, das Nötige zu tun. Das werde ich nicht zulassen. Bitte, willige in den Verkauf ein.«

Sie öffnete die Augen und sah ihre Mutter direkt an. So viel Widerstand war diese offenbar nicht gewohnt, denn sie keuchte:

»Lasst mich in Ruhe. Ich brauche Ruhe!«

»Ich lasse dich in Ruhe, wenn du ein Papier unterzeichnest, das der Notar aufsetzt.«

Fredy Villanyi blickte hektisch um sich. Hinter ihr ragte die Bugreling auf, vor ihr standen Mann und Tochter. Jeder Ausweg war ihr versperrt. Ihr blasses Gesicht wandelte sich zur rosafarbenen Fratze, und sie schrie:

»Was weißt du schon davon, was es heißt, Mutter zu sein!«

Einige der Passagiere wandten sich zu ihnen und gafften. Ihr Gemurmel vermischte sich mit dem Rauschen des Wassers.

»Lass uns die Sache vergessen«, flüsterte ihr Vater. »Es hat keinen Zweck.«

Irene wusste nicht, wieso, aber in diesem Moment schien es ihr richtig, ihrer Mutter in die Augen zu blicken und zu fragen:

»Was wäre, wenn ich ein Kind bekommen hätte? Voriges Jahr. Könnte doch sein. Hast du dich nie gefragt, warum ich euch so lange nicht besucht habe? Warum ich damals in der Klinik war? Vielleicht war ich gar nicht krank. Vielleicht haben Herman und ich eine Tochter, und bald wird sie fünf Monate alt. Vielleicht heißt sie Helene, und sie sieht dir ähnlich, feingliedrig und sehr schön. Du traust mir doch zu, dass ich dir das verheimliche, und Herman sowieso, oder? Siehst du, es passt alles zusammen. Also sag' mir: Willst du wirklich, dass noch deine Enkelin deine Schulden zurückzahlen muss? Reicht dein Hass auf mich so weit?«

Ihr Vater sah sie von der Seite an, unendlich gequält. »Bitte, Iri, Liebste, hör' auf. Hör' doch auf.«

Ihre Mutter aber wägte das Gehörte ab, musterte Irene von oben bis unten. Triumphierend sagte sie:

»Du hast kein Kind. Das seh' ich. Wirst auch nie eines bekommen. Ist besser so, glaub' mir. Ich hätte auch nie …«

»Genug! Genug! Hör' auf, verdammt noch mal!« Ihr Vater war dunkelrot angelaufen. Mutter sah ihn erschrocken an. »Du hast Irene lang genug gequält! Jetzt tu' einmal in deinem Leben etwas Vernünftiges und unterschreib'!«

»August, die Leute …«

»Es ist mir egal, was die Leute sagen! Es reicht! Und jetzt unterschreib'!«

Seine Worte gingen über in einen Hustenanfall. Er zog ein Taschentuch hervor und ging ein paar Schritte zur Seite. Irene stellte sich neben ihn und legte ihm die Hand auf die Schulter, doch er winkte ab. In der Ferne kam der Bootssteg in Sicht, darauf Fahnen im Wind und die nächsten Passagiere. Höchstens fünfundzwanzig Minuten, bis sie anlegten. Nie zuvor hatte sie ihn so außer sich gesehen. Ihr zuliebe hatte er sich gegen seine Frau gestellt. Sie strich ihm sanft über den Rücken, bis sein Atem sich beruhigte. Er war schmaler geworden. Es schien mehr als ein halbes Leben her, dass er ihre Kinderhände genommen und Irene im Kreis herumgewirbelt hatte, bis beiden schwindelig war.

Irene wandte sich zu ihrer Mutter, die noch immer an der Reling stand, schwankend zwischen Empörung und Verwirrung. Unter ihr riss der Schiffsrumpf dem See unablässig eine schäumende Wunde.

»Du hast mich durchschaut«, sagte Irene ruhig. »Dir kann man nichts vormachen. Du hast mit allem Recht gehabt: Herman und ich wollten dich aufs Kreuz legen. Wir wollten dein Geld. Das Haus. Dass du krank bist. All deine Befürchtungen sind wahr. Soll ich es dir schriftlich geben?«

Als ihre Mutter das hörte, blickte sie triumphierend auf. Ihr Vater schaute keuchend zu Irene. Sein Blick schrie: *Was um Himmels willen tust du da?*

Sie wusste genau, was sie tat.

*

»Sind Sie sicher? Das ist wirklich … eher ungewöhnlich.« Der Notar wirkte nervös.

»Lesen Sie es uns bitte nochmal vor«, sagte Irene. »Für alle Fälle.«

Rauschner räusperte sich. »Hiermit erkläre ich, Irene Hertha Sörgel, geborene Villanyi, dass ich keinerlei Ansprüche auf eine Beteiligung am Vermögen meiner Eltern – August Villanyi und Fredy Villanyi, geborene Idel – erhebe noch solche erheben werde. Das beinhaltet ausdrücklich Erträge aus dem Verkauf des vorgenannten Hauses der Familie in Zürich. Zudem verzichte ich auf mein elterliches Erbe inklusive des Pflichtteils. Sollte dieser aus rechtlichen Gründen ausgezahlt werden müssen, verfüge ich hiermit dessen Auszahlung an eine noch zu nennende Stiftung mit Sitz in der Schweiz.« Der Notar sah auf. Irene nickte. »Im Gegenzug erkläre ich, Fredy Villanyi, mich hiermit einverstanden mit dem Verkauf des vorgenannten Hauses in Zürich zum nächstmöglichen Zeitpunkt durch meinen Ehemann, August Villanyi. In Ordnung so?«

Irene nickte, Mutter ebenso. Vater blickte aufs Ufer.

»Dann unterzeichnen Sie bitte hier, hier und hier.«

Während sie ihre Namen schrieben, ging ein leichter Ruck durchs Schiff. Sie legten an.

Rauschner packte seine Unterlagen zusammen, stand auf und wollte sich verabschieden. Mutter aber ergriff seinen Arm, damit er sie von Bord geleite. Der Notar gehorchte, und Irene blieb mit ihrem Vater zurück.

»Das habe ich nicht gewollt, Iri.«

Sie zuckte die Schultern. »Hauptsache, es funktioniert.«

»Ich weiß nicht, ob das Schreiben gerichtsfest ist.«

»Das einzige Gericht, vor dem es bestehen muss, ist Mutter.«

Eine Zeitlang schwiegen sie. Das Deck um sie herum leerte sich. Schließlich sagte er:

»Danke.«

Zur Antwort gab sie ihm einen Kuss auf die Wange; sie fühlte sich kühl an trotz der Frühlingswärme.

Der Notar kam zurück. Hinter ihm sahen sie, wie Irenes Mutter, den Kopf hoch erhoben, allein über den Holzsteg schritt.

»Bitte entschuldigen Sie«, sagte Rauschner. »Ich brauche noch eine Information für meine Unterlagen: die Religionszugehörigkeit von Ihrer Frau und Ihnen. Ihre Gattin hat … mich an Sie verwiesen.«

»Natürlich. Meine Frau ist mosaischer Religion. Und ich ebenfalls.«

Irene sah ihn überrascht an. »Nein, Papa, bist du nicht.«

Er schüttelte den Kopf.

»Doch«, sagte sie, »davon hast du mir mal erzählt: Vor der Hochzeit hast du dich taufen lassen. Weil Mutter keinen Juden heiraten wollte.«

Er lächelte sie verschwörerisch an. »Auch anderen ist es gelungen, deine Mutter zu täuschen.«

»Was soll das heißen?«

Er atmete tief aus. »Schau mal. Die Taufe war nötig, um deine Mutter zu überzeugen. Die Kirchenunterlagen liegen bestimmt noch irgendwo in London. Ihnen zufolge bin ich ein treuer Untertan des Bischofs von Canterbury, dem geistlichen Oberhaupt der Anglikanischen Kirche Seiner Majestät des Königs.« Er lächelte wie über einen gelungenen Scherz. »Aber bald nach der Hochzeit zogen wir ja nach Berlin. Anderes Land, andere Bürokratie, verstehst du? Ich hätte dem Standesamt meine Taufunterlagen geben müssen, in beglaubigter Übersetzung ins Deutsche. Und damals hoffte ich, deine Mutter würde ihre Meinung irgendwann ändern. Außerdem waren Juden doch nirgends auf der Welt sicherer als in Preußen. Da dachte ich mir: Warum sollte ich meine Herkunft verleugnen? Wegen eines lächerlichen Wunschs deiner Mutter?«

Obwohl das Schiff nun fest vertäut war, schien der Boden stark zu schwanken. Irene dachte an die weinende Frau Abelsohn, die Glasscherben aus dem Schaufenster fegte. An Herrn Abelsohn, einen schmalen, hageren Mann mit vor Wut hochrotem Kopf, der den Blick nicht senkte, als fünf braune Uniformen die Straße entlangkamen. Ans Rotblau aufgeschlagener Lippen. An über die Glatze gekämmtes Grauhaar, das sich mit Blut mischte.

»Papa, weißt du, was das heißt? Aus Sicht der Nazis bin ich …«

»… Jüdin«, nuschelte Rauschner und machte eine Notiz.

17

Nach einleitenden Worten des Vicepräsidenten J. Schlegel führt Frau Irene Sörgel was folgt an: Die politische Situation in Deutschland ist heute derart, daß nicht nur sämtliche Werke, die auf internationaler Basis aufgebaut sind, verpönt sind, sondern daß auch die Urheber von Ideen, welche den Zusammenschluss von Völkern bezwecken, direkt Gefahren für Leib und Gut ausgesetzt sind. Aus diesem Grunde erscheint es Frau Sörgel, die auch im Namen ihres Gatten spricht, zur Zeit unmöglich, weiter an der Verfolgung des Atlantropa-Projektes zu arbeiten, und sie stellt den Antrag, die Atlantropa-Union aus den oben erwähnten Gründen aufzulösen.
Die übrigen Vorstandsmitglieder (...) führen aus, (...) [es] sei (...) nicht zu verstehen, daß Herr Sörgel so leichthin das Schiff, das sich gegenwärtig in einem Sturm befinde, als Kapitän verlassen wolle. Das heute beabsichtigte Verhalten sei zu vergleichen mit dem einer Mutter, die ihr Kind verleugnet.

Protokoll der Vorstandssitzung der Atlantropa-Union, 30.5.1933

Monaco, 6.8.1934
Hinter ihnen lag die Hitze der Stadt, vor ihnen ein Abgrund. Fünfzehn, zwanzig Meter fielen die Klippen nahezu senkrecht in die Tiefe. Irene ergriff Hermans Hand, beugte sich vor und schüttelte den Kopf: nichts zu machen. Sie hatten es sich leichter vorgestellt, Abschied zu nehmen. Einfacher war es womöglich auf der anderen Seite des wuchtigen Baus. Das Museum, eine Mischung aus Trutzburg und Palast, schien aus den Felsen herauszuwachsen. Obwohl es eingeklemmt war zwischen Brandung und Straßenlärm, wirkte es ruhig, fest und stolz. Wie sehr Herman sich nach alldem sehnte. Doch auf der gegenüberliegenden Seite sah es nicht besser aus: kein Zugang zum Ufer, dafür aber eine junge Familie, die gemeinsam aufs Meer blickte, als sähe sie es zum ersten

Mal. Die Mittagssonne brannte die letzten Schatten aus. Irene sah Herman fragend an, und er nickte: Sie mussten weitersuchen. Er wusste, wie wichtig ihr die Sache war, und während sein Hemdkragen sich mit Schweiß vollsog, hielt er weiter Ausschau.

»Da!«

Sie zeigte auf einen kleinen, abgeflachten Felsen, der wenige Meter aus dem Wasser ragte, direkt unterhalb des Prachtbaus: Von der vorgeschobenen Plattform verliefen steinerne Stufen nach oben. Ohne Zweifel führten sie ins Museum.

Kurz darauf standen sie direkt am Meer, zum ersten Mal seit jenen schlimmen Tagen – und sagten nichts. Man hörte nur das Anbranden der Wellen und das Schmatzen des Wassers an den Felsen. Fast unmerklich besprühte sie die Gischt, benetzte Schuhe und Einglas. Immer wieder hatte Herman sich gefragt, ob die Zeremonie wirklich nötig war. Denn je länger jene Wochen zurücklagen, desto unwirklicher wirkte alles, was sie damals gehofft hatten. Vor zwei Jahren waren sie dieselben Menschen wie immer gewesen – und zugleich, für kurze Zeit, ein ganz anderes Paar. Mit einem Schlag wusste Herman wieder, wie er sich damals gefühlt hatte – und warum er die Erinnerung daran mied. Er atmete tief ein und aus.

Irene griff in ihre Tasche, sah ihn kurz prüfend an, suchte weiter und fand, was sie suchte. Vorsichtig legte sie die gewölbten Hände übereinander, als hielte sie darin einen kleinen Vogel, und fragte:

»Möchtest du etwas sagen?«

Damit hatte er nicht gerechnet. Riten waren schließlich dazu da, um zu zeigen, was sich nicht sagen ließ. Er schaute aufs Meer. Hier fand er keinen Trost, nur weiteren Kummer. Nach sieben Jahren Arbeit war die Küste um keinen Millimeter zurückgewichen, kein Sandkorn freigelegt. Jede Welle bewies nur, wie vergeblich alles gewesen war. Wann hatte es eigentlich begonnen, schiefzulaufen? Vielleicht damals, als zwischen Zürich und München immer kühler formulierte Schreiben hin und her gingen. Allen Ernstes beanspruchten Schlegel und der Vereinsvorstand, im Namen des Projekts zu sprechen. *Siehst du?*, hatte Irene gerufen, den Brief in der Hand, *siehst du? Sie wollen Atlantropa nicht unterstützen, sie wollen es für sich!* Über den Winter hatte sich das Verhältnis weiter eingetrübt, das stimmte. Aber was, wären nicht kurz darauf triumphierende

SAler mit Fackeln in den Fäusten durchs nächtliche Brandenburger Tor gezogen? Vielleicht hätten Schlegel und er sich da noch zusammenraufen können – trotz alledem, wegen alledem. Doch dann kam Irene von dem Bootsausflug mit ihren Eltern zurück, mit einem Ausdruck im Gesicht … Nie zuvor hatte er sie so gesehen, mit zitternden Händen und flatterndem Blick. Ihnen blieb keine Wahl: Sie beerdigten die Union noch in der Vorstandssitzung am selben Abend. Kaum auszudenken, was geschehen wäre, hätten Schlegel und seine Leute braune Bürokraten aufgebracht. (Ein einziger gedankenlos formulierter Zeitungsartikel, und ein Ministeriumsbeamter hätte auf die Idee kommen können, Irenes Geburtsurkunde anzufordern.) Und dann bedienten sich diese … diese *Personen* auch noch eines Vergleichs, so schmerzhaft, so niederträchtig … Nein, es war unvermeidlich gewesen, den Verein sterben zu lassen. Hatte er je aus mehr bestanden als Briefen, Rechnungen und einem Druckgefühl auf der Brust?

»Wenn es dir zu schwerfällt, dann natürlich nicht, Mutz. Ich dachte nur.« Irene streichelte seine Wange, die feucht war vom Meerwasser, und lächelte traurig.

Wieder schwiegen sie eine Weile. Obwohl die Brise seinen Schweiß kühlte, fühlte er sich unwohl, gefangen auf einem Stück Fels.

Nach einer Weile holte Irene tief Luft und seufzte. »Ich weiß nicht, wie lange ich noch hoffen kann. Wann es dumm wäre, noch weiter zu hoffen.« Als hätte Herman etwas entgegnet, sagte sie: »Meine Tante war die große Ausnahme. Ein biologisches Wunder.«

Er kannte ihre Worte, denn es waren auch die seinen. An manchen Tagen sprach er sie aus, und Irene redete dann von der Hoffnung, die es noch gebe. An anderen war es umgekehrt. Mittlerweile hörten sie den Part des anderen, auch ohne dass jemand ihn aufsagte. Sie führten den Dialog mit einer Stimme.

»Vielleicht«, sagte er zögerlich, »sollten wir …«

»… aufgeben?«

»… etwas Neues wagen.«

Sie sah ihn fragend an. »Was meinst du?«

Er wusste doch auch nicht, was er meinte, zumindest nicht genau. Klar war nur, so ging es nicht weiter. Die vergangenen zwei

Jahre glichen einem Marsch durch tiefen Schlamm, immer im Kreis. Sie mussten da raus, bevor sie zusammenbrachen. Er sah dorthin, wo Westen sein musste.

»Da vorn irgendwo«, hörte er sich sagen, »liegt Spanien.«

Sie folgte seinem Blick. »Und dahinter Amerika.«

Herman war überrascht, von sich wie von Irene, denn ihre letzten Worte gehörten nicht zum eingeübten Dialog. Sie hingen eine Weile in der Luft zwischen ihnen, dann wehte eine Brise sie fort.

Irene hockte sich an den Rand des Felsens. In ihren Händen hielt sie eine winzige weiße Pappschachtel mit roter Schleife. Sie nahm sie in die Rechte – und warf sie mit leichtem Schwung ins Wasser. Dort schwamm sie einen Moment auf der Oberfläche, dann wurde sie von einer Welle erfasst, die Schleife löste sich, und der Deckel trieb davon. Herman schauderte, als zwei weiße winzige Söckchen an die Wasseroberfläche glitten. Sein Herz pochte gegen den Brustkorb. Wieder wollte er tief einatmen, aber die Luft schien eine zähe, störrische Masse. So gefasst er konnte, keuchte er:

»Er wartet bestimmt schon.«

Irene hockte noch immer neben ihm und blickte aufs Meer. Ohne aufzusehen, berührte sie zärtlich sein Hosenbein. »Ich bleibe noch etwas. Wir reden später, ja?«

Er antwortete nicht, und als er die steilen Stufen nahm, je zwei auf einmal, sah er nicht zurück.

18

> Wo Es war, soll Ich werden. Es ist Kulturarbeit etwa wie die Trockenlegung der Zuyderzee.
>
> Sigmund Freud: *Die Zerlegung der psychischen Persönlichkeit* (1933)

Wer die schwere Eingangstür zum Ozeanographischen Institut von Monaco hinter sich lässt, wähnt sich in einer Kathedrale. Im weiten, kühlen Vestibül, das sich dem Ankommenden öffnet, fühlt er sich rasch so ruhig und beschützt, dass er unwillkürlich durchatmet. Geht er dann links die breiten steinernen Stufen hinauf in den ersten Stock, findet sein Blick dort die Wunderkammer, hoch wie ein Haus. In den Nischen dieses weltlichen Altars, der eine ganze Wand einnimmt, harren präparierte Schwertfische, Eisbären und die lebensgroße Montur eines Tiefentauchers aus, um daran zu erinnern, dass alle Erkenntnis mit einem Staunen beginnt. Geht der Besucher in den benachbarten Saal, findet er sich unter dem Skelett eines Wals wieder. Das Gerippe ist an der Decke befestigt und so arrangiert, dass es aussieht, als schwimme das fleischlose Tier durch die Luft. Anders als in der Kirche, dachte Herman, feierten all diese Wunder, Heiligen und seltsamen Engel das Diesseits. Dieser Ort ließ ihn spüren, wie wundervoll die Welt war. Denn das Komplexe, das trotz aller Widrigkeiten existierte, war das eigentlich Rätselhafte. Und das größte Wunder, das menschliche Hirn, konnte den verwaisten Himmel füllen: mit Formeln, Erkenntnissen und großen Plänen, die die Welt verbesserten. Obwohl er rasch ging und viele Stufen nahm, atmete er regelmäßig; der Schweiß kühlte ihm Stirn und Nacken, und als er den Kartensaal erreichte, hätte er nicht mehr zu sagen gewusst, was ihn vorhin so aufgewühlt hatte.

»Da ist er ja«, rief Siegwart. »Wenn man vom Teufel spricht!«

An einem großen Tisch stand Siegwart, noch immer imposant, wenn auch sein Rücken zusehends runder wurde. Er sprach lachend mit einem jungen Schwarzen und legte ihm seine große Hand auf die Schulter. Bei aller Lockerheit, die Herman an seinem Freund schätzte: Bestimmt galt es als unschicklich, die hiesigen Dienstboten zu berühren.

»Mein lieber Sörgel, das ist Maximilien. Habe ich Ihnen von ihm erzählt? Nein? Aah! Wissen Sie, ich habe schon mit seinem Vater zusammengearbeitet. Auch Ingenieur. Ich weiß noch, wie er mich gefragt hat, ob ich Pate seines Erstgeborenen werden wolle. Zum Glück hab ich damals Ja gesagt! Ist nämlich ein tüchtiger Bursche geworden, der Max, wie?«

»Vielleicht ich habe nicht alles verstanden«, hauchte Max mit französischem Akzent. »Mein Deutsch ist nicht sehr gut.« Er sprach leise, als wollte er niemanden stören, dabei waren sie allein im Saal. Dunkelblauer Anzug, weißes Hemd und korngelbe Fliege erinnerten an eine Schuluniform.

»Du untertreibst, Max. Das musst du dir noch abgewöhnen. Aber nur das!« Siegwart klopfte ihm wieder auf die Schulter.

»Sind Sie so weit?«, fragte Herman.

Sie wollten essen gehen. Irgendwie hatte Siegwart es geschafft, Irene und Herman das Gefühl zu geben, sie täten ihm einen Gefallen, wenn sie sich die ganze Woche lang von ihm einladen ließen. Herman schätzte den großen alten Mann, der nie aufdringlich war, aber immer zugewandt, mehr denn je. Siegwarts Großzügigkeit wog seine Neigung, andere spüren zu lassen, dass sie weniger gesehen und erlebt hatten als er, mehr als auf. Ihn zum Abschied einzuladen war das Mindeste, das Irene und er tun konnten. Leider war es auch das Äußerste, das sie sich leisten konnten. Am Abend würden sie heimreisen, auf den harten Sitzen der zweiten Klasse.

»Ich habe Max von Ihrem Plan erzählt. Er würde Ihnen sicher gern einige Fragen stellen, nicht wahr?«

»Ich möchte Sie nicht aufhalten.«

»Ach was! Frag' ruhig. Frag' ruhig!«

Max blickte gequält. Siegwart aber lächelte, und Herman konnte sich des Eindrucks nicht erwehren, sein Freund sehe den jungen Schwarzen und ihn als seine endlich vereinten Ziehsöhne.

»Lassen Sie mal, Herr Siegwart. Unser Projekt muss ja nicht jeden interessieren. Wollen wir?«

Herman wollte sich schon verabschieden, als Max leise, aber entschlossen sagte:

»Bislang alle Pläne zum Umbauen von Afrika dienten allein den Europäern. Sie haben alles exportiert, was sie konnten. Gold, Holz, Früchte, Kautschuk. Und Menschen. Warum sollte Ihr Plan anders sein?«

»Bitte entschuldigen Sie, lieber Sörgel. Maximilien, was ist denn mit dir? Wie kommst du darauf, dass …?«

»Schon gut.« Herman winkte Siegwart begütigend zu und wandte sich an Max. Dessen Gesicht verriet mühsam unterdrückte Erregung, vermischt mit Stolz. »Hat Herr Siegwart Ihnen erklärt, wie wir die nördliche Sahara bewässern wollen, mittels gewaltiger Mengen entsalzten Mittelmeerwassers? Und wie dadurch kultivierbares Ackerland entstehen wird, zwei Millionen Quadratkilometer?«

Max nickte. »Aber was wird sein das Ergebnis? In der Sahara heute lebt niemand. Wenn es dort wird geben Ackerland« – mühsam stülpte sich der Mund über das sperrige Wort –, »wer wird profitieren? Die Briten in Ägypten. Spanien. Frankreich. Italien. Und dann? Europa wächst, und Afrika schrumpft.«

Siegwart, eben noch irritiert, betrachtete Max jetzt interessiert. Der Patensohn schien es zu spüren, denn als er weitersprach, klang seine Stimme fester.

»Sahara, Maghreb: Das ist nicht Afrika. Nicht *mein* Afrika.« Er zeigte auf sein Gesicht, seine Hände. »Wir werden beherrscht von Europäern, die sich halten für klüger und besser. Aber sie sterben zu Tausenden an Malaria. An Erschöpfung. Alkohol. Europa schickt nicht seine besten Männer, es schickt sehr schlechte. Wenn Europäer wirklich Afrika helfen wollen – und das wollen Sie doch auch, Monsieur Sörgel, ja? –, dann müssen sie schicken ihre klügsten Männer. Sie müssen ihre besten Ideen präsentieren. Oder«, er machte eine wegwerfende Geste, »sie mögen fortgehen.«

Eine Pause trat ein. In München hatte Herman auf einem Empfang einmal einen Schwarzen getroffen, den Bediensteten irgendeines süddeutschen Fürsten. Der Mann war als Kind an den Hof geschickt worden, als lebende Kuriosität. Nie zuvor aber hatte Herman es zu tun gehabt mit einem jungen, gebildeten Afrikaner, der es wagte, einem Europäer zu widersprechen. Wie auch?

Südlicher als bis nach Ceuta (wo er sich beinahe eine lästige Lungenentzündung zugezogen hätte), war er auf seinen Reisen nie gekommen. Spätestens wenn die Arbeit an der Saharabewässerung begann, würde sich das ändern. Herman musterte den Mann vor sich: die kerzengerade Haltung, die gefeilten Fingernägel, das blütenweiße Hemd. Siegwarts Zögling, dachte er, war zu gleichen Teilen das Produkt Afrikas und europäischer Bildung, dachte er. Bildete er nicht gerade deshalb – ob es ihm recht war oder nicht – den lebenden Beweis der schöpferischen Kraft des Abendlands? Aber es wäre sinnlos, ihn darauf hinzuweisen. Offensichtlich war er darauf aus, seinen Förderer zu beeindrucken, indem er sich forsch gab. Herman aber hatte keine Lust, ihm als Zielscheibe seines jugendlichen Eifers zu dienen. Schließlich war er keiner von denen, die so lautstark wie vergebens die Kolonien zurückverlangten. Er kannte die sentimentalen Geschichten vom harten, aber glücklichen Soldaten- und Siedler-Leben unter Palmen, von widerspenstigen Eingeborenen und Peitschenhieben, die weiße Herren angeblich nur widerwillig auf schwarze Rücken hatten niedergehen lassen – und er verachtete jene, die sie erzählten. Diese Männer hatten Europa in Verruf gebracht. Aber was ließ sich tun? Was konnte *er* tun? Wie sollte er jungen, unzufriedenen Afrikanern zeigen, dass Europäer nicht ihre Feinde sein mussten, sondern ihre besten Freunde sein konnten? Schließlich erbrachten sie seit Jahrhunderten bewunderungswürdige Höchstleistungen, dachte er, angetrieben vom Vertrauen in die eigenen Fähigkeiten und die Hoffnung auf die Zukunft. Auch das war Europa! Aus der alten Welt konnte immer noch neues Leben erwachsen. Neues Leben. Der Gedanke – nicht viel mehr als eine Ahnung, ein Gespür fürs Kommende – elektrisierte Herman, und er fragte:

»Was genau meinst du? Wofür braucht Afrika die ›besten Ideen‹?«

Für einen Moment schien Max überrascht. Doch er fing sich rasch und deutete auf den Tisch hinter sich. »Wir brauchen mehr – wie sagt man? – Routen für *commerce*. Für Handel.«

Max und Siegwart gingen hinüber zu dem langen Tisch, auf dem eine Reliefkarte Afrikas lag. Links von ihnen breitete sich das schmale Grün der flachen afrikanischen Mittelmeerküste aus, das überging ins Ockergelb der Sahara; vor ihnen erstreckte sich, von

Äthiopien bis Südafrika, das Braun gewaltiger Hochebenen. Helle Flecken zeugten von tiefer gelegenen Regionen, etwa große Teile der Sahara im Norden, das gewaltige Kongo-Becken im Zentrum und die Region um die Victoria-Fälle im Süden.

Max umfuhr den Kontinent mit dem Zeigefinger. Afrikas Küsten seien nur dreißigtausend Kilometer lang, sagte er, die des deutlich kleineren Europas hingegen siebenunddreißigtausend. Auch fehle Afrika ein Netz mittelgroßer schiffbarer Flüsse wie Rhein, Rhone und Donau. Die Europäer hätten unbeschreibliches Glück gehabt. Die Geographie habe es ihnen leicht gemacht, ihren Kontinent zu erkunden, schließlich waren sie auf ihren Wanderungen immer Wasserquellen und Transportwegen nahe. Später dann erreichten sie über das Mittelmeer zwei fremde Erdteile, ohne bei ihrer Überfahrt die rettende Küste je lange aus den Augen zu verlieren. Nachdem sie zunächst mit Ägypten und Persien Handel getrieben hatten, machten sie sich zu Eroberungen auf, um schließlich einen Großteil der Erdoberfläche zu beherrschen. Hätten Afrikaner die gleichen Bedingungen vorgefunden, sagte Max, dann hätten ihre Kulturen ähnliche Entwicklungen durchlaufen. Aber was täten die erfindungsreichen Europäer mit Afrika? Weder bauten sie Straßen noch Kanäle oder *drainages*. Stattdessen legten sie bloß Häfen an. Von dort aus marschierten sie ins Landesinnere und raubten zusammen, was sie kriegen konnten, um es auf ihre Schiffe zu tragen. »Die Europäer stoßen hinein ins Herz von Afrika« – dabei streckte Max den Arm nach Zentralafrika aus –, »sie greifen zu und reißen alles heraus. So.« Mit einem Ruck zog er den Arm zurück. »Und übrig lassen sie – nichts.« Zum Beweis zeigte er seine leere Handfläche.

»Heute«, grummelte Siegwart, »kommt man nicht viel schneller ins Landesinnere als zu meiner Zeit. Und dann diese Hitze. Ich schwör' Ihnen: Damals bin ich dreimal so schnell gealtert.«

Max nickte eifrig, froh über den Zuspruch. »Der Norden ist zu trocken, der Süden ist zu feucht. Ein großes Malheur.«

Herman stützte sich mit beiden Armen auf den Tisch. Sobald er genug Geld und Zeit hatte, würde er den Kontinent selbst erkunden. Auch wenn er kein Imperialist war, so ahnte er doch, wie berauschend es sich anfühlen musste, wenn man dem fernen, beengten Vaterland unerforschte Ländereien einverleibte, jedes Fleckchen ein Versprechen.

»Was wäre«, sagte er, »wenn wir eine Bahntrasse durch den ganzen Kontinent verlegen? Wir fangen im Norden an. Hier.« Er legte den Finger auf die Küste Französisch-Tunesiens. »Zwischen Tunis und Sizilien bauen wir eine gewaltige Hängebrücke, sechsundsechzig Kilometer lang. Sozusagen die Nabelschnur zwischen Europa und Afrika. Tunis wird damit zum Dreh- und Angelpunkt für Atlantropa. Es könnte sogar dessen Hauptstadt werden! Stellen Sie sich das vor: eine afrikanische Metropole mit zehn, zwölf Millionen Einwohnern wird zum Zentrum des Doppelkontinents! Ein neues Karthago! Und von dort verlaufen die Gleise nach Süden, weiter, immer weiter ...« Hermans Finger vollführte einen Gewaltmarsch durch Wüsten, Dschungel, Steppen und über Gebirgspässe. »... bis hierher.« Heil in Britisch-Südafrika angekommen, hüpfte der Finger freudig auf und nieder. »Sie fahren, ohne umzusteigen, von Berlin bis nach Kapstadt. Wir brauchen keine Flüsse mehr, um Kontinente zu durchqueren. Wir nehmen bequem die Eisenbahn!«

Herman folgte noch einmal der Route des Zuges. Er stellte sich vor, wie er, der Hitze trotzend, einem Eisenbahnabteil entstieg, um den Fortgang der Bauarbeiten zu überprüfen. Nirgends entlang der Strecke stieße er auf deutsche Bedenkenträger. Nirgends hielten Nazis ihm vor, er betreibe »Rassenvermischung«. Afrika war frei von Hitlers Leuten.

Max schüttelte den Kopf. »Das wird nicht funktionieren. Die Engländer bauen eine Linie seit Jahrzehnten. Dort.« Er zeigte auf die britischen Besitzungen, eine gewaltige Landmasse, die sich von Ägypten bis Südafrika erstreckte. »Überall Lücken. Überall Probleme. Wenn das Empire es nicht schafft, ooh ...« Er zuckte die Schultern und schüttelte den Kopf. »Sehr schwierig. Zu schwierig.«

Herman störte es, wie Max redete. Wie konnte man so jung und so gut ausgebildet sein – und zugleich so fatalistisch?

»Dank Atlantropa ist es nicht mehr zu schwierig. Die Briten mussten ihre Trasse durch Ostafrika verlegen, über gewaltige Gebirgsketten hinweg. Aber hier, im Westen, gibt es vor allem Ebenen und natürliche Becken. Ein viel einfacherer Weg für eine Eisenbahn. Sieh mal.« Hermans Hand war eine Lokomotive, die in Tunis losfuhr, durch die Sahara raste, dabei den Tschadsee passierte, das riesige Kongobecken durchquerte und in gewaltigem Tempo Kapstadt erreichte. »Bislang steht uns vor allem die Sahara im Weg. Aber wenn wir sie bewässern, ist der Weg so gut wie frei. Natürlich müssen die Kolonialmächte dem noch zustimmen, aber das sollte kein Problem sein, wenn sie erst einmal bei Atlantropa kooperieren.«

Max schüttelte den Kopf. »Die Sahara, man kann nicht so einfach bewässern. Es braucht viel, viel Wasser. Nicht Meerwasser, sondern Süßwasser. Man müsste sie erst – wie sagt man? *Dessaler?*«

»Wir entsalzen natürlich das Mittelmeerwasser, bevor wir es in die Sahara pumpen«, sagte Herman. »Es ist an alles gedacht.«

»Das ist unmöglich. Technisch unmöglich.«

»Die Pläne stammen von Ihrem Paten.«

Herman blickte zu Siegwart. Es tat gut, in dessen Gesicht den eigenen Stolz gespiegelt zu sehen. Sie beide hatten einen guten Plan erarbeitet. Einen brillanten Plan. Was verstand dieses halbe Kind schon davon?

Max schwieg, den Blick auf die Karte gerichtet. Ihm war es sichtlich unangenehm, Siegwart gekränkt zu haben. Dann aber fand er etwas, das seinem Widerwillen neue Nahrung gab.

»Tunis als ein neues Karthago? Sie merken nicht, was Sie da tun? Sie wiederholen die Geschichte. Vor zweitausend Jahren die Römer eroberten Karthago, und sie zerstörten es total. Dann, Nordafrika wurde ihre Provinz. Als die Römer wieder gingen, war Nordafrika eine Wüste. Und heute? Das Gleiche würde passieren. Karthago, das wäre bloß eine Dependance von Europa auf afrikanischer Erde. Atlantropa, das wäre Groß-Europa.«

»Aber Max! Was redest du denn da? Bringen sie euch hier jetzt solche Sachen bei?« Siegwart wirkte weniger verärgert als verletzt.

Der alte Mann tat Herman leid. Dabei verstand er sehr gut, warum Max so redete. Diese seltsam oszillierende Mischung aus Unsicherheit, Ungeduld, Intelligenz und Bildung kannte er von sich. Lange hatte er gebraucht, um einzusehen, dass hehre Ziele und kluge Pläne allein diese Welt nicht verbesserten. Die meisten Menschen ließen sich nicht von Hoffnung und Idealen lenken, sondern von Angst und Eigennutz.

»Weißt du«, sagte Herman betont gelassen, »vielleicht hast du Recht.« Max und Siegwart starrten ihn an. »Gehen wir Schritt für

Schritt durch, was passiert, wenn Atlantropa Realität wird: Zunächst wären die Europäer den Nordafrikanern haushoch überlegen. Sie exportieren ihre Technologie nach Afrika, bauen Brücken, Städte, Bahnhöfe, Fabriken, Schulen und so weiter. Das wird einige Jahrzehnte so gehen. Und im Austausch lernen die Nordafrikaner alles, wofür die Europäer Jahrhunderte, Jahrtausende gebraucht haben.«

»Warum sollten die Europäer das tun?«, fragte Max. »Sie haben es bis heute ja nicht getan.«

»Weil ihnen dämmert, dass sie nicht länger das Zentrum der Welt sind.« Bei den Worten entspannte Herman sich ein wenig, denn er wusste, sie brachten seine Zuhörer dazu, ihm auf seinem Gedankengang zu folgen. Das taten sie immer. Nord- und Südamerika, erklärte er beiläufig, schlössen sich früher oder später zu einer Union zusammen. Asien würde schon bald von China und Japan dominiert. So entstünden im Osten und im Westen zwei gewaltige Machtblöcke, die sich neue, lukrative Ziele suchen. »Und was, glaubst du, wird dann mit Afrika passieren? Das hier.« Herman schob seine Handflächen langsam aufeinander zu wie die Backen eines Schraubstocks. »Amerika und Asien werden den Kontinent in die Zange nehmen. Sie werden mit Armeen kommen und mit Geld, mit Versprechungen und Drohungen. Die alten Kolonialmächte sind zu schwach, um sich auf Dauer dagegen zur Wehr zu setzen. Schon gar nicht gegen den Willen einer neuen Generation von Afrikanern. Afrikanern wie du, Max.« Zufrieden bemerkte Herman die Überraschung im Gesicht des Jungen. »Was folgt also daraus? Wenn Europa und Afrika im globalen Machtkampf bestehen wollen, dann müssen wir uns zusammentun. Nur gemeinsam haben wir eine Chance, nicht bloß irgendwie in dieser neuen Welt zu überleben, sondern zu gedeihen.«

Max versuchte erfolglos, unbeeindruckt zu schauen. »Sie wollen nur mir Angst machen.« Doch dann suchte sein Blick Siegwart.

»Wenn du meinst … Aber sag' mir bitte: Glaubst du wirklich, die Chinesen, die sich seit einem Vierteljahrhundert gegenseitig zu Millionen abschlachten, würden fairere Partner abgeben? Oder die Amerikaner, die sich damit rühmen, die Indianer ausgerottet zu haben? Oder, Max, oder hältst du dich vielleicht doch lieber an die Europäer, die nach Jahrhunderten der Kriege nun hoffentlich endlich des Mordens müde sind?«

»Afrikaner sind keine Kinder«, sagte Max, plötzlich sehr ernst. »Sie brauchen niemanden, der ihnen sagt, was gut für sie ist.«

Siegwart sah ihn an. In seinen Augen lag Überraschung, aber auch Schmerz. Der Schmerz eines alternden Vaters, der erkennt, dass sein Sohn ihm fremd wird. Wie undankbar der Junge war, dachte Herman, erfüllt von der eigenen Rechtschaffenheit, wie es nur die Jugend zuwege brachte. Er selbst, das wusste er, hatte früher ähnlich selbstgerecht empfunden. Hatte sich selbst über- und die Widerstände unterschätzt. Aber gerade weil er unter Mühen gelernt hatte, dass die Welt sich nicht säuberlich in Gut und Böse unterteilen ließ, ärgerten ihn Max' Worte.

»Deine Uniform ist hübsch«, sagte Herman ruhig. »Zu welchem Internat gehört die?«

Max blickte an sich hinab. Er wollte etwas erwidern, presste dann aber die Lippen aufeinander.

Vielleicht, dachte Herman, hätte er das nicht sagen sollen. Max war schließlich noch ein halber Junge. Aber wie konnte ausgerechnet er leugnen, von Europa zu profitieren, während er, nahezu perfektes Deutsch mit französischem Akzent sprechend, neben seinem Schweizer Mentor stand?

Siegwart flüsterte Max etwas zu. Der Schützling hörte trotzig und ein wenig betreten zu. Um den beiden Raum zu geben, ging Herman zum Fenster und sah, die Augen zu Schlitzen verengt, hinaus. Vor ihm erstreckte sich schier unendliches, strahlendes Blau. Wie kam es, dass dasselbe Meer, das Menschen verschlang, so friedlich, so einladend wirken konnte? Unter sich, auf einer kleinen, ein wenig vorgeschobenen Klippe, bemerkte Herman einen schwarzen Punkt. Dort unten stand, noch immer Ausschau haltend nach etwas, das längst untergegangen war, Irene. Er seufzte.

Die Wollsöckchen in der Schachtel waren ihre Idee gewesen.

Fast elf Wochen lang hatte alles gut ausgesehen. Sogar Doktor Bernstein hatte begonnen, ihnen Hoffnungen zu machen, trotz Irenes neununddreißig Jahren. Mit jedem Tag war ihre Sorge geschwunden und das Kleine gewachsen. Sie hatte die Zwölf-Wochen-Grenze fast erreicht, da verlor sie den Appetit. Zwar hatte sie sich gesagt, das müsse nichts heißen, war aber dennoch zum

Arzt gegangen. Dann war sie zurückgekommen, ganz blass im Gesicht, und er hatte Bescheid gewusst. Der kleine Körper war tapfer so lange gewachsen, wie sein unsichtbarer Bauplan es zugelassen hatte. Dann aber war etwas ins Stocken geraten, und das winzige Herz hatte aufgehört zu schlagen. Als der Arzt das feststellte, hatte Irene das tote, namenlose Wesen schon fast eine Woche lang in sich getragen. Irene bestand darauf, einen Blick auf das zu werfen, was sie aus ihr herausgeschabt hatten. Nie hatte sie ihm erzählt, was sie gesehen hatte. Ohne ein Wort hatte sie sich schlafen gelegt. Am nächsten Tag aber hatte sie angefangen, zwei Söckchen zu stricken, weiß und weich und winzig. Immer hatte Irene sie bei sich getragen, aber erst gestern hatte sie ihm gesagt, was sie mit ihnen tun wollte. Warum ausgerechnet hier, hatte Herman sie nicht gefragt. Vielleicht, vermutete er, war hier ein guter Ort, um Abschied zu nehmen, weil sie beide endlich – zum ersten Mal seit langer Zeit – nicht damit beschäftigt waren, sich zu sorgen. Oder Irene hatte jetzt, zwei Jahre später, im Stillen alle Hoffnung aufgegeben.

Herman schloss die Augen. Was tat er hier? Warum legte er sich mit einem Halbwüchsigen an? Doch wohl nur deshalb, weil er seit mehr als zwei Jahren vergeblich nach einem Ausweg aus einer Sackgasse suchte. Dabei sollte es unter seinem Niveau sein, einen jungen Menschen vorzuführen. Schließlich wollte er anderen helfen, darum ging es doch letztlich. Stattdessen brachte ihn die Frustration dazu, Menschen, die keine Schuld an seiner Lage trugen, vor den Kopf zu stoßen. Wie sollte das weitergehen? Vater hatte seine letzten Jahre in resignierter Wut verbracht, düster murmelnd über einem Schreibtisch voller halb fertiger Pläne. So wollte er nicht enden. Womöglich waren ihm die Worte vorhin nicht zufällig über die Lippen gegangen; womöglich sollten Irene und er tatsächlich neu anfangen. In Spanien konnten sie vor Ort für den Staudamm werben. In Amerika hingegen – wie sollte er von dort etwas ausrichten? So verlockend ein Leben in New York oder Chicago sein mochte, so bezahlten sie dafür doch mit dem endgültigen Aus des Projekts. War es wirklich so weit? Mussten sie alles verloren geben? Und damit auch die Hoffnungen, die ihnen in acht Jahren zur eigentlichen Heimat geworden waren? Ein Exil in Übersee, das wäre eine doppelte Flucht: aus Deutschland und aus Atlantropa.

»Entschuldigen Sie, mein lieber Sörgel«, rief Siegwart. »Wie unhöflich von mir. Ihre Frau wartet sicher schon.«

Herman wandte sich vom Fenster ab. »Nein, *ich* war unhöflich. So hätte ich nicht mit dir reden dürfen, Maximilien. Das tut mir leid.« Der Junge starrte ihn an; sein Blick flirrte zwischen Überraschung und Genugtuung. »Stattdessen hätte ich mir mehr Mühe geben müssen, dir ›beste Ideen‹ zu liefern. Lass mich mal schauen ...«

Herman beugte sich noch einmal über Gebirgszüge, Täler und Savannen. Wie gewaltig Afrikas Raumdimensionen waren, verglichen mit dem des eurasischen Wurmfortsatzes. Ein kluger, nüchterner Kopf musste hier doch geradezu zwangsläufig auf ein Stück Natur stoßen, das sich formen, perfektionieren und dauerhaft nutzen ließ. Aber wenn das so war, hatten Briten, Franzosen oder Belgier es sicher längst bemerkt. Und wenn Herman nichts von einem gewagten Kanalbau oder einer groß angelegten Drainage im Dschungel gehört hatte, dann bedeutete das aller Wahrscheinlichkeit nach, dass ihre Ingenieure es als unwirtschaftlich oder technisch unmöglich verworfen hatten. Oder hatten sie etwas übersehen? Waren sie, bei aller Tüchtigkeit, zu phantasielos, um wirklich neu und groß zu denken? Hermans Blick blieb auf Höhe des Äquators hängen an einer gewaltigen, auffallend flachen Ebene, umgeben von Gebirgen: eine steinerne Schüssel, so groß wie Deutschland und Frankreich zusammen.

»Hier, das Kongobecken.« Er fuhr mit dem Finger über die Ränder der Ebene. »Nahezu vollständig umschlossen von Bergen, deren Spitzen rund fünfhundert Meter über den Meeresspiegel ragen. Der einzige Ausgang liegt hier, beim Stanley Pool, wo der Kongofluss das Becken verlässt. Sein Wasser fließt ungenutzt in den Atlantischen Ozean. Wenn wir aber den Strom hier, nördlich von Léopoldville, aufstauen, wird das Kongobecken nach und nach volllaufen. Wir brauchen drei, vielleicht vier Staustufen entlang des Stroms. Dann bekommen wir einen Süßwassersee, achthundert-, neunhunderttausend Quadratkilometer groß. Ein Binnenmeer mitten in Afrika.«

Siegwart und Max betrachteten einen großen braunen Fleck. In Hermans Kopf aber färbte der sich bereits dunkelblau.

»Und welches ist der Nutzen von diesem See?« Max gab sich

hörbar Mühe, interessiert zu klingen, nicht gereizt.

»Heute kämpfen sich Menschen unter größten Mühen durch den Äquatordschungel. Die schwül-heiße Luft macht ihnen zu schaffen, Insekten zerstechen sie. Sie werden geschwächt von Malaria, Schwarzwasserfieber und der Schlafkrankheit. Viele sterben. Jeder Meter Weges ist ein Kampf. Der See aber«, sagte Herman und hob die Brauen, »der See würde den Menschen helfen. Stell' dir vor, wie Schiffe und Boote in Stunden oder wenigen Tagen weit entfernte Küsten erreichen. Sie können Waren und Wissen austauschen. Der See wird zur Schnellstraße, und er schenkt seinen Anrainern frisches Trinkwasser. Die Staustufen entlang des Kongo versorgen die ganze Region mit Elektrizität – ach was, ganz Zentralafrika! Außerdem kühlt die aufsteigende Seeluft die Gebiete ringsum, und das Klima wird milder. Krankheiten werden seltener, das Leben wird einfacher. Die Menschen können aufatmen!«

Herman horchte den Worten nach, als seien sie nicht seine eigenen; als hätte er sie bloß von ferne empfangen und in die richtige Reihenfolge gebracht. Sein Kopf fühlte sich seltsam leicht an, wie in großer Höhe.

»Mit *Menschen*«, sagte Max, ohne aufzublicken, »Sie meinen *Europäer*, ja?«

»Nun ja.« Herman räusperte sich. »Dass Afrika größtenteils aus Kolonien besteht, ist nun mal auf absehbare Zeit eine Tatsache. Und wir müssen bei unserer Arbeit immer von den Tatsachen ausgehen, nicht wahr?«

»Sie wollen Europäern es leichter machen, in Afrika zu siedeln. Nicht nur an den Küsten. Nicht nur in ein paar Städten. Sondern überall. Das ist korrekt?«

»Jetzt versteh doch: Die Zusammenarbeit bringt beiden Seiten etwas, Afrikanern und Europäern.«

»Und hier und hier«, Max zeigte auf den Schüsselrand, »liegen Bergwerke. Wenn das Kongobecken wird ein See, es wird leichter werden, sie zu erreichen. Niemand muss mehr einen Berg ersteigen. Man kann mit dem Schiff dorthin fahren, Gold und Silber forttransportieren.«

»Das wusste ich gar nicht«, sagte Herman. »Aber hast du etwas dagegen, solange die Profite auch in afrikanische Hände gehen? Ist das nicht sogar ein weiterer Grund, den See zu bauen?«

Wie offensichtlich richtig es sich anfühlte, was ihm gerade erst eingefallen war! Wie war er darauf gekommen?

Siegwart fuhr sich langsam durch den weißen Bart und brummte:

»Für so einen See, schätze ich, müssten eine Million Menschen umgesiedelt werden, vielleicht auch zwei. Und die Belgier sind nicht gerade dafür bekannt, schonend mit den Einheimischen umzugehen.« Besorgt sah er zu Max. »Na also, ich weiß nicht. Ich *weiß* nicht.« Siegwart schüttelte den Kopf.

»Natürlich«, beeilte Herman sich zu sagen, »müssten wir zunächst einmal die Details klären: Wie viel Wasser führt der Kongo? Wie ist der Untergrund des Beckens beschaffen? Solche Dinge. Dann sehen wir weiter.«

»Mein lieber Sörgel, vielleicht sollten wir da etwas Vorsicht walten lassen.«

Ihm gefiel nicht, wie Siegwart ihn bei diesen Worten ansah.

»Vorsicht walten lassen?«

»Na ja, Atlantropa hat schon jetzt gewaltige Ausmaße. Meinen Sie nicht auch, wir sollten uns darauf konzentrieren? Diese Idee mit dem See, die ist sicher interessant. Aber wenn Sie sie verfolgen, dann, fürchte ich, könnten manche Beobachter denken, nun ja, das Projekt sei nicht ganz ernst zu nehmen.«

»Meinen Sie, ich würde Atlantropa damit schaden? Es lächerlich machen?«

Siegwart, dem sichtlich unwohl war, hob die Schultern zu einem *So habe ich das nicht gesagt*.

»Bei wem sollte ich mich lächerlich machen? In Behörden? In Redaktionen? Bei all den Bürokraten, die erst mäkeln, aber im Nachhinein, wenn jemand Fakten geschaffen hat, schon immer zu den Unterstützern gehört haben wollen? Von denen ist Deutschland nämlich voll. Wollen wir uns diese Leute zum Maßstab machen? Wollen *Sie* das?«

Groll stieg in Herman auf, so rot und schwarz und fest, dass es ihn überraschte. Gerade noch rechtzeitig verstand er, dass dieser Groll nicht seinem treuen Freund galt. Weder Siegwart noch Maximilien trugen Schuld an seiner Wut. Schuld war die Zeit, in der sie lebten.

»Vielleicht haben Sie Recht«, sagte er leise. »Wir sollten uns nicht verzetteln. Es war ja nur so eine Idee.« Mit der Hand scheuchte er etwas Unsichtbares beiseite, aber nicht sehr weit. »Wir sollten aufbrechen. Irene ist sicher schon auf dem Weg zu uns.«

Wieder ging er zum Fenster. Zu seiner Überraschung stand dort unten noch immer Irene. Sie redete mit einem Mann. Was hatte der Unbekannte bei ihr auf der abgelegenen Klippe zu suchen? Belästigte er sie? Für einen Moment sorgte sich Herman, dann sah er, wie Irene den Kopf in den Nacken warf: Sie lachte. Lachte mit ihrem ganzen schönen Körper. Durch das Glas konnte er sie nicht hören, und doch glaubte er, die Vibrationen zu spüren. Er lächelte. Das war seine Irene: Sie litt, aber sie brach nicht. Manchmal fiel es ihm schwer zu begreifen, wie jemand, der ihm in Vielem so ähnelte, so stark sein konnte. Sie war feinnervig und ausdauernd zugleich – eine Mischung, die er an sich selbst mitunter vermisste. Vielleicht aber, dachte er, unterschätzte er sich. Schließlich hätte Irene, die eigentlich nie hatte heiraten wollen, sich für keinen Mann entschieden, den sie als schwach empfand. Vielleicht war es an der Zeit, darauf zu vertrauen, dass sie Recht hatte: Ja, er war stark. Und er *musste* auch stark sein, jetzt mehr denn je. Nichts war gewonnen, wenn er Selbstzweifeln und Ängsten gehorchte. Wie sollte er dann etwas wirklich Neues schaffen? Siegwart wurde alt, und das Alter machte ihn kurzsichtig. Der Gefährte hielt es für wichtiger, in den Augen seines Patensohns gut dazustehen, als künftigen Generationen zu helfen. Maximilien wiederum war zu jung. Er wollte seinen Paten beeindrucken und wähnte sich offenbar mit Herman in einem Duell um dessen Gunst. Sie beide vergeudeten teure Lebenszeit. Er hingegen war weder ein nach Anerkennung heischender Jüngling noch ein sentimentaler Greis. Er musste erkennen, dass er allein zu beurteilen hatte, was richtig und wichtig war. Und damit, ob eine Idee etwas taugte.

Unten auf dem Felsvorsprung neigte der Mann zum Abschied den Kopf, und Irene ging zu den Treppenstufen. Bevor sie aus seinem Blick geriet, glaubte Herman, auf ihrem Gesicht ein Lächeln zu sehen.

Er wandte sich wieder zum Tisch. Während Max seinem Patenonkel in den Übermantel half, betrachtete Herman noch einmal die Reliefkarte. Kein Zweifel: Die Staudämme versprachen einen

Gewinn für halb Afrika. Aller Wahrscheinlichkeit nach hatte sogar schon einmal ein See das Becken gefüllt. Und doch fehlte etwas. Herman spürte, er hatte zwei Dinge zu verbinden, eins und eins zusammenzuzählen. Aber welche? Was er suchte, musste direkt vor ihm liegen – und war zugleich unsichtbar. Er starrte aufs Kongobecken. Nichts. Auf die lebensfeindliche Sahara, auf das Aderwerk des Kongos und seiner Zuflüsse. Nichts, nichts. Hatte er sich geirrt? Er trat einen halben Schritt zurück, verschränkte die Arme und schloss die Augen. Die Museumsluft war angenehm kühl, die sakrale Stille beruhigend. So blieb er eine Weile. Dann zuckten kaum merklich seine Lider, und als er sie hob, wusste er es.

In diesem Moment betrat Irene lächelnd den Saal, als hätte es die Szene am Meer nie gegeben. Noch während Siegwart ihr Max vorstellte, rief Herman: »Ich muss dir was zeigen!« und eilte zum Kartentisch.

»Wir stauen den Abfluss des Kongos in den Atlantik, und zwar hier, hier und hier, ja? Dann wird das Kongobecken zum Binnenmeer. Ergebnis: mildes Klima ringsum, schnelle Verkehrswege. Und hier«, wieso war ihm das nicht früher eingefallen?, »mitten in der Wüste, liegt der Tschadsee. Wenn nichts geschieht, trocknet er in wenigen Jahrzehnten aus.« Der einzige Süßwassersee Afrikas sei aber zu retten, erklärte Herman. Auch er liege in einem allseitig abgeschlossenen Becken. Man brauche zwischen Kongo- und Tschadsee nur einen Kanal zu bauen – dreißig, höchstens fünfzig Kilometer –, dann laufe Wasser von allein in den Tschadsee, denn der liege tiefer. Herman glaubte schon zu sehen, wie eine gewaltige, immer weiter wachsende Wasserfläche das Zentrum der Sahara verschluckte, still und beharrlich den Tod verdrängte und Leben schuf. Aber das, erklärte er, sei noch nicht alles. Vom vergrößerten Tschadsee wiederum werde sich, den Gesetzen der Geologie folgend, ein neuer Flusslauf den Weg hinab zum Mittelmeer bahnen. »Stell' dir das einmal vor: ein zweiter Nil!« Er atmete heftig. »Und das ist immer noch nicht alles: Hier, bei den Victoria-Fällen, zwischen Rhodesien und Nordrhodesien, stauen wir den Sambesi-Fluss auf. So wächst ein dritter See, ein dritter Süßwassersee. Es wird genügend Wasser für alle geben!« Erwartungsvoll schaute er zu Irene, doch die starrte auf die Karte. »Maximilien, verstehst du, was das heißt? Durch die Seen bekommt

Afrika vierzigtausend, ach was, fünfundvierzigtausend Kilometer Küstenlinie. Weit mehr als Europa. Dein Wunsch wird wahr!«

»Sie wollen«, fragte Max tonlos, »den halben Kontinent unter Wasser setzen?«

»Ich will ihn aus seinen Nöten befreien! Es ist höchste Zeit.« Während sie hier stünden, erklärte Herman, ließe Roosevelt das Tal des Tennessee-Flusses trockenlegen. Die Amerikaner machten Hunderttausende Quadratkilometer Sumpf und Schwemmland urbar, bauten riesige Wasserkraftwerke hinein und verschafften so Millionen Südstaatlern elektrischen Strom. »Und die Russen planen angeblich noch Größeres. Wir müssen da mithalten, wenn wir in der Welt bestehen wollen.«

»Wir?«

»Ja! Wir Afrikaner und Europäer. Wir Atlantropäer!«

Max sah fragend zu Siegwart. Der betrachtete die Karte und kraulte seinen Bart. »Ich weiß nicht, mein Lieber. Ich weiß nicht.« Dann legte er sich die große, altersfleckige Hand auf den Mund und schwieg.

Nur Irene sah Herman in die Augen. Sie schien etwas darin zu suchen, wahrscheinlich, wie ernst ihm das Ganze war. So genau wusste er das zwar selbst noch nicht, doch mit jedem Satz, den er sich sagen hörte, erschien es ihm plausibler, ja beinahe zwingend. Ihr Blick sagte ihm aber auch, dass er sich zurücknehmen musste. Durch Irene wusste er, wie einschüchternd seine Begeisterungsfähigkeit mitunter wirkte. Herman atmete tief ein und nickte. Er würde sie und Siegwart schon überzeugen.

Er nahm Irenes Hand und strich zärtlich mit dem Daumen darüber.

»Entschuldige bitte. Du bist sicher hungrig. Maximilien, möchtest du uns begleiten?«

Als sie kurz darauf in die Hitze des frühen Nachmittags hinaustraten, fiel Herman etwas ein:

»Wer war eigentlich dieser Mann?«

»Welcher Mann?«, fragte Irene.

»Der, mit dem du gesprochen hast. Auf der Klippe. Ich habe euch vom Fenster aus gesehen.«

Wieder sah sie ihn fragend an. Doch dann sagte sie bloß:

»Ach das? Das war niemand.«

19

Liebe L.,

wenn Du das hier liest, wirst Du Dich sicher fragen, warum ich gleich zu Beginn Deinen Vorsichtsmaßnahmen zuwiderhandle. Ich verspreche Dir, ich tue es nur dieses eine Mal, und ich fasse mich kurz. Allein schon, weil mir nicht viel Zeit bleibt, bis der Bote das Paket abholt. Dir lasse ich diese Zeilen zukommen, weil ich dem Boten vollauf vertraue. (Ich kenne ihn aus besseren Zeiten.) Bitte sieh es mir also nach. Welchen Weg hätte ich sonst, mich Dir mitzuteilen, ohne dass sie mitlesen oder mithören?

Bitte lass mich auf dem vereinbarten Wege wissen, in welchem Zustand das Paket Dich erreicht hat: War alles drin? Haben sie sich gefreut? Dann erhältst Du schon bald die nächste Lieferung.

Meine Kontakte erweisen sich noch als belastbar. Auch kann ich bislang ohne Probleme ein- und ausreisen, und in Basel wurde ich noch nie gefilzt. (Trotzdem komme ich an der Grenze jedes Mal vor Angst fast um.)

Ich würde Dir so gern offen sagen, wie es uns geht. Mehr denn je bräuchte ich jemanden, dem ich mich anvertrauen kann. Viele Freunde und Bekannte sind weg, und von denen, die noch da sind, traue ich den wenigsten. Meist macht mich das bloß wütend, ich habe von ihnen eh nicht viel erwartet. Neulich aber kam mir eine Kundin, die ich seit elf Jahren kenne, auf dem Bürgersteig entgegen (sie: »Arierin«, aber kein Parteimitglied, der Mann: biederer, solider Beamter, ich war auf seiner Beerdigung). Als sie mich sah, wechselte sie die Straßenseite. Das hat mir richtig Angst gemacht. Gerade zerbricht etwas, das sich zu meinen Lebzeiten nicht kitten lässt, und sei der Spuk auch bald vorbei (woran ich jeden Tag weniger glaube).

H. ist schrecklich deprimiert. Jeden Tag verbringt er am Schreibtisch, den Stift in der Hand. Aber immer häufiger verfasst er bis zum Abend nichts, nicht einmal einen Brief. Ich würde ihm so gern helfen, weiß aber nicht, wie. Am besten wäre natürlich kräftige Unterstützung fürs Projekt. Danach sieht es nicht aus. (H. hält es für möglich, dass jemand ganz oben seine Arbeit boykottiert. Ich weiß nicht, ob das stimmt. Die neuen Herren haben doch schon alle Hände voll zu tun, anderen Menschen das Leben zur Hölle zu machen.) Andererseits will er aber auch nichts Neues beginnen, das uns Geld einbringen könnte: die Planung eines Hauses zum Beispiel. Ich fürchte, er vergräbt sich und findet nicht mehr heraus. Vielleicht aber sehe ich die Sache auch zu düster. Denn erst vorhin (kurz bevor ich mich an diese schlechte Imitation eines Briefes gemacht habe) hat er angedeutet, dass er sich die Ausreise nach Spanien vorstellen kann. Vielleicht sogar in die USA. Du kannst Dir nicht vorstellen, wie mich das erleichtert! Seit Langem denke ich darüber nach, Eurem Beispiel zu folgen. Aber ich wollte Herman davon nichts erzählen, weil er denken könnte, ich hätte das Projekt aufgegeben. Jetzt aber, da er es selbst angesprochen hat, können wir uns endlich an die Planung machen. Doch dafür brauchen wir Geld. Wir werden sparen müssen, mehr als ohnehin schon. Solange ich kann, werde ich unseren Freunden natürlich weiter nach Kräften helfen. Zu irgendwas muss es doch nützlich sein, immer wieder in dieses verhexte Land zurückzukehren.

Bislang habe ich H. nichts von unserem kleinen Geschäft erzählt. Ich wollte ihn nicht noch mehr belasten. Außerdem war ja noch gar nicht wirklich etwas geschehen. Aber gleich werde ich es ihm »beichten«. Zu wissen, dass auch er über den Gang ins Exil nachdenkt, macht mich froh. Siehst Du: Er und ich, wir brauchen, wir ergänzen einander. Ich kann das schwer beschreiben. Ich fühle mich sicher bei ihm, weil er mir Sicherheit gibt, und er kann mir diese Sicherheit geben, weil er sich bei mir sicher fühlt. Ergibt das Sinn? Nichts wäre schlimmer, als wenn er und ich einander nicht mehr ——— (Bitte entschuldige. Normalerweise überrolle ich niemanden mit meinem Seelenleben, und ich hatte versprochen, mich kurz zu fassen.)

Manchmal stelle ich mir vor, wie wir Euch besuchen: Wir setzen uns plaudernd in ein kleines Hafenrestaurant, vom Meer weht es warm herüber, die beiden Männer schmieden Pläne, und ich bestelle uns allen unter Aufbietung der grausigen Reste meines Schulfranzösischs Rotwein, bis uns die Köpfe schwirren. Am nächsten Morgen erwachen wir verkatert und bemerken überrascht, dass wir uns doch tatsächlich einen ganzen Abend lang keine Sorgen gemacht haben.

Wie geht es E.? Wie gern sähe ich dabei zu, wie sie zu einer wundervollen jungen Frau heranwächst. Bitte sage ihr, ihre »Tante« denkt häufig an sie.

Der Bote kommt.

Nur eines noch: Weißt Du noch, wie Du mir eine Frage stelltest, auf die ich keine Antwort wusste? Damals ärgerte ich mich darüber. Heute weiß ich, es lag nicht an Dir (natürlich nicht). Ich dachte lange, darauf müsste ich keine Antwort kennen, denn das hätte sich erübrigt. Ich dachte, ich könnte mich um eine Antwort drücken. Doch die Zeit, da das möglich war, ist endgültig vorbei.

Wir alle müssen Stellung beziehen. Sie zwingen uns dazu. Hier also, mit nur vier Jahren Verspätung, meine Antwort:

Ja, ich fühle mich als Jüdin.

Deine
I.

PS: Bitte vernichte diese Zeilen, nachdem Du sie gelesen hast. Man weiß nie.

20

Reichsminister Dr. Goebbels in Venedig.
Venedig, 29. August. Am Nachmittag des ersten Besuchstages in Venedig besichtigte Reichsminister Dr. Goebbels gemeinsam mit dem italienischen Propagandaminister Alfieri die Biennale-Kunstausstellung. (...) Der eindrucksvollste Mittelpunkt der Ausstellung war ein Erker, in dem als einziger Ausstellungsgegenstand eine Büste des Duce vor einer künstlerisch ausgeführten Wandkarte mit den italienischen Besitzungen zu sehen war. (...)
Im Programm dieses festlichen Abends wurde den Gästen zunächst der deutsche Film von den IV. Olympischen Winterspielen in Garmisch-Partenkirchen »Jugend der Welt« gezeigt, der von dem internationalen Publikum als Dokumentarbild mit rückhaltloser Bewunderung für die deutsche Kameratechnik und die hervorragende Gestaltung des olympischen Kampfgeschehens aufgenommen wurde. Danach folgte in später Abendstunde die mit höchster Spannung erwartete Vorführung des Trenker-Films »Der Kaiser von Kalifornien« (...). Nach Mitternacht wurde dann noch der deutsche Kulturfilm »Ein Meer versinkt« gezeigt, der den phantastischen Plan einer Absenkung des Mittelmeerspiegels um mehrere hundert Meter zum Gegenstand hat.

Deutsches Nachrichtenbüro, 31.8.1936

München, 25.11.1937

Herman verstand es als Beweis seiner Charakterstärke, dass er das Schreiben seit acht Tagen ignorierte. Auch jetzt, während er Skizzen und Pläne sorgsam in einen Pappkarton legte und diesen neben die Eingangstür stellte, schaute er beim Vorübergehen gewissermaßen durch den grauen Umschlag hindurch. Von einem Brief würde er sich nicht einschüchtern lassen. Natürlich hatte er ihn, als er ihn in der Post vorfand, sofort geöffnet. Er war standhaft, nicht verrückt. Beim Lesen des Absenders hatte er sich sogar kurz erschrocken, schließlich waren diese Leute geübt darin, unschuldige Menschen einzuschüchtern. Als er aber die Unterschrift von »Inspektor Weber« sah, hatte er sich rasch wieder beruhigt. (Beim Weber – dem zauseligen, überkorrekten Webi – wollte er sich ohnehin mal melden. Seit den Ausflügen ins Gebirge war viel zu viel Zeit vergangen. Die beiden Töchter mussten schon erwachsen sein.) Wenn Herman die »Vorladung zur Erörterung« trotzdem mit ausdauernder Geringschätzung strafte, dann Irene zuliebe. Das Schreiben ängstigte sie. Vergeblich hatte er ihr erklärt, sein alter Schulfreund Weber diene bei der Ordnungspolizei, und die gehöre nur rein organisatorisch zur neuen Behörde, kümmere sich aber weiterhin um alltägliche Vergehen, nicht um Politisches. Bestimmt, sagte Herman, hatte sich bloß jemand über eine ausstehende Rechnung beschwert. Sollte sein Schuldner ruhig hoffen, der Ehemann einer »Volljüdin« sei durch ein solches Schreiben zu beeindrucken. Herman kannte sich mit den Paragraphen gut genug aus, um zu wissen, dass Irene als Gattin eines »Ariers« vor Verfolgung geschützt war. Er hatte sich vergeblich bemüht, ihr das zu erklären. Sie hielt ihn für naiv »zu glauben, diese Leute hielten sich an irgendwelche Gesetze, und seien es ihre eigenen«. Herman war nicht naiv. Aber was brachte es, vor Angst zu erstarren? Er handelte lieber. Wahrscheinlich schon bald würde eine der Organisationen, die er seit Monaten anschrieb, antworten. Dieses Museum in Paris oder die Handelskammer in London, vielleicht gar die New Yorker Weltausstellung musste sein Angebot, Atlantropa bei ihnen auszustellen, einfach annehmen. Der Rest wäre leicht. Irene und er verließen Deutschland für eine berufliche Reise – und kehrten einfach nicht heim. Sollten die Behörden doch zur Strafe beschlagnahmen, was sie beide zurückließen; es wäre nicht viel.

Dass er trotz aller Rückschläge so gefasst blieb, das wusste Herman, verdankte er auch John. Ihn hatte er zum rechten Zeitpunkt kennengelernt. Ohne John hätte er vor einem Jahr, als alles um ihn herum finster wurde, womöglich aufgegeben. Sprach man aber mit diesem so scharfsinnigen wie warmherzigen Geist auch nur fünf Minuten, fühlte man sich den ganzen Tag erfrischt. Seinetwegen legte Herman an diesem Herbstmorgen immer weitere Zeichnungen und Grundrisse in den Pappkarton – mehr, als der Freund erbeten hatte. Und seinetwegen gab er sich besondere Mühe, so zu tun, als nähme er den Umschlag auf der Kommode nicht wahr. Erst als kein Blatt Papier mehr in den Karton passte, erinnerte er sich widerstrebend an den Termin, den Weber handschriftlich unter das Wort »Vorladung« eingefügt hatte: Es war heute.

Zumindest, dachte Herman, sollte er ihn anrufen. Ein wenig über alte Zeiten plaudern und nebenbei erfahren, was gegen ihn vorlag. Dann wiese Weber ihn ein wenig betreten auf die Pflicht zur fristgerechten Zahlung ausstehender Rechnungen hin, Herman nähme es ebenso verdruckst zur Kenntnis, und damit hätten beide ihre bürokratische Schuldigkeit getan. Gute Idee. Herman ging zum Apparat. Doch noch während er überlegte, ob Webers Büro überhaupt einen eigenen Anschluss besaß, klingelte das Telefon.

Eine Minute später rannte Herman die Treppen hinunter.

Vier Stockwerke tiefer zwängte er sich ins Jackett und drückte den Rücken gegen die schwere Eingangstür. Er lief los. An der Straßenecke Glück- und Brienner Straße blies eine Bö ihm den Hut aus der Hand. Herman eilte fluchend zurück, hob ihn auf, bemerkte einen Fleck, schrubbte ihn aber nicht weg, sondern lief weiter. Bald erreichte er den Karolinenplatz, und aus einem spontanen Impuls, der ihn selbst überraschte, zwang er sich, im Schritttempo vorüberzugehen an alten und neuen Palästen, vor denen jedes Jahr mehr blutrote Flaggen wehten. Zu spazieren, das merkte Herman, war schwer, wenn man erst einmal darüber nachdachte: Wie weit ließ man die Arme vor und zurück schwingen, wie weit griffen die Schritte aus? Fast kam es ihm vor, als hielten die Wachsoldaten mit den ausdruckslosen Gesichtern Ausschau nach einem wie ihm. Nach einem Mann, der sich zu lange gesagt hatte, seine Frau sei sicher; nach einem, der sich plötzlich sehr verwundbar fühlte. Langsam, quälend langsam schritt er vorbei am Palais Degenfeld, wo Rudolf Heß Hof hielt, überquerte den Platz und passierte das Braune Haus. An der Ecke Brienner und Arcisstraße kamen, gleich Torhütern zu einer anderen Welt, die beiden neuen Ehrentempel in Sicht. Erst hier, vor dem Königsplatz, bemerkte Herman erschrocken, dass er zu weit gelaufen war, und machte kehrt. Er ignorierte die wuchtigen Quader hinter den

Ehrentempeln – den Führerbau zu seiner Linken und den Verwaltungsbau zur Rechten –, und schon bald kam der kleine Park in Sicht, den er kurz zuvor übersehen hatte. Vor ihm wuchsen zwei rotbraune Backsteinzinnen in den Wolkenhimmel. Ein paar Atemzüge lang beobachtete er die Löwen vor dem Wittelsbacher Palais, als fragte er sich, ob sie wirklich aus Stein waren. Dann tupfte er sich die Stirn ab, straffte das Jackett, setzte das Monokel ein und durchschritt mit hoch erhobenem Kopf das Eingangstor, vorbei am Schriftzug *Geheimes Staatspolizeiamt*.

Kurz darauf führte ihn ein junger, schlanker, auffallend blasser Mann, der sich als Oberwachtmeister Blinde vorstellte, durch lange Korridore, von denen Dutzende Türen abgingen. Es roch nach frischer Farbe, Schweiß und Aufbruchstimmung. Herman hielt seinen Laufzettel, der ihm am Eingang mitgegeben worden war, fest wie eine Schnur, die ihm den Rückweg weisen sollte. Vor dem Büro angekommen, setzte Blinde sich an einen kleinen Schreibtisch und bedeutete ihm wortlos, hineinzugehen. Herman klopfte und öffnete die Tür.

Hinter einem hölzernen Schreibtisch saß ein fülliger Mann mit buschigem, ergrauendem Oberlippenbart und streckte den Arm aus.

»Da ist er ja!«

Herman nickte. »Inspektor Weber.«

»Herman, bitte«, sagte der Mann und lächelte ihn von unten an: »Hört ja kein Kollege zu.«

»Man sagte mir, es sei dringend.«

»Setz' dich erst mal. Setz' dich!« Weber schien blendender Laune. Vielleicht, weil er endlich über ein Büro mit Fenster verfügte und über einen Assistenten, der die Anrufe erledigte. Ihm gegenüber, auf der anderen Seite seines Schreibtischs, saß Irene.

Die Hände im Schoß, hielt sie sich sehr gerade, in den Augen eine Mischung aus Angst und Verwirrung. Neben ihr stand der Einkaufskorb, mit dem sie vorhin losgegangen war. Herman nickte ihr ermutigend zu. Dann setzte er sich auf den leeren Stuhl neben ihr, lehnte sich zurück und ließ den Blick durchs Zimmer schweifen.

»Hast es gut getroffen, was, Webi?«

»Kann nicht klagen!«

»Wie lange ist es jetzt her?«

Weber machte lachend eine wegwerfende Handbewegung, räusperte sich dann aber, als fühle er sich ertappt, und setzte sich auf.

»Bevor wir damit anfangen …«

»Natürlich, Webi.« Herman nickte. »Hast Recht. Dienst ist Dienst.«

Der alte Freund schürzte die Lippen, und sein Bart formte sich zu einem Pinsel. Er hatte sich kaum verändert. Am Berg war er jovial, bestens gelaunt und immer gut vorbereitet. Bei keiner Tour waren ihm je Bier und Semmeln ausgegangen. In der Stadt war er verlässlich und ausdauernd und nahm seine Arbeit überaus ernst. Immer ein paar Minuten zu früh zur Schicht, nie ein schlechtes Wort über die Kollegen. Weber war dazu gemacht, das Bestehende zu beschützen. Er liebte Traditionen, weil er sie kannte. Wie Menschen ihre Stimme nicht der Bayerischen Volkspartei geben konnten, war ihm nie in den Kopf gegangen, so oft Herman es auch erklärte. Sie konnten unterschiedlicher kaum sein, und doch hatten sie sich in der Nähe des anderen immer wohl gefühlt. Nie hatten sie gestritten. Wenn Herman mal wieder ins Erzählen kam über Pläne und politische Ansichten, hatte der alte Freund – bestärkt in der Überzeugung, dass Intelligenz und Dummheit mitunter nicht unterscheidbar sind – ihm einen Schnaps gereicht: »zum Runterspülen«. Warum hatten sie einander eigentlich aus den Augen verloren?

»Die Sache«, hob Weber an, »ist etwas knifflig.« Dabei legte er die Fingerkuppen beider Hände aufeinander und löste sie wieder.

»Ich kenne das Recht.« Zu spät bemerkte Herman, wie harsch er klang. »Ich meine«, korrigierte er sich, »die Polizei muss doch erklären, was genau meine Frau sich angeblich zu Schulden hat kommen lassen. Man kann sie nicht einfach so von der Straße weg mitnehmen. Wir sind schließlich in … Immerhin ist sie verheiratet mit …«

»Nein. Ach nein.« Wieder lächelte Weber, sichtlich froh darüber, die Situation entspannen zu können. »Da missverstehen wir uns, Herman. Es geht hier nicht um sie. Übrigens: Schon seit elf Jahren verheiratet, ihr beiden? So lange haben wir uns also nicht mehr gesehen. Eine Schande, was! Aber nein. Nein, nein«, sagte er noch einmal und beugte sich vor: »Es geht um dich.«

In diesem Moment klopfte es, und der Assistent reckte den schmalen Kopf durch die Tür.

»Denken Sie an Ihren Elf-Uhr-Termin, Herr Kriminalinspektor?«

Weber nickte, und der Assistent verschwand. Alles an Weber – die leicht krächzende Stimme, die schweren Lider, die gefalteten Hände – signalisierte Gelassenheit. Doch gerade das irritierte Herman bloß noch mehr. Es ging um ihn? Bevor er begriff, was das hieß, durchströmte ihn eine andere Erkenntnis wie heißes Wasser: Ein Kriminalinspektor kümmerte sich nicht um kleine Diebstähle, unbezahlte Rechnungen und Bußgelder, denn er diente nicht bei der Ordnungspolizei. Ein Kriminalinspektor verfügte aber über einen Assistenten und ein Büro mit Fenster. Und Kriminalinspektor, das war ein Dienstgrad bei Kripo und Gestapo.

Ohne den Kopf zu bewegen, blickte Herman sich um. In welches Stockwerk hatte der schweigsame Assistent ihn geführt? Vierter? Fünfter? Niemand wusste, wo sie beide waren; niemand würde hier nach ihnen fragen. War er in eine Falle gelockt worden, mit Irene als Köder? Er sah zu ihr, und ihre Augen spiegelten seine Furcht. Weber seufzte. »Ich dachte, Blinde hätte dir am Telefon gesagt, worum's geht. Na, der glaubte bestimmt, das wäre klar.« Er lehnte sich zurück und blickte enttäuscht wie ein Lehrer, der seinen Lieblingsschüler schelten muss. »Herman, es geht um diesen Artikel.«

*

Vierzehn Monate zuvor. München, 10.9.1936

Hätte er sich vor zehn Minuten verabschiedet, dachte Herman, stünde er jetzt nicht so dumm da. Er hätte dem berühmten Schriftsteller im Lärm des Biergartens einen schönen Abend wünschen, allein durch die sommerliche Hitze heimgehen und das Treffen als Erfolg verbuchen können. Der Schöpfer des Atlantropa-Projekts wäre John Knittel als unbeugsam, optimistisch und gelassen in Erinnerung geblieben. Vielleicht hätte sich daraus eine Zusammenarbeit ergeben, zum wechselseitigen Nutzen. Vielleicht hätte Knittel Geldgeber im Ausland aufgetan. Herman aber hatte sich nicht verabschiedet, sondern dazu überreden lassen, noch ein wenig spazieren zu gehen. (Es war ja auch ein außergewöhnlich schöner, warmer Abend, und etwas an Knittel machte es Herman schwer, Nein zu sagen. Alles, was dieser Mann tat, tat er offenbar voller Genuss, selbst wenn er bloß die Sendlinger Straße entlangflanierte.) Und weil er nicht rechtzeitig heimgegangen war, hatte er gerade etwas gesagt, das ganz und gar nicht optimistisch und gelassen klang, nämlich:

»Schauen Sie ihn sich an, wenn Sie wollen. Sie können mir ja davon berichten. Aber ich tue mir das nicht an.«

Die beiden Männer standen unter der Leuchtreklame. Kaltes Kunstlicht mischte sich mit den letzten wärmenden Sonnenstrahlen. Die Stadt atmete einen langen Sommertag aus, und Herman fand nicht heraus aus seinem Groll.

»Kommen Sie. Ich lade ein.« Knittel war nicht größer als Herman, doch das kantige, braungebrannte Gesicht, die breiten Schultern und die schlanken Waden, die aus kurzen Hosen ragten, verliehen ihm etwas Verwegenes, Dominantes. Knittel sah nicht aus wie ein Schriftsteller, sondern wie ein Abenteurer.

Herman schüttelte langsam den Kopf. »Es ist schon spät.«

»Er dauert nicht mal eine halbe Stunde.«

»Die Rezensionen reichen mir. Ich werde gegen dieses Machwerk klagen.«

»Vorher sollten Sie ihn gesehen haben.«

Herman schüttelte sich. »Schon der Titel ist irrsinnig.«

Knittel lächelte wissend. Als habe Herman ihm ein Stichwort geliefert, kramte er in seinem Bergsteigerrucksack, den er aus unerfindlichen Gründen bei sich trug, und zog ein dickes, an den Ecken abgestoßenes Buch hervor. Er blätterte, fand ein Eselsohr und räusperte sich. »Der Autor«, sagte Knittel, »beschäftigt sich an der folgenden Stelle mit den psychischen Folgen der Armut. Ich zitiere: ›Wer nicht selber in den Klammern dieser würgenden Natter sich befindet, lernt ihre Giftzähne niemals kennen.‹«

Herman schüttelte ungeduldig den Kopf: »Das ist Unfug.«

»Warum?«

»Wo soll ich anfangen? Wer von einer Schlange gewürgt wird, lernt ihre Giftzähne nicht kennen. Eine Würgeschlange hat keine Giftzähne. Und was war das mit den ›Klammern‹?« Herman verschloss die Augen zu Schlitzen. »Wer schreibt so was?«

Knittel zeigte ihm die Titelseite. Darauf stand: *Mein Kampf*.

»Was soll das?« Er klang gereizter, als ihm lieb war, und sein eigener Bieratem erinnerte ihn daran, dass er wahrscheinlich nicht klar dachte. Besser, er ging sofort heim.

»Diese Leute«, antwortete Knittel ruhig, »schreiben krumme Sätze, und sie drehen Filme mit irrsinnigen Titeln. Aber sie erreichen die Massen; sie wissen, was sie hören wollen. Interessiert Sie nicht, wie sie das schaffen?«

»Was wollen Sie damit sagen?« Hielt sein Gegenüber ihn etwa für einen, der nur darauf wartete, sich mit den Nazis einzulassen?

Knittel schüttelte den Kopf, als hätte er Hermans Gedanken gehört. »Man muss seine Gegner studieren, um sie besiegen zu können.«

»Es ist spät geworden. Es hat mich gefreut, Ihre Bekanntschaft zu machen, Herr Knittel. Guten Abend.« Er wandte sich zum Gehen.

»Herman.« Knittel legte ihm sachte eine gebräunte Hand an die Schulter. »Ich liebe Ihren Plan. Ich bin sicher, er hat Zukunft. Er *ist* die Zukunft. Deshalb wollte ich Sie unbedingt kennenlernen. Und Sie, Sie sind stärker, als Sie denken. Auch widersprüchlicher. Aber das macht Sie bloß interessanter. Wie eine Figur aus einem Roman!« Der Schriftsteller sah ihn durchdringend, mit weit aufgerissenen Augen an.

Herman wollte sich über diese Übergriffigkeit ärgern, aber es gelang ihm nicht. Vielleicht lag es am Alkohol. Vielleicht an der Sommerwärme, die Plätze, Häuser und Menschen sanft einhüllte und Grenzen verschwimmen ließ. Oder aber die letzten Jahre, in denen sich Unterstützer und Journalisten immer seltener bei ihm meldeten, hatten ihn mürbe gemacht, und er war froh, dass noch jemand an ihn glaubte. Was immer es war: Herman nickte müde Richtung Eingang. Knittel verstand, trat an die Kasse und sagte laut:

»Zweimal Rang für *Ein Meer versinkt*.«

Als kurz darauf der schwere Vorhang den Blick auf die Leinwand freigab und das Getuschel in den Sitzreihen vor ihnen auf ein erträgliches Maß sank, erkannte Herman, dass er dem Film Unrecht getan hatte. Schon der Vorspann ließ erkennen, wie hochwertig der Film produziert war. Dann kam ein Radioreporter ins Bild, der von einer Empore einen Konferenzsaal überblickte.

Achtung, Achtung, meine Damen und Herren: Wir befinden uns mit unserem Mikrofon in den Räumen der Mittelmeerländischen Wirtschaftsunion. Das Unglaubliche ist Wahrheit geworden: Die Vertreter aller an das Mittelmeer grenzenden und am Mittelmeer interessierten Staaten – das sind: die Vertreter Spaniens, Englands, Frankreichs, Italiens, Jugoslawiens, Albaniens, Griechenlands, die Vertreter Syriens, der Türkei, Ägyptens, Libyens, Tunesiens, Algeriens und Marokkos – sind zusammengekommen, um über das bereits seit Jahren heftig umstrittene, gewaltigste technische Werk aller Zeiten zu beraten. Sie, meine Damen und Herren, sollen nun Zeuge dieser Diskussion sein. Zunächst wird der Vertreter des Projektes sein einführendes Referat abgeben.

Ein Dutzend Herren im Smoking mit weißer Fliege und einige finster blickende Beduinen in weiten Umhängen umstanden ein Modell des Mittelmeeres, das seinem eigenen erstaunlich ähnelte. Ganz links, auf Höhe Gibraltars, ergriff ein eleganter Mann mit vollem, nur an den Seiten ergrautem Haar das Wort:

Volk ohne Raum ist für die Völker Europas ein bitteres Schlagwort geworden. Man sucht Kolonien, um dem Überschuss der Bevölkerung neuen Raum und bessere Lebensmöglichkeiten zu geben. Aber dieser Raum liegt nicht in China, nicht in Indien, nicht in Zentralafrika, sondern hier, in den Steppen und Wüstenbezirken Nordafrikas. Und, er machte eine dramatische Pause, zeigte dann aufs Meer: *Hier!*

Hier?, fragte der Vertreter Italiens. *Das ist doch Wasser, Meer!*

Heute ja, aber nicht immer. Vor etwa fünfzigtausend Jahren war das mittelländische Meer nicht in der heutigen Größe vorhanden. Anstatt eines Europa und Afrika trennenden Meeres waren damals nur zwei große Binnenseen vorhanden. Trockenen Fußes konnte man vom heutigen Spanien, von der heutigen Halbinsel Italien nach Afrika gelangen. Paradiesisch fruchtbares Land lag unter der Sonne eines milden Himmelsstriches.

Auf der Leinwand und im flackernden Halbdunkel des Kinosaals nickten Köpfe einander zu. Sie ahnten, worauf der Redner hinauswollte, da war Herman sicher. Kein Wunder, denn der Plan leuchtete auch einfachen Gemütern ein. Er war unendlich komplex und zugleich eingängig. Die Macher des Films hatten das offenbar rechtzeitig erkannt. Wie der elegante Smokingträger den Plan vortrug, das hätte er selbst nicht besser machen können. Jeder seiner Sätze war klug gewählt, stets illustriert von Bildern der alten und neuen Küstenlinien. Herman war erleichtert. Was er gerüchteweise über das Drehbuch gehört hatte, war also – falls es je gestimmt hatte – veraltet.

Die 87 000 Kubikmeter Wasser, die hier bei Gibraltar Sekunde für Sekunde ins Mittelmeer fließen, werden durch einen Damm abgesperrt.

Ein Damm durchs Meer?, konterte der Vertreter Ägyptens. *Unmöglich.*

Unmöglich? Vor etwa viertausendfünfhundert Jahren brachten es schon die alten Ägypter – Ihre Vorfahren – fertig, mit den damaligen primitiven technischen Mitteln die steinernen Wunderwerke der Pyramiden zu bauen. Der projektierte Damm bei Gibraltar entspricht einem Rauminhalt von einigen tausend Cheopspyramiden. Und das werden die vereinigten Völker um das Mittelmeer mit ihrer modernen Technik wohl schaffen können.

Wieder Nicken und Raunen. Herman war zufrieden. Sollte der Film die Worte *Atlantropa* und *Sörgel* ruhig verschweigen. Trotzdem war jedem, der in den vergangenen acht Jahren Zeitung gelesen hatte, klar, wen der Redner, dessen Stimme so volltönend klang und dem der Smoking so perfekt passte, darstellen sollte. Immer mehr Details des Plans breitete der Film aus: den Staudamm an den Dardanellen, die Bewässerung Nordafrikas mit Hilfe von entsalztem, durch Kanäle ins Landesinnere geleitetem Wasser aus Mittelmeer und Atlantik. Sogar die Kanäle, gegraben durch Gebirgszüge aus Pappmaché, zeigte der Film!

Der Vertreter des Projekts kam, festlich deklamierend, zum Schluss:

Raum und Arbeit für jeden tut sich auf! Unter einem gesegneten Himmelsstrich wird fruchtbares Land zu einer neuen Kornkammer Europas werden! Ein Kolonialreich wird entstehen, hier im Herzen des mittelländischen Meeres, geschaffen mit Hilfe unserer modernen Technik! Das, meine Herren, ist das Projekt, das dem alten Europa einen Weg in eine bessere Zukunft weisen soll!

Die Umstehenden applaudierten.

Herman konnte sein Glück kaum fassen: Die *Bavaria* hatte erschaffen, worum er sich vergeblich bemüht hatte: einen hochklassigen Atlantropa-Werbefilm. Einen, der bald überall im Reich, ja sogar in Venedig zu sehen sein würde. Er sah zu Knittel hinüber. Der verzog den Mund auf eine Weise, die wohl sagen sollte: *So weit, so gut.*

Der Vertreter Atlantropas setzte sich, und auf der Empore kündigte der Radioreporter flüsternd den *Experten für geophysikalische und geopolitische Fragen* an: einen alten Mann mit wirr über den Glatzkopf gelegten Haarsträhnen, der hastig seine Brille putzte.

Herman war beruhigt: Die Figur war offensichtlich eine Karikatur, ein Sinnbild all jener Pseudoexperten, die statt Verantwortung bloß Bedenken trugen. Mit schnarrender, am Theater geschulter Stimme las er seinen Text vom Blatt ab:

Meine Herren Exzellenzen, das gewaltige Projekt der Mittelmeerabsenkung und Saharabewässerung ist zu bestechend, als dass man an seiner Berechtigung Kritik üben dürfte. Und technisch zu gut durchgearbeitet, als dass man an seiner Ausführbarkeit Zweifel hegen könnte. Aber an eines haben seine Urheber wohl zu wenig gedacht. Nämlich: Was sagt, und hier hielt der Schauspieler kurz inne, *die Erde dazu?*

Dreizehn empörende, erniedrigende Minuten später eilte Herman hinaus, stolperte im Dunkeln mehrere Male über Stufen und wagte nicht zu atmen, bis er, endlich vor dem Eingang angekommen, keuchte und keuchte, als ließe sich das Gefühl der Demütigung herauspressen. Obwohl die Straße leuchtete, schien sie ihm erfüllt von einer Dunkelheit, die vollkommener war als die im Kinosaal. Sie stieg aus der Tiefe auf wie Nebel, verschluckte die Wärme des Tages und durchdrang selbst das Licht der grellen Reklameschilder, Automobilscheinwerfer und Laternen. Diese Dunkelheit, spürte Herman, würde lange dauern.

Knittel stand eine Weile schweigend neben ihm. Dann zog er das Buch aus dem Rucksack, hielt es ihm hin und sagte: »Man muss seine Gegner studieren, um sie besiegen zu können.«

In diesem Moment schwor Herman Rache.

*

»Der Artikel ...«

Herman horchte den eigenen Worten nach und lehnte sich im Stuhl zurück, als hätte er ein Rätsel gelöst. Dann erst begriff er, was sie bedeuteten, und war angespannter als zuvor.

»Warum machst du sowas Dummes?« Weber sah ihn an wie ein Erwachsener ein Kind, das etwas Verbotenes, aber Kühnes getan hat.

Bei aller Sorge fühlte Herman sich jetzt, da er wusste, warum sie hier waren, wieder etwas sicherer. Außerdem saß ihm kein Fremder gegenüber. Gemeinsam hatten sie als Fünfzehnjährige vor dem Eingang der nahen Klosterschule gestanden und für dasselbe

Mädchen geschwärmt, ohne Eifersüchteleien – und ohne Erfolg. Mit einer Stimme, die selbstsicher, aber nicht herausfordernd klingen sollte, sagte Herman:

»Alles, was ich geschrieben habe, steht in völliger Übereinstimmung mit den politischen Zielen der Regierung: Frieden, Wohlstand, Sicherheit.«

»Herman, ich bin's …«

Er hatte kein Gesetz gebrochen. Das war seine Verteidigungslinie. Sie hatte er in den vergangenen Wochen in Gedanken stetig befestigt und ausgebaut, bis sie ihm als unüberwindbares Hindernis erschien. Jetzt aber merkte er, dass er nicht erwartet hatte, je um sie kämpfen zu müssen.

»Wirklich, wo ist das Problem?«

Weber seufzte. »Das weißt du doch.«

Herman versuchte, verblüfft und heiter zu lachen, doch es klang eher wie Hecheln.

»Blinde!«

Kaum hatte Weber gerufen, trat der Assistent ein und reichte seinem Chef eine Zeitschrift aus grauem, dünnem Papier. Danach ging er nicht wieder hinaus, sondern schloss die Tür von innen und blieb daneben stehen.

Der Kriminalinspektor schob die Zeitschrift über den Tisch und tippte auf die aufgeschlagene Seite. Herman sah nicht hin. Er wusste, was er geschrieben hatte. Es war die Wahrheit. Er hatte sie gefunden, halb verborgen in den verschnörkelten und unlogischen Formulierungen des grässlichen Buchs. War er etwa der Einzige, der verstand, dass der Diktator alles, wovon er darin schrieb, und klang es noch so abwegig, Schritt für Schritt umsetzen würde? Herman hatte die Fieberträume dieses Mannes bloß in lesbares Deutsch übersetzt. Er war nicht dumm. Nichts, was er geschrieben hatte, brach irgendein Gesetz. Jedes seiner Worte hatte er sorgsam an die richtige Stelle gesetzt wie Steine in einem Torbogen, die hohem Druck elegant widerstanden.

Weber sah auf seine Uhr, zog die Zeitschrift zurück und las hastig und tonlos vor:

»*›Totaler Krieg‹ bedeutet ›Totaler Untergang‹, darüber sind sich alle einig. Das Problem, das unbedingt gelöst werden muss, heißt also nicht:* Wie rüsten *wir zum totalen Krieg, sondern:* Wie vermeiden *wir die Möglichkeit zu einem* solchen. *Was wir heute Friede nennen, ist nur ein Übergangsstadium, das mit Rüstungsarbeiten ausgefüllt wird, und insofern – ehrlich betrachtet – einem noch nicht erklärten Kriege gleichkommt. Es muss aber in Europa eine Situation geschaffen werden, die den schwankenden, wackeligen und labilen ›Frieden‹ zu einem tatsächlichen und unentrinnbaren, nicht mehr auflösbaren und stabilen Friedens-Zustand macht.*«

Weber blickte auf und reichte die Zeitschrift seinem Assistenten.

»Herman, sag' mir, du hast es nicht so gemeint. Dass so was nicht wieder vorkommt. Dann sind wir hier in fünf Minuten fertig.«

»Aber du siehst ja selbst: Ich schreibe mit keinem Wort von Deutschland. Ich könnte genauso gut England meinen, das seine Flotte aufrüstet. Oder die Tschechoslowaken und ihr riesiges Heer. Und Stalin will ...«

Er spürte Irenes Hand auf seiner. Wie kalt sie war. Irene sagte nichts, sah ihn nur an mit einem Blick, den er sofort verstand. Aber wie konnte er es gut sein lassen? Er musste sich doch wehren, in ihrer beider Namen. Es musste doch einmal Schluss sein mit Willkür und Lügen. Sogar wenn diese Leute etwas erschufen, beispielsweise einen vierundzwanzigminütigen Film fürs Vorprogramm fast aller deutschen Kinos, zeugte das Resultat von ihrer Blindheit und Niedertracht. *Was sagt die Erde dazu?* Herman hörte – zum hundertsten, tausendsten Mal – die Stimme des alten Glatzkopfs, wie er sich über den Konferenztisch beugte und log und log. *Stellen Sie sich einmal Neapel vor, das anstatt seines berühmten Golfes nach der Absenkung einen breiten Gürtel unfruchtbaren Neulandes vor sich hat. Glauben Sie etwa, die Bewohner dieser ehemaligen Küstenstriche könnten sich einfach umstellen? Werden sich nicht alle diejenigen, denen unter der Ära des Meeres ein erträgliches Auskommen geblüht hat, denen durch Jahrtausende alte Tradition das Meer sozusagen im Blut steckt, auflehnen gegen diesen Damm, der mit brutaler Gewalt in das Leben der Völker eingegriffen hat?* Nazis, die sich ums Wohl der Mittelmeeranrainer sorgten? Was für eine Farce. Ihnen ging es bloß darum, den drittklassigen Operettendiktator in Rom nicht zu verärgern. *Nun aber soll das Mittelmeer um mehr als 200 Meter abgesenkt werden. Das bedeutet: Ein Gewicht von 10 000 Billionen Zentner soll auf der Erdkugel verlagert werden. Diese ungeheure Gewichtsverlagerung muss nun das Präzisionskreisel Erde sehr empfindlich stören, denn das wäre das Ende des Erdenlebens überhaupt. Aber Störungen, Veränderungen im derzeitigen Klima und Wetter können sich ergeben und das so empfindliche pflanzliche und tierische Leben der ganzen Erde außer Kurs bringen. Die Techniker der Mittelmeerabsenkung nehmen nun aber 220 Meter Wassersäule von diesem zum Platzen gespannten Bogen weg, und die unterirdischen Gewalten …* Donner füllte den Kinosaal in Hermans Kopf. *Den Vulkanausbrüchen folgen gewaltige Erdbeben …*« Die Leinwand zitterte. Und was, fragte der Glatzkopf, wenn die um ihr Meer gebrachten Anrainer sich wehrten? *Sprengstoffe, an passender Stelle in diesem so leicht verwundbaren Damm angebracht, und …* Ein gewaltiger Knall, dann zerriss eine Explosion, in Zeitlupe gefilmt, einen Miniaturdamm, verwandelte ihn in Hunderte tödliche Projektile. Wasser schoss durch die Trümmer, stürzte auf Pappmachéhäuser und Staudammröhren, dann eine weitere Explosion und noch eine, bis alles, Wasserkraftwerke, Häuser und Kanäle, in den schäumenden Fluten versank. *Der Atlantik*, rief der Glatzkopf triumphierend, *hat diese Vergewaltigung der Natur gerächt und den alten Zustand wieder herbeigeführt!* Tumult im Konferenzsaal. Abspann. Ende. Herman hatte, während er die Klage vorbereitete, den Film wider Willen auswendig gelernt. Und das Gericht? Hatte so entschieden, wie die neuen Herren es verlangten. Die passenden Paragraphen fanden sich immer.

»Halte dich an deine Frau«, sagte Weber. »Sie weiß, was gut für dich ist.«

Herman blinzelte rasch mehrere Male, bis der Drang, den alten Freund zu schütteln, nachließ. Gerade wollte er etwas entgegnen, als Irene seine Hand drückte – so fest und plötzlich, dass er aus seinen Gedanken aufschrak. Also gut, sagte er sich: Wenn diese Farce Irene so große Angst bereitete, dann musste sie enden. Er konnte ihr später erklären, dass von Weber, so seltsam der sich auch benahm, keine Gefahr ausging.

»Wenn es denn sein muss«, sagte Herman wie ein einsichtiger Verlierer, »dann verspreche ich hiermit, nicht noch einmal etwas über den drohenden Krieg zu schreiben. Wir wissen ja ohnehin sehr gut, wer am stärksten aufrüstet, nicht wahr, Webi?«

Der Angesprochene zuckte kurz mit dem Mundwinkel. Danach hatte sein Gesichtsausdruck sich minimal und doch deutlich verändert. »Glaube ja nicht«, sagte er tonlos, »du könntest dir aus sentimentalen Gründen irgendwelche Schwachheiten erlauben. Wenn du nicht begreifen willst, wie ernst die Lage ist, dann werde ich … dann wirst du mit einem Publikationsverbot belegt.« Bei den letzten Worten schaute der Kriminalinspektor, über Herman und Irene hinweg, zur Tür.

Publikationsverbot? Nein, das durfte nicht sein. Solange er schrieb, gab es Hoffnung für das Projekt. Und wenn er als Gegner des Regimes galt, dem man das Maul stopfen musste, was geschähe dann mit Irene? Ihre Ehe würde sie vielleicht nicht mehr schützen, wenn Gerichte sich die nächsten Schikanen für Juden ausdachten. Weber musste das wissen. Wenn der ihm mit einem Verbot drohte, musste jemand ihn dazu gezwungen haben – jemand wie Blinde.

»Es tut mir leid«, sagte Herman, den Kopf gesenkt. »Ich wollte nicht den Eindruck erwecken, als … Es kommt nicht wieder vor.«

»Keine Scherze mehr? Keine Ausflüchte?«

Herman schüttelte den Kopf. Das Gefühl der Demütigung legte sich schwer auf seine Schultern.

Weber sah zur Tür, als diese sich öffnete und wieder schloss. Dann lehnte er sich zurück, und sein Gesicht entspannte sich. »Na, dann«, sagte er und breitete die Arme aus, »haben wir das ja geklärt. Freut mich!«

Herman wollte aufstehen und gehen; wollte so schnell wie möglich fort von diesem verlogenen doppelten Versteckspiel, in dem er sich vor Weber verbarg und der wiederum vor dem eigenen Assistenten. Der alte Freund mochte seine Gründe haben; Gründe, die Herman noch nicht kannte. Aber jetzt wollte er bloß weg. Er richtete sich auf und fragte:

»War's das?«

Auch Weber, wieder heiter, stand auf. »Natürlich, Herman. Ihr könnt gehen. Das nächste Mal treffen wir uns hoffentlich unter besseren Umständen.« Er wartete nicht auf eine Antwort, sondern geleitete die beiden zur Tür. Bevor er die Klinke drückte, fiel ihm noch etwas ein. »Hast du nie darüber nachgedacht, Atlantropa nützlich zu machen?«

Herman sah ihn fragend an.

»Na ja«, sagte Weber, »du hast da so eine schöne Idee, aber niemand kann damit etwas anfangen, weil du immer von internationaler Zusammenarbeit und so was redest. Das stößt natürlich bei den zuständigen Stellen auf taube Ohren, du verstehst schon.

Und solange du darauf beharrst …« Er sah ihn halb vorwurfsvoll, halb mitleidig an.

Herman spürte, wie der Druck auf den Schultern wuchs.

»Was meinen Sie mit ›nützlich‹? Und für wen?« Die laute, klare Stimme gehörte zu Irene. Sie stand vor dem Kriminalinspektor und sah ihn herausfordernd an. Alle Angst war von ihr gewichen, verdrängt von Empörung. »Glauben Sie etwa, man kann Atlantropa einfach umdeklarieren wie eine Konserve? Neu anstreichen wie ein Haus? Und dann? Wie wollen Sie das Projekt umsetzen? Mit wie vielen Soldaten? Bezahlt mit wie vielen Toten?«

Herman sah besorgt zu Weber. Doch zu seiner Überraschung las er in dessen Gesicht weder Wut noch Scham, bloß ehrliche Verwunderung. Da endlich begriff Herman, wen er vor sich hatte, und warum Irene ängstlich geschwiegen hatte. Vor ihm stand ein Mann, der es gewohnt war, nicht nach dem Warum zu fragen, und damit gut gefahren war. Ein Mann, der nicht zu sagen gewusst hätte, wann er sich entschieden hatte, den Gesetzen der neuen Herren zu gehorchen. Ja, der die Frage nicht einmal verstanden hätte, denn was Recht war, konnte schließlich nicht Unrecht sein. Dienst würde immer Dienst bleiben. Und wenn dieser Mann einen alten, etwas versponnenen Freund ein wenig schubsen musste, damit der das ebenfalls einsah, dann half er ihm gern, denn er war ein guter Mensch. Herman fragte sich, was Kriminalinspektor Herfried Weber vom Geheimen Staatspolizeiamt wohl täte, erhielte er den Befehl, die Frau dieses Freundes den neuen Kollegen von der SS zu übergeben. Die Antwort ließ ihn die Tür öffnen und Irene sachte, aber bestimmt die Hand ins Kreuz drücken.

»Wir gehen jetzt besser. Bitte grüß' die Familie, ja?«

Der Kriminalinspektor nickte nachsichtig, und sein Assistent blickte ihnen von seinem Schreibtisch aus interessiert nach.

Draußen war München eine andere, fremde Stadt geworden. Der Wind blies ihnen ins Gesicht, und über ihnen flatterten die Fahnen wie Vögel, die Beute ausgemacht hatten. Herman mied nicht nur die Blicke der Wachsoldaten, sondern auch die alter Frauen und halber Kinder, derber Brauereikutscher und feiner Damen.

»Warum warst du denn überhaupt dort?«, fragte er leise.

»Ein Mann hat mich auf der Straße angesprochen: ›Was für

ein Zufall: Wir sind mit Ihrem Mann verabredet. Er ist bestimmt schon da. Kommen Sie mit.‹ Wie er das sagte, klang nicht wie eine Frage. Und nicht nach Zufall. Es war dieser Assistent.« Sie sah Herman von der Seite an.

»Ja«, flüsterte er, »ich habe auch Angst.«

Zu Hause angekommen, fanden sie im Briefkasten einen Umschlag in einem seltsamen Format und mit fremdartigen Briefmarken und Poststempeln. Absender war

The Executive Committee
for Christian Science Activities
At The New York World's Fair 1939
11 West 42nd Street
New York.

Es war eine Einladung.

21

Teilnehmer 1: Ja? Hier ist der Anschluss …
Teilnehmer 2: Ich bin's, mein Schatz.
1: Was? Ist was passiert?
2: Freut mich auch, dich zu sprechen.
1: Im Ernst. Ist was mit …
2: Deshalb rufe ich an.
1: Oh, Gott.
2: Sie ist nicht tot. Es ist nur … Aber erst mal das Wichtigste: Wie geht es dir, mein Schatz?
1: Mir ginge es gleich viel besser, wenn du mir sagtest, was los ist.
2: Immer noch dieselbe. So warst du schon, da warst du noch ganz klein. Weißt du noch, als du sieben warst? Sieben oder acht? Und du …
1: Bitte, so ein Anruf ist bestimmt teuer. Ihr müsst doch auch das Geld zusammenhalten.
2: Immer zackzack, was? Also gut. Erstens: Mir geht es so weit gut, danke der Nachfrage.
1: Papa.
2: Zweitens: Ich hoffe, euch geht es auch gut.
1: Papa? Bist du noch da?
2: Ich warte immer noch auf eine Antwort: Geht es euch gut?
1: Erzähle ich dir ein andermal, in Ordnung? Also, was ist mit ihr? Ist sie krank?
2: Das klingt aber nicht gut, mein Schatz. Habt ihr Probleme miteinander? Ich weiß, er kann sehr, sagen wir, speziell sein.
1: Nein, nein. Wir haben Probleme mit ihnen.
2: Mit ihnen? Was heißt das?
1: Papa.
2: Was?
1: Wir sollten am Telefon nicht zu deutlich werden.
2: Was, du meinst …?
1: Ja.

2: Ach, so wichtig sind wir doch nicht. Die paar Päckchen.
1: Was habe ich dir gerade gesagt?
2: Muss ich mir etwa Sorgen machen? Ihr könntet zu uns ziehen.
1: Wie du weißt, darf ich das nicht.
2: Das ist doch nur ein Stück Papier.
1: Außerdem habt ihr auch so kaum Platz in der neuen Wohnung. Und sie ist feucht, schlecht für deinen Husten. Hast du mir selbst gesagt.
2: Aber wenn es wirklich dringend ist, dann rede ich mit deiner Mutter. Es findet sich bestimmt ein Weg.
1: Und, wie geht es ihr? Deshalb rufst du doch an, oder?
2: Es ... Du warst schon immer gut darin, das Thema zu wechseln.
1: Ich habe bei dir gelernt.
2: Ach mein Schatz! Schön, dass du mich noch immer zum Lachen bringst. Du fehlst mir.
1: Du mir auch. Also?
2: Also was?
1: Papa.
2: Es ... Sie wird zusehends schwächer. Nicht physisch. Geistig. An manchen Tagen ist sie praktisch nicht ansprechbar. Sie sitzt in ihrem Lieblingssessel und starrt die Wand an. An anderen Tagen ist sie aktiv. Viel zu aktiv. Einmal sagte sie mir, ich hätte ihr das Augenlicht gestohlen. Dabei sah sie mir ins Gesicht. Vorgestern hat sie mir gedroht, wenn ich nicht aufhöre, ihre Gedanken zu lesen, würde sie mich erstechen. Ich habe alle Messer versteckt. Sie isst eh kaum noch etwas.
1: Oh Gott. Pass auf dich auf, ja?
2: Das habe ich nicht kommen sehen. Dass ihr Körper länger standhalten würde als ihr Geist.
1: Also muss sie dauerhaft ins Sanatorium.
2: Die Ärzte raten dazu. Aber wir können es uns nicht leisten. Und ich möchte sie nicht allein lassen. Und deshalb ... Deshalb kann ich dir leider nicht mehr helfen bei deinen heimlichen ...
1: Verstehe.
2: Deshalb rufe ich an. Nimm es mir bitte nicht übel.
1: Tue ich nicht. Die ganze Sache wird eh immer ... immer komplizierter.
2: Du willst es also bleiben lassen?

1: Es wäre wohl das Beste. Für mich. Für Herman.

2: Warum klingst du dann so traurig?

1: Du hilfst ihr, und sie tut dir weh. Jeden Tag.

2: Woher willst du das wissen?

1: Sie hat es immer getan.

2: Liebst du Herman?

1: Lenk' bitte nicht ab.

2: Natürlich liebst du ihn, auch wenn deine Mutter das nicht versteht. Und ich liebe nun mal deine Mutter, auch wenn du das nicht verstehst.

1: Papa.

2: Als du sieben warst, sieben oder acht, da bist du im Park den Hügel hinabgelaufen, weißt du das noch? Du bist auf die Knie gefallen, und weil du so schnell warst, bist du ein paar Meter weiter gerutscht. Beide Knie waren blutig und voller Gras. Da hast du einmal laut aufgeschrien, wie es sich für ein Kind gehört. Aber dann hast du gesehen, wie Mutter auf die Veranda kam, und da hast du sofort aufgehört. Ich bin natürlich zu dir hingelaufen, um dich zu trösten. Aber du hast nur gesagt … Weißt du noch, was du gesagt hast?

1: Es ist schon spät.

2: Nein, du hast gesagt … (*Teilnehmer 2 wird von längerem Hustenanfall unterbrochen.*)

1: Wieder das Asthma?

2: Geht schon wieder. Du hattest noch Jahre später Narben an den Knien. Und du sagtest bloß: »Lass uns die Augen zumachen. Dann ist es, als wäre nichts passiert.« Erinnerst du dich?

1: Die Narben habe ich immer noch.

2: Aber heute, mein Schatz, heute darfst du die Augen öffnen.

1: Ich weiß nicht, was du damit sagen willst, aber danke.

2: Das wirst du schon noch verstehen. Ich muss zu ihr. Schlaf gut, mein Schatz.

1: Du auch, Papa.

Protokoll nach Tonbandmitschnitt
Erstellt vom: Forschungsamt der Luftwaffe
Datum: 30.06.1938

Telefonat Beginn: 21:38 Uhr
Telefonat Ende: 21:48 Uhr
In Auftrag gegeben durch: Geheimes Staatspolizeiamt München

22

Erst nachdem Europa sich in der Atlantropa-Union zusammengeschlossen und zum Bollwerk gegen den internationalen Kommunismus geworden war, und nachdem auch das europäische Rußland mit dem Bolschewismus aufgeräumt und sich der Union angeschlossen hatte, war das asiatische Rußland zum Hort des jüdisch-bolschewistischen Kommunismus geworden, der im Laufe der Jahrzehnte einen großen Teil Asiens zersetzte. – Insbesondere waren Indien und Nordchina unter bolschewistischen Einfluß geraten und zum fanatischen Gegner Europas und seiner Kulturpolitik in Afrika geworden. Die eigentlichen Drahtzieher blieben jedoch die russisch-jüdischen Finanzgewaltigen.

Titus Taeschner: *Eurofrika. Die Macht der Zukunft* (1938)

München, 10.10.1938

Auf keinen Fall durfte er ihn spüren lassen, wie dringend die Sache war. Zwar traute er John. (Oder vielmehr misstraute er ihm weniger als jedem Deutschen. Vollauf verließ er sich allein auf Irene.) Trotzdem musste er vorsichtig sein. John hatte etwas an sich, dem man sich nur schwer entziehen konnte. Man wollte ihm gefallen und von ihm gemocht werden. Das war gefährlich, dachte Herman. Er konnte unvorsichtig werden, zu viel preisgeben. Und selbst wenn John dichthielt: Wer wusste schon, wer an den Nebentischen mithörte? Deshalb war es das Beste, das Treffen kurz zu halten. Rein und wieder raus in einer Stunde. Dabei durfte er nicht gehetzt wirken. Also, sagte er sich, würde er ihn freundlich begrüßen, Neuigkeiten über Familie und Freunde erfragen und eine Maß mit ihm trinken. Nur eine. Bei der ersten Gelegenheit würde er das Gespräch auf den Roman lenken. Dann endlich wäre die Zeit gekommen, ihn beiläufig zu bitten, sich mit dem Schreiben zu beeilen. Welcher Romancier war nicht so eitel, Interesse mit Lob zu verwechseln? Ja, dachte Herman, das konnte, das musste klappen. Dann polierte er das Monokel, obwohl er wusste, dass es gleich wieder beschlagen würde, setzte es ein und ging mit festen Schritten in den riesigen Saal.

Weiße Wände warfen die Echos von tausend Stimmen zurück, dass es Herman vorkam, als vibriere der ganze, an ein Theater erinnernde Raum. An runden, voll besetzten Holztischen tranken Männer in Straßenanzügen, Uniformen und Lederhosen gemeinsam mit Frauen in Röcken und hochgeschlossenen Blusen. Rotgesichtige Kellner trugen den Geruch kühlen Biers und warmen Eau de Colognes vorüber. Die Fahnen vorn an der leeren Bühne und an den Emporen ringsum erinnerten Herman daran, auf der Hut zu sein. Unter einer von ihnen erspähte er den großen, braungebrannten Schädel seines Freundes. Knittel saß an einem der Tische und gestikulierte wild. Er war umgeben von sechs jungen Männern, die sich an Bierkrügen festhielten und aufmerksam lauschten. Herman war irritiert: Er war davon ausgegangen, sie träfen sich allein. Es kostete ihn einige Mühe, nicht gekränkt zu sein. Am besten machte er kehrt, bevor der andere ihn sah. Morgen würde er John anrufen, sich entschuldigen und ein Treffen zu zweit ausmachen. Er wollte gerade umdrehen, als jemand in nächster Nähe rief:

»*Wie* heißt das?«

»*At-lan-tro-pa!*«, antwortete eine zweite Stimme. »Bedeutet *Festland am Atlantik!*«

»Wieso das denn?«

»Wie, wieso?«

»Amerika liegt doch auch am Atlantik!«

»Ach so! Na, egal! Ist aber auf jeden Fall große Klasse! Musst du lesen!«

»Ich weiß nicht …!«

»Mann! Wenn du wüsstest, was für ein Glück du hast, ihn zu treffen! Dann würdest du mir den ganzen Abend das Bier ausgeben! Zum Dank!«

»Ich geb' dir gleich …«

Zwei sehr junge, glattrasierte Männer schoben sich an Herman vorbei bis zu Knittels Tisch. Der Schriftsteller sprang freudig auf, klopfte ihnen väterlich auf die Schultern und wies ihnen Plätze zu. Herman lächelte: Knittel hatte das Treffen also doch für ihn arrangiert – als sein prominenter Gast! Jetzt ohne ein Wort kehrtzumachen wäre nicht nur unhöflich gewesen, sondern geradezu pflichtvergessen.

Und so saß er kurz darauf mit all den Männern am runden Tisch, vor sich eine volle Maß. Knittel hatte ihn herzlich, aber kurz begrüßt. Sicher würde er ihn später offiziell vorstellen, wenn alle Zuhörer versammelt waren.

»… und wenn die Tschechen aufmucken, das kriegen sie's mit unseren Jungs zu tun!«

»Die ganze Sache muss schnell erledigt werden! Ein, zwei Wochen, fertig!«

Zwei junge Männer unterhielten sich lautstark über seinen Kopf hinweg. Der eine stand hinter Herman, der andere setzte sich auf den Platz zu seiner Linken.

»Das kriegen die hin!«

»Natürlich!«

Der andere Mann ließ sich seufzend auf den Stuhl rechts von Herman fallen. Jetzt sprachen die beiden, die Hälse gereckt, direkt vor Hermans Gesicht miteinander.

»Mein Vetter ist an der Grenze kaserniert. Die sind schon ganz wild aufs Losstürmen!«

»Da wäre ich auch gern dabei!«

»Und ich erst!«

Wie jung sie aussahen. Sie tarnten ihre jugendlichen Gesichter mit Brillen und Bärten – betonten dadurch eben das, was sie zu kaschieren suchten. Ihre Generation, die den Krieg nur aus Frontberichten und Fortsetzungsromanen kannte, wollte abgeklärter wirken, als sie war; als könnte sie es kaum erwarten, vom Leben gezeichnet zu sein. Dabei kam das früh genug, dachte Herman.

Kellner mit braunglänzenden Lederschürzen balancierten große Tabletts durch die wachsende Menge, verbreiteten im Vorübergehen den Geruch von gebratenem Fleisch, Sauerkraut, Senf und Schmierseife. Die feuchte, warme Luft schien die Schallwellen nur noch langsam zu tragen, als wäre sie flüssig. Herman blickte auf seine volle Maß, dann erwartungsvoll zu Knittel. Doch der brachte gerade prustend eine Geschichte zu Ende und blickte danach zufrieden in lachende, erhitzte Gesichter. Herman nippte am Bier.

Das zwang die Männer zu beiden Seiten jedes Mal, die Köpfe zurückzuziehen, und so nahm er Schluck um Schluck. Bald gelang es ihm, das Treiben gelassener zu nehmen, obwohl es um ihn herum immer lauter und voller wurde. Gut eine halbe Stunde lang saß er schweigend da und ließ den Blick über goldfarbene Kronleuchter, breite Rücken und bestrumpfte Waden schweifen. Diese Menschen, dachte Herman, nahmen den Reigen der Herrschenden hin wie den Wandel der Jahreszeiten; ihre Unterwürfigkeit deklarierten sie um zu Anpassungsfähigkeit, ihre Gleichgültigkeit zu Gelassenheit, ihren Hass auf alles Fremde zu Reinheitssinn. Wie fremd sie ihm waren. Und doch musste es angenehm sein, sich abfinden zu können mit dem Lauf der Welt. Als der Krug leer war, erinnerte er sich, warum er hergekommen war, und schaute, wie gerade erwacht, hinüber zu John.

Dieser erhob sich im selben Moment, nickte jemandem am Eingang zu und klopfte mit dem Ringfinger gegen einen leeren Krug, um sich Aufmerksamkeit zu verschaffen.

»Meine Lieben! Schön, dass ihr da seid. Ich sage ›ihr‹ und nicht ›Sie‹, denn die meisten von euch sprechen einander heute zum ersten Mal, aber ich kenne euch alle, und ich würde mich freuen, wenn auch ihr euch miteinander anfreundet. Dafür ist dieser Abend da. Aber das ist nicht alles! Ich habe auch einen besonderen Gast versprochen ...« John nickte in die Runde, ohne Herman direkt anzuschauen. »Nun, Ihr alle kennt sein Buch *Atlantropa*.« Der eine glattrasierte junge Mann von vorhin stieß den anderen aufgeregt an, und rechts von Herman rief eine Stimme:

»Hab' ich zweimal gelesen! Zweimal!«

»Seither ist es etwas ruhiger um ihn geworden«, sagte John. »Aber er war nicht untätig. Und heute feiern wir die Veröffentlichung seines neuen Atlantropa-Buchs!«

Krüge klopften auf die Tischplatte, jemand applaudierte. Herman aber erstarrte. Wovon redete John da? Dann begriff er: Neulich, als er ihm von der Arbeit erzählte, musste der ihn falsch verstanden haben. Zwar schrieb er tatsächlich an einem Buch. (Immerhin war *Atlantropa* schon sechs Jahre alt, und darin fehlten noch die bahnbrechenden Stauseepläne für Afrika.) Aber das Wichtigste hatte er seinem Freund verschwiegen: Irene und er würden das Buch nicht in Deutschland drucken lassen.

Seit einem Jahr sparten sie, wo es nur ging, und stießen ab, was sie noch hatten. Die alte Standuhr und zwei Gemälde, vor allem aber das hölzerne Wochenendhäuschen bei Uffing war längst unter der Hand verkauft, Irenes Beziehungen sei Dank. Mit dem Erlös würden sie, in New York angekommen, den Neuanfang wagen. Blieb dann noch Geld übrig, konnten sie rechtzeitig zur Weltausstellung im kommenden Jahr ein neues Atlantropa-Werk veröffentlichen.

Das hatte Herman seinem plaudrigen Freund natürlich nicht verraten. Er senkte den Kopf und rüstete sich für den Moment, in dem John ihn aufrief.

»Und deshalb freue ich mich«, hörte er ihn sagen, »ihn an diesem so besonderen Tage hier zu haben. Bitte begrüßt mit mir: Titus Taeschner! Willkommen, mein Lieber!«

Herman blickte auf. Neben John stand ein großer, hagerer Mann mit grauen, nach hinten gekämmten Haaren und Segelohren. Vom Applaus überrascht, lächelte der Mann unsicher und zeigte dabei schiefe, aber gepflegte Zähne.

»Ah«, rief John, »und er hat sogar ein paar druckfrische Exemplare dabei von, äh, *Eurafrika*!«

»*Eurofrika*«, korrigierte Taeschner milde, noch immer geschmeichelt von so viel Aufmerksamkeit.

»Natürlich, mein Lieber: *Eurofrika*. Guter Titel!«

Herman kam es vor, als wäre er im letzten Moment einer Kugel ausgewichen – indem jemand ihn niederschlug. Er wusste nicht, ob er sich aufrappeln und beschweren sollte oder ob er es besser war zu warten, bis der Schmerz verebbte.

Taeschner legte drei gebundene Exemplare auf den Tisch. Als er Herman erkannte, nickte er ihm freudig überrascht zu. Herman nickte nicht. Natürlich, er kannte Taeschner und wofür er stand. Das machte das, was hier geschah, noch unglaublicher. Herman schnappte seinem Sitznachbarn, ohne diesen anzusehen, das letzte Buch weg. Den Einband zierte die Zeichnung eines Wasserkraftwerks, neben dem ein riesiger Strommast Funken sprühte. Eine krude, nicht maßstabsgerechte Darstellung, wie von einem Kind gemacht. Herman schlug das erste Kapitel auf und begann zu lesen.

Sechs Seiten.

Er schaffte es, sechs Seiten zu lesen, bevor er aufstand, zitternd ein paar Münzen hervorkramte, sie auf den Tisch fallen ließ und ging. Auf dem Weg zum Ausgang wich er lachenden, prustenden und hustenden Gästen aus. Aus der Nähe wirkten sie noch fremdartiger in ihrer Selbstvergessenheit. Endlich draußen, spürte Herman die kühle Luft auf seinem Gesicht, roch ein Gemisch aus frisch gemähtem Gras und Urin. Der Saallärm schien in seinen Ohren und Kleidern zu hängen. Er schüttelte sich.

»Warte«, rief jemand hinter ihm.

Es war John. In der Hand hielt er eine fast volle Maß. Er musste sie den ganzen Weg herausgetragen haben, damit sie in seiner Abwesenheit nicht schal wurde.

»Das da«, sagte Herman und sah Richtung Saal, »war eine Demütigung.«

»Ich wollte dich ja noch vorstellen, aber du bist einfach raus.«

Herman schüttelte den Kopf. »Du wolltest mich zu einem Claqueur degradieren. *Mich*. Für *ihn*.«

»Klingt ein bisschen dramatisch, findest du nicht?«

»Und du warnst mich nicht einmal.«

»Titus ist ein Freund.«

»Wie lange kennst du ihn schon?«

»Ach …« John machte eine wegwerfende Handbewegung. »Außerdem: Du hast doch sogar ein Vorwort geschrieben, für das andere Buch. Da dachte ich …«

»Bloß eine Empfehlung auf dem Einband«, sagte Herman, »mehr nicht.«

»Immerhin.«

»Nichts da, immerhin. Das Manuskript hat er mir nie gezeigt. Ich dachte, es ginge um ein paar Intrigen hier und da, dazu eine Liebesgeschichte, und das war's. Das damals war schon grausig. Aber *das* hier …« Als er *Eurofrika* hochhielt, merkte Herman erst, dass er das Buch mitgenommen hatte. »Das hier ist …«

»Ich bin sicher«, sagte John besänftigend, »es ist nicht so schlimm.«

»Hast du es gelesen?«

»Ich … hatte noch keine Zeit.«

»Die ersten Seiten reichen völlig. Ich kann dir verraten, worum's geht. Und wer die Bösen sind. Aber du hast sicher schon eine Ahnung, richtig?«

John hielt die Arme abwehrend vor sich hin, als fürchtete er, sein Gegenüber könne ihn anspringen. Das ärgerte Herman nur noch mehr, denn nicht er benahm sich inakzeptabel, sondern John. Ausgerechnet John! Der Autor von *Via Mala* konnte sich schließlich aussuchen, mit wem er sich umgab. Warum verbrachte so jemand seine Abende mit Nazis? Und wie hatte John glauben können, er mache da mit? Nein, wer im Angesicht von so viel Niedertracht ruhig blieb, der bewies keine Gelassenheit, sondern Schwäche.

»Herman, ich ...« John ließ die Hände sinken und zuckte mit den Schultern. »Was soll ich dir dazu sagen? Ich dachte ...« Aber er sagte nichts mehr.

»Was weißt du überhaupt über deinen Ehrengast?«

»Er hat mich angeschrieben. Meinte, er sei Atlantropa-Anhänger, und dass er einen Roman darüber geschrieben habe.«

»Und was für einen! Einen, in dem der Chefingenieur von Atlantropa, Hans Sörensen – ja, genau, er heißt Hans Sörensen! Als täte er mir einen Gefallen damit – von einem Franzosen ermordet wird. Unser Erzfeind will nämlich geniale Deutsche daran hindern, das Projekt umzusetzen.«

»Das klingt doch nicht *so* schlimm ...«

»Ja, Taeschner findet Atlantropa großartig. Als Projekt, das Deutschen die Herrschaft über Europa beschert.«

»Man muss doch kein Nazi sein, um ...«

»Und dann«, unterbrach Herman, »ist da noch *Der Mars greift ein*. Sein erster Roman. Den kennst du doch wenigstens, oder?«

»Ich weiß nicht, wovon ...«, seufzte John, sichtlich angestrengt davon, Hermans wachsendem Zorn standzuhalten.

»Nazis erringen die Weltherrschaft – mit Hilfe der Marsianer.«

»Oh.«

»Ja: Oh! Und jetzt«, Herman hob wieder das Buch hoch, »jetzt schreibt er Atlantropa um zum Welteroberungsprojekt blonder Arier. Er stiehlt und besudelt meinen Plan *und* meinen Namen! Nach der Sache mit dem Film glaubt der Kerl bestimmt, ich wage nicht, dagegen zu klagen. Und dem soll ich auch noch applaudieren? *Ich*?«

Herman wusste, er sollte nicht so emotional werden. Was brachte es schon? Aber gerade Johns Gleichgültigkeit zwang ihn, weiter zu reden. Und was er sagte, waren Tatsachen. Er hatte keine Worte, um auszudrücken, wie niederträchtig er all das fand, und das machte ihn noch wütender. Er blickte zurück in den Saal, dieses Symbol für alles, was so schrecklich falsch lief im Land. Doch als wäre all die geballte Wut und Abscheu zu viel für seinen Körper, fühlte Herman sich plötzlich sehr müde.

»Geh rein«, sagte er matt, »sie warten bestimmt schon auf dich.«

Er versuchte sich an den Gedanken zu gewöhnen, dass er John in diesem Moment zum letzten Mal sah. Doch der andere rührte sich nicht, sondern beugte sich vor und flüsterte:

»Herman, ich weiß Bescheid.«

Herman sah ihn mit großen Augen an und trat einen Schritt zurück.

»Ganz ruhig.« John schaute sich nach möglichen Zuhörern um. »Dein Artikel ist nicht vergessen. Ein falsches Wort von dir, und sie greifen zu.« Er lächelte. »Man erfährt so einiges, wenn man mit Leuten aus der richtigen Behörde was trinken geht. Aber«, sagte er etwas lauter, »das erzähle ich dir als Freund. Ich weiß vielleicht nicht genau, was dieser Taeschner schreibt. Aber ich weiß, welcher Schlag Mensch seine Bücher liebt.« Er reckte das Kinn in Richtung Saal. »Das sollten wir nutzen! Wenn Typen wie Taeschner das Interesse an dem Projekt am Köcheln halten, dann kann uns das doch nur recht sein! Je populärer Atlantropa bei den richtigen Leuten ist, desto unwahrscheinlicher ist es, dass sie dich mundtot machen. Schau mich an: Ich kann mir meine Leser nicht aussuchen. Aber ich kann versuchen, sie in die richtige Richtung zu lotsen, ihnen Ideen schmackhaft zu machen. Was kann man mehr tun? Und wem nutzt es schon, wenn dein Projekt verboten wird? Ob du mir's jetzt noch glaubst oder nicht: Ich will, dass Atlantropa kommt. Unbedingt!«

John sah Herman an, um die Wirkung seiner Worte zu prüfen, und schien unzufrieden.

»Ich weiß, du willst, dass ich mich mit dem Roman beeile. Das musst du gar nicht, das tue ich nämlich schon. Und weißt du auch, wieso? Weil«, seine Stimme sank wieder herab zu einem Flüstern, »weil ich sicher bin, das Buch wird die beste Werbung, die das Projekt je hatte. Nicht nur in Deutschland. Auch da, wo man das

Projekt bisher kaum kennt. Und wo dessen Schöpfer es, natürlich gemeinsam mit seiner Frau, dringend persönlich bewerben sollte. Zum Beispiel in«, John wartete ab, bis zwei Betrunkene vorübergetorkelt waren, dann sah er Herman direkt in die Augen, »zum Beispiel in Amerika.«

Eine Weile lang sagten beide nichts. Herman suchte in Johns Gesicht nach einer Erklärung für das, was hier geschah. Wollte er ihm wirklich helfen, oder drohte er ihm? Und woher wusste er von ihren Plänen? Von ihm sicher nicht. Hatte also einer seiner Ministeriums-Freunde John beim Bier etwas erzählt? Im Auswärtigen Amt wusste man natürlich von ihrem Visumsantrag – aber ahnte man dort auch, dass sie in Amerika bleiben wollten? Und hieß das, Irene und er wurden überwacht? Wenn ja, würde ihnen die Ausreise verweigert? Und was dann? Vielleicht eine Minute lang forschte Herman, noch immer erschöpft und nun auch noch verwirrt, vergeblich nach Antworten.

Schließlich neigte John den breiten, schweren Kopf und sagte sanft:

»Komm wieder rein, ja?«

Herman klemmte das Buch unter den Arm und nahm das Monokel. Als er es polierte, zitterten seine Hände; er wusste nicht, ob aus Furcht oder Kälte. Der Lärm, der in Wellen aus dem Saal drang, erinnerte ihn an Siegesgeheul. Drinnen, dachte er, war es warm und hell, und niemand fühlte sich allein. Er seufzte tief.

Dann setzte er das Einglas umständlich wieder ein, blinzelte ein paarmal ins schummerige Laternenlicht – und ging nach Hause.

23

»Europa ist ein Kraftwerk«, sagte Amadeus. »Es enthält alle die Kräfte, welche nötig sind, um eine gewaltige Welt zu schaffen, eine Welt, würdig unserer Zivilisation (...). Wir sind der Ansicht, daß es höchstwahrscheinlich ein paar katastrophale Kurzschlüsse geben wird, bevor es einer Meisterhand gelingt, diese ganze Kraft in der richtigen Weise zu handhaben. Wir sind der Meinung, daß Europa und Afrika ein einziger Kontinent sein sollte, so wie Nord- und Südamerika, wie Asien und Australien spezifische Kontinente sind. Das ist keine bloße Theorie, sondern eine wirkliche Tatsache (...). Nicht nur ein Wunsch – ein Glaube! Sie ist da. Mag sie auch heute noch nicht die politischen und wirtschaftlichen Kreise beeinflussen, sie ist trotzdem eine Wahrheit.«

John Knittel: *Amadeus* (1939)

Zu Hause, unter dem fahlen Licht der Schreibtischlampe, zitterten seine Hände immer noch. Die Schwingungen setzten sich sogar fort, erfassten nacheinander Arme, Schultern und Augen. Wollte Herman etwas fokussieren, sah er zwei Manuskripte vor sich, vier Bleistifte und sechs Süßwasserseen. Vergeblich versuchte er, die eigene Handschrift zu entziffern, und wurde darüber noch unruhiger. Wie, wenn nicht durch konzentriertes Arbeiten, fand er genug Entspannung, um schlafen zu gehen?

Denn zugleich spürte er Müdigkeit an seinen Gliedern zerren. Seit Monaten schlief er schlecht. Das Ausharren bis zum kommenden Juni, wenn sie einen Dampfer bestiegen, der sie zur Weltausstellung trug, kostete ihn viel Kraft. Immer wieder kamen ihm die Filmbilder vom Vulkanausbruch in den Sinn: Eine riesige dunkle Welle würde den Kontinent eher früher als später verschlingen, und die Frage war nur, ob es Irene und ihm gelang, rechtzeitig aufs rettende Schiff zu kommen. Bis es sie forttrug, konnte er wenig tun, und was er unternahm, erschien ihm zunehmend sinnlos. Hierzulande, dachte er, wollte keiner mehr etwas von Frieden und Völkerverständigung hören. Und was scherte die geschäftstüchtigen Amerikaner schon die Einigung des alten, chronisch zerstrittenen Europas? Die versprach zu wenig Gewinn für so große Mühen. Auch die Atlantropa-Broschüre für die Weltausstellung verlor jeden Sinn. Das Büchlein hatte seine Eintrittskarte in New Yorks intellektuelle Kreise werden sollen. Der Gedanke kam ihm jetzt lächerlich vor. Anstatt die Überfahrt zu organisieren, hatte er mit einem Manuskript gekämpft, das niemand wollte und dessen Druck er nicht bezahlen konnte. Wie viele Wochen hatte er daran vergeudet! Schlimmer noch: Johns Andeutung hatte ihm gezeigt, wie gefährlich die Broschüre für ihn werden konnte. Bekämen die Nazis sie in die Hände, fänden sie darin sicher irgendetwas, das sie gegen ihn verwenden konnten. Erst recht, wenn sie argwöhnten, er wolle nach Amerika fliehen. Und so musste Herman sich jetzt, allein am Schreibtisch, einer schmerzlichen Einsicht stellen: Durch das Schreiben hatte er sich in trügerischer Sicherheit gewähnt, in Wahrheit aber Irene und sich gefährdet.

Mit einem Ruck des zitternden Arms schob er den Manuskriptstapel in den Papierkorb. Ein paar Blätter, die auf den Dielenboden gefallen waren, schob Herman halbherzig mit dem Fuß zusammen.

»Warum denn?«

Er drehte sich zur Stimme um. Im Türrahmen stand Irene, sehr müde und sehr schön.

»Geh wieder ins Bett, Liebste.«

Sie tapste schlaftrunken zum Papierkorb. Herman stellte sich ihr in den Weg und streichelte ihre Wange.

»Ich erklär's dir morgen früh, in Ordnung? Dir wird noch kalt.«

Sie musste aus dem Tiefschlaf hochgeschreckt sein und blickte, als müsse sie überlegen, wer vor ihr stand. Doch dann sagte sie:

»Wirf's nicht weg. Egal, was ist. Wir finden einen Weg.«

Wieder strich er über ihre Wange. Seit Wochen, vielleicht gar Monaten hatte er das nicht getan. Immer war irgendetwas Dringendes gewesen. Er wollte etwas erwidern, sich erklären, aber als er den Kopf an ihre Stirn legte und tief einatmete, schien das plötzlich nicht mehr wichtig. Ihr Geruch. Nichts war damit vergleichbar, und nichts daran hatte sich geändert, seit sie zusammen waren. Er spürte, wie sein Herz langsamer schlug, sein Atem ruhiger ging. Irene reckte den Kopf, schloss die schweren Lider und fand seine Lippen. Er gab ihr einen kurzen Gutenachtkuss, doch zu seiner Überraschung drückte sie sich an ihn und öffnete ihren Mund. Er spürte ihren warmen Atem an seinem Gesicht, ihre Brüste an seinen Rippen. Ihr Körper war noch warm vom Bett. Kurz zögerte er, dann öffnete auch er den Mund. Als er ihre Taille umfasste, spürte er unter dem Seidenstoff den Saum ihrer Unterhose. Dann hörte er sein Herz pochen, nicht ängstlich, sondern voller Erwartung, und presste sein Becken gegen das ihre. Das hier war noch viel, viel länger her.

Als sie wenig später unter der Bettdecke lagen, war ihm, als berühre er Irene zum ersten Mal seit Jahren: ihre unendlich zarte und weiche Haut zwischen Ohr und Haaransatz. Die straffe, blasse Haut ihrer Oberarme, gesprenkelt mit den feinen Erhebungen dunkler, ihm immer exotisch erschienener Sommersprossen. Die Haut ihrer Brüste, warm und duftend. Ihre Schenkel, als er sie küsste. Die Innenseite ihrer Kniekehlen, als er sie anhob. Er in ihr. Irene hielt die Augen geschlossen, allein ihr Körper sprach, tat es hingebungsvoll und zugleich unendlich gelassen. Mit schlafwandlerischer Sicherheit hob und senkten sich ihr Becken und ihr Brustkorb, und ihre Zunge füllte seinen Mund, als könne sie nicht genug von ihm bekommen. Die Entdeckung, dass es sie immer noch gab, nach all den Jahren, und dass sie und er zusammen waren, hier und jetzt, lebendig, warm und voller Lust, erregte ihn noch mehr. Dann kam und kam er, zuckend am ganzen, neu entdeckten Körper.

Vielleicht eine halbe Minute lang lag er wunsch- und gedankenlos da. Dann holte er tief Luft wie einer, den man in letzter Sekunde aus dem Wasser gefischt hat, und das Letzte, was er wahrnahm, bevor er einschlief, war Irenes Duft.

Als er erwachte, war es noch dunkel. Irene lag auf der Seite, den Kopf von ihm abgewandt, und atmete regelmäßig und langsam. Vor dem Fenster wiegte sich eine Pappel im Wind. Im gelblichen Licht der Straßenlaterne ähnelte der Baum einer alten, hageren Frau mit wirrem Haar. Herman legte sich auf den Rücken und senkte die Lider. Vor sich sah er verklebte Bierkrüge, grinsende Gebisse mit überkronten Zähnen und Kellner, die gepökelte Schweinefüße und Petersilienkartoffeln servierten, und so schlug er die Augen wieder auf. Er musste eine Weile geschlafen haben, sagte er sich, denn im Zimmer war es jetzt etwas heller als zuvor. Doch das Licht kam, wie er langsam begriff, nicht von draußen, sondern kroch in einem schmalen Streifen unter der Zimmertür herein. Herman setzte sich auf, zog die Pantoffeln an und ging, nach der Klinke tastend, Richtung Tür. Im Flur blendete ihn taghelles Licht. Geschäftigkeit hing in der Luft, und Herman bemerkte, dass er verschlafen hatte. Wieder einmal. Er würde zu spät kommen. Ein Mann im schwarzen Anzug, einen ebenso schwarzen Hut auf dem Kopf, blickte von weit oben auf ihn herab. Der Mann sprach nicht, aber Herman wusste auch so, es war Zeit. Eine Frauenhand in seinem Rücken schob ihn den Flur entlang und drückte ihm eine Mütze auf. Die schwere Haustür öffnete sich zu einem Sommertag, und der Mann und er gingen schweigend nebeneinander her. Es war seine wöchentliche Stunde mit Vater. Alles war wie immer: das Gefühl der Enge in der Kehle, der stur nach vorn gerichtete Blick und das regelmäßige Auftippen des Gehstocks mit dem silbernen Knauf auf dem steinernen Gehweg. Gedankenverloren war Herman schon bis zur Straßenecke gegangen, als er bemerkte, dass neben ihm niemand war. Er schaute sich um. Vater stand vor einem Mann, der am Boden kauerte. *Zehn Pfennig? Warum nicht gleich zehn Mark?* Während er redete, hob und senkte er den Gehstock. *Was? Ich verstehe Sie nicht, Mann. Sie müssen Deutsch reden. Deutsch. Nein, richtiges Deutsch, nicht dieses Kauderwelsch. Ach!* Herman ging zurück. Beim Näherkommen sah er in das alte, zahnlose Gesicht des offenbar einarmigen Mannes, der auf einem Stück Stoff kniete. *Hören Sie auf, Mann. Haben Sie überhaupt eine Erlaubnis? Erlaubnis! Ah, jetzt versteht er plötzlich gar nichts mehr. Natürlich!* Wieder schwang der Stock durch die Luft, diesmal nah am Kopf des Knienden, der das kaum zu beachten schien, sondern Ausschau nach Passanten hielt, denen er seine Knöpfe anbieten konnte. *Ich rede mit Ihnen, Mann! Wie können Sie es wagen! Hören Sie! Hören Sie!* Herman stand vielleicht fünf Meter entfernt. Ihm kam es vor, als führten die beiden zum ungezählten Male nur für ihn ein Stück auf; ein Stück, das er mittlerweile auswendig kennen sollte, dessen Ende er dennoch jedes Mal vergaß. *Was hast du da gesagt? Das habe ich gehört! Was hast du gesagt, he? Ach, zum Teufel mit dir und Deinesgleichen!* Als sein Vater von dem Mann abließ und zu Herman ging, stach der Gehstock bei jedem Schritt zornig aufs Pflaster. Schon beinahe an der Straßenecke angekommen veränderte sich Vaters Gesichtsausdruck, der Zorn wich daraus, er wirkte jetzt ruhiger und zugleich kälter. Dann wandte er sich um, ging mit großen Schritten zurück zum Einarmigen, der in die andere Richtung blickte, hob den Gehstock hoch in die Luft und ließ ihn mit voller Kraft niedergehen. Unter den Schlägen krümmte sich der Mann. Vater schwang den Gehstock wie eine Sense, traf hier einen Ellenbogen, dort die Hauswand und schließlich den Bauchladen, der klimpernd und klirrend von einem Hocker fiel. Herman rannte hinzu und rief etwas, das er selbst nicht hörte. Er fühlte sich wie unter Wasser, stumm und gebremst. Er zog Vater am Ärmel, aber der Arm war stark, und wieder sauste der Gehstock nieder auf den wehrlosen Alten. Herman duckte sich weg, als würde er selbst geschlagen, er zuckte – und war wach.

Die Pappel vorm Fenster wiegte sich hin und her. Ihre Blätter leuchteten in unwirklichem Gelb, angestrahlt von den Scheinwerfern eines Automobils, das vorm Haus wendete. Es war noch immer Nacht.

Er ahnte, er hatte all das schon einmal geträumt, vielleicht sogar viele Male. Und doch war etwas anders. Zum ersten Mal erinnerte er sich nach dem Erwachen daran, spürte sogar Vaters Mantelstoff geradezu an den Fingern. Wollte der Traum ihm also etwas sagen? Es stimmte zwar, als Kind ging er mit Vater sonntags zur Messe. Und die eineinhalb Stunden betretenen Schweigens, deren Wiederholung in sieben Tagen er fürchtete, sobald sie überstanden waren, waren ein festes Ritual seiner Kindheit gewesen. Aber was sollte der hinzugedichtete ostjüdische Krämer? Was das Eindreschen mit dem Gehstock, den er seit Mutters Tod im Keller verwahrte? Nein, das alles ergab keinen Sinn.

Herman hielt die Luft an und rieb sich die Augen. Neben ihm hatte sich Irene im Schlaf auf den Rücken gedreht und atmete leise. Gern hätte er ihr davon erzählt. Andererseits war es vielleicht besser, er erzählte ihr nie davon, so sehr schämte er sich.

Denn er hatte nicht geträumt; er hatte sich endlich erinnert.

Wie hatte er das all die Jahre vergessen können? Sicher, die Umstände hatten es ihm leicht gemacht: Der fliegende Händler war bestimmt nicht zur nächsten Wache gehumpelt. Auch hatte der

Vater die Sache mit keinem Wort je erwähnt. Vielleicht hatte er sie vergessen. Aber warum hatte Herman es ihm gleichgetan? Leise stand er auf und ging barfuß zum Fenster. Von der Sonne war noch immer nichts zu sehen, und der Wind hatte sich gelegt. Die Pappel stand jetzt reglos.

Herman wandte sich um. Irene drehte sich leise schnaufend auf die Seite, schlief aber weiter. Wie viel Kraft musste er all die Jahre mit Leugnen verschwendet haben. Und wozu? Um einen Toten zu schützen. Als er wieder hinaussah in die nächtliche Glückstraße, streckte er sich und zog die Schultern zurück. Er spürte Energien frei werden, wie Wasser, das durch endlich geöffnete Schleusen schoss. So neu und überraschend die Erkenntnis auch war, war Herman dennoch klar, dass sein Leben sich grundsätzlich ändern würde. Viel zu lange hatte er sich gemüht, der Mann zu werden, den sein Vater gern in ihm gesehen hätte. Künftig, beschloss er, würde er selbst sein Maßstab sein. Er allein hatte zu entscheiden, was mit Atlantropa geschah. Niemand hatte die Details tiefer durchdrungen und zugleich die große Idee klarer vor Augen, und darum durfte er sich von niemandem einreden lassen, das Projekt sei gescheitert. Er hatte einen Plan erschaffen, der das Leben von Hunderten Millionen, ja Milliarden Menschen über Jahrhunderte verbessern konnte.

Das klare Bewusstsein seiner Verantwortung war eine Last, die er zu tragen hatte. Erst wenn die Fundamente Atlantropas gelegt waren, durfte er diese Last ablegen. Darum konnte er nicht nach Amerika gehen, nicht für immer. Er würde standhalten müssen, vielleicht bis zum Tod, und darauf vertrauen, dass andere sein Werk vollendeten. Alexander erlebte nicht das hellenistische Zeitalter, das seine Feldzüge ermöglichten; Raffael und Michelangelo sahen nie den Petersdom in den Himmel Roms ragen. Und doch hatten sie die Welt verändert, denn sie waren die Träger einer Idee, die größer war als sie selbst.

Wer würde sich in hundert Jahren noch daran erinnern, wer die Pontinischen Sümpfe trockenlegen ließ? Ein historisches Verdienst blieb ein historisches Verdienst. Was zählte, waren die Größe einer Idee und die Kühnheit, mit der man sie umsetzte. Und war derjenige, der wusste, wie man dieser Idee zum Durchbruch verhalf, zum Handeln nicht sogar verpflichtet?

Hinter ihm stöhnte Irene, geschüttelt von einem schlechten Traum. Herman straffte sich, schlich zur Tür und schloss sie leise hinter sich. Im Arbeitszimmer hob er das Manuskript aus dem Papierkorb und ordnete es. Er begann zu lesen, doch schon an der ersten Seite des Vorworts blieb er hängen. Wie matt das alles klang, wie kalt und oberlehrerhaft. Und dazu das vorangestellte André-Gide-Zitat, das von Küsten sprach, die man verlieren müsse, bevor man neue Weltteile entdecken konnte. Viel zu poetisch. Eine Weile starrte er unschlüssig auf das Blatt. Dann sah er aus dem Augenwinkel hinüber zum Bücherregal und biss sich auf die Unterlippe. Seufzend stand er auf, zog einen Band heraus und blätterte. Rasch fand er, was er suchte. Mit einer Heftigkeit, als wollte er Gides Worte strafen, strich er sie durch und schrieb daneben, mit einem Finger auf der Buchseite: *Aufgabe des Programmatikers ist es nicht, die verschiedenen Grade der Erfüllbarkeit einer Sache festzustellen, sondern die Sache als solche klarzulegen, das heißt: er hat sich weniger um den Weg als das Ziel zu kümmern. Hierbei aber entscheidet die prinzipielle Richtigkeit einer Idee und nicht die Schwierigkeit ihrer Durchführung.*

A. Hitler »Mein Kampf«

24

Reichsminister Dr. Goebbels gibt bekannt:
»Die berechtigte und verständliche Empörung des deutschen Volkes über den feigen jüdischen Meuchelmord an einem deutschen Diplomaten in Paris hat sich in der vergangenen Nacht in umfangreichen Maße Luft verschafft. In zahlreichen Städten und Orten des Reiches wurden Vergeltungsaktionen gegen jüdische Gebäude und Geschäfte vorgenommen. Es ergeht nunmehr an die gesamte Bevölkerung die strenge Aufforderung, von allen weiteren Demonstrationen und Aktionen gegen das Judentum, gleichgültig welcher Art, sofort abzusehen. Die endgültige Antwort auf das jüdische Attentat in Paris wird auf dem Wege der Gesetzgebung bezw. der Verordnung dem Judentum erteilt werden.«

Deutsches Nachrichtenbüro, 10.11.1938

München, am selben Tag.
Die Trümmer rauchten noch, als Irene und Herman ankamen. Die Außenmauern hatten standgehalten, aber alle Fenster waren geborsten und die Kuppel eingestürzt. Aus dem, was vom Gebetsraum übrig war, stieg eine dünne Rauchsäule auf und verwehte über der Herzog-Rudolf-Straße. Die Luft roch nach verbranntem Holz, heißem Steinstaub und Gewalt.

Herman wollte rasch weitergehen, fort von den Schaulustigen auf dem Weg zur Arbeit. Irene aber scherte sich dieses Mal nicht darum, ob ihr Interesse verdächtig wirkte. Weniger aus Mut oder Trotz, eher aus schierer Unfähigkeit, immerzu Angst zu haben. Über Nacht hatte sich unter ihren Füßen etwas verschoben. Die Morgenzeitungen schrieben darüber nur am Rande. (Wichtiger war ihnen, wie Hitler und Himmler im Fackelschein vor der Feldherrnhalle SS-Männer vereidigten. Juden im Reich war ab sofort der Waffenbesitz verboten. Und in Istanbul lag Atatürk im Sterben.) An diesem Donnerstagmorgen also schien es, als ginge alles seinen verlässlich grässlichen Gang. Irene aber wurde das Gefühl nicht los, sie sei in einer neuen, noch bedrohlicheren Welt aufgewacht. Wo gestern noch das runde Fenster mit dem Davidstern gewesen war, klaffte ein Loch. Je länger Irene es betrachtete, desto näher schien es ihr zu kommen.

»Wir müssen hier weg«, flüsterte sie.

Herman nickte, zog den Schal enger und ging weiter. Doch Irene war klar, dass er sie nicht ganz verstanden hatte:

»Ich meine: so bald wie möglich. Nicht erst im Juni.«

»Hmm.«

Mehr sagte er lange nicht, während sie unter einem grauen Himmel nach Hause gingen. Irene hakte sich bei ihm unter und rieb ihre Wange an seiner. Er war, was sonst nie vorkam, unrasiert. Sicher sorgte auch er sich mehr denn je. Aber sie würden schon einen Weg finden. Bestimmt konnten sie die Leute von der Weltausstellung überreden, den US-Einwanderungsbehörden zu schreiben, dass die Sörgels schon ein halbes Jahr vor Eröffnung vor Ort gebraucht würden, um alles vorzubereiten. Wenn sie dann noch das Geld für die Schiffspassage und die ersten Monate in New York beisammenhatten, waren sie so gut wie in Sicherheit. So bald wie möglich, wiederholte Irene in Gedanken und strich sich über den Bauch.

»Wieder die Magenschmerzen?«, fragte er.

Sie nickte unbestimmt und schlug den Mantel enger um die Hüfte. Es war kalt geworden.

Erst als sie zu Hause die Schuhe auszogen, tauchte Herman aus seinen Gedanken auf.

»Andererseits«, murmelte er, als schlösse er an etwas gerade Gesagtes an, »andererseits sollten wir nichts überstürzen.«

Irene sah ihn fragend an. In der Nacht hatten Braune das Kaufhaus Uhlfelder im Rosental zertrümmert und das vom Rothschild in der Sendlinger Straße ebenso; die Synagoge war abrissreif. Wer wusste schon, was sie im Betsaal in der Reichenbachstraße angerichtet hatten – und an hundert weiteren Orten im Reich? Und weil es Juden immer schwerer gemacht wurde, Läden zu betreiben, verdiente sie kaum noch etwas. *Nichts überstürzen?* Sie kannte Herman gut genug, dass seine Worte sie beunruhigten.

»Gibt's da etwas, was ich wissen sollte?«

Er schüttelte den Kopf und schloss die Augen.

»Ich kann es aushalten, Mutz. Das weißt du.«

»Nein«, sagte er gequält und wandte den Kopf ab. Das konnte alles Mögliche heißen, nur nicht Nein.

»Herman, was ist los?«

Sie wollte ihm in die Augen sehen, doch er wich ihr aus und ging auf die Toilette. Der Alarm in ihrem Kopf, den sie schon an der rauchenden Ruine gehört hatte, schrillte jetzt in ihrer Wohnung. Irene hörte, wie Herman den Toilettensitz herunterklappte, und schlich ins Arbeitszimmer.

Irgendwo im Schreibtisch musste das Geld liegen. In den Schubladen suchte sie eine Schachtel oder einen Umschlag, groß genug für mehrere tausend Reichsmark in kleinen Scheinen. Doch sie fand nur Briefe von Architekten und Anwälten, Förderern und Behörden. Das beunruhigte sie nicht, im Gegenteil. Herman war sicher so klug gewesen, es Einbrechern nicht zu leicht zu machen.

Aber wo würde er das Geld verstecken?

Vielleicht im Bücherregal, hinter Knittels seltsamem Geschenk. Sie griff hinein, fand einen dicken Umschlag, zog ihn heraus und öffnete ihn. Sie wollte ihn schon weglegen, als ihr etwas auffiel. Sie musste sich verlesen haben.

Sie hatte sich nicht verlesen.

Während sie in den handgeschriebenen Seiten blätterte, schweifte ihr Blick immer wieder zum Flur. Dann tat sie etwas, das sie nie zuvor für nötig gehalten hatte: Sie verriegelte die Zimmertür.

Als Herman eine Viertelstunde später die Klinke drückte, kurz innehielt und schließlich immer lauter an die Tür klopfte, hatte sich etwas in Irene unumkehrbar verschoben. Sie fühlte keine Angst mehr, aber auch keine Hoffnung. Mit dem Rücken zur Wand saß sie auf dem Boden, vor ihr verstreut lag ein Manuskript namens *Die drei großen »A« – Amerika, Atlantropa, Asien.*

»Irene«, rief eine dumpfe Stimme bemüht arglos, »du bist doch da drin?«

Sie schloss die Augen. Nicht einmal jetzt war er ehrlich.

»Mach' bitte auf.«

Sie schüttelte den Kopf.

»Hörst du mich? Ich mach' mir Sorgen. Sag' doch was, damit ich weiß … Sag' bitte irgendwas.«

»Amerika. Atlantropa. Asien.«

Irene hörte ihn seufzen. Eine Zeitlang war es beiderseits der Tür still. Sie las weiter. Fand sie einen Satz, der sie wütend machte, legte sie das Blatt auf einen Stapel. Der Stapel wuchs rasch.

»Ich«, sagte die dumpfe Stimme, »hab' das für uns beide getan. Um uns zu schützen. Aber ich habe mich nicht verbogen. Nur der Ton ist etwas … modernisiert.«

Sie hob eine Seite hoch und las laut vor:

»*Es ist durchaus kein pazifistisches Projekt, denn es erfordert Kampfes- und Opfermut für ein hohes, überragendes Menschheitsideal.*«

»Siehst du«, rief Herman eifrig, »nur die Rhetorik habe ich ein wenig angepasst! Das ist alles!«

»*Eine Lebensraumerweiterung ganz großen Formats ist dringend notwendig, wenn ein Volk wie das deutsche sich entfalten und ein Erdteil wie Europa sich nicht in unvermeidlichen Explosionen schließlich selbst vernichten soll.*«

Sie sprach die Sätze aus, damit sie ihr wieder weh taten, doch jetzt war da nur Überdruss.

»Wieder das Gleiche! Ich nutze deren Vokabular. Aber bloß, um zu sagen, was wir immer gesagt haben. Das klingt vielleicht erst mal martialisch«, er lachte verlegen auf, »aber eigentlich schiebe ich denen, ohne dass sie es merken, unsere Ziele unter. Frieden, Wohlstand, Völkerverständigung. Verstehst du?«

»*Europa muss anbauen, sich zu einem autarken Großkontinent erweitern, Afrika von innen heraus erschließen und beherrschen.*«

»Ja gut«, rief Herman, »man kann sich streiten über das ›beherrschen‹! Aber bis es so weit ist, findet man bestimmt einen Weg, damit …«

Sie hörte nicht länger zu, wie er versuchte, verlogene Worte durch noch mehr verlogene Worte zu rechtfertigen. Tatsache war: Er hatte ihr gemeinsames Projekt beschmutzt. Hatte sie belogen und hintergangen. Sie ertrug es nicht länger, wie er sich herauszuwinden versuchte, dabei sie und sich selbst erniedrigte. Im Stapel suchte sie nach der Passage, die ihr am meisten Übelkeit bereitet hatte. War es die über Atlantropas *Weltherrschaft*? Herman würde sicher einen Weg finden, das schönzureden. Oder das Geraune über 300 *Geldgewaltige*, die die Nationen heimtückisch daran hinderten, miteinander in Frieden zu leben? Was unterschied das von Taeschners jüdischen *Finanzgewaltigen*, die Atlantropa in den Abgrund stürzen wollten? Dann fand Irene, was sie am meisten am Manuskript verabscheute, mehr noch als das Hitler-Zitat, das ihr als Erstes aufgefallen war. Herman sprach gerade von Anpassung, die zur Überwindung führen werde, als sie voller Abscheu rief:

»*Großdeutschland und das italienische Imperium sind die Gebärmutter Atlantropas!*«

Sie hörte ihn Luft holen für die nächste Erwiderung. Doch dann wurde es auf der anderen Seite der Tür still.

Nie hätte sie gedacht, dass Worte sie so verletzen konnten. Schon gar nicht solche über das Projekt, dem sie ihr Leben verschrieben hatte. Nur Herman konnte ihr so weh tun. *Großdeutschland. Italienisches Imperium*. Er hofierte Mächte, die Menschen wie Irene hassten, weil sie ihm helfen sollten, etwas Bleibendes zu erschaffen; sie konnten ihm etwas geben, das seine Frau nie vermocht hatte.

Gebärmutter.

Immer klarer sah sie das ganze Ausmaß von Hermans Verrat. Eine Broschüre für die Weltausstellung hatte er nie schreiben wollen. Stattdessen arbeitete er an diesem Machwerk, während sie nebenan überlegte, ob sie ihren Ehering verkaufen sollte, um noch ein bisschen Geld für New York zu sammeln. *Die drei großen »A«* erklärte Amerika nicht zum wichtigsten Verbündeten Atlantropas, sondern zum größten Konkurrenten. Wenn Herman so dachte, wollte er nach der Weltausstellung überhaupt drüben bleiben? Wollte er wirklich einen Neuanfang mit ihr?

Irene schloss die Augen und stellte sich vor, wie es sein mochte, für immer so zu verharren, klarsichtig und fühllos. Vielleicht wäre es gut, endlich nichts mehr zu empfinden. Dann aber stemmte sich etwas in ihr dagegen; etwas, das selbst jahrelange Angst nicht hatte zersetzen können. Mit einem Ruck setzte sie sich auf, Blätter fielen von ihrem Schoß zu Boden. Sie richtete ihr Haar und knetete ihre Wangen. Noch war es vielleicht nicht zu spät. Dann stopfte sie das Manuskript in den Papierkorb, zerknüllte ein paar Seiten, fand die Streichhölzer. Als das Papier knisterte, trat sie einen Schritt zurück. Sie wartete, bis der ganze Stapel sich in der Hitze bog, dann ging sie zur Tür und schloss auf.

Herman sah sie schockiert an und zwängte sich an ihr vorbei. Ein paar Sekunden lang stand er unschlüssig vor dem Papierkorb, der Feuer zu fangen begann, dann lief er hinaus und holte die Gießkanne. Leise zischend erloschen die Flammen, beißender Rauch stieg auf, und auf dem Parkett bildete sich eine grauschwarze Pfütze. Mit Zeigefinger und Daumen versuchte Herman, ein paar Seiten zu retten, doch jede zerfiel unter seiner Berührung. Von seiner Handschrift war bald nichts mehr zu erkennen. Das Manuskript war zerstört.

Irene wappnete sich, doch Herman starrte nur lange in die Asche, bevor er, ohne aufzusehen, flüsterte:

»Ich hätte dir alles sagen sollen. Damit das hier nicht passiert.«

Sie wandte sich ab. Genug des Schönredens. Genug.

»Wir werden immer noch beobachtet. Von denen.« Herman nickte in Richtung des Wittelsbacher Palais. »Die wissen von der Weltausstellung. Warten nur darauf, dass wir was Verdächtiges tun. Das Buch sollte uns Luft verschaffen. Wer so was schreibt, der will schließlich nicht auswandern; der will hier noch was werden. Verstehst du?«

»Beobachtet?«, fragte sie mit verschränkten Armen. »Woher weißt du das?«

»Von John. Er hat Kontakte, glaub' mir.«

Irene hatte nicht vor, Herman noch irgendetwas zu glauben. Auch mochte sie Knittel nicht, weder seinen melodramatischen Schreibstil noch seinen stieren Blick. Aber sie traute ihm zu, sich einflussreiche Männer gewogen zu halten.

»Das Buch«, fragte sie zögerlich, »sollte also bloß ablenken?«

Herman nickte eifrig, sichtlich froh, dass sie noch mit ihm sprach. »Damit die Gestapo nicht Gerüchten glaubt, sondern etwas Handfestes hat, schwarz auf weiß.«

Während Herman die Pfütze aufwischte, versuchte Irene, sich darüber klar zu werden, was hier geschah. Gewiss war vorerst nur eines: Sie schwebten in Gefahr.

»Dann«, sagte sie mehr zu sich selbst, »müssen wir so schnell wie möglich raus. In einem Monat. Einer Woche.«

»Das ist nicht so einfach.«

»Ich warte nicht so lange, bis sie mich festnehmen.«

»Das meine ich nicht …«

»Ist nämlich nur eine Frage der Zeit.«

»Vielleicht sollten wir über Alternativen nachdenken.«

Sie war zu überrascht, um wütend zu sein. »Was *meinst* du?«

»Du«, sagte er zögerlich, »könntest zu deinen Eltern ziehen.«

»Wieso … Wo kommt das denn jetzt her? Ich habe es meiner Mutter schriftlich gegeben, dass ich niemals …« Sie hielt inne. Als sie weitersprach, klangen ihre Worte tonlos und kühl. »Du willst gar nicht nach Amerika. Das ist es.«

Er wiegte gequält den Kopf.

»Und du willst, dass ich in die Schweiz ziehe. Nicht wir. Ich.« Wer sich den Nazis anbiedern wollte, dachte sie, musste natürlich seine jüdische Gattin loswerden. Sie hätte es wissen müssen.

»Nein, nein, das ist es nicht. Das ist es nicht!«

»Aber was?«, schrie Irene. »Was ist es dann?« Sie gab ihm eine letzte Chance, ihr zu beweisen, dass sie irrte. Nichts wünschte sie sich mehr.

»Bis Juni haben wir genug Geld für die Überfahrt. Also … sofern die erste Auflage sich bis dahin verkauft. Aber dann hätten wir sogar mehr als genug! Jedenfalls war das Ganze teurer als anfangs gedacht. Ich musste dem Verlag die Kosten vorstrecken.« Er seufzte tief. »Das Buch ist schon gedruckt. Dreitausend Stück.«

Es dauerte drei Atemzüge, bis Irene verstand; bis sie sich nicht länger dagegen sträubte, das Ungeheuerliche zu akzeptieren. Herman hatte ihre Zukunft verwettet. Hatte alles, was sie hatten, in dieses Buch gesteckt und es ihr über Monate verheimlicht. Und er hatte darauf gesetzt, dass … – was? Sie es nicht bemerkte? Es im Nachhinein schon irgendwie guthieße? Sich womöglich gar freute über Verkaufserlöse eines Buchs, das …? Aber das zählte jetzt nicht. Es zählte nur eins: Ihr Gespartes war weg. Sie saß in der Falle.

Ohne ein weiteres Wort ging sie ins Schlafzimmer und nahm den großen Reisekoffer vom Schrank. Sie musste nicht lange überlegen, was sie packen sollte. Ungezählte Male hatte sie darüber nachgedacht. Herman folgte ihr und sah ihr schweigend zu, als fürchtete er, eine Zeremonie zu stören. Erst als sie versuchte, den Koffer zu schließen, sagte er:

»Bitte sprich mit mir.«

Dafür war es zu spät. Sie hatte so lange geschwiegen – und erst jetzt verstand sie ganz, warum.

Damals in Monaco, nach der ersten, nervösen Übergabe, hatte sie Herman alles erzählen wollen. (Vorher hätte er sich nur Sorgen gemacht oder versucht, ihr die Sache auszureden.) Aber als sie damals, erfüllt von frischem Stolz, in den großen Kartensaal gekommen war, hatte etwas sie verstummen lassen. Was es war, wusste sie selbst nicht. Darum tadelte sie sich für ihr Schweigen umso mehr. Welche Frau verheimlichte ihrem Mann, dem sie mehr als alles andere Ehrlichkeit geschworen hatte, etwas, das sie beide in Lebensgefahr bringen konnte? Darauf hatte sie sich keine Antwort geben können, die sie länger als ein paar Tage glaubte. Ihr Schweigen wurde zur neuen Normalität und sie sich selbst über die Jahre immer rätselhafter. Jetzt aber stand die Antwort Irene klar vor Augen. Diese Antwort war grässlich, aber auch wahr und lautete: Sie hatte geschwiegen, weil sie Herman nicht mehr vertraute.

Was sie damals hatte verstummen lassen, war sein Blick: Wie er Siegwarts skeptischen, ja besorgten Worten auswich. Wie er um Irenes Zustimmung zum riesigen neuen Afrika-Plan buhlte, als sei sie irgendein Architekt, Künstler oder Politiker. Im Museum war Herman umgeben gewesen von Menschen, die ihn liebten und achteten – und zugleich unendlich weit weg. Weiter denn je. Herman hatte durch sie hindurchgeschaut auf einen Ort, den er allein kannte und zu dem ihm niemand folgen konnte oder durfte. Ein Teil von ihm hatte sich damals von Siegwart gelöst. Von ihr. Von sich selbst. *Diesem* Herman hatte sie die Wahrheit verschwiegen. Immer wieder hatte sie sich gesagt, sie müsse sich getäuscht haben, weil es so einen Herman nicht geben konnte. Jetzt aber begriff sie, dass ihr Gefühl sie nicht getrogen hatte: Dieser Herman existierte. Er stand vor ihr.

Der Koffer war einfach zu voll. Aber ihren Lieblingshut würde sie nicht zurücklassen. Offenbar hoffte ein Teil von ihr immer noch, Herman würde etwas sagen, das alles wiedergutmachte. Denn Enttäuschung erfasste sie wie eine kalte Böe, als er jammerte:

»Wer konnte schon mit so was wie heute Nacht rechnen?«

Sie nahm zwei Röcke aus dem Koffer und knetete ein Paar langer Strümpfe zu einer Wurst, die eine Lücke füllte. Es passte trotzdem nicht.

»Wo willst du denn hin?« Herman stand immer noch in der Tür. Sie sah nicht hin. »Nach Zürich?«

Wenn sie die lange Unterhose anzog, sparte sie Platz. Außerdem durfte sie auf keinen Fall krank werden.

»Sag' doch was, Irene. Bitte.«

Ja, sie würde gesund bleiben. Und sie würde es schaffen. Ohne ihn.

»Also gehst du doch zu deinen Eltern?«

Endlich. Der Koffer ging zu. Irene hob ihn an.

»Überleg's dir doch nochmal. Bis morgen?«

Eigentlich sollte sie nicht schwer heben. Sie ging zur Wohnungstür.

»Kann das nicht noch ein bisschen warten? Bitte.«

Wie hilflos er klang. Und wie blind gegenüber dem, was er ihr angetan hatte. Ihnen beiden angetan hatte.

»Sag' mir, was kann ich tun, damit du bleibst?«

»Nichts«, sagte sie, die Klinke schon in der Hand. »Ich muss jetzt an mich denken. An dich denkst du ja schon selbst.«

Sie sah ihn noch einmal an. Er glich einem kleinen Jungen, der ungläubig zusah, wie sein Türmchen, dem er immer mehr Hölzer entzogen hatte, zusammenstürzte. Wie erbärmlich. Die Sache war nur: Sie liebte diesen erbärmlichen kleinen Jungen noch. Er verdiente die Wahrheit.

»Herman, ich war beim Arzt. Ich habe keine Magenschmerzen. Ich … Doktor Bernstein hat mir anfangs wenig Hoffnungen gemacht. Wegen meines Alters. Und er war ja derjenige, der damals … Aber jetzt sieht alles gut aus.« Sie zögerte. »Ich bin in der zehnten Woche.«

Herman öffnete den Mund, doch kein Laut fand heraus. Sein Blick schwankte zwischen Angst, Freude und etwas, das Irrsinn erstaunlich nahe kam.

»Warum«, sagte er mit Vorwurf in der Stimme, »hast du mir das nicht erzählt?«

Sie musste sich ihm nicht erklären. Jetzt nicht mehr. Irene drückte die Klinke hinab.

Er fasste ihre Hand und streichelte sie wie ein Kind.

»Bitte bleib. Ich tue alles, was du willst.«

Sie schüttelte den Kopf. »Ich werde mein Kind nicht in diesem Land zur Welt bringen.«

»Das musst du nicht. Wir finden einen Weg.«

Sie schüttelte seine Hand ab.

»Bitte, gib mir ein paar Tage Zeit. Irgendetwas kann ich noch verkaufen. Ich frage ... Siegwart.«

»Wann hast du ihn zuletzt gesprochen? Vor einem Jahr?«

»Er wird es verstehen.«

»Nein.«

»Ich lasse mir was einfallen.«

»Herman: nein.«

Eine Zeitlang schien er zu überlegen, was er ihr noch versprechen konnte. Dann schluckte er und sank langsam auf die Knie. Er presste seine Stirn auf ihren Handrücken und murmelte etwas, das sie nicht verstand oder verstehen wollte.

»Bitte, lass mich mit dir mitgehen. Nach Amerika.«

Irene öffnete die Tür. Kalte Luft legte sich um ihre Füße. Sie würde ihm die einzige Frage stellen, die jetzt noch zählte. Denn sie sehnte sich nach einer ehrlichen, klaren Antwort – auch wenn sie kaum noch zu hoffen wagte, dass Herman sie ihr geben konnte.

»Warum?«

Das schien ihn zu überraschen. Ja, warum? Herman sah sich um, als läge die Antwort auf dem Schreibtisch, dem Fußboden oder in der rauchigen Luft. Kurz setzte er zu sprechen an, schloss den Mund aber wieder und schaute danach lange aus dem Fenster. Dann griff er wieder nach ihrer Hand, schaute ihr ins Gesicht und sagte leise:

»Ich will ein Vater sein.«

25

In einem andern Land, in einem Garten,
mit seltnen Blumen und mit alten Bäumen
liegst du im Grabe und bist sehr allein,
ich meine immer, du wirst auf mich warten,
und einer, der dich liebt, sollt bei dir sein.

Ach, Vater, warum hast du mich verlassen,
auch ich bin hier allein – ich bin dein Kind,
ich wollte doch noch deine Hände fassen,
ich wollte vor dir meine Knie biegen
und meine Wange sanft an deine schmiegen,
wie andre Kinder, die verlaufen sind.

Irene Sörgel: *Meinem Vater (gest. im Mai 1939 in Luzern)* (Auszug)

26

Am 4. Juni 1939 hat Inspektor Weber von der Fahndungspolizei mit einem Assistenten eine gründliche Haussuchung und Vernehmung bei mir Glückstraße 7/IV in München vorgenommen.

Herman Sörgel: *handschriftliche Notiz* (undatiert)

München, 4.6.1939
Der letzte Brief, den er in Deutschland schreiben würde, ging Herman einfach nicht von der Hand. Ihm kam es vor, als solle er darin Rechenschaft ablegen über die vergangenen zwölf Jahre. Das war natürlich Unsinn, sagte er sich, schließlich hatte er mit Siegwart schon Dutzende Briefe ausgetauscht, doch diesmal ging es nicht um Baupläne und statistische Berechnungen. Diesmal war alles anders.

Herman nahm das jüngste Schreiben aus Luzern in die Hand. Die große, schöne und schwungvolle Schrift, die er zu schätzen gelernt hatte, formte Sätze voller Bitterkeit. Obwohl er sie nahezu auswendig kannte, konnte Herman es kaum fassen, dass sie von seinem alten Förderer stammten. Warum verstand Siegwart ihn so falsch? Er musste ihm bald antworten. Schon in zwei Tagen würden Irene und er Europa verlassen. Drüben würden sie, wenn die Einwanderungsbehörden mitspielten, zu dritt ein neues Leben beginnen. Der Brief, den Herman zu schreiben hatte, war deshalb mehr als eine Entgegnung auf ungerechte Vorwürfe. Er war ein Abschied von Siegwart. Und von Atlantropa.

Leise schob Herman den Stuhl zurück, stand auf und ging aus dem Arbeitszimmer. An der Schlafzimmertür blieb er stehen und horchte. Vorsichtig drückte er die Klinke und streckte den Kopf ins abgedunkelte Zimmer. Erst als er die Tür wieder schließen wollte, hörte er einen schwachen Laut.

»Brauchst du was, Liebste?«, flüsterte Herman. Er wartete fast eine Minute.

»Suppe?« Irenes Stimme schaffte es nur mit Mühe ans Wortende.

»Mache ich dir. Versuch' zu schlafen.«

Er schloss die Tür, ging in die Küche und erhitzte die Gemüsesuppe, die seit dem Vortag auf dem Herd stand. Unwahrscheinlich, dass Irene sie aß. Aber Herman war froh, irgendetwas tun zu können, das seiner Frau womöglich half. Seit Monaten fühlte er sich ihr nur, indem er ihr etwas kochte, ein Schlafmittel reichte oder die Bettwäsche wechselte, ein wenig nah. Und auch das ließ Irene nur zu, vermutete Herman, weil sie sich seit Monaten kaum aus dem Zimmer wagte. Der junge Doktor Bernstein – Doktor Bernstein senior, sein Vater, war vor Kurzem gestorben – hatte zwar versucht, ihnen die Sorgen wegen der Blutungen zu nehmen. Wahrscheinlich sei alles in Ordnung. Aber wenn dieses *wahrscheinlich* beruhigend hatte klingen sollen, hatte es sein Ziel verfehlt.

Natürlich hatte der Tod von Irenes Vater alles nur noch schlimmer gemacht. Herman fand es bemerkenswert, wie lange es August Villanyi gelungen war, seine Krankheit vor der Familie zu verbergen. Es musste den alten Mann große Anstrengung gekostet haben, die Schmerzen über Jahre zu unterdrücken, und an Speiseröhrenkrebs zu sterben war angeblich besonders grässlich. Noch jetzt, drei Wochen später, schien Irene nicht allein die Tatsache zu verstören, dass ihr Vater nicht mehr da war. Sondern auch, dass er sie von seinem Kampf bis zuletzt ausgeschlossen hatte.

In dieser Lage war ein Waffenstillstand das Beste, das Herman von Irene erwarten konnte. Einen Friedensvertrag aber verweigerte sie ihm, so schwach sie auch war. Manchmal ertappte er sich bei der Frage, ob sie ihr Leid dazu nutzte, um ihn zu strafen. Natürlich verwarf er den Gedanken jedes Mal rasch. Und doch war ihm, als hinge der Geruch verbrannten Papiers auch sieben Monate später noch in den Wänden.

Ohne Licht zu machen, stellte er den Teller Suppe auf Irenes Nachttisch. Dann zog er vorsichtig die Tür zu. Anstatt sich wieder an den Schreibtisch zu setzen, suchte er nach Dingen, die er verpacken, verschenken oder in den Müll werfen konnte. Doch längst hatte er alle Vorbereitungen getroffen. Die Wohnung war – bis auf ein paar Möbel, Töpfe, Teller und Bücher – leergeräumt. Sie mussten nur noch Koffer, Ausreise- und Einreise-Papiere und Pässe nehmen und zum Bahnhof fahren. Herman hatte sogar ein Medikament aufgetan, das Irenes Übelkeit angeblich so lange in Schach halten konnte, bis sie auf dem Schiff waren. Aber die Apotheke lieferte es erst morgen. Widerstrebend erkannte Herman, dass ihn nichts mehr davon abhielt, auf Siegwarts Brief zu antworten.

Aber wie? Vielleicht sollte er auf die Vorhaltungen direkt eingehen, ohne Höflichkeiten. Er nahm den Bleistift und schrieb:

Sosehr ich Ihre ausdauernde Mitarbeit auch schätze, so bleibt Atlantropa doch mein Projekt. Daher kann ich es nicht »verraten«. Dass Sie mir gegenüber so etwas, nur unzureichend verhüllt, behaupten, ist

Herman hielt inne. Dann radierte er die Zeilen aus und begann von Neuem.

Mein lieber Herr Siegwart, hoffentlich finden diese Zeilen Sie bei bester Gesundheit. In Ihrem Alter ist ja jeder Tag

Er strich den letzten Halbsatz.

Bitte sehen Sie es mir nach, dass ich erst jetzt dazu komme, Ihnen zu antworten. Sicher können Sie es nachvollziehen, dass die Arbeit am Projekt auch jetzt meine ganze Aufmerksamkeit erfordert. Nichtsdestotrotz möchte ich gern ausführlich auf Ihre Anmerkungen antworten. Als langjähriger Unterstützer verdienen Sie darauf eine offene und ehrliche Entgegnung. Und ich sage Ihnen ganz ehrlich und offen, dass

Herman seufzte. Es ging kein Weg daran vorbei.

Ihre Kritik mich empört. Nach allem, was wir gemeinsam erlebt und erkämpft haben, hätte ich es mir nicht vorstellen können, dass Sie so über mich und Atlantropa denken. Bitte erwarten Sie von mir nicht, dass ich Ihnen en detail begründe, warum ich die technische Planung keineswegs »zugunsten der bloßen Öffentlichkeitswerbung vernachlässigt« habe. Sie wissen besser als nahezu jeder andere, wie ausgereift diese technischen Planungen sind. Schließlich haben Sie einen großen Teil davon selbst angefertigt. Nur fehlen dem Projekt derzeit die Mittel, um ausgiebige Forschungen vor Ort zu finanzieren. Und niemand zeigt sich heutzutage noch bereit, ehrenamtlich für die große Idee zu arbeiten. Dafür verantwortlich zu machen bin aber doch nicht ich, sondern die Zeit, in der wir leben. Muss ich noch deutlicher werden?

Auch sehe ich nicht ein, wie John Knittels neuer Roman dem Projekt »einen unseriösen Charakter« verleiht. Amadeus *– so der endgültige Titel – schildert die Entstehung Atlantropas nicht als Abfolge billiger Intrigen, wie es andere Bücher in der Tat getan haben. Der Roman ist keine »bloße Abenteuergeschichte* *für Kinder und einfältige Erwachsene«, sondern kluge Propaganda für das Projekt. Im Gegensatz zu Ihnen habe ich ihn vorab gelesen und kann Sie versichern, dass Knittel darin die hehren Ideale Atlantropas in vorzüglicher Weise darstellt. Personifiziert sind sie in der Figur des selbstlosen Ingenieurs Amadeus Müller, der mit Gleichgesinnten in einem Alpental einen Damm und ein Wasserkraftwerk errichtet und dabei eine neue Gemeinschaft von Gleichgesinnten schafft: die der Atlantropäer. Stellt Knittel dabei Effekt über Inhalt? Ich bin sicher, das tut er nicht. Im Gegenteil zeigt er, wie mühsam der Weg zur Erfüllung des Plans ist. Gern nehme ich in Kauf, dass Knittels Geschichte nach meinem Tod einsetzt: Müller findet meine Unterlagen und verwahrt sie in einer Halle neben der Baustelle. So werden sie zur Keimzelle der neuen Gemeinschaft. Denn eine Idee ist größer als ihr Schöpfer.*

Herman lehnte sich zurück. Wie sollte er das Folgende formulieren, ohne dass jene, die bestimmt mitlasen, es als Beleidigung verstanden?

Zuletzt will ich Ihnen auch klar und deutlich antworten auf das, was ich als Ihre schwerwiegendste Vorhaltung betrachten muss. Lassen Sie mich eines klarstellen: Atlantropa war und bleibt eine Idee, die höher und stärker ist als der Hass und Neid in der europäischen Völkerfamilie. Eine Idee, die mit Hilfe der Technik eine breite Grundlage zu einem neuen Leben der Völker schaffen kann. Durch sie könnte man nicht allein ungeheuren Ländergewinn erzielen. Vor allem lässt sich mit ihrer Hilfe die Gefahr des Krieges und des Unterganges unserer Kultur abwenden. Oder richtiger gesagt: Mit Atlantropa wird ein ganz neuer Kulturkreis eingeleitet. Es ist eine Friedensarbeit, so groß, dass kein Krieg Energien finden wird. So gewaltig und einleuchtend, dass sie durch die Mittel der modernen und zukünftigen Technik die Völker naturnotwendig und zwangsläufig verbinden wird!

Herman setzte den Stift ab. Deutlicher wollte und durfte er sich nicht von seinem Buch distanzieren. Schlimm genug, dass Siegwart ihn nötigte, ihm zu versichern, er halte es nicht mit den Nazis. Herman begriff ja, dass das Buch, oberflächlich gelesen, den Eindruck wecken mochte – aber wusste Siegwart nicht mehr, wie der *Völkische Beobachter* das Projekt als pazifistisch und internationalistisch verrissen hatte? Welchen Schaden die Filmbonzen mit ihrem »Kulturfilm« angerichtet hatten? Vor allem aber: Kannte der kluge alte Mann ihn wirklich so wenig? Der Ignoranz der Massen hatte Herman standhalten können, solange er Mitstreiter um sich wusste. Aber seit Jahren schrumpfte seine Welt, und nun zogen sich auch die letzten Verbündeten zurück. Selbst in der eigenen Wohnung kam er sich unerwünscht vor. Nie zuvor, seit er sich dem Plan verschrieben hatte, hatte er sich so allein gefühlt. Was war bloß schiefgelaufen? So sehr er sich auch bemühte, fand er kein Datum, von dem an die Dinge aus dem Ruder gelaufen wären; keinen Versuch, den er nicht gewagt hätte. War es möglich, dass er etwas übersah, das Siegwart und Irene klar vor Augen stand? Etwas in ihm?

Es klopfte an der Wohnungstür. Seltsam. Der Briefträger konnte es nicht sein, denn es war Sonntag. Herman schlich in den Flur und rührte sich nicht. Dann keuchte draußen eine vertraute Stimme:

»Ich bin's, Webi. Bist du da?«

Das durfte nicht wahr sein. Er blickte sich um. Fast wünschte er sich, der Inspektor wäre ein paar Wochen früher gekommen. So eine leere Wohnung wirkte verdächtig. Warum war Weber hier?

»Mach' bitte auf, ja? Schnell.«

Etwas passte da nicht zusammen. Der Inspektor klang außer Atem, als sei er die Treppen bis unters Dach hinaufgeeilt. Warum forderte er dann nicht Zutritt im Namen der Gestapo, sondern bat höflich um Einlass? Außerdem war er allein, sonst würde er nicht seinen Spitznamen nennen. Vielleicht kam er ja als Privatmann. Unwahrscheinlich, aber möglich.

Herman straffte sich, setzte ein gleichmütiges Gesicht auf und öffnete.

»Ah, Herman. Gut.«

Der Inspektor wirkte gehetzt. Offenbar glaubte er, man merke ihm das nicht an, denn er lächelte nervös und fragte: »Und, geht es gut so weit?« Ohne auf Antwort zu warten, trat er ein und schloss vorsichtig die Tür. Dann flüsterte er:

»Ist deine Frau zu Hause?«

Herman starrte ihn an. Sie waren hier, um sie zu holen. Alles war aus.

Wieder schien der Inspektor die eigene Frage vergessen zu haben, denn als sein Gegenüber schwieg, sagte er hastig:

»Gleich wird ein Mann hier hereinkommen. Er ist unten im Auto, erledigt noch Papierkram. Also, pass genau auf: Dieser Mann wird sehr freundlich sein. Er wird dir Fragen stellen. Antworte immer die Wahrheit. Bitte denke daran. Immer die Wahrheit. Wenn nicht, dann …« Er horchte nach Schritten im Treppenhaus. »Und das Wichtigste: Sag' zu allem, was er möchte, ja. Verstehst du? Immer Ja sagen.«

Nie zuvor hatte er den Schulfreund ängstlich gesehen. Dass jemand den gemütlichen Weber derart einschüchtern konnte, war erschreckend. Und dieser Jemand war auf dem Weg hierher.

»Und deine Frau …« Webers Gesichtsausdruck kippte von nervös zu panisch. »Sie ist nicht zu Hause, oder? Sag', sie sei verreist. Ja, das ist das Beste. Verreist. Für ein paar Tage. In die Berge. Die genaue Adresse kennst du nicht. Ja, so geht's. Dann gibt's vielleicht eine Chance. Hast du verstanden?«

Gerade als Herman fragen wollte, was das sollte, klopfte es wieder an der Tür. Webers Blick wurde ausdruckslos, als hätte das Geräusch ihn hypnotisiert, und er öffnete die Tür.

Vor Herman stand ein Mann in schwarzer Uniform. Er überragte ihn um einen halben Kopf, und die ebenfalls schwarze, hohe Schirmmütze mit dem Totenkopfabzeichen ließ ihn noch größer wirken. Auf Höhe des Nabels spannte zwar die Uniformjacke ein wenig, aber trotz der vielen Stufen, die hinter ihm lagen, ging sein Atem ruhig. Er nahm die Mütze ab, lächelte übers blasse, nahezu jungenhafte Gesicht und rief: »Endlich!« Noch immer lächelnd, breitete er die Arme aus, bis seine Silhouette den Türrahmen füllte. »Dass wir wieder aufeinandertreffen, wenn auch unter diesen Umständen … Darf ich?« Bevor Herman antworten konnte, trat der Mann ein. Harte Stiefelabsätze klapperten auf Holzdielen.

Zu seiner Verblüffung sah Herman sich einem SS-Offizier gegenüber, der ehrlich erfreut schien, ihn zu treffen.

»So also wohnt der Schöpfer Atlantropas! Etwas … bescheidener, als ich erwartet hätte. Leerer.« Der Besucher sah Herman kurz prüfend an. »Aber Sie sind nun mal ein Mann des Geistes. Ein Mann mit Idealen! Das habe ich damals schon gespürt. Apropos: Ist Ihre Frau Gemahlin da? Sie würde ich auch sehr gern wiedersehen.« Wieder lächelte er, aber diesmal lag darin etwas, das Herman nicht zu deuten wusste.

Der Besucher ging, die Arme auf dem Rücken verschränkt, im Flur auf und ab und betrachtete die kahlen Wände wie ein Museumsbesucher. Vor der Schlafzimmertür machte er auf dem Absatz kehrt und ging zurück zum Eingang.

»Sie müssen wissen, Herr Inspektor«, sagte der Besucher fröhlich, »die Sörgels und ich, wir kennen uns von früher.«

Was sollte das nun wieder heißen? Eilig forschte Herman im Gesicht des Gegenübers nach etwas Vertrautem. Aber fast alles darin – die fleischige Nase, der schmale Mund, die leicht abstehenden Ohren – wirkte austauschbar. Nur die Augen hatten etwas Feminines, Weiches an sich. Hatte er sie schon mal gesehen?

»Also?« Der SS-Offizier sah ihn erwartungsvoll an.

Herman begriff immer weniger.

»Frau Sörgel!«, rief der Besucher. »Ich möchte Sie sprechen! Kein Grund, wütend zu werden!« Er lächelte über einen Scherz, den er allein verstand.

»Meine Frau ist …« Herman sah vom Besucher hinüber zu Weber und zurück, »… krank. Sehr krank. Eine schwere Grippe. Mit hohem Fieber. Sie schläft gerade. Sicher wollen Sie sich nicht anstecken. Das hätte ich Ihnen natürlich früher sagen sollen. Es tut mir sehr leid, dass Sie umsonst angereist sind. Aber wie wäre es, wenn Sie in einer Woche wiederkommen? Zur selben Uhrzeit?«

»Sie scheinen da etwas zu vergessen«, sagte der Besucher freundlich: »In einer Woche sind Sie schon auf halbem Wege nach Amerika.«

Herman vergaß zu atmen. Woher wusste der das? Ihren Visumsantrag hatte das Auswärtige Amt bewilligt; dessen Beamte trugen aber keine SS-Uniformen. War er von der Gestapo? Der Mann wirkte zu jung, um Webers Vorgesetzter zu sein. Trotzdem hatte er offenbar beste Beziehungen in Partei und Behörden und den Rang eines Sturmbannführers. Was wusste er sonst noch?

»Das stimmt natürlich«, sagte Herman. »Aber meine Frau bleibt hier. Sie kann ja in diesem Zustand unmöglich reisen. Und wenn ich recht verstehe, möchten Sie vor allem sie sprechen.« Er ignorierte Webers besorgten Blick und zwang sich, den Besucher direkt anzuschauen.

Der hob seinen großen Kopf und sah Herman lange prüfend an. Dann traf er offenbar eine Entscheidung, und das Lächeln kehrte auf die schmalen Lippen zurück.

»Herr Inspektor, lassen Sie sich doch bitte die Ausweise und Reisepässe der Sörgels zeigen. Hier geht alles nach Vorschrift.«

Herman zog die Pässe aus der Kommode im Flur. Erst als er sie Weber reichte, merkte er, dass es womöglich verdächtig wirkte, sie so griffbereit zu haben.

»Danke«, sagte der Offizier. »Die Angelegenheit ist sehr wichtig und betrifft Sie beide. Sie wird leider nicht warten können, bis Sie wieder im Reich sind. Aber Sie können natürlich auch für Ihre Frau sprechen. Wahrscheinlich macht es das sogar einfacher.«

Herman nickte matt. Wenn dieses seltsame Verhör unausweichlich war, dann stellte er sich ihm am besten sofort – und ohne Irene. In der achtunddreißigsten Woche konnten Wehen jederzeit einsetzen. Doktor Bernstein aber war der einzige Arzt, der von der Schwangerschaft wissen durfte, und er kehrte erst in einer Woche aus dem Urlaub zurück. Auf keinen Fall durfte das Kind in einem deutschen Krankenhaus zur Welt kommen. War es erst mal bürokratisch erfasst, konnten die Behörden auch seine Ausreise verbieten. Nein, ihr Ziel blieb seit Monaten dasselbe: Irene würde in die USA einreisen und dabei ihren Schwangerschaftsbauch verbergen (ihr Bauch ließ sich mit weiten Kleidern gut kaschieren, und weil sie ein Arbeitsvisum für die Weltausstellung vorweisen konnte, bliebe ihr eine medizinische Untersuchung erspart). Dann hätte sie hoffentlich noch eine Woche Zeit, bis sie in einer New Yorker Klinik entband. Das Kind bekäme automatisch die amerikanische Staatsbürgerschaft – und wäre gerettet. Für all das brauchten sie mehr Glück, als sie erhoffen durften, aber es blieb ihnen keine Wahl. Deshalb brauchte Irene jetzt vor allem eines: Ruhe.

»Wer ist denn da?«, rief eine brüchige Stimme aus dem Schlafzimmer.

Der Offizier hob die Brauen, und Weber senkte resigniert den Blick.

Ohne sich umzudrehen, rief Herman über seine Schulter:

»Schlaf weiter, Liebste! Du musst schnell wieder gesund werden!« Dann wies er den Männern den Weg ins Arbeitszimmer.

Doch der SS-Mann rührte sich nicht. »Sie scheint ja doch einigermaßen bei Kräften zu sein.«

»Das trügt. Im Fieber ruft sie manchmal verrückte Sachen.«

»Fieber?«

»Hohes Fieber«, sagte Herman, der in der Stimme des Besuchers so etwas wie Besorgnis wahrnahm. »Ich vermute, sie hat nicht nur die Grippe. Wahrscheinlich auch eine Gürtelrose. Sehr ansteckend. Hier entlang, bitte.«

Der Offizier zog ein Stofftaschentuch hervor und hielt es sich vors Gesicht.

»Es wird tatsächlich das Beste sein, wir lassen Ihre Frau sich ausruhen. Bitte richten Sie ihr meine Genesungswünsche aus.«

Die drei Männer gingen ins Arbeitszimmer. Herman wollte schon hinter ihnen die Tür schließen, als Irene heiser, aber deutlich rief:

»Sind Sie das, Herr Schwarz?«

Der Offizier stand mitten im Raum und fragte:

»Was hat sie gesagt?« Warum in aller Welt, fragte sich Herman, machte Irene auf sich aufmerksam? Hatte sie nicht gehört, wie er das Stichwort *gesund werden* rief? Und wer, um Himmels willen, war Schwarz? In diesem Moment stiegen in Herman vage Erinnerungen auf an zersplitterndes Glas und einen explodierenden Schmerz in der Schulter. Er drehte sich um. Natürlich, er war's. Zwar hatten die vergangenen acht Jahre Gesicht und Hüften fülliger werden lassen. Auch wirkte er durch die Uniform größer, als er ohnehin war. Doch beides tilgte nicht das Jugendliche seiner Erscheinung, die jungenhafte Mischung aus Tatendrang und Rücksichtslosigkeit. Schon damals, auf Erichs Einweihungsparty, hatte Irene es gespürt: Für diese Zeit war Carl Schwarz wie gemacht.

Aber warum rief sie nun nach ihm? Das ergab keinen Sinn. Andererseits hatte Irene ihn nach all der Zeit allein an der Stimme erkannt, durch eine geschlossene Tür hindurch. Erstaunlich. Sie mochte körperlich schwach sein, war aber geistig da. Wusste sie also, was sie tat? Wenn es etwas gab, das er Irene jetzt mehr denn je schuldete, dachte Herman, dann war es sein volles Vertrauen.

»Sie haben Recht«, sagte er zu Schwarz. »Es ist besser, meine Frau ist bei dem Gespräch dabei. Kommen Sie?«

Herman legte ihm die Hand auf den Oberarm und lenkte ihn sachte zurück in den Flur. Keinen anderen SS-Offizier hätte er zu berühren gewagt, dieser aber kam ihm plötzlich seltsam vertraut vor. Oder vielmehr: berechenbar.

Vor der Schlafzimmertür zog Schwarz wieder das Taschentuch vor die Nase und nuschelte:

»Ich möchte wirklich nicht stören.«

Herman winkte die Worte weg und legte die Hand auf die Klinke. Einen Augenblick lang zögerte er – und öffnete dann die Tür.

Von draußen fiel das Sommerlicht auf Irene, die sehr gerade im Bett saß. Ihr Gesicht war blass, beinahe grau, aber ihre Augen blickten wach, ja forsch. Die Bettdecke hatte sie bis über die Brust gezogen, und auf ihrem Schoß stand auf vier dünnen Beinen ein Tablett. In den Händen hielt sie eine Zeitschrift. Ihr Bauch war nicht zu sehen. Sie war keine Kranke, sondern eine Königin auf ihrem Thron. Wie schaffte sie das bloß, dachte Herman, und wie lange hielt sie das aus?

»Guten Tag, Herr Schwarz.« Irenes Blick war ruhig, doch Herman hörte ihren Worten die Anstrengung an. »Treten Sie doch näher.«

Schwarz neigte den Kopf zum Gruß, blieb jedoch im Türrahmen stehen und sah sich im nahezu leeren Zimmer um. »Sie ziehen um?« Er wandte sich zu Weber und fragte halblaut: »Wissen wir davon?«

Der Inspektor zuckte die Schultern.

»Wir haben den Antrag noch nicht eingereicht«, antwortete Irene. »Aber wenn wir etwas finden, wollen wir schnell einziehen können. Das Geld ist knapp. Jeder Monat Miete zählt.«

»Verstehe.« Doch Schwarz interessierte sich sichtlich wenig für die Antwort. Er steckte das Tuch ein und sah sich im Zimmer um, als nähme er Witterung auf. Nach einer Weile rief er:

»Eine Gemeinheit! Eine richtige Gemeinheit! Nicht wahr, Herr Inspektor?«

Weber nickte erschrocken. Herman und Irene schwiegen.

»Ich meine«, sagte Schwarz, »da kämpfen Sie so lange für etwas, das die Welt verbessern würde. Haben einen richtig guten Plan. Geben alles. Investieren den letzten Pfennig. Und dann ist das«, er zeigte auf die leeren Wände, »alles, was Sie vorzuweisen haben. Was ist das für eine dumme, gemeine Welt, die einen großen Mann so behandelt?« Er lächelte Herman mitleidig an. »Damals habe ich Sie nicht sofort erkannt. Ich war noch jung, verstand nichts von den wichtigen Dingen. Aber Ihren Namen, den habe ich mir gemerkt. Habe dann alles über Atlantropa gelesen. Gut, später hatte ich natürlich keine Zeit mehr für so was.« Schwarz zupfte an seiner Uniformjacke und zog die Schultern zurück. »Und es wurde ja auch still um Sie. Dachte schon, Sie hätten sich davongemacht. Oder wären tot.« Wieder lächelte er. »Aber dann stieß ich auf Ihr Buch. Das *neue* Buch. Wie Sie da den wahren Kern der Idee ausgearbeitet, ihn freigelegt haben. Den Kern! Kann nur sagen: großartig! Und Ihre Pläne für Afrika, die haben mir gezeigt, wes Geistes Kind Sie in Wahrheit sind. Sie verstehen? Ich meine, da lässt ausgerechnet einer wie Sie«, Schwarz' Blick schweifte von Hermans Schuhen bis zum Scheitel, »die ollen Kolonialnostalgiker links liegen. Zeigt der Welt, welch große Ziele unsereins sich zu setzen wagt. *Sie* wollen nicht bloß Deutsch-Ost und Deutsch-Südwest zurück! Die Sandkisten braucht schließlich kein Mensch. Nein, *Sie* wollen den ganzen Kontinent. Wollen ihn von Grund auf neu einrichten. Großartig! Wir passen uns nicht an. Afrika passt sich uns an! Wir lassen das kleinliche Parteiengezänk hinter uns und gehen die Sache mit vereinten Kräften an, unter deutscher Führung. Und eines Tages weht die Hakenkreuzflagge überall zwischen der Ostsee und Kapstadt. *Das* ist mal ein Plan! Streng logisch und zugleich kühn! Ja, er ist so kühn, gerade *weil* er es wagt, eine Idee von Anfang bis Ende streng logisch durchzudeklinieren. Dass da sonst keiner auf die Idee gekommen ist, bei Ihnen anzuklopfen, um ...« Schwarz hielt inne und wandte sich an Irene. »Aber dass Sie das gutheißen, Frau Sörgel, das wundert mich schon. Hätte erwartet, Sie würden ihm die Hölle heiß machen dafür. So was können Sie ja gut!« Mit leiserer Stimme fragte er: »Apropos: Wie geht es den Mendelsohns? Habe gehört, sie leben jetzt in England. Oder Palästina? Ich würde gern Kontakt mit deren Tochter aufnehmen. Natürlich inoffiziell, Sie verstehen?«

Seufzend klappte Irene die Zeitschrift zu, als nähme sie widerwillig Abschied von der Hoffnung, dass der Besuch rasch wieder ging, und sagte kühl:

»Bedaure. War das alles?«

Plötzlich blickte der SS-Offizier sehr ernst. So ernst, dass Herman fürchtete, er würde Irene anschreien oder sich auf sie stürzen. Doch dann fasste Schwarz sich.

»Nein. Ich bin wegen etwas anderem hier.« Er wandte sich zu Herman. »Ihr Plan sollte endlich die Unterstützung bekommen, die er verdient.«

Eine Stille breitete sich im Zimmer aus, so groß und weit, dass Hermans Erinnerungen an zwölf Jahre voller Mühsal darin Platz fanden. All die Zeit hatte er nichts mehr ersehnt als Unterstützung. Er überlegte noch, wie er reagieren sollte, als er Irene sagen hörte:

»Nein, danke. Wir möchten Ihre Hilfe nicht.«

Irene schien gewachsen zu sein. Hoch aufgerichtet saß sie da, ein auf Sand gebauter Turm. Warum, fragte sich Herman, warum stieß sie Schwarz derart vor den Kopf? Nur zwei Tage mussten sie beide noch durchhalten! Und was tat Irene? Brüskierte den einzigen Menschen, der zwischen ihnen und der Freiheit stand. Dann wurde ihm alles klar: Irene misstraute ihm. Immer noch. Trotz allem.

Offenbar glaubte sie, bei der ersten sich bietenden Gelegenheit würde er mit Nazis anbandeln. Um das zu verhindern, riskierte sie ihre Gesundheit – und die des Kindes.

Mitten im Zimmer, zwischen ihnen beiden, stand Schwarz. Sein großer, kräftiger Körper wirkte gelassen, doch er kniff die Augen zusammen, als er Herman fragte:

»Wie gut kennen Sie Ihre Frau, Herr Sörgel?«

Herman erstarrte. So tief ihn Irenes Misstrauen auch traf, wusste er doch: Was immer der Kerl als Nächstes sagte, war gelogen.

»Also mich würde es ja stutzig machen, wenn meine Frau ein-, zweimal die Woche Päckchen und Pakete schnürt und mir nicht sagt, was drin ist. Aber gut: Wahrscheinlich hat sie das, nicht wahr? Hat Ihnen bestimmt erzählt, sie verkauft ihre letzten Antiquitäten, bevor es verboten ist. Richtig?«

Herman sah zu Irene. Doch die schaute zu Schwarz.

»Richtig.« Schwarz nickte. »Aber hat es Sie nicht gewundert, dass sie immer noch etwas zu verkaufen hat? Woher hat sie denn das Zeug? Bekommt sie Nachschub? Von wem? Aber nein. Nein, nein.« Er tat, als verärgere ihn die Frage. »Jemand wie Sie kontrolliert seine Frau nicht. Er vertraut ihr! Und deshalb haben Sie sich auch nicht darüber gewundert, dass die Geschäfte kein Geld einbrachten. Nein, stattdessen verkaufen Sie Ihr geliebtes Wochenendhäuschen in Uffing, Ihr letztes Hab und Gut, Ihren Schatz aus Junggesellenzeiten.« Schwarz sah anerkennend zu Weber, der den Kopf senkte. »Ich kann mir denken, dass Sie damit gern gewartet hätten, bei den Kaufpreisen heutzutage. Aber was tut man nicht alles für eine Frau, richtig? Im Idealfall versteht sie einen sogar. Aber das kommt praktisch nie vor, glauben Sie mir.«

Herman näherte sich der Einsicht, dass Schwarz verrückt war. Womöglich hatte der die Uniform geklaut und den gehorsamen Weber dazu gebracht, Dienstgeheimnisse auszuplaudern. Nichts war in diesen Zeiten unmöglich.

»Aber ich muss gestehen«, sagte Schwarz, »die Idee war gut. Und das Beste: Man versteckt sich dabei nicht, das macht bloß verdächtig. Man handelt auf offener Bühne. Wollen Sie wissen, wie sie es gemacht hat?« Er lächelte. Herman schwieg.

»Die Sache ist eigentlich ganz einfach: Händler in Frankreich und der Schweiz bestellten bei Ihrer Frau Uhren, Kerzenhalter, Schmuck und was weiß ich was noch. Zufällig hatte sie, was die anderen wünschten, immer auf Lager. Sie schickte ihnen also die Ware zu, und kurz darauf bekam sie einen Scheck. Ja, eine ganze Menge Schecks sogar! Aber das kann nicht sein, nicht wahr? Denn dann wüssten Sie ja was davon. Schließlich brauchen Sie dringend Geld, und Sie sind ja immer ehrlich zueinander. Aber …« Schwarz zog die Augenbrauen hoch, »… was wäre, wenn doch? Was, wenn die Käufer im Ausland gar nicht die wahren Kunden sind, sondern bloß Mittelsmänner? Wenn die wahren Kunden Juden sind, die unser schönes Land verlassen haben? Dann könnten die Juden auf diesem Weg im Reich verstecktes Hab und Gut über die Grenze bringen: Sie bestellen es einfach bei Ihrer Frau, und sie liefert es ihnen. Sicher verpackt, zu handelsüblichen Preisen und mit offiziellen Ausfuhrpapieren. Alles scheinbar legal. Nett von Ihrer Frau, nicht wahr? Die Sache hat nur einen Haken: Warum sollten die Juden für ihr Eigentum – ihr ehemaliges Eigentum – reguläre Marktpreise zahlen? Sie müssen draußen ja ihr Geld zusammenhalten. Die Fluchtsteuer war schließlich happig! Und wenn sie die Hehlerware danach weiterverkaufen wollen, dürfen sie Ihrer Frau vorher nicht zu viel gezahlt haben, sonst machen sie ja am Ende kaum Gewinn. Was tut man da, hm? Sie sind doch schlau, Herr Sörgel? Welche Lösung hat Ihre Frau sich ausgedacht?«

Schwarz genoss sichtlich seinen Auftritt, wie ein Schauspieler, der endlich seinen Monolog aufsagen darf. Nur ergab das Gerede keinen Sinn. An Irenes Kunsthandel war nichts illegal. Außerdem hatten ihre Geschäfte zuletzt kaum noch etwas eingebracht und waren längst zum Erliegen gekommen. Schwarz wollte ihm also bloß Angst machen. Aber warum lobte er erst Atlantropa, um ihm dann zu drohen?

»Ihre Frau«, sagte der SS-Offizier, »ist vielleicht gar keine richtige Jüdin. Juden sind schließlich extrem clever und wissen, wie man mit Geld umgeht. Ihre Frau hingegen …« Er rollte die Augen.

Irene wollte etwas erwidern. Aber als sie es versuchte, fiel ihr Kopf sachte gegen die Rückenlehne, und sie wäre beinahe umgekippt. Schwarz und Weber bemerkten es nicht.

»Sie ist gründlich, das muss man ihr lassen. Ihre Kunden haben die Ware immer bekommen. So weit war alles in Ordnung. Nur hatte sie ja jetzt diese Schecks. Was sollte sie damit tun? Damit alles korrekt aussah, musste sie die auch einlösen – für den Fall, dass das Finanzamt sie prüfte. Das hat sie auch getan, jedes Mal. Nur gab es da einen Haken: Das Geld stammte von ihr! Damit die Juden draußen sie bezahlen konnten, hat sie ihnen vorher das Geld geschickt! Über Kuriere hatte sie ihnen Geld zukommen lassen. Verstehen Sie? Ihre Frau hatte nicht genug – wie sagt man: Chuzpe? –, um sich an reiche Juden zu halten. Nein! Sie hat es geschafft, die einzigen armen Juden weit und breit ausfindig zu machen. Für die hat sie ihre kleinen Freundschaftsdienste geleistet. Aus Sentimentalität hat sie ihnen geholfen, ans Familiensilber zu kommen – und was war ihr Verdienst? Nichts! Im Gegenteil: Ein paar der feinen Juden haben ihr nie den versprochenen Scheck geschickt; haben sich einfach mit Geld und Ware davongemacht. Feine Leute, was? Auf die Dauer wurde das natürlich teuer. Und wer bezahlte am Ende dafür? Sie!« Schwarz zeigte, die Augen weit aufgerissen, auf Herman. »Ich war sicher, Sie steckten beide unter einer Decke. Wie sollte es einem Mann wie Ihnen schon entgehen, dass er langsam immer ärmer wurde? Immerhin sind Sie«, er schien nach einem passenden Wort zu suchen, »na, ja: *Sie*! Aber jetzt«, Schwarz ließ den Blick über die kahlen Wände, Irenes Thron und Hermans irritiertes Gesicht schweifen, »jetzt wird mir klar, wer bei Ihnen das Sagen hat. Vielleicht ist Ihre Frau doch ganz clever, wie?«

Herman fühlte seinen Puls pochen. Spürte, wie warmes, dickes Blut ihm in den Schädel schoss und jeden klaren Gedanken blockierte. Gedanken, Erinnerungen, Fragen, bislang zerstreut, stürzten aufeinander zu. Was hatte er sich wegen der paar tausend Mark fürs Atlantropa-Buch gescholten. Hatte sich vorgeworfen, wegen seiner Selbstsucht verpassten sie womöglich ihre letzte Chance, hier herauszukommen, und den Preis dafür lasse er Irene zahlen. Zur Sühne hatte er alles, was er noch hatte, verscherbelt und war sich dennoch maßlos, gierig und gemein vorgekommen. Und sie? Sie hatte die ganze Zeit über geschwiegen, ihn leiden lassen für etwas, wofür ihn keine Schuld traf. Sie hätten genug Geld gehabt, um nach den Pogromen auszureisen, wären längst in Amerika, wenn sie nicht ... Aber, dachte er, stimmte das überhaupt? Erzählte Schwarz die Wahrheit?

Herman sah zu Irene. Sie erwiderte seinen Blick einen entsetzlichen Augenaufschlag lang.

Schwarz schien zufrieden. Langsam ging er die paar Schritte zur Fensterbank, und als er sich seufzend dagegenlehnte, wurde es im Zimmer dunkler. Obwohl er Irene jetzt ganz nahe war, ignorierte er sie.

»Ich habe ein gutes Gedächtnis. Damals habe ich Ihnen gesagt, ich schulde Ihnen was. Wissen Sie noch?«

Herman war zu benommen, um zu reagieren.

»Na, egal. Jedenfalls bin ich hier, um meine Schuld zu begleichen.« Schwarz strich mit dem Zeigefinger über die schmutzige Fensterscheibe, und ein schmaler Streifen reinen Tageslichts schien herein. »Ich arbeite in der Reichsstelle für Raumordnung. Kennen Sie sicher. Sind direkt dem Führer unterstellt. Wir haben eine Menge kluge Leute. Stadtplaner, Architekten, Ingenieure. Aber manche haben die Zeichen der Zeit immer noch nicht verstanden. Die begreifen einfach nicht, worauf wir uns vorbereiten müssen, welche riesigen Herausforderungen vor uns liegen. Welche Lebensräume wir erschließen müssen für unser Volk! Meine Aufgabe ist es, das zu ändern. Ich bin sozusagen das Scharnier zwischen der Reichsstelle, den Reichsministerien und der Partei. Ich sorge dafür, dass die Herren Experten wissen, was ihre Aufgabe ist. Bitte entschuldigen Sie, dass ich mich so vage ausdrücken muss. Das wird sich hoffentlich bald ändern. Und hier kommen Sie ins Spiel.« Schwarz zerrieb den Fensterdreck zwischen Zeigefinger und Daumen und schnipste ihn fort. »Bei uns reden natürlich alle vom Lebensraum im Osten. Gut und schön. Aber dann? Was kommt dann?« Er stand auf und ging auf Herman zu. »Dann, Herr Sörgel, kommt Ihre große Zeit. Ich weiß, manche in der Partei wollen das Potenzial von Atlantropa nicht sehen. Die haben Angst, Ärger zu kriegen, weil der Führer immer vom Osten redet. Aber die Dinge ändern sich rasant, kann ich Ihnen sagen! Wir müssen jetzt vorbauen, noch kühner denken!« Schwarz fasste ihn an den Schultern. »Mein lieber Herr Sörgel, ich will Ihnen helfen, Ihren Traum zu erfüllen. Arbeiten Sie Ihren Plan aus, bis ins letzte Detail! Mit eigenem Budget, Planungssicherheit über Jahre und fähigen Mitarbeitern. Sie sind natürlich der Chef. Na?« Schwarz blickte erwartungsvoll auf ihn herab.

Herman kam sich plötzlich klein vor. Das machte den Moment noch unwirklicher, als er ohnehin war. Liebe war zu Verrat, Gefahr zu Hilfe geworden. Alles war auf den Kopf gestellt, verzerrt und falsch, grundfalsch. Er sehnte sich nach der Ruhe seines Schreibtischs, nach der Klarheit von Linien und Zahlen. Leise fragte er:

»Darf ich darüber nachdenken?«

»Nachdenken?« Schwarz' Hände ruhten schwer auf Hermans Schultern. »Reichen Ihnen zwei, drei Tage? Hm, wie wär's? Soll ich vielleicht warten, bis in Bremen ein gewisser Dampfer abgelegt hat?« Schwarz trat einen Schritt zurück, sein Blick wurde starr.

»Verdammt noch mal, Mann! Wissen Sie eigentlich, in was für einem Schlamassel Sie stecken? Verstehen Sie nicht, was für Sie auf dem Spiel steht? Ein Wort von mir, und Ihre Frau kommt nach Dachau. Das mag Ihnen jetzt nicht mehr ganz so wichtig sein – nach dem, was sie getan hat. Könnte ich sehr gut verstehen. Aber sie hat Sie da mit reingezogen. Niemand wird Ihnen glauben, wenn Sie behaupten, Sie hätten nichts gewusst. Nein, mein Lieber, dann gehen Sie mit ihr mit!«

Bei aller Empörung wirkte Schwarz, als genösse er den Moment. War das, dachte Herman, womöglich sein wahres Ziel? Tat er all das nur, weil er sich in der Villa einer jüdischen Familie blamiert hatte? Weil er orientierungslos am Boden gelegen hatte, das Gegenteil eines starken Mannes? Was sollte Herman bloß tun?

Irenes Gesicht war zur grauen, harten Maske geworden. Sogar Herman wusste nicht mehr, was sie verbarg, und das ließ ihn noch mehr verzweifeln. Da war niemand mehr, der ihm raten konnte. Niemand, dem er vertraute. Er war völlig allein.

Schwarz nickte Weber zu. Der Inspektor zögerte einen Moment, dann zog er ein Paar Handschellen hervor und trat auf Herman zu.

Irene keuchte laut, und die schützende Bettdecke sackte zusammen. Schwarz sah es nicht. Weber aber starrte hin. Schwarz folgte irritiert dessen Blick – aber da war der Bauch bereits wieder unter der Decke verschwunden.

Weber schluckte, dann forderte er Herman auf, die Hände auszustrecken.

Doch der rührte sich nicht.

»Bitte«, flehte der Inspektor. »Mach's mir doch nicht so schwer.«

Herman senkte den Kopf und presste die Lippen aufeinander. Nach einer Pause, die nur wenige Sekunden währte, ihm aber vorkam, als bilde sie die Essenz seines Lebens, brachte er vier Wörter hervor:

»Wann können wir anfangen?«

Weber hielt inne.

Dann hörte Herman das Klirren stählerner Handschellen, die in einer Manteltasche verschwanden. Spürte das Schweigen einer Ehefrau, die ihre Freiheit zu verlieren drohte, ihr Kind und ihr Leben. Die klopfende Hand eines SS-Offiziers auf seiner Schulter. Er blickte weiter zu Boden.

»So will ich Sie haben«, sagte Schwarz und setzte die Uniformmütze auf. »Morgen Abend fahren wir mit dem Nachtzug nach Berlin. Sie werden mein Prachtstück abgeben. Die werden Augen machen!«

Schwarz ging rasch zur Zimmertür, blieb dann aber abrupt stehen. »Ach so: Ich war nie hier, verstanden? Nur der Herr Inspektor und vielleicht ein Assistent. Und die Visa sind natürlich ungültig. Die amerikanischen Behörden wissen Bescheid. Sie brauchen es also gar nicht erst zu versuchen. Und Weber …«

Der Inspektor reichte Herman die Ausweise zurück. Auf Irenes Reisepass prangte ein gestempeltes rotes J, und handschriftlich eingefügt zwischen Vor- und Nachnamen stand das Wort *Sara*.

»Einen Rat noch«, sagte Schwarz. »Lassen Sie sich scheiden. Sonst könnte es doch noch eng für Sie werden.«

Herman nickte.

Kurz darauf drang aus dem Treppenhaus das Klappern von Stiefelabsätzen, das rasch leiser wurde. Im Zimmer wurde es still.

Durchs schmutzige Fenster drang Spätnachmittagslicht, und nur dort, wo Schwarz' Finger gewesen war, schien es hell hinein. Alles hatte sich ins Gegenteil verkehrt.

Herman rührte sich lange nicht. Dann hörte er ein Schluchzen. Irene begann zu weinen, wie er es nie zuvor erlebt hatte. Das Grau ihrer Wangen wurde rosa, dann rot mit kleinen weißen Flecken darin. Sie schluchzte, um Atem zu schöpfen, hielt sich den Bauch, der zu schmerzen schien, und weinte weiter.

Langsam ging Herman zum Bett. Irene sah ihn an, als sei er ein Fremder. Als er sich zu ihr hinunterbeugte, wich sie zurück, und er flüsterte:

»Wir müssen uns beeilen.«

27

Die Eisenstäbe: alles, was dahinter
Vergeht und säumt,
Ist Schrei und Stich und frostig fahler Winter
Und nur geträumt.

Er gleitet heim: und mußte längst verlernen,
Wie Heimat sprach.
Der Käfig stutzt und wittert sein Entfernen
Und hetzt ihm nach.

Gertrud Kolmar: *Trauerspiel* (Auszug) (1938)

München, 5.6.1939

Gelbliche Lichter glitten vorüber: Punkte, die in der Dunkelheit aufleuchteten, Fäden zogen und verloschen. Irene schloss die Augen und lehnte den müden Kopf gegen das Seitenfenster. Auf ihrer Netzhaut tanzten die Punkte weiter von links nach rechts, links nach rechts. Jede Straßenlaterne, die das Taxi hinter sich ließ, war ein Versprechen, dass sie es rechtzeitig schafften.

Draußen verwischte eine Stadt, die einmal ihr Zuhause gewesen war. Seither war ihre Welt so weit zusammengeschrumpft, bis sie allein – ihr Körper, ihre Ängste und Hoffnungen – übrig geblieben war. Drum herum lag Feindesland. Wie rätselhaft, dass ausgerechnet jetzt neues Leben in ihr wuchs. Sie hatte keine Welt erschaffen; sie war zu einer Welt geworden.

Irene atmete tief ein und aus. Bitte warte noch, dachte sie, nur ein bisschen. Bald ist alles gut. Aber bitte, bitte, warte noch. Um weniger an das Drücken und Ziehen tief in ihrem Bauch zu denken, öffnete sie die Augen und flüsterte:

»Wie spät?«

»Wird schon klappen.« Doch Herman sah sie besorgt an.

Zur Antwort nickte sie schwach: *Es ging schon irgendwie.*

Es musste gehen.

In den zehn Stunden, seit Schwarz die Wohnung verlassen hatte, hatte sie mehr getan als in den vergangenen zwei Monaten. Von Herman gestützt hatte sie sich in ein nahe gelegenes Gasthaus geschleppt. Der Münzfernsprecher hing im hinteren Bereich, so dass niemand hörte, wie sie sich mit Anschlüssen in der Schweiz verbinden ließ. Ihr Kontaktmann begriff zum Glück rasch, worum es ging, denn sie kannte ihn gut. Trotzdem war das Risiko, dass die hastig geplante Sache aufflog, groß. Was, wenn ihr Kontaktmann in Zürich den Zug verpasst hatte? Was, wenn sie beide zwar den Zug erreichten, der Kontaktmann sich aber, aus Angst vor Enttarnung, nicht zu erkennen gab? Und selbst wenn die Übergabe klappte: Sie wussten nicht, wie gut die Fälschung war. Wie sollten sie also reagieren, falls einem Kontrolleur etwas am Pass auffiel? Dann säßen sie in der Falle. Trotzdem mussten sie alles riskieren. Irenes Schmuggelei hatte ihr diese eine Gegenleistung verschafft; weitere Hilfe würden sie nicht bekommen. Es musste einfach klappen. Halbwegs sicher wären sie erst in Bern.

Das Taxi hielt abrupt. Das Ziehen in Irenes Bauch wurde stärker, ebbte aber rasch wieder ab. Sie stemmte sich ächzend aus dem Wagen und schlug den Pelzkragen ihres Mantels hoch. Die kühle Nachtluft half. Bald, dachte Irene, würde die Sonne aufgehen.

Herman wuchtete die beiden Koffer auf den Bordstein: der eine für Kleidung, der andere voller Atlantropa-Unterlagen. Der mit den Unterlagen war schwerer. Herman ergriff die Koffer und eilte schneller in die Bahnhofshalle, als Irene ihm folgen konnte. Dabei blieben ihnen noch zwanzig Minuten.

Eine kühle Böe wehte durch die Eingangstür. Dahinter wischte ein alter Mann im grauen Kittel den Boden, und zwanzig Meter weiter patrouillierten zwei Polizisten mit schwarzen Tschakos unter dem Stahlskelett des Hallendachs. Wie ruhig es zu dieser Stunde hier war. Vielleicht, dachte Irene, würde tatsächlich doch noch alles gut werden.

Als sie versuchte, Herman einzuholen, schoss ihr ein Schmerz ins Kreuz, dann wurden ihre Beine ausgeknipst. Mit einem Ächzen sackte sie zusammen, und sie wäre seitwärts auf den Boden gesunken, hätte Herman sie nicht gerade noch rechtzeitig aufgefangen. Er legte ihr hastig seine Jacke unter den Kopf, als jemand weit oben fragte:

»Können wir helfen?«

Es waren die beiden Streifenpolizisten. Der eine beugte sich besorgt über Irene. Der andere hielt nach etwas Ausschau.

»Sie ...« Herman atmete schwer. »Sie ist schwanger.«

»Dann«, sagte der Polizist laut, als wäre heller Tag, »bringen wir sie in die Krankenstation.«

»Das geht nicht«, keuchte Herman.

»Sind nur ein paar Meter.« Der laute Polizist wandte sich an seinen Kollegen. »Max, sag' denen Bescheid. Und wir brauchen eine Trage.«

Irene blickte auf. Über ihr schwebten zwei schwarze Helme.

»Was ist los?«, flüsterte sie.

»Ganz ruhig«, sagte der Polizist. »Dem Kleinen geht's gut, keine Sorge. Sie brauchen bloß etwas Ruhe. Kenne ich von meiner Frau. Erstes Kind?«

Sie versuchte zu nicken. Dann sah sie ein Paar weißer Wollsöckchen vor sich und schüttelte heftig den Kopf.

»Na, sehen Sie. Kein Grund, Angst zu haben.« Der Polizist wandte sich an Herman: »Fassen Sie mal mit an.«

»Irene. Willst du das wirklich? Zur Station? Oder ...?« Herman sah ihr direkt in die Augen.

Der Polizist half ihr, sich hinzulegen und die Beine anzuziehen. Sie atmete wieder regelmäßiger, ihr Gesicht wurde warm.

»Geht's schon besser?«, fragte der Polizist. »Müssen vorsichtig sein. Sonst könnte die Sache beim nächsten Mal ...«

Irene spürte, wie der kalte Steinfußboden ihre Wärme aufsog.

»Helfen Sie mir.« Sie hob den Arm.

»Sie sollten liegen bleiben.«

»Ich muss zum Zug.«

»Nehmen Sie einen anderen. Was Sie jetzt brauchen, ist ...«

»Ich muss zum Zug.«

»Kannst du aufstehen?«, fragte Herman.

Sie nickte.

»Sie sollte wirklich liegen bleiben«, sagte der Polizist.

Sein Kollege kam zurück: »Ist nur ein Sani da. Wir müssen sie hintragen.«

Doch Herman stellte sich hinter Irene und hob sie vorsichtig, seine Arme unter ihren Achseln, hoch. Sie versuchte, die Beine durchzustrecken.

Ein Blitz durchzuckte ihren Unterleib, nahm ihr die Luft.

»Jetzt hören Sie mal zu, verdammt! Wir bringen Ihre Frau zur Station, fertig, aus! Fass mit an, Max. Hier!«

Die Polizisten drängten Herman zur Seite. Einer nahm Irenes Schulter, der andere ihre Beine. Sie gingen los.

»Das geht nicht«, rief Herman.

»Und wie das geht!«

»Nein, Sie verstehen nicht. Sie darf nicht …« Einen Moment lang stand er ratlos da. Dann griff er die beiden Koffer und lief neben den Polizisten her, die Irene zwischen sich trugen.

»Also gut«, rief Herman. »Aber Sie müssen wissen …« Doch er sagte nichts mehr.

Die Krankenstation des Bahnhofs war eine kleine, geflieste Zelle, in die grelles Deckenlicht floss. Aber es war warm. Eine ältere Frau im weißen Kittel, die grauen Haare hochgebunden, tippte routiniert auf einen Tisch:

»Hierhin.«

Die Polizisten hievten Irene auf den Tisch. Das Baby drückte ihr auf Herz und Lunge. Doch sie schaffte es, sich auf die Seite zu legen, und bekam wieder Luft.

Die Sanitäterin leuchtete ihr ins Auge, erst links, dann rechts, öffnete Irenes Mantel und nickte. Als sie einen Gummihandschuh überzog, hielt sie inne, zeigte auf den Behandlungstisch und fragte Herman:

»Name?«

»Sörgel. Irene. Ich bin ihr Mann, Herman Sör…«

»Ausweis?«

Herman gab ihr ein grünliches Papier. »Können Sie sich bitte beeilen. Wir müssen …«

»Nicht den«, unterbrach sie. »Den von Ihrer Frau.«

Er zögerte. Dann griff er in die Innentasche und reichte Irenes Reisepass herüber. Die Sanitäterin betrachtete ihn länger, als nötig schien.

So benommen Irene war, spürte sie doch die Anspannung im Raum. Irgendwo knisterte ein Holzofen. Ihre Beine wurden warm.

Ohne aufzusehen, sagte die Frau:
»Jüdin.«
»Verdammt noch mal!«, rief der Polizist.
»Der Stempel ist ein Fehler.« Herman versuchte vergeblich, ruhig zu klingen. »Der dürfte da eigentlich gar nicht sein. Sie ist meine Frau. Ein privilegierter Mischling. Die brauchen keinen Stempel. Das ist ein … Behördenfehler.«
Als langweilten sie die Ausführungen, fragte die Sanitäterin ungeduldig:
»Jüdin oder nicht?«
Herman hielt Irenes Hand. »Meine Frau braucht Hilfe.«
Die Sanitäterin seufzte und schien sich dabei Zeit zu lassen. »Sie glauben wohl, Leute wie Sie kämen mit allem durch.«
»Sie ist in der achtunddreißigsten Woche. Sie müssen …«
Die Sanitäterin blickte über Hermans Schulter hinweg auf die Polizisten. »Schaffen Sie sie raus.«
»Was?«
»Raus.«
»Das können Sie doch nicht machen! Ich beschwere mich über Sie.«
Die Sanitäterin hielt den Pass in die Höhe. »Ach ja?«
Er zitterte vor Wut.
»Herman«, flüsterte Irene, »es geht schon etwas besser.«
Tatsächlich hatten Wärme und Liegen sie so weit gestärkt, dass sie sich langsam aufrichten konnte. Die Schmerzen hatten nachgelassen. Noch war ihr schwindlig, aber die Welt hatte wieder klare, unterscheidbare Formen.
»Schaffen wir's noch?«, fragte sie keuchend.
»Hältst du es denn so lange aus?«
Irene zuckte die Schultern.
Mit einer Hand stützte Herman ihren Rücken. Die andere hielt er der Sanitäterin hin:
»Her mit dem Pass.« Sein Zischen erfüllte den kleinen Raum.
Diesmal trugen die Polizisten Irene nicht. Sie schubsten und schoben sie vor sich her wie eine Betrunkene, bis sie am zugigen Ausgang zur Bahnhofshalle angekommen waren.
»Verlogenes Pack!« Der Polizist wischte sich die Hände an der Uniformjacke. »Markiert hier einen Anfall … Habt Ihr keinen

Anstand? Könnt froh sein, dass ich Euch nicht aufs Revier nehme. Aber wenn ich euch nochmal hier sehe, nehme ich euch fest!«

Der Polizist marschierte wütend davon. Sein Kollege, der bislang geschwiegen hatte, flüsterte ihnen zu:

»Mit dem Taxi seid's in zehn Minuten beim Israelitischen Kranken- und Schwesternheim. Ist bestimmt voll da. Aber sonst gibt's für euch nix.«

Dann lief er zurück in die Halle.

Herman fluchte leise und legte Irene seine Jacke über die Schultern.

»Liebste, wollen wir's trotzdem versuchen? Der Zug fährt ein.«

Das Pochen und Ziehen im Unterleib war immer noch da. Aber eine Wehe war das wohl nicht. Oder doch? Sie wusste ja gar nicht, wie eine Wehe sich anfühlte.

Irene atmete die kalte Nachtluft tief ein und nickte.

Herman nahm ihren Arm auf dem Weg zum Gleis. Bis zur Absperrung, an der ein Kontrolleur die Fahrkarten einsah, waren es höchstens noch dreißig Meter, als ihm etwas einfiel:

»Die Koffer!«

Ihre letzte Habe. Atlantropa. Vorn am Zug dampfte die Lokomotive. Die wenigen Passagiere hatten die Kontrolle passiert.

»Ich hol' sie«, sagte Herman.

»Bist du sicher?«

»Wir haben noch vier Minuten.«

»Ich weiß nicht.«

»Geh' schon mal vor. Kannst du das?«

Irene ließ seine Hand los. Schaute ihm in die Augen.

Herman lief zur Krankenstation.

Sie ging, ihren Atem zur Ruhe zwingend, zur Absperrung. Der gewaltige Schnurrbart des Kontrolleurs fiel bis auf die uniformierte Brust. Er sah nicht von seinen Papieren auf, sondern streckte nur die Hand aus.

Irene reichte ihm das Billett.

»Ah«, brummte der Kontrolleur, »bis Bern. Da brauche ich den Reisepass.«

»Ich … Meinen Pass, den hat mein Mann. Er kommt gleich mit den Koffern. So ein kleiner Dicker mit Glatze.«

Sie sah sich um. Herman verschwand gerade in der Krankenstation. Gut. Der Kontrolleur durfte nicht wissen, dass sie zusammengehörten. Sonst würde er Herman nach ihrem Reisepass fragen – und nicht durchlassen.

»Ohne Pass ...« Der Kontrolleur schüttelte den Kopf.

»Ach, wie dumm«, seufzte sie. »Ich darf nicht so lange stehen. Wie Sie ja sehen können ...« Sie öffnete ihren Mantel.

Der Kontrolleur blickte auf – und schrak zurück. Der Anblick eines Schwangerschaftsbauchs schien ihn zu erschüttern. Schnell öffnete er die Schranke und murmelte:

»Am besten sofort hinsetzen. Gleich ist Abfahrt.«

Irene dankte und passierte die Schranke. Im Zug wartete ihr neuer Pass. Ihr neues Leben.

An der Waggontür griff sie nach der kalten, eisernen Haltestange und wollte sich gerade auf die erste Stufe des Treppchens hinaufziehen, als der Kontrolleur rief:

»Moment mal.«

Sie rührte sich nicht. Hinter sich hörte sie die Frage:

»Wo bleibt denn Ihr Mann?«

Irene drehte sich um. Herman war nirgends zu sehen. Die Krankenstation lag höchstens fünfzig Meter entfernt, aber das Fenster war verhangen.

»Der Zug wartet nicht.« Der Kontrolleur blickte zur Uhr hoch oben in der Halle. »Noch eine Minute.«

Dann sah sie Herman: Er stemmte sich mit dem Rücken gegen die Tür der Krankenstation, in der Hand je einen schweren Koffer. Von der Absperrung trennten ihn dreißig Meter.

Ein Schaffner entstieg dem Zug, sah sich um und setzte die Trillerpfeife an den Mund.

Herman wollte etwas rufen, da rissen vier Arme an seinen Schultern. Er verlor das Gleichgewicht. Fiel auf den Rücken.

Der Schaffner bot an, ihr beim Einsteigen zu helfen. Sie setzte den Fuß auf die unterste Stufe.

Als die beiden Polizisten Herman niederdrückten, hielt er noch immer die Koffer fest.

Dann legte der Schmerz sich über sie wie ein Netz, und der Boden kam ganz nahe.

28

Wenn die Placenta auf dem Muttermunde sitzt, so bezeichnet man dies als vollkommenes Aufsitzen des Mutterkuchens, *Placenta praevia* (...) und zwar *centralis*, wenn die Mitte, und *excentrica*, wenn nur ein peripherischer Theil den Muttermund bedeckt.

Hermann Walter: *Ueber Placenta praevia* (1844)

München, 11.2.1941

Vielleicht hatte sie geschlafen. Unendlich mühsam setzte Irene sich im Bett auf. Sie musste zur Toilette. Bevor sie sich der Qual des Aufstehens unterzog, hob sie die Bettdecke. Darunter flüsterte ihr eine metallisch knisternde, nüchterne Stimme zu, wie Soldaten einander auf Kreta und Malta umbrachten. Der Sprecher nannte gerade die Zahl der abgeschossenen deutschen Flugzeuge, als Irene den Volksempfänger ausschaltete. Dann stützte sie die Hände auf und machte sich ans Aufstehen, diese schwerste und sinnloseste aller täglichen Prüfungen. Sie beugte sich vor und holte dadurch gerade genug Schwung, um den Oberkörper, von den Beinen im richtigen Moment nach oben gedrückt, in die Höhe zu stemmen.

Wie still es in der kalten Dachgeschosswohnung war – und doch nie still genug. Irene hörte Doktor Bernstein nebenan mit seinem Patienten sprechen, und fast kam es ihr vor, als könne sie beide atmen hören.

Wann war endlich alles still?

Die Tür zum Arbeitszimmer quietschte, dann waren Schritte im Flur zu hören. Zwei Männer, die miteinander flüsterten. Es klopfte. Herman öffnete die Schlafzimmertür und lugte hinein wie in eine Höhle. Nicht nur die Haare, die langsam dünner wurden. Auch aus dem Gesicht, das so lange jugendlich gewirkt hatte, war alle Farbe wie ausgewaschen.

An Herman vorbei trat der Arzt ins Zimmer.

Irene seufzte. »Muss das sein?«

»Dauert nicht lange.«

Der junge Doktor Bernstein glich seinem Vater auf erstaunliche Weise. Der alte Doktor Bernstein war ihr schon immer alt erschienen, als sie noch eine junge Frau gewesen war. Später war er so lange alt, dass es ihr vorgekommen war, als habe die Zeit es aufgegeben, ihn ändern zu wollen. Die kleinen grauen Augen des Gynäkologen waren seit jeher hinter einer runden, in Silber eingefassten Brille verschwunden; seine Stimme war immer ein wenig zu hoch gewesen; und so, dachte sie, würde es ewig bleiben. Er hatte mit den Jahren nicht abgebaut, er war auskristallisiert. Und dann war er vergangenes Jahr tatsächlich gestorben. Sein Sohn hatte, was von der Praxis übrig war, übernommen. Der junge Doktor Bernstein hatte schon vor langer Zeit jeden Manierismus seines Vaters übernommen, bis hin zu Brille und Stimme. Jetzt, da dieser tot war, war seine Verwandlung abgeschlossen.

Herman sah Irene nur einen Augenaufschlag lang an und schloss von außen die Tür. Doktor Bernstein untersuchte ihren fühllosen Leib. Natürlich bemerkte sie die Wärme in Bernsteins Fingern ebenso wie seine Eigenart, den Atem anzuhalten, wenn er sich besonders konzentrierte. Aber es machte ihr nichts mehr aus. Ihr Körper war ihr längst fremd. Während der Arzt ihre schlaffen Arme anhob, ihre Achseln erforschte und den Mundraum ausleuchtete, ging ihr Atem so regelmäßig wie seiner. Trotz allem.

»Hinlegen, bitte.«

Im Riss an der Zimmerdecke, den sie seit eineinhalb Jahren anstarrte, erkannte sie dasselbe gleichgültig glotzende Gesicht.

Deutsche Truppen besetzten Polen, Dänemark, die Niederlande, Belgien, Luxemburg, Norwegen und Frankreich; Österreich und die Tschechoslowakei existierten nicht mehr; deutsche Flugzeuge schossen Großbritanniens Städte in Brand, die Invasion konnte jeden Tag beginnen. Je mehr die Nazis sich einverleibten, desto größer wurde ihr Appetit. Heute gehörte ihnen Europa und morgen vielleicht die ganze Welt.

Für sie schürte Herman behutsam die Flamme Atlantropa: groß genug, um sie staunend hineinblicken zu lassen; zugleich zu klein, um etwas in Brand zu setzen. Die Wärme reichte gerade aus, um

Herman und Irene ein wenig zu wärmen. Sie lebten in ständiger Gefahr, zu verbrennen oder zu erfrieren.

»Schon fertig.« Der Arzt ächzte, als er sich aufrichtete und die dünnen Handschuhe abstreifte. »Blutdruck ist wie immer etwas niedrig, aber noch im Rahmen. Die inneren Organe wirken unauffällig. Die Zunge ist belegt. Nicht unüblich bei …«

»Ich bin also gesund?«

»Ich würde das gern weiter beobachten.«

»Warum kommen Sie überhaupt noch?«

Doktor Bernstein presste die Lippen aufeinander – und schwieg. Das machte nichts. Irene kannte die Antwort.

Er klappte seine schwarze Ledertasche zu und ging aus dem Raum.

Sie starrte an die Decke, bis ihr Körper sie daran erinnerte, wobei der Arzt sie vorhin unterbrochen hatte. Widerwillig und mühsam stand sie erneut auf und öffnete die Tür. Im Flur fand sie den Arzt und Herman im Gespräch.

»Geh doch wieder ins Bett«, sagte Herman schnell. »Du erkältest dich noch.«

Sie rührte sich nicht.

Doktor Bernstein knöpfte eilig den Mantel zu. »Ich verabschiede mich wohl besser.« Die Wohnungstür stand offen. Doch der Arzt ging immer noch nicht. Stattdessen sprachen die beiden Männer leise miteinander im Treppenhaus. Hermans Rücken versperrte Irene die Sicht. Sie hörte bloß metallisches Klackern.

Schließlich schloss die Tür sich wieder. Herman eilte an Irene vorbei ins Arbeitszimmer.

Sie folgte ihm.

»Was ist los?«

»Du solltest dir was überziehen«, antwortete er matt. »Sie sagen für die Nacht Schnee voraus.«

Seufzend ließ er sich auf den Schreibtischstuhl fallen. Zwischen den alten Atlantropa-Skizzen an den Wänden fielen die Veränderungen an ihm besonders deutlich auf: Die Haare, früher stets pomadisiert und streng gescheitelt, standen wie Zuckerwatte vom Kopf ab. Graue, gepolsterte Ringe verliehen den Augen, die früher so verträumt blicken konnten, etwas Stieres. Nur das Monokel sah aus wie neu. Vielleicht hatte Hermans Vater so ausgesehen.

»Jetzt sag', was ist *los*?«

Er öffnete die Schreibtischschublade, und was er hineinlegte, klackerte wie Blechgeld.

»Lass mich bitte arbeiten.«

»Bin ich unheilbar krank?«

Er schüttelte den Kopf.

»Es macht mir nichts aus, weißt du? Ich will es bloß wissen.«

»Irene, hör' doch auf damit.«

»Wieso? Dann bist du mich los.«

Er schloss die Augen:

»Hör' bitte auf.«

»Wieso? Hätte Papa Mutter eingeliefert, würde er vielleicht noch leben.«

»Hör' auf! Hör' auf!«

Herman stand auf und wollte Irene aus dem Zimmer drängen. Doch sie wich ihm aus, trat zum Schreibtisch und öffnete die Schublade. Ihr entgegen rollten vier, sieben, nein: zehn Aluminiumröhrchen.

»Das ist nichts«, sagte er.

»Sind die für mich?«

»Was?« Herman wirkte ehrlich überrascht. »Nein, nein. Lass uns ein andermal darüber reden. Ich ... Es ist alles in Ordnung.«

Auf manchen Röhrchen stand in Doktor Bernsteins feiner Schrift *Pervitin 20 Stück*, auf anderen schlicht *Morphin*. Bis auf zwei waren alle leer.

Herman lehnte den Kopf gegen den Türrahmen und flehte:

»Bitte geh' wieder ins Bett. Du brauchst Ruhe. Und ich muss was für Berlin vorbereiten.«

Früher hätte sie versucht herauszufinden, was es mit den Pillen auf sich hatte. Aber die Menschen dort draußen – und zu ihnen gehörte jetzt auch ihr eigener Ehemann – erschienen ihr schon lange unverständlich und feindlich. Die Welt, dachte Irene, war ein großer, schmerzender Irrtum.

Dann ging sie zur Toilette.

Als sie die Hose herunterzog, versuchte sie, nicht an ihren Körper zu denken. Völlig egal, dass Doktor Bernstein ihn gesund nannte. In Wahrheit hatten beide – Arzt und Leib – sie im entscheidenden Moment im Stich gelassen.

Wie alle jüdischen Ärzte hatte auch Doktor Bernstein Ende achtunddreißig die Approbation verloren. Dank einer Sondergenehmigung durfte er zumindest andere Juden behandeln. Und wäre alles wie geplant verlaufen, hätte Doktor Bernstein sie damals nach der Rückkehr aus seinem Urlaub eingehend untersucht. Dann hätte er im Israelitischen Kranken- und Schwesternheim sofort einen Kreißsaal reserviert und, noch bevor die erste Wehe einsetzte, die Bauchdecke mit einem routinierten Schnitt von oben nach unten geöffnet.

Sie stellte sich vor, wie alle Erinnerung ihren Kopf verließ und zusammenschnurrte auf die Größe einer kleinen, harten, schwarzen Kugel, die sie hinunterschlucken konnte. Dann wäre endlich alles still.

Sie zog am Spülkastenseil.

Im Flur stand Herman noch immer im Türrahmen. Dabei war das rauschende Wasser zwischen ihnen doch längst ein klares Signal für den anderen, sich ins eigene Territorium zurückzuziehen. Ihre Choreographie des Ausweichens hatten sie nach ihrer Rückkehr aus dem Krankenhaus perfektioniert. Damals war er ins Arbeitszimmer gezogen, damit sie sich »in Ruhe erholen« konnte. Das schien vernünftig. Denn wenn Bürokraten der Reichsstelle beruflich in München zu tun hatten, zeigte Herman ihnen die architektonischen Schönheiten der *Hauptstadt der Bewegung*. Oft kam er erst spät in der Nacht heim, schlief bis mittags und vergrub sich danach in neuen Plänen, von denen er nie sprach. Immer häufiger fuhr er nach Berlin, um seine Entwürfe vorzustellen. Bis zu vier Tage lang blieb er fort, ohne dass er ihr fehlte.

Diesmal aber wich Herman ihr nicht aus. Das Gesicht wirkte wie ausgeschaltet, der Atem ging tief und gleichmäßig. Herman schlief im Stehen.

Das war neu, dachte Irene, und sie tat das so ungerührt, wie wenn man beim Spaziergang im Park einen umgefallenen Baum bemerkte. Doch bevor sie in ihr Zimmer ging, zögerte sie. Vielleicht erschrak sie über die eigene Empfindungslosigkeit. Oder sie ahnte, dass seine Erschöpfung der ihren womöglich nicht ganz unähnlich war. Jedenfalls ging sie zurück, legte eine Hand auf seine Schulter und flüsterte:

»Du musst dich ausruhen.«

Anstatt in sein Arbeits- trottete er ins Schlafzimmer, wo er so lange nicht gewesen war, und legte sich mit geschlossenen Augen flach auf den Rücken. Irene nahm den Einbruch in ihre Privatsphäre hin.

Pervitin, hatte sie gelesen, machte Soldaten über Tage unempfindlich für Müdigkeit und Hunger. So sehr, dass zum Entspannen nur noch Morphin half. Wie viel konnte man davon schlucken, bevor man abhängig wurde?

Sie deckte ihn zu, fröstelte, zögerte kurz und kroch dann neben ihn unter die Decke. Herman schnarchte leise. Sie wappnete sich für einen weiteren tristen Abend und eine durchwachte Nacht und schaltete den Volksempfänger ein. Der deutsche Sprecher der BBC berichtete leise von einer verrückt gewordenen Welt.

Irene schlief sofort ein.

Als sie erwachte, war es weit nach Mitternacht. In London saß ein neuer Sprecher am Mikrofon. Einhundertneunundachtzig Bomber der Royal Air Force hatten gerade Hannover bombardiert. Viermotorige Maschinen vom Typ Short Stirling hatten Rotterdam angegriffen. Der Krieg raste weiter, und Hermans Arm ruhte auf Irenes Bauch. Sein Atem ging gleichmäßig. Auf seiner Stirn formten tiefe Längs- und Querlinien ein quadratisches Muster. Sie schienen ihr neu. Sein Geruch zumindest war gleich geblieben. Das fühlte sich zwar vage angenehm an, aber wollte sie das hier wirklich? Vorsichtig schob sie seinen Arm von sich fort und schaltete die Nachttischlampe an.

»Ich weiß nicht weiter«, flüsterte er. Er legte sich auf den Rücken, die Augen noch immer geschlossen. »Ich weiß einfach nicht weiter.«

Sie waren alles tausendmal durchgegangen. Das Geld reichte nicht für Fluchtsteuer, Judenvermögensabgabe und Reisekosten. Und selbst wenn doch: Die Amerikaner wollten keine Juden mehr. Visa gab es praktisch nur noch durch Bestechung. Und selbst *wenn* sie dafür genug Geld aufbrächten, müsste ihnen ein Verwandter in den USA eine eidesstattliche Erklärung ausstellen, dass er notfalls für sie sorgte. Und selbst wenn sie *das* hinkriegten, würde Schwarz ihnen den Weg versperren. Sie konnten weder vor noch zurück.

»Dann«, sagte sie ruhig, »geh' doch ohne mich.«

Er öffnete die Augen. »*Was?*«

»Du bist nicht gefangen. Nur ich. Und das ist vielleicht gar nicht so schlimm.«

Sie meinte es ernst, und es tat gut, es ausgesprochen zu haben. Wenn er fort war, würde sie vielleicht doch vergessen können, wie selten eine *Placenta praevia totalis* war. Dann zerbräche sie sich nicht länger den Kopf über der Frage, warum ihr Arzt das typische Warnsignal – eine plötzliche, schmerzlose, hellrote Blutung zu Beginn des dritten Trimesters – nicht erkannt, sondern als harmlose Zwischenblutung gedeutet hatte. Warum er nicht gewusst hatte, dass ein fortgeschrittenes Alter der Schwangeren und Narbengewebe in der Gebärmutter – etwa durch eine Ausschabung – das Risiko erhöhten. Ihre Plazenta hatte dem Kind den Ausgang versperrt. Es war in ihr erstickt, und seit eineinhalb Jahren wünschte sich Irene, auch sie wäre damals gestorben.

Nur die Stimme aus England war jetzt zu hören. Irene glaubte schon, Herman sei wieder eingeschlafen, als sie ihm den Kopf zuwandte. Seine grauen Wangen glänzten.

Sie hatte ihn nie zuvor weinen gesehen.

Herman flüsterte: »Bitte hör' auf damit.«

Irene blickte ihn fragend an.

Er schöpfte Atem. »Wie soll ich dich retten, wenn du dich selbst schon aufgegeben hast?«

»Du brauchst mich nicht zu retten.«

»Doch, das muss ich.«

Sie schüttelte den Kopf.

»Ich halte es aus«, sagte er, »wenn Schwarz und seine Leute sich das Projekt einverleiben. Sollen sie es doch verstümmeln und unter tausend Akten begraben. Vielleicht ist es das Beste, es kommt wie in Johns Roman. Vielleicht sind spätere Generationen weiser. In fünfzig, in hundert Jahren.« Er seufzte. »Aber was ich nicht aushalte, ist, wenn dem Menschen, für den ich das tue, alles völlig egal ist.«

»Du wünschst dir doch nur, ich wäre endlich weg. Damit ich dir keine Kraft mehr raube.«

Herman schüttelte heftig den Kopf. »Ich wünschte, du wärst *hier*! Hier bei mir!« Er stützte sich auf den Ellenbogen und sah ihr in die Augen.

Sie wusste, er wartete auf ein erlösendes Wort. Aber es war nicht ihre Aufgabe, ihn zu erlösen. Sie war jenseits von alledem. Tonlos sagte sie:

»Du wirst mir nie verzeihen können.«

Herman sank zurück.

»Ich gebe auf«, flüsterte er. »Ich gebe auf.«

Irene schloss die Augen. Bis zum Morgen war es noch ein langer, schattenhafter Weg. Sie kannte die vor ihr liegenden Schrecken, es waren immer die gleichen.

Sie wartete auf die bleierne Müdigkeit, die sie als Trost zu erkennen gelernt hatte. Für eine Weile, die keine Einteilung in Stunden und Minuten kannte, würde sie sich und alles vergessen und hinabgleiten in einen tröstenden Dämmerzustand. Mit jedem Atemzug sank sie tiefer. Dann hörte sie Herman schluchzen. Die Art, wie er schnell und flach Luft einsog, und sein warmer, vertrauter Körper waren unwiderlegbar echt: Dieser Mann existierte wirklich, in diesem Moment und direkt neben ihr, und er weinte ihretwegen. Diese plötzliche Einsicht hatte für Irene etwas Körperliches, hatte Gewicht und Wärme und Kraft. Er lebte. Und sie lebte auch. Noch war da etwas in ihr, das sie schüren konnte wie eine Glut. Wollte sie das? Um die Glut anzufachen, musste sie ein- und ausatmen, immer wieder. Ein und aus. Ein.

Die Stimme im Radio las vor:

Jagdfliegerverbände der Luftwaffe haben den Flugplatz von Janina in Griechenland bombardiert. Dabei wurden nach Angaben des Oberkommandos der Wehrmacht achtzehn Gloster-Flugzeuge zerstört. Bislang fehlt dafür eine Bestätigung des britischen Oberkommandos.

Aus.

Eine italienische Nachrichtenagentur meldet die Landung deutscher Truppen in Tripolis. Die Leitung des Unternehmens, das offenbar die in Bedrängnis geratenen italienischen Verbände unterstützen soll, obliegt demnach Generalleutnant Erwin Rommel. Auf Malta …

Ein.

Irene riss die Augen auf.

»Herman, hast du das gehört?«

Wie aus weiter Ferne raunte er: »Hm?«

»Die Wehrmacht ist in Nordafrika gelandet.« Sie setzte sich auf.

»Der verdammte Krieg geht weiter. Immer weiter.« Seine Stimme schrumpfte zu einem Hauchen. »Hört es denn nie auf?«

»Nein.« Sie wischte ihm zärtlich über die feuchte Wange und sah ihn traurig an. »Wir fangen erst richtig an.«

IV

29

Die Ostfront zerfällt in zwei deutlich voneinander geschiedene Teile: den Teil, an dem die rasante deutsche Offensive täglich neuen Boden gewinnt, und jenen Teil, wo die deutsche Ostfront in der Abwehr steht und die sowjetische Kriegführung immer neue Entlastungsangriffe versucht. Diese Entlastungsangriffe haben es durchaus in sich.

Riesaer Tageblatt, 4.8.1942

Berlin, 4.8.1942

»Musst du viele Treppen steigen?«

»Es wird schon gehen.«

»Halt' dich am Geländer fest. Sie werden denken, du schleppst halt viele Unterlagen mit dir herum.«

»Tue ich ja auch.«

»Hm.«

»Ich komme schon klar.« Herman versuchte, zuversichtlich zu blicken. Ein letzter Probelauf, weniger als eine Stunde vor dem Ernstfall.

»Vielleicht gibt's einen Paternoster«, sagte Irene. »In Bürogebäuden haben sie die manchmal.«

»Die sitzen im Preußischen Herrenhaus.«

»Lässt sich das denn nicht verschieben?«

»Irene.«

»Ich weiß, ich weiß. Es ist nur ...«

»Ich auch«, antwortete er. »Aber ich schaffe das schon.«

Sie murmelte etwas, das er ignorierte. Herman trat einen Schritt zurück und breitete die Arme aus.

»Kann ich so losgehen?«

Das einst maßgeschneiderte Sakko saß an Schulter und Brust jetzt locker. An den Ellenbogen und am Hosenboden glänzte dünn geriebener Stoff.

Irene zuckte die Schultern und schaute ihn ratlos an. »Wir haben keine Wahl, oder?«

Er ließ die Arme sinken. »Wir haben keine Wahl.«

Kurz darauf hörten sie von der Straße her ein schrilles Hupen. Die Limousine stand bei laufendem Motor vor dem Hotel. Eine Abgaswolke vermischte sich mit dem Grau eines regnerischen Morgens.

Herman hätte schwören können, dass die Tasche noch gestern, beim Ausstieg am Anhalter Bahnhof, leichter gewesen war. Dabei schwanden seine Kräfte schon seit Jahren. Es war, als entzöge der Krieg ihm schleichend Energie. Daheim in der zugigen Dachgeschosswohnung hatte Herman im Frühjahr den Kampf gegen eine Lungenentzündung nur mit Mühe für sich entschieden. Seither geriet jeder Spaziergang zum Marsch durchs Gebirge. Immerzu fühlte er sich matt, und mit Schrecken hatte er festgestellt, dass er nur fünf Jahre jünger war als sein Vater bei dessen Tod.

Wortlos nahm Irene ihm den Koffer ab und trug ihn die zwei Etagen nach unten. Im schmucklosen Foyer gab sie ihn zurück. Früher hätten sie sich in so einem Moment geküsst. Doch obwohl sie die finsterste Zeit hinter sich gelassen hatten, begleitete sie seither eine Art Scheu. Und so tätschelte Irene Herman bloß die Wange, und er nickte. Dann trat er allein durch die Eingangstür ins Freie. Sogar im Nieselregen war Berlin beeindruckend. Wo es noch vor hundert Jahren kaum mehr gegeben hatte als eine Königsresidenz in der märkischen Einöde, hatte sich eine Stadt der Höchstleistungen erhoben. Vieles an ihr fand Herman aufgesetzt, aber gerade das Parvenuhafte, Nervöse, Grelle machte sie zur perfekten Kulisse für dieses Regime. Ihm schien es seltsam passend, dass von hier aus ein völlig neuartiges Reich regiert wurde. Eines, das sich vom Nordkap bis Nordafrika erstreckte, von den Tiefen Russlands bis zur Weite des Atlantiks. Denn weder das Imperium noch dessen neue Hauptstadt wurden zusammengehalten durch Geographie, Sprache oder Kultur, sondern allein durch einen Willen. Es war, als hätte die Architektur dem Lauf der Geschichte vorgearbeitet. Wie alles Wurzel- und Traditionslose, so wurde auch dieses Regime durch seine Eroberungen nicht satt, sondern hungriger. Die Welt musste verschlungen sein. Das war schauerlich und atemraubend in seiner Monstrosität.

Zugleich aber – und diese Einsicht ließ sich nur schwer aushalten – bot ihnen ausgerechnet der tödliche Wahn Schutz: Irene und er lebten, solange ihre Feinde siegten. Denn je näher das Reich seinem Ziel kam, sich die afrikanischen Kolonien seiner Gegner einzuverleiben, desto faszinierter blickte es auf Hermans Plan. Es verstand alles und jeden allein als Mittel zur Mehrung seiner Macht. Atlantropa diente vielleicht schon bald der effizienten Versklavung zweier Kontinente.

Herman und Irene fürchteten den Tag, an dem das Reich endgültig siegte – ebenso wie den, an dem es begriff, dass es niemals siegen würde. Bis dahin balancierten sie auf einem Hochseil, dessen Ende im Nebel lag.

»Kommen Sie«, rief eine Männerstimme, »wir müssen los.«

Es war Carl Schwarz. Er saß, in voller Uniform, auf dem Beifahrersitz.

Herman hatte erwartet, ihn erst in der Reichsstelle für Raumordnung zu treffen. Jetzt musste er eine halbe Stunde länger so tun, als ginge es ihm blendend. Er horchte auf seinen Atem, der nach zwei Stockwerken noch immer flach und hastig ging.

»Die Besprechung dauert diesmal nicht lange, oder?«, fragte er. »Ich fühle mich nicht so gut.«

Schwarz' Mund wurde schmal.

»Nur eine kleine Erkältung«, beeilte Herman sich zu sagen. »Das wechselhafte Wetter. Und dann die Zugfahrt. Bald vorbei.«

Schwarz biss sich auf die Lippen und stieg aus. Wie groß und breit er war, überraschte Herman jedes Mal. Der Offizier schien mit jeder Beförderung zu wachsen.

»Was soll das, Sörgel? Wollen Sie mir Ärger machen?« Schwarz' Wut wich Überraschung, als er Hermans Gesicht inspizierte. »Sie sehen ja aus wie der Tod.«

»Nein, nein. Nur eine Erkältung.« Ihm war selbst klar, wie wenig überzeugend das klang.

»Scheiße.«

»Wirklich, es geht schon. Nur: Wieder drei Stunden, das schaffe ich heute nicht.«

»Verdammte Scheiße.« Schwarz stemmte die Arme in die Seiten und sah nachdenklich die Straße entlang.

»Ich hätte gar nichts sagen sollen. Lassen Sie uns losfahren. Herr

Köster wird es verstehen, wenn …«

»Planänderung«, unterbrach Schwarz. »Sie berichten heute an höherer Stelle. Da müssen Sie auf Zack sein. Wie stehe ich denn sonst da?«

Herman zwang sich, nicht vor Anstrengung zu zittern. »Vielleicht dauert es diesmal ja nicht so lang?«

»Sie tun, was man Ihnen sagt. Können froh sein, dass Sie und Ihre … Ach, scheiße. Warum machen Sie so 'nen Scheiß? Ausgerechnet jetzt! Scheiße!«

Zwar hatte er sich an Schwarz' immer häufiger auftretende Ausbrüche gewöhnt. Wenn dieser *draußen* war (wie dessen wachsende Schar an Untergebenen es nannte), hörte Herman über Wochen nichts von ihm. Danach war Schwarz jedes Mal ein wenig grauer, lauter und gereizter. Aber so aufbrausend hatte er ihn noch nie erlebt. Herman stützte den Arm aufs Autodach und wagte zu fragen:

»*Ausgerechnet jetzt?*«

»Sie können nicht mal stehen, Sörgel? Du lieber Himmel!«

»Oder wir verschieben es.«

»Kommt gar nicht in Frage. Sie sind mein Türöffner. Ich *muss* ihn heute sehen. Morgen früh reise ich ab.«

»Kann ich sonst irgendwas tun?«

»Schnauze halten können Sie. Und schöne neue Welten vorgaukeln. Sonst nichts.«

Schwarz schien immer genauer zu begreifen, welche Folgen Hermans Schwäche für ihn haben konnte, denn in seine Wut mischte sich unverkennbar Sorge, ja Furcht.

Herman wiederum erkannte seine Chance. Schon bald konnte die Reichsstelle für Raumordnung Befehlen gehorchen, in denen kein Platz für Atlantropa war; Schwarz lag vielleicht schon in einer Woche tot in einem Graben im Kaukasus oder hinterrücks erschossen in einer Pariser Nebenstraße. (Herman wusste nicht, was Schwarz *draußen* trieb, und das war ihm auch lieber.) Die einzige Gewissheit, die es unter dem Regime gab, war die, dass nichts gewiss war. Wenn also ein einflussreicher Funktionär ihn unbedingt sehen wollte, dann durfte Herman ihn auf keinen Fall enttäuschen. Irenes Überleben konnte davon abhängen.

Die eine Hand noch immer aufs Auto gestützt, blickte er zu einem Fenster im zweiten Stock. Im Zimmerdunkel war Irene nicht zu erkennen, aber er hoffte, sie beobachtete ihn auch diesmal bei der Abfahrt.

Mit der freien Hand winkte er Irene herunter.

Er wusste, es war ein Wagnis. Aber was sollten sie sonst tun?

Kurz darauf kam sie tatsächlich durch den Hoteleingang. Ihr besorgter Blick ging zwischen Herman und Schwarz hin und her.

»Wie können Sie es wagen?«, zischte Schwarz. »Wenn mich – *mich!* – jemand sieht mit *ihr!*«

Irene sah Herman besorgt an.

»Es ist alles in Ordnung«, antwortete er. »Die Sache ist nur: Du musst mitkommen.«

»Auf keinen Fall«, sagte Schwarz.

»Auf keinen Fall«, sagte Irene.

»Das Treffen ist besonders wichtig. Ich schaff' das nicht allein. Du weißt, wann ich kurz vorm Umfallen bin; du kennst alle Skizzen und Pläne und kannst sie mir reichen, wenn ich sie brauche. Notfalls kannst du übernehmen.«

»Bist du verrückt?«

»Wenn das rauskommt …« Schwarz bebte, als müsse er etwas abschütteln.

»Als meine Frau darf sie sich in der Öffentlichkeit bewegen, ohne Judenstern. In einer Mischehe …«

Schwarz drängte Herman fort vom Wagen, in dem der Fahrer wartete. »Auf Ihre Spitzfindigkeiten lassen sich vielleicht die Vollidioten in der Reichsstelle ein. Aber nicht Korherr.« Als Herman auf den Namen nicht reagierte, flüsterte Schwarz: »SS-Hauptamt.«

Die Vorstellung, gleich einem SS-General rapportieren zu müssen, war beinahe zu viel für Herman. Kälte kroch zwischen Haut und Kleider und verscheuchte seine Hoffnung, er könne irgendetwas kontrollieren, und sei es den eigenen Körper.

»Dann«, stammelte er, »müssen wir es absagen.«

Für einen Moment kam ihm Schwarz' bleiches, großes Gesicht ganz nahe. Herman sah eine Reihe entblößter Schneidezähne und roch warmes Rasierwasser. Dann aber wich Schwarz zurück, hob den Kopf, und seine Züge entspannten sich, als sei nichts geschehen. Mit monotoner Stimme sagte er:

»Das lässt sich machen. Aber dann war's das. Das Ganze hat mir eh nie gebracht, was ich mir davon versprochen habe. Deswegen sollen Sie ja zu Korherr. Aber ich mache mich nicht von Ihnen abhängig. Ich finde schon einen Weg, um …« Schwarz starrte auf den Boden und schluckte das Satzende hinunter. »Sie glauben vielleicht, ich brauche Sie. Aber Sie brauchen mich mehr. Viel mehr.«

Schwarz wandte sich um, um zum Auto zu gehen.

»Ich mach's«, flüsterte Irene. »Als seine Privatsekretärin. Keiner braucht mich vorzustellen. Ich setz' mich in eine Ecke. Ganz unauffällig.«

Schwarz schüttelte den Kopf. »Lächerlich.«

»Wenn was passiert, wissen Sie von nichts. Woher sollten Sie auch ahnen, dass …? Wir haben Sie getäuscht.«

Schwarz sah wütend zu Irene, auf den keuchenden Herman und dann auf die Uhr. Mit beiden Händen fuhr er sich durchs Gesicht, dann zischte er:

»Sie halten die Schnauze. Und wenn was passiert, sind Sie dran. Beide.« Er wies auf die hintere Wagentür und stieg vorne ein.

»Prinz-Albrecht-Straße.«

»Jawohl, Herr Sturmbannführer.«

Während der Fahrt sprach niemand ein Wort. Die blühenden Bäume und Sträucher des Tiergartens glitten vorüber, bis der Wagen erst rechts, dann links abbog. Zu ihrer Linken nahm ein wuchtiger Palast den ganzen Block ein. Über Hunderte Meter zog er sich die Voßstraße entlang: eine gewaltige Mauer mit Fenstern. Hatte der Fahrer die Route bewusst gewählt, um ihnen Angst zu machen? Natürlich nicht, was dachte er da? Er durfte sich nicht einschüchtern lassen, auch wenn der Bau genau das bewirken sollte. Die neue Reichskanzlei, sagte Herman sich, war nur ein böser Trick aus Stein und Beton, dem er keine Macht über seine Gedanken geben durfte. Doch seine Lunge scherte sich nicht darum. Als sie den Säuleneingang mit den schwarz gekleideten Wachen passierten, über denen ein steinerner Adler seine Schwingen erhob, bekam Herman kaum noch Luft.

Nachdem sie endlich rechts in die Wilhelmstraße eingebogen waren, fühlte er sich etwas besser. Sein aufmunternder Blick ging zu Irene, doch die schaute, die Hände geballt, hinaus.

Bald darauf hielt der Wagen vor der Prinz-Albrecht-Straße 9. Dem prächtigen Gebäude mit der überladenen Fassade sah man die Vergangenheit als Nobelhotel noch an. Dass es trotz allem freundlich, ja geradezu einladend wirkte, verwirrte Herman. Und als sie sogar ohne Kontrolle Einlass fanden, wurde ihm schwindlig.

Schritte und Stimmen tönten durch die Eingangshalle, die schlichter war, als Herman erwartet hatte. An einer Art Empfang meldete Schwarz die kleine Gruppe an. Herman hörte nicht, was er dem jungen Mann in SS-Uniform sagte, und sah nur, wie dieser sie mit einem Augenaufschlag musterte. Lag darin Misstrauen, Müdigkeit oder Gleichgültigkeit? Seit Jahren suchte Herman in den Gesichter anderer Menschen nach möglichen Gefahren; doch böse Menschen hatten keine bösen Gesichter. Das machte sie noch beängstigender.

»Gehen Sie hierhin.« Schwarz reichte Herman einen Laufzettel. »Ich gehe schon vor, muss noch was bereden. Kommen Sie schnell nach.«

Im Treppenhaus konzentrierte Herman sich auf den nächsten Schritt, den nächsten Griff ans Geländer. Das half ihm, nicht auf die Männer in Schwarz, Grau und Braun zu achten, die raschen Schrittes an ihm vorbeiliefen. Irene hielt sich, was sie sonst nie tat, hinter ihm: vielleicht, um ihn aufzufangen, falls er fiel. Vielleicht auch, um sich hinter ihm zu verstecken. In der obersten Etage angekommen, wurde er schneller, der lange Flur schien leicht abschüssig.

Schwarz wartete schon im Vorzimmer und unterhielt sich lachend mit einem jungen Mann. Er kam ihnen entgegen, wobei sich seine Miene verfinsterte. Er nannte Herman einen langen, umständlich klingenden Titel und raunte:

»Ganz wichtig: Betonen Sie immer, wie sauber und rein Atlantropa ist.«

»Wie bitte?«

»Na: Sauberkeit, Reinheit. Hat mir sein Assistent geraten.«

»Aber was heißt das?«

Schwarz zuckte die Schultern. »Finden Sie's raus.«

Er klopfte, jemand rief »Herein!«, und Hermans Schwindelgefühl kehrte zurück.

Das Büro war kleiner, als Herman erwartet hatte. Groß war allein der schlichte dunkelgraue Schreibtisch, an dem ein etwa vierzigjähriger Mann saß. Während er die vor ihm ausgebreiteten Papiere studierte, hielt er die Hände im Schoß, und sein großer Kopf war leicht vorgebeugt. Er schien in seine Akten vertieft wie in ein Gebet. Zu Hermans Verblüffung trug der Mann keine SS-Uniform, sondern ein hellgraues Wolljackett über schmalen Schultern, darunter ein blendend weißes Hemd. Glattes, zu den Seiten gekämmtes Haar krönte eine hohe Stirn.

»Setzen Sie sich.«

Herman und Schwarz nahmen vor dem Schreibtisch Platz. Irene, für die kein Stuhl mehr frei war, stellte sich neben die Tür und faltete die Hände.

Endlich hob Richard Korherr den Kopf. Weil er dabei noch immer vornübergebeugt saß, schaute er seine Gäste über die Brille hinweg von unten an und blinzelte. Der Leiter der Statistischen Abteilung im SS-Hauptamt, Inspekteur für Statistik beim Reichsführer-SS und Chef der Deutschen Polizei sowie beim Reichskommissar für die Festigung des deutschen Volkstums, glich einem Hauslehrer.

An Schwarz gewandt, fragte er:

»Köster hat Sie empfohlen, richtig?«

»Er lässt Sie herzlich grüßen.«

»Der hat's auch nicht leicht. Alle zerren an einem. Wollen das Unmögliche, am besten bis gestern.« Korherr seufzte. »Na gut. Bringen wir's hinter uns.« Von einem hohen Stapel nahm er eine Akte und blätterte sie durch. »Sie wollen also Förderung für ein Forschungsprojekt. Natürlich kriegswichtig. Sind sie ja neuerdings alle, ganz erstaunlich. Und ich nehme an, Schwarz, Sie wollen das Projekt leiten?«

»Ich wäre sehr geehrt und gäbe alle meine Kraft, um …«

»Also: ja. Na gut. Um was geht's denn?«

»Um einen Plan«, sagte Schwarz, »oder vielmehr um ein bereits in vielen Punkten ausgereiftes Projekt. Wir könnten es sofort nach dem Sieg umsetzen. Wenn es Ihren Zuspruch findet, ergibt sich ja vielleicht die Gelegenheit, es auch beim Reichsführer-SS …«

»Nicht so schnell.« Korherrs Stirn warf Falten. »So leid es mir tut, müssen Sie erst mal mit mir vorliebnehmen. Und ich nehme mir die Zeit nur, weil Köster mich drum gebeten hat. Außerdem weiß ich nicht, was Sie mir Neues berichten wollen. Ich kenne diese Kontinent-Geschichte.«

»Ach ja?«, entfuhr es Schwarz.

»Ach ja. Bin ja nicht dämlich. Kolossale Sache. Beeindruckend, auf ganz eigene Art. Hat damals für reichlich Wirbel gesorgt, dieser … Wie hieß er nochmal: Södel?«

»Sörgel«, hauchte Herman.

Korherr blickte ihn überrascht an. Offenbar nahm er erst jetzt wahr, dass ihm eine zweite Person gegenübersaß. Dann glitt ein Erkennen über sein Gesicht, und er lehnte sich im Stuhl zurück.

»Natürlich.« Korherr erhob sich halb aus seinem Stuhl und reichte Herman, der sitzen blieb, die Hand. »Entschuldigen Sie. Auf den Fotos sahen Sie … Aber ist ja schon eine Weile her. Und diese Zeiten fordern uns allen eine Menge ab.« Er seufzte. »Wie dem auch sei. Machen wir's kurz. Ich schätze Ihr Projekt. Aber wir können derzeit wirklich niemanden dafür abstellen. Kommen Sie doch nach dem Krieg wieder, ja?« Mit einem Ruck wandte er den Kopf von Herman zu Schwarz und fragte beiläufig:

»Wir sind durch, oder?«

»Mit Verlaub«, antwortete Schwarz, »ich würde Sie wirklich gern mit einigen Aspekten des Projekts bekannt machen, die Sie noch nicht kennen.« Er sprach sehr langsam, rieb die Hände aneinander und schaute Herman auffordernd an.

Der verstand nicht. In diesem Moment legte Irene ihm wortlos ein aufgeschlagenes Buch auf den Schoß.

»Meine Assistentin«, bemerkte Herman so beiläufig, als langweile es ihn. Dann erkannte er das Buch – und begriff endlich. Wie ein Schauspieler, dem das rettende Stichwort zugerufen wurde, war er plötzlich völlig textsicher. Er räusperte sich.

»Herr Schwarz hat Recht. Natürlich kennen Sie die Eckpfeiler des Projekts: die Staudämme, das Ackerland, die neuen Städte am Mittelmeer. Aber Atlantropa kann noch viel mehr leisten.« Bekanntlich, sagte Herman mit neu gefundener Gelassenheit, gingen die Öl- und Kohlereserven der Welt in wenigen Jahrzehnten zur Neige. Und doch führen Autos mit Benzin, würden Züge und Schiffe mit gewaltigen Mengen Kohle und Öl betrieben. Die Menschen verschmutzten ihre Welt, als scherten sie sich nicht um die folgenden Generationen. Das einzige Heilmittel dagegen sei die weiße, saubere Kohle – das heißt die Wasserkraft. »Und hier kommen die Kraftwerke in den Mittelmeer-Staudämmen ins Spiel. Diese sind nicht nur in der Lage, alle Haushalte Europas dauerhaft mit Strom und Licht zu versorgen. Sie können noch viel mehr!« Herman beugte sich vor, als wollte er Korherr ein Geheimnis zuflüstern. Schon vor dem Krieg, erklärte er, hätten Ingenieure in den nordischen Ländern Wasserstoffmotoren gebaut. Wenn es gelänge, die Motoren in handlichen Größen zu produzieren, ließen sich damit Automobile antreiben. Elektro-Automobile müssten natürlich regelmäßig aufgeladen werden wie eine Batterie. Ein Amerikaner namens Thomas habe da bereits praktische Versuche angestellt: Er ionisierte einen Luftkanal, das hieß, versetzte die Luft in einen Zustand, die sie geeignet machte, elektrischen Strom zu leiten, ähnlich wie ein Metalldraht. Dieser Strom ließe sich von einem Sendeturm in die Ferne schicken, wie Funkwellen einer Radiostation. Elektro-Tankstellen fingen den Strom auf und gäben ihn an Autos weiter. »Eine unsichtbare, unerschöpfliche Form der Energieversorgung. Unser Kontinent wäre endlich befreit von Motorenlärm und schmutzigen Abgasen, von seiner leidigen Abhängigkeit vom Öl. Mit anderen Worten: Atlantropa, das steht auch für ein sauberes, reines Europa. Und das ist nur eine von den vielen Chancen, die das Projekt bietet.«

Herman lehnte sich zurück. Wie lange war es her, dass er länger darüber hatte sprechen dürfen. Er fühlte sich ein wenig besser. Sicherer.

Schwarz sah Korherr erwartungsvoll an, der etwas notierte. Vom Flur drang das leise Quietschen eines Aktenwagens herein, gefolgt von gedämpften Männerstimmen. Es schien unwirklich, dass Worte, die hier gesprochen, telegraphiert und gedruckt wurden, über das Leben von Millionen Menschen bestimmen sollten; und doch war es so. Wer konnte da die Macht von Ideen bestreiten?

»Interessant«, murmelte Korherr, ohne aufzusehen: »Über so was machen sich heutzutage viel zu wenige Leute Gedanken. Wenn der Krieg vorüber ist, ja, dann wird die Masse sich verwundert die Augen reiben! Ihre Städte, Äcker und Seen, alles ist dann voller Schwermetalle, Öl und so weiter. Wir müssen aber bedenken, wie sich unser Tun heute auf die Welt in fünfzig, in hundert Jahren auswirkt. Und an die Luft denken die Leute am wenigsten. Vielleicht kommt denen langsam ihr Geruchssinn abhanden. Ich kann Ihnen sagen: Mit einer feinen Nase hat man es nicht leicht heutzutage.« Korherr setzte den Stift ab und blickte erwartungsvoll zu Schwarz. »Können Sie sie auch riechen?«

»Wie bitte?« Schwarz versuchte, interessiert zu wirken.

»Juden«, sagte Korherr. »Ist tatsächlich so. Juden haben einen eigenen Geruch. Wie Neger, aber anders. Es ist ganz erstaunlich. Sie haben das noch nicht festgestellt?«

Schwarz schüttelte zögerlich den Kopf.

»Ich dachte, gerade Sie hätten da ... Nein?« Korherr wandte sich mit großen Augen an Herman. »Wissen Sie, was ich meine?«

Herman drückte mit Mühe den Rücken gerade und antwortete schnell: »Ich halte mich von Juden fern.« Er bereute es sofort.

»Natürlich.« Korherr nickte eifrig. »Ich rede auch eher von früher. Und dank Männern wie dem Herrn Sturmbannführer kommen wir auch immer seltener in die Verlegenheit, nicht wahr?«

Schwarz senkte den Blick.

»Wie dem auch sei.« Mit einem Räuspern rief Korherr sein Gesicht zur Ordnung.

Das alles geschah zu schnell und Herman war zu schwach, als dass er es verstanden hätte. Und doch war ihm, als hätte sich – für einen Augenblick nur – die Tür in einen dunklen, kalten Raum geöffnet. Aber seine Augen waren zu träge gewesen, er hatte nichts erkannt, und jetzt war es vorbei.

»Wie dem auch sei«, wiederholte Korherr, »ich fürchte, ich kann nichts für Sie tun. Ihr Plan ist ja ganz hübsch, aber doch ein wenig zu ... ausgefallen. Verstehen Sie mich recht: Ich schätze es, wie groß Sie denken, wie weit Sie in die Zukunft planen. Wenn es nach mir ginge, dann bekämen Sie zwei, drei gute Männer und etwas Geld, und in ein paar Jahren schauen wir, was wir machen können. Aber«, er breitete die Arme aus, als trüge er eine große Last, »wir müssen einen Krieg gewinnen. Da kann ich nicht einfach zum Reichsführer laufen und sagen: ›Lassen Sie alles stehen und liegen, wir müssen ein Stromnetz über Europa und Afrika legen. Der Führer gibt nun mal die Richtung vor, und die liegt im Osten. Verstehen Sie, Herr Sörgel? Verstehen Sie?«

Korherr schien ihn tatsächlich um Verständnis zu bitten. Offenbar erkannte er im Gegenüber einen Schicksalsgenossen: einen klugen Kopf, den die Zeitläufte daran hinderten, wirklich Großes zu leisten. Alles in Herman sträubte sich dagegen, sich mit ihm gemein zu machen. Er war kein selbstmitleidiger Bürokrat. Mochte

Korherr sich auch in bitteren Hochmut flüchten – er, Herman, hatte die Hoffnung trotz allem nicht völlig verloren.

»Die Zukunft«, sagte Herman leise, aber bestimmt, »liegt in Afrika.«

Korherr legte die Ellenbogen auf den Tisch und legte die Fingerkuppen aufeinander.

»Sie widersprechen also dem Führer?«

»Ich … Nein. Nein, nein.« Ein unsichtbarer Riese drückte seine Pranke auf Hermans Brustkorb. »Ich möchte nur eine Alternative aufzeigen.«

»Eine Alternative?« Korherrs Gesicht verschwand hinter dem Gitternetz seiner Finger.

»Warum«, begann Herman tastend, »sollten wir unsere Zukunft ausschließlich im Osten suchen? Die Ukraine soll dem Reich als Kornkammer dienen, das verstehe ich ja. Aber werden Deutsche wirklich in asiatischen Steppen und Sümpfen gedeihen? Im Süden hingegen finden wir einen nahezu menschenleeren Platz an der Sonne vor. Und wenn wir das Klima dort erst mal mit Hilfe der Seen – Sie wissen von den drei Stauseen in Afrika, ja? Gut. – Wenn wir das Klima also erst mal gemildert haben, dann kann Afrika ein Garten Eden sein.«

»Verstehe. Sie meinen also, wir brauchen den Osten *und* Afrika?«

»Nun ja. Die Slawen weisen höhere Geburtenüberschüsse und ein geringeres Durchschnittsalter auf als wir Westeuropäer. Das ist ein Faktum. Ihre Zahl wird also in den kommenden Jahrzehnten stark wachsen. Wir sollten uns deshalb mit dem Osten nicht verschmelzen, sondern ihn abwehren.«

»Fakten«, sagte Korherr ruhig, »lassen sich ändern.« Er blickte Herman in die Augen, als mäße er die Wirkung seine Worte.

Wie war das gemeint? Etwa … Nein. Natürlich nicht. Der Bürokrat hatte bloß Gerüchte gehört, wie alle. Andererseits: Wenn Korherr wollte, erhielt er sicher genaue Informationen über alles, was geschah. Aber selbst wenn er etwas wusste, übertrieb er sicher maßlos. Gab sich zynisch, um sich aufzuspielen. Oder etwa nicht? Herman sah, wie Schwarz, die Lippen zusammengepresst, auf die Tischplatte starrte.

Ein paar flache Atemzüge lang war es still. Dann lachte jemand im Flur laut auf und ging glucksend vorüber. Herman spürte noch immer Korherrs interessierten, ja herausfordernden Blick auf sich ruhen. Dieser Mann, begriff er, war nicht verbittert. Er war stolz. Stolz auf sein Wissen über das, was hinter der Front geschah. Stolz auf seinen Anteil daran. Und er *wollte*, dass jemand diesen Anteil endlich sah. Aber es durfte nicht irgendjemand sein; das hätte ihn beleidigt. Es musste jemand sein, der aus Erfahrung wusste, wie mühsam es war, einer Idee, deren Sinn und Tiefe Durchschnittsmenschen allzu selten erfassten, gegen alle Widerstände treu zu bleiben. Jemand wie Herman.

Der hielt sich mit der Hand an der Sitzfläche fest. Zugleich zwang er den Impuls, Irene anzuschauen, nieder. Was erwartete Korherr von ihm? Sollte er ihm etwa dazu gratulieren, dass er half, Menschen zu ermorden? Einer wie Korherr machte sich die Hände bestimmt nicht schmutzig. Nein, ihm konnte man nicht mit der Tat selbst schmeicheln. Sondern allein mit der Kühnheit und Intelligenz, die es erforderte, sie zu planen. Die Tat war bloße Exekution des Plans und damit so nachrangig wie die Menschen, die ihr zum Opfer fielen. Herman begann zu husten. Etwas stach ihn in die rechte Brust, und er hustete erneut, versuchte einzuatmen, schaffte es aber nur zu hecheln.

Irene kam zu ihm, legte ihm die Hand auf die Schulter. In der anderen hielt sie eine Pille. Herman winkte ab.

Korherr lehnte sich zurück. Mit jedem Zentimeter, fürchtete Herman, sank er in dessen Ansehen. Doch ohne Himmlers Chefstatistiker wären Irene und er vollkommen abhängig von Schwarz. Würde der sie schützen, wenn Irene zum Bahnhof beordert wurde, um in ein Ghetto deportiert zu werden? Und dass das eines Tages geschah, schien Herman nach dem, was er jetzt wusste, wahrscheinlich. Zwischen zwei Hustenanfällen erkannte er deutlich, dass ihrer beider Leben in Händen lagen, an denen Blut klebte.

Nachdem er noch ein paarmal gehechelt hatte, war Herman zwar halbwegs sicher, zumindest ein wenig Luft zu bekommen, aber es schmerzte sehr. In seinem Brustkorb steckte ein heißes Stück Kohle, und jeder Atemzug schürte die Glut.

»Nur. Eine. Erkältung«, krächzte er.

Um weiterzumachen, musste er beim Sprechen die Luft anhalten. Atem holen konnte er in den Pausen und hoffen, dass Schmerz und Sauerstoffmangel ihn nicht ohnmächtig werden ließen.

»Das Schlimmste. Habe ich schon hinter mir.« Er hustete in die Hand. »Sicher. Wir können den Osten besiedeln. Aber selbst dann. Brauchen wir Afrika. Wenn wir gegen die Bolschewisten bestehen wollen. Wir brauchen seine Ressourcen. Sonst. Ist der Krieg verloren.«

Schwarz hob mit einem Ruck den Kopf. »Das ist mit mir nicht besprochen! Herr Oberregierungsrat, hiermit erkläre ich, dass ich damit nichts …«

»Reden Sie weiter«, unterbrach Korherr und legte die Hände auf die Tischplatte.

Eine Faust versuchte, das Innere von Hermans Brust zu zerquetschen. Er durfte es nicht zulassen, musste weiter atmen, weiter denken. Er hatte soeben in Himmlers Hauptquartier erklärt, das Reich könne den Krieg verlieren. Wenn er Korherr richtig eingeschätzt hatte, machte ihn das interessant, weil er ausgesprochen hatte, worüber andere ängstlich schwiegen. Wenn er aber irrte, würde ihn das Folgende ins Gefängnis bringen.

»Sie verstehen so gut wie ich«, keuchte er, »den Wert guter Planung. Kühler Berechnung. Die Notwendigkeit, unangenehme Fakten. Erst einmal anzuerkennen. Nur wenn wir die Fakten kennen. Können wir sie ändern. So ist es auch jetzt.« Herman brachte das Folgende in Stößen hervor, immer darum bemüht, es bis zur nächsten logischen Pause zu schaffen.

Als der deutsche Großangriff auf Moskau im vergangenen Dezember im russischen Winter festfror, sagte er, habe das alle Planungen über den Haufen geworfen. Statt eines Blitzfeldzugs müsse die Wehrmacht jetzt einen langen Krieg führen. Das sei die unangenehme Wahrheit, aber Männer wie Korherr seien in der Lage, sich ihr zu stellen, denn nur so ließen sich daraus die richtigen Schlüsse ziehen. Und die Wahrheit sei: Die deutschen Truppen bräuchten weit mehr Material, Menschen und Zeit, um die Sowjetunion zu besiegen. Aber was hieße schon *besiegen* bei einem Land von der Größe eines Kontinents? »Sieg«, sagte Herman, »das ist eine mehrere tausend Kilometer lange befestigte Grenze entlang des Urals. Nicht mehr, nicht weniger.« Deshalb müsse es der Wehrmacht so bald wie möglich gelingen, die Ölfelder des Kaukasus zu besetzen. Nur dann habe sie genügend Reserven, um das Gebirge dauerhaft zu verteidigen. Wie einst die Chinesen an ihrer großen Mauer, so würden nun die Deutschen am östlichen Ende Europas innerasiatische Horden zurückdrängen. Über Generationen würde das Reich Hunderttausende Soldaten an der neuen Grenze postieren, um Einbrüche aus den Tiefen Sibiriens abzuwehren. So etwas koste gewaltige Mengen an Menschen, Nahrung, Treibstoff und Kriegsgerät – Ressourcen, die andernorts fehlten. Das Ergebnis: Das Reich hätte gesiegt, drohte aber an seinen Wunden zu verbluten. Was also tun?

Mit jedem Satz fühlte Herman sich unsicherer. Die vielen Pausen gaben Korherr viel zu viel Zeit, jedes Argument zu hinterfragen – oder zu überlegen, welches davon das hochverräterischste war.

»Diese gewaltige Last«, sagte Herman in einem Atemzug, »lässt sich nur schultern, wenn alle Fabriken, Kraftwerke und Arbeiter im deutschen Machtbereich zusammenwirken.« Europas Industrie müsse stärker denn je vernetzt werden. Norwegische Erzbergwerke, deutsche Stahlgießer, tschechische Rüstungsfabriken und vieles mehr müssten verzahnt werden wie ein Uhrwerk. Dann – und nur dann – gewinne das Reich Krieg *und* Frieden.

»Sie wollen also«, unterbrach Korherr, »eine Art totalen Krieg wie unter Ludendorff? Aber noch totaler? Denken Sie an die Hungerwinter, die Kriegsanleihen. Das können Sie doch nicht ernst meinen!«

Herman unterdrückte ein Husten und schüttelte den Kopf. Er drohte Korherr zu verlieren. Eine Lösung musste her, und zwar sofort.

»Wenn wir es richtig anstellen«, begann er langsam, »kommt es nicht so weit.« Verlaufe der Umbau Europas in eine riesige Fabrik nur schnell und gründlich genug, ließen die USA von ihren Invasionsplänen ab. Denn die Amerikaner seien nüchterne Geschäftsleute; die opferten ihre jungen Männer nicht für eine verlorene Sache in einem fernen Erdteil. Dann wiederum müssten die Briten einsehen, dass ihre Verbündeten sie nicht retteten, und schlössen rasch Frieden. »Und dann«, hauchte Herman, »dann stellt sich in Afrika niemand mehr. Den Deutschen in den Weg. Das Kraftnetz, das wir über Europa gespannt haben. Breiten wir aus bis nach Kapstadt. Wir entwickeln den schwarzen Kontinent. Erhalten im Gegenzug seine gewaltigen Rohstoffe. Atlantropa, heißt das, macht uns unbesiegbar. Ja, noch mehr als das. Weil Atlantropas Rivalen.

Also die Großräume Asien und Amerika. Durch den Stillen Ozean getrennt sind. Sind beide gezwungen, sich verkehrs- und handelstechnisch. An den zentral gelegenen Erdteil. Atlantropa. Anzupassen. Atlantropa würde also gewissermaßen. Die ganze Welt beherrschen.«

Herman nickte zum Zeichen, dass er zum Schluss gekommen war. Er atmete schwer und schwitzte, als wäre er viele Kilometer gerannt.

Korherr, den Kopf aufs Kinn gestützt, notierte etwas; er ließ sich Zeit dabei. Herman kam es quälend lang vor. Endlich aber blickte der Statistiker auf und fragte teilnahmslos:

»War's das?«

Herman schluckte. »Ja.«

Korherr legte den Stift nieder und drückte auf einen Knopf. Nebenan schellte es, und kurz darauf trat der Assistent ein.

»Lassen Sie sich Adresse und Telefonnummer von Herrn Sörgel geben. Ach, was soll's: Nehmen Sie ihn gleich mit.« Wieder notierte er etwas, betrachtete es, strich es dann aber durch. »Die da unten sollen ihn mal ordentlich untersuchen. Irgendwas mit den Atemwegen. Hoffentlich nichts Ansteckendes.« Ein Lächeln kämpfte sich durch zu Korherrs Mundwinkeln. »Keine Widerrede, Herr Sörgel.«

Dann stand er auf, ging um den Schreibtisch herum und schüttelte Hermans Hand.

»Blitzsauber argumentiert, Gratulation. Aber das hier«, seine Hand beschrieb einen Kreis, »bleibt unter uns. Zu viel Klugheit macht manchen Leuten Angst.«

Herman wusste nicht, was er erwidern sollte, aber da schritt Korherr schon auf Irene zu. Er griff ihre Hand, die leblos an ihr herabhing, und umschloss sie mit beiden Handflächen. Irene war totenblass.

»Hätte ich damit gerechnet, dass der Termin länger dauert«, sagte Korherr, »hätte ich Ihnen natürlich einen Stuhl besorgt. Sehen Sie mir das nach, ja? Sie haben sich keine Notizen gemacht. Ist auch besser so. Bitte.«

Zum Zeichen, dass sie fertig waren, wies er zur Tür. Schwarz kehrte zurück aus dem Dämmerzustand, in den er während Hermans Vortrag geglitten war, und stand auf. »Vielen Dank für Ihre Zeit. Ich habe Ihnen nicht zu viel versprochen, oder?«

Korherr hob abwehrend die Hand. »Nicht so schnell.«

»Aber Sie überlegen es sich?«

Der Blick des Oberregierungsrats, gerade noch freundlich, verfinsterte sich. »Ich lege mich hier auf gar nichts fest. Und überhaupt: Wofür bräuchte ich da Sie?«

»Wie bitte?«

»Ich danke Ihnen für die Vermittlung des Kontakts. Aber alles Weitere mache ich mit Herrn Sörgel direkt aus. Also, vorausgesetzt, *dass* ... Was, wie gesagt, noch lange nicht sicher ist. Verstanden?«

Schwarz ballte die Hand zur Faust. Dann öffnete er sie wieder und legte sie an die Hosennaht. »Jawohl.«

»Und wenn Sie«, sagte Korherr in sanfterem Tonfall zu Irene, »noch Informationen brauchen, melden Sie sich einfach, ja?«

Doch Irene war noch immer wie erstarrt – und rührte sich nicht.

»Ja, bitte?«, fragte Korherr.

Irene hatte die ganze Zeit kein Wort gesprochen. Jetzt stumm zu bleiben hätte extrem unhöflich, ja verdächtig gewirkt. Herman spürte, wie sie nach den richtigen Worten rang. Nach irgendwelchen Worten, die dafür sorgten, dass Korherr von ihr abließ. Stattdessen fragte sie stotternd:

»Wo... Wonach ...«

»Ja?«

»Wonach riechen Juden denn?«

»Ha!« Korherr lachte trocken. »Mit ›Informationen‹ meinte ich eigentlich, wie Sie mein Büro kontaktieren können. Aber da die beiden Herren das ja offenbar ebenfalls nicht wissen: Der Geruch ist süßlich. Nicht angenehm süß, sondern aufdringlich, wie ein billiges Parfum. Durchsetzt ist es mit herben Nuancen, wie der Rauch eines Kohlenfeuers. Hat wohl mit der langen Zeit in den Ghettos zu tun. Ist aber vielleicht auch eine Sache des Bluts. Jedenfalls ist das Ergebnis unverkennbar. Einfach widerlich. Ganz geht der nie raus, egal, wie oft die sich waschen. Verstehen Sie?«

Irene, die Augen aufgerissen, nickte mehrmals.

Kurz darauf schloss sich die Tür, und Schwarz, Herman und Irene standen im leeren Vorzimmer.

Schwarz ging mehrmals auf und ab. Auf seiner Schläfe lief eine Ader an, die gewunden war wie eine Schlange. Als er sicher war, dass der Assistent nicht hereinplatzte, flüsterte er:

»Wollen Sie mich umbringen? Hm? Ich schwör' Ihnen: Wenn Sie mich austricksen wollen, dann mache ich Sie fertig. Beide.«

»Aber wollten Sie nicht«, fragte Herman überrascht, »dass ...?«

»Sie halten sich für besonders clever, was? Sie haben keine Ahnung, mit wem Sie sich anlegen. Sie sehen die Uniform und denken, Sie wissen alles. Aber Sie haben keinen Schimmer. Sie werden's ja sehen.«

»Ich habe das doch nur gemacht, damit Sie ...«

»Und Sie ...« Mit einem Schritt stand er vor Irene und hob den Zeigefinger vor ihr Gesicht. Neben Schwarz wirkte sie wie ein Kind. »Fanden Sie das etwa witzig? Ist das dieser kranke jüdische Humor? Aber mich kriegen Sie mit Ihren Scheißspielchen nicht klein. Ich halte so was aus. Ich halte *alles* aus.«

Dann zupfte er an seiner Uniformjacke, reckte das Kinn und ging zurück in Korherrs Büro.

*

Herman schaffte es schwer atmend zur Krankenstation. Sie lag im Luftschutzraum, einem fensterlosen Stahlbetonbau im grünen Innenhof. Der Arzt nahm sich Zeit, ihn zu untersuchen, denn es war nicht viel zu tun. Als er fertig war, bat er die Sörgels, draußen auf die Entwicklung der Röntgenaufnahme zu warten.

Der Himmel hatte aufgeklart. Ein paar Meter weiter standen rauchend drei junge SS-Männer, hielten ihre Gesichter in den Sonnenschein und scharrten gelangweilt mit den Stiefeln im Gras. Einer von ihnen drückte seine Zigarette aus und trat auf sie zu.

»Kommen Sie mit.«

Herman brauchte eine Sekunde, um zu begreifen, dass das eine Frage gewesen war. Vor ihnen stand Schwarz' Fahrer. Er bot an, sie auf der Rückfahrt zum Pappelweg am Hotel abzusetzen.

Erleichtert dankte Herman für das freundliche Angebot, aber das sei nicht nötig.

Als der Fahrer fort war, flüsterte Irene:

»Es tut mir leid.«

»Du kannst doch nichts dafür.«

»Ich weiß nicht, was mit mir los war. Ich war wie vor den Kopf geschlagen.«

Der Arzt kam zu ihnen. Sichtlich froh darüber, den fensterlosen Bau verlassen zu können, erklärte er seinen Befund ganz genau. Hermans rechter Lungenflügel sei kollabiert. Das passiere großen, sehr schlanken Männern recht häufig, manche merkten es gar nicht. Dabei habe der Patient Glück im Unglück gehabt. Wären beide Flügel zusammengesunken, was durchaus vorkäme, wäre er jetzt tot. Mit viel Ruhe und Geduld sei er in einem halben Jahr genesen.

Ruhe und Geduld, dachte Herman.

Der Arzt blickte ihn noch eine Weile erwartungsvoll an, dann ging er langsam wieder hinein.

»Ich nehme dir so viel Arbeit wie möglich ab«, sagte Irene.

»Ich fürchte, daraus wird nichts.«

»Wieso?«

»Er wird nicht mit dir reden. Jetzt erst recht nicht mehr. Er hasst dich ja geradezu. Egal, was du sagst. Das vorhin war dumm von dir, aber …« Herman blickte sich um und senkte die Stimme. »Warum war er so außer sich deshalb?«

»Er hat Angst«, flüsterte Irene, »dass jemand denkt, er sei auch einer.«

»Was? Du meinst, ein …?« Sie nickte. »Ein halber zumindest.«

»Wieso denn *das*?«

»Hat mir Luise erzählt, damals auf der Einweihungsfeier. Stand angeblich in einem Brief von Schwarz an Esther.«

»Ach«, sagte Herman und legte den Kopf an die Bunkerwand. Hoch oben schwebte, scheinbar schwerelos, ein britisches Aufklärungsflugzeug.

30

In Stalingrad ist die Südgruppe der 6. Armee unter Führung des Generalfeldmarschalls Paulus nach mehr als zwei Monaten heldenhafter Verteidigung von der Uebermacht des Feindes im Kampf überwältigt worden. (…) In Afrika wurden heftige Angriffe gegen die Stellungen der deutsch-italienischen Afrika-Armee in Westtripolitanien unter erneuten schweren Verlusten für den Feind abgewiesen.

Oberkommando der Wehrmacht: *Wehrmachtbericht* (1.2.1943)

1943 17. II.
Herr Schwarz verbietet die Werbung in der Öffentlichkeit
Die Gestapo verhindert somit die Weiterentwicklung der Instituts-Propaganda

Herman Sörgel: *Atlantropa-Tagebuch*

München, 9.3.1943

»Und jetzt?«, fragte Irene.

Herman schob das Papier auf dem Küchentisch von sich fort. Das gelbliche Licht der Deckenlampe schaffte es nur bis zur Tischkante. Dahinter lag die Wohnung im Dämmerlicht.

»Vielleicht«, antwortete er, »haben sie sich vertan.«

»*Das* ist dein erster Gedanke?« Sie nahm das Papier. »Das Ding ist auf den 17. datiert. Und wir kriegen das erst jetzt?«

Herman kniff ein Auge zu und betrachtete den Umschlag. »Aber er ist erst vor zwei Tagen in Berlin abgestempelt worden. Vielleicht hat deren Postausgangsstelle einen Treffer abgekriegt.«

»Berlin? Warum lassen die so was nicht die örtliche Gestapo erledigen – Leute wie Weber? Haben die gerade nichts Besseres zu tun? Da stimmt doch was nicht.«

Er zuckte die Schultern – und schwieg.

Als er vorhin mit der Post heimgekommen war, hatte Irene

schon mit einem Buch im Bett gelegen. Unter der alten Winterdecke fror sie weniger. Natürlich konnte er ihre Aufregung verstehen. Und doch hatte er gehofft, sie reagierte gelassener. Er selbst hatte nämlich durchaus eine Vermutung, was geschehen war. Aber um darüber nachzudenken, brauchte er Ruhe. Sein Kopf war noch immer klar, aber die Anspannung der vergangenen Jahre machte sich bemerkbar. Später würde er sich schon einen Reim darauf machen, warum die Gestapo ihm ein Veröffentlichungsverbot erteilte und mit Gefängnis drohte. Schließlich sagte er:

»Wir reden morgen früh, in Ordnung?«

Das Deckenlicht betonte die dunklen Ringe unter Irenes schönen Augen und die grauen Strähnen in ihrem Haar. Sie stand auf, wiederholte »Da stimmt was nicht« und tastete sich, ohne Licht zu machen, durch den dunklen Flur zurück ins Schlafzimmer.

Er wartete ein paar Minuten, ohne sich zu rühren. In die Stille drang das Knattern eines Automotors, der nicht ganz rund lief. Das beruhigte Herman. Offenbar gab es noch andere Menschen, die nicht ständig das Heulen der Sirenen erwarteten. Immerhin lag die Stadt tief im Innern des Reichs, weit entfernt von den britischen Startbahnen. Hätte er etwas zu sagen beim *Bomber Command*, ließe er Industrieanlagen im Ruhrgebiet angreifen. Alles andere bewiese einen zynischen Umgang mit Menschenleben und Ressourcen. Und falls sie doch München zum Ziel wählten, musste schließlich jemand in der Wohnung sein, um notfalls das Feuer einer Stabbrandbombe oder eines Phosphorkanisters frühzeitig mit Sand zu ersticken. (So jedenfalls hatte er es gehört.) Es sprach also einiges dafür, die Gefahr nüchtern einzuschätzen. Das half ihm, deutlich beunruhigendere Tatsachen hinzunehmen. Tatsachen wie jene, dass Juden keine öffentlichen Luftschutzbunker betreten durften. Also auch Irene nicht. Oder dass der Hauskeller kaum mehr war als eine verstaubte Abstellkammer, in der höchstens Kinder aufrecht stehen konnten. Darin fehlten sogar die üblichen Durchbrüche zu anderen Kellern, weil kein Nachbarhaus direkt angrenzte. Bei einem Volltreffer säßen sie in der Falle. Darum war es das Klügste, in der Wohnung unterm Dach auszuharren, anstatt draußen von Splittern, herabfallenden Trümmern oder Feuern verletzt zu werden. Sie würden zusammenbleiben.

Als es völlig still geworden war, ging Herman leise in den Flur, nahm den Telefonapparat und trug ihn in die Küche. Das Kabel war so dick, dass er die Tür nicht ganz schließen konnte. Deshalb lehnte er sich dagegen, während er eine Telefonnummer wählte, die er auswendig kannte.

Die Sekretärin nahm ab. Nein, ihr Chef sei um diese Uhrzeit nicht mehr im Büro; dort arbeite er ohnehin nur noch selten, sei fast immer draußen. Aber manchmal rufe er spät an, nur deshalb sei sie noch am Platz. Ob sie ihm etwas ausrichten solle? Das mache sie. Heil Hitler.

Heute konnte er also nichts mehr tun. Das war beängstigend – und zugleich seltsam beruhigend. Obwohl es erst kurz nach sieben war, wurden seine Lider schwer. Eine Weile gelang es ihm, sich mit Zeitunglesen wach zu halten. Im Wehrmachtbericht auf Seite eins häufte sich seit Wochen das Wort *Abwehr*. Das machte die Beteuerung, die deutschen Truppen seien *Herren der Lage*, nicht gerade glaubwürdiger. Am Ende erwähnte das OKW sogar *größere Schäden, vor allem in Wohngebieten und öffentlichen Gebäuden* durch einen Großangriff auf Nürnberg. Das waren nur – oder immerhin? – hundertfünfzig Kilometer von hier. Herman faltete die Zeitung zusammen und versuchte, an etwas anderes zu denken. Dabei schloss er für einen Moment die Augen – und schlief im Sitzen ein.

Ihn weckte ein vielstimmiges, sich überlappendes, an- und abschwellendes Heulen, nah und fern zugleich, und Irene, die mit weit aufgerissenen Augen wieder in der Küche stand und rief:

»Scheiße!«

Herman schaute zwinkernd auf die Uhr. Es war zwanzig nach elf. Er versuchte, gelassen zu wirken, was ihm wegen seiner Gliederschwere gut gelang. »Abwarten.«

»Und wenn doch?«

Er atmete tief ein, als wollte er zu einer langen Antwort ansetzen, da tat es einen Knall, der wie ein dumpfer Schlag auf Brustkorb und Trommelfell drückte. Die Fensterscheiben klirrten.

»Es geht los!«, rief Irene.

Herman stand auf und ging zum Dachfenster. Mit beiden Händen hob er die Verdunkelungsfolie an und linste durch den Spalt. Am Himmel verlor sich der Kegel zweier Scheinwerfer in der unermesslichen Schwärze. Sonst war nichts zu sehen. »Muss Flak-Feuer gewesen sein. Vielleicht haben die Schützen sich vertan. Gibt bestimmt gleich Entwarnung.«

Wieder ein Klirren. Irene zuckte zusammen. Doch es war nur das Telefon.

Um diese Uhrzeit? Es klingelte noch zweimal, dann hob Herman ab. Eine ferne Stimme fragte ihn:

»Was wollen Sie noch?«

»Was? Wer ist da?«

»Na, wer wohl?«

»Oh, natürlich. Danke, dass Sie so spät noch zurückrufen.« Zum ersten Mal war Herman froh, Carl Schwarz' Stimme zu hören. »Man will mir das Publizieren verbieten. Ab sofort.«

»Und?«

Die Sirenen heulten immer noch. Herman rief: »Dann kann ich nicht mehr arbeiten!«

»Und?«

»Na, dann sind die Forschungen in Gefahr!«

»Und?«

»Also … Wir müssen doch für die Zukunft planen!«

Im Wellental einer Sirene hörte er Schwarz husten oder ausspucken.

»Außerdem drohen sie mir mit Gefängnis! Meine Gesundheit ist nicht die beste! Wenn mir was passiert, verliert meine Frau ihren Schutz!«

»Und?«

»Es ist«, rief Herman, »doch auch Ihr Projekt! Sie müssen uns helfen!«

»Warum?«

Was war mit Schwarz los? An dessen Beleidigungen und Wutausbrüche hatte er sich gewöhnt; sie machten ihn berechenbar. Aber diese Einsilbig- und Begriffsstutzigkeit waren Herman neu.

»Das wissen Sie doch! Wir brauchen Sie! Aber Sie brauchen auch uns! Bitte helfen Sie uns!«

»Warum?«

»Na, wegen Atlantropa!«

Wieder war da ein Husten in der Leitung. Oder nein, kein Husten: ein verächtliches Schnaufen.

»Haben Sie nicht mitgekriegt«, sagte Schwarz, »wie's im Osten läuft? In Afrika? Ihr Plan interessiert keine Sau mehr!«

Herman hatte den Tag gefürchtet, an dem das Regime nicht mehr an den eigenen Sieg glaubte. Aber noch war dieser Tag nicht da – oder doch? Gab ihr seltsamer Verbündeter sich deshalb so feindlich? Oder hatte er nur eine seiner Launen? Herman wusste nicht weiter. In höchster Erregung stammelte er:

»Aber ... Sie müssen ... Atlantropa!«

Irene griff nach dem Hörer, doch Herman hielt ihn weiter fest, und so schwebte er zwischen ihren lauschenden Köpfen.

»Irene Sörgel hier! Ich weiß, Sie wollen nicht mir sprechen. Aber warum rufen Sie uns eigentlich an? Und das mitten in der Nacht?«

In der Hektik hatte Herman sich diese Frage gar nicht gestellt. Jetzt aber begriff er: Schwarz wollte ihm zeigen, dass er Bescheid wusste.

Das Heulen der Sirenen, die einen näher, andere weit entfernt, wurde schwächer. Es war schon beinahe verstummt, als Herman fragte:

»Das mit der Gestapo, das waren Sie?«

Am anderen Ende der Leitung lachte Schwarz auf. »Glaubten Sie ernsthaft, ich bekäme Ihre miese Nummer nicht mit?«

Hermans Hand zitterte. Das durfte nicht wahr sein. Was, dachte er, hatte er bloß angerichtet?

Dabei hatte die Sache mit Korherr so gut angefangen.

Nach dem Treffen im SS-Hauptamt hatte er dem Chefstatistiker seine Bücher geschickt. Das war nicht mehr gewesen als ein Testballon. Aber als dieser ihm im Gegenzug seine Werke schickte (*Volk und Raum* erwies sich sogar als ganz lesbar), hatte Herman Mut gefasst und Korherr angeboten, dem Kuratorium des Atlantropa-Instituts beizutreten. Das war, rückblickend betrachtet, ein wenig waghalsig gewesen, denn das Institut hatte zu diesem Zeitpunkt noch gar nicht existiert, zumindest nicht offiziell. Die Behörden zögerten noch, die Vereinsgründung zu genehmigen. Aber wenn er Korherr als Mitglied gewänne, so sein Plan, würden die Bürokraten schon spuren. Und das Risiko hatte sich ja gelohnt. Seit Januar durfte das Institut endlich Mitglieder sammeln, um Förderer werben und vor allem: wachsen!

Warum nur hatte er Schwarz nicht davon erzählt? Denn natürlich musste der sich hintergangen fühlen. Wie hatte er ihn genannt? *Mein Türöffner.* Schwarz musste den Eindruck gewinnen, als wollte Herman die Rollen vertauschen: als wollte der Türöffner allein das Vorzimmer der Macht betreten und Schwarz draußen zurücklassen. In Wahrheit hatte Herman bloß deshalb geschwiegen, weil er Schwarz' Argwohn fürchtete. Deswegen hatte er Fakten schaffen wollen, bevor der ihn daran hinderte. Und seit der Gründung des Instituts hatte es keine Gelegenheit für ein ruhiges Gespräch mit Schwarz gegeben. Er fühlte sich zu erschöpft dazu. Aber bei nächster Gelegenheit hätte er das Missverständnis bestimmt aufgelöst.

Wieder feuerte eine Flak in den Nachthimmel, eine ganze Salve diesmal. Ihr Echo hetzte durch die Straßen.

Herman hörte nur Fetzen von Schwarz' wütender Stimme:

»… viel zu lange meine schützende Hand über Sie gehalten. … mir nichts gebracht! Alles umsonst … Ich muss immer noch … glauben, Sie könnten mich hintergehen, dann mache ich Sie fertig!«

Das Echo der Geschützsalve wich unwirklicher Stille.

»Ich bin sicher, das ist ein Missverständnis«, sagte Irene. »Aber wir müssen jetzt auflegen. Hier ist Fliegeralarm. Wir rufen Sie morgen an, in Ordnung?«

»Ihr Scheiß-Institut wird natürlich auch verboten! Korherr wird Sie nicht raushauen! So wichtig sind Sie ihm nicht, dass er sich mit der Gestapo anlegt!«

Irene sah Herman verwirrt an.

Ganz in der Nähe zersprang mit lautem Klirren eine gläserne Vase. Das war seltsam, denn:

Sie besaßen keine gläserne Vase.

Herman rannte in den Flur und machte Licht. Doch im Flur war nichts. Er griff den Sandeimer und riss die Tür zum Schlafzimmer auf. Auch nichts. Er lief zum Bad – wieder nichts. Dann weiter ins Arbeitszimmer – und wurde beinahe geblendet. Rasch hob er den Arm vors Gesicht, doch hatte sich da schon ein tanzendes Licht auf der Netzhaut niedergelassen. Sekundenlang hielt Herman seine Augen geschlossen, dann öffnete er sie wieder einen Spalt. Vor ihm auf dem Boden strahlte etwas so hell wie hundert Wunderkerzen, zischte und sprühte zornig weißgelbe Funken inmitten von Fensterglas und einer zerbrochenen Dachschindel. Wo das flüssige Feuer landete, qualmten die Holzdielen. Herman trat näher. Die Hitze, die das kleine Ding ausstrahlte, war erstaunlich. Er schüttete Sand darauf, doch immer wieder fanden Funken einen Weg durch die Lücken: winzige Arme aus purer Energie, die um sich griffen. Er schüttete weiter, bis der Eimer leer und kein Arm mehr zu sehen war. Hoffentlich würde die Brandbombe ersticken, bevor sie Gelegenheit hatte, sich durch den Fußboden zu fressen.

Herman lief, schwer atmend, zurück ins Wohnzimmer.

Irene stand bewegungslos im Raum und hatte noch immer das Telefon in der Hand, mit der anderen hielt sie sich mit leerem Blick ein Ohr zu. Herman horchte in den Hörer.

»… euch fertig, ganz nach Vorschrift! Erst holen sie den Alten ab! Sie befragen ihn ein wenig, ganz sanft. Vielleicht fällt er da schon um! Das wäre das Einfachste! Wenn nicht, behandeln sie ihn nicht ganz so sanft! Dann kommt die Witwe dran! Die ist ganz schnell abfahrbereit!«

»Bitte«, rief Herman ins Telefon, »lassen Sie uns reden! Morgen! Ich bin sicher, wir …«

»Glaubt ihr, ihr kommt damit durch? Haltet ihr euch für so clever? Hä?« Schwarz klang so außer sich, dass Herman glaubte, den Geifer vor seinem Mund zu sehen. »Ich mach' euch Schweine fertig! Ihr hockt in der Falle! Wenn euch nicht die Tommys holen, dann hole ich mir …«

Der Boden vibrierte. Fast im selben Moment gab es einen gewaltigen Knall, tief und beeindruckend wie Donner. Als Herman begriff, dass es nicht ihr Haus erwischt hatte, zeigte er auf Irene, dann auf sich, schließlich auf den Fußboden. Doch sie schien ihn nicht wahrzunehmen. Er nahm ihr den Hörer aus der Hand und legte auf. Da endlich löste sie sich aus der Starre und nickte. Dann liefen sie los.

An der Wohnungstür griffen sie jeder einen Koffer. Das Treppenhaus war fast dunkel, nur erhellt vom orangefarbenen Licht der Flammen, die in einem Dachstuhl auf der anderen Straßenseite loderten. Ihr Flackern verwandelte die Stufen in schemenhafte, zuckende Wellen; die Hitze wärmte ihnen Gesicht und Hände. Wie schwer die Unterlagen waren. Um die Balance zu halten, hielt

Herman sich am Geländer fest. Vor ihm ließ Irene ihre Tasche fallen und stieß sie mit den Füßen vorwärts, dass sie rutschte wie ein Schlitten. Sie wollte schon die Haustür öffnen, als Herman sie ächzend erreichte und auf die Schulter tippte. Irene drehte sich um, und er zeigte wieder nach unten. Sie schüttelte den Kopf. Er nickte. Sein Anblick schien sie an etwas zu erinnern, das sie wütend machte. Sie schüttelte nochmal den Kopf, energischer diesmal, und wandte sich wieder zur Haustür.

Ein gewaltiger, wütender Knall. Dann eine Druckwelle, die sie umpustete. Irgendwo, überall schepperte Glas. Dunkelheit. Ein Prasseln wie von Hagel.

Als er wieder etwas fühlte, merkte er, dass er auf dem Rücken lag. Er tastete auf dem Boden um sich herum, erfühlte Splitter, die ihm in die Fingerkuppe stachen, Steinchen und kleine Äste, dann – endlich – etwas Weiches. Er rappelte sich hustend auf und zog Irene am Oberarm mit hoch. Dem Himmel sei Dank, sie konnten stehen.

Die Kellertreppe war schmal und ausgetreten; es roch nach Schimmel und Dauerkälte, aber das Licht funktionierte noch. Trotzdem glitt Herman auf einer der letzten Stufen aus und prallte mit der Schulter auf den Steinboden. Irene blieb zitternd auf dem Treppenabsatz stehen. Stöhnend richtete er sich auf, stieß mit dem Hinterkopf gegen die Decke und führte Irene zu einer alten umgedrehten Weinkiste.

»Bleib hier, in Ordnung? Regelmäßig ein- und ausatmen, dann kann dir nichts passieren.«

Sie starrte wortlos vor sich hin, während Herman wieder ins Erdgeschoss hinaufstieg und die beiden Koffer nacheinander nach unten trug. Zuletzt schloss er die dünne Holztür, dabei wusste er, wie sinnlos das war, und setzte sich neben Irene. Er wollte sie umarmen, doch sie entwand sich ihm.

Dann saßen sie lange schweigend nebeneinander und horchten. Wie klang eine Bombe, die im Nachbarhaus explodierte? Würden die Trümmer auch sie begraben? Was, wenn über ihren Köpfen fünf Zentner Sprengstoff detonierten? Wären sie sofort tot, oder würden sie im letzten Moment begreifen, dass sie gleich zerdrückt, erstickt, zerrissen würden?

Zweimal noch bebte der Boden. Der Staub zu ihren Füßen flog auf, und das Licht flackerte.

Obwohl Herman ahnte, welchen Kampf Irene gerade ausfocht, beruhigte ihn ihr regelmäßiges Atmen. Langsam lehnte er den schmerzenden Kopf an die Kellerwand.

*

Er brauchte eine Weile, um zu verstehen, dass er den hohen Dauerton der Entwarnung nicht bloß träumte. Und noch etwas länger, bis er begriff, dass er seine Augen bereits geöffnet hatte; denn um ihn herum war es stockdunkel. Er griff neben sich. Irene war fort.

So schnell er konnte, tastete er sich zur Treppe und stieg vorsichtig hinauf, doch oben war es kaum heller. Licht drang nur dort ein, wo vorhin noch die Haustür gewesen war. Jetzt lag sie, aus den Angeln gehoben und eingedrückt, am Boden. In der Ferne erklang eine Feuerwehrsirene. Die Luft roch nach Winter und Asche.

Im leeren Türrahmen stand Irene und schaute ins Freie. Ohne sich umzudrehen, sagte sie:

»Wir müssen hier weg.«

»Geht es dir gut?«

»Er will uns tot sehen. Er will uns tatsächlich tot sehen.«

»Manchmal spürt man nicht sofort, wenn was ist. Taste dich mal ab.«

»Wie wird man so? Ich meine, dass man andere Menschen töten will? Und warum? Wegen eines Projekts? Weil man nicht will, dass jemand anderes sich beim Chef beliebt macht? Ich verstehe das einfach nicht. Du?«

Sie drehte sich um. Eine dunkelgraue Staubschicht bedeckte ihr Gesicht, gesprenkelt mit Dutzenden roter Klümpchen. Ein Faden getrockneten Blutes lief von ihrer Wange bis zum Dekolleté.

»Lass uns schnell nach oben. In zwei Eimern ist noch Wasser.«

»Warum, Herman?«

Er fingerte in den Taschen nach einem Tuch, um ihr damit die Flecken abzutupfen, doch sie hielt seinen Arm fest.

»Warum?«, wiederholte sie.

Ein Schock, sagte sich Herman. Hätte er Klaustrophobie, wäre er jetzt auch völlig durcheinander. Sie brauchte Ruhe. Sie beide brauchten Ruhe.

»Vielleicht …«, brachte er hervor, »war er betrunken. Oder er hat etwas falsch verstanden. Ich spreche morgen mit ihm und kläre das.«

»Nein, Herman: Warum hast du dich hinter Schwarz' Rücken mit Korherr getroffen?«

»Erst mal müssen wir das auswaschen, sonst entzündet es sich noch.«

»Dir musste doch klar sein, wie Schwarz das finden würde. Er ist unberechenbar. Du bringst uns in Lebensgefahr. Und wofür?«

»Im Bad ist Methanol.«

»Herman!«

Er hatte nicht gewusst, dass sie so laut schreien konnte.

»Die Nazis«, flüsterte sie, »werden dir nicht helfen. Erst recht nicht jetzt, wo es so schlecht aussieht.«

»Korherr ist kein richtiger Nazi. Ist nicht mal in der SS.«

»Also hast du es wirklich getan.«

Herman seufzte. »Korherr hat mehr Einfluss als Schwarz. Und er ist nicht über Wochen irgendwo an der Front, wo wir ihn nicht erreichen können. Wenn Korherr seine Hand über uns hält, kann uns nichts passieren.«

»Hat er dir das so gesagt: dass er uns beschützen wird?«

»So weit waren wir noch nicht.«

»Weiß er, dass deine Frau eine stinkende Jüdin ist?«

»Irene, bitte. Ich will dich beschützen.«

»Wenn es dir wirklich um mich – um uns – ginge, dann hättest du stillgehalten und weiter für Schwarz gearbeitet.«

»Schwarz ist ein Irrer.«

»Ja, aber er war *unser* Irrer.«

»Auf den kann man sich nicht verlassen. Was, wenn er plötzlich der Reichsstelle befiehlt, mir das bisschen Geld abzudrehen? Oder wenn er an der Front umkommt?«

»Dann hätten wir immer noch eine Chance.«

»Wie?«

»Wir ziehen den Kopf ein, verhalten uns unauffällig.«

»Das ist doch kein Leben.«

»Nein, aber ein Überleben«, flüsterte Irene. »Verstehst du's wirklich nicht?«

»Was?«

»Warum du das gemacht hast.«

Herman zeigte auf sie und sich.

Irene schüttelte den Kopf.

»Doch!« Sein Unverständnis wich Wut. Was hatte sie bloß? Warum wollte sie ausgerechnet jetzt diskutieren? Gleich konnte eine zweite Angriffswelle über die Stadt hereinbrechen.

»Gib es einfach zu, Herman.«

»Lass uns morgen darüber reden, in Ordnung? Wir können froh sein, dass das Haus noch steht.«

»Gib es zu.«

»Was? Was?!« Es war ihm egal, dass er schrie. Das Haus war leer, und auf der Straße war niemand zu sehen.

»Gib zu, dass du es nicht für uns getan hast.«

»Was soll das, Irene?«

»Du hast es für dich getan. Für Atlantropa.«

»Unsinn.«

»Und jetzt ist alles verloren.«

»Ich sag' doch, morgen ruf' ich ihn an, und …«

»Nein, Herman. Es ist aus.«

Irene wirkte ihrer Sache so sicher, dass er fragte:

»Wieso? Was hat er dir gesagt?«

»Ich weiß jetzt, warum das Schreiben so lange gebraucht hat. Schwarz musste die Gestapo dazu drängen, es überhaupt auszustellen. Dann fand er einen Kommissar oder so was, der das Schreiben aufsetzte. Wieder kam was dazwischen. Die haben nämlich gerade tatsächlich anderes zu tun. Aber Schwarz ist ja zäh, wenn er was will. Er machte dem Vorsitzenden des Kommissars die Hölle heiß, weil der das Verbot nicht abnicken wollte. Drohte ihm mit irgendwas, ich hab's nicht genau verstanden. Er klang richtig stolz auf seinen Erfolg. Und jetzt arbeitet er an einem Haftbefehl. Für uns beide.«

»Was?«

Sie nickte bedächtig. »›*Und dann*‹, hat er geschrien, ›*dann geht's auf Nimmerwiedersehen ab in den Osten*‹.«

»Das hat er nicht so gemeint.«

»Bist du sicher?«

»Er ist halt verrückt.«

»Und deshalb traust du ihm?«

Herman ließ sich auf die Stufen vor der Haustür fallen. Die kleine Straße war nahezu menschenleer. Nur ein alter Mann und ein kleiner Junge hatten ihren Bunker schon verlassen und betrachteten, in Decken gehüllt, das Feuer im Haus gegenüber. Die Flammen hatten den Dachstuhl bis aufs Skelett abgenagt; jetzt verschlangen sie prasselnd und mit grässlicher Geduld die unteren Stockwerke. Auf seine Schuhe schneite es Asche.

»Wir müssen ihn dazu bringen, uns in Ruhe zu lassen«, sagte er mit gesenktem Blick.

Er würde einen Plan machen. Aber dafür brauchte er ein paar Stunden Schlaf, etwas Warmes zu essen, danach ein paar Telefonate. Es ging immer irgendwie weiter.

Herman strich mit dem Finger durch den Ascheschnee, fand ein verkohltes Stück Papier, dann noch eines. Es waren Seiten aus einem Buch. Ein paar Wörter waren noch lesbar. *Vollenden läßt sie sich nie* entzifferte er mühsam, mehr nicht. Weiter ging der Satz, glaubte er, mit *Leben* oder *Tod* oder beidem. Aber woher wusste er das?

Mit einem Ruck wandte er sich um, blickte in den Nachthimmel und öffnete den Mund. Auf Hermans entsetztes Gesicht legte sich eine Ascheflocke.

31

Der Atlantropa-Idee bringe ich immer noch lebhaftes Interesse entgegen und bedaure nur, daß infolge der gegenwärtigen Zeit eine Aussprache zwischen uns beiden nicht so ohne weiteres möglich sein wird.

Bruno Siegwart: *Brief an Herman Sörgel* (8.4.1941)

München, 12.3.1943

Lieber Herr Siegwart,

hätte ich Ihnen früher geschrieben, wäre dies ein völlig anderer Brief geworden. Ihnen hätte ich von jüngsten Planungen, Hoffnungen und Rückschlägen berichtet und betont, warum wir trotz allem den Mut nicht sinken zu lassen brauchen. Ich hätte mich nach Ihrer Einschätzung erkundigt, die mir so viele Male Altvertrautes in neuem Lichte hat erscheinen lassen. Und ich hätte meinem Wunsch Ausdruck verliehen, Sie mögen gesund bleiben und im Kreise Ihrer Familie den Frieden genießen, den Ihr schönes Land und Ihre klugen Landsleute, obwohl umbrandet vom Kriege, bis heute zu wahren gewusst haben. Mit keinem Wort wäre ich darauf eingegangen, warum unsere Freundschaft schon vor Jahren in einem wechselseitigen Austausch von Höflichkeiten erstarrte. Ich hätte weitergemacht, als sei nichts geschehen. Aber das geht jetzt nicht mehr.

Schon bald werden meine Frau und ich etwas wagen müssen, das uns, wenn es misslingt, das Leben kosten wird. Dass es schiefgeht, ist sogar wahrscheinlich, aber es ist unsere einzige Chance. Zuvor will ich zumindest dieses eine Mal Rechenschaft ablegen.

Meine Frau und ich sind seit drei Tagen in einem Notquartier untergebracht. Unsere Wohnung ist abgebrannt. Nun behausen wir ein halbes Zimmer, abgetrennt durch eine Decke; in der anderen Zimmerhälfte lebt ein Paar mit einem Säugling, der nahezu ständig weint. Bad und Küche teilen wir uns mit dieser Familie und den Wohnungsmietern, denen die Situation ebenfalls unangenehm ist.

Während ich dies schreibe, sitze ich in einem schmalen Bett, dessen Federung bei der geringsten Bewegung quietscht. Darunter ist Platz für unsere Habseligkeiten, die in zwei Koffer passen. Der eine enthält unsere Kleidung und Wertgegenstände, der andere Projektpapiere. Als Schreibunterlage dienen mir die Knie, als Schutz vor dem feuchtkalten Wetter eine alte Filzdecke. Sie wärmt genug, um nachts einzuschlafen, doch ist sie so schmutzig, dass mich Hustenanfälle mehrmals geweckt haben. Jedes Mal befürchte ich einen erneuten Lungenkollaps, dabei habe ich mich vom ersten kaum erholt.

Meine Frau und ich schlafen in Schichten, das hat sich wegen des geringen Platzes als praktikabel erwiesen. Außerdem muss einer von uns immer etwas erledigen oder besorgen. Gerade steht sie vermutlich wieder in der Kälte Schlange vor einer Backstube, um ›auf Marke‹ Essen zu beschaffen. (Sie entwickelt ungeahnte Kräfte, wenn sie unter Druck steht.) Ich hätte nie gedacht, dass ich an diesen Punkt käme, und doch fühlt es sich seltsam folgerichtig an.

Können Sie mir sagen, wo meine Lebensbahn eine Richtung eingeschlagen hat, die mich hierher führte? Wie wurde aus dem Mann, der mit Ihnen die Meerenge überquerte, der Gefangene der Umstände von heute? Wann wurde aus einer von unendlich vielen Möglichkeiten unausweichlich diese Realität? Ist alles zwangsläufig so geworden, wie es jetzt ist, oder unterlag es dem Zufall?

Was Sie darauf antworten würden, weiß ich nicht. Denn schon vor Langem begannen wir, uns voneinander zurückzuziehen. Wir tauschten weiterhin Höflichkeiten aus, aber keine Argumente mehr. Wenn ich heute zurückblicke, dann glaube ich, es begann in Monaco. Sie zweifelten an den Plänen für die Süßwasser-Staudämme in Afrika. Sie mögen sagen, ich sei damals zu weit vorgeprescht, hätte den hundertsten Schritt vor dem ersten gemacht. Warum erweiterte ich den Plan – einen guten, großen Plan – so radikal? War unsere Aufgabe nicht schon kolossal genug?

Damals glaubte ich, mich vor Ihrer Kritik schützen zu müssen. Denn ich war sicher, Ihre Zweifel waren bloß Zeichen des Alterns: Aus Angst, die Früchte Ihrer Arbeit nicht mehr selbst ernten zu können, gaben Sie ermattet auf.

Heute verstehe ich, dass mich Ihr vielsagendes Schweigen nicht hätte kränken dürfen. Ich war zu egoistisch, identifizierte mich zu sehr mit Atlantropa. Kritik daran deutete ich als Kritik an mir. Nun aber begreife ich: Das Projekt ist unendlich viel wichtiger als sein Schöpfer. Ich bin nicht groß, sondern nur der Träger einer großen Idee. Sie gehört mir nicht, sondern ich gehöre ihr.

Vor einigen Monaten sah ich mich gezwungen, einem einflussreichen Nazi Atlantropa schmackhaft zu machen. Sie haben richtig gelesen: ein Projekt des Weltfriedens für die Macher eines Weltkriegs! Eine scheußliche Aufgabe, die einem vor Ekel das Innerste nach außen kehrt, nicht wahr?

Fiele die Antwort doch nur so eindeutig aus.

Ja, bei meinem kleinen Vortrag empfand ich große Angst. Insbesondere fürchtete ich, was meiner Frau geschehen mochte, sollte ich versagen. Aber sobald mir klar wurde, dass ich diese Bewährungsprobe bestehen würde, geschah etwas Merkwürdiges. Ich sehnte mich nicht danach, so rasch wie möglich fortzukommen, obwohl ich wusste, dass an diesem Ort Menschen den Tod anderer Menschen planten. Nein, mein lieber Herr Siegwart, ich wollte weitermachen.

Zum ersten Mal seit Jahren fand ich Gelegenheit, gewissermaßen öffentlich über Atlantropa zu sprechen. Und doch hätte mir mein Vortrag abgeschmackt vorkommen können: Immerhin bewarb ich, einem Hausierer ähnlich, zum hundertsten Mal dasselbe Projekt. Tatsächlich begann ich mit den bekannten Vorzügen. Kraft, Raum und Brot sind ja sozusagen sein Leitmotiv. Aber rasch kam ich auf weitere Chancen zu sprechen: auf Elektroautos und -tankstellen, ein von der Arktis bis Südafrika reichendes Stromnetz, womöglich ganz ohne Kabel. Warum auch nicht? Europa mag von Faschisten beherrscht sein; doch hier leben dieselben Menschen wie vor dem Krieg. Haben sie heute weniger Anrecht auf saubere Luft und Flüsse, Gesundheit und Wohlstand, als sie es noch vor Kurzem hatten?

Während ich sprach, war ich körperlich schwach; und doch spürte ich die gleiche Exaltation wie damals auf der Aussichtsplattform des Walchenseekraftwerks. Seither mochte ich gealtert sein; Atlantropa aber war jung geblieben.

Was ich Ihnen zu sagen versuche, ist vielleicht dies: Staudämme, Land und Wohlstand bilden nur die Basis für eine Welt unbegrenzter Möglichkeiten. Noch unendlich viel mehr wird möglich, wenn wir nur den Anfang wagen.

Damit das geschieht, dürfen wir niemals verzagen, müssen wir weiter glauben. Denn Atlantropa ist ein Glaube. Kein Glaube wie das Christentum, das in der Angst wurzelt. Nicht wie der Nationalsozialismus, dieses verbrämte Recht des Stärkeren. Oder der Kommunismus, die tragische Verwechslung der Gleichrangigkeit aller Menschen mit deren Gleichmacherei. Nein, Atlantropa ist der Glaube an die Schöpferkraft des modernen Menschen zum Wohle aller.

Atlantropa, das wurde mir ausgerechnet dort, in einem Büro im SS-Hauptamt, klar wie nie zuvor, ist auch ein großes Kunstwerk: Es ist komplexer, schöner und reicher, als selbst seinem Erfinder anfänglich bewusst war. Es gehört der ganzen Welt – und doch allein sich selbst.

Was kann ein Kunstwerk dafür, dass es Demokraten wie Faschisten fasziniert? Zeugt es nicht vielmehr von seiner Größe, die sich der simplen Unterteilung in Gut und Böse entzieht? Oder aber ist sein Kern so schwach und fehlerhaft, dass jeder Mächtige ihn nach seinen Vorstellungen verbiegen und missbrauchen kann? Ich frage Sie ganz ernsthaft, mein lieber Herr Siegwart. Am Ende meines Vortrags tat ich etwas schier Unfassbares: Ich skizzierte einen Weg, wie das Reich eine Tausende Kilometer lange Front auf Dauer halten konnte. Können Sie sich das vorstellen? Ich zerbrach mir doch tatsächlich den Kopf darüber, wie sich diese Verbrecherherrschaft langfristig sichern ließ! Wie um aller Welt kam ich dazu? Die einzige Erklärung, die ich habe, lautet: Nicht ich selbst sprach in diesem Moment, sondern das Projekt. Denn manchmal erscheint es mir wie ein eigenständiges Wesen.

Wie alles Leben braucht es eine klare Form, die innen von außen trennt, so wie bei der Zelle die Membran und beim Tier die Haut. Ich aber hatte die Frage, wo seine Nordostgrenze verlaufen sollte, lange vernachlässigt. (Sicher, auf unseren Zeichnungen verläuft irgendwo auf Höhe des Urals ein Strich von Norden nach Süden. Aber das war doch nur ein Behelf. Eine wirkliche Grenze musste erst geschaffen werden. Nur wie?) Das Projekt fand darauf eine Antwort. Dabei scherte es sich nicht darum, ob eine deutsche Herrschaft über das europäische Russland Millionen Menschen Leid brachte. Wichtig war ihm allein das eigene Überleben.

Finden Sie, das klingt verrückt? Wie soll schließlich ein Projekt – ich kann es nicht anders ausdrücken – einen eigenen Willen entfalten? Ich wusste, dass ich bereit war, Atlantropa zu dienen. Ja, zu dienen! Und ich spürte, der ach so kühle Statistiker, dem ich vortrug, würde es bald auch sein. Das zu erleben war erschreckend und berauschend zugleich. Ich frage mich, ob Sie das schon vor Langem erkannt haben, vielleicht in Monaco. Haben sich unsere Wege deswegen getrennt?

Am Ende dieses Briefs kehre ich zurück zu seinem Anfang. Nein, mein lieber Herr Siegwart, es kommt nicht darauf an, ob wir noch sehen, wie Atlantropa entsteht. Sein Wille ist schon jetzt enorm; Atlantropa wird weiterleben, auch falls ich bald sterbe. Und unsere Leistung wird nicht dadurch geschmälert, dass wir das Endergebnis nicht miterleben.

Alles wird seinen Weg gehen. Dieser Gedanke hat etwas Tröstliches für mich. Er lindert meine Angst vor dem, was meiner Frau und mir bevorsteht. Und weil ich weiß, dass auch Ihre Arbeit nicht umsonst war, fällt es mir leichter,

Abschied von Ihnen zu nehmen.

Dieser Brief wird Sie nie erreichen. Trotzdem war es mir wichtig, ihn zu schreiben. Ich wünschte, wir hätten eine Aussprache gehabt, bevor Sie vor einigen Tagen in Luzern starben.

Danke für alles. Sie werden mir fehlen.

Ihr
Herman Sörgel

32

Insgesamt dürfte das europäische Judentum seit 1933, also im ersten Jahrzehnt der nationalsozialistischen deutschen Machtentfaltung, bald die Hälfte seines Bestandes verloren haben.

Richard Korherr: *Die Endlösung der europäischen Judenfrage. Statistischer Bericht* (23.3.1943)

Berlin, 16.3.1943
Der Pappelweg wurde seinem Namen gerecht. Entlang einer schmalen, kurzen Kopfsteinpflasterstraße standen nur wenige Einfamilienhäuser. Vor jedem lag ein kleiner Vorgarten. In manchen blühten die ersten Krokusse, in anderen trotzten Schneeglöckchen dem leichten nächtlichen Frost, und überall wuchsen immergrüne Sträucher als Sichtschutz. Nur in einem Garten lagen noch immer kleine Äste und Blätter, die Herbststürme hinterlassen hatten. Das dazugehörige Haus war weiß, sah aber im Halbdunkel schmutzig grau aus. Vor den Erdgeschossfenstern hingen Spitzengardinen, und ein Geländer aus Schmiedeeisen führte die drei Stufen zur Eingangstür hinauf. Im ersten Stock brannte Licht. Vor diesem Haus blieb Irene stehen und stellte wortlos den Koffer ab. Herman tat es ihr nach.

Sie waren schon so lange unterwegs, dass Irene nicht mehr wusste, ob ihr Schwindelgefühl vom Hunger kam, von der Übermüdung oder von den rumpelnden Zügen, S-Bahnen und Bussen, die sie hergebracht hatten. Die Nacht war wieder schlaflos und nasskalt gewesen und jetzt, um kurz vor sieben, noch immer nicht ganz gewichen. Vorsichtig steckte Irene die Hände in die Manteltaschen.

Gestern früh war sie schon einmal hier gewesen. Frierend, den Fellkragen hochgeschlagen, hatte sie einen leeren Kinderwagen über den holprigen Gehweg geschoben. Erst nach mehr als einer

Stunde war ein Wagen aufgetaucht, hatte gehalten und zweimal kurz gehupt. Bald darauf war ein auffallend großer, fülliger Mann aus dem Haus gekommen. Ein Mann, der zwei geschwächte Menschen problemlos niederschlagen konnte. Ein Mann mit einer Pistole im Holster. Da wusste sie endlich, in welchem Haus er wohnte, und wann er es verließ.

Nur einen Tag später, und sie hätten unverrichteter Dinge nach Oberstdorf fahren müssen, um in der Ersatzwohnung für Ausgebombte auf ihre Verhaftung zu warten. Doch wenn ihr Plan schiefging, kamen sie nicht einmal mehr dorthin.

Herman zog Irene an sich. Unter dem dünnen Mantel spürte sie seine Rippen. So blieben sie eine Weile, bis in der Ferne ein Motor startete und Irene sich von Herman löste. Neben ihre Müdigkeit schlich sich eine seltsame Erregung und mobilisierte ihre letzten Kräfte.

Sie nahmen die drei Stufen zur Haustür, und Herman hob die Hand. Einen Moment hielt er inne, dann drückte er die Klingel.

Aus dem Haus hörten sie undeutlich eine ärgerliche Stimme, dann ein Poltern auf der Treppe.

Kurz darauf öffnete sich die Haustür.

Vor ihnen stand, im Unterhemd und mit herabhängenden Hosenträgern, Carl Schwarz.

»Dürfen wir reinkommen?«, fragte Irene.

Einen Augenblick lang war der Sturmbannführer sprachlos. Sein Blick ging zwischen der Straße und den Frierenden vor ihm hin und her. Als er sicher war, dass niemand sie sah, drehte er sich um und ging zu einer Kommode im Flur, auf der ein Telefon stand.

»Tun Sie das bitte nicht.« Irene hielt die Haustür auf.

Schwarz nahm den Hörer ab und wählte.

»Bitte legen Sie auf.«

Er wartete auf ein Klingelzeichen.

»Wir haben eine Nachricht für Sie.« Irene trat einen Schritt nach vorn. »Von MooMoo.«

Schwarz hielt den Hörer weiter am Ohr; aber dabei schwankte er leicht wie ein Haus, durch das ein Erdstoß ging.

»Es geht ihr gut. Sie lebt in der Nähe von New York. Sie ist jetzt sechsundzwanzig. Kaum zu glauben, oder?«

Am anderen Ende der Leitung nahm jemand ab. »Moment«,

sagte Schwarz. Er hielt den Hörer gegen die Brust: eine Aufforderung an Irene, sich zu beeilen.

»Wir haben einen Brief mitgebracht.« Sie nahm ein Papierbündel aus der Manteltasche und las vor:

»Liebe MooMoo, ich finde es sehr schade, dass wir uns nach dem Segeltörn aus den Augen verloren haben. Aber das ist wohl kein Zufall, nicht wahr? Ich glaube, ich weiß, warum Du mich meidest. Darum schreibe ich Dir diese …«

»Halt.« Schwarz kaute eine Weile auf der Unterlippe. Dann sprach er in den Hörer: »Hat sich erledigt. Heil Hitler.« Und legte auf.

Sie traten ein, und Herman schloss die Tür.

»Geben Sie her.«

»Das ist natürlich nur eine Kopie. Ich hoffe, Sie können meine Schrift lesen.«

Die dreizehn dicht beschriebenen Seiten hatten Irene zwei Nächte gekostet, fünf Telefonate in die Schweiz und ein nennenswertes Stück ihrer verbliebenen Selbstachtung. Denn damit sie in den späten Abendstunden das Telefon nutzen durfte, hatte sie die Hauptmieter des Notquartiers geradezu anbetteln müssen. Glücklicherweise waren die Fernleitungen noch intakt. Danach opferte sie einen weiteren Fetzen Würde, als sie einen alten Freund (eher eine Affäre, lange vor Herman) in Erinnerung an die gemeinsamen Zeiten dazu bewegen konnte, ihr zu helfen. Der Mann – dessen wichtigste Eigenschaft für Irene heute darin bestand, dass er nahe der Schweiz lebte und ans Telefon gegangen war – war daraufhin über die Grenze gefahren. In einem Gasthaus hatte er in radebrechendem Englisch Ferngespräche in die USA angemeldet, und nach einigem Hin und Her war es ihm tatsächlich gelungen, die Familie Mendelsohn in Croton-on-Hudson, einem Dorf nördlich von New York City, zu erreichen. Verständlicherweise hatte Esther anfangs gezögert, dem fremden Anrufer zu glauben, doch für diesen Fall hatte Irene ihren Kontaktmann mit ein paar Anekdoten ausgerüstet (darunter eine über »kleine Eier«, die dieser nur sehr ungern wiedergab). Das hatte Esther davon überzeugt, dass es sich bei dem Anrufer tatsächlich um einen Mittelsmann ihrer Duz-Tante Irene handelte, die dringend Hilfe brauchte. Geduldig hatte sie ihm daraufhin den langen Brief vorgelesen. Einen Brief, der sein Überleben allein den Nöten des Exils verdankte.

Denn nachdem die Mendelsohns 1933 Deutschland hatten verlassen müssen, wurde ihnen der weniger wichtige – und für die Nazis uninteressante – Teil ihrer Habe in Überseekoffern per Schiff nach London nachgesendet. Darunter war auch die Briefsammlung der halbwüchsigen Tochter Esther, die von dort aus nach Jerusalem weitergeschickt werden konnte, wo Erich ein zweites Architekturbüro betrieb. 1941, als Rommels Afrikakorps Palästina gefährlich nahe kam, reiste sie mit den Mendelsohns nach Amerika. Hier schließlich hatte Esther, längst eine junge Frau, die alten Briefe gesichtet. Schwarz' schwülstige, unzusammenhängende Zeilen behielt sie. Nicht etwa, weil sie die Erinnerung an den seltsam verloren wirkenden jungen Mann oder an eine verstörende Szene auf einer Party in Berlin bewahren wollte. Sondern weil sie an jenem Abend ihre »Tante« kennengelernt hatte.

Und daher wusste Irene jetzt genau, was der junge Carl Schwarz der noch deutlich jüngeren Esther Mendelsohn im Sommer 1930 in erstaunlicher Detailfülle brieflich anvertraut hatte: seine Biographie.

Die Firma seiner Familie, Schwarz & Cie., hatte über mehrere Generationen hinweg Kolonialwaren, vor allem Kaffee und Zucker, an Einkaufsgenossenschaften in halb Deutschland verkauft, wovon Kontore in Köln, Greifswald und Augsburg zeugten. Kurz nach der Jahrhundertwende ließ ein Urenkel des Firmengründers sich in Frankfurt nieder. Seiner jungen Verlobten baute er im nahen Kronberg im Taunus ein kleines Haus, das sich erweitern ließ, sobald die fest eingeplante Kinderschar mehr Platz benötigte. Es kam anders. Die Verlobte, damals siebzehn Jahre jung, erhielt auf Wunsch ihres Vaters, eines Gymnasialdirektors, bis zur Hochzeit Unterricht in Latein und Französisch. Ihr Lehrer war ein fünfundzwanzigjähriger Doktorand der Medizin namens Samuel Heim, der sich auf diese Weise den Lebensunterhalt finanzierte. Für einen Juden, schrieb Schwarz an Esther, soll Heim »ungewöhnlich groß gewesen sein, eine imposante Gestalt mit dröhnendem Bass«. Mit hochemotionalen Reden über den Ruhm der Pariser Kommune von 1871 konnte er seine Schülerin tief beeindrucken. Aber ob das stimmt, ist unsicher, denn hier begannen Fakten und Hörensagen ineinander zu verschwimmen. Fakt ist: Nur sechs Monate nach der überraschend vorgezogenen Hochzeit des jungen

Schwarz mit seiner Braut wurde ihnen ein Sohn geboren: Carl Felix Maria Schwarz. Er blieb ihr einziges Kind. Als Carl fünf Jahre alt war, erlag sein Vater einem Schlaganfall. Seine Mutter starb sechs Jahre darauf an einer zu spät erkannten Blutvergiftung. Der Waisenknabe kam zu einer verwitweten Schwester der Mutter, die ihn wenig später in ein Internat gab. Dem unverhohlenen Getuschel der Kronberger Bevölkerung zufolge war Schwarz junior in Wahrheit der Sohn des jüdischen Hauslehrers. Dieser habe, als die Schwangerschaft offenbar wurde, das Weite gesucht. Schwarz senior hingegen habe treu zu seinem Eheversprechen gestanden, was durch den Umstand erleichtert worden sei, dass die Eltern der Braut nennenswerte finanzielle Zugeständnisse machten. Dieses hartnäckige Gerücht kam Carl Schwarz in sehr jungen Jahren wiederholt in Kirche, Schule und Turnverein zu Ohren. Dass er seinerseits zu einem großen, stattlichen Mann heranwuchs, habe dazu beigetragen, das Gerücht am Leben zu erhalten.

Doch daran, beschwor Schwarz Esther in seinem Brief, *ist nicht das Geringste! In meiner Familie sind Männer häufig auffallend groß. Dir erzähle ich all das im Vertrauen darauf, dass Du mich schon richtig verstehen wirst: Wie soll einer, der von früh auf für einen Judenbastard gehalten wurde, Juden hassen? Er weiß doch, wie es sich anfühlt, wenn man scheel angeguckt wird. Wenn man aus fadenscheinigen Gründen nicht dabei sein darf auf dem Fechtboden oder im Jugendlager. Und beweist das nicht, dass ich der Partei aus ganz anderen Motiven beigetreten bin, als Du denkst? Sie ist so viel mehr und wunderbarer als das, was ihre hasserfüllten Gegner ihr zuschreiben! Vor allem anderen ist sie der Sammlungsort der bedrängten deutschen Seele. Deshalb ist sie keine Partei im herkömmlichen Sinne, sondern eine Bewegung. Sie wendet sich gegen die Übermacht der Großstädte, Großkapitalisten und Großkonzerne und stellt ihnen trotzig das tiefe Empfinden entgegen, das uns Deutschen eigen ist. Wir Deutschen reinigen, was verroht ist in der Welt, durch unsere Fähigkeit zu klarem Denken. Zugleich empfinden wir tiefer und deutlicher als alle anderen Völker, was das »eigentliche, einzige und tiefste Thema der Welt- und Menschengeschichte« ist, wie Goethe schrieb: nämlich der Kampf zwischen Glauben und Unglauben. Ach, liebe Esther, wenn Du nur glauben könntest! Dann würdest Du erkennen, dass auch Du den Weg ans Licht schaffen kannst. Wie Dein hochverehrter Vater und Deine Mutter, so kann es auch Dir gelingen, Deine jüdischen Anteile, die Dir insgeheim zu schaffen machen (das spüre ich genau), hinter Dir zu lassen. Doch das kann einzig dadurch gelingen, dass Du die deutsche Art zu denken und zu empfinden völlig annimmst. Wenn Du diese Prüfung meisterst, muss nichts mehr bleiben vom relativierenden Zerdenken, das Juden seit Jahrtausenden …*

Und so weiter und so fort.

Minutenlang las Schwarz seine eigenen Sätze. Auf manchen Seiten blieb er lange hängen, während er andere bloß überflog, als wüsste er noch genau, was er dreizehn Jahre zuvor gedacht hatte.

Irene blickte sich um. Entweder lebte Schwarz noch nicht lange hier, oder aber er wusste nicht, wie man es sich heimisch machte. Die Wände waren kahl. Rechteckige, helle Felder zeigten an, wo Bilder gehangen hatten. Der Vorbesitzer musste Zigarrenraucher gewesen sein. Irgendwie war es Schwarz mitten im Bombenkrieg gelungen, ein Haus für sich allein zu ergattern. Dann begriff Irene: Es musste »arisiert« worden sein. Der Sturmbannführer lebte im Haus verjagter Juden. Schwarz atmete tief durch und warf den Brief auf die Kommode.

Irene hatte viel Zeit gehabt, sich auszumalen, was Schwarz jetzt tun würde. Nach dem fürchterlichen Telefonat hielt sie es für möglich, dass er sie würgte, bis sie ohnmächtig wurde, oder gar auf der Stelle erschoss. Zumindest aber würde er sie anschreien und bedrohen. Stattdessen blickte er Herman und sie lange nachdenklich an und ließ dabei die Zunge über die Zähne gleiten. Schließlich fragte er ruhig:

»Was wollen Sie?«

»Ihre Vorgesetzten wären sicher empört, wenn sich herausstellte, dass sich ein Halbjude unter ihnen versteckt hält. Dass Sie sie belogen haben.«

»Bleiben wir doch bei den Fakten.« Schwarz verschränkte die Arme. »Da ist ein von *Ihnen* verfasstes Schriftstück. Sie *behaupten*, es sei die Kopie eines Briefes von mir. Richtig? Das ist nichts. Nein, das ist weniger als nichts, denn das Schreiben stammt noch dazu von einer Jüdin.«

»Ihre Kollegen von der SS werden sicher jedem Hinweis auf eine Lüge nachgehen. Es geht schließlich um die Ehre. Wie stünde Ihr Orden da, wenn ausgerechnet in seinen Reihen so was vorkäme?«

»Bessere Fälschungen als Ihre erreichen uns jeden Tag.«

»Fälscher würden sich nicht die Mühe machen, so etwas zu entwerfen. Sie würden den vermeintlichen Originalbrief vorweisen. Aber das«, Irene zeigte auf den Packen Papier, »das wirkt gerade dadurch überzeugend, weil man Derartiges nicht erfindet.«

»Frau Sörgel, was reden Sie denn da? Sie sind sehr clever. Aber jetzt haben Sie sich selbst ausgetrickst.«

»Glauben Sie, Ihre Kollegen werden Ihnen einfach so vertrauen? Oder werden sie genau prüfen, ob da was dran ist?«

Schwarz blickte Irene mitleidig an. »Ach, Frau Sörgel. Warum tun Sie das?«

Ein Auto hupte einmal, zweimal.

Als beweise die Ankunft seines Dienstwagens, dass er in Sicherheit war, entspannte sich Schwarz. Die ganze Macht seines Ordens schien sich vor der Tür versammelt zu haben. Von den beiden Besuchern vor ihm ging keine Gefahr aus.

Der Wagen kam mindestens eine Dreiviertelstunde zu früh, dachte Irene. Jetzt würde sie, ohnehin schon am Rande ihrer Kräfte, in aller Eile improvisieren müssen.

»Lassen Sie ihn warten.«

»Nein.«

»Wir möchten Ihnen einen Handel vorschlagen.«

»Bitte.« Er dehnte das Wort, bis es einem Seufzen ähnelte. »Ich verhandle doch nicht mit Erpressern. Erst recht nicht mit so schlechten.«

»Dann schicken wir den Brief direkt an Korherrs Büro. Die Adresse haben wir ja. Einer Jüdin wird er nicht glauben, aber dem Schöpfer der Atlantropa-Idee schon. Und dann wird er alles ganz genau untersuchen. Er wird Ihre Familie sehr, sehr eingehend befragen lassen. Ihre Cousins, Ihre Onkel und Tanten, auch die Ältesten. Glauben Sie nicht?«

Schwarz senkte den Kopf und versuchte, ein Schlucken zu unterdrücken. Er zwinkerte dreimal, viermal und fuhr sich mit der Zunge über die Lippen. Dann aber hellte sich sein Gesicht auf, die Mundwinkel zuckten, und mit der Andeutung eines Lächelns sagte er: »Kommen Sie doch mit.«

»Wir klären das jetzt und hier.«

»Ach, Frau Sörgel.« Schwarz sah sie nachsichtig an wie ein störrisches Kind. »Ich verstehe Sie ja. Manchmal bin ich etwas aufbrausend. Und bei unserem Telefonat sind Worte gefallen, die ich gern zurücknähme. Ich hatte einen besonders anstrengenden Tag hinter mir, aber das entschuldigt natürlich nicht, wie ich mich aufgeführt habe. Das tut mir leid. Ja, es tut mir leid! Ich hätte Ihnen das schon früher sagen sollen. Aber ich hörte, Sie hätten Ihre Wohnung verloren. Da wusste ich nicht, wo ich mich melden sollte. Jetzt können wir ja alles klären. Im Auto.«

Irene hätte nicht überraschter sein können, hätte ihr Gegenüber angefangen zu weinen. Meinte er das etwa ernst? Sie hatte Schwarz nie ganz verstanden. Klar war aber: Wenn sie mit der SS ins Regierungsviertel fuhr, war sie verrückt. Schwarz konnte sie womöglich in einem Keller spurlos verschwinden lassen. Um das zu vermeiden, hatte sie ihn ja hier, am Stadtrand, konfrontieren wollen: um ihn unvorbereitet und allein anzutreffen. Sie ballte die Hände.

»Wir fahren da nicht hin.«

»Sie müssen ja gar nicht mit in die Prinz-Albrecht-Straße. Ich lasse Sie am Fernbahnhof raus.«

»Und der Haftbefehl?«

»Noch ist nichts offiziell. Über alles Weitere sprechen wir im Wagen, ja? Ich muss jetzt wirklich los.«

Der Chauffeur klingelte.

»Wir bleiben hier.«

»Eine Jüdin: hier? Auf keinen Fall. Außerdem komme ich eine Woche lang nicht wieder her. Jetzt fahren Sie schon mit. Auf dem Weg kaufe ich Ihnen was zu essen.«

Irene war nicht so naiv, Schwarz seinen Sinneswandel zu glauben. Aber offenbar hatte er verstanden, dass er mit ihnen verhandeln musste. Und spätestens wenn sie ihre Trumpfkarte zog, würde er nachgeben. Doch die musste sie persönlich ausspielen, und das so bald wie möglich. Außerdem: Wenn sie nicht mitfuhren, hatte ihr Plan sich erledigt, und es gab keinen zweiten.

Irene schaute zu Herman, der die ganze Zeit geschwiegen hatte. »Was sagst du?«

Die lange Fahrt von München und die Übernachtung in einer Charlottenburger Notunterkunft hatte an Hermans ohnehin geringen Kräften gezehrt. Die Augenringe waren geschwollener denn je, und das Atmen fiel ihm schwer.

»Ich weiß nicht«, keuchte er. »Entscheide du.«

Die Wände mit den weißen Flecken schienen näher zu kommen. Irene presste die Kiefer aufeinander, dass ihre Backenzähne schmerzten.

»Also gut.«

Als der Sturmbannführer kurz darauf mit einem zerzaust wirkenden Paar in mittleren Jahren aus dem Haus trat, mühte sich der Chauffeur, seine Verwunderung zu verbergen.

Während Irene die Koffer verstaute, setzte Schwarz sich auf die Rückbank. Sie sah ein, dass sie, wollte sie ihren Plan retten, neben ihm Platz nehmen musste. Herman ließ sich ächzend auf den Beifahrersitz fallen.

»Die Post.« Der Chauffeur reichte Schwarz einen Stapel Briefe nach hinten.

Während der Wagen über das Kopfsteinpflaster holperte, quietschte und knarzte die Kabine – hoffentlich laut genug, damit der Fahrer sie nicht hörte. Weiter vorne mündete der Pappelweg in eine asphaltierte Straße. Irene wandte sich zu Schwarz.

»Das Original«, sagte sie, »liegt in Kalifornien. Sollte uns was passieren, werden der Brief und fünf notariell beglaubigte Kopien an Ihre Kollegen verschickt, alle versehen mit einem erklärenden Schreiben. Darin steht natürlich auch, wer uns warum«, sie suchte nach dem passenden Wort, »beiseite geräumt hat. Ihren Kollegen ist es vielleicht egal, was mit einer wie mir passiert. Aber sie mögen es sicher nicht, wenn das einer von ihresgleichen tut, um etwas vor ihnen zu verbergen.«

»Ich verberge doch gar nichts.«

»Was?«, rief der Fahrer.

»Nichts, Gregor!«

Schwarz riss einen Briefumschlag auf. Seine Augen waren leicht gerötet, und in der blassen Haut seines Kinns waren die dunklen Haarwurzeln klar zu erkennen. So nahe war sie ihm nicht einmal bei dem Empfang der Mendelsohns gekommen. Kaum zu fassen, wie aus dem großen Jungen dieser Mann geworden war. Hatte sie damals – als sie ihn zwar widerwärtig, aber nicht sonderlich bedrohlich gefunden hatte – etwas übersehen? War der gefasste Mann neben ihr der wahre Schwarz? Oder aber bestand er aus verschiedenen Versionen – dem aggressiven, dem leutseligen, dem sentimentalen Schwarz –, die sich nach Belieben abrufen ließen?

»Noch was: Ein Kontaktmann erwartet wöchentlich ein Lebenszeichen von uns. Er gibt es weiter nach Kalifornien. Bleibt es zwei Mal aus, werden die Briefe verschickt. Es bringt also nichts, wenn Sie uns …«

»Ja, ja, verstehe.«

Schwarz war es sichtlich unangenehm, dass der Fahrer mitbekommen könnte, wie er in die Ecke gedrängt wurde. Er presste die Lippen zusammen und öffnete einen Umschlag nach dem anderen.

Der Wagen bog in die asphaltierte Landstraße ein, und nun war nur noch das auf- und abschwellende Motorengeräusch zu hören. Bald erkannte Irene kein Haus, keinen Baum und keine Kreuzung wieder. Rechts von ihnen ging hinter aufsteigendem Nebel eine fahle Sonne auf. Vielleicht würden Herman und sie sich schon bald ausruhen können. Manches, woran zu denken Irene sich seit Tagen verboten hatte, schien wieder möglich: eine durchgeschlafene Nacht. Ein Tag ohne Todesangst. Eine Wanderung in den Bergen um Oberstdorf. Ein Spaziergang um den Zürichsee. Und vielleicht sogar, irgendwann einmal, ein Kaffee auf der Aussichtsplattform des Empire State Buildings.

Doch etwas stimmte nicht. Die Sonne ging doch im Osten auf. Aber wenn rechts Osten war, bedeutete das, sie fuhren nach Norden – also nicht zum Stadtzentrum, sondern davon fort. Womöglich eine Abkürzung. Oder ein Fahrfehler, der ihr ein wenig Zeit verschaffte. Immer weiter hinein ging die Fahrt ins Märkische. Geschwungene Alleen führten sie vorbei an abgeernteten Feldern und durch kleine Bauerndörfer. Niedrige Häuser drängten sich an die einzige gepflasterte Straße weit und breit wie durstige Tiere an einen Bach. Als aber Schwarz endlich aufblickte, sich umsah und rasch wieder seinen Akten zuwandte, überkamen Irene Zweifel, und sie fragte:

»Wohin fahren wir?«

Schwarz riss einen weiteren Umschlag auf und entfaltete zwei rosafarbene Zettel. »Ah, da haben wir's.« Er streckte den Arm nach vorne aus und rief: »Stift!«

Der Fahrer tastete seine Brusttasche ab und reichte seinem Chef einen Füllfederhalter.

»Waffe dabei?«, fragte Schwarz.

Der Fahrer verstand die Frage offenbar als Zweifel an seiner Professionalität, denn leicht gereizt antwortete er: »Immer.«

»Gut.«

Irene erkannte den Briefkopf: *Geheime Staatspolizei* stand da und darunter *Geheimes Staatspolizeiamt*. Beides war durchgestrichen und ersetzt durch *Reichssicherheitshauptamt*. Darunter prangte mittig in großer, gefetteter Schrift

Schutzhaftbefehl.

Darunter las sie ihren Namen.

»Kommt gerade rechtzeitig«, sagte Schwarz. »Wäre zur Not auch so gegangen. Aber mit ordentlichen Papieren ist es natürlich einfacher. Dann stellt keiner Fragen.«

Unten auf dem Formular stand unter *Gründe* bereits vorgedruckt: *Er – Sie – gefährdet nach dem Ergebnis der staatspolizeilichen Feststellungen durch sein – ihr – Verhalten den Bestand und die Sicherheit des Volkes und Staates, indem er – sie*. Der Rest des Satzes fehlte.

»Na, was schreiben wir da rein?«

»Warum tun Sie das?«

»Vielleicht: *Amtspersonen beziehungsweise ranggleiche Vertreter der SS zu erpressen versucht hat*?«

»Sie bringen sich ja auch selbst in Gefahr.«

»Lieber nicht. Dann würden die Leute neugierig: *Wen hat sie wie erpresst? Ach, und bei ihrem Mann dasselbe? Eine richtige kleine Verschwörung also?* Nein, nein.«

»Bitte lassen Sie uns gehen. Sie werden nie wieder von uns hören.«

»Oder *sich hochverräterisch betätigt*? Stimmt sogar: Ihr habt mit Amerika, einem Feind des Reichs, konspiriert. Und es klingt ausreichend vage. Da kann sich jeder was Eigenes drunter vorstellen.«

»Ich *bitte* Sie. Das ist doch Wahnsinn.«

»Also: *hochverräterisch betätigt*.« Er setzte den Füllfederhalter an, rutschte aber ab. »Fahr mal gescheit da vorne! Muss was Wichtiges erledigen hier!«

Der Fahrer antwortete mit einem schiefen Lächeln in den Rückspiegel.

In Einzelbuchstaben setzte Schwarz die Worte aufs Papier. Dann das Ganze noch einmal auf dem zweiten Schutzhaftbefehl.

Bestürzt begriff Irene, dass ihr Druckmittel, auf das sie all ihre

Hoffnungen gesetzt hatte, von ihm abgeprallt war wie von einem Felsen. Sie war überzeugt gewesen, Schwarz fürchtete sich vor einer Untersuchung durch die SS oder den SD genug, um sie beide in Ruhe zu lassen. Sie hatte ihn als Karrieristen eingeschätzt, dem der gute Ruf unter seinesgleichen das Wichtigste war. Einer wie er, hatte sie sich gesagt, schämte sich für das Gerücht so sehr, dass er alles Nötige tat, um es zu tilgen. Aber anstatt den einfachen Weg zu gehen und nachzugeben, riskierte er, sich und all seine Verwandten in Lebensgefahr zu bringen. Was hatte er überhaupt davon, Herman und sie zu verfolgen? Nichts! Das Ganze war eine sinnlose, von ihm selbst entfachte Fehde. Begriff er nicht, dass er Herman und sie erst zu Gegnern gemacht hatte? Dass er sie dazu nötigte, ihn zu erpressen, um sich vor ihm zu schützen? Warum verbiss er sich so in sie?

»Bitte, wir können das Ganze sauber beenden«, sagte sie leise. »Sie verschaffen mir Papiere. Sobald wir draußen sind, gebe ich Nachricht nach Amerika. Und dann hören wir nie wieder voneinander.«

»Der nächste Großangriff auf München kommt bestimmt. Dann tauchen halt zwei Namen mehr auf den Opferlisten auf. Und wenn Ihr Kontaktmann daran zweifelt und Lügen an den Feind sendet … Wahrscheinlich sitzt er irgendwo nahe der Schweizer Grenze, richtig? Ein Amateur, der sich für einen tollen Spion hält, weil er drüben telefoniert. Das sind die Auffälligsten.«

»Sie wollen uns bloß Angst machen.«

Schwarz blickte ausdruckslos auf sie herab. »Sind Sie da sicher?« Dann wandte er sich ab.

Sie forschte in seinem Profil nach einem Anzeichen von Unsicherheit. Nach irgendetwas, das ihre Hoffnung nährte, dass noch nicht alles verloren war. Doch er öffnete bloß einen Umschlag nach dem anderen.

Hermans grauer Kopf lehnte gegen das Seitenfenster. Bei jeder Unebenheit wackelte er leicht hin und her.

Immer deutlicher erkannte Irene das Ausmaß ihres Irrtums. Sie war überzeugt gewesen, Schwarz glaube das Gerücht. Warum sonst hatte er damals versucht, den Brief zurückzubekommen? Dabei hatte sie völlig übersehen, wie sehr er sich seither verändert hatte. Er war hart geworden. Sollten Schwarz je Zweifel geplagt haben, ob er tatsächlich der Sohn des verstorbenen Frankfurter

Kaufmanns Carl-Adam Schwarz war, dann hatte der Krieg den schwärmerischen, sich seiner selbst unsicheren Jüngling abgetötet.

Würde der Fahrer Herman und sie in einem Graben erschießen und verscharren? Sollte sie aus dem Auto springen? Ringsum war flaches Land. Sie wäre ein einfaches Ziel. Und was wäre mit Herman? Nein, sie hatte alles versucht und war gescheitert.

Wohin sie auch gebracht wurden, sie würden dort Schreckliches erleiden, vielleicht sterben. Konnte ein Mensch es überhaupt hinnehmen – ohne Zögern, ohne Ablenkung, ohne falsche Hoffnung hinnehmen –, dass er gleich sterben wird? Falls es dazu kam, so wünschte Irene sich nur eines: dass Herman und sie zusammen waren, wenn es geschah.

Sie überquerten eine Brücke; unter ihnen lag ein See oder Flussarm. Tau und Nebel hatten sich gelichtet. Vielleicht würde es doch noch ein sonniger Frühlingstag. Aus ein paar Häusern zu beiden Seiten der Straße wurde eine hübsche Kleinstadt. Ein Schild wies zur *Evangelischen Kirche Sachsenhausen*. Der Chauffeur bog erst links, dann rechts ab, und schließlich fuhr der Wagen auf einen weiß gestrichenen, zweistöckigen Torbau mit einem kleinen Turm in der Mitte zu. Über dem Eingang, breit genug für einen Lastwagen, stand *Schutzhaftlager*.

Schwarz kurbelte das Seitenfenster herunter und grüßte zwei frierende Wachmänner: »Verbrennt euch nicht!« Zur Antwort kam ein träges Johlen. Dann rollte der Wagen durch das Tor ins Lager.

Auf der anderen Seite erstreckte sich ein großer leerer Platz. Im Halbkreis darum standen grün gestrichene Holzbaracken, aufgereiht wie die Glieder eines Fächers. Auf einer Wand las Irene in großen, weißen Buchstaben *Freiheit*, auf einer anderen *Liebe*. Dann bog der Wagen rechts ab und hielt vor einem Verwaltungsgebäude.

»Aussteigen.«

Sie kletterte hinaus, und als sie die feuchtkalte Luft einatmete, schmerzte ihr Hals. Auf der anderen Seite des Wagens ächzte Herman. Sie ging hinüber und stützte ihn, während er ausstieg. Er zitterte, und seine Augen waren schreckgeweitet. Er hatte also das Entscheidende mitgehört. Sie nahm seine Hand und drückte sie. Zur Antwort nickte er und erwiderte ihren Druck. Zusammen bis zuletzt.

»Geh schon mal vor«, befahl Schwarz dem Fahrer. »Und gib dem da oben Bescheid.« Dabei zeigte er aufs Eingangstor.

»Eine Frau?«, fragte der Fahrer mit Blick auf Irene. »Hier gibt's keine Frauen.«

»So bleibt's auch.«

Der Fahrer nickte und ging.

»Mitkommen.« Schwarz führte die beiden auf den Appellplatz und blieb in dessen Mitte stehen. Im Umkreis von fünfzig Metern war außer ihnen niemand. Dann, als wartete er, entzündete er eine Zigarette und blies Rauch über ihre Köpfe.

Auf jeder der umliegenden Baracken stand ein Wort. Zusammen ergaben sie: *Es gibt nur einen Weg zur Freiheit. Seine Meilensteine heißen: Gehorsam, Fleiß, Ehrlichkeit, Ordnung, Sauberkeit, Nüchternheit, Wehrhaftigkeit, Opfersinn und Liebe zum Vaterland.* Irgendwo schrie jemand einen Befehl. Kurz darauf marschierten vierzig Häftlinge, vielleicht mehr, quer über den Platz. Sie trugen abgewetzte Kleider mit blauen und weißen Längsstreifen und sahen auf ihrem Weg zum Lagertor nicht auf. Aus der Ferne wirkten sie wie Greise, doch als sie vorbeikamen, erkannte Irene: Diese Männer waren nicht alt, sondern krank vor Leid.

»Na endlich.« Schwarz blickte zurück und zerdrückte den Zigarettenstummel. »Schauen Sie mal.« Er zeigte auf den Turm des Eingangsgebäudes. Dort oben stand der Fahrer neben einem Wachsoldaten mit Maschinengewehr. Er zielte auf die drei. Schwarz streckte seine Zungenspitze zwischen den Lippen hervor, zupfte ein Stück Tabak ab und schnipste es fort. »Gleich trete ich ein paar Schritte zurück. Wenn ich rufe *Los!*, dann rennen Sie zu der Baracke da.«

Herman drückte ihre Hand fester; sie tat es ihm nach.

Als Schwarz das sah, gab etwas in dem starren Gesicht nach wie ein Damm. Seine Lippen zitterten vor Zorn, seine Nasenflügel weiteten sich, und er zischte:

»Seht ihr jetzt, wozu ihr mich zwingt?! Seht ihr's?!«

Angst fiel über Irene her wie ein Tier. Mit letzter Kraft hielt sie sich auf den Beinen, zog die Schultern hoch und schluchzte hemmungslos. Ihre kalten Wangen wurden warm, dann noch kälter. Wann war es endlich vorbei?

Neben sich hörte sie Herman leise fragen:

»Aber wozu zwingen wir Sie denn?«

»Na, hierzu! Diese Scheiße hier!« Mit dem ausgestreckten Arm zeigte Schwarz auf die Baracken. »Wollt Ihr mich umbringen?« Dann bemerkte er, wie sehr er sich hatte gehen lassen, und wandte sich ab.

Vielleicht lassen Erschöpfung und Angst sich irgendwann nicht mehr steigern. Vielleicht eröffnet sich, hat man beide ausgeschöpft, hinter ihnen ein fremder, kühler Raum. Jedenfalls merkte sie, sie konnte trotz allem denken; solange sie sich aufs Denken konzentrierte, spürte sie keine Angst. Und wenn sie verstand, warum sie sterben mussten – wenn sie Schwarz' Motiv begriff, wie krank es auch immer war –, dann gäbe ihr das ein Stück Würde zurück. Sie würde sinnlos sterben, aber wenigstens nicht ahnungslos. Und so blickte sie ins Gesicht ihres Mörders – und sah etwas, das dort nicht hinzugehören schien. Was sie in seinen Zügen zu lesen glaubte – so sehr diese auch von Hass verzerrt waren –, war völlige und tiefste Verzweiflung.

Konnte das sein? Schwarz hatte sie dort, wo er sie haben wollte: in seiner Gewalt, vor Todesangst zitternd. Und da klagte er, *sie* brächten *ihn* um? Er war ein Täter, der sich für das Opfer hielt! Wie konnte man die Realität derart ins Gegenteil verkehren? Es war grotesk, es war widerwärtig. Aber was, fragte sich Irene, brachte Schwarz dazu zu glauben, er sei das Opfer?

Sie blickte schniefend zu den hölzernen Baracken. Sie waren auf den Maschinengewehrturm ausgerichtet wie Strahlen auf die Sonne. Wenn ein Schütze dort oben den Finger krümmte, wurde jeder beliebige Punkt des Lagers zur Hinrichtungsstätte. Absolute Kontrolle schuf permanente Todesangst. Das hier also war, was Schwarz' Untergebene *draußen* nannten: nicht die Weiten Russlands, sondern die Enge eines Lagers. *Draußen* war *drinnen*. Und doch passte das Wort, denn hier lebte Schwarz außerhalb aller menschlichen Normen. In einem Jenseits ohne Gott und Gnade. In einer Hölle. Und er gab den Teufel.

Erschien *diese Scheiße hier* auch Schwarz als Hölle? Über Jahre hatte er versucht, von hier fortzukommen, und dabei auf das Projekt gesetzt. Als Abteilungsleiter für Atlantropa, geborgen in einem sauberen, warmen Büro in Berlin, wäre Schwarz weit weg von Blut und Tod gewesen. Aber dann hatte Herman an ihm vorbei mit Korherr gekungelt und ihn dadurch überflüssig gemacht. Der Türöffner hatte sein Vertrauen missbraucht und ihn in die Hölle zurückgestoßen. Hatte, ohne es zu wissen, Schwarz zu einem Leben als Teufel verdammt.

War es so? Oder war der Mann vor ihr bloß ein psychopathischer Irrer, der sich für eine glänzendere Karriere gemacht hielt und anderen die Schuld für sein Versagen zuschob? Aber das erklärte nicht, warum er sie, Irene, so brennend hasste. Warum er auch sie tot sehen wollte.

Zwei Rauchwölkchen stiegen über dem Maschinengewehr auf.

Schwarz entzündete eine weitere Zigarette. Warum stand er noch hier? Eine falsche Bewegung auf dem Turm, und auch er wurde erschossen. Es kam ihr beinahe so vor … Aber nein, das konnte nicht sein. Beinahe jedenfalls kam es ihr so vor, als *wollte* Schwarz im Fadenkreuz stehen. War es bloßer Nervenkitzel für einen verrohten Menschen? Oder sehnte er sich danach, von Schüssen niedergestreckt zu werden wie ein Häftling?

Wie ein Jude?

Die Wolken boten der Sonne einen Spalt, und Schatten flogen über den Appellplatz. Eine Krähe krächzte. Irenes Beine drohten nachzugeben. So also würde sie sterben, dachte Irene: um den Verstand gebracht. Wie Mutter.

»Also gut«, rief Schwarz und drehte sich zu ihnen um. »Ich hab's mir überlegt. Ich habe wieder überreagiert. Das tut mir leid. Sie können gehen. Ich setze mich sogar dafür ein, Herr Sörgel, dass Sie weiterforschen dürfen. Kleiner Etat natürlich, nichts Extravagantes, aber genug zum Überleben. Mit ein bisschen Glück stellen sie sogar ein paar Leute für Sie ab. Wenn der Krieg vorbei ist, haben Sie dann einen bis ins Detail durchdachten und geprüften Plan. Mit dem kann man überall anklopfen, egal, wer das Sagen hat. Und dann mache ich natürlich mit. Klingt gut, oder?« Er musterte Hermans Gesicht. »Nur eine Bedingung. Sie melden Ihrem Kontaktmann schön regelmäßig, Sie seien beide in Ordnung. Oder noch besser: Sie haben die Idee mit dem Brief ganz aufgegeben. Was halten Sie davon?«

Herman schwieg und atmete schwer.

»Wir würden lieber«, sagte Irene zögerlich, »in der Schweiz an dem Plan arbeiten.«

»*Wir*?«, fragte Schwarz. »Mit Ihnen hat das nichts zu tun.«

»Ich verstehe nicht.«

»Na, Sie laufen zur Baracke.«

Irene fiel und fiel – und blieb doch stehen. Im Beton zu ihren Füßen, in der kalten Luft, im herben Zigarettengeruch: In allem um sie herum lag die unendliche, zermalmende Macht der Gleichgültigkeit. Nichts, was sie tun konnte – kein Schrei, keine Klage –, würde daran etwas ändern. Sie war ein Nichts. Ein Nichts mitten im Nichts.

»Entscheiden Sie sich, Herr Sörgel.«

Herman zitterte, als stünde er unter Strom. Sein Blick ging zwischen Schwarz und ihr hin und her, und in seinen Augen lag der Horror eines Menschen, der erkannte, dass er seinen Albtraum lebte. Er senkte den Kopf und flüsterte: »Nein.«

Schwarz beugte sich vor: »Wie, nein? Sie wollen nicht zur Baracke, oder was?«

»Nein.«

»Na also.«

»Nein, ich meine …« Er schüttelte den Kopf.

»Sind Sie plötzlich dumm geworden? Was bringt's schon, wenn Sie bei ihr bleiben? Davon hat doch niemand was.«

Herman hielt den Kopf gesenkt.

»In einer Stunde können Sie in einem warmen Büro über Ihren Plänen sitzen. Sie wären frei. Entscheiden Sie sich fürs Leben, Herr Sörgel. Für die Zukunft. Für Atlantropa. Entscheiden Sie sich. Aber tun Sie's jetzt.«

Herman ächzte, als drückte eine Last auf seinen gekrümmten Rücken.

»Jetzt!«, schrie Schwarz.

Herman zuckte zusammen.

»Jetzt sofort!«

Herman zögerte noch immer.

Dann ließ er los.

Er ließ ihre Hand los. Irene spürte es genau: den dünnen Schweißfilm auf ihrer Haut, die kühle Luft. Dann schaute sie an sich hinab. Da war seine Hand in ihrer. Aber es war passiert. Ganz sicher. Fast sicher.

»Baracke? Na, wie Sie wollen!« Schwarz trat drei Schritte zurück und hob die Hand, um den Männern auf dem Turm zu winken.

»Wenn Sie uns umbringen, sterben Sie auch«, rief Irene. »Der Kontaktmann gibt nach Amerika Bescheid. Und die Mendelsohns leiten die Nachricht weiter nach London. Wenn die ausbleibt, wird man da bestimmt misstrauisch.«

»Was, London? Wieso?«

Sie war ein Nichts. Aber ein Nichts, das dachte.

»Da lebt ein guter Bekannter von Luise Mendelsohn. Sie haben sich vor ein paar Jahren kennengelernt. Ein Privatdozent am Queen's College. Er unterrichtet Pathologie. Eigentlich nicht sein Fachgebiet, aber sie hatten gerade Bedarf, und er muss seine Familie ernähren. Er hat spät zwei Töchter bekommen. Ein freundlicher älterer Herr, sagt Irene. Sein Name ist Samuel Heim.«

Schwarz trat, als hätte er einen Geist gesehen, einen Schritt zurück. Dann sprang er auf Irene zu und schrie:

»Du lügst!«

Sie schloss die Augen, legte die Arme schützend an die Seiten. »Wenn wir uns nicht melden, verschickt er einen notariell beglaubigten Brief ans Standesamt von Kronberg. Er erkennt seine Vaterschaft an.«

»Quatsch!« Aber aus seiner Stimme klang der Zweifel.

»Er hat Luise geschrieben: Falls er tatsächlich einen SS-Offizier und Mörder zum Sohn hat, dann kann er dem nicht tatenlos zusehen. ›Ein Jude, der andere Juden tötet, ist des Todes.‹ Ich glaube, das waren seine Worte. Er fügt dem Schreiben ein paar ältere Fotos von sich bei. Luise sagt, Sie ähneln ihm.«

Schwarz' Mund ging auf und zu, als hätte er etwas verschluckt, das ihm den Atem nahm.

»Es ist ganz einfach«, sagte Irene. »Sie töten uns. Sie bekommen einen Vater. Sie sterben.«

»Du Miststück lügst doch! Du lügst!«

»Sind Sie da sicher?«

Sie senkte den Kopf, erwartete den Schlag ins Gesicht. Den Tritt in den Bauch. Den Schuss der gezückten Pistole.

Stiefel kratzten auf dem Betonboden, als Schwarz einen Schritt hierhin tat, dann dorthin. Sich umdrehte. Wieder umwandte.

»Warum dauert das so lange?«, rief jemand auf dem Turm.

»Halt's Maul und komm her!«

In der Minute, die der Fahrer bis zu ihnen brauchte, blickte Irene weiter zu Boden. Sie wollte nicht, dass Schwarz die Lüge in ihren Augen sah.

Alles hing davon ab, ob sie verrückt geworden war oder hellsichtig. Hatte sie Recht, dann hielt Schwarz sich für das verlassene Kind eines Mannes namens Samuel Heim. Dann ersehnte er einen Vater, den er hasste. Hielt sich für einen Juden, der Juden tötete. Wollte sein, was er niemals sein würde, und war, was er niemals akzeptieren konnte. Wer wünschte sich da nicht Erlösung von sich selbst? Und wer erlangte sie schon, ohne zu sterben?

Als der Chauffeur sich neben seinen Chef stellte, fragte er ungeduldig »Also?« und legte die Hand auf das Pistolenholster.

Schwarz kaute auf seiner Unterlippe herum, was seine Schneidezähne entblößte, und stemmte die Hände in die Hüften. Sein Blick ging in die Ferne. Jenseits der Steinmauern und Stacheldrahtverhaue, die das Lager umschlossen, wiegten sich Bäume im Wind.

*

Als das Automobil wieder das Eingangstor passierte und die Zufahrt hinabfuhr, blickte Irene zurück. Anfangs sah sie Schwarz' blasses Gesicht deutlich vor sich, dann nur noch seine Silhouette. Und nach und nach wurde auch die vor dem schmutzigen Grün der Baracken immer undeutlicher, bis beides ineinander verschwamm.

Der Fahrer hatte Auftrag, sie am Anhalter Bahnhof abzusetzen und danach sofort zurückzukommen. Auf keinen Fall sollte er sie zum Gleis begleiten und schauen, wohin sie fuhren.

Irene drehte sich um und starrte, den Mund vor Erschöpfung leicht geöffnet, aus dem Fenster. An ihr vorbei zogen kahle Sträucher, nasse Gräben, wacklige Fuhrwerke. Sie wusste, sie würde weiterleben, aber ein Teil von ihr war wie tot.

Auf Höhe der Brücke ergriff Herman ihre Hand. Ohne Zweifel waren es seine Finger, die sich um ihren Handballen schlossen. Und gewiss war es sein Daumen, der über ihren Handrücken strich. Sie schaute hin: Ja, tatsächlich, so war's. Ihre Sinne spielten also nicht verrückt.

33

Schlaf mein armes kleines Kind,
draußen steht die Not.
Draußen weht ein blutger Wind,
der bringt Pest und Tod.

Nur in Mutters dunklem Schoß
warst du warm und satt.
Jetzt ach bist du nackt und bloß
ohne Heimatstatt.

Schlaf mein Kind, du hast kein Brot,
kein Gewand, kein Land.
Einzig schützt dich vor der Not
Mutters magre Hand.

Schlaf du armes, armes Kind,
Gott erbarm' dich dein.
Hol' dich durch den Himmelswind
zu den Engelein.

Irene Sörgel: *Wiegenlied* (Winter 1944/45)

Oberstdorf, 2.5.1945

Ein Knirschen weckte Irene. Sie öffnete die Augen und horchte. Nichts. Aber es *hatte* doch geknirscht. Ein Knirschen wie von Stiefeln, die auf dem Kiesboden vorm Haus Halt machten. Oder hatte der Dicke aus der Erdgeschosswohnung über ihnen sich bloß im Bett gewälzt? Sie hielt den Atem an, um besser lauschen zu können. Immer noch nichts. Doch die plötzliche Stille machte sie nur nervöser. Wer würde schon darauf achten, keine verdächtigen Geräusche zu machen? Eben. Vielleicht kamen sie also doch noch. Jetzt verschickten sie bestimmt keinen Behördenbescheid mehr, in dem stand, wann man am Bahnhof zu sein hatte. Sie machten kurzen Prozess.

Es klingelte an der Tür.

Irene spürte den Herzschlag in ihrer Kehle. Langsam glitt sie von dem schmalen Bett. Obwohl bald Mittag sein musste, lag das Zimmer im Halbdunkel. Von draußen wirkte die Kellerwohnung hoffentlich verwaist. Im Ort kursierten Gerüchte über SSler aus dem nahen Ausbildungszentrum, die in den Tälern noch eilig einige »Volksfeinde« ermordeten. Vielleicht waren es auch Gebirgsjäger aus der Ordensburg in Sonthofen. Genau wussten das weder die Einheimischen (die Irene fremd geblieben waren) noch die Ausgebombten und Flüchtlinge (die einander als Konkurrenten verstanden). Was sie einte, war ihr wechselseitiges Misstrauen.

Irene schlich auf Strümpfen zur Küche nebenan. Sie machte Herman, der über den Tisch gebeugt saß, ein Zeichen. Er bemerkte sie nicht.

»Psst.«

Zerstreut sah er auf.

Sie nickte Richtung Tür.

Hermans verständnisloser Blick hätte genauso gut einer Fremden gelten können. Als er Irene und das Klingeln endlich zueinander in Verbindung gesetzt hatte, flüsterte er »Ignorieren« und wandte sich wieder dem Papier zu.

Das war alles? Irene machte auf den Fersen kehrt und ging leise durch den schmalen Flur. Dass es kein zweites Mal klingelte, beruhigte sie ein wenig. Vielleicht hatte bloß ein Kind einen Streich gespielt.

Anfangs hatten sie an einen unvergleichlichen Glücksfall geglaubt, als sie im Allgäu Unterschlupf fanden. Dann waren ihnen Hunderte Städter auf der Flucht vor den Luftangriffen gefolgt, und die Stimmung im Ort wurde gereizt. Herman zog sich immer mehr zurück – auch vor ihr. Er schrieb wieder. Zunächst hatte sie gehofft, er verfasse seine Memoiren oder Tagebucheinträge. Aber als sie einmal, während er spazieren ging, in seinen Unterlagen las, erwiesen sie sich als *Sang von Atlantropa*: Dutzende Seiten voller Auslassungen über eine Welt, die zu dumm war, das Projekt zu würdigen. Es sollte sarkastisch klingen, wirkte aber bloß verbittert. Zum ersten Mal, seit sie Herman kannte, lebte er in der Vergangenheit.

Zurück im Schlafzimmer, nahm sie ihr Notizbuch, in das sie neuerdings wieder Gedichte schrieb. Reichlich melancholische Gedichte, wie sie selbst fand. Wären ihre Werke bloß nicht so mittelmäßig, könnte sie unter dem Titel irgendwann einen Lyrikband veröffentlichen: *Melancholie*.

Es klingelte wieder. Ein zweites, ein drittes Mal.

Irene zuckte zusammen.

Sie wollte das Klingeln ignorieren, war aber zu nervös. Das Notizbuch versteckte sie – als brächte das im Ernstfall irgendwas – in einer Mauerfuge. Langsam, um keine lauten Geräusche zu machen, stand sie wieder auf und schlich durch den Flur zur Wohnungstür. Von dort führte eine steile Treppe hinauf zum Hauseingang. Wenn es drinnen dunkel und Irene leise war, konnte sie es wagen, durch das schmale Kellerfenster zu schauen. Sie stellte sich auf die Zehenspitzen – und blickte direkt in große braune Augen: Ein Dackel schnüffelte vor dem Fenster und lief, als er Irene bemerkte, erschrocken davon. Sie atmete tief durch und schaute nach links. Doch aus diesem Winkel sah sie nur Kies und Grashalme, und so drückte sie die rechte Schläfe gegen die Fensterscheibe und schloss ein Auge, um scharf zu sehen. Da waren sie, nur zwei Meter neben ihr:

drei Beinpaare in Militärstiefeln.

Irene zog den Kopf zurück. Sie hatte also richtig gehört. Aber war es die SS? Die würde wohl kaum auf Einlass warten. Vielleicht die Organisation Todt? Im Ruhrgebiet und Berlin, hieß es, wurden jetzt auch die Juden aus Mischehen zur Zwangsarbeit abgeholt. Oder es war der Volkssturm. Herman war sechzig: gerade noch jung genug, um im Häuserkampf verheizt zu werden. Aber er wirkte älter. Vielleicht hatten die Uniformierten vor der Tür ja ein Einsehen. Oder sie zogen, nachdem sie ihre vaterländische Pflicht getan und ordnungsgemäß geklingelt hatten, einfach wieder ab. Solche gab es angeblich auch im Ort.

»Du da!«, rief einer der Männer. »Komm mal her!«

Auf der anderen Straßenseite blieb ein Greis in abgewetztem Anzug erschrocken stehen.

»Ja, du! Komm her!«

Der Alte hatte offenbar nicht auf die drei Männer geachtet. Jetzt schaute er sie an, als begegnete er seinem Schöpfer.

»Wohnen hier die Sörgels?«

Völlig verängstigt öffnete er den Mund, doch kein Laut fand heraus.

»Jetzt sag' schon. Herman und«, die Stimme las offenbar etwas von einem Zettel ab, »Irene Sörgel. Die mit Atlantropa. Er trägt Monokel. Schon mal gesehen, oder? Wohnen die hier? Es ist dringend.«

Der Alte nahm all seinen Mut zusammen – und nickte.

Irene trat drei Schritte vom Fenster zurück. Um sie herum war es düster.

Die Stiefelpaare waren also nicht von hier, und sie suchten auch nach ihr, der Jüdin. Beides schloss den Volkssturm aus. Also doch die SS. Sonst wäre der alte Mann nicht so sehr erschrocken.

Irene wollte sich irgendwo festhalten, aber ihr fiel nichts Besseres ein, als zurück ins Schlafzimmer zu wanken und sich ins Bett zu legen. Sie raffte die Bettdecke bis zum Hals, zog die Beine an und wartete.

Eine Diele quietschte, als Herman zu ihr kam. Ohne ein Wort löste er die Krawatte, legte Weste und Monokel ab und ließ sich auf die andere Bettseite fallen. Dann umarmte er Irene von hinten. Sie spürte seine Hand auf ihrer Brust, seinen Atem an ihrem Ohr. Wie lange hatte er das nicht mehr getan. Sie schloss die Augen. Vielleicht, dachte sie, gab es doch eine Art von Wiedersehen. Nicht im wörtlichen Sinne natürlich. Aber es war tröstlich zu wissen, dass alle Toten in gewisser Weise gleich tot waren. Sie würden dasselbe Nichts bewohnen, in dem ihr Kind schon war.

Herman flüsterte etwas. Irene war sich nicht sicher, ob sie richtig gehörte hatte.

»Was?«, fragte sie.

»Sie hätten es nie verstanden.«

Irene zwinkerte. Sie wollte weder fühlen noch denken. Aber die Worte ließen ihr keine Wahl: *Daran* dachte er jetzt?

Sie schob seine Hand fort. Er legte sie – als Kompromiss – auf ihre Hüfte.

Eine Faust hämmerte gegen die Wohnungstür. »Heimatschutz Oberstdorf! Machen Sie sofort auf! Oder wir kommen rein!« Eine zweite, tiefere Stimme murmelte etwas.

Irene presste die Lippen aufeinander und ballte die Hände zu

Fäusten. Diese Angst, diese gottverfluchte, an ihr klebende, in sie hineinkriechende, alles durchdringende Angst, die sie so lange gelähmt, ihr so viel Leben geraubt, sie in immer kleinere und dunklere Löcher gescheucht hatte:

Sie hatte genug davon.

Irene streifte Hermans Hand ab und stand auf.

Zwölf Jahre lang hatten sie sie immer weiter in die Enge getrieben. Schluss damit.

In der Küche öffnete sie eine Schublade. Das Brotmesser war lang und gezackt, das Schälmesser klein und scharf. Sie nahm beide.

Ihr Kind war tot. Nichts konnte daran etwas ändern. Aber sie trugen Schuld daran, und sie würden dafür zahlen.

Sie ging durch den Flur, in jeder Hand ein Messer.

Nie wieder würde sie mit Wahnsinnigen verhandeln, nie wieder versuchen, sie zu verstehen. Sie hatte sich Carl Schwarz geöffnet, und es hatte sie krank gemacht. Nie wieder.

Sie öffnete die Wohnungstür. Vor ihr lag die Treppe.

Beinahe hätte sie es geschafft. Nur ein paar Wochen noch, und sie wären frei gewesen. Dann hätten sie endlich fortgehen können, nach Amerika. Wenn Irre sie noch im letzten Moment töten wollten, würde sie nicht zitternd im Bett darauf warten. Sie würde sich wehren.

Irene stieg die Treppe hinauf.

Das Hämmern begann von Neuem.

»Ich komme!« Sie entriegelte das Schloss, presste die Kiefer aufeinander, hielt die Luft an – und mit einem Ruck schlug sie die Tür nach außen auf. Sie stürzte hinaus, war bereit zuzustechen, doch die strahlende Mittagssonne blendete sie. Einige Sekunden lang sah sie nichts. Dann erkannte sie drei Silhouetten, die vor ihr zurückwichen. Sie trat auf sie zu und schwenkte die Messer. Der erste Stoß ging ins Nichts, der zweite auch. Der dritte …

»Stop!«, rief jemand direkt vor ihr. »Mrs. Sörgel! Please stop!«

V

34

Die weitere Erschließung afrikanischer Ressourcen ist von derselben entscheidenden Wichtigkeit für die Erholung und Stärkung Westeuropas wie die Wiederherstellung europäischer Produktionskräfte für den künftigen Fortschritt und Wohlstand Afrikas. Sie brauchen einander wechselseitig.

Stafford Cripps, britischer Schatzkanzler: *Rede auf der African Governor's Conference* (1947)

Irene blieb, die Messer drohend erhoben, stehen und blinzelte. Aus dem Licht schälten sich drei Uniformen heraus: Die eine war grün, die zweite ockerfarben, die dritte grau. Die graue Uniform richtete ein Gewehr auf sie und rief:

»Was soll der Scheiß? Reißen Sie sich zusammen! Fast hätte ich abgedrückt!«

»Come on«, unterbrach der Grüne auf Englisch. »Sie lebt wahrscheinlich seit Jahren in Angst.«

Der Graue sah halb wütend, halb verwirrt zum Ockerfarbenen. »Was?«

»Wir danken Ihnen sehr für Ihre Hilfe«, übersetzte der Ockerfarbene. »Ab jetzt können wir alleine weitermachen.«

Der Graue zielte weiter auf Irene. »Sicher? Sie wirkt nicht gerade taufrisch.«

»Danke schön«, sagte der Ockerfarbene.

»*Dankschon*«, wiederholte der Grüne.

Der Graue zögerte einen Moment, dann gehorchte er, senkte das Gewehr, salutierte und ging, als die beiden anderen den Gruß nur mit einem Nicken erwiderten, sichtlich ratlos davon.

»Sind Sie Irene Sörgel?«, fragte der Grüne in freundlichem Englisch, als spräche er eine Einladung zum Kaffee aus. »Und ist Ihr Gatte Herman Sörgel?«

Irenes Englisch war gut genug, um ihn zu verstehen. Die beiden

Uniformierten wirkten derart gelassen, dass ihr die Messer plötzlich peinlich waren und sie sie hinter dem Rücken verbarg. »Ja.«

»Ist er am Leben und geht es ihm gut?«

»Ja.«

Die Nachricht schien die Männer zu entspannen. Sie nickten einander zu.

»Aber was«, sie kniff die Augen zusammen, »was ist denn los?«

»Oh, of course«, sagte der Grüne. »Hier ist der Krieg vorüber. Sie sind frei.«

Den ersten halbwegs klaren Gedanken fasste Irene wieder, als sie an einem groben, aus Baumscheiben gezimmerten Tisch vor dem Haus Platz genommen hatten. Über ihren Köpfen strich eine Brise durch die Eichenzweige, denen erste Blätter wuchsen, irgendwo sangen zwei Vögel, und an den Berghängen ringsum grünte es.

Der Ockergelbe, ein junger Mann in den Dreißigern, stellte sich vor als Capitaine Pierre Thiebaut von der französischen Armee. Unter Führung der 6. Heeresgruppe der US Army hatten er und seine Kameraden bei Karlsruhe die Reichsgrenze überschritten. Für Thiebaut waren dies, wie er betonte, ganz besondere Tage gewesen, denn er sei Elsässer.

Oberstdorf war, wie Irene erfuhr, der Zerstörung nur knapp entgangen. Soldaten und Zivilisten hatten sich heimlich zusammengetan, um den Ort friedlich an die Alliierten zu übergeben. Sie entwaffneten ihre Kameraden, bauten Kontakt zu den Franzosen auf – und riskierten dadurch den Einmarsch der SS. Doch letztlich – warum genau, wusste auch Thiebaut nicht – war alles glimpflich verlaufen. Gestern Nachmittag waren die ersten Panzer vors Rathaus gezogen. »Arier« in Festtagskleidung hatten marokkanischen Soldaten in französischen Uniformen zugewinkt. Seither dienten Deutsche, die dem Führer ewige Treue geschworen hatten, als Milizionäre des *Heimatschutzes Oberstdorf* nur zu gern den Siegern. Zu ihnen zählte der Mann in grauer Wehrmachtsuniform, der vorhin auf Irene gezielt hatte. Er hatte geglaubt, die Offiziere suchten Nazis. Hitler war tot und die Kapitulation eine Sache von Tagen. Die französischen Truppen unter General de Gaulle beanspruchten die Kontrolle über die Region. Dem widersprachen die Amerikaner, die das Allgäu ihrer Besatzungszone zuschlagen wollten. »Alles sehr skurril«, sagte Thiebaut. »Und Sie haben davon nichts bemerkt?«

Irene schüttelte den Kopf. Gestern schon war das alles passiert. Mein Gott. Wie hatten sie das, worauf sie so lange gewartet hatten, nicht mitbekommen können? Die Jahre hatten sie noch mehr abstumpfen lassen, als ihr bewusst war. Sie waren Tiere im Winterschlaf gewesen. Irene strich mit dem Zeigefinger über die Sitzbank. Ein kleines Astloch stach scharf heraus, und sie presste den Finger darauf.

Der Grüne stellte sich als John F. Purdum vor. Der Mittfünfziger war mittelgroß und wohlgenährt, ohne dick zu sein. Seine rosige, straffe Haut leuchtete geradezu, der Kopf war rasiert. Purdum hatte den Auftrag, in Oberstdorf die lokale Militärregierung einzurichten. Als deren Kommandant, sagte er, habe er dafür zu sorgen, die Deutschen zu entwaffnen und »die Dinge hier am Laufen zu halten«.

Thiebaut übersetzte. Doch Irene verstand Purdum, der langsam sprach, gut genug, um ihm direkt zu antworten. Ja, ihr Mann lebe ebenfalls hier. Nein, leider sei er gerade verhindert. Nein, sie wisse nicht, wann genau er zurückkomme. Ja, in diesen Tagen eine Wanderung zu unternehmen sei in der Tat sehr gefährlich. Gern richte sie ihrem Mann aus, die Herrschaften wünschten ihn zu sprechen. Aber vielleicht könne sie ja weiterhelfen?

Irene rührte sich kaum und spürte doch, wie die Welt sich auf den Kopf stellte. Sogar die Luft schmeckte plötzlich anders. Herman würde sie alles erzählen, wenn sie wusste, was die Offiziere wollten. Bis dahin aber war es besser, er zeigte sich nicht. Der Autor des *Sangs von Atlantropa* hatte wenig Ähnlichkeit mit dem Herman Sörgel von früher. Wenn er nicht schrieb, schlief er. Wahrscheinlich auch jetzt.

»Wir würden gern über Atlantropa sprechen.«

»Wirklich?«

Purdum nickte.

»Aber Sie sind Amerikaner!«

»Auch Amerikaner interessieren sich für eine bessere Welt.« Purdum sah den kommenden Monaten mit Sorge entgegen. Spätestens im Winter drohte halb Europa zu hungern. Die Amerikaner wollten verhindern, dass Hunderttausende Kinder und

Alte starben. Deshalb suchten sie nach Wegen, wie der Kontinent sich selbst versorgen konnte. »Wir werden nicht für immer hier sein.«

»Also wollen die Amerikaner Atlantropa umsetzen?«

Er hob die Hände abwehrend vor die Brust. »Ich will lediglich ein bisschen darüber plaudern, Mrs. Sörgel. That's all.« Aber wenn seinen Vorgesetzten gefiel, was er ihnen zu erzählen hatte, erstatteten sie in Washington womöglich Bericht davon. »Man kann vieles erreichen, wenn man die richtigen Leute überzeugt.«

»Es gibt vielleicht noch mehr Gründe, die aus heutiger Sicht für Ihr Projekt sprechen. Aber wir wollen nichts überstürzen.« Thiebaut schaute zu Purdum. »I told her there are more good reasons for supporting the project. But I did not go into details.«

Purdum bedachte den Franzosen mit einem naiven Blick, der zu sagen schien: *Ach ja? Gut.* Dann aber sah er Irene an und verdrehte – für eine Sekunde nur – die Augen.

Sie lächelte.

»Ich freue mich, dass Sie gekommen sind, Mister Purdum. Es ist eine sehr gute Idee, über das Projekt zu sprechen. Wir haben die Broschüren auch ins Englische übersetzt. Ich werde sie Ihnen geben.«

Früher, dachte Irene, hatte sie fließend Englisch gesprochen; jetzt stapfte sie durch die Sätze wie durch Schlamm. Immerhin wirkte der ruhige Amerikaner, als könne man ihm – vielleicht – vertrauen.

»Mein Mann und ich waren in New York. Das ist lange her, aber es war – wie sagt man? – sehr eindrucksvoll. Wir wollten noch einmal hin, doch leider kam der Krieg dazwischen. Und wir haben uns immer gefragt, was wohl gewesen wäre …« Sie machte eine unbestimmte Geste.

»… wenn Sie gefahren wären?«

»Wir hätten natürlich von dort aus an Atlantropa gearbeitet!«

Irene forschte in Purdums Gesicht, ob sie es wagen konnte, noch einen Schritt weiter zu gehen. Sie hatte lange genug gewartet und geschwiegen.

Sie nickte nachdenklich, um Purdum zu zeigen, dass sie das Folgende nicht leichtfertig sagte. »Vielleicht bekommen wir ja jetzt ein Visum?«

Purdum lehnte sich zum ersten Mal, seit sie hier saßen, zurück und überlegte. Als er wieder sprach, tat er es tastender als zuvor. Er wolle sichergehen, sie richtig verstanden zu haben: In Austausch für Visa wären die Sörgels bereit, an Atlantropa zu arbeiten?

Im Austausch? Irene tat überrascht, und in gewisser Weise war sie das sogar. Denn einerseits verstand er ihren Testballon genau so, wie sie es erhofft hatte. Andererseits war sie verblüfft, wie direkt er den Handel benannte.

»No, no!«, rief sie. Leider sei ihr Englisch miserabel. Natürlich würden sie und ihr Gatte weiter an dem Projekt arbeiten. Aber wenn den Amerikanern das Ergebnis gefalle, »würden wir es gern dort persönlich vorstellen!«

Zum Satzende ging ihre Stimme so hoch, dass sie kiekste. Die Idee mit dem Washington-Besuch war ihr spontan gekommen, und sofort gefiel sie ihr blendend: Erst würden sie in Deutschland etwas leisten, dann erfolgte die Gegenleistung. Purdum hatte ebenso wenig zu verlieren wie sie. Als hoher US-Offizier hatte er bei den Einwanderungsbehörden einen hundertmal besseren Leumund als zwei mittellose Deutsche. Und wenn sie drüben erst mal Fuß gefasst hatten, fänden sie schon einen Weg zu bleiben. Sie *mussten* einfach. Allein der Gedanke, den Rest ihres Lebens unter Judenmördern zu verbringen, machte Irene krank. Herman war es ja schon. In Amerika aber, das ihn schon einmal zu Großem inspiriert hatte, würde er gesunden. Nach all den Jahren, dachte Irene erleichtert, erwies sich das Projekt doch noch als nützlich. Atlantropa würde vielleicht nicht die Welt retten, aber zwei zutiefst erschöpfte Menschen.

»Das klingt interessant. Lassen Sie mich darüber nachdenken. Nur kann ich nichts versprechen.« Purdum legte die breite Stirn in Falten, aber nickte dabei.

Irene atmete die Frühlingsluft. Das Läuten von Kuhglocken drang von einem Hang herüber. Sie erinnerte sich nicht, es hier je zuvor gehört zu haben. Hatte sie es bei ihren wenigen Gängen durchs Dorf nie bemerkt?

»Ich kann nicht fassen«, sagte sie, »dass ich gerade mit Ihnen rede. Ich fühle mich …« Sie seufzte.

»… frei?«

»… weniger ängstlich vielleicht.«

Er lachte auf. »Na, das wäre doch ein Fortschritt. Vielleicht können Sie als Nächstes das da beiseitelegen?«

Irene blickte erschrocken auf ihre Hände. Unsicher lächelnd legte sie die beiden Messer an den Eichenstamm. Hinter ihr fragte eine heisere Stimme:

»Was ist hier los?«

Purdum erhob sich und streckte die Hand aus. »Mister Sörgel, nehme ich an?«

Herman ging auf die Bank zu. Er hatte seinen besten Anzug angezogen, ein schwarzes Vorkriegsmodell mit weiten Hosen, die um seine Beine schlotterten. Das fast weiße, noch recht volle Haar hatte er nach hinten gekämmt und das Monokel eingesetzt. Im Sonnenlicht wirkte er noch hagerer.

Nachdem sie die Männer einander vorgestellt und Herman sich gesetzt hatte, erzählte Irene ihm, was sie wusste. Doch Hitlers Tod und das Ende des Krieges im Allgäu schienen ihm kaum eine gehobene Braue wert. Abwesend nickte er die Neuigkeiten ab, als gingen sie ihn nichts mehr an. Die Rettung, fürchtete Irene, kam für ihn womöglich zu spät. Zum Schluss sagte sie:

»Erst mal bringen wir die technischen Details auf den neuesten Stand. Manche Pläne muss ich noch übersetzen. Und wenn Ihnen das Ganze gefällt, bekommen wir vielleicht sogar Gelegenheit, das Projekt in Washington vorzustellen.«

»Und in Paris«, betonte der Franzose.

»Natürlich auch in Paris«, wiederholte Irene. In Hermans Gesicht suchte sie nach einem Zeichen, dass er verstand, was da im Wortsinne an ihre Tür geklopft hatte: ihre wahrscheinlich letzte Möglichkeit, neu anzufangen.

»Hmm.« Herman rieb sich das unrasierte Kinn. Seine blauen Augen wirkten wässerig und müde. Er überlegte so lange, dass Irene fürchtete, seine Gedanken seien fortgedriftet, dann aber antwortete er zögernd:

»Ich weiß nicht. Ich muss darüber nachdenken. Schauen Sie doch in ein paar Monaten nochmal vorbei, ja? Dann sehen wir weiter. Vielen Dank für Ihren Besuch, meine Herren. Ich wünsche Ihnen noch einen schönen Tag.«

Ohne ein weiteres Wort erhob er sich und reichte den Männern zum Abschied die Hand.

Irenes Mund stand offen, als Herman zurück ins Haus ging. Dann stand sie auf.

»Bitte entschuldigen Sie mich kurz. Gehen Sie nicht weg.«

»Ich habe viel zu tun«, sagte Thiebaut.

Der Amerikaner verstand genug, um ihr zuzunicken. »Five minutes.«

Bis zum Hauseingang waren es wenige Meter, und doch kam es ihr vor, als gehe sie zurück in der Zeit. Eine Ewigkeit trennte sie von dem Moment, als sie geglaubt hatte, sie werde an der Schwelle sterben. Eine Ewigkeit von höchstens vierzig Minuten. Es ging alles zu schnell. Zurück im Keller musste sie sich erst wieder an die Dunkelheit gewöhnen. Sie fand Herman, als sei nichts geschehen, über Unterlagen gebeugt am Küchentisch sitzend.

»Herman«, flüsterte sie in Zimmerlautstärke, »was ist los mit dir?«

»Ich habe alles Nötige gesagt.« Er hielt den Kopf gesenkt.

»Auf so eine Chance hast du doch gewartet.«

»Du aber nicht.«

»Was soll das heißen?«

»Du willst Atlantropa doch gar nicht mehr.«

Irene wollte etwas erwidern, das der Wahrheit sehr nahe kam, hielt sich aber zurück. Stattdessen sagte sie, wie sie fand, das in diesem Moment einzig Passende:

»Das stimmt nicht.«

»Du findest, ich hätte meine Seele verkauft.«

»Sei nicht so dramatisch.«

»Ich habe nur getan, was ich tun musste, um uns zu schützen.«

»Ich weiß.«

»Ich wollte nie, dass es zu alldem kommt. Mit Schwarz und …«

»Das *weiß* ich doch, Mutz.« Seit Jahren hatte sie ihn nicht mehr Mutz genannt.

Der Kosename erweichte ihn, und er sah auf. »Wirklich?«

»Natürlich.«

Er lehnte sich zurück. Seine Augen wirkten klarer, weniger müde als vorhin, aber bei dem Licht konnte das täuschen. »Und du glaubst, es könnte diesmal anders werden?«

»Die Amerikaner sind nicht die Nazis.«

»Aber sie haben auch große Macht.«

»Demokratische Macht, kontrollierte Macht. Und sie wollen Europa aufbauen, nicht zerstören.«

»Du traust ihnen also?«

»*Trauen* …« Sie schnalzte mit der Zunge. »Ich glaube, sie haben nichts davon, wenn Millionen Europäer hungern. Und sie sind offen für ungewöhnliche Lösungen.«

»Du glaubst also noch ans Projekt?«

Sie nickte.

»Und dass wir es hier und jetzt umsetzen können? Nicht erst in fünfzig Jahren?«

Sie nickte wieder.

»Wirklich?«

»Mutz …« Sie lächelte gequält.

Als hätte sie ein Zauberwort ausgesprochen, drückte Herman das Kreuz durch und zog die Schultern nach hinten. Unter den ungeordneten Papieren, die Irene besser kannte, als ihr lieb war, zog er einen ordentlichen blauen Ordner hervor. Dann richtete er sich auf, dass er beinahe so groß wirkte wie früher, und sagte mit fester Stimme:

»Also gut.«

Irene folgte ihm nach draußen.

»The Captain is very sorry«, rief ihnen der Amerikaner entgegen, »aber er musste weg.«

»Selbstverständlich, das verstehen wir. Es ist viel zu tun.« Um so besser, dachte Irene. »Thank you very much for waiting.«

»Ich habe einen Plan«, sagte Herman.

»Das weiß ich.« Purdum lächelte.

»Oh nein, nicht was Sie meinen.« Er legte den Ordner auf den Tisch, öffnete ihn und breitete den Inhalt aus. Etliche Skizzen waren darin, Zeichnungen einer Art Kaserne aus Vogelperspektive und zehn, vielleicht mehr säuberlich mit der Maschine getippte Manuskriptseiten. Nichts davon kam Irene bekannt vor.

»Stellen Sie sich ein Schloss vor«, sagte Herman mit herbem Akzent auf Englisch. »Kein altes Schloss. Eines, das die Nazis erst vor einigen Jahren erbauten, um dort Kindern beizubringen, die Schwachen zu hassen.« Er hob die Kasernen-Zeichnung hoch. »Das ist die sogenannte *Ordensburg* in Sonthofen, weniger als neun Meilen nördlich von hier. Soweit ich weiß, ist sie nie bombardiert worden. Sie ist riesig, intakt und überragt die ganze Gegend. Nun braucht sie eine neue Bestimmung. Eine, die Hoffnung schürt, nicht Angst. Den Glauben an die Zukunft, nicht an eine sagenhafte Vergangenheit. Stellen Sie sich vor, Mister Purdum, wenn das Schloss eine Schule für hochbegabte Kinder aus der ganzen Welt werden würde. Wo man sie Demokratie und Toleranz lehrte. Ein Schloss der Freiheit.«

Irene war sprachlos. Sein Vortrag war frei und klar, als wollte er damit ein ganzes Auditorium bannen. Dieser selbstsichere Herman hatte kaum etwas gemein mit dem der Kellerwohnung. Wie und wann hatte er das geplant, und warum hatte er ihr davon nichts gesagt?

»I guess«, sagte Purdum, »das ist noch nicht alles?«

»So ist es.« Herman zog die maschinengeschriebenen Seiten hervor. » Hier habe ich einen detaillierten Plan für ein Forschungsinstitut im College. Eines, das auf der Welt einzigartig ist, weil es Atlantropa gewidmet ist. Von dort aus würden der Direktor und seine Kollegen mit Experten diskutieren. Um den Erfolg von Atlantropa zu sichern, braucht es noch viele Jahre Arbeit und Forschung. Wir könnten auch von Ihren Ingenieuren profitieren, die das Tennessee Valley entwässert haben.«

Die Dinge veränderten sich viel zu schnell für Irene. Was hatte ihr Projekt mit der NS-Ordensburg tun? Wann hatte Herman diesen Plan erdacht? Und wie brachte der sie Amerika näher? Bevor Irene die nächste Frage, die sich in ihrem Kopf formte, stellen konnte, kam Purdum ihr zuvor:

»Also«, sagte er, »Sie schlagen ein Atlantropa-Forschungs-Institut in den Bergen vor. Und wer soll das leiten?«

»Well«, sagte Herman und drehte am Monokel, »ich.«

Sie starrte ihn an. *A lot of work. Enough for years and years.* Herman wollte gar nicht mit ihr fort. Er wollte hierbleiben. Hatte es immer gewollt. Und sein *Du glaubst also noch ans Projekt?* Nur eine Farce. Er hatte sie belogen. Vorhin. Und seit Jahren.

35

Marseille, 24/8/1945

Sehr geehrter Herr Professor Soergel,

lassen Sie mich zunaechst meiner grossen Freude Ausdruck verleihen darueber, dass Sie den Krieg wohlbehalten ueberstanden haben. Ein marokkanischer Schulfreund, der mit der franzoesischen Armee in Oberstdorf stationiert war, berichtete mir von Ihrem Ueberleben. Nicht nur Europa ist ein grosser Mann erhalten geblieben, sondern auch Afrika. Das schreibe ich aus tiefster Ueberzeugung, denn wie leidenschaftlich Sie für meine Heimat kaempfen, habe ich mit eigenen Augen gesehen.

Sicher erinnern Sie sich noch daran. Es war im September 1929. (Das Datum ist mir im Gedaechtnis geblieben, denn kurz darauf starb mein Vater an einem Lungenleiden. Er war schon lange krank gewesen.) Sie kamen mit einem alten Mann in einem kleinen Boot zu uns nach Ceuta. Dass Sie einen Staudamm planten und dafuer Ihr Leben riskierten, verstand ich mit neun Jahren natuerlich nicht. Am Hafen sprachen Sie mit meinem Vater. Sie waren verletzt, Ihr Bein oder Arm hat geblutet. Mein Vater war, soweit ich mich erinnere, ein wenig aufbrausend. Das war er oft. Trotzdem blieben Sie ruhig und hoeflich. Sie schenkten ihm sogar Ihre letzte Zigarette. Die Erinnerung an jenen Tag wahre ich wie einen Schatz, auch weil Sie zu den Letzten gehoeren, die meinen Vater lebend gesehen haben.

Ihre Buecher konnte ich leider in keiner Buecherei in ganz Marseille finden. Aber Zeitungsartikel haben mir einen guten Ueberblick ueber Ihren Plan vermittelt, und ich bin tief beeindruckt. Ihre Ideen werden sich schon bald durchsetzen, denn die Zeit ist reif. Dann wird meine nordafrikanische Heimat nach zwei Jahrtausenden wieder erbluehen. Meinen Mitstudenten habe ich natuerlich von Atlantropa erzaehlt. Leider missverstehen sie den Plan. Sie vermuten dahinter böse Absichten der Europaeer. Auf besonderen Widerstand stosse ich, wenn ich ihnen die Stausee-Plaene erlaeutere. Sie wollen nicht erkennen, dass das gemaessigte Klima zuvorderst den Afrikanern selbst zugutekommen wird. Ihnen entgegne ich dann: Atlantropa zeugt nicht vom Imperialismus, er ueberwindet ihn. Warum sonst soll die Hauptstadt des Doppelkontinents weder Berlin, Paris oder London sein, sondern ein neues Karthago?

Daheim glauben viele, die Alternative zu Atlantropa sei die Selbstaendigkeit Afrikas. Dabei stroemen schon heute indische Arbeiter, japanische Waren und bolschewistische Ideen in den Kontinent ein. Verjagen wir die Europaeer, dann tauschen wir bloss die eine Abhaengigkeit gegen mehrere andere ein. Wir brauchen stattdessen die Hilfe weiser Europaeer, die aus den Fehlern und Verbrechen der Vergangenheit gelernt haben, und Afrika wirklich helfen wollen. Wir brauchen Maenner wie Sie, Herr Professor Soergel.

Daher moechte ich Ihnen meine Unterstuetzung anbieten. Erlauben Sie mir, mich Ihnen kurz vorzustellen: Nach meiner Kindheit in Ceuta habe ich in Rabat im franzoesischen Teil Marokkos eine von Jesuiten geleitete Knabenschule besucht. Spaeter studierte ich Franzoesisch und Deutsch mit dem Ziel, Dolmetscher zu werden. Ich kann Ihnen hier in Marseille behilflich sein, im Atlantropa-Ausfuehrungsamt. Es ist wohl kein Zufall, dass das Schicksal mich an den Ort gefuehrt hat, an dem die zentrale Bauleitung des Projekts ihre Arbeit aufnehmen wird.

Die groesste Ehre aber erwiesen Sie mir, wenn Sie mir erlaubten, als Ihr Sekretaer zu arbeiten. Ich verfuege ueber ein exzellentes Gedaechtnis, habe keinerlei familiaere Verpflichtungen, bin verschwiegen und lerne leicht und gern dazu. Denn ein Mensch ohne Bildung, sagte mein Vater, gleicht einem Jagdhund ohne Dressur.

Meine Adresse entnehmen Sie bitte der beigefuegten Visitenkarte.

Mit freundlichen Gruessen

(Unterschrift unleserlich)

PS: Ich habe eine kleine Ueberraschung für Sie!

36

Wie ein Bettler hältst du meine Hand,
Scheu erflehen deine Hände Gaben,
Fließt auch über meines Herzens Rand,
Nichts als diese Hand, die darfst du haben.

Leere Worte, die der Sinn nicht kennt,
Tauschen wir und unsere Stimmen beben,
Während meine Hand in deiner brennt,
Ist als tropft' aus unsern Adern Leben.

An der Schwelle stehen wir, gebannt
Von den Strömen, die wir magisch spüren.
Und noch immer hältst du meine Hand –
Wag es nicht die Pforte zu berühren!

Irene Sörgel: *Abwehr an der Schwelle* (1946)

Oberstdorf, 15.9.1945

Nur ihr Hut fand Gnade. Sein dunkelbrauner Stoff glänzte noch, und die Krempe war nicht verbogen. Die weiße Bluse aber, die sie früher so gern getragen hatte, war aus der Form, ihr Sommerkleid ein Relikt der Vorkriegszeit. Der schwere Mantel mit dem Pelzkragen trug vorn ein gut sichtbares Brandloch, seit ein Trottel in der Suppenschlange zu dumm gewesen war, seine Zigarette zu rauchen. Das Loch wäre noch zu verschmerzen gewesen (wer hatte schon neue Kleidung?); die tiefen Falten in der Ellenbogenbeuge aber, der abgewetzte Rücken und die Flecken am Saum verrieten, dass Irene nur diesen einen Mantel besaß. Sie war keine Einheimische mit eigenem Hausstand, sondern eine von den Flüchtlingen, die aus dem Koffer lebten. Ein Habenichts. Allein der Hut bewies, dass seine Trägerin einmal bessere Zeiten erlebt hatte.

Irene setzte ihn vor dem Spiegel auf und drehte den Kopf. Von nun an würde sie sich nicht mehr dafür schelten, ihn überallhin mitgenommen zu haben. Sie hatte zumindest ein Kleidungsstück, in dem sie sich blicken lassen konnte.

Während ihr Hut sich ganz gut gehalten hatte, dachte Irene, galt das leider nicht für sie selbst. Ihre Wangen, die früher ein wenig pausbäckig gewesen waren, begannen zu hängen. Zwei Falten schnitten von der Nase bis zu den Mundwinkeln, und ihr noch immer volles Haar durchzogen graue Strähnen. Auch deshalb war es wichtig, gut behütet zu sein. Besonders zu schaffen machte Irene der Anblick ihrer Augenpartie. Schlupflider und Krähenfüße mochten unvermeidlich sein. Aber die Augen blickten auch mehr als vier Monate nach Kriegsende noch müde, so müde. Nichts wurde besser, wenn man übermorgen fünfzig wurde, auch nicht die Laune.

Irene prüfte ihr Spiegelbild ein letztes Mal und rückte den Hut ein winziges Stück zurecht. Dann legte sie seufzend den Mantel über den Arm, griff ihre Handtasche und schritt durch den Flur. Sie war froh, dass Herman nicht am Küchentisch saß und sie nichts erklären musste. Sie schloss die Haustür hinter sich und ging in Richtung Kirchturm. Die warme Luft roch nach Gras und Tier. Wenn Irene wieder einmal zu lange in der Wohnung gehockt hatte, vergaß sie, dass es da draußen eine Welt gab: Häuser, Straßen und Wiesen, die nichts von Hermans Verrat wussten.

Vorhin hatte er enttäuscht geschaut, als sie erklärte, sie fahre nicht mit nach Sonthofen. Aber eigentlich, das wusste sie genau, passte es ihm gut. Der Umbau der Ordensburg war sein Projekt, nicht ihr gemeinsames. Über Wochen hatte er es im Detail ausgearbeitet und ihr verschwiegen. Er hatte sie belogen. Jetzt vermied Irene alles, das den Anschein erwecken konnte, sie habe ihm vergeben. So weit war sie noch lange nicht. Ihre Ehe bestand auf Bewährung. Da konnte Herman noch so häufig beteuern, er habe die Pläne nur ausgearbeitet, um nicht wahnsinnig zu werden. »Spätestens wenn die Amerikaner mich zum Gründungsdirektor gemacht haben«, behauptete er, »stellen sie uns ganz leicht Reisepapiere aus. Ich arbeite dann ja offiziell für sie. Und dann trinken wir Cocktails auf der Dachterrasse vom Waldorf Astoria. Wäre das nicht großartig?« Wenn er so sprach, kostete es Irene alle Kraft, standhaft zu bleiben. »Das kann noch dauern«, antwortete sie dann. »Wieso hast du dir ausgerechnet *diesen* Plan ausgedacht? Seinetwegen müssen wir weiter unter Leuten leben, die uns umbringen wollten! Was hält dich hier noch?« So ging es jedes Mal. Am Ende fragte Herman immer: »Glaubst du mir etwa nicht?« Und Irene – erschrocken von ihrer unausgesprochenen Antwort – schwieg.

Zwischen der Oststraße und der Kommandantur lagen höchstens neunhundert Meter, doch auf ihrem Weg kam Irene an ungezählten Schicksalen vorbei. Verwundete und Invalide hockten zu Dutzenden auf den Veranden der Hotels und Pensionen, als hätte eine riesige Welle sie dort angespült. Wurde ein Patient entlassen, nahm eine Flüchtlingsfamilie sogleich seinen Platz ein. Ständig wurde es enger im Dorf. Zwar hatte die Stimmung sich etwas gehoben, seitdem die Franzosen Anfang Juli den Amerikanern gewichen waren. (Die reichliche Verpflegung der US-Truppen bekehrte mehr Führergläubige als der Bombenkrieg.) Doch je dichter gedrängt die Leute hier lebten, desto weniger schienen sie miteinander zu reden. Vielleicht war es besser so. Manchmal stellte Irene sich vor, wie all diese Menschen einander ins Gesicht sagten, was sie in den zwölf Jahren getan hatten. Wenn es je dazu kam, wollte sie weit weg sein.

Die Kommandantur war voll wie immer. Ein Dutzend Männer und Frauen warteten schweigend am Eingang, den Militärpolizisten mit glänzend weißen Gamaschen bewachten. Als Irene sich anstellen wollte, kam eine Frau durch die Eingangstür. Sie trug ebenfalls Hut und Handtasche.

»Schon Feierabend, Ingeborg?«

Irene kannte nicht viele im Ort. Aber Purdums Sekretärin, eine gebürtige Bambergerin, fühlte sich hier so fremd wie sie selbst. Das verband. Nachdem Herman und sie ein halbes Dutzend Mal beim Kommandanten gewesen waren, hatte Irene sich ein wenig mit ihr angefreundet.

»Samstags bin ich eigentlich gar nicht da.«

Samstag. Sie war der Welt so sehr abhandengekommen, dass sie gar nicht darauf geachtet hatte.

»Ist der Kommandant da?«

Ingeborg schüttelte den Kopf. »Sein erster freier Tag seit Wochen.«

»Mist.«

»Vielleicht kann ich dir weiterhelfen.«

»Danke, aber: nein.«

Die Sekretärin musterte sie von unten nach oben und lächelte. »Aha.«

Sollte sie ruhig glauben, Irene habe sich für den Kommandanten hübsch gemacht. Was natürlich Unsinn war. Bei den Besprechungen über die Ordensburg hatte Irene seine ruhige, aufmerksame Art zu schätzen gelernt. Das war alles. In Wahrheit wollte sie Purdum fragen, ob er etwas tun konnte, um die Visa-Vergabe zu beschleunigen. Wenn es sein musste, ertrug sie die abgetragenen Kleider, die Rangeleien bei der Essensausgabe und die dunkle Wohnung auch einen dritten Winter lang. Aber sie hielt es nicht aus, einfach nur abzuwarten.

Offenbar sah sie bemitleidenswert aus. Jedenfalls sagte Ingeborg: »Er hat eine Wohnung in Sonthofen. Ich kann dir die Adresse geben.«

Sie zog die Stirn in Falten. Ihn privat aufzusuchen ging zu weit.

»Warum nicht? Freut sich bestimmt. Er kennt hier nicht viele Leute.«

»Trotzdem.«

»Wie du magst. Aber ich fahre jetzt rüber.« Sie nickte in Richtung eines Jeeps, an dessen Steuer ein rauchender GI saß. »Könntest mitkommen.«

Irene gefiel nicht, was ihre Bekannte ihr offenbar zutraute. Sie war verheiratet und alt, verdammt nochmal. Andererseits wäre sie ziemlich dumm, nur wegen der Meinung einer anderen unverrichteter Dinge nach Hause zu gehen. Wann bekäme sie wieder die Gelegenheit, gratis nach Sonthofen zu fahren? Es wäre zwar seltsam, Herman in der Nähe zu wissen, ohne ihn zu treffen. Aber sie könnte über Stunden die Stadt durchstreifen, vielleicht sogar einen Bohnenkaffee in der Sonne trinken und wäre, wenn sie mit dem Zug zurückfuhr, rechtzeitig vor Beginn der Ausgangssperre um 20 Uhr wieder daheim. Es wäre ein Ausflug.

»Aber nur, wenn ich euch nicht störe«, sagte sie.

Der GI fuhr schnell. Rasch ließen sie die Berghänge, deren Anblicks Irene so überdrüssig war, hinter sich. Schon das übernächste Dorf kannte sie nicht mehr.

Nach einer halben Stunde erreichten sie Sonthofen. Auf den ersten Blick ähnelte es dem unversehrten Oberstdorf. Dann kamen Häuser mit zerborstenen Fenstern in Sicht. Als sie vorüberfuhren, sah sie, dass nicht nur die Fenster fehlten: Viele Gebäude waren bis auf eine oder zwei Außenseiten eingestürzt. Dahinter türmte sich der Schutt. Auf einer Anhöhe am Stadtrand thronte ein Riesenbau aus graubraunem Stein, massig wie eine romanische Kirche und abweisend wie eine Kaserne. Irene blickte in die andere Richtung. Über den Ruinen, Ausflugslokalen, Soldaten, Panzern und Kindern glänzte der Himmel, aus dem die Bomben gefallen waren, spätsommerlich blau. Es würde noch einmal warm werden.

»Da hinten wohnt er«, rief Ingeborg nach hinten, als der Jeep hielt. »Das gelbe Haus.« Irene ignorierte den Hinweis, dankte für die Fahrt und richtete, als der Wagen ohne sie weiterfuhr, ihren Hut.

Für eine Rückfahrkarte würde ihr Geld noch reichen, aber nicht für eine Mahlzeit. Sie ging in die Richtung, wo sie das Zentrum vermutete. Nach wenigen Straßenecken wurde ihr klar, dass sie trotz allem Glück gehabt hatte, das Kriegsende im kleinen Oberstdorf zu erleben. All die Ruinen um sie herum wirkten unwirklich vor dem Postkartenpanorama der Berge. Eine Viertelstunde lang bog sie mal links, mal rechts in kleine Straßen, aus denen erst kürzlich die Trümmer geräumt worden waren. Der Mantel wog schwer auf ihrem Arm, und unter dem Hut wurde ihr warm. An einer ruhigen Ecke blieb sie stehen und zupfte an ihrem Kleid, um Luft an die Haut zu lassen, als jemand fragte:

»May I help you, Mrs. Sörgel?«

Sie erkannte ihn nicht sofort. Statt seiner Uniform trug er ein weißes, kurzärmeliges Hemd ohne Krawatte und eine helle Baumwollhose. »Mister Purdum.«

»Was für ein Zufall!« Der Kommandant wirkte ehrlich erfreut. In seinem Korb waren Kartoffeln und Äpfel. »Ich wohne gleich dort drüben.« Er zeigte auf ein gelb gestrichenes Haus.

Irene war, ohne es zu bemerken, im Kreis gelaufen.

»Was bringt Sie denn hierher?«

»Das Gleiche wie Sie.« Sie zeigte auf den Korb.

Er nickte. Als sie weiter nichts entgegnete, fragte er: »Und was genau brauchen Sie?«

»Was brauche ich *nicht*?«

Einen Moment lang schien er zu überlegen, dann fragte er, ob er ihr beim Einkaufen Gesellschaft leisten dürfe. Es wäre doch eine Schande, einen so schönen Tag drinnen zu verbringen.

Was sollte sie antworten? Lehnte sie sein Angebot ab, setzte er sich bestimmt nicht sonderlich für die Visa ein. Dabei wurden die Einwanderungsbehörden bestimmt mit Anträgen überschüttet. Außerdem hatte sie ja nichts Besseres zu tun. War sie nicht, um ihn zu sprechen, aus dem Haus gegangen? Warum sollte sie jetzt tatenlos umkehren? Aber sie hatte kein Geld dabei. Beim ersten Gemüsestand würde er merken, dass sie gelogen hatte.

»Um ehrlich zu sein«, sagte sie nach kurzem Zögern, »will ich gar nicht einkaufen. Alles, was ich brauche, gibt es auch in Oberstdorf. Aber wir können ja ein wenig spazieren gehen.«

Der Kommandant versuchte sichtlich, sich einen Reim darauf zu machen, ließ dann aber davon ab. »Sehr gern. Ich muss bloß die Einkäufe ins Haus bringen. Wollen Sie hereinkommen und Ihren Mantel ablegen?«

»No! No, no.« Irene merkte zu spät, wie laut sie klang. Sofort tat es ihr leid.

»Selbstverständlich, ich bin gleich zurück«, sagte er ernsthaft und ging ins Haus.

Erleichtert stellte sie fest, dass er ihr die Klarstellung nicht übel nahm. Aber sie war nun mal keine dieser Frauen, die sich einen Amerikaner zulegten, um satt zu werden.

Purdum kam zurück. Lächelnd fragte er: »Wohin wollen wir gehen?«

Er war nicht direkt schön, dachte Irene. Aber seine ungezwungene Direktheit und ruhige Selbstkontrolle machten ihn interessant.

»Das ist mir ganz gleich. Ich war nie zuvor in Sonthofen. Nur als wir mit dem Zug angekommen sind. Vor zweieinhalb Jahren.«

»Warum?«

»Das war sicherer.« Gegen Kriegsende, erklärte sie, gerieten auch mit Ariern verheiratete Juden in immer akutere Gefahr. In größeren Städten habe es Razzien gegeben. In Oberstdorf aber sei die Lage einfacher gewesen. Wie andere Ausgebombte auch habe sie sich bei der Registrierung als Protestantin ausgegeben.

Niemand habe Fragen gestellt. Wäre sie aber auf der Straße nach ihrem Ausweis gefragt worden, hätte alles Mögliche geschehen können. Da war es besser, man verließ so selten wie möglich die Wohnung. »Man wusste ja nie.«

»My God …«

Sein Erstaunen störte sie nicht, im Gegenteil. Die Deutschen schienen das, was ihr widerfahren war, bestenfalls als normale Begleiterscheinung des Krieges anzusehen. Als etwas, das man abschüttelte wie einen schlechten Traum. Purdum erinnerte sie daran, dass es das nicht war. Lächelnd fragte sie:

»Wollen Sie mir den Fluss zeigen?«

Am Stadtrand, wo der Fluss langsam dahinfloss, war es ruhiger, und es gab weniger Ruinen. Bei ihren Treffen hatte sie den Kommandanten als höflich, aber wortkarg kennengelernt. Meist hatte er, die Mütze auf den Knien, aufmerksam zugehört. Wenn Herman in einem langen englischen Satz die Orientierung verlor, hatte Irene ihn herausgeholt und das, was er hatte sagen wollen, kurz zusammengefasst. Dann hatte Purdum sie angelächelt – mehr nicht. Jetzt aber, ohne Uniform und abseits seines Büros, erwies der Offizier sich als offenherziger Sohn des Mittleren Westens. Einer, der gern von sich erzählte und erwartete, dass man dasselbe tat.

Im Zivilleben lehrte John F. Purdum Geschichte und Englisch an einem kleinen College in Pennsylvania. Schon vor dem Krieg war er auf einen langen Artikel in den *Marvel Science Stories* gestoßen, der den Plan eines gewissen *Professor Soergel* für einen *verbesserten Kontinent* darlegte. Purdum hatte die Idee, wie *das kriegsverrückte Europa* endlich Frieden finden konnte, tief beeindruckt. Deshalb war ihm, als er kurz nach dem Einmarsch eine Liste prominenter Oberstdorfer erhielt, Hermans Name sofort aufgefallen. Dank der Liste, scherzte Purdum, habe er in wenigen Wochen mehr interessante Leute getroffen als in drei Jahren in der Army. Mit Freude in der Stimme erzählte er vom Zusammentreffen mit den alten Eltern von Carl Zuckmayer: die Mutter Jüdin, der Vater nahezu blind. Er freue sich darauf, dem berühmten Sohn zu schreiben, beide hätten den Krieg überlebt. »Schließlich ist nichts wichtiger als Familie.«

Aus der Brusttasche zog Purdum sein Portemonnaie. Darin steckten zwei Fotos. Auf dem einen lächelten zwei Kinder, etwa sieben und neun Jahre alt, großäugig dem Betrachter entgegen. Das andere zeigte eine Frau mit gewelltem Haar, spitzem Mund und ebensolcher Nase; das Bild war deutlich älter und leicht verkratzt.

»Hübsche Kinder«, sagte Irene. »Und ist das Ihre Frau?«

Purdum schluckte. »Hannah. Sie ist jetzt beim Herrn. Drei Jahre ist das her. Die Kinder vermissen sie schrecklich.«

»Und Sie bestimmt auch.«

Als hätte Irene ein Geheimnis ausgesprochen, blickte er sie erschrocken von der Seite an. Dann aber entspannte sich sein Körper, und er nickte.

»Die Mädchen leben bei meiner Schwester und meiner Mutter. Es geht ihnen gut, aber es ist nicht dasselbe.«

»Eine liebevolle Mutter ist durch nichts zu ersetzen.« Irene stutzte. Eigentlich hatte sie die Worte so dahingesagt. Aber es stimmte: Wie wäre ihr Leben wohl verlaufen, hätte sie eine Mutter gehabt, die für sie da war, und nicht umgekehrt?

Sie gingen schweigend am Wasser entlang weiter. Ein schöner Ort, eigentlich. Purdum lebte in Sonthofen, weil die amerikanische Verwaltung bald von Oberstdorf hierher ziehen würde. Irene bedauerte das schon jetzt. Sie hatte sich an ihn gewöhnt.

Vor einer kleinen Kirche blieb er stehen. Vom offenen Eingang wehte ihnen angenehm kühle Luft entgegen.

»Ich würde Ihnen gern etwas zeigen«, sagte er. »Kommen Sie mit?« Er führte sie zu einer Statue der heiligen Maria, das Jesuskind auf dem Arm. Wortlos entzündete Purdum eine Kerze und stellte sie auf. Irene hatte nichts gegen Kirchen; keine christliche Erziehung hatte sie ihr verleidet. Aber sie war davon ausgegangen, dass sie bald wieder gehen würden. Stattdessen kniete Purdum nieder und faltete die Hände. Anfangs war ihr unbehaglich, als sähe sie einem Fremden beim Weinen zu. Doch je länger er so verharrte, desto mehr entspannte sie sich.

Schließlich bekreuzigte Purdum sich, stand auf und sagte: »In ein paar Jahren höre ich auf zu arbeiten. Dann kümmere ich mich um meine Töchter.«

Schweigend gingen sie zum Ausgang. Irene glaubte, er sei in Gedanken noch immer bei seiner Familie, als er beiläufig fragte:

»Warum sind Sie zu mir gekommen?«

Irene war zu erstaunt, um mehr zu antworten als: »Bin ich doch gar nicht.«

Seine Mundwinkel hoben sich. »Ingeborg findet es seltsam, dass Sie Ihren Mann bei jedem Treffen mit mir begleiten – aber zum Projekt nie etwas sagen.«

»Ingeborg ist …«

»Liegt sie etwa falsch?«

»Natürlich.«

»Wirklich?«

Sie legte den Mantel über beide Arme und verschränkte sie vor der Brust. »Wirklich!« Ihre Stimme hallte im Kirchenschiff wider.

Das verscheuchte sein Grinsen, und sie traten ins Freie. Mindestens eine Minute lang gingen sie, Purdum mit gesenktem Kopf, schweigend nebeneinander her. Irene tat ihre heftige Reaktion rasch leid. Einerseits wusste sie, sie hatte das Richtige getan. Andererseits hatte sie ihn nicht kränken wollen. Er war doch nur ehrlich gewesen. Sie schuldete es ihm, genauso ehrlich zu sein.

»Ich bin tatsächlich Ihretwegen hier.«

Er blickte auf.

»Aber«, sie schüttelte den Kopf, »es ist nicht, was Sie denken.« Sie zögerte. »Ich möchte mit Ihnen über das Projekt sprechen.«

Purdum brauchte ein paar Sekunden, um sich mit der unerwarteten Wendung abzufinden. Dann aber sagte er: »Alright. Let's talk.«

»Sie haben einmal gesagt, dass Sie das Projekt gut finden, weil es Hungersnöte verhindern kann.« Aber dabei werde Atlantropa nicht kurzfristig helfen können. Mit Sicherheit nicht im kommenden Winter, nicht einmal in fünf Jahren. Es dauere zehn Jahre, den Damm zu bauen, und erst dann …

»You're right.« Er nickte.

»I don't understand.«

Purdum war zurückhaltender, seit sie die Kirche verlassen hatten. Er wirkte nicht verärgert, lächelte aber auch nicht mehr. So ruhig, wie sie es von ihren Treffen gewohnt war, erklärte er, während sie am Flussufer entlangspazierten, warum die Amerikaner sich in Wirklichkeit für Atlantropa interessierten.

Schon bevor das Reich den USA den Krieg erklärte, hatte die Roosevelt-Regierung eine Niederlage der Achsenmächte erhofft.

In diesem Krieg ging es schließlich um das Schicksal der Demokratie, ja der gesamten Menschheit – und um sehr viel Geld. Die Briten hielten 1940 nur mit Mühe den deutschen Angriffen stand. Um weiter durchzuhalten und eine befürchtete Invasion abzuwenden, brauchten die Briten gewaltige Mengen an Kriegsschiffen, Flugzeugen und Waffen. Weit mehr, als sie sich leisten konnten. Der US-Präsident bewilligte Premierminister Winston Churchill – anfangs am Kongress vorbei – gewaltige Kredite. Kredite, die das Königreich nur würde zurückzahlen können, wenn es den Krieg gewann. Die USA gingen also eine milliardenschwere Wette auf den Sieg ihres alten Verbündeten ein. Seit Kriegsende vergaben die Amerikaner weitere Kredite an europäische Staaten, die das Geld für ihren Wiederaufbau dringend brauchten. Und sie halfen gern. Jeder geliehene Dollar vergrößerte die Chance, das Vordringen der Sowjets nach Süd- und Westeuropa zu stoppen. »Aber wie stellt man sicher, dass man das Geld auch zurückbekommt?« Das Ganze, erklärte Purdum, ähnele einem normalen Bankkredit, bei dem der Nehmer mit dem bürgt, was er hat. Und Franzosen, Briten und Belgier verfügten noch immer über große Kolonien, insbesondere in Afrika.

»Aber ich dachte«, sagte Irene, »die Amerikaner sind gegen …«

»Colonialism? Imperialism?«

»Yes.«

Der Kommandant zuckte mit den Schultern und blickte Irene beim Gehen aus den Augenwinkeln an, als fürchtete er ihre Reaktion.

Natürlich, das ergab Sinn. Solange die europäischen Gläubiger ihre Kolonien ausbeuten konnten, flossen die amerikanischen Kredite. Doch die Rufe nach Unabhängigkeit wurden nicht nur in Indien, sondern auch in Afrika immer lauter. Außerdem wollten die Amerikaner den Eindruck vermeiden, sie stützten europäische Imperialisten. Die Lösung war einfach: Die USA warben für ein Ende der Kolonialherrschaft – und suchten zugleich nach einem Instrument, das es ihren Verbündeten erlaubte, ihre alten Besitzungen weiterhin zu kontrollieren. Ein mögliches Instrument – eines von vielen – war Atlantropa.

»Weiß mein Mann das?«

»Würde es ihn interessieren?«

Irene wollte zu einer Verteidigung Hermans ansetzen, ließ es dann aber. Stattdessen sagte sie leise:

»Thank you.«

Purdum wirkte überrascht. »What for?«

»Dafür, dass Sie ehrlich sind. Das habe ich vermisst.« Sie lächelte mit geschlossenem Mund. Neben diesem Mann fühlte sie sich – ja, wie eigentlich? *Wohl* war vielleicht ein zu großes Wort. *Gesehen* passte besser. Irene blickte sich um. Ein Berggipfel verdeckte einen Zipfel der Sonne.

»Ach, Mist. Wie spät ist es?«

Es war halb sechs. Sie musste zum Bahnhof. In zweieinhalb Stunden begann die Ausgangssperre. Wenn die Militärpolizei sie hier aufgriff, hatte sie gleich zwei Probleme. Um sich mehr als sechs Kilometer von ihrer Wohnung zu entfernen, brauchte sie eine Ausnahmegenehmigung. Als Ingeborg sie einlud mitzukommen, hatte sie daran nicht gedacht. Außerdem würde Herman erfahren, dass sie zur selben Zeit wie er in Sonthofen gewesen war.

»Ich muss los.«

»Vielleicht kann ich Ihnen helfen«, sagte Purdum.

Oh nein! Sie würde vom Standortkommandanten der US-Armee in Oberstdorf keinen Gefallen annehmen. Sie hatte sich schon von einem GI herfahren lassen, und damit hatte ihr Schlamassel angefangen. Sie wollte nicht auch noch eine Rückfahrt im Jeep. Dann stünde sie in Purdums Schuld.

»Danke. Zeigen Sie mir den Weg zum Bahnhof?«

»Warum wollen Sie denn noch zurück?« Ihr Mann übernachte wahrscheinlich ohnehin in der Ordensburg, um die Ausgangssperre zu meiden.

»Ich will dort nicht übernachten.«

»Ich verstehe.« Er presste die Lippen aufeinander, als wollte er etwas zurückhalten. Dann fragte er: »Und wenn Sie bei mir bleiben?«

Sie blieb stehen. »Was?«

Irene erwartete, Purdum würde die Hände heben und um Entschuldigung bitten. Oder eilig behaupten, er habe einen Scherz gemacht. Stattdessen blieb er völlig gelassen und sagte:

»Ich erwarte nicht, dass etwas passiert. Ich *will* auch gar nicht, dass etwas passiert. Nicht jetzt.« Nur sei es doch so: Er sei einsam, und sie sei einsam. Sie beide könnten einander helfen, sich weniger einsam zu fühlen. Vor allem aber habe er bemerkt, wie er sich auf ihre Treffen zu freuen begann, und er habe den Eindruck, ihr gehe es ebenso.

»Ich bin nicht einsam!« Ja, sie war zermürbt von den Jahren der Angst, der Ungewissheit und des Wartens. Aber einsam war sie nicht! Wenn Herman und sie endlich auswanderten, würde sich alles bessern. Der College-Plan – sosehr er ihr auch missfiel – bewies ja, dass Herman immer noch voller Ideen und Kraft steckte. Wie würde es da erst sein, wenn sie sich in Amerika von den Strapazen erholt hatten?

»Weshalb sind Sie dann jetzt nicht bei Ihrem Mann? Weil er nicht wissen soll, dass Sie hier sind?« Und wenn das stimmte, fragte er, warum hatte sie es ihm verheimlicht?

Wenn man es genau nahm, dachte sie, hatte sie ihren Besuch nicht unterschlagen, denn sie hatte ihn gar nicht geplant. Die Einsicht flößte ihr genug Trotz ein, um zu antworten:

»Da täuschen Sie sich.«

»Mag sein. Aber warum besuchen Sie nicht mit ihm die Ordensburg?« Es war schließlich auch ihr Projekt.

Sie schwieg, so gut sie konnte. Der Mann ging einfach zu weit. Das war keine erfrischende amerikanische Direktheit mehr, sondern schlicht übergriffig. Sie zog den schweren Mantel über, zupfte am Hut und sagte atemlos:

»Goodbye, Mister Purdum.«

»Es tut mir leid. Das wollte ich nicht.« Aber, sagte er ruhig, während Irene sich zum Gehen wandte, ihr sei hoffentlich klar, dass ihr Mann nicht nach Amerika gehen werde. Niemals.

Sie drehte sich um.

»You are …« Was hieß *aufdringlich*? Sie schüttelte heftig den Kopf. »No.«

Bei ihren Treffen, sagte Purdum, frage sie häufig nach Amerika und erzähle von ihrer Zeit in New York. Herman täte das nie. Er spreche immer nur von seinem Projekt. Das Forschungsinstitut verstehe er offensichtlich als Chance, sein Vermächtnis zu regeln. Entweder werde das Atlantropa den entscheidenden Schub geben, oder er werde bei dem Versuch sterben. Amerika aber sei ihm gleichgültig. »Sehen Sie das nicht?«

Das reichte. Ohne ein weiteres Wort machte sie sich auf in Richtung Zentrum. Was hatte sie sich bloß dabei gedacht, hierher zu kommen? Und was nahm Purdum sich heraus? Er glaubte wohl, er wisse besser über sie Bescheid als sie selbst. Nur, weil er die Siegermacht vertrat, hielt er sich für berechtigt, sich ins Leben anderer Leute einzumischen? Das ging zu weit. Aber warum, dachte sie, lief sie dann weg? Sie hatte sich doch geschworen, nicht länger zu fliehen. Sich klein zu machen. Sich zu schämen. Und sie hatte keine Lust mehr, Angst zu haben. Erst vor den Nazis, und jetzt … Nein, es reichte jetzt. Sie machte kehrt und lief auf Purdum zu.

»You know what?«, rief sie. Er schätze doch Direktheit, oder nicht? Dann sei sie ihm gegenüber auch völlig direkt. Nein, sie seien einander tatsächlich nicht zufällig begegnet. Aber nicht, weil sie ihn mochte, oh nein! Sondern weil er ihnen bei den Einwanderungsbehörden helfen konnte.

Irene reckte den Kopf, als wollte sie Purdum das Kinn zum Schlag hinhalten. Ihr war das gleich. Sie hatte es so satt. Sie würde sich nicht länger verstellen, sie war innerlich schon ganz krumm davon.

Natürlich, sagte sie laut, werde er keinen Finger mehr für sie rühren. Aber das sei in Ordnung. Herman und sie würden schon einen Weg finden, um hier rauszukommen.

Purdum hatte sich nicht gerührt, sondern alles mit unbewegter Miene aufgenommen. Und doch taten Irene ihre Worte sofort leid, denn er schien seine Haltung nur mit Mühe zu wahren. Gerade wollte sie ihn um Entschuldigung bitten, als er sagte:

»Verzeihen Sie mir. Ich bin zu weit gegangen.« Aus der Sache mit dem Visumsantrag habe er völlig falsche Schlüsse gezogen. Er sei überzeugt gewesen, die Ehe der Sörgels sei am Ende. Da habe er sich geirrt. Offenbar hatten die Sörgels zuvor alles miteinander besprochen, und er habe das völlig falsch interpretiert. Aber dass Herman so etwas tue, habe nun mal seltsam auf ihn gewirkt.

Je länger er um Entschuldigung bat, desto unruhiger wurde sie.

»Wovon reden Sie?«

Na ja, sagte Purdum, er habe sich schon gefragt, warum sie beide das machten. Wenn Paare in Amerika ein neues Leben anfangen wollten, dann kamen sie gewöhnlich gemeinsam an. Manchmal reiste auch der Mann zuerst ein, um einen Job zu finden, und holte dann seine Frau nach. Da habe er sich doch sehr gewundert, als Herman ihm vor drei Monaten erzählte, er habe seinen Visumsantrag zurückgezogen.

37

> Henri berauschte sich an dem Gedanken, daß dieses große Wasser nicht aufhörte zu rollen und zu brüllen, bis es drüben an die unbekannte Küste des neuen Erdteils Amerika schlug. (…) Ja, in der Nacht, umgeben vom Meer und auf den Steinen, die troffen von Gischt, wurde der junge Sohn ganz wie seine liebe Mutter, und was er Amerika nannte, war eigentlich das Reich Gottes.
>
> Heinrich Mann: *Die Jugend des Königs Henri Quatre* (1935)

Die Nazis hatten sich verzettelt, das sah man sofort. Sie waren keiner übergeordneten Vision gefolgt, die alles harmonisch verband, sondern hatten ihre Pläne immer wieder verworfen. Das Ergebnis war ein halbherziges Durcheinander. Wozu hatten sie zuerst einen dreiundvierzig Meter hohen Turm mit Glockengeläute gebaut, weit hör- und sichtbar im ganzen Tal? Um Hunderte junge Parteikader auszubilden, wären Unterkünfte doch viel dringlicher gewesen. Wieso hatten sie Schulungen für ihren Führungsnachwuchs anberaumt, als sie dafür weder Personal noch Räumlichkeiten hatten? Und warum war die Anlage, die zuletzt riesige Ausmaße annehmen sollte, nie fertiggebaut geworden? Die Antwort, dachte Herman, lag offen zutage: weil den Nazis der theatralische Effekt wichtiger gewesen war als der Inhalt, deswegen. So ein protziger Turm im idyllischen Tal, der machte halt was her. Architektur diente ihnen bloß als Kulisse ihrer Inszenierungen. Dazu passte ihr magisches Denken. Sie hatten wirklich geglaubt, der Russlandfeldzug wäre in wenigen Wochen gewonnen! Wunderwaffen brächten die Wende! Die Russen würden kurz vor Berlin zur Umkehr gezwungen! Die Nazis waren unfähig gewesen, Wunsch von Wirklichkeit zu trennen, und hinterlassen hatten sie Not, Hass und Verbitterung. Doch anders als nach dem ersten Krieg waren die Amerikaner gekommen, um zu bleiben. Dank ihnen war, kurz nachdem alles nur denkbare Böse geschehen war, alles Gute wieder möglich. Herman spürte die Energie, die von ihnen ausging. Er roch die ausgehobene Erde neben nie gegossenen Fundamenten. Schmeckte die warme, selbst im Spätsommer frische Gebirgsluft. Spürte die Kühle des wuchtigen Kellergewölbes. Hörte das Geräusch seiner Schritte auf der steinernen Turmtreppe. Und sah in all dem die Zukunft Atlantropas.

Nach einem langen Rundgang stand Herman vor dem Turm und schaute hinunter auf die kleine Stadt. Das Butterbrot – seine erste Mahlzeit dieses Tages – schmeckte wunderbar. Nach dem Abzug der Franzosen hatte Purdum ihm endlich genehmigt, ganz allein die Ordensburg zu besichtigen. Während er nun halbfertige Säle und vernachlässigte Zimmer inspizierte, betrachtete er sie gewissermaßen vierdimensional: Er sah nicht nur ihre Abmessungen und ihre triste Gegenwart. Sondern auch die großen Dinge, die hier einmal geschehen konnten. Das College würde junge Menschen aller zivilisierten Völker zusammenbringen, finanziert von den Amerikanern und dem bayerischen Staat, überwacht von einer Kommission der Alliierten, verwaltet von einem Kuratorium und unterstützt von internationalen Wissenschaftlern und Experten. Dafür musste man die alten großzügigen Baupläne nur wenig verändern. Wie Amadeus Müller in Johns Roman, so würde Herman in den Bergen eine Gemeinschaft formen, die sich Atlantropa verschrieb. Auf die neue, weisere Generation musste er nicht länger warten. Er würde sie selbst heranziehen!

Ein herrlicher Tag. Unter ihm, auf dem schmalen Kiesweg zur Ordensburg, flirrte die Luft. Die Fußgänger schienen sich darin aufzulösen, bevor sie hier oben ankamen. Um ihn herum war niemand.

Es war etwas Seltsames mit der Beharrlichkeit. Wie viele hatten ihn einen Träumer und Phantasten genannt! Aber er hatte durchgehalten, hatte an seine Idee geglaubt und daran, dass sie letztlich alle Widerstände überwinden würde. Derselbe Schlag Mensch, der vor fünftausend Jahren die Erbauer der Pyramiden für verrückt erklärt hatte, bewunderte heute mit offenem Mund das Grabmal des Cheops.

Allein das Wissen, dass eines Tages die Zeit für sein Jahrtausend-Projekt käme, hatte ihn das alles ertragen lassen. Nur wie und wann, das hatte auch er lange nicht gewusst. Erst wenige Wochen bevor Purdum an die Tür klopfte, war ihm die Idee für die Ordensburg gekommen. Und jetzt würden ausgerechnet die Amerikaner, die natürlichen Konkurrenten Atlantropas, zu dessen Hebamme! Die Ironie des Ganzen ließ ihn übers graue, aber frisch rasierte Gesicht lächeln.

Mit ihrer Unterstützung konnte nun alles ganz schnell gehen, das begriffen auch andere. Täglich gewann der Verein neue Mitglieder, eine Zeitschrift war in Arbeit, und Journalisten fragten wieder nach Interviews. Neulich hatte sogar ein junger Mann aus Spanisch-Marokko ihm seine Dienste angeboten. Daran war natürlich nicht zu denken, denn vorerst musste er jeden Pfennig zusammenhalten. Aber der Brief zeigte, wie weit das Projekt ausstrahlte.

Herman wischte sich die Hand an einem Taschentuch sauber, als er auf dem Weg zur Burg, etwa zweihundert Meter entfernt, einen flirrenden Fleck bemerkte. Der Fleck war braun am Rand und blau in der Mitte und überholte nach und nach die anderen Flecken. Er sah auf die Uhr: Es war halb sieben. Da musste wohl jemand vor der Ausgangssperre etwas hier oben abliefern. Dem rasenden Fleck wuchsen weit ausschwingende Arme und Beine; in der warmen Luft sah es aus, als schlüge ein Schwimmer verzweifelt um sich. Herman wandte sich ab. Bevor das Licht schwand, wollte er noch Speisesaal und Hallenbad besichtigen.

Er hatte den großen Platz vor dem Turm schon fast überquert, da hörte er eine Frauenstimme seinen Namen rufen.

Den Mantel über die Schultern gelegt, kam Irene auf ihn zu. Wie schön, dachte er, dass sie doch noch hergefunden hatte! Wann hatte sie zuletzt dieses blaue Sommerkleid getragen? Spontan breitete er die Arme aus, um sie willkommen zu heißen. Doch Irene schaute ihn verwundert an, als machte er eine obszöne Geste, und blieb zwei Meter vor ihm stehen. Keuchend legte sie Mantel und Hut auf eine Bank, setzte sich und fragte matt:

»Warum, Herman? Kein Drumrumgerede mehr. Bitte sag' mir einfach, warum.«

»Da vorne ist ein Brunnen. Soll ich dir Wasser holen?«

Sie schüttelte den Kopf.

Er holte ihr trotzdem Wasser. Im klaren Gebirgslicht erkannte man deutlich, wie blass und schmal sie geworden war. Er selbst sah vermutlich kaum besser aus. Aber sie hatten das Schlimmste überstanden. Alles würde sich zum Guten wenden.

Als er zurückkam, fächelte sie sich mit dem Hut Luft zu.

»Warum hast du denn nichts gesagt?«, fragte er lächelnd. »Ich hätte bei der Verwaltung wegen eines zweiten Betts nachgefragt. Ich rede gleich mal mit …«

»Herman, hör' auf. Hör' bitte auf.«

Er hatte keine Ahnung, wovon sie sprach. Klar war nur, sie war aufgebracht. Er setzte sich neben sie und reichte ihr den Wasserbecher.

Irene trank ihn in einem langen Zug leer und fragte, ohne ihn anzusehen: »Hast du deinen Antrag für das Visum zurückgezogen?«

Das war es also. Er hatte sich schon Sorgen gemacht. »Ach, das. Ich wollte mir bloß unnütze Arbeit ersparen. Früher oder später hätte ich nach München zum Konsulat fahren müssen. Und selbst dann wäre immer noch nicht klar gewesen, ob es klappt. Zu viel Aufwand. Ich muss mit meinen Kräften haushalten.«

»Vor drei Monaten schon.«

»Es war nicht so wichtig. Und ich kann den Antrag jederzeit neu stellen.«

»Du hast mir nichts davon gesagt.«

»Weil es nicht so wichtig war. Hier«, sein ausgestreckter Arm wies über den leeren Platz, »das ist wichtig!«

»Es ist wichtig. Für mich.«

»Dein Antrag läuft ja noch. Und dass sich da seit Monaten nichts getan hat, zeigt doch, wie mühselig die Sache ist. Wir können darauf nicht warten. Es gibt so viel zu tun.«

»Dir ist es also völlig egal?«

Er verstand nicht, warum sie schaute, als sei jemand gestorben. Konnte sie ihr Glück noch immer nicht erkennen? Sie hatten überlebt, und die schönste Zeit ihres Lebens lag vor ihnen.

»Natürlich ist es mir wichtig«, sagte er. »Und wenn alles klappt, reist du nach Washington. Bloß halt allein. Das kostet uns weniger, und dein Englisch ist besser. Du wirst bei den Kongressleuten Eindruck machen!«

»Das meine ich nicht.«

»Was denn dann?«

»Weißt du es wirklich nicht?«

»Irene …«

Sie starrte auf die Berge wie auf einen Gegner. »Wir waren uns doch einig: Wenn wir überleben, gehen wir nach Amerika. Ich will nicht länger mit den Gespenstern leben, weder mit den lebenden noch mit den toten. Ich kann nicht mehr warten.«

»Das müssen wir ja auch nicht! Es geht endlich los! Hier und jetzt!«

»Heißt das, du willst nicht mehr weg?« In ihrer Stimme lag die alte, ihm nur zu gut bekannte Traurigkeit.

»Ja, doch. Natürlich. Wir machen in ein paar Jahren, wenn hier das Gröbste erledigt ist, eine schöne, lange Rundreise. Dieser neue Völkerbund soll ja seinen Sitz drüben kriegen. Die haben schon Interesse angemeldet, habe ich davon erzählt? Noch nichts Offizielles natürlich, aber vielversprechend. Sehr vielversprechend.«

Sie ließ den Kopf sinken. »Das genügt nicht.«

»Was willst du denn drüben? Amerika – das war ein schöner Gedanke, der uns gewärmt hat, wenn wir nicht weiterwussten. Jetzt brauchen wir den nicht mehr!«

»Nur ein Gedanke?«

»Außer ein paar Zeitungsleuten kennt uns da niemand.«

»Aber ich muss«, sie ballte die Hände auf dem Schoß, »ich *muss* dorthin.«

»Aber Amerika«, rief Herman, »ist doch jetzt hier!«

Irene sah ihn überrascht an, als begreife sie etwas. Endlich, dachte er, drangen seine Worte zu ihr durch: Die Freiheit, nach der sie sich sehnte, war nicht länger sechstausend Kilometer weit entfernt, sondern zum Greifen nahe. Die modernste Zivilisation der Welt und ein uralter Kulturraum verbanden sich zu etwas Neuem. Der Untergang des Abendlandes war abgewendet, und um sie herum lag das neue Land der unbegrenzten Möglichkeiten. Nachsichtig lächelnd fragte er:

»Was suchst du denn noch drüben, was du hier nicht findest?«

Irene schwieg lange. Er wollte ihre Wange streicheln, doch plötzlich kam ihm die Geste zu intim vor. Sie würden Zeit brauchen, um sich wieder anzunähern.

Schließlich lehnte Irene sich zurück und nickte in Richtung des Turms.

»Purdum sagt, die Amerikaner ziehen hier ein.«

»Die ziehen auch wieder aus. Und dann kommt das College.« Herman hatte ohne Zögern geantwortet. Jetzt aber ahnte er, was sich hinter Irenes Worten verbarg. »Du hast ihn getroffen?«

Sie antwortete nicht – und bestätigte so seine Befürchtung. Hinter seinem Rücken hatte sie den Kommandanten gebeten, sich für die verdammten Papiere einzusetzen. Das war ihr sogar wichtiger, als mit ihm heute hierherzukommen. Warum hatte Purdum ihr das überhaupt erzählt? Was fiel ihm ein, Vertraulichkeiten auszuplaudern?

»Was hat er dir sonst noch erzählt?«

Sie schloss die Augen. »Nichts. Nichts Wichtiges.«

»Nichts Wichtiges, hm?« Herman biss sich auf die trockenen Lippen. »Verstehst du nicht, wie das wirkt? Purdum muss doch denken: ›Wenn sie so dringend nach Amerika will, kann Atlantropa ihr ja nicht so wichtig sein.‹ Wie sieht das denn aus, wenn nicht mal du …«

Er stockte. Für einen Moment fühlte es sich an wie damals mit dem Lungenflügel. Doch der Schmerz war diffuser: ein Druckgefühl nicht nur auf der Brust, sondern überall.

»Willst du etwa«, brachte er schließlich hervor, »Atlantropa aufgeben?«

»Ich will neu anfangen«, flüsterte sie. »Mit dir.«

Er schüttelte den Kopf. »Beantworte bitte meine Frage.«

»Ich glaube, das habe ich.«

Seine Lunge tat ihren kläglichen Dienst, und doch kam es Herman vor, als presste ihn etwas immer tiefer unter Wasser. In seinem Kopf kämpften ungezählte Gedanken: Er wollte Irene sagen, wie enttäuscht er war. Wollte wissen, wie es so weit hatte kommen können. Wollte sie um Geduld bitten. Ihr Versprechungen machen. Ihr zeigen, wie sehr er sie liebte. Doch als er den Mund öffnete, hatte ein Gedanke alle anderen wütend beiseitegestoßen, und Herman zischte:

»Du willst uns also verraten.«

Irene stand auf. »Wie kommst du …? Nein, ich will, dass wir neu anfangen. Ich würde uns verraten, wenn ich zuließe, dass wir so weitermachen.«

»Ausgerechnet jetzt«, flüsterte er, ohne sie anzusehen. »Ausgerechnet jetzt.«

»Jetzt gerade ist die Zeit, neu anzufangen! Du hast ja Recht: Wir sind endlich frei. Wir können tun, was wir wollen! Und noch sind wir jung genug.«

»Du hast mich angelogen.«

»Was? Nein.«

»Als Purdum und der Franzose vor der Tür standen.« Seine Stimme sank zu einem Flüstern. »Du sagtest, du glaubst an das Projekt. Da hast du gelogen. Mir ins Gesicht gelogen.«

»Ich dachte, du wärest ... du würdest deine große Chance verpassen. Da wollte ich dich aufrütteln. Dir Mut machen!«

Er schüttelte sehr langsam den schweren Kopf. »Du hast das bloß gesagt, damit ich weitermache. Damit du dein Visum bekommst. Du hast mich benutzt.«

»Benutzt?« Irene baute sich vor Herman auf und stemmte ihre Hände in die Seiten. Ihre Silhouette verdeckte die Sonne. »*Du* hast *mich* angelogen. Du hattest ja längst einen Plan, aber mir hast du davon nichts erzählt! Und du hast mich das nur gefragt, damit ich dir das mit der Ordensburg hinterher nicht vorwerfen kann. Das Ganze war bloß ein Trick. Du wolltest dich absichern!«

»Ich hatte meine Zweifel«, hauchte er. »Und leider haben sie sich bestätigt.«

»Ja, spiel' dich ruhig als Opfer auf!« Irenes Stimme hallte von den Wänden wider und verwehte über dem Platz. »Alle haben dich hintergangen, was? Erst die Demokraten und die Zürcher, dann die Nazis. Und jetzt sogar die eigene Frau! Siehst du das so, wirklich? Mein Gott!«

»Du hast mich verraten. Das ist eine Tatsache.« Wut und Enttäuschung lähmten ihn. Er starrte auf den Boden und versuchte, nicht vornüber zu sinken.

»Ich *habe* dich nicht verraten!«, rief sie. »Ich will mit dir *leben*!«

»Du hast unseren Traum verraten.«

»*Unseren* Traum?« Sie lief ziellos umher wie ein Tier im Käfig. »Das *war* es mal! Aber du, du hast ...« Sie schüttelte einen Gedanken ab. »Ich habe dich immer verteidigt! Habe immer an dich geglaubt! Aber jetzt kann ich nicht mehr, Herman. Mit ein bisschen Glück haben wir noch fünfzehn, vielleicht zwanzig Jahre. Das können gute Jahre werden!«

»*Was* habe ich?«, fragte Herman, der Irenes letzte Sätze kaum beachtet hatte. »Was habe ich Schlimmes getan, dass du mich hintergehen musst, hm?«

Herman erwartete, dass sie zur Antwort noch lauter schrie. Sollte sie ruhig. So vieles war ungesagt geblieben zwischen ihnen.

Doch Irene ließ die Arme an den Seiten herabhängen, als wäre alles Leben aus ihnen gewichen. Leise, aber fest sagte sie:

»Du hast *mich* verraten. Erst damals, mit dem Buch. Und dann gegenüber Schwarz.«

Irenes plötzliche Gefasstheit brachte ihn nur noch mehr auf. Er stand langsam auf. Hinter einem Berggipfel ging die Sonne unter.

»*Ich*«, zischte er mit entblößten Zähnen, den Zeigefinger auf seine Brust gerichtet, »*ich* habe mich fast totgeackert, um dich zu retten. *Ich* wäre beinahe dabei erstickt. *Ich* habe meine Gesundheit ruiniert. *Ich*! Für *dich*!«

»Ich meine im KZ, als Schwarz dir das Angebot machte: ich oder Atlantropa. Da hast du meine Hand losgelassen. Nur kurz. Aber du *hast* losgelassen.«

»Wovon redest du?« Er verstand seine Frau immer weniger. Er sah die SS-Uniform vor sich, Irene an seiner Seite. Erinnerte sich an bleierne Müdigkeit, die Schlaf allein nicht beheben konnte. Und an Angst natürlich, Todesangst. Aber sonst? Und selbst wenn: Was zählte das? Er hatte sich für sie entschieden. Für sie!

»Irgendwas ist mit dir passiert, Herman. Ich kann es nicht genau beschreiben. Aber du hast dich verändert, und das macht mir Angst. Wir müssen hier weg, bevor … Wir müssen das alles hinter uns lassen.«

»Duuuu.« Die Enttäuschung, die Herman so niedergedrückt hatte, wich reiner, heißer Wut. »Du behauptest also, ich sei verrückt geworden! Und dann tust du auch noch so, als sei das zu meinem Besten! Du würdest alles tun, um nach Amerika zu kommen, was?«

»Du verdrehst das ja! Ich meine doch nur: Das Projekt hat uns so viel Kummer gebracht. Wenn es nicht gewesen wäre, wären wir schon lange nicht mehr hier. Stell' dir nur vor, unser Kind würde noch leben!«

Ein Stich. Ein stiller Schrei in seinem Kopf. Ja, das Kleine könnte allerdings noch leben: wenn Irene einem erfahrenen

Frauenarzt vertraut hätte, nicht dem jungen Doktor Bernstein. Wenn sie Schwarz in ihrer Wohnung nicht so provoziert hätte. Wenn sie, als sie Schwarz' Stimme erkannte, einfach im Bett geblieben und den Mund gehalten hätte! Er hatte ihr das nie vorgeworfen, schließlich wäre sie beinahe gestorben. Aber auch er hatte gelitten, und anders als sie hatte er sich zusammengerissen und getan, was nötig war! Und in all der Zeit hatte sie sich doch tatsächlich eine Geschichte zusammengesponnen, in der *er* der Schuldige war!

Er hob die Hand über den Kopf, bereit zum Schlag. Da sah er den Horror in ihren Augen, und plötzlich wusste er wieder: Vor ihm stand kein Todfeind, sondern Irene. Trotz allem Irene. Schockiert von sich selbst, senkte er den Arm. Sein Blick suchte etwas, woran er sich heften konnte, und wählte die Turmuhr. Es war kurz vor sieben.

»Siehst du jetzt, was ich meine?« Irene wollte ihm in die Augen schauen, doch er wich ihr aus. »Siehst du's? Das bist nicht du. Das ist …« Sie ergriff seine Hände. »Ich will meinen Herman zurück. Der ist noch da drin, das weiß ich.«

Ihre Stimme klang jetzt weich, beinahe flehend. Das verwirrte Herman nur noch. Konnte er ihren Worten glauben, wenn er sich nicht einmal selbst verstand? Als Test ihrer Aufrichtigkeit sagte er, vielleicht brüsker als beabsichtigt:

»Du willst mich doch gar nicht. Du *brauchst* mich. Für das Visum.«

Er hoffte, sie versicherte ihm noch einmal, dass er irrte und sie mit ihm leben wollte. Nur noch einmal. Dann konnte er ihr womöglich wieder trauen. Und tatsächlich sah alles danach aus, als sie seine Hände an ihre Brust presste und nach Worten rang.

»Ich brauche dich nicht, ich *will* dich! Den Herman von früher. Älter geworden, natürlich, aber im Innern derselbe: aufrichtig, klug und liebevoll. Weißt du«, sagte sie mit gequältem Lächeln, »was Purdum gesagt hat? Ich sei einsam. Erst dachte ich: Was fällt dem ein? Aber er hatte Recht. Warum habe ich das nicht sehen können, aber jemand, der mich kaum kennt, schon? Ich bin so einsam, dass ich denke, es sei normal. Und ich glaube, dir geht es genauso. Etwas ist schiefgelaufen, wir haben einander verloren, und jetzt will ich uns wiederfinden. Weißt du, was ich meine?«

Er zog den Kopf zurück. »Wie kommt Purdum dazu, dir so was zu sagen?«

»Ich weiß, ich weiß!« Sie lachte wieder gezwungen. Der Schmerz in ihrem Gesicht wirkte echt, ebenso die Freude über Hermans Groll auf einen Dritten: Endlich hatten sie wieder etwas gemeinsam. »Und er besaß doch tatsächlich die Frechheit, sich mir an den Hals zu werfen. Er wollte, dass ich bei ihm übernachte; dass ich bei ihm einziehe! Kannst du dir das vorstellen?«

Mit einem Ruck zog Herman seine Hände zurück. Wie lange hatte er sich gewünscht, Irene wieder aufblühen zu sehen. Doch nicht seinetwegen hatte sie das blaue Kleid angezogen und war nach Oberstdorf gefahren, sondern wegen des Amerikaners. Sie hatte Purdum in seiner Privatwohnung aufgesucht, während er selbst ganz in der Nähe war, und kam danach hierher, um ihm haltlose Vorwürfe zu machen. Dabei tat Herman nur, was sie sich gemeinsam vorgenommen hatten. Über Jahre hatte er in ihrem Schweigen Trauer und ihrer Zurückgezogenheit Angst erkennen wollen. In Wahrheit hatte sie ihn und das Projekt längst aufgegeben. Er hatte Recht behalten und doch nur die Hälfte begriffen: Ja, sie hatte ihn verraten; aber er hatte sich nicht vorstellen können, dass sie ihn betrügen könnte, es vielleicht sogar schon getan hatte. Himmel, wie blind war er gewesen. Die Irene, die er gekannt hatte, gab es nicht mehr.

Er trat einen Schritt zur Seite und schloss sein Jackett. Jetzt, da die Sonne untergegangen war, wurde es rasch kühler.

»Du hattest Recht damals«, sagte er sehr ruhig und wie zu sich selbst. »Es gibt kein Schicksal. Es gibt nur dich und mich und das, was wir tun.«

Sie sah ihn fassungslos an. »Was ist los? Was redest du da?«

»Wenn du zu ihm gehen willst, dann tu das. Ich werde dich nicht zurückhalten.«

Sie griff nach seinen Händen, doch er entzog sich ihr. Er hatte mit ihr abgeschlossen. Sie konnte ihm nicht mehr weh tun, denn sie ging ihn nichts mehr an. Die Leichtigkeit, mit der es geschah, und die Ruhe, die sich dabei in ihm ausbreitete, bewiesen, dass das hier nur der Schlusspunkt einer langen Entfremdung war.

Irene aber legte ihre Hände auf seine Brust und rief: »Tu das nicht, Herman! Lass mich nicht allein. Überall witterst du Betrug, aber so ist es nicht! Diese verdammte Naziburg werden die Amerikaner dir niemals überlassen. Sie wollen sie selbst haben. Aber wenn dir das jemand sagt, willst du das nicht wahrhaben. Dann muss dieser Jemand böse sein. Ein Gegner des Fortschritts, ein Feind. Herman, du wirst wie dein Vater!«

Hätte er noch einen Beleg für Irenes Gemeinheit gebraucht, wären ihre letzten Worte es gewesen. Herman sah zu einem Berggipfel, der an einer Flanke noch orangerot leuchtete, obwohl die Sonne nirgends mehr zu sehen war.

»Und du«, sagte er, ohne sie anzusehen, »wirst bösartig und verrückt wie deine Mutter.«

Das Nächste, was er spürte, war ein beißender Schmerz auf der linken Wange.

Irene betrachtete ihre erhobene Hand, als gehöre sie nicht zu ihr.

Der Schmerz ließ rasch nach, und Herman sagte gefasst:

»Geh.«

*

Ins Tal war Irene gerannt. Doch auf halber Strecke zwischen Burg und Stadt hatte sie nicht einmal mehr ihre Schuhe gesehen, und jetzt schwamm sie in Dunkelheit. Vorsichtig, als balanciere sie an einem Abgrund, orientierte sie sich an den schwachen Lichtern in der Ferne und setzte einen Fuß vor den anderen. Sie spürte, wie ihre nassen Wangen in der kühlen Luft trockneten, ohne sich daran zu erinnern, dass sie geweint hatte.

Als Irene die erste Laterne erreichte, konnte sie es noch immer nicht fassen. Hermans Worte hatten ihr gezeigt, dass sie ihn verloren hatte. Ihr Schlag aber hatte Irene vor Augen geführt, was aus ihr selbst geworden war.

Die Straßen waren leer, nur in wenigen Fenstern brannte Licht. Bis zum Bahnhof war es bestimmt nicht mehr weit. Hoffentlich begegnete sie keiner Streife.

Die Kellerwohnung in Oberstdorf war ihr nie Zuhause gewesen, jetzt aber kam sie ihr vor wie eine Falle. Wie sollte sie Schlaf finden bei dem Gedanken, dass Herman morgen heimkäme? Wenn er sie noch dort vorfand, glaubte er womöglich, sie wolle bei ihm bleiben. Nein, sie musste vor seiner Rückkehr fort. Nur so konnte sie ihm – und sich selbst – zeigen, dass es kein Zurück gab.

Dann fiel es ihr ein.

Sie hatte keine Genehmigung, nach 20 Uhr noch unterwegs zu sein. Selbst wenn ein Zug fuhr, durfte sie nicht mitfahren.

Plötzlich kam sie sich sehr dumm vor. Sie würde künftig alle Kraft dafür brauchen, sich um sich selbst zu kümmern. Bisher hatte sie bei jeder Entscheidung immer auch an Herman gedacht und an ihr Projekt. Nach zwanzig Jahren musste sie es erst noch verlernen, als Paar zu denken. Sie war allein. Zum ersten Mal.

Irene ging weiter, bis ihr Straßenecken und Giebel bekannt vorkamen. Schließlich stand sie vor einem schlichten, kleinen Haus, in dessen Erdgeschoss Licht brannte.

Dass sie allein war, bedeutete auch: Sie war niemandem Rechenschaft schuldig.

Irene klopfte an die Tür.

Als er öffnete, sah er sie an, als habe er sie erwartet. Ohne ein Wort trat er zur Seite, und sie ging hinein.

VI

38

Neue Zürcher Nachrichten (4.1.1950)

Titanismus

Zum Atlantropa-Projekt

Der Technik und ihren Dienern, den Ingenieuren, sind für die Zukunft ungeheure Aufgaben gestellt. Um einer Welthungersnot zu begegnen, die infolge der wachsenden Ueberbevölkerung der Erde und der zunehmenden Verwüstung ihrer Agrarflächen droht, müssen globale technische Projekte geplant werden. Stromregulierungen, Bewässerungsanlagen, Kraftwerke riesigsten Ausmasses werden in allen Erdteilen auszuführen sein. Vielleicht – wir wollen es hoffen – werden diese Aufgaben die Völker zu friedlicher Zusammenarbeit führen. Aber hüten wir uns davor, dass die technische Phantasie die Grenzen überschreitet, die den Menschenkräften gesetzt sind; dass nicht ein Titanenhochmut die Ingenieure auf Wege verlockt, die in den Abgrund führen!

Solchen Geistes ist das Atlantropa-Projekt, mit dem der Münchner Ingenieur Sörgel schon seit 20 Jahren die Welt beunruhigt. Er glaubt heute, dass seine Zeit gekommen sei. Dieses Projekt ist nicht die Ausgeburt eines zügellosen Phantasten, über das man leicht hinweggehen könnte. Eine bewunderungswürdige Summe exakter wissenschaftlicher Arbeit ist darauf verwendet worden und die Grösse der Konzeption, die verlockende Fülle der Ergebnisse berauscht weite Kreise ernsthafter Männer. In einer umfangreichen Arbeitsstätte in Oberstdorf wird unermüdlich an den Einzelheiten gearbeitet; nichts ist anscheinend ausser acht gelassen, alles ist bedacht. Immer öfter erscheinen in den Zeitungen Artikel von beachtenswerten Autoren und erwecken uferlose Hoffnungen.

(...)

Diese völlige Veränderung der Mittelmeerwelt und der Lebensbedingungen ihrer Völker – während einiger tausend Jahre der

Mittelpunkt der europäischen Kultur – erscheint den Atlantropiern kein zu hoher Kaufpreis für die Schaffung von Neuboden und elektrischer Kraft. Sie glauben, auf diesem überaus langsamen und kostspieligen Weg die Siedlungs- und Nahrungsenge Europas beheben zu können. Dass es hierfür sehr viel kürzere und unendlich wohlfeilere Wege gibt, ficht sie nicht an.

Es ist denkbar, dass dies alles geschehen könnte. Die Berechnungen werden sicher stimmen; und für die unermesslich gesteigerte technische Potenz der Industrievölker gibt es das Wort »unmöglich« ohnedies nicht mehr. Aber hier greift der technische Verstand auf Gebiete über, in denen er sich nicht bewegen kann. Nur auf einige dieser übertechnischen Faktoren sei hingewiesen.

Durch die Senkung des Meeresspiegels würde auch der Grundwasserspiegel der umliegenden Gebiete schwer in Mitleidenschaft gezogen, d.h. gesenkt werden. Das vergrösserte Gefälle würde die Flüsse daran hindern, Schwemmland abzulagern; das üppig durchfeuchtete Niltal, die Poebene, die Rhonelandschaft würden eintrocknen. Der Grundwasserspiegel der Länder würde sich immer mehr senken, denn das Grundwasser würde nach den Tiefen des ehemaligen Mittelmeeres drängen. Wie sehr aber die Fruchtbarkeit von ihm abhängt, das haben die Erfahrungen der letzten Jahrzehnte gelehrt. Schon übermässige Abholzungen, Beseitigung von Streuwäldern, wahllose Flussregulierungen haben deutliche Anzeichen einer beginnenden Versteppung gezeitigt; man hofft, ihnen noch begegnen zu können.

Unübersehbar wäre der Einfluss auf das Klima, wenn an Stelle der Verdunstungsfläche des Mittelmeers ein Hitzekrater riesigen Umfangs treten würde. Das Sörgel-Meer würde eine Umwelt schaffen wie die des Toten Meeres, das ebenfalls tief unter dem Weltmeerspiegel liegt. Dagegen würde das Schwarze Meer mangels genügenden Abflusses ansteigen, bis seine Verdunstungsfläche den Zuflüssen das Gleichgewicht halten könnte. Rumänien, Bessarabien, die Ukraine, die Krim würden von ihm überflutet werden, wie es vor Millionen Jahren der Fall war, ehe der Durchbruch zum Mittelmeer stattfand.

Unübersehbar wären auch die Rückwirkungen auf die vulkanischen Verhältnisse, wenn der Druck von hundert oder zweihundert Metern Wassersäule auf den Untergrund wegfiele. Vermutlich würden die halbeingeschlafenen vulkanischen Kräfte zu leidenschaftlicher Tätigkeit entfesselt werden. Kleinasien ist seit jeher Erdbebengebiet gewesen; im Aegäischen Meer sind noch in neuester Zeit Vulkankegel aus der Meerestiefe aufgestiegen. Aetna, Messina, Stromboli, Vesuv sind Vulkangebiete tragischen Charakters; und in Lissabon – unweit von Gibraltar! – hat sich erst vor zweihundert Jahren die furchtbarste Erdbeben-Katastrophe ereignet. Man stelle sich vor, dass ein ähnliches Erdbeben den Sörgel-Damm zerrisse! Der Atlantik würde seine Fluten wieder ins Mittelmeer ergiessen – Atlantropa würde in einer Sintflut von unvorstellbarem Ausmass versinken.

Das ist die Kehrseite des Atlantropa-Projekts; jenseits der Reissbretter, der Logarithmentafeln, der Gelehrtengutachten. Atlantropa – das ist die technische Hybris in Reinkultur! Die Technik, die – recht gebraucht – den Menschen unendlichen Segen gebracht hat und ihnen unentbehrlich geworden ist im Kampfe gegen den Hunger und gegen die feindliche Natur, hat durch ihre Erfolge schon so manchem ihrer Diener den Sinn verwirrt. Auf den Ingenieuren liegt in Zukunft eine ungeheure sittliche Verantwortung. Bleiben sie sich dessen nicht bewusst, so werden sie die Menschen auf den Weg der Selbstvernichtung führen. Sie sollten nie vergessen, dass die Menschen doch nur Menschen sind, und nicht – Titanen.

39

Was zeichnet eine große Existenz aus? Eine Idee der Jugend, umgesetzt im reifen Alter.

Erich Mendelsohn: *Brief an Luise Mendelsohn* (1953)

München, 4.12.1952

Der Applaus wärmte ihn mehr als die zwei Gläser Weißwein. Während noch geklatscht wurde, wendete Herman sich ab und verstaute das Redemanuskript in der Aktenmappe. Er verbarg seine Rührung, denn in jüngster Zeit war er immer häufiger, ohne den Grund zu kennen, den Tränen nahe. Er hatte sich rasch genug wieder im Griff, um mit ruhiger und selbstsicherer Miene Hände zu schütteln, zum Abschied ein paar dankende Worte zu sprechen und Glückwünsche entgegenzunehmen. Ihm dankten die Vertreter von Mannesmann und Hochtief für ein exzellentes Jahr, und die von Krupp und Stinnes prophezeiten ein noch besseres 1953. Zum Glück, scherzte einer, waren nicht alle Vereinsmitglieder gekommen! Herman lächelte nahezu ungezwungen. Er war in Eile. In einer halben Stunde sollte er, zwei Kilometer entfernt, den nächsten Vortrag halten.

Die Plätze rund um den großen Tisch leerten sich bereits, als drei dunkelhäutige Männer zu ihm traten. Herman schüttelte dem Mittleren die Hand. Hielte doch bloß, dachte er, ein Pressefotograf den Moment fest. Bildunterschrift: *Herman Sörgel, der Schöpfer des Atlantropa-Werkes, und der afrikanische Dichter, Politiker und Eurafrika-Visionär Léopold Sédar Senghor im vertraulichen Gespräch*. Es brauchte ja niemand zu wissen, dass sein Gegenüber bloß ein paar blumige Bemerkungen über die Bedeutung internationaler Zusammenarbeit machte, die ein Dolmetscher aus dem Französischen übertrug. Als das erledigt war, schüttelten Senghor und Herman einander noch einmal sehr würdevoll die Hände. Dann verließ der Gast mit seinem Leibwächter die Weinstube.

Herman sah auf die Uhr. Noch vierundzwanzig Minuten. Gerade genug Zeit, um den Schokoladenriegel zu essen und zum Vortrag zu radeln. Zucker und frische Luft würden ihn stärken. Er durfte jetzt nicht nachlässig werden; jede Veranstaltung konnte den Durchbruch bringen. Man wusste schließlich nie, welche einflussreichen Leute im Publikum saßen. Herman beugte sich über die Aktenmappe, als eine leise Stimme fragte:

»Darf ich Sie kurz stören, Herr Sörgel?«

Herman blickte bedauernd auf sein Abendessen.

»Ja, bitte?«

Vor ihm stand Senghors Dolmetscher, ein schlanker Mann um die dreißig, und spielte unsicher mit den Fingern. »Ich bin ... Ich habe Ihren Film gesehen. Auf Englisch, zweimal.«

»Ah, schön«, sagte er ohne große Anteilnahme. »Daheim in Frankreich, was?«

»In Spanisch-Marokko.«

Er hob die Brauen. Dass der Atlantropa-Lehrfilm es sogar nach Nordafrika geschafft hatte, machte ihn stolz. Kein Wunder: Die Trickdarstellungen waren erstklassig. Herman wollte sich wieder der Schokolade zuwenden, da fügte der Dolmetscher hinzu:

»Und *Power for Sale* – also: *Amadeus* – habe ich dreimal gelesen!«

»Oh.« Sogar in Afrika kannte man Johns Roman also. Der Welterfolg hatte gerade rechtzeitig eingesetzt, um Herman über die Pleite in Sonthofen hinwegzutrösten. Die Amerikaner hatten die Burg damals doch tatsächlich für sich beansprucht.

Der Dolmetscher schwieg, als erwartete er einen weiteren Kommentar. Herman streckte ihm die Hand hin und sagte:

»Leider muss ich dringend weiter. Ich wünsche Ihnen noch einen angenehmen Aufenthalt im schönen München.«

Anstatt die Hand zu ergreifen, knetete der junge Mann weiter die Kuppen seiner langen Finger. »Wir werden leider schon morgen früh abreisen.«

»Ah, so. Hm. Also dann, machen Sie's gut, ja?«

Herman griff nach seiner Aktenmappe, als der Dolmetscher hervorstieß:

»Erinnern Sie sich nicht an mich?«

Die Mundwinkel des jungen Mannes zuckten. Vielleicht, dachte Herman, hatte er ihn tatsächlich schon einmal gesehen, doch es war ja gerade dessen Aufgabe, unauffällig zu sein. Während der Sitzung hatte er schräg hinter Senghor gesessen und ihm ins Ohr geflüstert. Erst jetzt bemerkte Herman, wie sehr der Dolmetscher sich von seinem Chef unterschied: Der Propagandist einer stolzen *Négritude* ließ seine Worte von einem hellhäutigen Nordafrikaner übersetzen. Noch dazu einem mit kristallblauen Augen, die Herman jetzt ungeduldig anschauten. Glaubte der Mann etwa, dass er sich an jeden Zuhörer erinnerte? Er hielt Dutzende Vorträge im Jahr. Und niemand konnte erwarten, dass er sich die Gesichter von mehr als zwölfhundert Vereinsmitgliedern einprägte.

»Bedaure. Vielen Dank für Ihre Arbeit.« Er schüttelte ihm die Hand, die warm und rau war, und hoffte, die Sache damit zu erledigen. Doch der Dolmetscher schien sich nicht losreißen zu können. Schließlich sagte Herman: »Herr Senghor wartet sicher schon auf Sie.«

»Die anderen gehen zu Fuß ins Hotel. Es ist ganz in der Nähe. Sie brauchen meine Hilfe heute nicht mehr.«

Herman nickte. Das Deutsch des Dolmetschers war exzellent, keine Frage. Doch wirkte es bemüht, wie sehr er versuchte, als Muttersprachler durchzugehen.

»Ich habe Ihnen geschrieben. Nach dem Krieg. Ich weiß, Sie erhalten natürlich viele Briefe, aber ich hatte gehofft …« Der Dolmetscher lächelte unsicher.

Herman erinnerte sich vage an ein Schreiben in einem ungewöhnlichen Format. Er hatte es mit Befriedigung gelesen, dann aber rasch beiseitegelegt. Sonthofen war damals wichtiger.

»Natürlich«, sagte Herman. »Ich habe mich sehr darüber gefreut. Wie ich sehe, ist es Ihnen seither ja gut ergangen. Haben es weit gebracht, was?«

Er hoffte, dass der Dolmetscher sich damit zufriedengab.

»Ich habe Ihnen ein Geschenk mitgebracht. Eigentlich ist es gar kein Geschenk. Es gehört Ihnen. Aber Sie werden sich freuen, hoffe ich. Können wir irgendwo ungestört …?« Der Dolmetscher sah sich um.

»Begleiten Sie mich doch zu meinem Fahrrad. Es steht vor der Tür.«

Die Augen des Dolmetschers weiteten sich, und er holte tief Luft. »Danke«, sagte er leise, »ja, sehr gut.«

Während sie den lauten Schankraum durchquerten, redete der junge Mann auf ihn ein, doch er verstand nur *Vater* und *Gibraltar*. Herman, dessen Geduld endlich war, bat ihn zu warten, bis sie nach draußen kamen. Vor dem Eingang streifte er seinen alten Kamelhaarmantel über und sog die kalte, klare Luft ein. Es würde Frost geben.

»Diese Leute«, flüsterte der Dolmetscher und nickte dorthin, wo die Herren von Krupp und Stinnes gerade in ein Taxi stiegen, »sind eine Gefahr. Sie sind unberechenbar, wenn man ihre Erwartungen nicht erfüllt.«

Im rötlichen Licht der Butzenscheiben wirkte die Miene des Dolmetschers seltsam verändert.

»Wie bitte?«

»Sie sind ein großer Mann, Professor. Aber je populärer Ihr Projekt wird, desto mehr werden diese Leute versuchen, es zu missbrauchen.«

»Ich kann Ihnen versichern …«

»Die drei Stauseen zum Beispiel. Diese Leute wollen das mildere Klima nicht, damit es den Afrikanern besser geht. Sie haben sogar Angst davor, dass es dann zu viele von uns gibt. Es geht ihnen darum, den Kontinent bewohnbar zu machen für Millionen von Europäern. Wenn die ihren Willen bekommen, werden wir niemals unabhängig werden. Dann wird ganz Afrika eine einzige, riesige Kolonie. Herr Professor, diese Leute wollen Ihr großartiges Projekt auf den Kopf stellen! Und wenn sie dabei auf Widerstand stoßen, …«

»Ich kann Ihnen versichern«, wiederholte Herman, »ich lasse mich nicht überrumpeln. Atlantropa ist *mein* Werk, und das lasse ich mir von niemandem aus den Händen nehmen. Beruhigt Sie das ein wenig?« Er lächelte den Dolmetscher aufmunternd an wie ein gestolpertes Kind.

»Bitte passen Sie auf sich auf, ja?«

»Natürlich«, sagte Herman und fragte sich, wo er sein Rad abgestellt hatte.

»Gut. Gut.« Der Dolmetscher nickte, und zum ersten Mal wirkte er halbwegs entspannt. »Ach ja.« Er griff in seine Anzugjacke. »Das haben Sie damals zurückgelassen. Hier. Als Zeichen des Dankes für einen großen Mann von einem Bewunderer.« Er hielt ihm ein silbernes Kästchen hin, groß wie eine Handfläche.

»Danke«, sagte Herman. »Aber das gehört mir nicht.«

»Schauen Sie mal her, bitte.« Der Dolmetscher hielt das silberne Ding höher. Im Dämmerlicht erkannte Herman ein Zigarettenetui. Bestimmt war es mal ganz hübsch gewesen, jetzt aber zerkratzt und verbeult.

»Verstehen Sie jetzt?«, fragte der junge Mann.

Herman verstand sehr gut, dass er in siebzehn Minuten in der Handwerkskammer sein musste. »Es tut mir wirklich leid.«

»Aber hier steht es. Bitte, ja?« Der Dolmetscher drückte ihm das Etui in die Hand.

Herman hielt es, um guten Willen zu zeigen, ins Licht. Und tatsächlich erkannte er verschnörkelte Buchstaben. Zunächst ein großes H, dann ein großes S. Einige der Zeichen dazwischen waren unleserlich, aber rasch war klar: Da stand *Herman Sörgel*.

Mit offenem Mund suchte er im Gesicht seines Gegenübers nach einer Erklärung.

»Mein Vater war kein schlechter Mensch«, sagte der Dolmetscher. »Er hat es meinetwegen an sich genommen. Er hielt es für sehr wertvoll und wollte es gegen Bücher eintauschen.«

»Ich verstehe immer noch nicht.«

»Damals, in Ceuta, wissen Sie nicht mehr? Sie saßen am Strand, und mein Vater kam auf Sie zu. Er traute Ihnen nicht. Verzeihen Sie ihm. Er wusste es nicht besser.«

Ceuta. Gibraltar. Vage Erinnerungen an Erschöpfung, durchnässte Kleider und Geschrei streiften Hermans Bewusstsein. Er ließ sie gern ziehen.

»Und Sie …?«

»Ich war bei ihm. Neun Jahre alt.« Im rötlichen Kunstlicht schien der Dolmetscher vor Freude und Stolz zu glühen.

»Meine Güte«, brachte Herman hervor. »Das ist mindestens zwanzig Jahre her.«

»Vierundzwanzig.«

»Ich weiß nicht, was ich sagen soll. Danke, schätze ich. Dass ich das hier noch einmal wiedersehe, damit habe ich nicht gerechnet. Es war ein Hochzeitsgeschenk meiner Frau – damaligen Frau. An Sie – an das Kind – erinnere ich mich leider nicht.«

»Oh«, machte der Dolmetscher. »Natürlich. Das … Damit hätte

ich rechnen müssen. Das ist … Nun ja.« Er winkte ab und schloss kurz die Augen.

»Ich würde mich gern bei Ihnen revanchieren.« Herman durchsuchte die Aktenmappe. »Aber das Einzige, was ich bei mir habe, ist das hier. Warten Sie, ich schreibe Ihnen eine Widmung rein.«

»Das ist doch nicht nötig.«

»Doch, doch.«

Herman signierte die jüngste Ausgabe der *Atlantropa-Mitteilungen*. Zum Glück war die Mitgliederzeitschrift diesmal besonders umfangreich. Den Kopf leicht angehoben, reichte er sie dem Dolmetscher.

»Vielen Dank, Herr Sörgel. Ich …« Der junge Mann schien tief bewegt. Vorsichtig blätterte er durch die ersten Seiten, als berge jede ein Geheimnis. Dann blieb sein Blick an etwas hängen. »Was«, fragte er unsicher, »ist das?«

Der Dolmetscher deutete auf eine Zeichnung: Vor den Umrissen Afrikas stand ein riesiger schwarzer Elefant. Auf ihm ritt, auf Höhe Europas, eine barbusige, junge weiße Frau.

»Hübsch, nicht wahr? Das Werk eines befreundeten Künstlers, Heinrich Kley. Er hat noch mehr für uns gemacht. Darf ich?«

Obwohl die Zeit drängte, blätterte Herman, bis er eine weitere Zeichnung fand. Vor dem Hintergrund des neuen Doppelkontinents personifizierte diesmal eine schwarze, bis auf einen Lendenschurz nackte Frau Afrika. Sie reichte einen Korb voller Früchte und Getreide nach oben. Daneben stand *Austausch von Rohstoffen gegen Fertigwaren*. Über der Frau, auf Höhe des Mittelmeeres, nahm ein Mann in Anzug und Hut die Geschenke des dunklen Kontinents entgegen, begleitet vom Schriftzug *Austausch von Fertigwaren gegen Rohstoffe*.

»Wie finden Sie's?«

»Ich sehe in den Händen des Mannes keine Waren«, sagte der Dolmetscher tonlos. »Er nimmt nur.«

»Ach, ja?« Herman tat, als inspizierte er die Seite.

»Können Sie den Künstler bitten, das zu korrigieren?«

»Er ist leider schon tot. Kurz vor Ende des Krieges gestorben.«

Der Dolmetscher schaute ihn fragend an. Dabei blinzelte er immerzu, als fiele es ihm schwer, sein Gegenüber deutlich zu sehen.

»Bitte verzeihen Sie mir, dass ich mich nicht an Sie erinnere. Sie müssen wissen«, sagte Herman mit dem Anflug eines Lächelns, »ich war damals krank. Muss mich in Spanien erkältet haben. Als ich drüben ankam, konnte ich kaum noch stehen, glaube ich. Ja, so war's. Beinahe hätte ich eine Lungenentzündung bekommen!« Er lachte auf.

Der junge Mann nickte. Plötzlich aber hielt er inne, und obwohl sein Gesicht noch immer rötlich glomm, schien es zu erstarren. Die Augen weiteten sich, als sähe er eine große Gefahr auf sich zukommen. Dann blickte er hektisch in die Schatten um sie herum.

»Verzeihen Sie«, keuchte er. »Ich habe mich geirrt. Vollständig geirrt.«

Ohne ein weiteres Wort wandte er sich um, ging davon und ließ die Zeitschrift fallen. Bald war er in der schlecht beleuchteten Straße nicht mehr zu sehen.

Eher verwirrt als verärgert, blickte Herman zwischen dem Etui und der dunklen Straße hin und her. Wie konnte es jemanden bloß so kränken, dass er sich nicht im Detail an eine kurze Begegnung vor einem Vierteljahrhundert erinnerte? Aber morgen, dachte er, wäre noch genügend Zeit, um sich darüber zu wundern, wie selbstbezogen manche Leute waren. Jetzt hatte er Wichtigeres zu tun.

In zehn Minuten wollte Herman wieder die Welt retten, und er war spät dran.

40

Die Seligkeit, einmal für eine große Idee und für die Menschheit gelitten zu haben, bestimmt unsere Entschlüsse auch lange noch, nachdem der Zweifel uns hellsichtig gemacht hat, wissend und hoffnungslos.

Joseph Roth: *Der stumme Prophet* (1929)

München, 24.12.1952

Der Winter im westlichen Pennsylvania, daran erinnerte John sie gern, war streng. Deshalb riet er ihr, den dicksten Mantel zuletzt einzupacken, damit er nach der Landung griffbereit war. Den Mantel mit dem Pelzkragen und dem Brandloch aber, den möge sie doch hier lassen. *That old thing* sei nun wirklich zu unansehnlich. Sie wolle bei ihren Töchtern doch einen guten ersten Eindruck machen! Dann gab John ihr einen Kuss auf den Mund, den Irene mit einem Lächeln erwiderte, und nachdem er das Schlafzimmer verlassen hatte, verstaute sie den alten Mantel zuunterst in ihrem Koffer.

Hinter den beschlagenen Fenstern waren die Straßen menschenleer. Im Schaufenster des Konditors gegenüber stand eine beleuchtete Krippe. In der möbliert angemieteten Wohnung aber brannte helles Licht, und die Fotos der Töchter waren ebenso abgehängt und ordentlich verstaut wie die Porträtzeichnung von Johns verstorbener Frau. Morgen würden John und sie nach London fliegen, von dort nach New York, dann weiter nach Philadelphia, und schließlich brächte ein Greyhoundbus sie in die Kleinstadt, deren indianischer Name Irene immer wieder entfiel. Dort würden sie endlich Weihnachten feiern *as a family*. Und Irene würde versuchen, der vierzehnjährigen Catherine und Madeleine, die im Februar sechzehn wurde, eine Mutter zu sein. Und das, sagte sie sich, war doch fast genau das, was sie immer gewollt hatte.

Vom Flur drang Summen herüber. John summte immer, wenn er zufrieden oder in Aufbruchstimmung war, und heute summte er schon seit dem Morgen. Beim Frühstück hatte er erzählt, wie Catherine mit drei Jahren in den Bach hinterm Haus gefallen war und unter Tränen gelobt hatte, sie wolle *nie wieder in denselben Bach fallen*. Er versprach ihr, das werde nicht geschehen. Man könne nämlich gar nicht zweimal in denselben Bach fallen, denn das Wasser darin sei nie dasselbe. *Derselbe Bach!*, hatte er lachend gerufen, *das ist so typisch Catherine!* Irene, die die Anekdote bereits gut kannte, hatte dem nickend und ein wenig abwesend zugestimmt.

John kleidete sich, noch immer summend, für den Kirchgang an, während Irene weiter packte. Sie hatten viele vertrauensvolle Gespräche führen müssen, bis er akzeptierte, dass sie ihn nicht zu Gottesdiensten begleitete. Welcher Sinn läge darin, hatte sie gefragt, wenn eine nichtgläubige Jüdin einer christlichen Messe beiwohnte? John hatte schließlich mit gesenktem Blick erklärt: »I won't hold that against you.« Irene, die der Satz noch immer beschäftigte, hatte sich vorgenommen, ihn bei Gelegenheit zu fragen, was genau er ihr nicht vorhalten werde.

Ihr Koffer war schon voll, als Irene ein braunes Päckchen in die Hand nahm. Absender war der Atlantropa-Verein. Sie hatte es vor einem Jahr erhalten, aber sich seither nicht dazu durchgerungen, es zu öffnen oder wegzuwerfen. Jetzt aber fühlte sie sich gerüstet, um mit der Vergangenheit aufzuräumen, denn bald läge all das für immer hinter ihr. Sie riss die Verpackung auf und starrte auf einen schlichten weißen Einband: *Spuren, Stufen und Gestade. Dichtungen aus verschiedenen Lebensaltern*. Herman, der spröde Herman, hatte doch tatsächlich einen Gedichtband veröffentlicht. Sie hatte das nie gewagt, und jetzt war es zu spät.

Irene suchte nach einer handschriftlichen Widmung, fand aber nichts. Sie würde das Buch hierlassen, zusammen mit vielem, das ihr wichtig war, etwa ihrem Kunsthandel. (Vor zwei Jahren hatte sie im Auftrag eines Oberstdorfer Bekannten einen Corinth und andere Gemälde an einen Münchner Händler verkauft. Seither lief das Geschäft.) Irene blätterte durch die großzügig gestalteten Seiten, überschlug dabei Titel wie *Das Wahre* und *Das Gute* und glaubte schon zu wissen, was sie vom Ganzen zu halten hatte, als sie unter dem Titel *Intermezzi* auf eine Reihe vierzeiliger Gedichte stieß.

Das erste lautete so:

Am Anfang war das Nichts zu Ende,
und nach dem Ende kommt das Nichts.
So wird dies »Nichts« zur Alleswende,
zur ewgen Wiederkehr des Lichts.

Das war hübsch, vielleicht sogar klug. Sie las weiter. Drei, fünf, acht kurze Stücke, schließlich das letzte mit dem Titel *Gruß*.

Und da kamen ihr die Tränen. Ein paar gut gesetzte Worte Hermans genügten also immer noch, um sie zu rühren. Verdammt nochmal. Sie hätte das Päckchen wegwerfen sollen.

»What's that?« John war hereingekommen und legte ihr die Hand auf die Schulter. Er roch nach Aftershave und Tatendrang. Als er das Buch sah, sagte er:

»Oh, good. So they released him?«

Irene drehte sich um. Wer, fragte sie, hatte Herman woraus entlassen?

Johns gequältem Gesicht sah sie an, dass er sich verplappert hatte. »It's nothing.«

»Was ist nichts?«

Er seufzte. Widerwillig begann er zu erzählen, und schon nach dem ersten Satz ahnte Irene, es würde unangenehm werden.

»Ich habe dich nicht angelogen.« Vielmehr habe er bloß ein paar Informationen für einen späteren Zeitpunkt zurückgehalten, um sie zu schützen. So kurz vor ihrer Auswanderung wollte er sie von schlechten Nachrichten verschonen. Außerdem: Was hätte sie schon tun können? Er habe immer vorgehabt, ihr im passenden Augenblick alles zu erzählen. Dass es bis dahin drei Wochen dauern würde, habe er nicht vorhersehen können. Aber offenbar sei alles gut gelaufen, das Päckchen beweise es ja. So was verschicke man schließlich nicht, wenn man in Lebensgefahr schwebe. Dann erzählte er ihr, was er durch Freunde in den Besatzungsbehörden, die sich wiederum bei der Polizei und dem Krankenhaus Nymphenburg erkundigt hatten, erfahren konnte.

Herman hatte einen schweren Unfall gehabt. Mit seinem Rad war er auf der schnurgeraden Prinzregentenstraße, auf der zu der frühen Abendstunde kaum Verkehr herrschte, gestürzt. Besucher aus Pforzheim, die sich gerade am nahen Friedensengel aufgehalten hatten, berichteten der Polizei zunächst übereinstimmend von einem Auto, das sich mit erhöhter Geschwindigkeit vom Unfallort entfernt habe. Doch bei späteren Nachfragen hatten die Touristen widersprüchliche Angaben gemacht. Die einen beschrieben einen schwarzen Mercedes, die anderen einen grauen Opel, und wieder andere waren sich nicht mehr sicher, überhaupt einen Wagen bemerkt zu haben. Zudem waren viele Innenstadtstraßen zur Zeit des Unfalls vereist gewesen. Zog man dann noch in Betracht, dass der Verunglückte siebenundsechzig Jahre alt und angetrunken gewesen war, konnte man den zuständigen Beamten es nicht zum Vorwurf machen, wenn sie ihre Ermittlungen nicht mit Hochdruck betrieben.

Glücklicherweise hatte zu den Augenzeugen auch eine Krankenschwester gezählt, die rasch erste Hilfe leistete. Hermans rechtes Jochbein, das Schlüsselbein, ein Oberschenkelknochen und mehrere Rippen waren gebrochen. Besonders beunruhigten die behandelnden Mediziner aber innere Verletzungen, deren Ursache sie nicht kannten. Sicher war nur: Der Patient verlor langsam, aber stetig Blut, das sie durch Konservengaben ersetzen mussten. In solchen Fällen schnitten sie den Patienten üblicherweise auf, um die Blutung zu finden und zu stoppen. Doch soweit John wusste, hatten die Ärzte davon abgesehen, vermutlich wegen Hermans Alter und angeschlagener Gesundheit. Ironischerweise verhinderte es also gerade die Schwere der Verletzung, diese zu behandeln. Aber offensichtlich, schloss John und zeigte auf das Buch, sei Herman ja doch genesen. »That's good news. Good news for Christmas!« Er riet ihr, früh ins Bett zu gehen, morgen würde ein langer Tag. Um neun Uhr müssten sie zum Flughafen. Summend zog John seinen Mantel an.

Während er gesprochen hatte, war Irene immer besorgter geworden – und wütender. John glaubte wieder einmal, er wisse besser als sie selbst, was gut für sie war. Aber Ärger entzog einem bloß die Energie, die man brauchte, um in Würde zu altern. Außerdem, ermahnte sie sich, war John im Kern ein guter, verlässlicher Mann. Sie konnte froh sein, ihn zu haben. Durch ihn würde sie bald doch noch erfahren, wie es war, Kinder zu haben, und das weit weg von diesem Land, in dem ... Sie schloss kurz die Augen, dann ging es schon wieder. Andererseits, dachte Irene, lag Herman, während sie hier standen, im Krankenhaus und verlor Blut.

»Ich bin in einer Stunde wieder zurück. Höchstens zwei.«

John schüttelte den Kopf. »Tu das nicht. Bitte.«

»Er muss immer noch im Krankenhaus sein.«

»Lass dich nicht wieder von ihm in dieses Durcheinander hineinziehen.«

Ja, Hermans Leben war ein Durcheinander, wenn auch eines, das klaren Regeln folgte. Und sie war nun mal sehr lange ein Teil davon gewesen.

»Ich will mich nur verabschieden. Das verdient er.«

»Willst du den letzten Abend wirklich mit deinem Exmann verbringen? Er wird versuchen, dich wieder zu manipulieren. Was erhoffst du dir davon?«

»Ich weiß es nicht«, sagte sie und küsste John auf die Wange.

41

Du rätselvolles Meer
beherrschst das Erdenrund mit deinem Wallen.
Der Hydra von Dämonen gleicht dein Heer
von Myriaden wogender Vasallen.

Auf einem Abgrund ungezähmter Stürme,
auf einem Höllenrachen steht dein Reich.
Wie meines eignen Willens Wellentürme,
so hass ich dich, so lieb ich dich zugleich.

Herman Sörgel: *De Profundis* (Auszug)

Die Stadt war ein Fest, zu dem Irene nicht geladen war. Laternen beleuchteten Straßen und Gehwege so hell wie vor dem Krieg, und die Schaufenster der Kaufhäuser strahlten, als wollten sie die Winternacht wärmen. Das Wechselspiel der Lichter tauchte die Gesichter der wenigen Passanten mal in gelben, mal rötlichen Schimmer, und wenn ein Wagen vorbeiglitt, leuchtete der neue regennasse Asphalt wie gefallene Sterne.

Von all dem fühlte Irene sich unüberwindbar getrennt. Nirgends, gestand sie sich ein, war sie je ganz heimisch gewesen. So weit sie auch zurückblickte, hatte ihr stets etwas Unbenennbares und Entscheidendes gefehlt, und kein Bitten, Zerren oder Hoffen hatte daran je etwas geändert. Das Leben war eine zu kurze Decke.

In Amerika hoffte sie etwas in sich zu erschließen, das ihr immer unzugänglich gewesen war. Was genau es war, konnte sie nicht beschreiben, aber ihre Sehnsucht war real, und so musste es auch dieses *etwas* sein.

Die Zumutungen der Gegenwart machten es ihr nicht immer leicht, ihre Hoffnung zu bewahren. Alles an ihrem Leben mit John war so gemäßigt, wie es Alter und Erfahrung entsprach. Distanz hieß jetzt Respekt und Routine Harmonie. Anfangs hatte sie es kaum gestört, dass sie die Verliebtheitsphase übersprungen hatten und gleich im Paaralltag gelandet waren. Doch je näher ihre Übersiedelung rückte, desto größer wurden ihre Zweifel: Konnte sie sich drüben noch ändern? John verplante ihre Zukunft ja schon jetzt.

Seit Irenes Scheidung im vorigen Sommer drängte er auf eine Heirat. Irene hatte sich lange gesträubt. Doch John hatte ihr Argument, sie habe ohnehin nie heiraten wollen, warum sollte sie es dann ein zweites Mal tun, nicht gelten lassen. Ihre Ehe mit Herman habe, zumindest auf dem Papier, fünfundzwanzig Jahre gewährt. Mit welchem Recht enthalte sie dann ihm, John, eine Heirat vor? Außerdem wisse sie doch, dass sie nur als Ehefrau eines Soldaten eine Chance hatte, dauerhaft in die USA einzureisen. Und er sei es leid, zwischen Europa und Amerika hin und her zu fliegen. Irene musste sich entscheiden. Schließlich hatten sie einen Kompromiss geschlossen: Zwar werde der Priester in Amerika sich weigern, eine Trauung mit einer Nichtchristin zu vollziehen. (Das Wort »Jüdin« fiel in ihren Gesprächen nie.) Aber immerhin wären bei der Zeremonie im Standesamt die Töchter dabei. Da hatte Irene genickt und sich gefragt, ob sie die Scheidung womöglich hinausgezögert hatte, weil sie die erste Begegnung mit den Mädchen scheute. Sie wollte so gern eine gute Mutter sein. Nur woher sollte sie wissen, wie das ging?

Die schmerzhafte Wahrheit, die Irene sich, allein in winterlicher Stille und Dunkelheit, deutlicher eingestand als in Johns Gegenwart, war die: Sie fürchtete, morgen früh den größten Fehler ihres Lebens zu begehen. Was, wenn die Mädchen und sie einander nicht mochten? Wenn sie sich fernab der nächsten Großstadt nicht frei, sondern abgeschnitten fühlte? Wenn sie als Jüdin wieder die Fremde wäre? Sie wollte sich nicht länger unbehaust fühlen. Sie wollte endlich eine Decke, die lang genug war.

Als das weiße, einem Gutshaus ähnelnde Klinikgebäude in Sicht kam, dachte sie an ihren Vater. Warum hatte er niemandem etwas erzählt, als er spürte, dass es zu Ende ging? Hatte er Angst vor einem einsamen Tod im Krankenhausbett gehabt? Und wäre der wirklich so schlimm gewesen, verglichen mit dem Dahinsiechen zu Hause, wo seine Frau ihn ein paar Zimmer weiter im Wahn verwünschte? Ihr Vater fehlte Irene neuerdings wieder sehr, und das

Gefühl, dass man ihn ihr geraubt hatte, war nie ganz verschwunden. Wie oft hatte er in Rätseln gesprochen, die sie niemals lösen würde.

Das kalte Licht im Foyer und der schmale Mund der Ordensschwester, die ihre Patienten offenbar als zu verteidigenden Besitz verstand, halfen Irene, sich für das Kommende zu wappnen. Herman war bestimmt stark gealtert. Aber das, sagte sie sich, durfte sie nicht dazu erweichen, sich hineinziehen zu lassen in sein »Durcheinander«.

Der Stationsflur lag im abendlichen Halbdunkel. Zwei Krankenschwestern, die leise miteinander sprachen, musterten Irene. Licht drang durch den Spalt einer angelehnten Zimmertür, und dahinter lachte ein Bariton dröhnend auf:

»So hat er damals den Minister eingewickelt! War doch so, nicht wahr? Was?« Eine schwächere Stimme entgegnete etwas. »Aber zumindest fast!«, rief der Bariton. »Das musst du aufschreiben, sonst mach ich das noch!« Wieder lautes Lachen.

Irene blieb vor der Tür stehe. Sie hatte John Knittel nie gemocht. Wie konnte man jemandem trauen, der sich mit allen gut verstand, auch mit den Braunen? Durch den Türspalt sah sie für einen Moment Herman, der aufrecht im Bett saß und sein Monokel richtete. Dann lehnte sie sich, um nicht bemerkt zu werden, an die Wand und horchte.

»… und darf Onkel Mutz Silvester kommen?«, fragte eine Kinderstimme.

»Natürlich«, dröhnte Knittel. »Sofern er das möchte.«

»In zwei, höchstens drei Tagen bin ich hier raus.« Herman sprach leise, aber klar. »Und ich bin sehr froh, dass wir einander tatsächlich zu Weihnachten sehen. Wenn auch anders, als ich gehofft hatte. So, mein lieber Emanuel: Ich hatte leider keine Gelegenheit, dir ein Geschenk zu kaufen, aber das hier möchte ich dir gern geben.«

»Herman …«, raunte Knittel.

»Doch, doch. Hier, mein Junge. Hoffentlich bestärkt es dich darin, deine Hoffnungen niemals aufzugeben.«

Die Kinderstimme nuschelte ein »Dnkschn«.

Irene sah sich auf dem Flur um. Dass sie hergekommen war, erschien ihr plötzlich überflüssig, ja melodramatisch. Sie ging ein paar Meter, hielt inne und blieb eine Weile so stehen.

»Ach Mensch, Frau Sörgel! Das ist ja schön! Da wird er sich freuen.« Knittel sprach sogar laut, wenn er flüsterte.

»Ich heiße wieder Villanyi.«

»Natürlich, natürlich.« Er klopfte einem etwa zwölfjährigen, unsicher blickenden Jungen auf die Schulter. »Der Bub hat keine Ruhe gegeben. Da wollte ich ihm zeigen, dass es Herman besser geht. Der alte Knabe hat schon wieder neue Ideen. Aber Sie kennen das ja.«

»Ja, das kenne ich.«

Knittel klopfte dem Jungen nochmal auf die Schulter und sagte seufzend: »Tja, wir müssen. Die Familie wartet. War schön, Sie mal wiedergesehen zu haben, Frau …«

»… Villanyi.«

»Richtig.«

Nach der Verabschiedung sah Irene den beiden hinterher, bis sie um die Ecke bogen, und stand weiter unschlüssig auf dem düsteren Flur.

»Irene, bist du das?«

Sie zögerte, aber nur kurz. Dann ging sie hinein und schloss die Tür.

Verteilt in dem Doppelzimmer, das Herman für sich hatte, standen ein halbes Dutzend Blumensträuße. Schwerer, nicht mehr ganz frischer Blütenduft hing im Raum. Herman saß aufrecht im Bett. Sein Gesicht wirkte schmaler, die Augen größer denn je. Das weiße, sich lichtende Haar strebte steil in die Höhe. Unter dem rechten Auge zerliefen die Reste eines Blutergusses. Die Wangen waren faltig geworden, und eine Furche hatte sich senkrecht in die Stirn gegraben. Er schien geschrumpft und zerbeult, war aber noch immer Herman.

Eine Zeitlang schwiegen beide. Dann fragte er:

»Die Schwester hat dich noch reingelassen?«

»Ich habe behauptet, ich sei deine Frau.«

»Und *das* hat sie dir abgenommen?«

»Nein.«

Sie lachten unsicher, und Irene setzte sich, ohne den Mantel abzulegen, auf den einzigen Stuhl. Früher hatte sie den Gedanken schrecklich gefunden, dass man ein halbes Leben miteinander verbringen und einander dann wieder so fremd werden konnte. Heute nahm sie es gelassener. Warum hieß es immer, man habe nur ein Leben? Man führte doch mehrere hintereinander, die wenig voneinander wussten.

»Ich habe gerade erst davon gehört. Sonst wäre ich früher gekommen.«

»Du siehst gut aus.«

»Herman.«

»Gesünder. Ausgeruhter. Der amerikanische *way of life* bekommt dir.«

»Ich habe deinen Gedichtband bekommen. Danke dafür. Ich muss sagen, ich war überrascht.«

»Ach ...« Er wandte den Kopf ab vom Gedanken ans Buch. »Hat mir nur Ärger gebracht. Jetzt glauben manche Leute erst recht, ich sei ein Träumer. Die verstehen nicht, dass ... Egal.«

»Wie geht es dir?«

Er schien über die Frage nachdenken zu müssen und sah an sich hinunter. »Ist noch alles dran. Aber man bekommt hier früher oder später einen Koller. Bewegen darf man sich nicht, das Essen ist des Namens nicht wert, und die Ärzte reden dummes Zeug.«

»Und die inneren Verletzungen?«

Er sah ihr in die Augen. »Woher weißt du davon?«

Irene schwieg.

»Aha, die Herren Besatzer. Die gehören natürlich auch auf die Liste.«

»Welche Liste?«

Herman schüttelte den Kopf. »Ihr beide, feiert Ihr nicht zusammen?«

Etwas, das Mitgefühl sein mochte, vielleicht aber auch Feigheit, hielt Irene davon ab, die Wahrheit zu sagen. »Amerikaner feiern ja am Fünfundzwanzigsten.«

Auf dem Nachttisch sah sie eine zweibändige Ausgabe des *Amadeus* liegen, aus der Dutzende Zettel ragten. »Wie oft hast du das gelesen?«

Er lächelte die Bücher versonnen an wie spielende Kinder. »Wenn ich hier raus bin, veranstalten John und ich gemeinsame Abende. Er liest, ich halte einen Vortrag, und dann zeigen wir den Film. Die Nachfrage ist riesig, riesiger denn je.«

»Du triffst Knittel also wieder häufiger?«
»Warum nicht?«
»Ich frage nur.«
»Glaubst du, er hat was damit zu tun?«
»Wieso?«
»Na, ja, John hat einflussreiche Freunde. Da könnten auch welche dabei sein, die was dagegen haben, dass wir ..., dass ich Erfolg habe.«
Irene sah ihn fragend an.
Herman seufzte über so viel Unverständnis. »Ich sage ja nicht, dass er es veranlasst hat. Aber vielleicht hat er geplaudert; er kennt ja meine Routinen. Und bei der Jahressitzung ist er früher gegangen, das war schon ungewöhnlich. Ja, stimmt«, sagte er mehr zu sich selbst, »vielleicht weiß er doch mehr.«
»Und womit soll Knittel was zu tun haben?«
Er zeigte ungeduldig an sich hinab. »Na, hiermit!« Seine Stimme klang gepresst, und sein graues Gesicht rötete sich.
»Du meinst ...?«
»Selbstverständlich!« Er atmete schwer.
»Ach, Herman. Es war glatt, du hattest was getrunken und bist gestürzt. Das muss dir nicht peinlich sein in deinem Alter. Sei doch froh, dass es dir endlich besser geht.«
»*Nicht peinlich sein?*«
»Warum sonst suchst du einen Sündenbock? Ich dachte, Knittel sei dein Freund.«
»Es kommen ja auch andere in Frage.«
»Du liebe Güte.«
»Deine Amerikaner zum Beispiel.«
»Das sind nicht *meine* ...«
»Erst tun ihre Vereinten Nationen interessiert, und die Army stellt mir die Burg in Aussicht. Aber dann merkt Truman, dass die Russen sich in Osteuropa auf Dauer festsetzen. Da kann er ein eigenständiges Atlantropa nicht gebrauchen, sondern Westeuropäer, die tun, was er will. Und dann ...« Mit der Hand deutete er auf ein Meer verpasster Chancen.
Irene aber sah nur ein karges Krankenzimmer und einen Mann, den sie zu kennen geglaubt hatte. »Du meinst also, Truman steckt dahinter? Er persönlich?«

Herman schüttelte den Kopf. »Das stellst du dir zu simpel vor. Die amerikanische Regierung ist groß. Da wollte sich womöglich irgendeine Charge bei ihren Vorgesetzten beliebt machen, handelte in vorauseilendem Gehorsam, und – peng!«

»Peng …«

»Lach' nur.«

»Ich lache nicht.«

Irene stand auf und ging ans Fenster. Hier draußen war es dunkler als in der Innenstadt, aber nicht friedlicher. Sie verstand jetzt, was sie erhofft hatte: vertraute Blicke zweier Menschen, die einander lange geliebt hatten; ein trauriges, erwidertes Lächeln; einen Abschluss, der die Szene auf der Burg vergessen machte. Stattdessen lag vor ihr ein Mann, der sogar einen Fahrradunfall umdeutete zum Beleg seiner Wichtigkeit.

»Oder es war jemand bei Stinnes oder Krupp«, sagte Herman. »Ganz Europa kauft deutsche Kohle. Die sehen Wasserkraft natürlich als Konkurrenz. Um jemanden aus dem Weg zu räumen, sind die nicht zimperlich. Da sitzen jede Menge Parteileute, auch SS.«

»Herman, bitte. Gleich behauptest du noch, Schwarz persönlich hätte dich angefahren.«

»Schwarz ist tot. Skiunfall bei Garmisch. Ist bei einer Einzeltour in eine Gletscherspalte gestürzt. Bis sie im Hotel gemerkt haben, dass er fehlt, hat es natürlich gedauert, und dann haben sie ihn nicht rechtzeitig gefunden. Er muss da unten noch drei, vier Tage gelegen haben, bevor er starb. Stand vor einem halben Jahr in der *Süddeutschen*.«

»Das mit Schwarz habe ich nicht ernst gemeint. Und dass du das nicht merkst, finde ich … traurig.«

Herman verdrehte die müden Augen. »Irene, ich bin nicht paranoid. Es gibt nun mal Kräfte, die durch Atlantropa etwas zu verlieren haben. Die müssen ja nicht alle handeln, es genügen ein paar Leute. Und dass so was passiert, ist ziemlich realistisch. Musst du zugeben.«

»Noch realistischer ist, dass du gestürzt bist. War das Rad neu?«

»Das tut nichts zur Sache.«

Sie seufzte. »Es gab also eine Verschwörung?«

»*Verschwörung* klingt so … Aber ja, natürlich.«

»Diese Leute wollen dich unbedingt umbringen, richtig? Aber

als das schiefgeht, liegst du hier drei Wochen lang auf dem Präsentierteller, und sie tun nichts?«

»Ich! Bin! Nicht! Verrückt!« Völlig außer Atem, ließ Herman den Kopf aufs Kissen fallen. Sein Schädel wirkte plötzlich riesig im Vergleich zum Brustkorb, der sich mühsam hob und senkte.

Irene floh vor dem Wahnsinn auf den Flur. Fast wirkte es, dachte sie, als ersehnte Herman einen Anschlag. Aber nein, das konnte nicht sein. Andererseits bewiese der, wie ernst andere ihn und seine Ideen nahmen. Dann müsste er nicht länger ankämpfen gegen die Zweifel, die ihm zuflüsterten, er habe sein Leben lang umsonst gekämpft und gelitten. So gesehen, wäre ein Attentat für ihn gar keine Katastrophe, sondern die Erlösung. Irene lehnte den Hinterkopf an die Wand und senkte die Lider. Wie krank das alles war.

Zwanzig Jahre hatte sie gebraucht, um zu verstehen, dass Herman nicht ihre Rettung war. Was, wenn in Amerika sich alles wiederholte? Wenn das Leben drüben eine Falle war, die sie sich selbst stellte? Johns Mädchen waren nicht ihre Töchter, egal, wie häufig er sie so nannte – oder wie sehr sie sich das manchmal wünschte. Und warum bloß hatte sie geschwiegen, als die Rede auf den Gemeindepfarrer kam, der keine Jüdin verheiraten wollte? Hatten die Nazis es etwa doch noch geschafft, dass sie sich dafür schämte, wer sie war? Wieso hatte sie überhaupt Ja gesagt zu einer Hochzeit, die sie nicht wollte?

»Frau Sörgel?«

Sie blickte auf. Vor ihr stand ein sehr junger Mann im weißen Arztkittel, der mit beiden Händen ein Klemmbrett hielt.

»Sie kennen mich noch nicht. Ihr Mann ist mir gerade erst zugeteilt worden. Ich möchte gern ein paar Dinge mit Ihnen besprechen. Hier?« Er wies auf einen einfachen Tisch am Ende des Flurs.

Während der Assistenzarzt sprach, setzte Irene sich aus Andeutungen und Halbsätzen ein Bild der Zeit seit dem Unfall zusammen. Und nach und nach wurde ihr klar, dass der Arzt nicht gekommen war, um über Hermans bevorstehende Entlassung zu sprechen.

Anfangs hatte der Patient gute Fortschritte gezeigt. Die äußeren Verletzungen und Brüche heilten – für einen Mann seines Alters – gut. Sogar exzellent, wenn man berücksichtigte, dass seine Lunge schon vor dem Unfall nur ein Drittel der üblichen Luftmenge hatte aufnehmen können. Wegen seiner körperlichen Robustheit hatten die Ärzte Herman auch dringend zu einem Eingriff geraten, um die innere Verletzung zu lokalisieren. Denn der stetige Blutverlust schwächte immer stärker den gesamten Organismus, so wie ein geplatztes Wasserrohr der Wasserdruck im ganzen Haus sinken ließ. Doch Herman hatte sich wieder und wieder einer Operation verweigert. Die ratlosen Ärzte hatten den Patienten untereinander weitergereicht, und nun lag er in der Verantwortung des Dienstjüngsten, der darüber wenig glücklich schien. Lange presste er die Lippen aufeinander, bevor er sagte:

»Allmählich wird es eng.« Wenn die innere Blutung nicht von selbst zum Erliegen komme – und nichts deute darauf hin –, dann werde der Patient rasch schwächer werden, seine Organe gäben eines nach dem anderen auf, und dann werde er sterben.

Irene legte die Hände auf die Augen. Doch egal, wie fest sie drückte, die Schwärze war nicht total genug. Schließlich ließ sie seufzend die Arme sinken.

»Wie lange noch?«

»Ein paar Tage, vielleicht weniger. Ab einem gewissen Punkt geht meist alles sehr schnell.«

»Weiß er es?«

Der Arzt presste wieder die Lippen zusammen und sah sie bittend an.

Irene atmete lange aus. »In Ordnung.«

Vom Schwesternzimmer aus rief sie zu Hause an. Sie verstand John kaum, so leise war er. Entweder war er schlaftrunken oder verärgert.

»I'm sorry, John.«

»Warum tust du das?«

»Ich muss.«

»Nein, musst du nicht.«

»Ich will es.«

Das Schweigen, das folgte, erinnerte sie daran, dass auch er schon an ihrer Beziehung gezweifelt hatte.

»I'm sorry«, wiederholte Irene.

»Das Taxi kommt um neun.«

Zurück im Zimmer sah sie dieselben welkenden Blumen, dasselbe weiße Bett und denselben im Bett aufsitzenden Herman viel deutlicher als zuvor. Hier also.

»Entschuldige bitte«, sagte sie so beiläufig, wie sie konnte, während sie sich setzte. »Ich musste dringend. Ich habe nachgedacht: Vielleicht hast du Recht. Wer den Wagen gefahren hat, weiß die Polizei ja immer noch nicht, oder?«

Herman hob den Kopf und blickte verschlafen umher. »Ach, lassen wir das. Ich möchte nicht, dass wir … Es ist ja nur so eine Idee.«

»Ja, davon hattest du schon immer viele!« Sie hoffte, dass ihr Gesichtsausdruck als Lächeln durchging. »Hast du noch welche? Fürs Projekt?«

Selbstverständlich hatte er neue Ideen. Als hätte Irene einen Automaten angeknipst, begann Herman, von der Montanunion zu erzählen. Diese, sagte er leise, aber fest, müsse sich keineswegs als Gefahr fürs Projekt erweisen. Immerhin vereinheitlichten zum ersten Mal in Friedenszeiten mehrere Staaten Europas ihre Wirtschaft und ihren Handel. »Das Ganze kann sogar zur Keimzelle Atlantropas werden.«

Irene nickte, wann immer sie glaubte, dass er das erwartete, achtete aber bald nur noch auf seine Augen. Ahnte Herman, was mit ihm geschah? Wie sollte sie es ihm sagen? Ihr fiel etwas an seiner Augenpartie auf. Erst dachte sie, es läge am verblassenden Bluterguss rund ums Jochbein. Aber das war es nicht. Es war weg. Vorhin, beim Linsen durch den Türspalt, war es noch gewesen, wo es seit Hermans siebzehntem Lebensjahr hingehörte. Und jetzt? Ihr Blick glitt über Bettdecke, Nachttisch und Linoleumboden – nichts. Tatsächlich:

Das Monokel war weg. Aber wieso?

Als sie schlagartig begriff, traten ihr Tränen in die Augen, und sie versuchte, sie wegzuatmen.

Knittels Enkel. Das Geschenk. *Dnkschn*.

Mit leiser Stimme sprach Herman von überarbeiteten Plänen für das neue Genua, von Vortragsreisen, die er machen, und Briefen, die er einflussreichen Männern schicken würde. Und womöglich glaubte er sogar wirklich daran, dachte Irene, weil zu glauben für ihn gleichbedeutend mit leben war. Aber auch wenn er es nicht auszusprechen, ja vielleicht nicht einmal zu denken wagte, so wollte er doch, dass es zu Ende ging.

Irenes Lippen zitterten.

»Was ist?«, fragte er erstaunt.

»Nichts«, sagte sie und schluckte. »Mir ist nur ein bisschen kalt. Darf ich unter die Decke?«

Herman wehrte sich nicht. Das Bett war schmal, und doch war genug Platz für beide.

»Es tut mir leid, dass du dich meinetwegen so geärgert hast. Du musst dich schonen.« Sie griff nach dem Roman. »Soll ich dir ein wenig vorlesen?«

Und als hätten Irenes Worte ihn von einer Last erlöst, nickte er und streckte sich ächzend der Länge nach aus. Sie erzählte die Geschichte von Anfang an: wie ein gradliniger, idealistischer Ingenieur die Unterlagen des visionären Atlantropa-Erfinders findet. Wie er in den Schweizer Alpen eine Gemeinschaft um sich schart, die gemeinsam erst ein Gebirgstal mit einem Staudamm versehen will und eines Tages das Mittelmeer. Gegen Mitternacht verschwommen vor Irenes Augen die Buchstaben.

»Ich bin etwas müde«, flüsterte Herman mit geschlossenen Augen. »Liest du noch ein bisschen, bis ich eingeschlafen bin?«

»Natürlich.«

Sie ergriff seine Hand, es war gar nicht schwer, das Einfachste von der Welt.

Der Ingenieur liebt eine junge Frau, und die Frau liebt ihn. Er bewundert ihre Klugheit ebenso wie ihre Schönheit, doch er hängt zu sehr an seinem Ideal, um sich an sie zu binden, und so geht sie fort und heiratet einen anderen. Irene las und las, und weil ihre Augen tränten, verlor sie manchmal die Zeile und musste den Satz von vorn beginnen, aber das machte nichts. Die Frau kehrt zurück zum Ingenieur und zum Projekt, und gemeinsam erkämpfen sie sich den Sieg: Ihr Staudamm in den Bergen, das wissen sie, ist nur der Anfang. Der Beweis, dass alles möglich ist. *Es wird kommen, mein Junge!*, sagt Amadeus einem alten Gefährten. *Es wird kommen! Wir stehen alle am Rande des gewaltigsten Aufstiegs, den die Welt erträumt hat, nur – die meisten Leute wissen es noch nicht.* Wassermassen schießen auf Knopfdruck ins Tal, Turbinen beginnen sich zu drehen. Alle jubeln, auch die früheren Zweifler, und das Tal erstrahlt in elektrischem Licht. Das Paar aber, das sich endlich gefunden hat, geht gemeinsam durch die Sommernacht. *Langsam schritten sie dahin; weiter und weiter, bis sie nichts waren als dunkle Schattenrisse von Menschen.*

Herman schlug die Augen auf. Sie schauten Irene direkt an und zugleich, so schien es ihr, durch sie hindurch. Sie hatten etwas jenseits von Furcht und Hoffnung gesehen und erzählten ihr davon, unendlich ruhig und geduldig. Schon bald würde alles, was sie beide je empfunden und gesehen, alles, was sie einander in Liebe getan, all die Wunden, die sie einander geschlagen hatten, und alle Erinnerung an Väter, Mütter und an Kinder, die nicht hatten sein dürfen, darin versinken. Irene hielt noch immer die Hand, die damals auf der Aussichtsplattform die ihre ergriffen hatte. Sie sah die junge Frau, die sie gewesen war, dort oben an der Brüstung stehen, frierend, unsicher und hoffend, und lächelte ihr zu.

»Ich sterbe«, flüsterte er.

»Ich bin bei dir«, sagte sie und hielt seine Hand fester.

*

Als es so weit war, dämmerte der Tag. Herman hatte ein wenig geschlafen, aber während die Station erwachte, ging sein Atem erst rascher, dann flacher. Irene streichelte seine Schläfe, strich sein Haar zurück, und dann, erwartet und doch unfassbar, war es vorbei.

Sie blieb lange neben ihm liegen, sehr müde und zugleich hellwach. Schließlich küsste sie seine Stirn, die nicht mehr warm war, und stand auf.

Mit gesenktem Blick ging sie durch die Flure zum Ausgang. Draußen blendete sie das Licht des ersten Weihnachtstages, und Irene schloss die schweren Lider. Auf ihrer Netzhaut schwammen helle und dunkle Flecken. Sie atmete tief ein, hob den Kopf und öffnete die Augen.

Über Nacht hatte es geschneit, und jetzt schien die Sonne auf eine makellos weiße Schneedecke, die sich vor Irene ausbreitete. Ein Taxi fuhr die Auffahrt herauf, und als es vor dem Eingang hielt, knirschte es unter den Reifen. John stieg aus. Er trug dieselben Sachen wie am Vorabend, nur waren sie zerknittert. Unsicher schaute er zu Irene.

Sie war jetzt siebenundfünfzig. Ihre Locken ergrauten, ihre Habe passte in einen Koffer, und sie war frei, ihre eigenen Fehler zu begehen.

Epilog

Der Offizier stand inmitten dieses Jammers, bewegt und ein wenig verlegen. Er wandte sich ab, um ihnen Gelegenheit zu geben, sich zusammenzureißen, und wartete, und seine Augen blieben an dem stolzen Kreuzer in der Ferne haften.

William Golding: *Herr der Fliegen* (1954)

München, 30.10.1957

Fünf Jahre nach Herman Sörgels Tod erwies sich die Atlantropa-Konferenz in der Handwerkskammer München, was die Prominenz der Teilnehmer betraf, als großer Erfolg. Alte Vertraute des verunglückten Ingenieurs wie der Schriftsteller John Knittel kamen ebenso wie der stellvertretende Direktor der Deutschen Bank Hamilkar Hofmann, der bayerische Innenminister Otto Bezold und sogar Bundesatomminister Siegfried Balke. Hingegen ließ sich das Kuratoriumsmitglied Léopold Sédar Senghor, auf dessen Kommen man gehofft hatte, entschuldigen. Der frankophile Senegalese galt vielen als Beweis, dass der Atlantropa-Gedanke längst auch in Afrika Fuß gefasst hatte. Angeblich winkte ihm ein hoher Posten in der Pariser Regierung, doch dazu wollte Senghors Dolmetscher, der seinen Chef bei der Konferenz vertrat, sich nicht äußern. Und so verstand man sein Schweigen sowohl als Zeichen von Professionalität wie auch als Beleg dafür, dass das Gerücht stimmte.

Die bittere Ironie, die darin lag, dass sie sich an dem Ort versammelten, den Herman Sörgel an jenem Dezemberabend vor fünf Jahren nicht mehr erreicht hatte, war allen Konferenzteilnehmern bewusst. In Redebeiträgen würdigten sie das Mittelmeer-Projekt und die Stausee-Pläne als imponierende Leistung des menschlichen Geistes. Danach machte Minister Balke deutlich, dass sich waghalsige, teure und risikoreiche Großprojekte wie Atlantropa überlebt hätten. Neue Techniken machten sie überflüssig. Vielleicht schon bald verfüge jedes Häuschen und jedes Auto über ein eigenes kleines Kraftwerk, das preisgünstig saubere Energie im Überfluss erzeuge. Das sei durchaus keine Spinnerei. Schon am kommenden Tag werde im nahen Garching die Technische Universität den ersten Forschungsreaktor der Bundesrepublik in Betrieb nehmen. Und das sei nur der Anfang. Denn die Zukunft, erklärte Balke, gehöre unbestreitbar der Atomkraft. Niemand widersprach.

Der Minister warb dafür, das Atlantropa-Institut umzuwandeln in eine »übernationale wissenschaftliche Studiengesellschaft zur Behandlung übergeordneter Probleme in Bezug auf die Zukunft Afrikas und Gesamt-Europas«. Die Idee erhielt großen Beifall, ebenso wie der Vorschlag, über Finanzierung, Satzung und Pläne dieser Gesellschaft zu einem späteren Zeitpunkt zu sprechen. Dann gab es Kaffee und Kuchen.

Auch in der Pause wehrte Senghors Dolmetscher jeden Gesprächsversuch ab, indem er wortlos ins Nichts blickte. Während die Umstehenden das als unhöflich erachteten, verstand er es als Würdigung seines stolzen, viel zu früh verstorbenen Vaters. Der hätte sicher ähnlich gehandelt.

Schon vor Langem hatte der Dolmetscher sich angewöhnt, von dem alten Berber als seinem Vater zu sprechen. Als Kind hatte er die Geschichte, wie er zu ihm gekommen war, häufig und in wachsendem Detailreichtum gehört: Als eines Mittags ein Flugzeug seine tödliche Fracht über dem kleinen Marktplatz abwarf, hatte der alte Mann ein wenig abseits gestanden. Durch Gottes Fügung und mit versehrter Lunge überlebte er das Gas. Für seine Frau und Dutzende andere aber war jede Hilfe zu spät gekommen. Dabei hatten sie nichts zu tun gehabt mit den Kämpfen zwischen Abd Al-Karims Leuten und den Spaniern. Zum Dank für seine Errettung hatte er das Ergebnis der Schändung einer Dorfbewohnerin durch einen Besatzungssoldaten bei sich aufgenommen. Niemand sonst hatte das Kind gewollt. Wieder und wieder hatte der Vater ihm die Geschichte erzählt, und wenn er abgelenkt wirkte, hatte er ihm mit der flachen Hand ins Gesicht geschlagen. Nie hatte der Junge vor Schmerz aufgeschrien, stattdessen war er dann ganz still geworden. Er liebte den Vater, aber so sein wie er wollte er nicht.

Je älter der Berber wurde, desto häufiger fluchte er auf die Männer, die von drüben den Tod mitbrachten. Dieses Drüben wurde in der Phantasiewelt des Jungen zu einem geheimnisvollen Ort: bedrohlich, aber auch mächtig. Der Vater hatte immer gehustet, besonders dann, wenn er fluchte. Aber eines Tages hörte er gar nicht mehr auf damit. Sechs Tage und Nächte lang schüttelte ihn der Husten. Als guter Sohn versuchte er, die Laken zu reinigen, aber das Blut ließ sich nie ganz auswaschen, und dafür schämte er sich sehr.

Als der Vater tot war, brachte man den Jungen in ein Waisenhaus, in dem Dinge geschahen, über die er für immer schweigen würde. Daraus retteten ihn seine Zähigkeit und Intelligenz. Der gute Schüler wurde auf eine Klosterschule in Rabat in Französisch-Marokko geschickt. Weil sich dort sein Talent für Sprachen zeigte, bekam er ein Stipendium für den Besuch eines Dolmetscher-Instituts im fernen Marseille. Doch Drüben enttäuschte ihn sehr. Marseille, das war ein nach Abfällen stinkendes Gassengewirr. Je länger er zwischen Prostituierten und Kriminellen lebte, desto deutlicher erkannte er in dieser Stadt eine Miniaturversion des Kontinents. Europa war nicht die Rettung, es musste selbst gerettet werden.

In Marseille traf er auf junge Araber, die nicht länger bereit waren, ihre Herkunft als Makel zu verstehen. Bald dachte er anders über eine Berberin, fast noch ein Mädchen, die sich nach der Niederkunft mit einem blauäugigen Jungen das Leben genommen hatte. Er erinnerte sich an blutige Laken und durchweinte Nächte im Schlafsaal. Dachte an Hunderte Kindergebete zu einem Gott, der nicht seiner war. Und er wurde wütend. Sein Vater wäre stolz gewesen.

Doch er wollte nicht wütend sein. Das Gas hatte den Alten nur verwundet; getötet hatte ihn der Hass.

Ein Bekannter – ein ehemaliger Soldat – machte ihn auf die schnörkelige Gravur auf seinem Zigarettenetui aufmerksam: Ob er wisse, wer das sei? Doch ihm sagte der (sehr deutsche) Name nichts. Der Bekannte beschaffte ihm einen Zeitungsartikel über dieses seltsame (und ebenfalls sehr deutsche) Projekt. Und das veränderte alles.

Den Plan fand er dargelegt in klaren, einleuchtenden Worten. Atlantropa, das begriff er rasch, bedeutete die Rettung: für das verdorbene Europa ebenso wie für das gequälte Afrika. Herman

Sörgel hatte sogar Marseille eine Schlüsselrolle bei der Umsetzung des Riesenwerks zugewiesen. Atlantropa würde allen Schmutz und Groll fortwaschen, und es würde damit dort anfangen, wo er lebte. Was für ein wundervoller Zufall, dachte er, dass die Bauleitung hier ihren Sitz nehmen würde.

Er erinnerte sich an den Tag, an dem er Sörgel am Strand begegnet war, und er verstand: Damals war der große Mann für seinen Plan beinahe ertrunken. Als ihm schließlich klar wurde, dass Sörgel einer der Letzten war, die seinen Vater lebend gesehen hatten, wusste er: Was geschehen war, war kein Zufall. Das Schicksal hatte seinem Vater den Beweis geschickt, dass von drüben auch gute Männer kamen.

An seinem Brief nach Deutschland schrieb er lange. Umso schmerzhafter war, dass ihn nie eine Antwort erreichte. Doch er hatte früh gelernt, sich zu gedulden. Eines Tages lernte er zufällig den Privatsekretär eines anderen großen Mannes kennen: Léopold Sédar Senghor. Senghor vereinbarte mit der größten Selbstverständlichkeit, was für ihn immer undenkbar gewesen war: Er war schwarz – und stolz auf seine Herkunft. Er sprach vom großen Nutzen der afrikanischen Kulturen – für die Kultur des Abendlands. Er gewann einflussreiche europäische Freunde – ohne sich ihnen unterzuordnen. Als Senghor ihm schließlich anbot, ihn auf einer Europareise zu begleiten und dabei auch an der Jahresversammlung eines Instituts in München teilzunehmen, hatte er schon lange nicht mehr an Sörgel gedacht. Nun aber erschien es ihm, als füge sich endlich alles zusammen.

Jetzt, fünf Jahre später, wünschte er sich, er könne seinem jüngeren Ich raten, seine Erwartungen zu dämpfen. Dann hätte es ihn damals vielleicht nicht so verstört, als die Atlantropa-Leute Senghor anschauten wie ein exotisches Tier. Er hätte sich weniger darüber gewundert, warum außer seinem Chef niemand über die Wünsche der Afrikaner sprach. Wäre er damals reifer gewesen, hätte es ihn weniger gekränkt, als Herman Sörgel sich nicht an ihn erinnerte. Vor allem aber hätte er hoffentlich eingesehen, dass jeder kleine Infekt seinem Vater den Tod hatte bringen können. Und nur ein scheußlicher Zufall war schuld daran gewesen, dass der alte Berber sich bei einem unterkühlten Bootsinsassen namens Herman Sörgel angesteckt hatte.

Heute wusste er kaum mehr, wie Sörgel ausgesehen hatte. In Erinnerung geblieben war ihm bloß seine Energie: ein Kraftfeld, das alles um ihn her anzuziehen und in Nichts zu verwandeln schien. Und nur noch selten hörte er diese Stimme, die ihm zuzischte, er habe es schon immer gewusst: Denen von drüben konnte man nicht trauen!

Väter starben nicht. Sie sprachen mit einem, solange man lebte. Und je mehr man wegzuhören versuchte, desto lauter schrien sie, bis man ganz wirr im Kopf war. Wenn der Dolmetscher jetzt seinen Vater hörte, ließ er ihn reden. Nach einer Weile aber ergriff er selbst das Wort. Ruhig erklärte er ihm dann, er liebe ihn noch immer, müsse ihn aber gehen lassen, denn er habe einen neuen Vater. Dank Léopold Sédar Senghor würde er endlich in Frieden leben.

Als der Dolmetscher vorzeitig die Konferenz in der Handwerkskammer verließ, nahm davon kaum jemand Notiz. Draußen bemerkte er, dass seine Hände zu Fäusten geballt waren, und löste sie. Dann ging er vorbei an neuen, aber alt aussehenden Häusern und schwor, sich nicht länger zu grämen über Dinge, die sich nicht mehr ändern ließen.

Kurz darauf und deutlich früher als geplant endete die Veranstaltung. Schon im Aufbruch fragte Knittel, ob jemand wisse, was aus Irene Villanyi geworden war. Wie sich zeigte, gingen darüber widersprüchliche Gerüchte um. Jemand hatte gehört, sie sei schon vor Jahren in eine psychiatrische Einrichtung eingeliefert worden und dort verstorben. Dem hielt ein Zweiter entgegen, da müsse eine Verwechslung vorliegen: Dieses traurige Ende habe nicht die ehemalige Frau Sörgel ereilt, sondern deren Mutter. Hingegen war sie, einem Dritten zufolge, einem amerikanischen Besatzungsoffizier in dessen Heimat gefolgt. Ein Vierter aber wollte jemanden kennen, der vor nicht langer Zeit mit ihr brieflich über den Verkauf eines Gemäldes verhandelt hatte. Ihre Postadresse habe in New York City gelegen. Das wiederum verwunderte einen Fünften, der ziemlich sicher war, gesehen zu haben, wie die Besagte erst vor Kurzem in Begleitung zweier junger Frauen am Zürichsee spazieren gegangen war.

Als die Konferenzteilnehmer sich schließlich in den Münchner Herbstabend verabschiedeten, hatten sie nur in einem Punkt Gewissheit gewonnen, denn einer von ihnen trug das Beweisstück bei sich: Unter dem Titel *Melancholie* hatte Irene Villanyi, geschiedene Sörgel, eine Sammlung ihrer Gedichte veröffentlicht.

*

Herman Sörgel: *Gruß*

Ich bin, ich bleibe immer dein,
Und bist du auch weithin gelandet,
und bist du auch weit weg gestrandet,
Ich bin und bleibe immer dein.

Danksagung

Dieses Buch hätte vielleicht ein ähnliches Schicksal ereilt wie das Atlantropa-Projekt, hätte ich mich nicht vier Jahre lang – von der ersten Idee bis zum Abschluss des letzten Kapitels – stets auf die kluge und geduldige Beratung durch Manuel Butt und Philipp Schwenke verlassen können.

Annette Wassermann hat als Erste darauf vertraut, dass aus wenigen vorhandenen Kapiteln ein Roman entstehen würde, und gemeinsam mit Susanne Schüssler und dem Verlag Klaus Wagenbach hat sie mir die Chance gegeben, diese Geschichte zu erzählen.

Ohne Anne Sudmann und Andreas Sudmann, die mir über Monate Ruhe und Platz zum Schreiben gewährten, wäre das Manuskript niemals pünktlich fertig geworden.

Mein großer Dank gilt auch Igor Hartmann, der die Essenz des Romans in einer Minute Film eingefangen hat.

Alexander Gall hat durch sein Buch *Das Atlantropa-Projekt* und persönliche Gespräche mein Verständnis für das Projekt und das Ehepaar Sörgel geschärft.

Ähnliches gilt für Wolfgang Voigts Buch *Atlantropa – Weltbauen am Mittelmeer*.

Wilhelm Füßl, Matthias Röschner und die Mitarbeiterinnen und Mitarbeiter des Archivs des Deutschen Museums in München haben dieses Wissen durch Zugang zu Herman Sörgels Nachlass und neuen Forschungsergebnissen vertieft und erweitert.

Das Stadtarchiv Bochum machte den Zeitungsartikel ausfindig, dem dieser Roman seinen Titel verdankt.

Die Bibliothek des Deutschen Technikmuseums in Berlin gewährte mir Einblicke in Herman Sörgels Schriften.

Das Bundesarchiv stellte mir den Film »Ein Meer versinkt« zur Verfügung.

Die ersten und letzten Worte dieses Buches aber gelten dem Dank an Patricia Barona.

Für alles.

Wolfgang Kohlhaase
Erfindung einer Sprache und andere Erzählungen *Roman*

»Mit seinem Witz, seiner melancholischen Brillanz und seiner novellistischen Durchschlagkraft ist dieser Erzählband schlicht ein Meisterwerk.« *Gustav Seibt, Süddeutsche Zeitung*
Mit einem Nachwort von Andreas Dresen
Oktavheft[8]. Elegante Klappenbroschur. 208 Seiten

Hans von Trotha **Pollaks Arm** *Roman*

Einfühlsam und kenntnisreich: Hans von Trotha lässt den begnadeten Antikenhändler, angesehenen Kunstkenner und zunehmend unerwünschten Juden Ludwig Pollak seine Lebensgeschichte erzählen.
SVLTO. Rotes Leinen. Fadengeheftet. 144 Seiten

Jacques Roubaud **Der verlorene letzte Ball** *Roman*

Ein kleines Buch – große Themen: Es geht um Treue und Verrat, um Liebe und Opportunismus. Roubaud erzählt sparsam und fesselnd zugleich, wie aus einem leichthin gegebenen Versprechen grausamer Ernst wird, von dem Leben abhängen.
Aus dem Französischen von Elisabeth Edl
SVLTO. Rotes Leinen. Fadengeheftet. 120 Seiten

Moische Kulbak **Der Messias vom Stamme Efraim** *Roman*

Moische Kulbak erweckt in seinem 1924 erstmals erschienenen Kurzroman die alte litauisch-jüdische Welt eindrucksvoll zu neuem Leben.
Aus dem Jiddischen und mit einem Nachwort von Andrej Jendrusch
Oktavheft[8]. Elegante Klappenbroschur. 144 Seiten

Verlag Klaus Wagenbach Emser Straße 40/41 10719 Berlin
www.wagenbach.de vertrieb@wagenbach.de

Die Berliner Senatsverwaltung für Kultur und Europa förderte die Arbeit an diesem Roman durch ein Stipendium.

10719 Berlin www.wagenbach.de
Covergestaltung Julie August unter Verwendung einer Stereographie aus der Straße von Gibraltar, Fototeca Gilardi – Italy © gettyimages. Karte auf Seite 92/93 © Deutsches Museum, München/TZ 04602. Gesetzt aus der Joanna MT. Umschlagmaterial von Salzer Papier, St. Pölten. Einband- und Vorsatzmaterial von peyer graphic, Leonberg. Gedruckt auf Schleipen und gebunden bei Pustet, Regensburg.
Printed in Germany.

ISBN 978 3 8031 3336 6